왕세자의 살인법 2

2

왕세자의 살인법

서아람 장편소설

스윙테일

차례

일러두기

1. 소설 속의 인물, 사건 등은 모두 허구이며 실재하지 않습니다.

2. 소설의 극적 재미를 위하여 실제하는 시대와 맞지 않는 내용이 포함되어 있습니다.

53

동궁과 두 여인

"오늘도냐?"

"송구합니다, 저하."

세자가 아침 문안을 거절당한 지 벌써 사흘째였다. 침방상궁은 범이 언짢아할까 봐 안절부절못했지만, 범의 표정에는 아무런 변화가 없었다. 그는 굳게 닫힌 침소 문을 물끄러미 바라보다가 잠자코 돌아섰다. 앞뜰로 나온 그는 구름처럼 그를 둘러싼 수행원들에게 말했다.

"생각할 것이 많구나. 혼자 조용히 산책할 시간을 다오."

어딘지 기운 없이 들리는 범의 말에, 맨 앞줄에 서 있던 내관과 상궁이 눈짓을 주고받았다.

'저하께서도 골치 아프시겠지. 이 판국에 주상이 후궁을 들이시다니 누가 상상이나 했겠어?'

'그 백여시 같은 계집에게 푹 빠져버리셨으니 말이에요. 중전 마마의 심기가 불편하시니, 효심 지극하신 우리 저하도 맘이 편치 않으시겠지요. 어쩌면 돌아가신 어머님 생각이 날지도.'

짧은 시간에 빠르게 주고받는 눈빛에서 그런 말들이 오가는 듯했다. 대군과 부부인의 가례를 치른 지 열흘도 되지 않아 대군 간택에서 탈락한 강씨가 왕의 후궁으로 들어온 것은 궁 안 사람들에게 크나큰 충격을 안겨주었다. 며느리가 될 뻔한 여인을 첩으로 맞이하는 게 적절하지 않다고 예조에서 줄줄이 상소를 올렸지만, 고혹적인 강씨에게 완전히 매료되어버린 왕의 귀에는 아무것도 들리지 않았다. 대비의 폭풍 같은 잔소리와 중전의 말없는 비난을 감내하면서 왕은 강씨를 기어코 제 침상에 들이고야 말았다. 그리고 무려 사흘째 두문불출 중이었다.

"저하, 늘 산책 가시던 길로 뫼실까요?"

다른 수행원들이 떠난 후에도 남아 있던 조내관이 공손히 물어왔다. 범이 말하는 '혼자'에 조내관은 보통 포함되지 않았다. 그는 범의 부속품 같은 존재였다. 범은 좋다 싫다 대답도 하지 않았다. 대신 남들의 시선을 피하려는 듯 일부러 빙 돌아 건물 뒤쪽으로 접근했다. 범의 목적이 산책이 아니란 걸 알아챈 조내관은 멀찌감치 떨어진 곳에 섰다. 범을 방해하지 않으려는 동시에 다른 사람들이 다가오지 못하게 하려는 것이다.

범은 바닥에 굴러다니는 작고 가벼운 돌멩이 하나를 집어 문살을 향해 던졌다. 퉁, 돌멩이는 둔탁한 소리를 내고는 떨어졌다. 범이 잠시 기다리자, 뒷문이 스르륵 열리면서 흰 속적삼 차림의 강씨가 나타났다.

"오셨습니까, 저하."

"전하께선 주무시는가?"

이제 강씨는 교지를 받아 엄연히 종사품 숙원(淑媛) 자리에 올랐으니, 범도 하대할 수 없었다.

"누가 업어 가도 모르게 곯아떨어지셨지요. 어젯밤에도, 오늘 아침에도 많이 무리하셨습니다."

강씨는 손으로 입을 가리며 교태스럽게 웃었다. 밤새도록 사랑을 나누고 달콤한 숙면을 취한 그녀는 예전보다 더욱 아름다웠다. 탄력 있는 몸이 춤추듯 움직일 때마다 얇은 속적삼이 바스락거리며 새하얀 살결이 적나라하게 비쳤지만, 범은 일말의 동요도 없었다.

"전하께서 흡족해하신다니 다행이네."

범은 담백하게 표현했지만, 대다수의 궁인들이 왕을 두고 '젊은 여자에 미쳤다'고 흉본다는 걸 모르지 않았다. 심지어 왕은 정전에서 가장 가까운 곳에 강씨를 위한 새 전각까지 짓기 시작했다. '화용월태(花容月態)*'라는 사자성어에서 따와 전각의 이름은 '화월당'으로 지었다. 비참한 최후를 맞이한 세자의 생모가 살던 설화당을 연상시키는 이름이었지만, 왕은 그런 자각조차 없는 듯했다. 정치에는 게을러져 어전회의를 거를 정도였으니 말 다했다. 중전 홍씨는 속을 바짝바짝 태우고 있었지만, 왕이 얼마나 투기를 싫어하는지 누구보다 잘 알기에 감히 직언할 엄두를 못 내고 있었다. 강력한 후궁의 등장에 모두의 관심이 쏠린 나머지, 웅장한 책빈례와 화려한 가례를 치르고 입궁한 대군비 서씨조차 관심의 대상에서 밀려났을 정도였다. 범의 기대대로였다. 아니, 그 이상이었다.

"소첩의 이야기를 듣고 나면, 저하도 흡족해지실 겁니다."

---

* 꽃다운 얼굴과 달 같은 자태

강씨는 예의를 지키면서도 은밀히 친밀감을 드러내는 태도로 범을 대했다. 마치 자신들이 동류라는 걸 과시하는 듯했다. 범은 가진 거라곤 얼굴과 몸뚱이뿐인 저 천박한 여자와 한데 묶일 마음은 추호도 없었지만, 그 착각이 자신에게 유리하게 작용하는 것까지 막진 않았다.

"첫날밤부터 계속 전하께 말씀드렸지요. 너무 열심히 일하시고, 도통 쉬질 않으시니 병나실까 저어된다고요. 날도 후덥지근한데, 시원한 호숫가에서 풍광을 보고 즐기시면 어떻겠느냐고요."

"피정(避靜)이라, 대신들이 반대할 텐데? 전하께서 그리 답하시지 않던가?"

"지금 전하께 쉬지 말라고 고하는 자는 충신이 아니다, 전하의 만수무강이 최우선이 되어야 한다, 그리 말씀드렸습니다. 전하께서는 빠른 시일 내로 절 데리고 떠나겠다고 약속하셨고요."

강씨는 그게 범이 일러준 게 아닌 것처럼, 누구라도 속아 넘어가게 할 만큼 천연덕스러운 어조로 말했다. 사정을 다 아는 범 앞에서도 이 정도니, 왕 앞에서는 그야말로 입안의 혀처럼 새살스럽게 굴었을 터였다. 범은 베갯머리에서 왕을 쥐락펴락하는 강씨의 모습이 눈에 선히 보이는 듯했다. 그리고 그런 강씨를 조종하는 건 바로 자신이었다.

"잘했네. 전하께는 휴식이 필요하지. 요즘 심려하실 일이 너무 많았어."

"그뿐이 아닙니다. 전하께서는 피정 기간 동안 세자 저하께 대리청정을 맡기기로 하셨습니다."

그건 범이 시킨 일이 아니었다. 강씨는 조금 놀란 듯한 범을 보고 자랑스러운 표정으로 자기가 어떻게 왕을 쏘삭거렸는지 미주알고주알 늘어놓았다. 대군과 세자가 보위를 놓고 경쟁하는 상황에서 대리청정을 맡겨도 될지 왕은 염려했지만, 강씨는 '올바른 선택을 하려면 시험의 과정도 필요하다'고 설득했다고 했다. 바로 얼마 전 간택에서 물먹은 강씨가 하기엔 사뭇 우스꽝스러운 말이었다. 그 역설을 깨닫지 못한 강씨는 자신감에 가득 차 장담했다.

"두고 보십시오. 피정 가 있는 동안 전하께선 저하 칭찬만 질리도록 듣게 되실 테니까요."

"음."

범은 강씨에게 잘했다고 칭찬하는 대신 짧게 고개를 끄덕였다. 어차피 강씨가 저러는 것도 생존 전략의 일부일 뿐이다. 강씨가 왕의 총애를 듬뿍 받아 아들을 낳는다 해도 그 소생은 왕위계승 다툼에 끼어보지도 못한다. 왕이 천년만년 살 리는 없을 테니, 선왕의 작고 후에도 강씨가 무사히 살아남을 수 있는 방법은 범과 한배를 타는 것뿐이었다. 헌이 왕위에 오른다면, 제 어머니를 찬밥 신세로 만든 강씨를 곱게 내버려두진 않을 터였다. 범에게 점수를 딸 만큼 땄다고 생각한 강씨는 한쪽 눈을 찡긋해 보이고는 다시 침소로 들어갔다.

밀담을 끝낸 범도 곧바로 그 자리를 뜨려고 했다. 그런데 세 걸음도 미처 옮기지 못했을 때, 불청객이 나타났다.

"세자 저하를 뵙습니다."

호박색 반회장저고리에 금박의 꽃문양이 들어간 검은 치마. 왕족에게만 허락되는 스란치마를 입을 수 있는 여인 중 저렇게 칙칙한 색 조합을 고집할 사람은 단 한 명뿐이었다. 범은 허수아비처럼 뻣뻣하고 멋없게 절을 올리는 서씨를 향해 살짝 턱을 숙여 보였다. 무례하지 않을 만큼 예를 표하면서도, 머릿속은 바쁘게 돌아가고 있었다. 자신과 강씨의 대화를 서씨가 어디서부터 엿들었는지 알아야 했다. 그런 범에게 서씨는 무덤덤한 어조로 말했다.

"걱정하실 것 없습니다. 저 여인과 저하가 한패라는 건 이미 짐작하고 있었으니까요."

"그게 무슨 말인가, 부부인? 숙원과 내가 한패라니."

범은 당치도 않은 얘길 들었다는 듯 반듯한 눈매를 치켜떴다. 그림으로 그린 듯 단정한 미남인 범이 그런 표정을 지으면, 여자들은 열이면 열 몸 둘 바를 몰라 하며 시선을 돌리곤 했다. 그를 향해 아주 잠시라도 불순하거나 불경한 생각을 품은 게 죄스럽다는 듯. 하지만 서씨의 작고 우묵한 눈에서 드러나는 건 범에 대한 경외가 아니라 경멸이었다.

"한패가 아니면 무엇입니까? 누군가 뒤를 봐주지 않았다면 한낱 겸사복의 여식이 전하의 눈에 띄어 후궁으로 들어올 수는 없었을 텐데요."

"전하께서 혜민국에 다녀오시는 길에 숙원이 그 아비에게 핍박당하는 장면을 보고 데려오신 것인데, 거기에 무슨 개입이 있었다는 거요?"

"다들 그렇게 믿더군요. 정작 숙원이 살던 집은 혜민국에서 오 리나 떨어져 있다는데 말입니다. 그렇다면 그곳에 부녀를 데려다 놓은 사람은 누구일까요? 전하와 같이 계셨던 저하뿐이 더 있겠습니까."

서씨는 범과의 논쟁에서 단 한마디도 지지 않았다. 눈앞에 있는 사람이 세자라는 걸 의식조차 안 하는 듯했다. 대체 뭘 믿고 저러는 것일까. 범은 어이가 없는 한편 강한 흥미가 동하는 걸 느꼈다. 모두가 속아 넘어가는 자신의 연기를 한눈에 간파하고, 대담하게 맞서오는 이 여인이 어쩌면 단순한 장난감 이상이 되어줄지도 몰랐다. 그래도 일단 시숙과 제수씨의 관계이니, 표면적으로는 우호적인 관계를 형성할 필요가 있었다.

"이제 우린 인척이 되었으니 좋은 맘으로 조언 하나 하겠네, 부부인. 이 궁 안에서는 입증할 수 없는 건 함부로 말하면 안 된다네."

"저도 알고 있습니다. 그러니 숙원과 저하의 관계에 대해선 누구에게도 입도 뻥긋하지 않을 것입니다. 저하가 숙원을 조종해 전하를 피정 보내고 대리청정을 맡으려 하신다는 것도요."

"내가 대리청정을 하는 게 부부인은 맘에 들지 않는가 보군."

"박수칠 일은 아니지요. 허나 반대하진 않겠습니다. 대군 마마도 정무에 참여시켜주시기만 한다면요."

"대군이 좋아하지 않을 텐데. 어전회의가 끝날 때마다 두통을 호소하거든."

"점차 괜찮아질 겁니다. 제가 매일 붙잡고 공부시키고 있으니까요."

서씨는 질세라 대꾸했다. 범은 실소가 나오려 했다. 천수전 새신부가 새신랑을 붙잡고 열심히 가르친다는 얘기는 범도 당연히 들었다. 예성의 보고에 따르면, '그 정도 정성이면 개도 《천자문》을 깨우칠 것'이라고 했다. 바보 온달을 갱생시키는 평강공주인가. 범은 서씨가 헌에게 왜 그렇게 헌신적인지 궁금했다. 그가 짐작할 수 있는 이유는 단 한 가지뿐이었다.

"그대는 꼭 중전이 되고 싶어 이 혼례를 한 사람 같군."

그 말을 들은 서씨의 턱이 실룩거리더니, 이내 두 뺨이 빨갛게 물들었다. 굉장한 모욕을 당한 사람 같은 반응이었다. 그건 그녀가 처음으로 범에게 보인 감정적인 면모였다. 아니라고 바락바락 달려들 줄 알았는데, 서씨는 뜬금없이 옛날이야기를 꺼냈다.

"저하, 제가 어릴 때부터 가장 많이 들은 말이 뭔지 아십니까? 여자가 똑똑해서 뭐 하냐, 아는 척하면 남자들이 싫어한다, 이 말이었습니다."

조선에서 가장 아름다운 여인이 왕의 품에 안겨 잠들어 있는 방을 바라보면서 말을 잇는 서씨의 눈빛에는 씁쓸함이 가득 묻어났다.

"책 볼 시간 있으면 얼굴에 분칠이나 하라고. 제가 태어나는 순간부터 혼사 걱정뿐이셨던 어머니는 입이 닳도록 말씀하셨습니다. 현령 딸이 아니라면 아무도 쳐다보지 않을 외모라고요."

"하지만 그대는 현령의 여식이지 않았나."

"예, 그래서 혼담도 곧잘 들어왔지요. 하지만 전 가문에 목을 매는 남자보다는, 제 말에 귀 기울여주는 남자와 결혼하고 싶었습니다."

서씨는 가례를 치르기 전날 밤, 몰래 그녀의 처소를 찾아온 헌을 떠올렸다. 규범을 어기면서까지 숨어들어온 헌을 보고, 서씨는 아내될 이의 얼굴이 궁금해 그러는 것이라 여겼다. 무척 실망했겠지. 미안한 마음에 절로 어깨가 움츠러드는데, 헌이 돌연 그녀의 손을 잡았다.

'다 전해 들었소. 그대가 간택에서 했던 말도, 우리 궁합도. 그대처럼 현명한 여인을 반려로 맞게 되어 정말 기쁘오.'

사내들이 으레 그렇듯 입 발린 말을 하는 게 아닐까 하여, 서씨는 무례를 무릅쓰고 헌의 얼굴을 똑바로 쳐다보았다. 하지만 그의 눈빛은 투명한 물처럼 맑고 순수했다.

'난 참 부족함이 많은 사람이오. 부디 인내심을 갖고 가르쳐주시오. 내 평생 부인의 말을 존중하고 따르리다.'

그날의 기억을, 서씨는 가장 소중한 보물로 평생 간직할 작정이었다. 그전에는 자신과 아버지를 무시하는 자들에 대한 오기로 대군비가 되려 했지만, 헌과 마주친 순간 그녀의 마음가짐도 달라졌다.

"자신의 부족함을 알고 인정하는 것만으로도, 대군 마마는 세상 사람의 절반보다 더 나은 분이십니다. 전 중전이 되고 싶어서가 아니라, 그분을 성군으로 만들고 싶어 혼인했습니다."

말을 마친 서씨는 등장할 때 그랬듯 멋없는 절을 올리고는 다시 사라졌다. 범은 그 뒷모습을 멀거니 응시하고 있었다. 그 위로 연씨의 뒷모습이 겹쳐졌다. 범의 높은 지위와 수려한 외모에 혹해 혼인한 여자였다. 그의 내면을 알지도 못하고 들여다보려 하지도 않는 여자였다.

'왜 내가 갖지 못한 것들을, 넌 항상 당연하다는 듯 갖는 거지?'

나무껍질처럼 딱딱하게 메말라버린 범의 가슴속에서 오래전 사라진 줄 알았던 분노와 질투의 잔재가 일렁이고 있었다.

54

밤손님

"아무도 안 계세요?"

빈집이란 걸 뻔히 알면서도 서린은 일부러 큰 소리로 외쳤다. 역시 대답은 돌아오지 않았다. 서린은 쪽문을 열고 마당에 발을 디뎠다. 장별좌의 집이라고 해서 빙부들의 집과 크게 다르진 않았다. 방 두 칸에 부뚜막이 딸려 있었다.

'잠시 실례하겠습니다, 별좌님.'

서린은 장별좌의 무뚝뚝한 얼굴을 떠올리며 속으로 말했다. 지금쯤 그는 상복도 아닌 평복 차림으로, 어머니의 몸뚱이가 갇힌 얼음덩어리 옆에 넋 나간 사람처럼 앉아 있을 터였다. 아전은 일단 얼음을 녹여 시신을 꺼낸 후 관아에 맡기는 게 좋겠다고 조언했지만, 장별좌는 멍하니 고개를 저었다. 이대로 버티고 있으면, 어머니의 죽음을 인정할 필요가 없다고 생각했는지도 모른다. 서린은 그 심정을 잘 알았다. 은조의 말처럼, 장별좌에게는 어머니가 유일한 혈육이자 세상에서 가장 소중한 존재였음이 확실했다.

'양노파님을 찾아주는 사람이 있다면, 별좌님은 전 재산이라도 내

주실 거예요.'

은조가 지나가듯 했던 말이 떠올랐다. 양노파는 차디찬 시신으로 돌아왔으니, 그 아들의 갈 곳 없는 애착은 어떻게 될까. 어머니가 왜, 어떻게 죽었는지 누군가 밝혀준다면 무척이나 고마워하지 않을까. 서린은 남의 불행을 이용하려는 것 같아 미안하면서도 약삭빠르게 굴지 않을 수 없었다. 이 얼음 지옥에서 그녀를 꺼내줄 수 있는 사람은 장별좌뿐이었으니까.

'시신이나 유품을 만져볼 수 있다면 제일 빠를 텐데.'

하지만 시신은 얼음벽에 둘러싸여 있었고, 서린이 그 주변을 서성이려 할 때마다 아전이 눈을 부라렸다. 주제넘게 나서지 말고 할 일이나 하라는 거였다. 현장에서 발견된 양노파의 유품이 없으니, 결국 남은 방법은 빈집을 뒤지는 것뿐이었다. 망자에 대한 지나친 무례가 아니기만을 빌면서, 서린은 품 안으로 손을 넣었다.

'지가 아씨헌티 드릴 건 이것뿐이랑께요.'

채옥이 서린에게 먹을거리를 챙겨줄 때, 도야는 누런 코를 훌쩍이며 수상쩍은 물건을 하나 건네주었다. 손바닥 안에 감출 수 있는 작은 주머니칼이었다. 이 물건이 그동안 좋은 일에만 쓰이진 않았으리란 예감이 들었지만, 서린은 도야의 정성을 무시할 수 없었다. 친절하게도 도야는 끝이 살짝 구부러진 칼날을 이용해 잠긴 문을 여는 요령도 알려주었다. 다행히 장별좌는 안방도 곁방도 문을 잠가놓지 않아 서린이 그 요령을 시험해볼 필요는 없었다.

'하긴 누가 감히 이 집을 털겠어?'

댓돌에 올라간 서린은 신을 벗어 툇마루 아래 잘 숨겨놓았다. 방은 두 개였는데, 조금 작은 쪽을 양노파가 썼을 가능성이 컸다. 그 방

문을 열자, 오랫동안 고여 있던 공기가 왈칵 쏟아져 흘러나오는 느낌이었다.

먼지 한 점 없이 깨끗하게 쓸고 닦은 방에 정갈하게 개어진 홑이불과 목침 하나, 손때로 반들반들해진 반닫이와 문갑, 놋쇠 등잔이 살림살이 전부였다.

'살해당할 만큼 심각한 일이 있었다면, 반드시 어딘가에 그에 관한 사념이 남아 있을 거야.'

서린은 집중하기 위해 두 눈을 감은 채 양노파의 물건들을 하나씩 만져보기 시작했다. 구멍을 기우려고 갖다놓은 행주치마, 누렇게 닳은 버선, 볼품없는 반짇고리와 기름얼룩이 생긴 등잔까지. 각각에 깃든 기억은 다양했지만, 그 본질은 모두 같았다. 아들에 대한 극진한 사랑. 아들을 위해 맛있는 밥을 짓고, 가죽신을 손질하고, 등잔에 불을 밝힌 채 아들이 돌아올 때까지 하염없이 기다리며 마당 앞을 서성인다. 그녀의 삶은 그게 전부였다.

'길상아, 배고프지? 네가 좋아하는 백숙 해놨다.'

양노파의 기억 속에서 엿본 장별좌는 서린이 아는 것보다 훨씬 젊고, 앳되고, 어딘가 연약해 보였다. 나이를 먹고 어깨가 벌어지고 주름이 생겨도 언제까지고 갓난아기 같은.

연달아 기억을 읽느라 조금 거칠어진 숨결을 다스리며 서린은 중얼거렸다. 양노파의 사념들은 대부분 짧고 흐릿하게 스쳐갔다. 그에 담긴 감정의 동요가 크지 않고, 정신적으로 대체로 평온했단 뜻이었다. 서린은 단서를 찾기 위해 기억의 여행을 계속했다. 다음은 반짇고리였다.

'일이 고된가 보구나. 옷이 자주 상하는 걸 보니.'

'괜찮습니다.'

쉴 새 없이 손가락을 움직이며 안타깝게 말하는 어머니의 목소리에, 장별좌의 낮은 목소리가 겹쳐졌다. 그의 말투는 무뚝뚝했지만, 가물거리는 등잔 불빛 너머로 보이는 옆얼굴은 부드럽고 편안했다. 이런 표정을 지을 줄 아는 사람이었구나. 서린은 조금 놀랐다.

'우리 길상이도 얼른 장가가야 할 텐데. 내가 죽으면 이 옷들은 다 누가 꿰매줄꼬.'

'어머님도 참, 혼례를 무슨 바느질시키려고 합니까? 좋은 사람 있으면 하는 거지.'

'너 혹시, 좋은 사람 생긴 게냐?'

반색하는 음성과 함께 서린의 시야가 위로 쓱 올라갔다. 양노파가 바느질감에서 눈을 떼고 아들을 올려다본 것이다. 그러나 장별좌는 단호하게 고개를 저어 어머니를 실망시켰다.

'말씀드렸지 않습니까. 전 누구와도 혼인할 맘이 없다고요.'

'역시, 나 때문이구나. 이 늙은이가 창창한 네 앞길을…….'

'그런 게 아니래도요!!'

조금 신경질적으로 받아치는 장별좌의 말끝에는 지친 기색이 묻어났다. 이와 비슷한 대화를 지금껏 수십, 수백 번 반복해온 것 같았다. 힘없이 시선을 떨어뜨리는 양노파의 의식에서는 그와 반대로, 짙은 죄책감과 좌절감이 독처럼 퍼져나갔다.

'햇살처럼 마냥 따스한 줄 알았던 사람에게, 이렇게 부정적인 감정이 숨겨져 있었다니.'

서린은 놀라움을 느끼면서 기억에서 깨어났다. 노총각 아들을 걱정하는 어머니의 마음이야 당연하지만, 왠지 중요한 뭔가를 엿본 것 같다는 직감이 들었다. 여기서 끝이 아닐 거라는 것도. 서린은 놓친 물건이 없는지 찾기 위해 한층 세심한 눈길로 방 안 이곳저곳을 뜯어보기 시작했다. 그러자 아까는 발견하지 못했던 게 눈에 들어왔다. 그녀가 앉은 맞은편 벽의 일부가 나머지 부분과 미묘하게 다른 색을 띠고 있었다.

'덧바른 건가?'

허술하게 지은 집은 비가 들이치면 토벽이 무너지는 경우가 왕왕 있었다. 그럴 땐 다시 쌓는 것보다 그냥 비슷한 색깔의 종이로 대충 가려두는 게 싸게 먹혔다. 하급 나인들의 처소에서도 그런 '땜질'을 드물지 않게 찾아볼 수 있었다. 사생활을 보장받기 어려운 궁에서, 영악한 몇몇 나인들은 그 땜질을 절호의 기회로 활용하기도 했다.

'혹시 여기도?'

서린은 종이 끄트머리를 손톱으로 살살 긁어 벗겨냈다. 안을 슬쩍 들여다본 다음 밥풀로 감쪽같이 붙여놓을 작정이었다. 종이가 떨어져나가자, 나무옹이처럼 움푹 팬 작은 구멍이 보였다. 서린은 잠시 망설이다 그 안으로 왼손을 집어넣었다. 큼직하고 딱딱한 나무 재질의 물건이 만져지는가 싶더니, 먹물처럼 까만 어둠으로 덮인 기억이 스멀스멀 그녀를 덮쳐왔다.

'내가 평생 피땀 흘려 한 푼 두 푼 모은 돈이야. 부디 잘 부탁하네.'

늦은 밤, 빙고 뒤편으로 보이는 공터. 누렇게 죽은 잔디로 뒤덮인 그곳에서 양노파는 누군가를 만나고 있었다. 서린이 여러 기억 속에서 보았던 잔뜩 주름진 손이 길쭉한 목함을 열더니, 보기에도 묵직한 엽전 꾸러미 다섯 개를 한꺼번에 집어 올렸다. 세월의 흔적이 고스란히 느껴지는 꾸러미들은 누군가의 손으로 옮겨졌는데, 그 동작이 어찌나 빠르고 은밀한지 서린이 제대로 볼 수 없었다. 양노파가 함을 닫는 동시에, 남자의 것인지 여자의 것인지 알 수 없는 걸걸한 목소리가 들려왔다.

'걱정 마소. 내가 언제 형님 등쳐먹은 적 있소?'

목함에 새겨진 기억은 거기서 끝이었다. 부뚜막에서 찾아낸 식은 밥풀을 종이 뒤쪽에 꼼꼼하게 붙이면서, 서린은 생각에 잠겼다. 이게 결정적인 단서일까? 돈 문제일까? 누군가 양노파로부터 목돈을 빌리고, 그걸 갚지 않으려고 죽인 것일까? 종이를 원래대로 붙여놓고 어질러진 물건을 정리하려는데, 마당 쪽에서 사락사락 발소리가 들렸다.

도망칠 시간이 없었다. 서린은 바닥에 널린 물건들을 한 번에 쓸어 모아 반닫이 안에 쑤셔 넣고는, 방 안에서 찾을 수 있는 유일한 대피처로 숨었다. 바로 홑이불 아래. 새우처럼 웅크린 몸을 간신히 이불로 가린 순간, 곁방 문이 열리고 은조가 들어왔다.

"여기 누가 있나요?"

"……."

"이상하다, 분명 소리가 들렸는데."

서린은 이불자락 밖으로 빼꼼 삐져나간 발가락을 꼼지락거리며 다른 사람 아닌 은조가 온 게 다행이라 여겼다. 은조는 방 안을 메운 정적에 가만히 귀 기울이더니, 고개를 살짝 갸우뚱하고는 그대로 밖으로 나갔다. 포기한 건가. 서린이 안도의 한숨을 내쉬는 찰나, 은조가 돌아왔다. 이번에는 마당을 쓰는 기다란 빗자루를 손에 들고서.

'저걸로 뭐 하려는 거지?'

서린의 궁금증은 금방 풀렸다. 은조가 빗자루를 야무지게 쥔 채 방 안 구석구석을 맹렬히 휘젓기 시작한 것이다. 당황한 서린은 이불을 뒤집어쓴 채 몸을 틀었지만 한 발 늦었다.

"윽!"

커다란 호를 그리며 날아온 장대에 서린은 보기 좋게 어깨를 얻어맞고 말았다. 반사적으로 신음을 내뱉자, 그 목소리를 알아들은 은조가 흠칫했다.

"서린이니? 여기서 뭐 하는 거야?"

"어, 그게, 저기……별좌님이 밤새 추우실 것 같아서, 요를 가져다 드리려고……."

"내가 방금 가져다드리고 왔는데?"

서린은 당황한 나머지 입술을 깨물 뻔했다. 영락없이 밤손님으로 몰릴 판국이었다. 더구나 파렴치하게도 상이 난 집에 숨어들어 도둑질이라니. 멍석말이를 당해도 할 말이 없었다. 그런데 은조는 서린을 비난하며 몰아붙이는 대신, 이미 다 안다는 듯 의미심장하게 단언했다.

"네가 여기에 온 이유는 따로 있잖아."

"어, 그게……."

"너도 궁금한 거지? 양노파님께 무슨 일이 일어난 건지. 그래서 조사해보려는 거지?"

은조는 앞이 훤히 보이는 사람처럼 대번에 정곡을 찔렀다. 서린은 놀란 나머지 입을 반쯤 벌린 채 고개를 끄덕일 뿐이었다. 그 몸짓이 은조에게는 보이지 않는다는 걸 잠시 잊은 채. 은조는 서린의 그런 동작마저 다 알고 있다는 듯 거침없이 대화를 이어나갔다.

"궁에서 왔다고 했지? 의금부 사람들이 일하는 걸 가까이서 봤을 테니, 이런 일엔 우리 빙부들보다 훨씬 익숙하겠구나."

사실 서린은 의금부에 대해 아는 게 쥐뿔도 없지만, 굳이 은조의 말을 고쳐주진 않았다. 사실 의금부 관원들을 보고 배울 필요도 없었다. 가해자에 대한 정보가 없는 상황에서 가장 효과적인 접근법은 피해자를 파악하는 것이며, 누군가를 제대로 알려면 그 사람이 살던 장소와 그 사람이 쓰던 물건을 살펴보는 건 필수니까. 네까짓 게 뭔데 살인 사건을 조사하느냐고, 은조는 서린에게 면박을 주진 않았다. 오히려 서린을 믿는 데서 한 걸음 더 나아갔다.

"나도 돕고 싶어. 노파님은 내게도 참 잘해주셨으니까. 뭐 필요한 거 있어?"

"음, 그럼 일단 그분이 어떤 분이셨는지 얘기해줄 수 있어? 출신이라든가, 가족이라든가."

"그건……."

양노파를 두고 뒷말하는 게 내키지 않는 듯 은조는 잠시 망설였다. 그러나 노파를 돕기 위한 일이라는 데 생각이 미치자, 이내 결심하고 사연을 풀기 시작했다.

"사실 별좌님은 상당한 유력 가문 출신이셔. 정이품 도총관까지 지낸 장명훈 대감이 별좌님의 아버지시지. 문제는 별좌님이 서얼이라는 건데……."

"그 얘기는 양노파님이 둘째 부인이었다는 거야?"

"단순한 첩이 아니야. 정실이 별좌님의 연년생 형을 임신하고 있을 때, 장대감이 길 가던 과부를 데려와 겁탈하다시피 취해서 생긴 아들이 바로 장길상, 지금의 별좌님이야."

"세상에."

"더 큰 문제는 그 과부의 죽은 남편이 소 잡던 사람이었다는 거지. 백정이 어떤 취급을 받는지 모르진 않겠지?"

서린은 은조가 볼 수 없다는 걸 깜박 잊고 고개를 주억거렸다. 너무도 더럽고 비천해서 양민은 말조차 섞기 꺼리는 게 백정이었다. 오죽하면 그 천대를 견디지 못한 백정들이 마을 외곽에 자기들끼리 따로 모여 살겠는가.

"장대감이 임신한 과부를 하녀로 들어앉혔지만, 이미 소문은 멀리 퍼진 후였대. 하녀가 낳은 아이는 집안의 수치이자 천덕꾸러기가 되었고, 정실과 이복형뿐만 아니라 하인들에게까지 손가락질당하며 자랐지. 무예도, 글도, 인물도 형보다 나았는데 말이야."

그게 화근이었을 것이다. 백정 과부의 핏줄이 본처의 핏줄보다 잘났다는 것. 과거시험에서 낙방할 때마다 길상의 형은 이복동생을 두들겨 패며 화풀이했고, 아버지는 묵인했다.

"무당이 그랬대. 차남이 장남 복을 모두 빼앗아간다고. 본처는 남편을 닦달해 모자를 쫓아내고야 말았어. 쫓겨난 하녀는 삯바느질로 아들 뒷바라지를 했고, 결국 별좌로 만들었지."

별좌는 녹봉도 못 받는 명예직에 불과하지만, 대신 일정 기간 근무하며 그 공을 인정받으면 '진짜' 벼슬을 받을 수도 있었다. 다만, 장별좌의 지금 나이대를 보면 원하는 대로 승진하진 못한 것 같지만. 병기를 제조하는 군기시, 선박을 관리하는 전함사(典艦司), 도성 개축을 담당하는 수성금화사(修城禁火司) 등등 그동안 장별좌가 거쳐 온 곳들을 줄줄이 읊는 은조를 보고 서린은 감탄했다.

"소상히도 알고 있네. 별좌님에 대해서라면 정말 모르는 게 없구나?"

서린의 말에 은조는 말을 멈추고 슬며시 얼굴을 붉혔다. 어쩌면 채옥이 의종을 연모했던 것처럼, 은조도 장별좌에게 그런 마음인 건 아닐까. 그래서 이렇게 열심히 서린에게 협조하는 건지도 모른다. 양노파의 원(怨)을 풀어주고, 장별좌를 제자리로 돌려놓기 위해. 서린은 염치 불구하고 은조의 도움을 더 얻기로 했다.

"양노파님과 사이가 안 좋았던 사람들에 대해서도 알아볼 수 있을까? 중요한 문제라서."

"글쎄, 워낙 온화하신 분이라 누구와 다투시진 않았을 텐데. 그래도 일단 알아볼게."

서린은 은조에게 말해주고 싶었다. 우리는 가까운 사람에 대해 의외로 모르는 게 많을 수도 있다는 것. 그게 때로는 치명적인 결과로 돌아오기도 한다는 것. 아린이 얼마나 외로운지, 얼마나 친구가 필요한지 알았다면 동생을 잃지 않아도 됐을까. 불쑥 떠오른 동생의 기억에 괴로워하면서 서린은 굳게 결심했다. 양노파의 죽음을 캐기 시작한 건 이기적인 이유에서였지만, 그 결과만큼은 그렇지 않게 하겠다고. 노파의 쪼그라든 가슴에 겹겹이 맺힌 채 스러졌을 하소연이, 반드시 누군가에게는 가서 닿게 하겠다고. 어쩌면 그것으로 한없이 외롭고 고통스러웠을 노파의 최후에, 한 점이나마 위로가 될 수 있길 바라면서.

55
떡, 엿, 술

“사헌부에서 도성의 노비 수가 너무 많다고 이의를 제기해왔습니다. 빚 대신 노비로 팔려가는 양민의 수가 갈수록 많아져, 납세와 군역에 차질이 빚어질 정도라 합니다.”

“앞으로 돈놀이하다 적발될 경우 최소 삼 년간 옥살이를 하게 될 것이라 널리 알리시오. 최근 오 년간 노비 문서를 철저히 조사해 합법적인 경로로 예속되지 않은 이들은 모두 면천하시오.”

왕이 숙원 강씨와 함께 피정을 떠난 지 사흘째. 범의 첫 대리청정은 순조로웠다. 용좌를 비워놓고 그 아래 임시로 마련한 금박 의자에 앉은 그는 오래전부터 조선을 통치해온 사람처럼 신료들이 들고 오는 문제를 척척 해결해냈다. 조금이라도 잘못하면 꼬투리를 잡으려고 신경을 곤두세운 채 기다리던 친중전파 사람들이 무안해질 정도였다.

“저하, 작년 흉작의 영향으로 올해 쌀 수급이 원활하지 않다는 경시서(京市署)의 상소이옵니다. 떡과 엿을 만들어 먹거나 파는 것을 금지해 쌀 낭비를 막으면 어떻겠습니까.”

"그게 좋겠구려."

영의정이 미리 만들어온 칙령문(勅令文)에 옥새를 찍으려던 범은 문득 손을 멈췄다. 그러더니 왼쪽에 마련된 나무 의자를 향해 고개를 돌렸다.

"대군, 네 의견은 어떠하냐?"

범은 서씨가 내건 조건에 따라 헌이 대리청정에 참여하도록 했다. 그러나 어전회의가 절반 넘게 흘러가는 동안 헌은 꿔다놓은 보릿자루처럼 침묵만 지켰다. 범은 이제 신료들에게 헌의 역량을 여실히 보여줄 작정이었다. 대군은 세자가 하는 대로 무력하게 끌려다니는 어린애일 뿐이라는 걸. 질문을 받은 헌은 잠시 고개를 갸웃거리더니, 맑고 또렷한 목소리로 말했다.

"제 생각에…… 떡과 엿을 먹지 못하게 하는 건 너무 가혹합니다."

"그래? 어떤 점이 그렇다는 것이냐?"

"그게…… 달고 고소하니까……."

어설픈 대답에 친세자파 신하들 사이에서 낮은 웃음소리가 새어 나왔다. 같잖다고 얕보는 것이다. 왕도 중전도 부부인도 없는 이 자리에서 헌을 비호해줄 사람은 없었다. 하지만 헌은 범의 기대처럼 확기가 죽는 대신, 어물거리면서도 하고 싶은 말을 끝까지 해나갔다.

"작년에 이어 올해도 농사가 어렵다 들었습니다. 맛있는 음식만큼 힘이 되는 건 없지요. 게다가 떡과 엿은 들고 다니면서 먹기도 편하니, 일할 때 새참으로 먹기도 좋을 것입니다."

아까보다 논리정연해진 대군의 말에 신하들은 하나둘씩 귀를 기울이기 시작했다. 친중전파 신하들이 맞장구치듯 고개를 끄덕이는 모습에 헌은 한층 용기를 얻었다.

"떡이나 엿은 과자에 비하면 재료도 조리법도 간단해서 만들어 파는 아낙네도 많다고 들었습니다. 그렇다면 그들과 그 어린 자식들의 생계가 떡 하나, 엿 하나에 달린 것 아니겠습니까."

쌀이 부족할 때 떡과 엿을 금지하는 건 선왕들이 일종의 관례처럼 해오던 일이었다. 가시적인 효과가 뛰어난 데다 누구도 이의를 제기하지 않았기에 범도 그게 잘못됐다고 생각해본 적이 없었다. 선왕들과 그 세자들도 마찬가지였을 것이다. 귀한 별미가 넘쳐나는 궁에서는 떡과 엿을 못 먹는다고 해도 달라질 게 없었으니까.

"그렇다면 대군, 쌀 소비량을 어떻게 줄여야 하겠느냐? 뭔가 방법이 있느냐?"

범은 꿀 먹은 벙어리가 될 헌을 머릿속에 그리며 물었다. 남의 의견을 비판하는 건 쉬운 일이다. 대안을 내놓는 게 어려운 일이지. 그런데 헌은 이번에도 범을 놀라게 했다.

"엊그제 내자시(內資寺)•에서 수백 통의 술을 들여오는 걸 봤습니다. 그 외에 진상품으로 올라오는 것도 백여 통에 달하지요. 제가 보기에, 사람들은 떡이나 엿을 먹는 것보다 술을 많이 마시는 것 같습니다."

"그래서 술을 금지하자는 게냐?"

금주령이 어떤 효과를 낳는지는 이제껏 실증된 많은 사례가 있었다. 사람들은 차라리 끼니를 끊을지언정 술은 끊지 못했다. 금주령이 길어질수록 암시장이 극성을 부렸고, 밀매매를 단속하느라 전국 관

• 궁궐에 음식과 술, 직물을 공급하는 관청

청이 마비되다시피 했다. 그러나 헌은 이번에도 범의 예상을 피해 갔다.

"그렇게까지 할 필요는 없을 겁니다. 술을 꼭 쌀로 빚어야만 하는 건 아니니, 곡주만 금지하면 되지 않겠습니까?"

"……."

열여덟의 나이로 어전에 발을 들인 후 처음으로 범의 말문이 막혔다. 헌의 견해를 반박할 능력이 없어서는 아니었다. 그저, 천치인 줄 알았던 대군이 제법 조리 있게 논리를 펼치는 것에 놀랐을 뿐. 궁에서 키우는 개가 어느 날 갑자기 《천자문》 읊는 걸 봤다면 이런 기분이었을까. 범이 복잡한 침묵을 지키는 가운데, 이 안건을 상정했던 영의정이 앞서 침묵을 깨뜨렸다.

"오, 그런 방도가 있었군요."

"해볼 만하겠습니다."

"괜찮은데요."

말을 거드는 이들 중에는 친중전파도 친세자파도 아닌 신하도 섞여 있었다. 단기간에 부쩍 성장한 대군을 보는 신료들의 눈빛에는 제 아들을 보는 듯한 대견함이 묻어났다.

"검증되지 않은 제도를 함부로 시행할 순 없소. 우선 해마다 술을 제조하는 데 들어가는 쌀의 양을 조사해보도록 하시오."

범은 엄숙하게 지시함으로써 회의 주도권이 자신에게 있음을 강조하려 했다. 하지만 대군의 변신이 신하들에게 남긴 인상까지 지울 순 없었다. 그날 회의가 끝나고 정전을 나서면서 신하들이 대화 주제로 삼은 사람은 범이 아닌 헌이었다.

"대군 마마께 저런 면이 있는 줄 몰랐소."

"그러게 말이오. 공부를 시작하신 지 얼마 안 되었는데, 습득이 빠르신 것 같소. 하긴, 저 영민한 세자 저하와 형제지간인데 그 핏줄이 어딜 가겠소."

그러나 범은 알았다. 헌이 몰라보게 총명해진 이유는 따로 있다는 걸. 신하들이 떠난 후, 텅 빈 어전에 홀로 앉은 범은 맨 위에 놓인 상소문을 손아귀로 와락 구기며 입가를 비틀었다.

'성균관 문지방도 못 밟아본 한낱 계집 따위가 선생 노릇을 썩 잘하는군.'

사실 서씨가 헌을 가르치는 데 특별한 비결이 있는 건 아니었다. 틈만 나면 남편을 서안 앞에 앉혀놓는 게 방법이라면 방법이랄까. 사서삼경(四書三經)•은 필요 없었다. 그런 식으로는 절대 범을 쫓아갈 수 없다는 걸 아는 서씨는 아예 책을 덮어놓고 대화식으로 수업을 진행했다.

"최근 형조에서 세 살 이하의 아이들에게는 연좌율(緣坐律)••을 면해주자는 논의가 있습니다."

"그야 당연히 면해주어야 하는 것 아니오? 그 어린애들이 뭘 안다고?"

"그럼, 일가친척이 모두 처형되거나 유배 간 후 혼자 남은 아이는 어떻게 하면 좋겠습니까?"

• 유교에서 경전으로 삼는 책들로 《논어》, 《맹자》, 《중용》, 《대학》을 사서, 《시경》, 《서경》, 《역경》을 삼경이라 한다.

•• 부모나 친족이 지은 죄에 대한 벌을 함께 받게 하는 것

"어, 그건……."

"세 살 이하라는 기준은 어떻습니까? 네 살은 죽이고, 세 살은 살리는 건 공평한 일일까요?"

서씨는 헌에게 모범 답안을 제시해주지 않았다. 세상사에 정답이 없다는 것도 대군이 깨우쳐야 할 교훈 중 하나였다. 한 가지 현안에 대해 대여섯 개의 서로 다른 관점을 제시해주면서, 서씨는 헌이 스스로 사고하고 결정하는 훈련을 하도록 유도했다. 도탄과 곤궁에 빠진 이 조선에 옛 성현의 말씀만 반복하는 앵무새 같은 위정자는 필요 없다는 게 그녀의 생각이었다.

"이 문제에 대해 좀더 생각해보고 계십시오. 전 약을 달여 오겠습니다."

대군의 처소를 나온 서씨는 새로 지은 소주방으로 향했다. 이런 것도 다 정성이라는 시어머니의 당부를 떠올리며, 탕기에 약재를 넣는 것부터 화로에 올려놓고 달이는 것까지 전부 손수 했다. 내명부 일을 배우랴, 지아비를 가르치는 동시에 의녀 노릇까지 하랴. 힘들지만 고되진 않았다. 헌은 서씨가 해주는 그 어떤 일도 당연하게 여기지 않았다. 그녀가 내미는 탕약 그릇을 한없이 고맙고 미안한 표정으로 받아들며 얼른 건강해지겠다고 약속하곤 했다. 서씨는 그런 남자가 흔치 않다는 걸 잘 알았다. 약탕기를 올린 화로 옆에서 조용히 부채질하던 꼬마 내관이 싹싹하게 웃으며 그녀에게 말을 붙여왔다.

"오늘 어전회의에서 대군 마마께서 돋보이셨다 들었습니다. 마님께선 매우 기쁘시셨습니다."

"음."

"이대로 계속 승승장구하시면, 저번에 잃은 점수를 되찾으실 수 있을 겁니다. 그, 견습나인 사건 때 말이에요."

서린이 대군을 살인 용의자로 지목했다가 내쳐진 사건을 궁인들은 그렇게 불렀다. 당시 서린의 직급은 정식 나인이었지만. 대군의 혼사는 그 후에 치러졌기에 서씨는 그 일을 알지 못했다. 서씨는 찌르듯 날카로운 눈길로 꼬마 내관을 쏘아보며 물었다.

"견습나인 사건? 그게 뭐지?"

"앗, 죄송합니다! 부부인 마님! 이 방정맞은 입이 말실수를……."

"괜찮다. 꾸짖지 않을 테니 말해봐라."

천수전의 귀여운 꼬마 내관, 예성은 서씨의 눈치를 살피며 조심스럽게 이야기를 해나갔다. 죽은 의금부부사 이의종의 아버지 이원익 장군이 헌을 가짜 환자로 의심했던 일, 헌이 죽은 아기나인의 신발을 갖고 있다는 의혹이 제기되었고 그 때문에 왕이 그의 방을 뒤졌던 일까지. 기절초풍하고도 남을 일이었지만, 서씨는 의외로 동요하지 않았다. 대신 침착한 투로 예성에게 물었다.

"이 얘길 나한테 해주는 대가로, 세자 저하께 무엇을 약속받았느냐?"

예성은 깜짝 놀라 부채를 떨어뜨렸다. 범이 대놓고 명령한 건 아니었다. 하지만 부부인도 알아야 할 일이니 때를 봐 넌지시 일러주라 했다. 그렇게 말한 직후, 예성이 천수전과 동궁전을 왔다 갔다 하면서 고생한다며 반나절 외출하게 해주겠다고 약속했다. 부부인이 내 마음을 꿰뚫어보신 건가. 겁먹고 발발 떠는 예성이 귀여운 듯 서씨는 빙긋 웃었다.

"사방에 세자 저하의 눈과 귀가 있는 걸 내가 모를 줄 알았더냐."

"저기, 그게……."

예성은 그의 자랑인 연륜을 바탕으로 노련한 변명을 하고 싶었지만, 백지가 되어버린 머릿속에선 아무것도 떠오르지 않았다. 예성이 곤경에 처해 있을 때, 전혀 뜻밖의 곳에서 도움의 손길이 뻗어왔다. 붕붕거리며 날아온 벌 한 마리가 두 사람 사이에 끼어든 것이다. 예성이 벌을 눈으로 미처 확인하기도 전에, 서씨는 그 날갯짓 소리만 듣고도 기겁하며 뒤로 넘어갔다.

"으앗!"

서씨의 반응이 워낙 호들갑스러워 예성은 무슨 말벌이라도 나타난 줄 알았다. 그런데 허공을 빙빙 돌고 있는 건 엄지손톱만 한 크기의 앙증맞은 노란색 꿀벌이었다. 긴 옷소매를 휘둘러 손쉽게 벌을 쫓아버린 예성은 다급히 서씨를 불렀다. 그녀는 체통이고 뭐고 냅다 던져버린 채 흙바닥에 벌러덩 누워 있었다. 약탕기는 화로째 옆으로 쓰러졌고, 번쩍 쳐들린 치맛자락 사이로 얇은 속적삼이 드러났다.

"부부인 마님, 괜찮으십니까!"

서씨는 두 손바닥으로 얼굴을 완전히 덮은 채 간신히 고개를 끄덕였다. 벌 소리가 그친 것을 거듭 확인하고 한참 후에야, 서씨는 주섬주섬 몸을 일으켰다. 예성은 강철처럼 단단하고 대범하던 서씨가 그토록 두려워하는 존재가 있다는 게, 그게 고작 벌이라는 게 우습고 신기했다.

"마님께서도 무서워하시는 게 있군요."

"그야 당연한 거 아니냐. 나도 사람이다."

격앙된 어소로 받아쳤던 서씨는 자신이 지나쳤단 걸 깨닫고 멈칫했다. 예성은 악의를 갖고 한 말이 아니었다. 서씨는 엉망이 된 옷매무새를 가다듬으며 한층 가라앉은 투로 말했다.

"어릴 때 벌에 쏘여 죽을 뻔한 적이 있다. 그 후로 벌만 보면 온몸에 소름이 돋는구나."

"허면 조심하셔야겠습니다. 궐은 숲으로 둘러싸여 있어 이 시기엔 벌들이 몰려다니거든요."

예성은 녹음이 우거진 담 너머를 가리키며 진지하게 충고했다. 서씨는 엎어진 화로와 약탕기를 빠르고 정확한 손길로 정돈하면서 지나가듯 예사로운 투로 응수했다.

"내가 벌을 무서워한다는 것도 세자 저하께 말씀드려야겠지?"

"아, 저기, 그게……."

"말해도 상관없다. 대신 이렇게 말씀드려라. 부부인은 석 달 전 사건이 아니라, 십 년 전 사건에 대해 의혹을 품고 있다고 말이다."

"네? 십 년 전이라면……."

"그냥 그렇게만 말하면 된다."

서씨는 더 설명해주지 않았다. 다행히 엎질러지지 않은 약을 다시 불에 올리며 의미심장한 미소를 머금었을 뿐. 난처해진 예성은 발끝을 배배 꼬면서 서씨에게 간청했다.

"송구하오나, 제가 사자(使者) 노릇 하는 걸 마님께 들킨 건 비밀에 부치면 안 되겠습니까?"

"그리 하거라."

서씨가 의외로 흔쾌히 승낙하자, 예성의 낯빛은 단번에 밝아졌다. 그는 십 년 감수했다는 듯 고사리 같은 손으로 가슴을 쓸어내리더니 서씨를 향해 넙죽 절을 올렸다.

"감사합니다! 마님!"

그 말만 남기고 쪼르르 동궁전 쪽으로 달려가는 예성. 닮은 척해도 제 나이의 한계를 벗어날 수 없는 그 천진한 뒷모습을 바라보며 서씨는 왠지 모를 안쓰러움을 느꼈다. 결국은 피를 부르게 될 이 암투에서 자신이 했던 진짜 역할이 무엇이었는지, 언젠가 저 아이가 깨닫게 될 날이 올까? 그 대답은 오직 하늘만이 알고 있었다.

56

정략결혼

"망할 것들 같으니라고. 저것들 때문에 올해 사과 농사도 망쳤어."

과수원 주인 남씨는 회색 구릉 모양의 빙고를 살벌하게 노려보며 중얼거렸다. 서린의 인사 따위는 안중에도 없는 모습이었다. 무안해진 서린은 과수원 입구에 우두커니 선 채 은조에게 들은 얘기를 되새겼다. 양노파에게 앙심을 품을 사람은 과수원 주인 남씨밖에 없다던.

'양부인, 아니, 길상 어머니. 늘그막에 적적하지 않소? 나랑 같이 과일이나 따면서 삽시다.'

옆 마을에서 과수원을 운영하는 남씨가 빙부들이 사는 마을을 찾아와 느닷없이 양노파에게 구혼한 것은 지난 추석 무렵이라고 했다. 빙고도 빙부도 치를 떨며 싫어해서 상한 사과 한 알도 나눠주지 않던 그의 돌발 행동에 모두가 기절초풍했다. 청혼을 받은 당사자인 양노파의 반응은 어떻게 보면 그보다 더 심했다. 남씨를 없는 사람 취급하며 그대로 지나가버린 것이다. 서린이 은조로부터 듣기에 남씨는 한 고집, 한 자존심 하는 사람이라 했고, 그렇다면 청혼을 거절당한 것에 상처를 받았을 수도 있었다.

“전 빙부 윤서린이라고 합니다. 별좌님의 밀명을 받고 그분 어머님의 생전 행적을 조사 중이에요. 전 궁녀 출신이거든요.”

“…….”

서린은 일부러 ‘궁녀’라는 단어를 힘주어 말했지만, 남씨는 들은 체도 하지 않았다. 그저 사다리에 올라가 나뭇가지에 주렁주렁 열린 초록색 사과들을 따는 데 열중할 뿐이었다. 서린은 그쪽으로 성큼성큼 걸어가며 목소리를 높였다.

“실례가 안 된다면, 작년 섣달그믐에 뭘 하고 계셨는지 여쭤도 될까요?”

섣달그믐은 양노파가 자취를 감춘 날이었다. 아들의 세배를 받고, 은조와 함께 끓인 떡만둣국을 기분 좋게 먹고, 혼자 산책한다며 늦은 오후쯤 집을 나섰다고 했다. 그 후 다신 돌아오지 않았다. 남씨도 그걸 알 테지만, 별다른 동요를 보이지 않고 묵묵히 자기 일만 계속했다.

“스무 해째 똑같지. 이 녀석들을 볏짚으로 꽁꽁 싸매주는 거야. 그래야 얼어 죽지 않고 새해를 무사히 맞이할 수 있거든.”

“온종일요?”

서린의 질문을 받은 남씨는 그제야 손을 멈추더니, 사다리에서 내려왔다. 그리고 광활한 과수원을 빽빽이 메운 나무들을 턱짓으로 가리키며 어깨를 으쓱해 보였다.

“봐. 나 혼자 다 하려면 아침부터 밤까지 꼬박 일해도 모자라지 않겠어?”

맞는 말이었다. 남씨가 월동 준비를 하고 있었다면, 양노파를 살해하고 시신을 꽁꽁 얼릴 시간은커녕 뒷간 갈 시간도 모자랐을 것이다.

물론, 남씨의 말이 진실이라는 전제에서지만. 남씨가 사다리를 들고 다음 나무로 옮겨가는 것을 보고, 서린은 방금 그가 열매를 다 따버린 사과나무로 다가갔다. 그리고 남씨의 손이 닿았던 나무 기둥 부분에 슬며시 왼손을 갖다 댔다.

'내년엔 석류를 한 번 심어볼까? 고게 제법 쏠쏠하다지?'

'상해서 못 파는 사과는 말랭이를 만들어 팔아야겠다.'

살인 사건에 대한 질문을 받았음에도 불구하고, 놀랍게도 남씨는 양노파를 떠올리지도 않았다. 온통 과일을 심고, 따고, 파는 기억들뿐이었다. 마치 과일로 만들어진 인간 같았다. 어안이 벙벙해진 서린에게 남씨의 무심한 목소리가 들려왔다.

"날 잡아넣으러 온 거면 시간 낭비야. 그 할망구한텐 억하심정 없으니까."

"하지만 결혼하고 싶어 하셨잖아요. 양노파님이 거절하셔서 기분 상하지 않으셨어요?"

"상할 게 뭐 있어. 그 할망구 좋아서 꺼낸 얘기도 아니고. 과수원 때문에 그런 건데."

"과수원이오?"

"혹시 장별좌가 내 의붓아들이 되면, 저 창고들을 멀리 떨어진 데로 옮겨줄까 생각했었지."

남씨는 조금 멋쩍은 듯 웃었다. 그의 해명에 따르면, 빙고에서 사시사철 흘러나오는 냉기 때문에 사과가 푸석푸석하고 맛이 없어졌다고 했다. 수확 철마다 남씨는 장별좌에게 달려가 빙고를 다른 곳으로 옮기라고 항의했지만, 장별좌는 듣는 시늉조차 하지 않았다. 끙끙 앓던 남씨는 급기야 정략결혼이라는 궁여지책을 생각해냈지만 그조차 실패했던 것이다.

"어차피 이젠 소용없게 됐어. 조만간 다 접고 이 동네 뜰 거니까."

"네?"

"비싸게 쳐주겠단 사람이 나타나서 말이야. 한 철 농사만 끝내고 바로 넘겨주기로 했어. 솔직히 사람 살 만한 데는 아니거든, 여기가."

자루에 사과를 가득 채운 남씨는 사다리를 챙겨서 과수원 한복판에 있는 움막으로 들어가 버렸다. 대화가 끝났다는 뜻인가. 서린이 돌아가야 할지 쫓아가야 할지 고민하는데 남씨가 다시 나타났다. 그러더니 꾸깃꾸깃 접은 종이를 펴서 서린의 눈앞에 내밀었다. 남씨와 다른 한 사람의 이름이 적히고 지장이 찍힌 땅문서였다. 지장 옆에 적힌 날짜는 섣달그믐에서 한 달 전이었다. 양노파가 실종되기 전 남씨는 이미 과수원을 팔아넘긴 것이다. 즉 그에게는 살해 동기가 없었다. 서린이 멀거니 종이를 들여다보자 남씨는 옆에서 쯧쯧 혀를 찼다.

"실망했나 본데, 애초에 잘못 짚었어. 진짜 의심 가는 사람은 따로 있거든."

"따로 있다고요?"

남씨가 서린을 향해 고개를 숙이자 풋사과 냄새가 확 풍겨왔다. 새큼달큼한 그 냄새에 침이 고이는 것을 느끼며 서린은 뜻밖의 이야기를 들었다. 남씨의 말이 얼마나 신빙성 있는지는 모르겠지만, 확인해볼 만한 가치는 분명히 있었다. 하지만 지금 당장은 아니었다. 서린은 차분하게 기다렸다. 무더위가 한풀 꺾이고, 여름 손님처럼 해마다 찾아오는 장마가 시작될 때까지.

쏴아아아—.

비가 세차게 쏟아지자 얼음 출하 작업은 중지되었고, 빙부들은 한가해졌다. 서린은 온종일 해진 옷을 기우며 시간을 보냈다. 마침내 해가 저물고 고요한 밤이 찾아오자, 대나무 도롱이를 머리에 쓰고 집을 빠져나왔다. 그녀의 목적지는 제10빙고였다. 가장 최근에 얼음이 전부 출하되어 텅 비어 있는 창고였다. 남씨로부터 설명을 듣긴 했지만, 빙고 앞에 다다를 때까지도 그녀는 그걸 어디까지 믿어야 할지 의구심을 품고 있었다. 하지만 대낮처럼 불이 환하게 밝혀진 빙고와 그 입구를 지키고 있는 덩치 큰 빙부를 본 순간, 안개가 걷히듯 의심이 사라졌다.

"너, 여기가 어딘 줄 알고 온 게냐?"

도롱이를 벗으며 가녀린 몸집을 드러낸 서린에게, 보초를 서던 빙부는 어처구니없다는 듯 물었다. 서린은 대답 대신 품 안에서 엽전 네 개를 꺼내 그의 눈앞에 들이밀었다. 은조로부터 빌린 돈인데, 이걸로는 모자란다고 박대당할까 봐 속으로 조마조마했다. 그러나 빙부는 엽전을 세어보지도 않고 대충 고개를 끄덕이며 옆으로 비켜섰다. 서린이 길고 어두침침한 복도를 지나 창고 안으로 들어서자, 코를 찌르는 술 냄새와 함께 왁자지껄한 소리가 들려왔다.

"낙장불입!"

"에잇, 뒈졌다!"

넓은 창고 여기저기에는 푸른 모포가 열 장 넘게 깔려 있었고, 대여섯 명의 사람들이 모포를 둘러싸고 앉아 있었다. 그들은 글씨를 새긴 나무토막을 손에 쥐고 들여다보거나, 반대로 오만상을 찌푸리며 내던지는 중이었다. 궁녀들과 내관들도 즐겨 하는 투전이었다.

'이게 말로만 듣던 빙고의 불법 도박판이구나.'

날씨가 너무 덥거나 비가 와서 할 일이 없을 때, 빙부들은 밤마다 빙고에서 판을 벌인다고 했다. 얼음을 다 빼낸 넓은 공간은 더위와 습기를 피하기에도 딱 좋아서, 빙부들과 동네 사람들뿐만 아니라 제법 먼 동네에서까지 소문을 듣고 원정 온다고 했다. 고된 일을 하는 빙부들에게도 낙이 필요하기에, 장별좌도 다 알면서 묵인하는 일이었다. 서린은 모포와 모포 사이를 돌아다니면서, 작업장에선 죽은 생선처럼 생기 없이 비척비척 걸어 다니던 빙부들이 두 눈을 번쩍번쩍 빛내며 패를 겨루는 모습을 지켜보았다. 물론 한가롭게 구경하러 온 건 아니었다. 서린이 찾던 사람은 발견하기 어렵지 않았다. 머리카락이 한 올도 없는 정수리가 등잔 빛을 환하게 반사하며 존재감을 발하고 있었으니까.

"에잉, 말짱 황이고만!"

남씨가 예측한 대로 양노인은 제일 큰 투전판에 끼어 있었다. 장별좌의 외가 쪽 먼 친척인 양노인은 변변찮은 일도 하지 않으면서 빙부들의 마을에 얹혀살고 있다고 했다.

'기생충 같은 인간이지. 할망구네 밥상에 숟가락 얹으면서 근근이 살아가는데, 언젠가부터 도박장에서 돈을 물 쓰듯 했어. 일도 안 하는데 그 돈이 어디서 났겠어? 뻔하지.'

음험하게 쑥덕이던 남씨의 목소리가 귀에 선했다. 양노인이 양노파의 전 재산을 빌려가 도박에 날려버렸다면, 돈 갚으라는 독촉을 면하려고 그녀를 해코지했을 가능성이 있었다. 서린은 눈에 핏대를 세우며 패를 들여다보고 있는 양노인의 뒤쪽으로 접근했다.

"양귀남 어르신 되시죠? 전 윤서린이라고 합니다. 새로 온 빙부예요."

서린은 별좌의 밀명을 받았느니 어쩌느니 하는 말은 하지 않았다. 여긴 빙부들이 있으니 들통 날 거짓말은 하지 않는 게 나았다. 대신 다른 핑곗거리를 꾸며냈다.

"제가 은조와 함께 양노파님 방을 정리하려는데요. 아무래도 친척분의 조언이 필요해서요."

"바빠, 알아서 해."

양노인은 뒤도 돌아보지 않고 퉁명스럽게 내뱉었다. 이럴 줄 알았다. 서린은 실망하지 않고 노인의 어깨에 살며시 왼손을 올렸다. 그래도 그는 알아차리지 못했다. 노인이 처음 패를 받아들었을 때의 따끈따끈한 기억이 가벼운 흥분감과 함께 서린의 의식 속으로 밀려들었다.

'어디 한번 거하게 걸어봐? 어쩐지 느낌이 좋단 말이지.'

양노인은 돈을 걸지 말지 고민하고 있었다. 노인의 어깨에서 손을 뗀 서린은 조용히 모포의 맞은편으로 돌아갔다. 눈을 일(一)자로 가느스름하게 뜬 채 패를 뚫어지게 보고 있는 사람은 바로 아전이었다. 그는 등 뒤에서 패를 훔쳐보는 사람이 없도록 벽에 찰싹 붙어 앉아 있었지만 서린에겐 소용없었다. 그가 걸친 유삼(油衫)• 자락을 슬쩍 만져보기만 하면 그만이었으니까. 아전의 기억을 순식간에 읽어낸 서린은 양노인에게로 돌아갔다. 그리고 그의 귓가에 얼굴을 가까이 가져다 댄 채 소리 죽여 말했다.

• 남성용 비옷

"이번 판은 건너뛰세요, 어르신."

"뭐?"

"한 푼도 걸지 마시라고요. 다 잃고 싶진 않으시죠?"

나인들이 하는 걸 종종 보았기에, 서린도 투전의 규칙 정도는 알고 있었다. 아전의 투패(鬪牌)에는 열 십(十) 자가 새겨진 패가 두 개나 있었다. 소위 '장땡'으로, 가장 점수가 높은 조합이었다. 반면 양노인의 패는 십(十)과 구(九), '장귀'였다. 제법 점수가 높은 패지만, 어차피 승자독식(勝者獨食)이므로 돈을 딸 가능성은 없었다. 양노인이 놀란 낯으로 서린을 쳐다보는 사이, 아전은 얄밉게 히죽대며 양노인을 약 올렸다.

"안 걸고 뭐해? 할아범, 벌써 쫄리는 거야?"

"……."

양노인은 한참을 고심하다가, 결국 들고 있던 패를 모포 위에 던져버렸다. 패를 까기도 전에 패배를 선언하는 건, 도박꾼에게는 상당히 치욕스러운 일이었다. 그 모습을 본 아전의 입가가 슬며시 일그러지는 걸, 서린 아닌 다른 사람들은 알아차리지 못했다.

"와, 장땡이다!"

"에잇, 이번 판도 망했구먼!"

아전이 패를 뒤집어 보이자 모포에 앉아 있던 사람들은 일제히 탄식했지만, 양노인만은 예외였다. 그는 믿을 수 없다는 듯 입을 헤 벌린 채 서린을 응시하고 있었다. 양옆에 앉은 사람들이 가진 돈을 털털 털어 아전에게 건네는 동안, 양노인은 서린을 홱 끌어당기며 속삭였다.

"너, 어떻게 알았나? 꾼이냐?"

"그게 뭔데요?"

"것두 모르면서…… 아냐, 됐다. 몰라도 되니 너 나 좀 도와줘라. 응? 따게 해달라고."

도박꾼만큼 미신을 강하게 믿는 사람은 없었다. 양노인은 방금 전 일어난 일이 우연일 거라고는 조금도 생각하지 않는 듯 사뭇 간절히 속삭였다. 서린은 난처해졌다. 왼손의 능력을 이용해 양노인이 돈을 잃는 걸 막아줄 순 있었지만, 따게 해주는 건 또 다른 문제였다. 그때 양노인이 서린의 어깨를 쥔 손에 지그시 힘을 실으며 제안해왔다.

"대박 한 번 치게 해주면, 네가 원하는 건 다 해주마. 조언이든 뭐든."

양노파의 살인범을 밝혀내려면, 양노인으로부터 솔직한 이야기를 들어야만 했다. 어떻게 하면 좋을까. 서린은 부지런히 머리를 굴리며 도박장 안을 둘러보았다. 욕하고 소리치고 떠드느라 목이 바짝 마른 도박꾼들 사이로, 다부진 인상의 중년 여인이 쟁반을 들고 돌아다니며 술잔을 나눠주고 있었다. 물론 공짜는 아니었다. 기회만 생기면 도박하는 사람들이 있는가 하면, 그 기회를 틈타 더 확실하게 돈을 벌려는 사람도 있는 법. 도박꾼들은 한 사람도 예외 없이 술잔을 가져가고 대신 쟁반에 엽전을 한 개씩 올려놓았다. 그 장면을 본 서린의 입가에 회심의 미소가 떠올랐다.

'저거다!'

57

첫 끗발이 개 끗발

"저도 한 잔 마실게요."

은조가 빌려준 돈을 이런 데 쓰는 건 미안했지만, 달리 방도가 없었다. 서린은 엽전 한 개를 쟁반에 올려놓고 술잔을 집어 들었다. 여인과 몇몇 빙부들이 보내는 호기심 어린 눈길이 느껴졌다. 특유의 톡 쏘는 냄새에 콧등을 찡그리며, 서린은 잔에 든 막걸리를 단숨에 들이켰다. 식도가 홧홧하게 타들어가는 느낌과 함께 독한 기운이 머리끝까지 확 올라왔다.

"어휴, 이런 걸 뭐가 좋다고 마시는 거야."

서린은 괜히 비틀거리는 척하면서 슬그머니 주저앉았다. 바닥에는 조금 전 아전을 비롯한 도박꾼들이 차례로 말끔하게 비운 잔들이 쟁반 위에 놓여 있었다. 서린은 어느 잔이 누구 것인지 재빨리 복기하면서 왼손으로 테두리를 스치듯 어루만졌다. 자리를 깔고 앉은 도박꾼이 자신의 손아귀에 든 패 외에는 아무것도 기억도 생각도 안 한다는 게 서린에게는 행운이었다. 그녀는 연달아 세 명의 패를 읽어내는 데 성공했다.

'아전은 일팔, 그 왼쪽은 비사, 오른쪽은 무대, 어르신은 삼팔돛대 가보. 좋아. 이길 수 있어.'

서린은 석 삼(三) 한 개와 여덟 팔(八) 두 개가 합쳐진 양노인의 패를 떠올리며 주먹을 불끈 쥐었다. 술뿐만 아니라 도박도 해본 적 없는 그녀지만, 어쩐지 이 순간만큼은 다 큰 어른들이 나뭇조각을 갖고 하는 놀이에 미쳐버리는 이유를 어렴풋이 알 것도 같았다. 서린은 쿵쿵 뛰는 가슴을 가라앉히려 애쓰며 양노인 옆으로 돌아왔다. 그는 커다란 손바닥 안에 자신의 패를 감춘 채 서린이 신호를 보내주기만을 학수고대하고 있었다.

"전부 거세요."

서린의 은밀한 속삭임에 양노인은 주름진 눈을 번쩍 부릅떴다. 서린을 행운의 상징 정도로 여기는 그에게 망설임 따윈 없었다. 어깨에 멘 보퉁이를 주섬주섬 풀어 내려놓더니, 그 안에서 촘촘히 꿰인 엽전 꾸러미를 꺼내 모포 한복판에 척 던져놓았다.

통상의 열 배가 넘는 판돈에 모포에 둘러앉은 모두가 경악했다. 그러나 이건 맛보기에 불과했다. 양노인은 그와 똑같은 크기의 엽전 꾸러미를 한 개 더, 그리고 한 개 더 얹었다. 좌중엔 경악에 찬 침묵이 흘렀다. 엽전 세 꾸러미면 소를 한 마리 살 만한 돈이었다. 도대체 무슨 패를 가졌기에 저런단 말인가. 그 침묵을 깨뜨린 것 또한 아전이었다.

"할아범, 장난치지 마. 지금이라도 물리겠다면 봐주지."

"물릴 거면 네놈이나 물리시지."

"……."

"왜, 쫄리시나?"

황금처럼 싯누런 이를 드러낸 양노인은 저번 판에 아전에게서 들은 말을 그대로 돌려주며 이죽거렸다. 그 모습이 어찌나 얄미운지 같은 편인 서린조차 눈길을 돌릴 지경이었다. 아전은 이를 아드득 갈면서 엽전 꾸러미를 하나 꺼내어 통째로 얹어놓았다. 일팔도 상당히 높은 패에 속하니 쉽게 패할 리 없다고 여겼겠지. 이제 다른 판의 도박꾼들까지 몰려와 양노인과 아전을 둘러싸고 이 흥미진진한 승부를 관망하고 있었다. 한 사람씩 패를 뒤집을 때마다 희비가 엇갈렸다. 아전이 일(一)과 팔(八)이 새겨진 투패를 비장하게 내던지는 순간, 구경꾼들 사이에서 일제히 감탄사가 흘러나왔다. 아전이 승기를 잡았다고 생각한 것이다.

"어이쿠, 이거 큰일 났구먼."

양노인은 짐짓 겁먹은 낯으로 너스레를 떨며 천천히 패를 뒤집었다. 석 삼, 여덟 팔, 그리고 여덟 팔 한 개 더. 숨죽이고 지켜보던 구경꾼들은 마치 제가 이기기라도 한 것처럼 일제히 환호성을 터뜨렸다. 역전승의 짜릿함이야말로 나눌수록 커지는 게 아니던가. 양노인은 서린에게 한쪽 눈을 찡긋해 보이고는 의기양양하게 엽전 꾸러미들을 쓸어 담았다. 양노인이 돈을 딴 건 무척 오랜만이기에, 다들 씁쓸해하면서도 순순히 돈을 내주었다. 단 한 사람, 아전만 빼고.

"이런 게 가능할 리 없어! 할아범, 속임수 썼지?"

"뭔 속임수?"

"아까부터 저 계집애랑 쑥덕거렸잖아. 둘이 짜고 개수작 부린 거 아니냐고!"

"내 입 갖고 떠드는 것도 맘대로 못 하나?"

양노인은 별 미친 소릴 다 듣겠다는 듯 눈알을 굴리며 응수했다.

그는 관노도 빙부도 아닌 데다 장별좌의 친척이다 보니 아전의 눈치를 보지 않았다. 사기라고 고래고래 소리치는 아전을 내버려둔 채, 양노인은 서린을 데리고 자리를 떴다.

"너 말이야 끗발이 대단하구나. 첫 끗발은 개 끗발이라던데, 넌 용 끗발이다. 용 끗발."

양노인은 보퉁이 속 엽전을 빠르게 세면서 흥분이 가라앉지 않은 말투로 서린을 마구 추켜세웠다. '끗발'을 칭찬하는 말에 뭐라고 대답해야 할지 몰라서 서린은 일단 가만히 있었다. 양노인은 그런 서린이 겸손하다 여겼는지 더 마음에 들어 했다.

"내 조언이 필요하댔나? 뭐든 말해봐. 너무 오래 끌진 말고."

양노인의 몸은 서린을 향해 있었지만 두 눈은 연신 도박판 쪽을 힐긋거리고 있었다. 서린은 저 보퉁이 속 돈이 사라지는 데 얼마 걸리지 않을 것 같다고 생각하면서 조심스레 용건을 꺼냈다.

"양노파님 방에서 빈 돈궤를 발견했어요. 자물쇠가 있는 걸 보면 최근까지 돈이 있었던 것 같아서요. 혹시 아시는 거 있어요?"

"누님한테 돈이 있었다고? 나한텐 땡전 한 푼 없다고 했는데!"

양노인은 단순히 놀라기만 한 게 아니라 일말의 배신감마저 느끼는 듯했다. 서린은 양노인의 미세한 표정도, 목소리의 변화도 놓치지 않으려 애쓰면서 재차 확인했다.

"그 돈이 어르신께 간 게 아니라고요?"

"있는 줄도 모르는 돈을 어떻게 가져와? 알아도 그런 짓 못 해. 길상이 무서워서."

양노인은 첩첩산중에서 호랑이라도 마주친 것처럼 부르르 떨었다. 기억을 읽어봐야 할까. 양노인은 늙고 소심한 노름꾼일 뿐이었다. 이 사람의 성격상 빚 독촉을 받으면, 자존심이고 뭐고 그냥 납작 엎드려 빌 것 같았다. 그러다 무릎이 아프다 싶으면 슬그머니 일어나 '이미 날린 돈을 어쩌겠냐'라며 허허 웃고 말겠지. 엽전에 묻은 진흙을 침 발라 정성스레 닦고 있는 양노인을 보며 서린은 의심이 완전히 희석되는 걸 느꼈지만, 의문까지 풀린 건 아니었다.

"그럼 도박할 돈은 어디서 나셨어요? 꽤 날려먹었다던데."

"누가 그래?"

"과수원 남씨 어르신께서요."

"뒤로 수박씨 까는 영감탱이 같으니라고."

과수원 주인이라 호박씨가 아니라 수박씨인 모양이다. 양노인은 그동안 왕창 잃었다는 건 부인하지 않았지만, 그렇다고 돈의 출처를 순순히 털어놓지도 않았다. 서린은 엄포를 놓기로 했다.

"말씀해주시지 않으면, 더는 제 끗발을 어르신께 빌려드리지 않을 거예요."

"아, 왜 그래? 이제야 좀 재미 보려는데!"

양노인은 불만스럽게 항의했지만, 서린은 팔짱을 단단히 낀 채로 요지부동이었다. 양노인은 저 혼자 몸이 달아 결국 항복하고 말았다. 누구 듣는 사람도 없는데, 서린의 귓불 바로 옆까지 얼굴을 붙이고 손바닥으로 가리기까지 하면서 비밀스럽게 속삭였다.

"실은 말이야, 노비 문서를 쓰고 돈을 빌렸어. 아전한테서."

"예? 왜 그런 짓을 하셨어요?"

서린은 자기 귀를 의심했다. 부모로부터 신분이 세습되거나 죄를 지어 벌을 받아 노비가 되는 게 보통이었다. 그런데 예외가 있었으니, 바로 빚을 못 갚거나 먹고살기가 힘들어 자청해서 노비가 되는 경우였다. 당장 위기는 모면할 수 있어도 장기적으로는 현명한 방식이 아니었다. 노비를 사들인 주인은 그 손해를 메우기 위해 곧장 아주 험한 곳으로 노비를 팔아넘기거나, 아니면 정말 죽기 일보 직전까지 혹사시키기 마련이었다.

"뭐 이래 죽나 저래 죽나 마찬가지지. 인생 별거 있나? 일단 저지르고 보는 거야."

허세 가득한 말에 서린은 어처구니가 없었다. 서린에게 양노인의 끗발은 그냥 개 끗발이었던 모양이다. 괜히 여기까지 왔구나 싶었다. 실망한 서린이 시선을 떨어뜨리는 동안 양노인은 마침내 엽전 세기를 마쳤다. 그러더니 지나가듯 툭 던지는 말로 서린의 주의를 일깨웠다.

"하지만 누님이 그 돈을 어디다 썼을지 짐작은 가."

"정말요?"

서린이 반색하며 시선을 들어올리자, 확신에 가득 찬 얼굴로 고개를 주억이는 양노인이 보였다. 양노인은 엽전이 가득 든 보퉁이를 꼭 여민 후 어깨에 메면서 서린에게 물었다.

"너 말이야, 우리 누님 평생소원이 뭐였는지 아냐?"

"별좌님 장가가시는 거요?"

서린이 단번에 정답을 맞히자 양노인은 조금 맥 빠진 듯 시시하다는 얼굴이 되었다. 그러나 그것도 잠시뿐, 이건 모르겠지 하는 표정으로 다시 한번 질문을 던져왔다.

"그럼 혼담에서 가장 중요한 건 뭐지?"

"음…… 양쪽 집안의 화합? 천생연분? 서로에 대한 존중?"

서린은 《내훈(內訓)》에서 읽은 내용을 떠올리려 애쓰며 대답했다. 그러나 양노인은 그중 어느 것도 아니라는 듯 고개만 절레절레 저었다. 서린의 인내심이 슬슬 바닥을 드러내는 찰나였다.

"야마리 까진 영감탱이 와 거기 서 있노? 마 궁디를 주차버릴라."

좁은 복도에 서 있던 서린과 양노인을 확 밀치면서 뒤에서 나온 사람이 있었다. 바로 아까 도박판에서 도박꾼들의 막걸리 수발을 들던 중년 여자였다. 여자는 막걸리보다 훨씬 걸쭉한 욕설을 퍼부어 서린의 기를 죽이더니, 빈 사발이 높게 쌓인 쟁반을 재주도 좋게 받쳐 들고 종종걸음으로 입구를 빠져나갔다. 깃발처럼 펄럭이는 그녀의 보랏빛 치마를 쳐다보던 양노인이 의미심장하게 말했다.

"끗발 있는 매파, 그만 있으면 어떤 혼담이든 일사천리라 이 말씀."

"매파요?"

"너 저 여자가 누군지 아냐? 옆 마을에서 주막집 하는 소산(蘇山)• 댁이야. 경상도에서 태어나 전라도로 시집갔다 남편 잃고 상경해서 물장사만 십오 년을 한 여자라, 마당발도 저런 마당발이 없지. 그래서 주막 하면서 소일거리 삼아 매파도 하는 거고."

마을에서 가장 인맥이 넓은 부녀자가 매파 노릇을 하는 건 드문 일이 아니었다. 혼사가 성사되면 쌀이나 비단, 적잖은 돈으로 사례를 받으니 어떻게 보면 술 파는 것보다 더 수입이 쏠쏠했을 것이다. 물론 그만큼 위험 부담도 따랐다. 혼담이 도중에 깨어지거나, 이미 이루어진 혼인에 하자가 있는 것으로 밝혀질 때는 단순히 욕먹는 것뿐

• 부산 금정구의 옛 지명

만 아니라 고소당하거나 조리돌림을 당할 각오까지 해야 했다. 십 년 넘게 매파를 하고 있다는 건, 소산댁이 상당히 유능한 월하노인(月下老人)이라는 뜻이었다. 양노인은 마치 제가 소산댁이라도 된 것처럼 으스댔다.

"저 여자만 통하면 저 멀리 산골짝에 있는 색싯감도 데려올 수 있다, 이 말이야. 샅샅이 뒤지다 보면 백정 며느리 되는 것도 괜찮다 하는 여자가 있을지."

"아……."

"우리 누님은 말이야, 저 좋은 건 하나도 안 하셨어. 맛있는 거 안 먹고, 비싼 옷 안 걸치고, 온종일 일벌처럼 일만 했지. 그런 양반이 술이라고 입에나 댔겠냐?"

누님이라는 단어를 입에 담는 순간 양노인의 눈이 애틋해졌다. 평생 남을 위해 살다간 친족에 대한 미안함, 고마움, 안쓰러움이 복잡하게 섞인 눈빛이었다. 그는 냉혈한이 아니었다. 단지 그녀의 죽음을 실감하지 못하고 있을 뿐이었다. 양노인은 빗방울이 추적추적 떨어지는 빙고 입구를 멀거니 쳐다보며 말을 이었다.

"그런 우리 누님이 작년부터 부쩍 소산댁네 주막집에 자주 드나들었지. 왜 그랬겠어? 하나밖에 없는 아들놈, 어떻게든 번변한 곳으로 장가보내려고 그런 거 아니겠어?"

서린은 관군에게 쫓기던 중 우연히 들어갔던 곰보 청년의 집을 떠올렸다. 그 집 노부부는 어떻게든 아들을 장가보내 대를 잇게 하려고 혈안이었다. 양노파도 그랬던 걸까. 술을 가득 채운 호리병을 가득 안고 들어오는 소산댁을 주시하며 양노인은 장담했다.

"누님의 돈이 전부 저 여자한테 갔다는 데, 내 손모가지 걸지."

58

더러운 피

"이만 가보겠소."

아내의 머리에 깔려 있던 자신의 팔을 슬그머니 빼내면서 범은 짧게 인사했다. 값비싼 향초를 가득 넣은 구봉침(九鳳枕)을 놔두고, 이 여자는 왜 자꾸만 남의 팔을 베지 못해 안달인 걸까. 도무지 이해할 수 없었다. 세자빈 연씨는 허리께까지 치렁치렁 드리운 머리채를 흔들면서 허둥지둥 일어나 물었다.

"벌써 가시려고요?"

"읽어야 할 책이 있소."

범은 베갯머리에 반듯하게 개켜둔 속적삼과 저고리를 차례대로 걸치며 무덤덤하게 말했다. 연씨와 합궁하는 밤에도 그는 밤을 온전히 보내고 가는 법이 없었다. 언제나 긴장감을 유지하며 자신 아닌 다른 사람인 척 연기하는 건 정말 피곤했다. 적어도 잠만큼은 편하게 자고 싶었다.

"저하, 혹시…… 골패 놀이에 관심 있으십니까?"

"골패?"

연씨의 뜬금없는 물음에 범은 눈썹을 추어올렸다. 골패는 구멍의 숫자와 모양에 따라 패를 맞추는 것으로, 말이 놀이지 노름이나 다름없었다. 일국의 세자가 그런 천박한 것에 손댈 리 없지 않은가. 범의 눈빛에 담긴 희미한 경멸을 읽은 연씨는 겁먹고 우물쭈물했다.

"저하께서 숙원 강씨와 얘기하시는 모습을 봤습니다. 강씨는 전하의 후궁이니 저하께서 관심을 가지실 리는 없고, 소문에 듣자 하니 강씨가 골패 놀이에 능하다 하여……."

범은 헛웃음이 나왔다. 그러니까 연씨는 자기 남편이 강씨의 매력에 끌린다고 믿기보단 차라리 도박에 빠졌다고 치부하고 싶은 것이다. 동시에 강씨를 저속한 놀이에 미쳐 있는 천박한 여자로 싸잡아 내리고 싶겠지. 너무도 계산적이라 오히려 속이 뻔히 들여다보이는 내숭이었다. 범은 어둠 속에서도 한 치 오차도 없는 손길로 옷고름을 매면서 단호하게 잘라 말했다.

"골패도 숙원도 관심 없소. 그저 숙원이 주상을 자주 모시니 주상의 안위를 물었을 뿐이오."

"아……."

연씨의 표정이 급격히 밝아졌다. 강씨에게 관심이 있으면 어떻고 없으면 또 어떤가. 나약하고 수치스러운 감정을 적나라하게 드러내는 연씨가 범에게는 오늘따라 더욱 무가치한 여자로 느껴졌다. 서른 번이 넘는 합궁에도 회임을 못 한 주제에. 범은 인정하고 싶지 않지만 분명 조급해지고 있었다. 그 심경을 알 리 없는 연씨는 하얀 얼굴을 사과색으로 물들이며 수줍어했다.

"송구합니다. 소첩이 바보 같다 여기시겠지요."

"그렇지 않소."

연씨는 기다렸다. 남편이 따뜻하고 낭만적인 말로 자신의 마음을 달래주기를. 하지만 범은 그렇게만 말하고 끝이었다. 바지를 챙겨 입고 버선을 신고 상투를 매만지는 범을 보며 연씨의 얼굴은 불을 끈 것처럼 다시 어두워졌다. 그녀는 가느다란 손을 뻗어 무정히 일어나려는 남편의 옷자락을 붙잡으며 불쑥 말했다.

"저하께 꼭 여쭤보고 싶은 것이 있습니다."

"말하시오."

"저하께선…… 소첩을 사랑하시나요?"

걸핏하면 사랑을 확인하려 드는 여인네들의 이 습성 또한 범이 질색하는 것 중 하나였다. 그들은 남편이 아무것도 안 하고 종일 방 안에 처박혀 자신을 간곡히 쳐다보면서 입이 닳을 때까지 아름답다고 말해주길 원하는 듯했다. 물론 그 정도 말은 범도 얼마든지 해줄 수 있었다. 그는 허리를 살짝 숙인 채 물결처럼 흔들리는 연씨의 눈동자를 지그시 들여다보았다. 그의 입술은 햇살처럼 자애로운 미소를 띠었고, 그 사이에서는 녹을 듯 부드러운 음성이 흘러나왔다.

"물론이오. 그대는 나의 소중한 반려가 아니오."

"그럼, 제가 없어진다면 슬프고 외로우시겠지요? 깊이깊이 그리워하시겠지요?"

"그렇소. 진심으로 그리워할 거요."

범은 고개를 끄덕이며 힘주어 말했다. 그의 눈에는 아직도 온화한 웃음기가 남아 있었다. 여자들과 대화할 때는 그쪽이 편하다는 걸 범은 경험으로 알고 있었다. 범의 완벽한 미소에 홀린 여자들은 사소하고 번잡한 불평 따위는 잊어버리고 어느새 그를 따라 미소 짓기 마련이었으니까. 그러나 오늘 연씨는 평소보다 집요하고 끈질겼다.

"제가 저하께 지어드린 옷을 보시고, 베갯머리에 남은 저의 향기를 맡으시고, 제가 남긴 물건들을 어루만지며, 매일 매 순간 절 생각해주시겠지요? 저만큼 저하를 사랑한 여인이 없었다는 걸 사무치게 되새기고, 가슴 아파하시겠지요?"

"당연히 그럴 거요."

범은 일말의 망설임도 없이 대답했다. 베개 냄새를 맡는 일 따위는 죽어도 없겠지만, 적어도 연씨의 물건들을 들여다보긴 할 것이다. 새 아내를 맞이하기 전에 싹 정리해야 할 테니까. 물론 그전에 적당히 애도 기간을 가지며 슬퍼하는 모습도 보여야겠지. 아니면 사람들이 이상히 여길 테니. 시강에 나온 문제를 푸는 것처럼 이성적으로 생각하고 있는 그를 보며 연씨는 억장이 무너지는 듯한 얼굴이 되었다.

"그런데 저하…… 왜 울지 않으십니까?"

"……."

"절 사랑하신다면서, 제가 죽는 상상을 해도 눈물이 안 나십니까? 하물며 키우던 개가 죽는다 생각해도 눈시울이 뜨거워지는 게 사람인데, 어찌 그러실 수 있습니까?"

"난……."

축축하게 부풀었던 연씨의 눈자위에서 어느새 눈물이 주룩주룩 흘러내리고 있었다. 남들은 세상에 저런 남편이 어디 있느냐며 부러워했지만, 그녀는 행복하지 않았다. 행복할 수가 없었다. 범은 말로는 아내를 위해서라면 하늘의 별도 달도 따다 줄 기세였다. 하지만 궁인들이 보고 있지 않을 때마다 언뜻언뜻 드러나는 태도와는 괴리가 심했다. 서늘한 눈빛, 그녀를 같은 사람으로 인식조차 하지 않는 듯 무심한 태도, 높낮이의 변화가 없는 단조로운 어조. 희망에 부푼 아리따운 새 신부였던 연씨는 돌로 깎아 만든 것 같은 남편 앞에서 조금씩 위축되어, 이제는 개미만큼 줄어들어버린 느낌이었다. 단순히 여자로서가 아니라, 한 인간으로서 비참했다.

"제가 저하를 알고 있다 여겼습니다. 지난날의 상처 때문에 사람과 거리를 두려 하시고, 쑥스러움 많은 성정 때문에 표현 안 하시는 거라 믿었습니다. 계속 그렇게 믿으려고 했습니다. 그런데……."

연씨는 목이 메어 잠시 말을 멈췄다. 그녀는 이 문제를 누구에게도 털어놓은 적이 없었다. 누구에게 뭐라 해야 할지 감도 오지 않았다. 범은 세간에서 말하는 나쁜 남편의 범주에 속하지 않았다. 꽃처럼 예쁜 궁녀들에게 스쳐가는 눈길조차 준 적 없었고, 연씨에게 손찌검은커녕 험한 말 한 번 한 적이 없으며, 재물을 가지고 인색하게 굴지도 않았다. 오히려 그녀가 원하는 거라면 뭐든지 하게 해주는 편이었다. 하지만 연씨에겐 그것만으로 충분하지 않았다.

"소첩은 진짜 사랑이 뭔지 압니다. 어린 시절 부엌에서 놀다가 가마솥이 엎어졌을 때, 주저 없이 달려들어 끓는 물을 대신 뒤집어쓴 제 어미의 행동이 사랑이지요. 소첩이 간택에 들기로 했을 때, 고된 궁 생활을 어찌 견디느냐며 밤새 흘리던 제 아비의 눈물이 사랑이고요."

"……."

"아직 소첩이 못 미더우신 거라면 괜찮습니다. 얼마든지 기다릴 수 있습니다. 제 매력이 부족하다 느끼셔도 괜찮습니다. 열심히 가꾸면 되니까요. 하지만 가끔 보면 저하는 다른 이에게는 아무 관심도 없으신 것 같습니다. 저하의 애정 어린 말들은 하나같이 텅 비어 있습니다."

동궁전에 처음 들어왔을 때, 연씨는 침방상궁을 불러다 놓고 자수를 새로 배웠다. 규방에서 배운 평범한 솜씨로는 감히 세자의 옷에 손을 댈 수 없었으므로. 사랑하는 지아비에게 손수 수놓은 옷을 입히고 싶어 손톱이 깨지고 손가락이 찔리는 고통을 참으며 연습에 매진하던 연씨에게, 범은 아무렇지도 않게 말했었다.

'그대가 힘들면 그만하시오. 상궁에게 하라고 할 테니.'

연씨가 듣고 싶은 말은 그게 아니었다. 날 위해 이리 애써줘서 고맙다고, 그대의 손이 닿은 옷이라면 누더기라도 자랑스럽게 입고 다니겠다고, 위로해주고 격려해주길 바랐다. 하지만 그녀에 대한 범의 배려는 언제나 피부 표면을 스치는 데서 그치고 그 안으로 들어오지 못했다. 범이 잘해주는 건 그녀를 진심으로 아껴서가 아니라, 다른 사람들에게 과시하기 위해서인 것 같기도 했다. 어쩌면 범에게 아내는 동궁전에 놓인 예쁘장한 장식품에 불과한 건 아닐까. 범을 여전히 사랑하고 갈망하면서도 그런 생각이 들 때마다 연씨는 한없이 두려워졌다.

"저하께선 혹시…… 사랑하는 법을 모르는 건 아니신지요?"

가까스로 토해낸 연씨의 말에는 그동안 겪었던 설움과 괴로움이 응축되어 있었다. 방 안에 일렁이는 은은한 등잔 불빛 위로 천근처럼 무거운 정적이 내려앉았다. 범의 정곡을 찌른 셈이었다. 동궁전 연못에서 키우는 금붕어 정도 수준이라고 생각했는데. 그토록 얕보았던 여자가 대번에 자신의 본질을 꿰뚫어보다니 뜻밖이었다. 그는 굳이 반박하지 않았다. 평소처럼 달콤한 말로 연씨를 달래주기는 귀찮았고, 정색하고 따지려 들자니 그것도 우스꽝스러웠다. 동궁의 움직임이 거의 없는 짙고 검은 눈으로 연씨를 응시하던 범은 한참 만에 입을 뗐다.

"가보겠소."

'소중한 반려'를 위해 범이 해줄 수 있는 말은 그것뿐이었다. 범은 절망감에 가슴을 감싸 쥐며 주저앉는 연씨를 두고 침소를 나왔다.

앞마당과 연못을 지나면 바로 자신의 침소지만, 범은 이대로 그냥 돌아가기는 내키지 않았다. 범은 이것저것 생각도 할 겸 뒷마당에 난 길을 통해 빙 돌아가기로 했다. 이 기묘한 밤 산책에는 늘 그렇듯 단 한 사람의 수행원만 동행했다. 조내관이었다. 범이 합궁을 마친 후엔 남과 말 섞기 싫어한다는 걸 아는 조내관은 그림자처럼 조용히 뒤를 따라붙었다. 그러나 범이 원했던 평화는 오래가지 못했다. 궁의 여러 문 중 유일하게 야간 통행이 허락되는 동문과 이어진 교차로에서 대규모 일행과 맞닥뜨렸기 때문이다.

범이 걸음을 멈추는 동시에 그들도 멈췄다. 행렬의 맨 앞에는 초롱을 든 머슴 둘이 있었고, 그 뒤엔 삿갓을 쓰고 목탁을 든 승려가 있었다. 승려의 넓은 등 뒤에는 지긋이 나이 들어 보이는 노부부가 십여 명의 여종들을 거느리고 있었다. 범은 한밤중에 행차하고 있는 이 수상한 행렬의 정체를 대번에 알아차렸다.

'그렇군. 오늘이 그날인가.'

헌의 어머니 홍씨는 부왕의 첫 번째 중전이 아니었다. 왕이 열넷의 나이에 조혼(早婚)한, 현숙하기로 정평이 자자했던 세 살 연상의 중전 김씨가 그전에 있었다. 그러나 김씨는 이름 모를 병으로 시름시름 앓다 스물세 해 전에 세상을 떠났다. 모든 궁인의 운명이 그렇듯,

만인의 존경을 받았던 김씨 또한 그녀를 대체할 새로운 사람이 들어오면서 언제 그랬냐는 듯 빠르게 잊히고 말았다. 후사를 남기지 않아 국모로 추대할 수는 없었고, 그렇다고 그 사후를 기리지 않을 수도 없어 곤란했다. 왕은 예조와 기나긴 토론을 벌인 끝에, 김씨의 기일마다 그녀의 유족이 입궁해 위패를 모신 종묘에서 간소한 제사를 지낼 수 있게 배려해주기로 했다.

"세자 저하를 뵙습니다."

이제는 백발의 노인이 되어버린, 전(前) 우의정이자 부원군이 범을 향해 허리를 숙였다. 그러자 나머지 일행들도 일제히 절을 올렸다. 범은 가볍지만 정중하게 고개를 끄덕였다.

"매년 먼 길 오느라 고생이 많구려. 나도 마음으로나마 고인의 명복을 빌겠소."

이제는 왕실과 아무 관계 없는 일개 촌로(村老)에게 일국의 세자가 하대하는 건 당연한 일이었다. 그러나 범의 인사를 받은 노부부는 확 구겨지는 인상을 미처 다 숨기지 못했다. 그들이 제자리에 못 박힌 듯 서 있는 사이 범과 조내관이 먼저 발걸음을 옮겼다. 어느 정도 멀어졌을까. 멸시에 가득한 노인의 중얼거림이 서늘한 밤바람을 타고 범의 고막을 파고들었다.

"네놈의 조문 따위 필요 없다. 더러운 핏줄 같으니라고."

범이 반응하기 전에 조내관이 먼저 우뚝 멈춰 섰다. 그는 범을 향해 슬쩍 다가와서는 물었다.

"저 무뢰한들을 잡아올까요, 저하?"

"아니, 그럴 것 없다."

범은 고개를 저었다. 무력한 저들을 뭉개는 것쯤이야 벌레를 손으로 튕겨 죽이는 것보다 간단했다. 하지만 그 일은 딱히 흥미롭지 않았고, 범에게 득 될 것도 전혀 없었다.

"저 말 중, 틀린 것은 아무것도 없지 않으냐."

범의 생모 희빈 박씨는 김씨의 몸종이었다. 그전에는 길바닥에서 헐벗은 채 구걸하던 고아의 처지였다. 굶어 죽어가던 거지 소녀를 우연히 발견하고 가엾게 여겨 구해준 것이 아직 중전이 되기 전의 김씨였다. 그 후 간택을 받은 김씨는 궁으로 들어갈 때 박씨를 데려갔고, 박씨는 왕을 유혹하고 그 몸과 마음을 송두리째 빼앗는 것으로 그 은혜에 보답했다. 범이 태어난 후 김씨가 작고한 것은 화병 때문이라는 소문이 돌았고, 지금도 노상궁 중에는 김씨와 박씨의 얘기가 나오면 '검은 머리 짐승' 어쩌고 하며 치를 떠는 이가 많았다. 생모의 과거와 출신이 드러나면 드러날수록 범에게는 불리할 뿐이었다.

"내 몸속엔 더러운 피가 흐른다. 모두가 그걸 알고 있지."

범은 보이지 않는 수백 수천의 군중을 향해 중얼거렸다. 아무리 가장해도 바꿀 수 없는 그 진실이 씁쓸하게 혀끝을 맴돌았다.

59

욕쟁이 주모

“마시고 죽자!”

“여기 한 병 더!”

비가 며칠째 연이어 내리면서 빙부들은 모처럼 살판이 났다. 대낮부터 주막에 모여 부어라 마셔라 하는 모습이 영락없는 난봉꾼들이었다.

“버러지 새끼들, 작작 쫌 처먹으라카이!”

진보랏빛 치마를 펄럭이며 나타난 주모 소산댁이 빙부들을 향해 쌍욕을 퍼부었다. 그러나 빙부들은 욕을 먹고도 기분 나빠하기는커녕 껄껄 웃어댔다.

“역시 주모 욕을 들어야 술맛이 팍팍 난다니까!”

“이 집 안주 중에 제일 낫지. 다른 건 형편없고.”

“느그들 오장육부로 젓갈 담가뿌기 전에 이거나 처마시라!”

소산댁은 변변찮은 안주도 없는 초라한 술상에 쟁반을 내려놓으며 무뚝뚝하게 말했다. 쟁반 위에는 살얼음을 동동 띄운 식혜가 놓여 있었다. 과음에 망가진 속을 풀어주기 위함이었다.

"역시, 우리 생각해주는 건 소산댁뿐이라니까!"

"혹시 재가할 생각 없수?"

폭풍같이 쏟아지는 생식기에 대한 상세한 묘사를 곁들인 다채로운 욕설을 풍악처럼 들으며 빙부들이 즐거워하던 찰나였다. 삐거덕 소리와 함께 주막 문이 열리면서 아전이 들어왔다. 빙부들은 서로 눈짓을 주고받더니 주섬주섬 자리에서 일어났다.

"술!"

제일 큰 평상을 홀로 차지하고 앉은 아전이 거만하게 말했다. 주모는 입을 꾹 다문 채 재빨리 술상을 봐왔다. 삶은 돼지고기 넉 점, 마른 멸치와 고추장 종지를 본 아전은 이맛살을 찌푸리며 트집을 잡았다.

"안주가 이게 단가? 저번과 똑같잖아."

"싫으면 드시지 마슈."

퉁명스럽게 대꾸한 주모는 쌩하니 찬바람을 일으키며 부엌으로 들어가 버렸다. 민망해진 아전은 크흠 헛기침하고는 술을 들이켰다. 자작하며 안주를 싹 비운 아전은 그대로 일어나 나가려고 했다. 하지만 쏜살같이 달려온 주모가 그 앞을 가로막으며 손바닥을 쓱 내밀었다.

"달아놓게."

"달아놓긴 누구 똥구녕에 달아놓노? 지금 내고 가라!"

지금껏 아전으로부터 술값을 받아본 적이 없는 주모가 그의 옷깃을 틀어잡으며 화를 냈다. 당황한 아전의 귓가에 키득대는 소리가 들려왔다. 슬쩍 눈을 돌리자, 수박 울타리에 다닥다닥 붙은 빙부들이 이쪽을 엿보며 그를 비웃고 있었다. 수치심에 얼굴이 벌게진 아전은 주모의 손을 거칠게 뿌리치며 험악한 투로 외쳤다.

"감히 어디서 드잡이야? 장사 관두고 싶어!"

아전이 술상을 발로 걷어차 엎어버리자, 빈 접시와 사발이 여기저기 나뒹굴었다. 주모는 문을 박차고 나가는 아전의 등짝을 뚫어지게 노려보면서도 더 뭐라고 하지 못했다. 어머니의 시신을 발견한 장별좌가 눈뜬장님이 된 후 빙고 안에서 아전의 세력은 갈수록 커지고 있었으니까. 주모는 작은 소리로 살벌하게 욕하면서 어질러진 자리를 치우기 시작했다.

"제가 도와드려도 될까요?"

불쑥 나타나 도움의 손길을 내민 사람은 서린이었다. 주모는 사발에 묻은 흙을 꼼꼼하게 털어내는 서린을 빤히 쳐다보았다.

"니는 술도 몬 마시는 기 와 여서 얼쩡거리노?"

주모는 서린을 도박장에서 만난 걸 기억하고 있었다. 술의 쓴맛에 온 얼굴을 찌푸리던 것도. 서린은 양노파의 죽음에 의문점이 있어 은조와 함께 이것저것 알아보고 있다고 웅얼거리면서 슬쩍 주모의 어깨로 손을 뻗었다. 그러나 주모는 민첩하게 서린의 손을 피했다.

"어따 손을 대노!"

"아, 죄송해요. 실수로."

"가스나가 그래 손이 헤프면 몬 쓴다. 니 평소에도 이 사람 저 사람 막 만지고 그라제?"

주모와 마주친 건 엊그제 도박장에서 처음이었는데, 그 짧은 시간 동안 그녀는 서린을 간파해낸 것이다. 평생 술장사하며 사람을 상대해왔으니 그 안목과 관찰력이 어딜 가겠는가. 이런 사람에게 어설픈 거짓말은 통하지 않는다. 서린은 정면 돌파하기로 했다.

"아주머니, 양노파님께 돈 받으셨죠? 이유가 뭔가요?"

느닷없이 돈 이야기가 튀어나오자 주모는 움찔했다. 그러나 곧 평정심을 되찾았다.

"그건 알아서 뭐 할라꼬?"

"매파 서주는 비용인가요? 중매에 실패했으면 그 돈은 돌려주셔야 하는 거 아닌가요?"

서린은 일부러 도발하듯 되바라지게 말했다. 소산댁처럼 성격이 꼬장꼬장한 사람은 억울한 비난을 절대 참지 못하리라는 계산에서였다. 그게 죽은 사람과 연관되어 있을지라도.

"……알았다! 말해주면 될 거 아이가!"

소산댁은 거짓말을 술술 꾸며내는 그런 위인은 못 됐다. 제 성질에 못 이겨 소리치더니, 이내 한풀 꺾인 목소리로 해묵은 비밀을 털어놓기 시작했다.

"그 돈은 중매비가 아이다. 중매비를 그래 마이 받아묵으면 내가 썩어 문드러질 년이지."

"그럼 뭔데요?"

"족보 만드는 데 필요한 돈이다."

뜻밖의 대답에 입이 딱 벌어진 서린에게, 주모는 허둥지둥 변명했다. 다 짜고 치는 거라고. 몇 대째 관료를 배출하지 못한 간판만 사대부인 집안 중에는 장별좌를 사윗감으로 탐내는 집안이 적지 않았다. 그들을 가로막는 가장 큰 장애물은 당연히 장별좌의 집안 내력이었다. 양노파는 주모의 인맥을 활용해 족보를 위조하고, 장명훈 대감댁 이야기가 널리 퍼지지 않은 먼 고장으로 아들을 장가보낼 계획을 세우고 있었다. 물론 처가 될 집안에는 진실을 알려야겠지만, 세상에는 번듯하게 보일 수만 있다면 그 속은 어떻든 상관하지 않는 사람들이 얼마든지 있었다.

"틀림없다 캤는데, 그 우라질 놈이 돈만 처먹고 달아날 줄 어째 알았겠노."

족보를 만들어주기로 한 사람이 감쪽같이 사라진 일을 털어놓으면서 주모는 분통을 터뜨렸다. 자신의 전부를 건 계획이 무산되었을 때 양노파의 심정이 어땠을지 서린은 짐작조차 할 수 없었다. 누구보다 출중한 능력이 있지만 인정받지 못하고 빙고에서 노총각으로 늙어가는 아들을 곁에서 지켜봐야 했을 그 고통을.

"아들 장가가기 전엔 몬 죽는다더니, 에그, 불쌍해서 우짜노……."

찔러도 피 한 방울 안 나올 것 같던 주모가 흐느낌을 삼키며 소맷자락으로 눈가를 훔쳤다. 그녀는 잠시 서린을 평상에 내버려두고 안으로 들어가더니, 곧 작은 꾸러미를 가지고 나왔다.

"이기 중매비로 받았던 돈이다. 장례비에 보태고 싶은데, 장별좌가 알믄 난리 날기라. 어떻게 슬찌기 돌려줄 방법이 없겠노?"

양노파의 돈을 꿀꺽하기는커녕 일부나마 돌려주고 싶어 하는 주모. 진지하게 상의해오는 그녀가 양노파를 죽였다고는 도저히 생각할 수 없었다. 또다시 막다른 골목에 부딪힌 것이다.

"그래서, 아무 수확도 없었다는 거야?"

다음 날 드디어 잦아든 비에 작업이 재개되었다. 일하는 틈틈이 그동안 있었던 일을 들은 은조는 실망한 기색이 역력했다. 서린도 낙담한 건 마찬가지였지만 그렇다고 포기한 건 아니었다.

"역시 탐문만으로는 부족해. 노파님 시신을 직접 살펴보고 싶은데,

방법이 없을까?"

"양노파님 몸을?"

무리라는 걸 알면서도 서린은 절박했다. 양노파를 얼음 덩어리 그대로 화장할지도 모른다는 소문이 빙부들 사이에 돌고 있었다. 아전이 그렇게 제안하고 장별좌가 수락해서, 그 과정을 맡아줄 승려를 물색하는 중이라는 것이다. 시신이 한 줌 재로 허망하게 사라지기 전에 서린은 거기서 단서를 얻어야만 했다. 그러나 은조는 회의적인 표정으로 도리도리 고개를 저었다.

"그건 불가능해. 제1빙고는 폐쇄 중이라 거기 드나드는 건 별좌님과 아전, 죄수들뿐이거든."

"죄수들?"

눈을 동그랗게 뜬 서린에게 은조가 간략히 설명했다. 빙부들이 사는 이곳은 평범한 마을과는 달라서, 안에서 일어나는 일에 관아가 곧바로 개입하기 어려웠다. 그래서 빙부들이 서로 다투거나, 물건을 훔치거나, 밤새 도박하고 술을 퍼마시느라 일을 빼먹는 등 문제를 일으켰을 때 잠시 가둬두는 용도로 빙고를 사용하기도 한다는 것이다.

"그래? 죄수가 되면 안에 들어갈 수 있단 말이지."

서린의 앞날에 한 줄기 빛이 비치는 것 같았다. 죄수가 되는 건 그리 어렵지 않을 것이다. 아무것도 잘못한 게 없는데도 지금까지 죄수 취급을 받아오지 않았던가. 어디서부터 시작하면 좋을지 서린이 머리를 굴리는데, 저 멀리서 신경질적인 목소리가 메아리쳤다.

"재수 없는 절름발이 새끼!"

서린과 은조가 동시에 고개를 돌렸다. 작업장에서 아전이 늙은 빙부에게 주먹을 휘두르고 있었다. 빙부는 동상으로 잘라낸 왼쪽 다리

대신 나무 의족을 달고 있었다. 아무래도 동작이 굼뜰 수밖에 없었는데 그게 화근이었다. 작업이 지체되는 동안 반쯤 녹아버린 얼음벽을 가리키면서 아전은 미친놈처럼 길길이 날뛰었다.

"네가 죽으면 사지 멀쩡한 놈을 하나 더 데려올 수 있어! 그러니 얼른 뒈져버려!!"

아전이 빙부의 의족을 빼앗아 던져버리는 걸, 주변 빙부들은 경직된 얼굴로 모른 척 일하고 있었다. 끼어들면 화를 돋울 뿐이라는 걸 경험으로 아는 것이다. 서린은 그 광경을 보면서 염전에 끌려가던 관노들과 감독관을 떠올렸다. 왜 사람들은, 하물며 지배자와 피지배자 사이가 아닌 피지배자들 사이에서도, 기어코 상하관계를 정하고 강자가 약자를 핍박해야만 직성이 풀리는 걸까. 서린은 그게 몸서리치게 싫었다. 한바탕 화풀이를 끝내고 씩씩거리며 걸어가는 아전을 향해 슬쩍 발을 뻗은 건 그 때문이었다.

"어엇!"

아전은 우스꽝스러운 비명을 지르며 벌러덩 엎어졌다. 그리고 공교롭게도 바닥에 패대기쳐져 있던 의족 끄트머리에 꽈당 이마를 찧고 말았다.

초유의 사태에 빙부들은 일제히 얼어붙었다. 그러나 그 침묵은 오래가지 못했다. 말발굽 모양의 상처를 이마에 단 채 비틀비틀 일어나던 아전의 한쪽 발이 쭉 미끄러지며 재차 넘어지자, 꾹꾹 참다못한 빙부 한 사람이 호탕한 웃음을 터뜨리고야 말았다.

"으하하하핫!"

그게 신호탄이 되었는지 빙부들 사이에 걷잡을 수 없는 폭소가 번지기 시작했다. 그 안에는 짜릿한 통쾌함이 묻어 있었다.

“아전 나리, 거 좀 조심하시지 그러셨어.”

“재수 없으면 앞으로 자빠져도 거시기가 깨진다는데.”

빙부들이 농담처럼 한마디씩 던지자 아전의 낯은 붉으락푸르락해졌다. 지저분한 바닥을 맨손으로 짚으며 일어난 그는 날카로운 눈으로 주위를 살폈다. 서린은 숨거나 피할 생각 없이 방금 아전의 발을 걸었던 자리에 그대로 서 있었다. 아전이 그걸 놓칠 리 없었다.

“너지? 네가 그랬지?”

“예.”

서린은 당당하게 대답했다. 애꿎은 이에게 불똥이 튀게 할 생각은 추호도 없었다. 아전이 거친 숨을 몰아쉬며 서린의 목덜미를 잡아채자, 웃음소리가 싹 잦아들며 분위기가 다시 바뀌었다. 서린이 지독한 해코지를 당할 것임을 모두가 직감한 것이다. 걱정과 공포가 섞인 시선 속에서 서린은 도살장에 팔려가는 염소처럼 질질 끌려갔다.

아전의 목적지는 장별좌의 집이었다.

“별좌님! 이년이 글쎄!”

장별좌 앞에 서린을 무릎 꿇린 아전은 무슨 대역죄인이라도 다루는 양 그녀의 죄상을 좔좔 쏟아냈다. 무려 사흘간 한숨도 자지 못한 장별좌는 간신히 눈을 뜨고 있는 상태였다. 서린이 아전을 넘어뜨렸단 말을 듣고도 피곤하다는 표정을 지을 뿐이었다.

“실수로 그런 거겠지. 윤서린, 어서 사과하도록 해라.”

“아니요, 실수가 아닙니다.”

서린의 당돌한 말투에 장별좌의 눈썹이 조금 올라갔다. 서린은 그 흐리멍덩한 눈을 똑바로 쳐다보며 한 자 한 자 못 박듯 말했다.

"별좌님이 반쯤 넋 나가 계시니, 저 아전이라는 자가 호가호위하며 빙부들을 제 발바닥의 때만도 못하게 멸시하고 혹사시킵니다. 그래서 제가 빙부 중 한 사람으로서 일깨워준 것뿐입니다. 너도 양반 아닌 건 마찬가지라고요."

견딜 수 없는 충격 앞에서 무너져 내리긴 했지만, 장별좌는 본래 무능한 사람이 아니었다. 서린의 직언을 듣는 그의 시야에서 차츰차츰 안개가 걷혀갔다. 그러나 서린의 다음 말은 잔뜩 흥분해 버럭버럭 질러대는 아전의 고함소리에 덮여버렸다.

"별좌님, 전 빙부들을 함부로 다룬 적 없습니다. 억울합니다!"

"저렇게 말하는 자체가 글러먹었지요. 빙부는 물건이 아닙니다. 사람이에요. '다루는' 게 아니라 '대하는' 겁니다."

"이, 이, 이 발칙한 년이! 별좌님! 이년을 엄히 처벌해주십시오! 그러지 않으면 당장 관아로 달려가 고발하겠습니다! 관노 행렬에서 도망 나온 것까지 전부요!"

아전의 발악을 듣던 장별좌의 미간에 굵은 주름이 패였다. 서린의 거취 문제가 공론화되면 여러모로 골치 아플 것이다. 고심하던 장별좌는 마침내 결론을 내렸다.

"일단 빙고에 가둬라. 빙부 윤서린을 어떻게 벌할지는 내일 결정하겠다."

"잘 생각하셨습니다!"

아전은 반색하며 손뼉을 쳤고, 서린은 고개를 푹 떨구었다. 얼음이 가득한 지하 감옥에 갇히는 게 세상에서 가장 끔찍한 일이라는 듯. 그곳에 모인 누구도 알지 못했다. 흘러내린 머리카락 사이에서 그녀의 입꼬리가 조용히 올라가고 있다는 걸.

60

적자생존

'여기도 오랜만에 오는군.'

한밤중에 중전 김씨의 유족과 마주쳤던 다음 날, 범은 설화당 연못가에 서 있었다. 아기나인의 죽음 이후로는 한동안 설화당에 발길을 끊었다. 하지만 오늘만큼은 그 누구의 시선도 발길도 들어오지 않는 이곳에서 시간을 보내고 싶었다. 혼자 가겠다는 범을 조내관도 말리지 않았다. 범은 듬성듬성 잡초가 자란 앞마당, 볼품없이 빛바랜 기둥과 쥐가 파먹은 듯 숭숭 구멍 뚫린 대청을 조용히 응시했다. 낡은 처마 끝에 달린 녹슨 풍경을 보고 있자니, 어머니의 목소리가 들려오는 듯했다.

'범성군, 풍경 소리가 났습니다. 주상 전하가 오신 건가요?'

'아닙니다, 어머님. 바람이 지나갔을 뿐입니다.'

하루에도 그런 대화를 수십 번씩 반복했다. 부뚜막에서 물방울이 떨어지는 소리에도, 나뭇잎이 흔들리는 소리에도, 나인들과 내관들의 발소리에도 희빈 박씨는 부왕이 왔다고 생각했다. 같은 질문을 계속해서 듣다 보니 나중에는 범 자신도 헷갈릴 지경이었다. 정말 아바마마가 오셨던가. 내가 모르는 사이에 왔다 가신 건가. 아니, 오셨는데 내가 잊어버린 건 아닌가. 흰 벽을 앞에 두고 멍하니 생각하다 보면 뭐가 현실이고 뭐가 상상인지 구분하기 힘들었다. 좁고 어두운 방에 갇혀 모자는 그렇게 나란히 미쳐가고 있었다. 먼지가 내려앉은 듯 뿌연 그 시절의 기억에서 한 가지는 뚜렷하게 남아 있었다. 항상 불행하기만 했던 건 아니라는 것.

'그거 아세요, 범성군? 그대는 뱃속에 있을 때부터 참 착한 아들이었습니다. 새소리 들으며 즐겁게 뛰놀다가도, 어미가 피곤하다 싶으면 어느새 곤히 잠들어주었지요.'

기분이 좋은 날이면 범에게 무릎베개를 해주고 귀를 파주던 어머니. 자신의 이마를 가만히 짚어주는 어머니의 서늘한 손길이 좋아서, 범은 귀지가 하나도 없는데도 계속 누워 있었다. 어머니 무릎의 온기를 느끼며, 귓가에 잔잔히 울리는 어머니의 목소리를 들으며.

'열 달 동안 참으로 궁금하였습니다. 마침내 처음 만나게 됐을 땐, 그만 울음을 터뜨리고 말았지요.'

'왜요? 제가 못생겨서요?'

걱정스럽게 묻는 범을 보고 명랑하게 웃음을 터뜨리던 희빈 박씨. 그런 순간이면 그녀의 얼굴에 예전의 젊음이 꿈처럼 돌아왔다. 한 나라의 주인을 정신없이 사랑에 빠지게 했던 그 눈부신 미모도. 그녀는 아름다운 얼굴을 범의 얼굴에 바짝 붙인 채 다정하게 속삭이곤 했다.

'그대는 이 지상의 만물 중 가장 귀하고, 아름답고, 빛나는 존재였답니다. 지금도 그렇습니다. 우리 범성군이 함께 있다는 것만으로, 이 어미는 행복하고 또 행복합니다.'

범은 그게 거짓말이라는 걸 알고 있었다. 어머니에게는 그것만으로 충분하지 않았다. 그녀는 태생이 야심가였다. 늘 주어진 것보다 더 많은 걸 원했던 그녀는 자신이 매력적이라는 사실을 충분히 알고 그걸 무기로 활용했다. 그녀에게는 그때그때 상황에 따라 풍기는 분위기를 바꾸는 능력이 있었다. 자비심 많은 김씨 처녀 앞에선 그저 밥 한 그릇만 먹으면 세상 소원이 없을 불쌍한 거지가 되었고, 의심 많은 대감과 마님 앞에선 소심하고 무식한 몸종이 되었다. 그리고 꿔다놓은 보릿자루처럼 지루하고 뻣뻣한 중전에게 질린 왕을 만났을 때는 열일곱의 물오른 매력을 뽐내는 요염한 여자가 되었다. 본래 여색을 밝혔던 왕은 저항 한 번 못해보고 무너졌고, 승은을 입은 박씨는 순식간에 종사품 숙원의 자리까지 올라갔다. 지금의 강씨처럼.

'턱이 갸름하고 눈꼬리가 여우처럼 치켜 올라간 것이 망국의 요부상이구나. 저것을 그대로 두면 내 아들은 물론이고 며느리까지 홀라당 잡아먹고 말 것이다.'

박씨를 처음 만났을 때 대비가 했던 예언은 소름 끼칠 만큼 정확하게 들어맞았다. 낯선 궁에서 친자매처럼 믿고 의지하던 몸종에게 남편을 빼앗긴 김씨는 속병을 얻었고, 거기에 두 차례나 유산을 겪으며 건강이 급속도로 나빠졌다. 반면 박씨는 회임과 동시에 종일품 귀인으로 승격하고, 떡두꺼비 같은 아들을 낳자 정일품 희빈의 칭호를 얻었다. 공교롭게도 같은 날 김씨는 어의로부터 다시는 달거리가 없을 거란 날벼락 같은 진단을 받았고, 왕의 무관심 속에서 시름시름 앓다가 영영 눈을 감고 말았다. 이때 범의 나이 세 살이었다.

'난 중전이 되고, 내 아들은 세자가 될 것이다. 다시는 누구도 우리를 깔보지 못할 것이야.'

네다섯 살 무렵일 때 어머니가 입에 달고 살다시피 했던 그 말을 범은 아직도 기억하고 있었다. 그러나 이상과 현실은 엄연히 달랐다. 양민인지 천민인지 그 핏줄도 모르는 여인을 국모로 추대하자는 정신 나간 말을 입에 올릴 신하는 한 명도 없었다. 왕 또한 박씨를 총애했지만, 중전감으로 여기진 않았다. 박씨의 든든한 기둥이었던 왕은 그녀와 한마디 상의도 없이 간택령을 내렸고, 스물다섯이 된 박씨보다 훨씬 어린 데다 순종적이고 현명하기까지 한 영의정의 딸 홍씨를 새 중전으로 맞아들였다. 왕이 홍씨에게 빠져들수록 박씨의 질투심은 무섭게 불타올랐다. 애먼 트집을 잡아 홍씨의 나인들을 해코지하는 건 예삿일이었고, 왕이 가끔 설화당에 찾아올 때면 입안에서 녹을 듯 다정하게 굴다가 갑자기 돌변해 패악을 부리기를 반복했다.

'절 사랑하신다면서요! 저밖에 없으시다면서요! 한 번만 더 중궁전에 가시면 전하를 죽이고 소첩도 죽을 것입니다!'

끔찍한 악담을 퍼부으며 길길이 날뛰는 박씨에게 왕은 정이 뚝 떨어졌다. 용하다는 무당을 몰래 데려와 홍씨를 저주하는 비밀 굿판을 벌였다가 발각당한 박씨는 결국 폐빈(廢嬪)되었다. 대군의 생모라는 사실이 참작되어 중형은 모면했지만, 살아도 산 것이 아니었다. 아무도 드나들지 못하게 줄을 친 폐궁(廢宮)에서 여생을 보내게 되었으니 말이다.

'이 어미가 주상을 기다리는 건, 잘못된 것들을 바로잡기 위함입니다. 나도, 그대도, 이런 더럽고 누추한 곳에 있어선 안 될 사람들입니다.'

왕의 총애, 사람들의 경탄과 아첨, 셀 수 없이 많은 재물과 부귀영화. 그 모든 걸 자신의 손으로 내던져버렸다는 걸 박씨는 끝내 깨닫지 못했다. 다른 여자의 농간에 놀아난 왕이 어느 날 아침 정신을 번쩍 차리고 한달음에 달려와 그녀의 발치에 무릎을 꿇고 눈물로 빌면서 애원할 거라는 어처구니없는 망상에 갇혀 살았다.

'우리 범성군에게 해주고 싶은 게 참으로 많습니다. 멋진 옷을 입고, 귀한 음식을 먹고, 훌륭한 스승을 모시고, 높은 자리에 앉아 만인에게 호령해야지요. 당연히 그래야 마땅합니다.'

박씨는 '좋은 시절'의 기억이라고는 거의 남아 있지 않은 범에게 밝은 미래를 거듭 약속했다. 홀린 듯 허공을 바라보는 그녀의 눈에 행복이 넘쳐흘렀기에, 범은 그 순간만큼은 어머니의 거짓말을 믿는 척했다. 어머니에게 폭 안긴 범은 그 향기와 온기에 취해, 각박한 현실을 잠시나마 잊을 수 있었다.

'그때가 그리운 것인가.'

회상에서 깨어난 범은 자문했다. 그리고 스스로 답했다. 아니라고. 환상 속에서 사는 건 하등의 도움이 되지 않았다. 대군 범이 어머니가 자신을 사랑한다는 헛된 믿음 속에 갇혀 있었다면, 그녀의 처참한 죽음을 목격한 순간 심장이 터져버렸을 것이다. 아니면 텅 빈 껍데기처럼 살아가다가 시들시들 천천히 말라죽거나. 어느 쪽이든 지금의 세자 범은 없었으리라. 과거의 흔적은 깨끗이 씻어낼수록 좋다. 앞으로도 여긴 되도록 오지 말아야겠다고 다짐하면서, 범이 연못 기슭을 가로질러 울창한 숲으로 통하는 샛길을 빠르게 걸어갈 때였다.

"애애앵—."

나뭇가지 사이에서 난데없는 아기 울음소리가 새어나와 범을 흠칫 놀라게 했다. 이런 곳에 갓난애가 버려져 있을 리가 없는데. 흔들리는 나뭇잎 사이를 자세히 보니, 무척 자그마한 야생 고양이 한 마리가 나뭇가지 갈라진 틈에 엉덩이를 붙이고 앉아 있었다.

"키에엥!"

범이 가까이 다가오는 걸 자신을 쫓으려는 의도로 여겼는지 고양이는 발톱을 세우며 경계했다. 그러나 채 여물지도 않은 얇은 발톱은 두껍고 단단한 나무껍질을 파고들어 가지도 못했다. 안전하지도 않은 대피처에 집착하는 고양이의 처지가, 왠지 자신과 비슷하게 여겨졌다. 더불어 저 어린 짐승을 죽여버리고 싶은 욕망이 불쑥 치밀었다. 가장 추악한 거울을 들여다보는 것처럼, 자신의 어리석음과 나약함을 비춰보는 건 혐오스럽기 그지없는 경험이었다.

머리로 생각하기 전에, 범의 손이 먼저 스르르 움직였다. 뭔가 커다란 것이 다가오는 기척을 알아차린 고양이는 등을 곧추세우며 가르릉 울었다. 저 가느다란 모가지를 비틀어 꺾는 건 숨 쉬듯 간단하겠지. 손아귀 사이에서 숨이 멎고, 온기가 사라지고, 생명의 빛이 꺼지는 그 느낌은 다른 어떤 것과도 비교할 수 없는 희열을 선사할 터였다. 다가올 쾌감에 대한 기대 속에서 범의 손가락이 고양이 털 끝에 닿으려는 순간, 사사삭 하고 누군가 수풀 헤치는 소리가 났다.

"세자 저하?"

녹색 물결 사이에서 빼꼼 얼굴을 내민 건, 범이 조내관을 통해 천수전으로 들여보냈던 꼬마 내관이었다. 예성이라 했었다. 소년은 범과 눈이 마주치자마자 황급히 시선을 떨구며 허겁지겁 무릎을 꿇었다. 범은 예성의 손에 들린 말린 생선 토막을 발견하고서 물었다.

"저 고양이에게 주려는 것이냐?"

"그러하옵니다."

어찌나 긴장했는지 예성의 목소리가 갈라졌다. 그동안 충실한 첩자 노릇을 해왔지만, 천수전의 일을 세자에게 보고할 때면 항상 조내관이 옆에 있었다. 저 고귀하고 완벽한 세자 저하를 독대한다는 것만으로도 예성은 황송함에 벌벌 떨다 기절할 것만 같았다.

"일주일 전부터 이 근방에서 보이기 시작했습니다. 어미를 잃은 새끼인 듯한데 그 처지가 불쌍하여……."

"앞으로는 주지 마라."

"예?"

예성은 잘못 들었나 생각했다. 가엾고 고통받는 이를 위해서라면 제 살점도 기꺼이 베어줄 이라고, 모두가 입을 모아 칭송하는 세자였으니까. 그러나 범은 값을 매기는 듯 냉철한 태도로 고양이를 올려다보면서 다시 한번 말했다.

"앞으로 계속 혼자 살아가야 할 처지가 아니냐. 누군가 돌봐주는 것에 익숙해져버리면, 스스로 먹이 구하는 법을 배우지 못하게 된다. 그러니 내버려두어라."

"하지만 저하, 배우기도 전에 죽어버리면……."

"그리 나약하다면 애초에 살아남을 수 없는 운명인 거다."

단호하게 잘라 말하는 범은 예성이 평소 알던 사람과 다른 것 같았다. 예성이 먹이를 주지 않자 고양이는 이내 체념한 듯 꼬리를 돌돌 말면서 납작하게 몸을 웅크렸다. 범은 그 모습을 물끄러미 바라보다가 지나가듯 가벼운 투로 불쑥 물었다.

"천수전은 요즘 어떠하냐? 별일 없느냐?"

"아, 저, 그것이……."

예성은 첩자라는 사실을 서씨에게 들켜버린 게 떠올라 당혹스러워졌다. 범의 눈치를 살피며 그간 보고 들은 일을 두서없이 떠들어댔다. 서씨가 매일 헌에게 공부를 가르친다는 것, 친정아버지와 서신을 자주 주고받는다는 것, 내명부 지출 내역을 줄줄 외우고 다니고 의외로 벌을 무서워한다는 것까지.

"그리고 이건 확실하지 않습니다만, 궁녀들이 떠드는 소리를 주워들었습니다."

"뭐지?"

"그게, 저, 아무래도 대군 부부인께서 회임하신 것 같습니다."

범의 조각 같은 얼굴이 스치듯 굳어졌다. 혼례를 올린 지 얼마 되지 않았고 나이도 어리기에, 대군 부부에게 벌써 후사가 생길 거라곤 미처 생각지 못했었다. 예성은 범의 눈치를 보느라 목소리가 점점 기어들어갔다.

"부부인의 달거리가 끊어졌다고 침방나인들이 수군거리는 걸 엿들었습니다. 얼마 전엔 어지럽다며 기둥을 짚고 잠시 서 계시기도 했고요. 미열이 있으시다 하여 옷도 얇게 입으십니다."

"……."

"저하, 괜찮으십니까?"

"물론이다. 내가 괜찮지 않을 이유가 무어냐?"

범은 괜찮지 않았다. 그걸 누구보다 잘 알고 있는 사람이 바로 그였다. 동물적인 감각에 가깝게 발달한 그의 생존 본능 어딘가에서, 붉은 불이 반짝이며 경고를 보내고 있었다. 이대로 있어서는 안 된다. 또다시 누군가가 희생되어야 할 차례였다.

61

시신과의 조우

"덥다. 나는 덥다……."

서린은 새파랗게 얼어붙은 입술로 웅얼거렸다. 한여름에도 이렇게 추운 곳은 이 세상에 빙고뿐일 것이다. 자기 암시를 걸면 나아지지 않을까 했는데, 정수리에서부터 내려오는 으슬으슬한 한기는 조금도 가실 줄 몰랐다. 양노파의 시신이 보관된 빙고에 갇히는 데는 성공했지만, 그 후의 대책이 없으니 문제였다. 빙고 구석에 나무 울타리를 치고 쪽문을 달아놓은 임시 감옥은 생각보다 견고했다. 게다가 아전이 그녀를 감시한답시고 따라오기까지 했다.

"머리가 어떻게 된 거 아니냐? 너 따위가 날 이겨 먹을 수 있을 줄 알았어?"

두툼한 털옷을 두 개나 껴입은 아전은 울타리 밖에 죽치고 앉아 쉴 새 없이 이죽거렸다. 쪽문에 빗장을 걸고 자물통까지 달아놨으니 달아나고 싶어도 못 달아날 텐데, 그는 굳이 감시역을 자청했다. 서린은 그게 자신을 맘껏 비웃기 위해서인 것으로 생각했지만, 그게 다가 아니었다.

"어때? 지금이라도 뉘우치고 용서받고 싶지? 내가 별좌님께 좋게 말해줄 수도 있어. 물론 그전에 너도 내게 진심으로 사죄해야겠지만."

'사죄'라는 단어를 발음하며 혀끝으로 입술을 축이는 아전의 기색이 사뭇 음험했다. 거칠게 끌려오느라 들려 올라간 저고리 아래로 슬쩍 보이는 서린의 맨살을 보는 눈빛이 번들거렸다. 놀랄 일은 아니었다. 제 분수 모르고 나대는 계집종을 제압하는 가장 효과적인 방법은 겁탈이라고 믿는 남자가 드물지 않았으니까. 그렇기에 신분으로도 성별로도 차별당하는 약자인 여자 관노들은 때로는 포기한 채 순순히 그 폭력을 온몸으로 받아들이곤 했다. 하지만 서린은 그럴 마음이 추호도 없었다. 그 비슷한 생각만으로도 견딜 수 없이 역겨워서, 울타리 너머로 퉤 소리 나게 침을 뱉었다. 그걸 본 아전의 얼굴이 표독스럽게 일그러졌다.

"그래, 내가 더럽다 이거냐?"

"……."

"너처럼 시건방진 계집은 제대로 한번 꺾여봐야 해. 그러면 고분고분해지거든."

아전은 엉덩이에 묻은 물기를 툭툭 털면서 자리에서 일어났다. 그는 허리춤에 차고 있던 열쇠로 자물통을 열고, 서린이 갇힌 임시 감옥 안으로 한 발을 디뎠다. 확 낮아진 목소리가 어두컴컴한 지하에 울려 퍼지며 음산한 기운을 자아냈다.

"얼음 창고 벽은 아주 두껍지. 햇빛이 조금이라도 새어 들어오면 안 되거든. 그게 무슨 뜻인 줄 알아? 네가 아무리 비명을 질러도 바깥에선 모를 거란 얘기다."

아전의 그림자가 장막처럼 온몸을 덮어오자, 서린은 슬그머니 품속으로 손을 넣었다. 도야가 준 주머니칼이 그 안에 있었다. 검술을 배우긴 했지만 여태껏 누군가를 제대로 찔러본 적은 없었다. 그렇다고 이대로 당할 수도 없으니, 여차하면 급소에 한 방 먹여줄 작정이었다. 감독관의 축축한 손이 어깨에 얹히는 순간, 서린은 주머니칼을 움켜쥐었다. 그런데 바로 그때, 퍽 하고 수박 깨지는 듯한 소리가 나더니 아전이 두 눈을 부릅뜬 채 옆으로 쓰러졌다.

서린은 크고 굵은 고드름을 들고 서 있는 은조를 보고 깜짝 놀랐다. 뒤통수를 직격당한 아전은 거품을 문 채 기절해 있었다. 그 숨소리를 가만히 듣던 은조는 당분간 깨어나지 않을 거라고 확신했는지 고드름을 저 멀리 던져버렸다. 흉기는 녹아서 사라질 테고, 유일한 목격자인 서린은 당연히 입을 다물 테니 그야말로 완전범죄인 셈이었다. 그런데 서린에게는 은조의 영리함보다 더욱 대단해 보이는 게 있었다.

"어떻게 한 거야?"

"뭘?"

"때리는 거 말이야. 꼭 앞이 보이는 사람 같았어."

"아, 그거? 별것 아냐. 사람 목소리의 크기와 방향을 바탕으로 그 사람이 어디쯤 있는지, 어떤 자세를 취하고 있는지 어림짐작하는 거야."

은조는 대수롭지 않게 말했지만 그렇게 간단할 리는 없을 터였다. 서린은 어쩌면 은조의 능력이 자신의 것보다 훨씬 대단하지 않을까 하는 생각이 들었다.

"와, 그 정도면 눈이 필요 없겠는데?"

감탄 섞인 칭찬을 내뱉자마자 서린은 흠칫하면서 제 입을 가렸다. 실언했다. 앞 못 보는 사람에게 해선 안 될 말이었다. 은조는 그녀의 마음을 다 안다는 듯 부드럽게 웃었다.

"아냐, 그래도…… 눈은 필요해."

은조는 텅 빈 허공을 만져보려는 것처럼 살며시 한 손을 뻗으며 혼잣말처럼 조용히 말했다.

"보고 싶은 게 너무 많아. 이 빙고 풍경, 내 얼굴, 별좌님 얼굴, 서린이 네 얼굴, 아침, 낮, 밤, 하늘, 강. 그리고 무엇보다 얼음이 보고 싶어. 빛을 받아 반짝거리면 그렇게 예쁘다면서?"

"……언젠가 꼭 볼 수 있을 거야."

"아니, 볼 수 없어. 그래도 그렇게 말해줘서 고마워."

은조는 더듬더듬 손잡이를 찾더니 문을 열어 서린을 꺼내주면서 말했다. 그녀의 말간 얼굴에 떠오른 미소가 아름다우면서도 사뭇 서글퍼 보여서 서린은 잠시 가슴이 먹먹해졌다. 그러나 은조가 바라는 건 동정과 연민이 아니었다.

"난 시각은 타고나지 못했지만, 대신 다른 걸 타고났지. 나만의 육감이랄까. 서린이 너, 여기 일부러 갇힌 거지? 뭔가 계획이 있는 것 같던데."

"그래, 맞아."

서린은 은조의 눈치에 속으로 혀를 내두르면서 대답했다. 어쩐지, 장별좌에게 상당한 영향력이 있는 은조가 서린이 지하 창고에 갇히는 걸 전혀 말리지 않은 게 조금 이상하긴 했다. 은조는 그럴 줄 알았다는 듯 고개를 끄덕였다.

"저번에 네가 그랬잖아. 형조와는 다른, 너만의 조사 방식이 있다고. 그때 네 말투가 평소와 달랐거든. 뭐랄까. 아직 나한테 말하지 않은 비밀이 있다고 암시하는 것 같았어."

"……."

"내 말이 맞지?"

원래 서린은 은조에게 자신의 능력에 대해 소상히 털어놓을 계획은 없었다. 무휘나 채옥을 믿는 것처럼 아직 그렇게까지 은조를 신뢰하는 건 아니었다. 그리고 그간의 경험에 비추어 볼 때, 자신의 능력은 다른 사람들이 그 존재를 까맣게 모르고 있을 때 가장 효과를 발휘할 수 있었다.

"사실 난 죽은 사람의 기억을 읽을 수 있어. 그 사람이 지녔던 물건이나 몸을 왼손으로 만지면 죽기 직전 있었던 일이 보여. 사념이 강한 경우 살아 있는 사람의 기억도 가끔 보이고."

서린은 전에도 이렇게 단도직입적으로 자신의 능력에 대해 고백해본 적이 있었다. 그 고백을 받은 상대방의 반응이 어떠했던가. 그녀를 미친 사람 취급하거나, 장난친다고 화내거나, 아니면 이것저것 시험하려 들기도 했다. 그런데 은조는 그중 어느 쪽도 아니었다. 딱히 반응이라고 할 만한 것이 없었다.

"안 놀랐어?"

"별로."

"내 말을 믿긴 하는 거야?"

"응."

이젠 오히려 서린 쪽에서 믿기가 어려웠다. 능력 쓰는 걸 직접 보여주지 않았는데도 곧바로 믿어준 사람은 은조가 처음이었나. 혹시 지금 이 상황이 무슨 함정 같은 건 아닐까. 엉뚱한 의심마저 품기 시작한 서린을 향해 은조가 차분한 음성으로 말했다.

"난 말이야, 스스로 생각할 수 있는 나이가 됐을 때부터 계속 생각했어. 왜 다른 사람은 다 눈이 보이는데 나만 안 보일까. 왜 하필 나일까. 내가 뭘 잘못해서 그럴까."

그 얘기를 듣는 순간, 서린은 가슴 한구석에 쨍하고 빗금이 생기는 것 같았다. 그게 뭔지 너무 잘 알았다. 서린도 열 살 때부터 그런 질문을 계속해왔으니까. 어째서 내게만 이런 저주받은 능력이 생겼을까. 도대체 언제까지 집에 갇혀 살아야 하는 걸까. 왜 나만. 왜. 왜.

"어둠 속에 갇혀 살다 보면 남들보다 생각할 시간이 많거든. 미치기 직전까지 생각하고 또 생각한 끝에, 내가 내린 결론이 뭔지 알아?"

"뭔데?"

"그냥 그렇다는 거야. 누구는 키가 작고 누구는 크고, 누구는 손재주가 있고 누구는 없는 것처럼, 나한테는 그냥 보는 재주가 없는 거야. 반대로 너한테는 기억 읽는 재주가 있는 거고."

은조는 저녁에 뭘 먹을지 고르는 것처럼 태연자약하게 설명했다. 그토록 단순한 문제였나. 거의 반평생을 그 문제로 고뇌해온 서린이 허망해질 만큼 명쾌한 설명이었다. 한 공간에 기절한 아전과 양노파의 시체가 있는 심각한 상황이지만, 서린은 괜스레 웃음이 나오려 했다. 아마 은조도 자신의 고민을 저렇게 유쾌하게 말할 수 있기까지 이루 말할 수 없는 고통을 겪었을 터였다. 가볍게 생각하라는 것, 쉽게 생각하라는 것, 고민에 사로잡혀 자신의 다른 장점까지 잊지는 말라는 것. 서린은 경험자만 해줄 수 있는 그 조언을 기꺼이 받아들이기로 했다.

"그래, 내 재주를 발휘해서 양노파의 죽음의 비밀을 밝혀보려고 해. 그러려면 시신을 직접 봐야 하는데. 정확히 어디 있는지……."

서린은 암흑과 적막만이 가득한 빙고 안을 둘러보며 말끝을 흐렸다. 이 넓은 공간의 절반 이상은 아직도 거대한 얼음벽들로 가득 차 있었다. 서린은 양노파의 시신이 든 얼음 덩어리가 어디서 발견되었는지는 잘 알지만, 그 후에 어디로 옮겨졌는지는 전혀 몰랐다. 그건 장별좌와 그의 측근들만 아는 기밀이었다.

"그건 내가 알려줄 수 있어. 거기까지 가는 길도."

은조가 자신만만하게 말했다. 각종 차단재가 만들어낸 칠흑 같은 어둠과 사소한 불씨 하나까지 꺼버리고 마는 지독한 습기는 멀쩡한 사람으로부터 시야를 빼앗아갔지만, 반대로 맹인에게는 아무런 장해물이 되지 못했다. 은조는 두 발과 두 손을 이용해 양노파의 시신이 있는 곳까지 찾아가는 법을 설명해주었다.

"우린 키가 비슷하니까 보폭도 거의 같을 거야. 여기서부터 벽을 짚은 채 앞으로 쭉 걸어가. 스무 걸음을 가면 도는 곳이 나올 거야. 거기서 왼쪽으로 돌면 작은 문이 나오는데……."

서린은 은조가 일러준 내용을 몇 번이고 되뇌며 꼼꼼히 외웠다. 은조는 기절한 아전을 지켜야 하기에 함께 갈 수 없었다. 서린은 저 짐승 같은 놈과 은조를 단둘이 남겨두는 게 맘에 걸렸지만 은조는 괜찮다고 장담했다. 자기가 장별좌에게 입만 뻥긋하면 아전은 죽은 목숨인데, 그걸 알면서 경거망동할 만큼 멍청하진 않을 거라고.

"이게 도움이 될 거야."

은조가 건네준 작은 부싯돌 두 개를 행운의 부적처럼 쥐고 서린은 어둠 속을 나아가기 시작했다. 이렇게 어두운 곳에서 혼자 돌아다니는 걸 예전이라면 두려워했겠지만, 지금은 아무렇지 않았다. 고작 이런 일로 호들갑을 떨기엔 진정 공포스러운 일을 너무 많이 겪었다. 눈앞에서 사람 머리가 터지는 걸 봤고, 시체를 만지며 하룻밤을 보내기도 했으며, 아무것도 해보지 못한 채 사랑하는 사람들을 잃었다. 안 돼, 지금 무휘 생각을 하면. 그랬다간 주저앉아 울고 말 거야. 서린은 눈물 나도록 세차게 입술을 깨물며 묵묵히 발길을 재촉했다. 은조가 말한 문에 다다를 때까지.

"왜 이런 곳에 문이……?"

눈을 찡그리며 자세히 살펴보니 이곳은 창고 속의 창고 같은 공간이었다. 얼음을 분류하다 보면 그 어떤 불순물도 들어가지 않은 깨끗하고 단단한 최상급의 얼음이 나오는 경우가 있었다. 가장 솜씨 좋은 빙부가 자른 그 얼음들을 왕에게 진상하기 전까지 보관하는 장소가 따로 있단 얘기를 서린도 들은 적이 있었다. 그리고 장별좌는 가장 아름다운 얼음들을 모아둔 바로 그곳에 자신의 어머니를 모셔두었다. 문은 당연히 잠겨 있었다. 하지만 서린은 낭패감을 느끼지 않았다. 이번에야말로 도야가 준 주머니칼을 활용할 때였다.

'보시요, 아씨. 요 끝을 자물통 구멍에 쑤셔 넣고 요로코롬 돌리다 보믄 말이어라. 짠!'

서린은 도야가 시범을 보이던 모습을 떠올리며 신중하게 주머니칼을 움직였다. 정말 신기한 칼이었다. 열쇠구멍에서 철컥거리는 소리가 몇 번 나는가 싶더니 거짓말처럼 자물통이 열렸다.

"……여긴 더 춥네."

이중 창고로 들어간 서린의 첫 감상이었다. 좁은 공간에 얼음이 꽉 들어차 있으니 온도가 더 낮을 수밖에. 얼음이 냉기뿐만 아니라 희미한 빛을 뿜어낸다는 걸 서린은 처음 알았다. 아지랑이처럼 희미하게 피어오르는 하얀빛이 나아갈 길을 알려주었다. 서린은 사각형으로 반듯하게 자른 얼음들에 에워싸인 길쭉하고 불규칙한 모양의 얼음 덩어리를 찾아냈다.

"안녕하세요, 어르신. 처음 뵙겠습니다."

살아서는 한 번도 만나지 못했던 이. 하지만 서린은 양노파가 오래전부터 알던 이웃집 할머니처럼 친숙하게 느껴졌다. 그녀의 가장 내밀한 기억과 감정들을 아주 특별한 방식으로 나누었기 때문이리라. 어물전에 쌓인 생선의 눈처럼 불투명하게 응고된 노인의 두 눈이 서린을 똑바로 응시하는 듯했다. 뭐가 그렇게 원통해서, 눈도 감지 못한 것일까.

'어머니! 춥지 않으세요? 손발 시리지 않으세요? 어머니!!'

꽁꽁 얼어붙은 어머니를 끌어안은 채 애끓는 절규를 토해내던 장별좌를 떠올리며, 서린은 잠시 그 자리에 서 있었다. 단순히 장별좌의 눈에 들기 위해서가 아니었다. 이 비운의 모자를 어떻게든 도와주고 싶었다. 가슴 깊은 곳에서부터 간절한 바람이 끓어오르고 있었다.

62

금자동아 은자동아

'빙고는 정말 신기한 곳이구나.'

바깥은 한여름인데, 어쩌면 이렇게 철저히 열이 차단될 수 있을까. 타닥타닥 소리를 내며 타들어가는 볏짚을 얼음 덩어리에 갖다 대면서 서린은 생각했다. 전에 은조에게서 듣기로는 아치형으로 만든 천장, 돌과 돌 사이에 왕겨와 볏짚을 빈틈없이 끼워 만든 벽, 그리고 빙부들이 얼음벽에 듬뿍듬뿍 뿌리는 정체 모를 하얀 가루에 그 비밀이 있다고 했다. 그러나 적어도 지금 이 순간만큼은 완벽한 구조로 빙고를 만들어놓은 누군가가 더없이 원망스러웠다.

"이 속도로 하다간 일주일도 더 걸리겠어."

은조가 준 부싯돌 두 개와 볏짚 한 단이 있어 그나마 다행이었다. 서린은 창고 귀퉁이에서 발견한 정으로 얼음을 두드리면서 불붙인 볏단으로 녹이는 방법을 사용했다. 꽁꽁 얼어붙은 손에 차디찬 금속이 와 닿을 때마다 살갗이 쩍쩍 떨어져나갈 것 같았지만, 어쩔 수 없었다.

"조금만 더, 조금만……."

얼음의 냉기와 그 표면을 두드릴 때마다 손목까지 찌르르 울리는 충격까지 더해져, 서린의 손은 얼얼하다 못해 감각이 거의 없었다. 이러다 손을 잃을지도 모르겠다는 생각마저 들었다. 하지만 여기서 멈출 순 없었다. 처음엔 장별좌의 호의를 얻어낼 계산으로 시작한 일이었지만, 이젠 진심으로 그들을 돕고 싶었다. 세상에 단둘뿐이던 양노파와 그 아들이, 마치 자신과 아린처럼 느껴졌기에.

서린이 오한 속에서도 땀을 뻘뻘 흘리면서 작업에 열중하고 있을 때, 문 너머에서 인기척이 났다.

"이쪽이야, 이쪽!"

잘못 들었나 싶었는데 아니었다. 웅성거리는 소리가 점점 커지면서 이쪽으로 다가왔다. 감시 역을 교대할 시간이 되었는데도 아전이 나오지 않자, 수상하게 여긴 빙부들이 내려와 본 것 같았다. 바로 이쪽으로 오는가 싶어 마음을 졸였는데, 그들은 감옥 방향으로 몰려갔다.

"은조야! 너 여기서 뭐 하는 거냐? 아전 놈은 왜 저러고 있고?"

"그게……."

그다음 말은 여러 사람이 한꺼번에 웅얼거리는 소리에 묻혀 잘 들리지 않았다. 아마 은조가 서린을 위해 변명을 꾸며내는 중일 터였다. 하지만 시간을 오래 끌진 못했다. 잠시 후, 서린이 있는 곳으로 우르르 몰려오는 발소리가 들렸다.

"별좌 어르신을 모셔와! 어서!"

서린은 아직 절반도 채 녹지 않은 얼음 덩어리를 바라보며 입술을 잘근잘근 깨물었다. 시신을 통째로 꺼낼 시간은 없었다. 손가락 끝이 닿을 정도의 빈틈, 그것만 있으면 되는데. 그사이 빙부들이 그녀가 있는 작은 창고로 부리나케 달려왔다.

"여기다!"

"안에서 빗장을 걸어놨어!"

만일을 대비해 창고 바닥에서 주운 나무토막을 빗장 사이에 질러 놓기를 잘했다. 덕분에 서린에게는 짧지만 귀중한 시간이 주어졌다. 등 뒤에서 문짝이 요란하게 덜컹거리는 소리를 들으면서, 서린은 정을 쥔 손을 허공으로 높이 치켜들었다. 혹시 양노파의 시신을 훼손할까 봐 최대한 조심스럽게 다루고 있었는데, 이젠 그럴 시간이 없었다. 서린은 이를 악문 채 온 힘을 다해 얼음 덩어리에 정을 내리꽂았다. 날카로운 쇳덩어리가 얼음 표면을 파고들면서 퍽 하는 파열음을 냈다. 서린은 발끝에 온 체중을 실어 얼음에 꽂힌 정 손잡이를 걷어찼다. 철옹성 같던 얼음벽에 조금씩 미세한 균열이 생기면서 가느다란 통로가 뚫려 나갔다.

"여기, 누가 곡괭이 좀 가져와!"

그동안 문밖의 사람들도 새로운 수단을 동원하고 있었다. 어디선가 찾아온 곡괭이로 문을 부수기 시작한 것이다. 서린은 잠시 눈을 감고 양노파에게 용서를 구한 뒤, 아예 얼음 덩어리 위로 뛰어 올라가 정을 밟기 시작했다. 얼음, 그리고 시간과의 처절한 싸움이었다. 문짝이 반으로 쪼개지고 빙부들이 봇물 터지듯 밀려들어 오는 것과 동시에, 서린은 양노파의 어깨 바로 옆에 자그마한 구멍을 뚫는 데 성공했다.

"윤서린!"

"너! 노부인께 뭔 짓을 하려는 거냐!!"

빙부들이 일제히 달려들어 서린을 붙잡고 끌어내려는 순간, 그녀는 필사적으로 손을 뻗어 구멍 안으로 쑤셔 넣었다. 지금까지와는 비교도 안 될 만큼 오싹하게 차가운 기운이 전신을 덮쳐 정신이 아득해질 지경이었다. 드디어 서린의 왼손 검지 끝이 양노파의 어깻죽지에 아슬아슬하게 닿았다. 그러자 마치 거대한 힘이 서린의 몸을 번쩍 들어올리기라도 한 것처럼, 이 모든 아수라장에서 순식간에 의식이 멀어지면서 완전히 다른 세상이 펼쳐졌다.

'금자동아 은자동아 무병장수 길상동아—.'

기억의 시작은 낯익은 노랫가락이었다. 원래 가사는 저렇게 끝나지 않을 텐데. 서린은 끔찍한 냉기가 잠시나마 물러갔음에 안도하면서 이리저리 흩어지는 생각의 가닥들을 붙잡았다. 양노파는 메마른 목소리로 자장가를 중얼거리며 회상하고 있었다. 볕 안 드는 골방에서 이루어진 어느 아기의 탄생을.

'어쩌면 이리도 잘생겼을까. 네가 정말 내 아들이라니.'

양노파는 비천한 하녀였지만, 그녀의 아들은 도련님이었다. 길상은 낮에는 대청마루에 나가 이복형 옆에 앉아 공부했지만, 밤에는 생모와 골방에 틀어박혀 서로를 끌어안은 채 추위를 쫓으며 잠을 청했다. 기특하면서도 안쓰럽게, 아들은 한 번도 제 엄마를 원망한 적이 없었다. 오히려 애정 가득한 눈으로 걱정해주곤 했다.

'엄마도 큰엄마처럼 좋은 방에서 살면 안 돼? 설거지, 걸레질, 바느질 안 하면 안 돼?'

실상은 살이 터지고 갈라져 피딱지가 앉은 엄마의 손을 딱하게 여겼고, 양노파는 걸핏하면 이복형에게 얻어터져 묵사발이 되는 아들을 애처로워했다. 집안의 수치라는 낙인은 아들이 장성한 후에도 지워지지 않았다. 길상이 제 손으로 밥벌이를 할 나이가 되자 장대감과 본처는 기다렸다는 듯 모자를 빈손으로 내쫓았다.

'어머니, 좋은 소식이 있습니다. 서얼도 관직에 나갈 길이 있다고 합니다!'

자식에 대한 죄책감 때문일까. 장대감은 지인을 통해 길상이 별좌직 시험을 볼 수 있게 해주었다. 꿈에 그리던 관복을 입은 아들의 모습을 보며 양노파는 하염없이 감격의 눈물을 흘렸다. 그러나 호칭이 달라졌다 해서 인생도 달라지는 건 아니었다. 어딜 가든 장별좌는 사대부 출신이 꺼리는 궂은 일만 맡았고, 반듯하게 다린 관복은 농에 처박힌 채 나올 줄 몰랐다. 물빛 도포를 떨쳐입고 거리를 활보하는 훤칠한 길상을 보고 첫눈에 반한 규수가 많았지만, 선뜻 혼담을 청해 오는 집안은 없었다.

'전 괜찮습니다.'

'어머니만 모시고 살 수 있으면 됩니다.'

'어머니가 제 가족이니까요.'

스무 살의, 스물다섯 살의, 서른 살의 길상이 조금씩 나이 들어가는 얼굴로 한결같이 말하는 모습이 차곡차곡 겹쳐갔다. 살짝 주름진 입가에 머금은 서글픈 미소가 양노파의 가슴을 비수처럼 후벼 팠다. 수십 년 동안 채 아물기도 전에 찔리고 또 찔린 그 상처는 이제 뻥 뚫린 구멍으로 변해 있었다. 그 구멍에서 끝도 없이 꾸역꾸역 흘러나오는 절망감에 몸서리치던 서린의 시야가 문득 아래로 향했다. 거미줄처럼 주름진 손에 얼음 자를 때 쓰는 두꺼운 칼이 쥐어져 있었다. 서린은 양노파의 의식을 엿보고 있는 중이라는 걸 순간적으로 잊고서 파르르 몸을 떨었다.

'해를 주면 너를 줄까 달을 주면 너를 줄까.'

양노파는 정신 나간 사람처럼 흥얼거리며 자신을 향해 칼을 휘둘렀다. 주저함이라고는 조금도 없었다. 노인의 것이라고는 도저히 믿기지 않는 강하고 힘찬 동작. 좍 핏물이 튀면서 서린의 시야가 온통 붉게 물들었다. 두 다리가 지푸라기처럼 맥없이 꺾였다. 지옥에 던져진 듯 급습해오는 고통의 폭풍에 서린은 호흡뿐만 아니라 생각까지 멎어버렸다.

'금자동아 은자동아 무병장수 길상동아—.'

이제 자장가는 입술 밖으로 나오지 못하고 머릿속에서만 맴돌고 있었다. 양노파는 어마어마한 통증 속에서도 무릎으로 엉금엉금 기면서 움직였다. 그녀는 바닥에 떨어진 칼을 집어 들어 치맛자락에 꼼꼼히 문질러 닦은 후, 다른 연장들이 쌓인 곳을 향해 던졌다. 그 찰나에도 노파의 목에서는 선혈이 콸콸 쏟아져 나와 저고리를 흥건히 적시고 있었다. 칼이 사라진 것을 확인한 후, 양노파는 마침내 할 일을 마쳤다는 듯 옆으로 풀썩 쓰러졌다. 차가운 물이 여윈 몸뚱이를 한 폭의 수의처럼 덮어오는 게 느껴졌다. 그게 마지막이었다.

"윤서린!"

천지를 뒤흔들 듯한 호령에 서린은 번쩍 눈을 떴다. 불같은 분노에 휩싸인 장별좌가 이글거리는 눈빛으로 그녀를 노려보고 있었다. 그는 당장이라도 서린을 죽일 듯한 기세로 외쳤다.

"낭상 그 손 떼지 못하겠느냐!"

손? 무슨 손? 기억에서 막 깨어난 서린은 자신의 손이 피에 흠뻑 젖어 있는 듯한 착각에서 헤어나지 못하고 있었다. 한 빙부의 손이 우악스럽게 서린을 끌어당겨 떼어내고 나서야, 서린은 아직도 자신이 얼음에서 손을 빼지 않았다는 걸 깨달았다.

"다른 빙고로 데려가라. 이번엔 손발을 묶어서 가둬놔."

장별좌는 전에 없이 냉정하고 잔인한 태도로 명령했다. 이번에는 빙부 두 명이 한꺼번에 달려들어 서린을 잡아 일으켰다. 별다른 저항 없이 그대로 끌려가던 서린은 엉망진창이 된 창고를 나서기 직전 장별좌를 향해 말했다.

"어머님은 자진(自盡)하셨습니다."

장별좌가 입을 쩍 벌린 채 서린을 쳐다보았다. 화가 나다 못해 어처구니없다는 표정이었다. 그의 인내심은 길지 않으리라. 서린은 부서진 채 나동그라진 문짝 옆, 빙부들이 수북이 쌓아놓은 칼이며 곡괭이들을 가리키며 빠르게 설명했다.

"시신 근처에 흉기가 없어 얼핏 타살처럼 보였지만, 얼음 자르는 칼로 스스로 목을 찌르신 겁니다. 그 후 칼을 닦아 멀리 던져놓고, 기력이 다해 배수구 앞에 쓰러지셨습니다."

"그 무슨……."

"얼음이 조금씩 녹을 때마다 그 물이 빠져나가야 하는데, 어머님의 몸이 배수구를 막고 계셨으니 그 주변에 물이 찼겠지요. 날이 추워지면서 다시 큰 얼음 덩어리가 된 겁니다."

얼음벽과 얼음벽 사이에 시신이 갇혀 있었기에, 그 누구도 자살이라고는 생각하지 못했다. 하지만 타살이라고 보기에도 애매했다. 한겨울 강가에서 언 얼음을 잘라 가지고 들어오는 동안 그 속에 갇힌 시신을 아무도 못 보고 지나쳤다는 게 말이 안 되니까. 하지만 방금 서린이 한 말대로라면 이 기이한 상황을 설명할 수 있었다. 마치 제 눈으로 본 것처럼 생생한 서린의 묘사에 잠시 혼이 빠졌던 장별좌는 뒤늦게 정신을 차렸다.

"미친 소리 그만하거라! 어머님께서 자진하실 이유가 뭐가 있단 말이냐! 난 그분을 위해 살았던 거나 다름없는데!"

"그게 이유였습니다."

"뭐?"

"어머님은 별좌님을 위해 영영 별좌님 곁을 떠나는 걸 택하신 겁니다. 스스로 짐이 된다고 여기셔서, 별좌님이 남들처럼 부인과 자식을 얻고, 행복하고 단란하게 사시길 바라셨습니다."

양노파는 아주 오랫동안 우울하고 또 불행했다. 목숨보다 사랑하는 자식에게 자신이 무거운 짐이 된다고 믿은 까닭이었다. 평생 모은 돈을 바쳐 족보를 위조하는 데도 실패하자, 양노파는 자신의 존재 자체를 없애는 것만이 답이라는 결론에 다다랐다. 하지만 그렇다고 해서 목을 매거나 절벽에서 몸을 던질 수는 없었다. 어머니가 자진했다는 사실은 장별좌에게 평생 떨치지 못할 회한이 될 테니까. 그래서 양노파는 자살을 타살로 위장하려 했다. 누군지 알 수 없는 범인에 대한 장별좌의 갈 데 없는 분노는 언젠가 사그라질 것이라고 믿으면서. 그 마음을 다 알게 된 서린은 아까부터 입속에서 맴돌던 노래 소절을 나지막이 읊조렸다.

"금자동아 은자동아 무병장수 길상동아. 해를 주면 너를 줄까 달을 주면 너를 줄까."

"네가…… 그 노래를 어찌 아느냐?"

장별좌의 안색이 달라졌다. 금자동아 은자동아 무병장수 부귀동아, 은을 주면 너를 줄까 옥을 주면 너를 줄까. 어머니는 단둘이 살았던 골방에서 그 가사를 남몰래 바꿔 부르곤 했다. 우리 길상동이는 은이나 옥 따위는 갖다 댈 수도 없을 만큼 귀하다면서. 그 노래를 듣지 못한 지도 오래됐다. 어머니의 어린 아들은 양팔을 활짝 벌려도 안을 수 없을 만큼 건장한 남자가 되어버렸으니까. 서린은 서서히 젖어드는 장별좌의 눈을 바라보며 조용히 말했다.

"어머님께서 스스로 목숨을 끊으시는 순간, 이 노래를 계속 부르고 계셨습니다. 아마 별좌님 생각을 하고 계셨겠지요."

그 말을 들은 장별좌는 홀린 듯 시선을 돌렸다. 얼음 속에서 잠든 어머니가 그를 바라보고 있었다. 절대 그럴 리 없는데 눈이 마주친 듯한 착각이 들었다. 그 순간 장별좌는 그전에 알아차리지 못했던 걸 깨달았다. 처참히 목이 베여 죽은 양노파의 입꼬리가 희미하게 올라가 있다는 것을. 최후의 순간, 그녀는 미소 짓고 있었다. 아들을 위해 뭔가 해주는 게 그녀에게는 행복이었으므로, 그게 자신의 죽음일지라도.

"어머니…… 어머니!!"

서린의 말이 정말인지 아닌지는 더 이상 중요하지 않았다. 감당할 수 없는 슬픔과 아픔에, 장별좌는 짐승 같은 울음을 토하면서 그 자리에 무너져 내렸다. 모든 것이 정지한 가운데, 어머니를 그리워하는 아들의 애절한 통곡 소리만이 메아리치며 퍼질 뿐이었다.

63

아기, 고양이

"솔직히 전 깜짝 놀랐다니까요. 대군 마마는 몸만 컸지 그냥 어린 애시잖아요. 근데 할 건 다 하고 계셨네, 호호호……."

헌이 어전회의에 참석하는 동안 부부인 서씨는 오후 산책을 즐기는 중이었다. 그녀의 왼쪽에는 예성이, 오른쪽에는 서린을 대신해 들어온 젊은 나인이 있었다. 순애라는 이름의 그 나인은 친정에서부터 서씨를 섬기던 몸종이었다. 정식 입궁 절차를 거치지 않고 오직 서씨만을 섬기기 위해 천수전에 왔기에 엄격한 궁중 예법에 덜 얽매였다. 대군 부부의 밤 생활에 대해 이러쿵저러쿵하는 것도, 다른 나인 같았다면 경을 치고도 남을 일이었다.

"아씨, 아니, 부부인. 아드님이 좋으셔요, 따님이 좋으셔요? 이름은 뭐라 지으실 건지요?"

순애는 촐싹대며 설레발을 쳐댔다. 신분의 고하를 막론하고 궁에서 사는 모든 여인의 목표는 단 하나뿐이라고 해도 과언이 아니었다. 이 왕조를 번창하게 하는 것. 평생 그 목표를 이루지 못해 쫓겨나는 여인도 부지기수인데, 서씨는 혼례를 치른 지 석 달도 안 되어 회임했으니, 천수전에 속한 모두에게 더할 나위 없는 경사였다. 순애의 목소리가 점점 커지자 서씨는 혹시 듣는 사람이 없는지 신중히 주위를 살폈다.

"입조심하거라. 아직 확실한 것도 아니지 않으냐."

"에이, 아니어요. 열다섯 살부터 지금까지 달거리를 한 번도 거른 적 없는 분이 열나흘 넘게 소식이 없으면 말 다한 거죠. 아기님이 오신 겁니다!"

순애는 정숙한 남색 비단 치마에 덮인 서씨의 배를 턱짓으로 가리키며 손뼉 치는 시늉을 해보였다. 서씨는 못 말리겠다는 듯 한숨을 내쉬었지만, 입가에는 은근한 미소가 번져 있었다.

"대군 마마께 후사가 생기면, 왕위 계승에도 당연히 유리해지시겠죠? 세자 저하는 아직 세손을 보지 못하셨으니까요."

"그만하래도."

세자와 대군이 왕위를 두고 경쟁하는 판국에, 대군비가 세자빈보다 먼저 후사를 생산한다는 건 당연히 엄청난 의미가 있었다. 그런 만큼 더욱 조심해야 했다. 축하와 축복의 물결만큼이나 반발과 저주의 물결도 거셀 테니까. 순애의 입단속을 단단히 해두려던 참에, 서씨의 시야에 뭔가 거무스름한 것이 들어왔다. 애처로울 만큼 작은 야생 고양이 한 마리가 일행의 옆쪽을 지나 수풀 쪽으로 걸어가고 있었다. 이상하게 움직임이 느리다 싶었는데, 자세히 보니 고양이 등에 깊게 팬 상처가 나 있었다.

"어머! 저게 뭐예요? 흉해라!"

아직 다 말라붙지 않아 너덜거리는 피딱지와 그 주변을 윙윙 도는 날파리 떼를 발견한 순애가 질겁했다. 그러나 서씨는 고양이를 멀리 쫓아내는 대신 살며시 손을 뻗어 오라고 손짓해 보였다. 아기를 가졌다고 생각해서일까. 하찮은 미물에게조차 관대한 마음이 생겨났다. 고양이는 올지 말지 고민하는 듯, 한쪽 앞발을 쳐든 채 가르릉 울었다. 그 모습을 본 꼬마 내관 예성은 사뭇 걱정스러운 표정을 지었다.

"원래 없던 흉터인데, 어디서 다쳤나 봅니다."

"네가 아는 고양이냐?"

"예. 어미를 잃은 것 같아 불쌍하여, 가끔 먹을 걸 챙겨주곤 했습니다. 비쩍 마르고 힘없긴 했지만, 상처는 없었습니다."

"마지막으로 본 게 언제지?"

"음…… 며칠 된 것 같습니다. 그사이에 다친 걸까요?"

예성은 내관 모자 아래로 드러난 뒷머리를 벅벅 긁으며 자신감 없이 말했다. 그 말을 들은 서씨는 고양이를 향해 고개를 기울이며 제자리에 쪼그려 앉았다. 풍성하고 값비싼 치맛자락에 풀물이 드는 것도 개의치 않았다. 한참 동안 고양이의 상처를 관찰한 그녀는 결론을 내렸다.

"저건 다쳐서 생긴 게 아니다. 뾰족한 나뭇가지에 스치거나 찔렸다고 보기엔 상처가 너무 깊고 곧게 나 있구나."

"그럼……."

"누군가 일부러 찌른 거다. 위에서 아래로."

서씨의 단호한 말에 예성과 순애는 동시에 경악했다. 저 가련한 아기 고양이에게 누가 그런 짓을 한단 말인가. 그들의 낯빛이 그렇게 말하고 있었다. 일단 치료해줘야겠지. 그렇게 생각한 서씨는 고양이를 안기 위해 두 손을 뻗었다. 그게 경솔한 행동이란 건 까맣게 모른 채.

"키에에에!"

간신히 느슨해졌던 경계심이 다시 발동한 새끼 고양이는 천을 찢듯 날카로운 울음소리를 내며 뛰어올랐다. 그러고는 용수철처럼 강력한 반동으로 몸을 튕겨 길옆에 있던 나무 위로 올라갔다. 최근 가지치기를 했는지 굵은 잔가지도 무성한 나뭇잎도 남아 있지 않은 나무였다. 저 나무가 원래 저렇게 앙상했던가. 스치듯 가볍게 지나간 의문에 예성이 고개를 갸웃하는 동안, 서씨는 순애의 만류를 뿌리친 채 나무로 다가가고 있었다. 붙잡을 게 아무것도 없는 나무에 서 있는 새끼 고양이는 아슬아슬하고 위태로워 보였다.

"얘, 이리 와보렴. 해치지 않을게."

깎은 목석같다는 평가를 받던 서씨의 입술 사이에서 한없이 부드러운 목소리가 흘러나왔다. 그러나 고양이는 윤기 없는 털을 바짝 세우며 이쪽을 응시할 뿐, 선뜻 다가오려 하지 않았다. 저대로 내버려두면 상처가 곪아 썩을 텐데. 조바심이 생긴 서씨는 손이 닿는 높이에 있는 가느다란 나뭇가지를 하나 꺾어 들었다. 그걸 본 순애가 영문을 모르겠다는 듯 물었다.

"마님, 뭐 하시게요?"

"잠깐 기다려봐."

서씨는 잔디 사이에 빼꼼 고개를 내민 강아지풀을 조심스레 꺾었다. 그리고 보드라운 솜털 부분이 삐죽 튀어나오도록 나뭇가지 끝에 매듭지어 묶었다. 야생 고양이도 그 본성은 집 고양이와 비슷할 테니, 이런 종류의 놀이를 좋아할 것이라고 생각했다. 서씨는 강아지풀 묶은 나뭇가지를 높이 쳐들고 이리저리 흔들며 고양이를 유인하려고 했다. 고양이가 귀를 쫑긋 세우며 흥미를 보이는 듯하자, 서씨도 가벼운 흥분을 느꼈다. 그녀는 한껏 까치발을 한 채 나무에 몸을 바짝 붙이고 열심히 나뭇가지를 흔들어댔다. 고양이의 일거수일투족에 열중하느라, 서씨는 미처 보지 못했다. 맞은편 나무줄기 옹이 속에 숨겨진, 작은 구멍이 무수하게 난 잿빛 덩어리를. 갈대처럼 흔들리던 그녀의 소맷자락이 옹이 입구를 툭 건드리는 순간, 평범한 덩어리처럼 보이던 벌집이 붕 진동을 일으키면서 큼직한 벌들이 일제히 쏟아져 나왔다.

"으아악!"

"마님!"

"아씨!!"

서씨는 비명을 지르며 주저앉았고, 예성과 순애가 달려갔지만 이미 늦었다. 새카만 안개처럼 몰려나온 벌떼는 서씨를 빙 에워싼 채 맹공을 퍼붓고 있었다. 하필 지금이 벌들의 산란기인 것이 문제였다. 벌들은 느닷없이 나타난 서씨를 여왕벌과 그 알들을 위협하는 존재로 간주해 쉽게 놓아주려 하지 않았다. 뺨이고 턱이고 손등이고 가리지 않고 살이 드러난 곳은 어디든 따끔한 벌침을 쏘아댔다. 서씨는 그때마다 숨넘어가는 소리를 냈다.

"저리 가, 이것들아!"

용감하게 뛰어든 순애가 제 치마폭을 펼쳐 일종의 보호막을 만들며 서씨를 감싸 안았다. 내관 모자를 코까지 덮어쓴 예성은 난리통에 바닥으로 떨어진 벌집을 공처럼 뻥 차버렸다. 그제야 벌들은 방향을 바꿔 벌집을 찾아 날아갔다. 급한 불은 껐지만, 그걸로 끝이 아니었다. 물에 불린 해면처럼 얼굴이 퉁퉁 부어오른 서씨가 고통스러운 신음을 내뱉고 있었던 것이다. 순애는 부부인이라고 부르는 것도 까맣게 잊은 채 서씨를 와락 껴안고 흔들었다.

"아씨! 괜찮으세요? 아씨!"

"헉…… 헉…… 수, 숨을 쉴 수가 없……."

얼굴뿐만 아니라 온몸이, 심지어 목구멍까지 부어올라 호흡하는 게 쉽지 않았다. 서씨는 답답한 듯 가슴을 쥐어뜯으며 툭툭 끊기는 말로 순애에게 하소연했다.

"수…… 순애야, 날 좀…… 살려………."

"조금만 참으세요, 아씨!"

순애는 울음을 참으며 서씨의 옷고름을 마구 풀어헤쳤다. 조금이라도 숨 쉬기 편하게 해주려는 것이었다. 서씨의 치마끈까지 풀어버린 순애는 얼빠진 채 서 있는 예성을 향해 버럭 고함쳤다.

"뭘 하고 서 있는 게냐? 맹추야! 얼른 어의를 모셔와!"

예성은 벼락을 맞은 듯 부르르 떨더니 천수전 방향으로 허둥지둥 달려갔다. 얼마나 시간이 흘렀는지 몰랐다. 그걸 헤아릴 경황이 없었다. 순애는 어느새 터져버린 눈물을 뚝뚝 떨어뜨리면서, 무섭게 변해버린 서씨의 온몸을 필사적으로 주무르기만 했다.

홍씨와 헌이 의녀 단금을 포함한 한 무리의 궁인들을 대동하고 나타났을 때, 서씨는 숨이 넘어가기 일보 직전이었다.

"부인!"

헌은 한쪽 무릎을 꿇고 앉아 서씨의 얼굴을 들여다보며 그녀를 불렀다. 이목구비가 살에 파묻혀 괴이한 형상이 된 서씨의 모습에 홍씨와 궁인들은 흠칫하며 뒤로 물러섰지만, 헌은 조금도 꺼리는 기색을 보이지 않았다. 그는 자상한 손길로 연신 서씨의 이마를 쓸어내리며 위로했다.

"걱정할 것 없소. 의녀가 도와줄 거요."

위급 상황에서도 단금의 냉철한 태도는 변하지 않았다. 그녀는 순애와 헌을 서씨에게서 물러나게 했다. 계속해서 침착하게 맥을 짚고, 부어오른 살을 눌러보고, 호흡 상태를 확인했다.

"벌침에서 나온 독이 퍼지고 있습니다. 부부인 마님의 몸이 독성분에 거부 반응을 일으키면서, 발진과 부종이 생기는 겁니다. 목구멍 안까지 퉁퉁 부어서, 곧 숨을 못 쉬게 될 겁니다."

"숨을 못 쉰다고? 그럼……!"

홍씨는 고통스럽게 몸을 뒤트는 며느리를 보며 차마 말을 끝내지 못했다. 하얗게 질리다 못해 푸르스름하게 변한 낯빛은 한계에 이르렀다는 신호였다. 그러나 단금에게는 해법이 있었다.

"숨구멍을 만들어드려야지요. 임시로라도."

단금은 이 정도 일은 아무것도 아니라는 듯 가져온 보퉁이에서 얇고 가느다란 물건을 꺼냈다. 처음에는 침인 줄 알았는데 자세히 보니 아니었다. 그냥 부뚜막에 널려 있는 쇠젓가락이었다. 단금이 쇠젓가락 한 짝을 움켜쥐고 서씨의 목을 겨누자, 기겁한 헌이 아내의 몸을 제 몸으로 황급히 가렸다.

"서, 설마 그걸 목에 찌르려는 건 아니겠지?"

"달리 방법이 없습니다."

"하지만, 그러다가 잘못되면……!"

목에서 피를 철철 흘리며 죽어가는 서씨를 상상하며 헌은 몸서리쳤다. 그때 거북손처럼 뚱뚱한 뭔가가 헌의 옷자락을 슬그머니 잡아당겼다. 아니, 그건 거북손이 아니라 퉁퉁 부어 움직이기도 어렵게 된 서씨의 손이었다. 서씨는 푸른색을 지나 이제는 보라색으로 변한 입술을 달싹이며 남편을 향해 힘겹게 말했다.

"내, 내버려……두십시오…… 헉……."

"하지만, 부인!"

"뭐든…… 해야…… 합니다…… 우리의…… 아기가……."

토막토막 끊어지는 문장 속에서 핵심적인 단어를 포착한 건 헌보다 홍씨가 먼저였다. 그녀의 충혈된 두 눈이 찌를 듯 날카로운 안광(眼光)을 발했다. 홍씨는 엉엉 울고 있는 순애의 어깨를 홱 밀치며 추궁하듯 물었다.

"저 말이 사실이냐? 부부인이 정말 회임 중이냐?"

"확실하진 않습니다. 허나 열나흘째 달거리가……."

이제 뒷말은 들을 필요도 없었다. 순애의 어깨를 놓은 홍씨는 단금을 향해 몸을 돌렸다. 이 영험하고 신비로운 의녀는 홍씨가 세상에서 진심으로 신뢰하는 몇 안 되는 사람 중 하나였다. 단금의 눈을 들여다보는 홍씨의 눈빛에는 혼란과 충격 이상의 것이 담겨 있었다. 더없이 진지하고 비장한 어조로 홍씨는 이 나라의 중전으로서 단금에게 명령했다.

"무슨 짓을 해도 좋다. 내 며느리와 이 조선의 세손을 살려내라."

단금은 대답하지 않았다. 그게 평범한 어의와 다른 점이었다. 제아무리 높은 사람이라도, 그 어떤 위협과 회유 앞에서도, 그녀는 생명을 두고 장담하지 않았다. 그저 최선을 다하고 결과를 기다릴 뿐. 홍씨와 눈이 마주친 헌은 흐느낌을 삼키며 옆으로 비켜났다. 슬그머니 뻗은 그의 손가락들이 서씨의 축 늘어진 손가락에 얽혀들었다. 절실함이 느껴졌다. 함께 보낸 시간은 길지 않았지만 그들 사이에는 진실한 애정이 싹터 있었다. 헌이 충분히 간격을 두었음을 확인한 단금은 쇠젓가락을 높이 쳐들더니, 단 한 번의 동작으로 서씨의 목 한가운데를 내리꽂았다.

"쿨럭!"

서씨는 비명 대신 기침처럼 들리는 신음소리를 냈다. 젓가락은 서씨의 목에 새끼손톱만 한 작고 둥근 구멍을 뚫어놓았다. 그 사이로 검붉은 피가 울컥울컥 흘러나오는데, 숨을 가쁘게 몰아쉬는 서씨는 묘하게 편안해 보였다.

"이제 괜찮을 겁니다."

단금은 젓가락에 묻은 피를 닦아내며 담담하게 말했다. 서씨는 목숨을 건졌다. 너나없이 가슴을 쓸어내리는 가운데, 밀려오는 안도감을 견디지 못하고 흐느끼기 시작한 헌의 목소리만이 무거운 공기를 메웠다.

64
가면의 뒤편

"늘 다리를 높게 두셔야 합니다. 발목에 괴어둔 베개는 절대 빼지 마시고, 자세는 항상 수평으로 유지하십시오. 식사는 가벼운 미음 정도만, 물도 조금씩만 드시는 게 좋습니다."

부부인 서씨의 처소. 나인들은 전투에 임하는 병사들처럼 엄숙한 태도로 의녀 단금의 지시를 경청하고 있었다. 서씨가 벌떼의 습격을 받은 지 하루가 지났고, 다행히 그녀는 생사의 고비에서 멀어진 듯 보였다. 목에 하얗고 깨끗한 천을 둘둘 감고 누운 서씨는 이제 규칙적으로 숨 쉬고 있었다. 기이하게 부풀어 올라 모두를 기겁하게 했던 이목구비도 본래의 모습으로 돌아왔고, 혈색도 서서히 확실하게 좋아졌다.

"아기는…… 아기는 괜찮은 것인가?"

곤한 잠에서 깨어난 서씨가 제일 먼저 확인한 건 자신이 아닌 뱃속 아이의 안부였다. 서씨가 의식을 잃은 동안 매 식경(食頃)*마다 진맥하고 손등으로 이마를 짚으면서 체온도 확인해봤던 단금이었다. 서씨의 몸 상태에 대해서라면 본인보다 더 잘 알았다.

"아기씨는 처음부터 안 계셨습니다, 마님. 뭔가 착각하신 것 같습니다."

"하지만 달거리가 끊겼는데……."

"갑자기 환경이 바뀌면 그럴 수 있습니다. 그리고……."

단금은 곧바로 말을 잇지 못하고 잠시 멈칫거렸다. 비인간적일 만큼 단도직입적인 그녀에게선 좀처럼 볼 수 없는 일이었다. 심상찮은 기색을 알아차린 서씨의 눈빛이 파도처럼 흔들렸다.

"뭔가?"

혹시 불임이라든가 그런 날벼락 같은 소리를 하는 건 아니겠지. 서씨는 남달리 총명하고 지혜로운 여자였지만, 그렇다고 칠거지악(七去之惡)의 악습에서 자유로운 건 결코 아니었다. 단금은 자신이 서씨를 불안하게 만들고 있다는 걸 깨닫고 마침내 입을 열었다.

"두 분 사이에 단시간에 아기씨가 생기긴 어려울 것입니다. 대군마마는 아직 회복 중이시고, 보통의 성인 남성과 완전히 같아지는 데는 시간이 필요합니다."

"……."

"당분간은 마님도 무리하시면 안 됩니다. 합궁도 삼가도록 하십시오."

두 뺨이 사과 빛으로 발그스름해진 서씨를 향해 꾸벅 고개를 숙여 보인 후, 단금은 침소에서 물러갔다. 그리고 그와 교차해 문간을 넘어오는 사람이 있었다. 서씨의 남편, 대군 헌이었다.

• 밥을 먹을 동안, 잠깐 동안

"부인!"

헌은 한달음에 달려와 서씨의 머리맡에 털썩 무릎을 꿇었다. 그 장면을 본 나인들이 몸 둘 바 모르고 송구스러워했지만, 헌은 아랑곳하지 않았다. 소중한 아내를 잃을 뻔했다는 위기감이 그를 압박하고 있었다. 헌은 서늘하게 식은 아내의 이마와 뺨을 살살 쓸어내리면서 물었다.

"괜찮소? 어디 불편한 데는? 먹고 싶은 것은 없소?"

"……죄송합니다, 마마. 회임이 아니라고 합니다."

서씨는 가진 적도 없는 아기를 잃은 충격에서 아직 벗어나지 못하고 있었다. 섣불리 굴다가 헌과 홍씨에게 잘못된 기대를 불어넣은 게 미안하고 부끄러웠다. 그러나 헌은 가당치도 않다는 듯 세차게 고개를 내저었다.

"그게 뭐 그리 중요하오! 후사 따위 영영 보지 않아도 난 상관없소!"

"무슨 말씀을 그리 하십니까."

"아니, 난 진심이오. 평생 대군으로 살더라도 얼마든지 행복해질 수 있소."

헌은 소맷자락에 덮여 있던 두 손을 뻗더니, 힘없이 늘어뜨린 서씨의 손을 감싸듯 포개 잡았다. 그러고는 그 어느 때보다 확신에 찬 표정으로 선언했다.

"좁고 답답한 궁을 떠나, 도성 변두리에 작고 예쁜 집을 지읍시다. 그리고 우리 둘이 단란하게 사는 거요. 가끔 세상 구경도 하면서."

헌에게는 그게 정말 이상적인 삶처럼 여겨졌다. 그에게는 일국의 왕이 되고 싶은 야심도, 남들을 제 발아래 두고 싶은 지배욕도 없었다. 올라가는 것도 유지하는 것도 너무나 힘든 자리였다. 조선 왕조의 용상이 지금까지 몇 번이나 피로 물들었는지 알 만한 이들은 다 알았다. 헌은 그런 걸 원치 않았다. 십 년의 기나긴 잠 끝에 기적처럼 되찾은 삶이었다. 앞으로 얼마나 오래 살지 모르지만, 귀중한 그 세월을 궁중 암투로 허비하고 싶지 않았다. 소소하지만 단란한 행복과 웃음으로 채우고 싶었다. 헌이 그런 생각을 하는 게 뻔히 보여서, 서씨는 안타까움이 섞인 한숨을 내쉬었다.

"그렇게 단순한 문제가 아닙니다. 마마 혼자 행복하기만 하면 되는 게 아닙니다."

"그럼?"

"조선의 백성을 생각하셔야지요. 그들이 전부 대군 마마의 형제이고 벗이며 부모이자 자식입니다. 백성이야말로 나라의 근원입니다. 그들을 잘못된 이의 손에 맡기면 되겠습니까."

"그게 무슨 뜻이오?"

서씨는 멈칫했다. 자신이 간파한 세자의 실체에 대해 언젠가는 남편에게도 알려줄 작정이었다. 하지만 그 시기는 정하지 않은 상태였다. 자연스럽게 말할 기회가 없다면 이걸 활용하는 것도 나쁘지 않겠지. 서씨는 그렇게 판단했다.

"세자 이범 말입니다, 마마가 생각하시는 그런 사람이 아닙니다."

"형님이?"

"겉과 속이 다른 사람입니다. 남을 위할 줄도 아낄 줄도 모르고, 위선과 가식만 가득합니다."

서씨가 범에 대한 비난을 내뱉는 동안 헌의 입이 점점 크게 벌어졌다. 그는 잠시 할 말을 잊은 듯 멍하니 있다가, 이내 어처구니없다는 듯 헛웃음을 터뜨렸다.

"그건 부인이 잘못 안 거요. 형님은 내가 아는 이 중 가장 훌륭하고 따뜻한 분이오."

"그렇게 연기하고 있는 것뿐입니다. 모두가 속고 있는 것이고요."

"왜 그렇게 생각하는 거요?"

서씨는 망설였다. 헌의 물음에 대한 답은 그녀의 의식 가장 깊은 곳에 숨겨둔, 유년 시절의 기억과 관련이 있었다. 그 편린을 떠올릴 때면 거대한 말벌을 맞닥뜨린 것처럼 정수리부터 한기가 일면서 온몸에 좁쌀 같은 닭살이 돋아났다. 순수한 공포였다. 하지만 서씨는 헌을 위해 그 기억을 꺼내기로 결심했다. 그렇게 해서 그를 설득할 수만 있다면.

"전 세자와 똑같은 성향을 가진 이를 본 적이 있습니다. 공자가 현현한 듯 매사 옳은 언행만 하는 예의 바르고 온화한 사람이었지만, 그 눈은 죽은 생선의 그것과 비슷했지요."

"눈이?"

"흔히 눈을 마음의 창이라고 합니다. 말은 꾸밀 수 있지만, 눈빛까지 꾸밀 순 없지요. 전 그이를 마주할 때마다 왠지 소름이 끼쳤습니다. 언젠가 이 사람이 무서운 일을 벌일 거라는 직감이 들었지요."

"그래서, 어떻게 됐소?"

헌은 처음엔 영문을 모르겠다는 표정을 지었지만 어느덧 서씨의 얘기에 푹 빠져들고 있었다. 이성적이고 합리적인 줄로만 알았던 아내가 이런 괴담을 신봉하고 있다니. 어떻게 됐느냐는 헌의 물음에 서씨는 시선을 돌려 저 먼 곳을 홀연히 바라보았다. 마치 그곳에서 누군가 그녀를 지켜보고 있기라도 한 것처럼.

"그는 어느 날 아내와 세 딸을 목 졸라 죽이고 우물에 뛰어들어 목숨을 끊었습니다."

"……."

"그이가 바로 제 이모부였습니다. 말이 번드르르한 사람이 아니라 조금 서툴더라도 마음이 따스한 이에게 동생을 보냈어야 했다고, 제 어머니는 그게 천추의 한이 되셨지요."

서씨의 어머니는 딸에게 입버릇처럼 말했다. 제부의 웃는 얼굴이 가면 같은 게 처음부터 맘에 걸렸다고. 사람의 표정이란 게 상황과 감정에 따라 조금씩 달라지는 게 당연한데, 그 남자는 미세한 주름 하나조차 일관되게 매번 똑같은 모양으로 웃었다고 했다. 서씨는 범에게서도 그걸 발견했다. 목판으로 찍어낸 것처럼 입꼬리의 각도까지 변하지 않는 미소. 그거야말로 범이 감정을 느끼지 못한다는 강력한 증거였다. 하지만 헌은 받아들이려 하지 않았다.

"형님에겐 그런 일이 생길 리 없소."

"제 어머니도 한때는 그렇게 믿으셨지요. 이모와 사촌동생들도."

헌은 두 눈을 천천히 깜박이며 방금 들은 이야기를 어떻게든 소화하려 애썼다. 그는 서씨를 절대적으로 신뢰했다. 백지나 다름없는 그에게 새로운 영혼을 불어넣어준 아내가 아니던가. 어린애 같았던 말투도 그녀가 밤낮없이 연습시켜준 덕에 제법 의젓해졌다. 요즘 들어 자신을 보는 궁인들과 신하들의 시선이 바뀐 것을 스스로도 느낄 수 있을 정도였다. 그런 아내가 틀린 말을 할 리는 없었다.

'하지만 형님은…….'

헌이 기억하는 최초의 지점부터 이복형은 존경과 애착의 대상이었다. 똑똑하고 어른스러운, 매사 흠잡을 데 없이 완벽해서 감히 따라

잡을 엄두조차 낼 수 없는 존재. 너무 오랫동안 그리 믿어왔기에, 자신이 만든 우상에 누군가 흠집 내는 걸 받아들이기 어려웠다.

"그대는 너무 무서운 생각만 하는구려. 몸에 좋지 않소. 그만 쉬시구려."

아픈 아내와 입씨름하고 싶지 않았던 헌은 일단 자리를 피하기로 했다. 서씨는 붙잡지 않았다. 그녀는 남편의 성품을 잘 알았다. 아무리 듣기 싫은 말도 무시하지 않고 두고두고 되새기며 생각한다는 것을. 그녀가 해야 할 일은 그 단초를 제공해주는 것뿐이었다.

서씨의 침소를 나온 헌은 화륜각이 있는 방향으로 가려고 했다. 오늘은 범의 서연이 있는 날이었고, 헌도 참석하도록 되어 있었다. 내로라하는 학자들이 모두 참석하니, 조금이라도 보고 배우라는 범의 배려였다. 그러나 헌이 미처 발을 떼기 전에, 처마 저편에서 수군대는 남자들의 목소리가 바람을 타고 날아왔다.

"아궁이에 집어넣자고. 꽤나 볼 만할걸."

"숨이 끊어질 때까지 발로 걷어차면 어때?"

"뭐 하러 그래, 번거롭게. 그냥 망태기에 넣어 물에 빠뜨려버려."

이건 또 무슨 일인가, 눈이 휘둥그레진 헌은 소리 나는 쪽으로 빠르게 걸어갔다. 검은 옷을 입은 의금부 관원들이 천수전 뒤뜰에 둥글게 모여 서 있었다. 멍석말이라도 하려는 것처럼.

"뭣들 하는 게냐?"

"대군 마마!"

화들짝 놀라 비켜선 관원들의 다리 사이로 거무스름한 털 뭉치 같은 게 보였다. 가까이 다가간 헌은 그게 동물이라는 걸 알아차렸다.

등에 상처를 입은 새끼 고양이였다. 말 못 하는 짐승이지만 자기 운명을 아는 것처럼 웅크리고 바들바들 떠는 모습이 참으로 측은했다.

"이 녀석이, 부부인 마님을 다치게 만든 원흉입니다!"

관원 하나가 고양이에게 삿대질하면서 외쳤다. 그제야 헌은 이 상황을 이해할 수 있었다. 서씨가 고양이를 구하려다 벌집을 건드렸다는 얘긴 들어서 알고 있었다. 대군 부부에 대한 충성심을 과시하고 싶었던 것일까. 그 관원은 호들갑스럽게 씩씩거렸다.

"죗값을 치르게 해줘야 합니다. 감히 누굴!"

그러나 헌은 고양이를 보면서도 화가 나지 않았다. 그저 연민만 솟구칠 뿐. 다친 장본인인 서씨도 고양이를 탓하진 않을 것 같았다.

"풀어주거라. 무지한 생명에게 무슨 잘못이 있겠느냐."

헌이 위엄을 실어 명령하자, 관원들은 흠칫 놀라며 일제히 뒤로 물러났다. 그리고 깊숙이 절을 올린 후 신속하게 사라졌다. 헌은 자신이 방금 범과 비슷한 말투를 썼다는 걸 깨달았다. 그와 동시에 범은 그가 생각하는 사람이 아니라던 아내의 말이 떠올라 심사가 복잡해졌다. 그 말을 어디까지 믿어야 하는 걸까.

"가르릉."

고양이가 작게 울었다. 그 소리를 들은 헌은 그 자리에 쪼그려 앉아 고양이의 연둣빛 눈을 들여다보았다.

"이제 괜찮다. 아무도 널 해치지 못해."

말뜻을 알아듣기라도 한 걸까. 고양이는 주춤주춤 기어오더니 헌의 무릎에 기대듯 머리를 갖다 댔다. 그래도 아무 일도 일어나지 않자 안심한 듯, 이번에는 머리를 슬슬 비비기까지 했다. 뜻밖의 반응이 놀랍고 기뻐 함박웃음을 머금던 헌은 한 가지 의문이 떠올랐다.

'사람이 싫어 도망 다니는 줄 알았는데 아닌가?'

이 고양이는 분명 사람의 손을 탄 것 같았다. 그런데 서씨에게는 왜 그랬을까. 고개를 갸웃한 채 헌은 고양이의 보송보송한 턱으로 조심스레 손을 뻗었다. 고양이는 피하지 않았고, 슬슬 턱을 쓰다듬는 헌의 손길을 즐기기까지 했다. 그러나 평화는 오래가지 않았다. 헌에게 애교를 부리던 고양이가 돌연 꼬리를 팽팽하게 세우면서 날카롭게 비명을 질렀던 것이다.

"키에에!"

고양이는 원한 가득한 눈으로 헌의 어깨 너머를 응시하고 있었다. 헌은 반사적으로 그쪽을 쳐다보았다. 기나긴 행렬이 궁 한복판을 가로지르고 있었다. 그 행렬의 맨 앞에는, 내관이 든 일산(日傘)• 아래서 우아하게 걸어가는 범이 있었다. 서연에 참석하러 가는 길인 듯했다.

"그르르…… 그르르……."

고양이는 거의 발작에 가까운 적의를 드러내며 행렬을 향해 아르렁거렸다. 자그마한 입가에 옅은 게거품이 생길 정도였다. 왜 저러는 걸까. 의아해하던 헌의 시선이 문득 고양이의 등에 가서 멎었다. 징그러운 피딱지가 말라붙은 기다란 상처. 마치 칼로 그은 듯한. 그 의미가 뭔지는 정확히 알 수 없었지만, 헌은 그 순간 스산한 바람이 목덜미를 스치고 지나가는 듯한 기분이 들었다.

• 왕, 왕세자 등이 행차할 때 받치던 의장 양산

65

부녀 상봉

"여기 볏짚 세 단요."

"으응, 고맙다."

서린이 건네는 볏짚을 마지못해 받아든 빙부는 가히 빛의 속도로 떨어져나갔다. 그러면서도 연신 곁눈질로 서린을 힐끔거렸다. 저주라도 걸까 봐 조마조마한 모양이었다. 이제 그런 취급에 익숙해진 서린은 딱히 신경 쓰지 않았다.

서린이 양노파의 사건을 해결한 지 어느덧 보름이 지나가고 있었다. 살인 사건만 서른 건 넘게 다루어봤다는 오작사령(仵作使令)*은 양노파의 시신을 살펴보고 명확하게 결론 내렸다. 의심할 여지가 없는 자살이라고. 칼 든 습격자가 목을 찌르면 누구나 본능적으로 두 손을 들어 막으려는 자세를 취하는데, 그때 생겨야 할 방어흔이 없다는 이유였다. 서린이 허튼소리를 한 게 아니었다. 그래서 장별좌는

* 시신 검안과 매장을 전문으로 하는 관노

그녀를 풀어주었지만, 이번에는 또 다른 난관이 기다리고 있었다.

"노인네 혼이 씐 거래."

"어쩐지, 재 옆에만 지나가면 오싹오싹 한기가 들더라."

그건 얼음 때문이라고 외치고 싶었지만 서린은 꾹 참았다. 사실 귀신 들렸다는 소문에 시달려본 게 처음도 아니었다. 뒤에서 침을 뱉거나 소금을 뿌리고 도망가는 사람들을 보면 가끔 화나긴 했지만, 그들을 붙잡고 일일이 해명할 수도 없는 노릇이었다.

"서린아!"

외톨이인 서린에게 달려와 어깨동무해준 사람은 은조였다. 단짝 친구가 있어 서린은 외롭지 않았다.

두 사람을 끈질기게 괴롭히던 아전은 서린이 지하 감옥에서 풀려난 다음 날 감쪽같이 사라졌다. 마치 처음부터 존재하지 않았던 것처럼.

"별좌님께 뭐라고 말씀드린 거야?"

서린이 넌지시 물었지만, 은조는 의미심장한 미소를 머금은 채 침묵을 지킬 뿐이었다. 아마 아전이 그동안 장별좌의 위세를 등에 업고 저질렀던 악행들을 낱낱이 고해바친 건 아닐까. 서린은 막연히 그렇게 짐작할 뿐이었다. 악랄하고 무능력한 대리인을 내쫓는 것을 시작으로, 장별좌는 당당히 현실 세계로 돌아왔다.

"장마 후 기온이 떨어져 이제 맨손 작업은 무리다. 앞으로 노인과 부녀자들은 2교대로 현장에 나가고, 남은 시간엔 토시 만드는 일을 하도록 한다. 남자들도 해가 저물면 빙고에서 나오고."

장별좌는 더 이상 바쁜 현장에서 넋 놓고 있는 멍청이가 아니었다. 노련한 통솔력과 날카로운 관찰력, 빠른 계산과 유연성으로 그동안 지체되었던 얼음 출고 작업을 척척 진행해나갔다. 장별좌가 대놓고 말하진 않았지만, 이따금 서린을 보는 눈빛에서 알 수 있었다. 그녀를 예전과는 완전히 다르게 생각한다는 걸. 장별좌는 서린에게 빚을 졌다. 그걸 장별좌도 알고 있으니, 언젠가 서린이 중요한 부탁을 하면 거절하지 않을 터였다. 뭐라고 하면 좋을까. 서린이 슬슬 머리를 굴려보려는 참에, 은조가 그녀의 어깨를 톡톡 두드리며 화제를 꺼냈다.

"그 얘기 들었어? 오늘 새 빙부들이 온대."

"그래? 이번에도 관노들이 오는 거야?"

"아마 그렇겠지?"

빙고는 양민들의 부역으로 운영하는 게 원칙이었다. 하지만 빙고 일이 고되고 위험해 사람이 수두룩하게 죽어나간다는 소문이 퍼지면서, 이 근방 양민들은 어떻게든 부역을 피하려고 했다. 그렇다고 얼음 없이 여름을 날 수는 없었기에, 결국 여기저기서 끌어 모은 관노들이 울며 겨자 먹기로 빙고에 끌려왔다. 그런 점에서는 서린이 갈 뻔했던 염전이나 여기나 크게 다를 바가 없었다. 서린은 감독관으로부터 짐승만도 못한 취급을 받던 노비 행렬을 떠올리며 몸서리쳤다. 다시는 보고 싶지 않은 광경이었다. 하지만 서린의 바람은 이루어지지 않았다.

"자, 빨리빨리 움직여!"

그날 오후 굴비 두름처럼 줄줄이 엮인 채 감독관의 등쌀에 내몰려 빙고에 들어선 관노들은 서린이 우려한 그대로였다. 마지막으로 씻은 게 어느 왕조인가 싶을 정도로 더럽고 초라한 행색에, 당장이라도 탈진해 쓰러질 듯 기진맥진한 모습이. 연민과 분노가 담긴 눈으로 그들을 지켜보던 서린은 돌연 숨이 탁 막혔다. 제 눈으로 보고도 믿을 수가 없었다. 절대 여기 와선 안 될 사람이 그중에 섞여 있었다. 떨리는 입술 사이에서 울음 섞인 목소리가 터져 나왔다.

"아버지!!"

머리로 생각하기 전에 몸이 먼저 움직였다. 서린은 관노 행렬을 향해 정신없이 달음박질쳤다. 그녀의 목표는 행렬 맨 끄트머리에 힘없이 매달리다시피 한 늙수그레한 남자였다. 서린은 두 팔을 활짝 벌려 그를 와락 껴안았다. 이게 꿈인지 생시인지 몰라도, 그런 건 중요하지 않았다.

"서린아!!"

뜻밖의 만남에 기절초풍한 건 윤대감도 마찬가지였다. 그는 딸의 등 뒤로 팔을 둘러 마주 끌어안았지만, 그 힘은 어처구니없을 만큼 약했다. 그걸 의식한 서린은 가슴 한 자락이 칼로 얇게 베이는 느낌이었다. 부녀가 마지막으로 만난 건 반년 전, 윤대감이 역모죄를 뒤집어쓰고 의금부 관원들에게 끌려가던 밤이었다. 풍채 좋은 중년 사대부였던 윤대감은 몰라보게 수척해져 몸도 얼굴도 반쪽이었다. 자세히 보지 않았다면 못 알아보고 스쳐 지나갔을지도 몰랐다. 정말이지 지독한 운명의 장난이었다.

"거기 뭐야? 당장 떨어지지 못해?"

대열이 좀 흐트러진다고 큰일 날 것도 아닌데, 부녀 상봉을 본 감독관은 정색하며 달려왔다. 서린은 떨어지기는커녕 더욱 필사적으로 윤대감의 허리를 끌어안았다. 죽어도 놓지 않겠다는 듯이. 감독관의 억센 손이 서린의 머리카락을 움켜쥐자 그녀의 입술 사이에서 앗 하고 짧은 비명소리가 새어나왔다.

"서린아! 무슨 일이야?"

서린의 목소리를 알아들은 은조가 손으로 허공을 더듬으며 다급하게 이쪽으로 다가왔다. 서린과 실랑이를 벌이던 감독관은 은조를 또 다른 방해꾼으로 여겼는지 돌아보지도 않은 채 한 손을 뻗어 홱 밀쳐버렸다. 기습을 피하지 못한 은조가 균형을 잃고 허우적거리다 그만 꽈당 넘어지자, 이게 뭔 일인가 몰려들어 구경하던 빙부들도 화들짝 놀랐다.

"아이고, 저걸 어째!"

새로운 빙부들을 맞이하기 위해 때마침 나타난 장별좌도 그 장면을 목격했다. 그는 우선 손을 뻗어 은조를 일으켜 세워주고는 서린의 뒷머리를 뽑아버릴 기세인 감독관에게 호통쳤다.

"그 아이를 놔주거라!"

"제 관노에게 먼저 손을 댔습니다."

"빙고에 발을 들인 이상 네 관노가 아니라 내 빙부다. 그 부녀에게서 당장 손 떼거라. 그러지 않으면 빙고 규율대로 처리할 것이다."

논리정연하게 말하는 장별좌의 표정에서는 감히 거역할 수 없는 위엄이 배어났다. 멈칫거리던 감독관은 어쩔 수 없이 손을 놓았다. 그제야 서린은 마음 놓고 아버지와 해후할 수 있었다.

"어떻게 된 거예요? 제주도에 계신 줄 알았는데!"

"상경하라는 어명을 받았단다."

"어명요? 그럼 주상 전하께서!"

왕은 피정 중이고 세자가 대리청정하고 있다는 걸 서린은 알 리 없었다. 반대로 범은 모든 걸 알고 있었다. 전직 궁녀이자 도망 노비인 윤서린이 빙고를 관할하는 별좌에게 체포당해 그곳에서 노역하게 되었다는 보고도 일찌감치 받았다. 범은 서린을 다시 염전으로 보내는 대신 그녀에게 깜짝 선물을 보내자는 재밌는 생각을 해냈다. 언니로서의 책임을 다하지 못한 그녀가 제 아비를 대면하게 된다면 어떨까. 그것도 염전 못지않게 척박하고 혹독한 환경에서. 범의 예상대로 서린은 바로 지금 그 고민에 빠져 있었다. 아버지는 아린의 소식을 알고 있을까. 모르고 있다면 전해야 할까. 전한다면 어떻게 전해야 할까. 그러나 깊게 고민할 틈이 없었다. 윤대감이 갑자기 경련하듯 온몸을 심하게 떨면서 마른기침을 토하기 시작한 것이다.

"쿨럭! 쿨럭!"

"아버지!"

허리까지 꺾어가며 심한 기침을 하느라 오장육부가 튀어나올까 걱정스러울 지경이었다. 억지로 입을 막은 채 한참이나 기침하던 윤대감이 비척비척 몸을 일으켰을 때, 서린은 그의 여윈 손바닥에 땀처럼 고인 핏방울을 보고 가슴이 섬뜩해졌다. 의서 몇 권 읽은 게 상식의 전부인 그녀가 보기에도 윤대감의 상태는 무척 심각했다. 바닷가 풍토병이라도 얻은 걸까. 원인은 몰라도 한 가지는 분명히 알 수 있었다. 아버지는 여기서 절대 살아남지 못하리라는 것을. 왕은 바로 그걸 노리고 그를 이곳으로 보냈을지도 몰랐다. 서린은 장별좌 앞에 털썩 무릎 꿇었다.

"별좌님, 도와주십시오! 저희 부녀를, 아니 아버지만이라도 다른 곳으로 보내주시면 안 되겠습니까? 제 아버지는 이곳에서 버텨내지 못하실 겁니다."

서린의 애원에 장별좌는 난감한 기색을 드러냈다. 그도 서린에게 어떤 식으로든 은혜를 갚고 싶었다. 하지만 공과 사는 확실히 구분해야 했다. 빙고라는 이 작은 세계는 규율로 돌아가는 곳이었으니까. 오랫동안 뜸들이던 장별좌는 얕은 한숨을 내쉬며 말했다.

"내게 그럴 권한이 있긴 하지만, 아무 명분 없이 관노를 이동시킬 수는 없다. 미안하구나."

"하지만……."

"너희 부녀가 같은 방을 쓰게 해줄 테니, 아버지를 잘 모시도록 해라. 당분간 일은 안 해도 된다. 필요하다면 의원의 진료도 받게 해주마."

그 정도면 장별좌가 해줄 수 있는 최선의 배려였고, 관노 출신 빙부치고는 파격적인 대접이었다. 그러나 서린은 낙담을 감추지 못했다. 은조에게 들은 바가 있기 때문이었다.

'이 동네 말고 옆옆옆 동네에 돌팔이가 딱 한 명 살긴 하는데, 의원이라기보다는 목수에 가까워. 그러니까 이 빙고에선 무조건 몸 간수 잘하는 게 최고야.'

의원이란 작자는 한겨울 극심한 동상에 시달리던 빙부들의 팔다리가 괴사하기 시작할 때쯤에야 어슬렁어슬렁 나타난다고 했다. 고통을 호소하는 빙부의 입에 독주를 잔뜩 부어넣고는 녹슨 톱으로 상처 부위만 뚝딱 잘라낸 후 사라진다고 했다. 그런 진료가 효험이 있을 리 없었다. 서린 부녀는 얼음으로 만든 요새 같은 이곳에 영락없이 갇혀버린 것이다.

"너무 애쓰지 말거라, 서린아. 난 이미 포기했다."

빙고에 발을 들인 지 사흘 만에 완전히 몸져누운 윤대감은 삶의 의욕마저 잃어버렸다. 서린이 여기저기 수소문해 가까스로 지어온 약도 소용없었다. 마음의 병이었다. 귀양살이하던 중 막내딸의 비보를 전해 들은 후로 물 한 모금 시원하게 넘겨본 적 없다고 했다. 아들처럼 생각했던 무휘의 실종 소식도 그의 기력을 꺾어놓는 데 한몫했다. 이제 맏딸을 제외하면, 그에게 소중한 사람들은 아무도 남지 않은 것이다. 제주도에 내려갈 때만 해도 자신의 신원(伸冤)과 가문의 재건을 꿈꿨지만, 이젠 희망의 불씨조차 보이지 않았다.

"어떻게 하면 좋지? 도대체 어떻게 해야……."

서린은 절망에 빠졌지만, 헤어 나올 법을 물어볼 사람조차 없었다. 늘 충직한 벗이자 인생 선배 노릇을 해주었던 무휘조차 곁에 없었다. 아버지가 곁에 있었음에도 불구하고, 그녀는 그 어느 때보다 혼자인 것 같았다.

66

귀신이 곡할 노릇

“난 이생에 미련 없다. 너희 엄마, 아린이, 무휘와 함께 있고 싶구나.”

“아버지…….”

“내가 죽으면 무슨 수를 써서라도 이곳에서 도망쳐라. 네 왼손도 이제 평범해졌을 테니, 어디 먼 곳으로 가서 조용하고 행복하게 살아라. 과거는 모두 잊어버리고.”

빙고에 온 지 보름째 되던 날, 윤대감은 누렇게 뜬 얼굴로 불길한 말을 남겼다. 서린이 왼손을 부지런히 쓰고 있다는 것도 까맣게 모른 채. 유언을 마쳤다고 생각해서일까. 윤대감은 그때부터 죽은 듯이 자기만 했다. 서린의 부축을 받아 뒷간을 다녀올 때가 아니면 항상 누워 있었고, 서린이 말을 걸어도 좀처럼 대답하지 않았다. 미음도 세 순갈 받아먹으면 끝이었다. 살아 있어도 살아 있는 게 아니었다. 서린은 애가 바짝바짝 타들어갔다.

‘기갈(飢渴)이 심한 거 같은데. 시원한 얼음이라도 한 사발 갈아 먹이면 좋겠구먼.’

닭죽을 쑤어온 소산댁이 혀를 쯧쯧 차며 했던 말이 자꾸만 서린의 머릿속을 맴돌았다. 빙부들은 게 눈 감추듯 먹어치우는 감칠맛 나는 닭죽을 윤대감은 한 술도 뜨지 못했다. 그러면서도 자꾸만 목구멍이 타들어가는 것 같다고 괴로워했다.

'그래, 잘게 간 얼음 알갱이라면 삼키실 수 있을지도.'

그러나 침방상궁이 스란치마를 입지 못하듯, 빙부도 얼음을 먹진 못했다. 기나긴 배급 대상 목록에서 빙부는 빠져 있었다. 서린은 장별좌에게 슬쩍 말을 꺼내봤지만, '돈은 줄 수 있어도 얼음은 못 내준다'는 칼 같은 대답만이 돌아왔다. 서린에게 남은 선택지는 많지 않았다.

"은조야, 오늘 밤에 우리 아버지 좀 지켜봐줄 수 있어?"

"그야 어렵지 않지. 내가 돌봐드릴 테니 넌 좀 쉬어."

"아냐, 난 다녀올 곳이 있어."

은조는 어딜 가는지 묻지 않았다. 그녀는 그런 성품이었다. 궁금한 게 있어도 캐묻지 않고, 상대방이 말할 준비가 될 때까지 기다려주었다. 서린은 그런 은조가 좋았고, 그녀를 위해서라도 이번 일에는 개입시키지 않으려고 했다.

"빨리 돌아올게."

해가 저물고 주변이 어둑어둑해지자 서린은 아버지를 은조에게 맡겨두고 방을 나섰다.

장별좌의 지시대로 야간작업이 금지된 빙고는 쥐새끼 한 마리 다니지 않는 것처럼 고요했다. 서린은 굳은 얼굴로 빠르고 은밀하게 발걸음을 옮겼다. 목적지는 제7빙고, 아직까지 얼음이 출고되지 않고 남은 유일한 빙고였다.

'아버지를 위해서야.'

빙부 윤서린은 오늘 밤, 얼음을 훔쳐낼 작정이었다. 달리 방법이 없었다. 이대로 아버지를 떠나보낸다면 평생 후회할 터였다.

'눈에 띄지 않을 만큼 아주 조금만, 조금만 잘라오면 돼.'

서린은 그동안 여기서 일하면서 어느 창고에 얼음이 얼마나 남아 있는지, 그 창고를 담당하는 빙부가 얼마나 꼼꼼한지 또는 해이한지도 자연스레 파악해놓은 상태였다. 하고 싶은 일은 아니었지만 막상 한다면 들키지 않을 자신은 있었다. 서린은 일부러 지름길이 아니라 소산댁의 주막 뒤편으로 난 오솔길을 빙 둘러 빙고로 향했다. 장별좌가 야간작업을 금지한 이후로 빙고 앞에서 보초를 서는 빙부도 없었다. 지금이야말로 절호의 기회였다.

'별좌님, 죄송합니다.'

서린은 속으로 중얼거리며 삼중으로 막힌 빙고 문 앞에 섰다. 이번에도 도야가 준 주머니칼이 한몫했다. 잠금장치를 풀고 안으로 들어간 서린은 그제야 비로소 작은 등롱에 불을 붙여 시야를 밝혔다. 그리고 고개를 들어올리는 순간 서린은 망연자실했다. 얼음으로 가득 차 있어야 할 창고가 텅 비어 있었다. 거짓말처럼.

"이게…… 어떻게 된 거지?"

얼음 세상에서 얼음이 사라진 건, 하늘이 무너지거나 땅이 꺼지는 것과 맞먹는 충격이었다. 서린은 몸을 비틀거리면서 옆에 있는 벽을 짚었다. 그게 하필이면 왼손이었다. 손바닥을 수면에 댄 것처럼 묘한 이질감이 느껴지더니, 그녀 이전에 그 벽을 만졌던 사람의 기억이 가느다란 물줄기처럼 의식으로 흘러들어오기 시작했다.

'햐—꾸! 햐—꾸!'

저게 뭐지? 분명 사람의 말인데도 알아들을 수가 없었다. 그 이상한 언어가 어두컴컴한 빙고에 돌림노래처럼 메아리치는 가운데, 낯선 이들이 부산하게 움직이고 있었다. 그림자 수로 봐서는 십여 명은 족히 되어 보였다. 그들이 뭘 하고 있는지 알아차리는 건 어렵지 않았다. 줄줄이 늘어선 지게와 수레들. 수레바퀴에는 두꺼운 천이 덧대어져 있었다. 소음을 줄이기 위해서일 터였다. 빙고에서 얼음이 사라지는 동안 빙부들이 눈치채지 못한 이유가 거기 있었다. 빙고는 완만한 구릉으로 덮여 있어 조금 떨어진 빙부들의 숙소에서는 그 입구가 보이지 않았다. 소리만 새어나가지 않으면 되는 것이다.

'햐—꾸!'

다시 한번 그 기이한 외침. 서린은, 아니 기억의 주인은 고개를 들어 방금 외친 사람을 쳐다보았다. 불이라곤 바닥에 내려놓은 종이 등잔이 전부여서 뭔지 잘 보이진 않았다. 희부연 어스름 속에 땅딸막한 인영, 그에 비하면 유독 긴 옷자락이 펄럭이며 얼음벽을 향해 삿대질하고 있었다. 그리고 벌어진 입술 사이로 숯덩이처럼 시꺼먼 이가 보였다.

'검은 이? 하얀 게 아니라?'

기억 뒤로 밀려나 있던 서린의 의식에 의문이 떠오른 순간, 눈앞에 펼쳐지던 장면들이 일순간 사그라졌다. 짧은 기억이 끝나버린 것이다. 서린은 차디찬 벽에 손을 얹고 선 채 혼란에 빠져들었다. 방금 뭘 본 건지 모르겠다. 능력이 불안정하던 초기에는 기억이 뚝뚝 끊기거나 마구 뒤섞이기도 했는데, 이번에도 그런 게 아닌가 싶었다. 도무지 말이 안 되는 말도 그렇고, 괴물처럼 시커먼 이도 그렇고.

'다른 기억들도 읽어보자. 한두 명이 다녀간 게 아닌 것 같으니까.'

서린은 그 옆에 있는 벽을 짚어보았다. 그러나 아무 일도 일어나지 않았다. 무릎 꿇고 바닥을 더듬어보았지만, 이쪽도 마찬가지였다. 이럴 리가 없는데. 아무 기억도 없는 사람이란 존재할 수 없었다. 뭔가 더 단서를 찾기 위해 창고 안쪽으로 들어가려는데, 갑자기 등 뒤에서 부스럭 하는 인기척이 들렸다.

서린은 반사적으로 홱 몸을 돌렸다. 다섯 걸음쯤 떨어진 곳에 중년의 빙부가 서 있었다. 서린도 오며 가며 몇 번 본 사람이었다. 그는 서린을 보더니 당황해서 어물거렸다.

"어, 저기, 내가 꿍쳐둔 돈 석 푼이 없어졌는데 혹시 여기 떨어뜨렸나 해서……."

그 말이 진짜인지 가짜인지는 알 수 없었다. 어차피 중요한 문제는 아니었다. 변명하듯 말을 늘어놓던 빙부의 시선이 서린의 어깨 너머로 스르륵 움직였다. 그는 거대한 구멍을 뚫어놓은 듯 휑하니 비어버린 공간을 보고는 헉 하고 숨넘어가는 소리를 냈다.

"쉿, 잠깐만요!"

서린은 손가락을 입술에 갖다 대며 다급하게 말했지만, 빙부는 그녀의 말을 귓등으로도 듣지 않았다. 그는 경기(驚氣)하는 사람처럼 새파랗게 질린 낯으로 빙고가 떠나가라 고함을 쳐댔다.

"귀, 귀신이다! 귀신이 얼음을 다 가져갔다!!"

빙고는 아치형의 언덕 아래 위치한 광활한 지하 공간이다. 그 말인즉슨, 하나의 거대한 울림통이나 다름없다는 것이다. 빙부의 찢어지는 음성은 몇 배로 증폭되어 온 마을을 뒤흔들고 잠자는 빙부들을 깨웠다. 혼비백산한 빙부들이 몰려와 아수라장이 되는 건 시간문제였다.

"누가 얼음을 가져갔다고?"

"지, 진짜잖아?!"

폭풍 같은 충격이 빙부들 사이에 내려앉았다. 얼음은 그들에게 조강지처에 비견할 만한 존재였다. 지긋지긋하고 원수 같지만, 그렇다고 없어지는 건 생각하기 어려운 존재. 자신들의 비루한 삶의 근원을 이루는 존재. 간혹 이곳의 얼음이 가장 우수하다고 주상 전하가 치하하셨다는 얘기가 들려오면, 얼음이 제 자식인 양 자랑스럽기도 했다. 올해의 얼음은 빙질(氷質)이 유독 좋아, 무사히 출고되기만 하면 후한 포상이 기다리고 있을 줄 알았다. 그런데 한 창고의 얼음이 송두리째 사라졌으니 빙부들도 이성을 잃을 수밖에. 빙고 입구에서부터 통로까지 가득 메운 빙부들이 우왕좌왕하는 가운데, 처음 서린을 목격했던 빙부가 느닷없이 내질렀다.

"저, 저 여자 짓이다! 저 여자가 귀신이랑 한패야!!"

그와 동시에 수십 쌍의 눈이 서린에게 꽂혔다. 그녀를 에워싼 웅성거림은 점점 커져서 두꺼운 소음의 장막이 되었다. 서린은 꼼짝 못하고 서 있었다. 여기서 함부로 움직였다간 정말 멍석말이라도 당할 것 같았다. 만장일치로 서린을 절도범으로 결론 내린 빙부들이 장별좌를 데려올 때까지, 그녀는 단 한마디도 하지 않았다.

"목을 잘라버려!"

"나라 재산 훔쳐간 도둑년인데, 당연히 사형이지!"

텅 빈 빙고는 임시 추국장(推鞫場)으로 변했다. 빙부들은 장별좌 들으라는 듯 더욱 기세 좋게 소리쳤다. 남의 재물에 손댄 도둑은 징역형인 도형(徒刑)*을 살리거나, 아니면 먼 지방으로 보내 관노로 삼는 게 국법이었다. 하지만 서린은 이미 관노의 몸인 데다 부역을 살고 있었다. 얼음이 얼마나 귀중한 것인지 고려한다면 참수당할 가능성도 있었다.

"서린이는 항상 저와 붙어 다녔다고요! 저 많은 얼음을 혼자 훔칠 시간이 어디 있었겠어요!"

용감하게 서린의 편을 들고 나선 건 은조였다. 다른 빙부들보다 조금 늦게 도착한 은조는 서린이 한마디도 하지 않았는데도 귀신같이 그녀를 찾아냈다. 지켜주겠다는 의지를 강력히 드러내며 서린 앞에 버티고 선 은조에게, 어떤 빙부가 어이없다는 듯 반박했다.

"몰래 했을 수도 있지, 넌 장님이잖아!"

"그래서요? 눈뜬장님인 아저씨보다 나은데요?"

은조가 기죽지 않고 당돌하게 받아치자, 빙부는 머쓱한 표정이 되었다. 은조의 눈치와 직감이 얼마나 빠르고 정확한지 이 빙고에서 모르는 사람은 없었다. 날이 선 대화를 듣고 있던 장별좌는 깍지 낀 두 손을 이마에 갖다 댔다. 그러더니 눈을 지그시 내리깐 채 말했다.

"다들 그만."

나직하지만 권위가 실린 음성이었다. 웅성거리던 빙부들의 목소리가 일순간 잦아들었다. 장별좌는 명석해 보이는 눈으로 서린을 지

---

* 일정한 기간 지정된 장소에서 노역에 종사하게 하던 형벌

그시 응시했다. 그렇게 하면 진실이 절로 드러나기라도 할 것처럼. 서린이 그 시선을 피하지 않고 똑바로 받아내자, 장별좌는 그럴 줄 알았다는 듯 가만히 고개를 끄덕였다.

"처음부터 네 짓이라곤 생각 안 했다. 배 한 척은 채우고도 남을 분량의 얼음인데, 두 칸짜리 숙소에서 지내는 네가 그걸 어디에 숨기겠느냐."

"옳은 말씀입니다, 별좌님."

"허나 사라진 얼음을 찾아내지 못한다면, 너와 난 물론이고 여기 있는 빙부 전부가 무사하지 못할 것이다. 여름철 얼음 한 조각은 금보다 더 값나가니까. 난 그게 걱정이구나."

싸늘한 냉기가 좌중을 휘감았다. 책임자인 장별좌는 물론 빙부 전원이 무사하지 못할 거라는 암시는 모두를 오금 저리게 하기에 충분했다. 공포 어린 침묵이 공기를 무겁게 메우는 동안, 장별좌는 턱을 슬슬 쓰다듬으며 혼잣말했다.

"참으로 귀신이 곡할 노릇이다. 인적 끊긴 새벽녘에 일어난 일이라 목격자도 없고, 현장에 흔적도 남아 있지 않으니, 도대체 어떤 놈들이기에 이리도 재주가 좋단 말이냐? 얼음을 숨길 만한 장소는 어떻게 구했단 말이냐?"

답을 아는 사람은 아무도 없었다. 서린은 여기 온 사람들의 기억 중 일부를 엿보았지만, 범인이 누군지 짐작조차 할 수 없었다. 이렇게까지 단서가 없는 경우는 처음이었다. 골치가 아픈 듯 이맛살을 찌푸리던 장별좌는 다시 한번 서린을 불렀다.

"윤서린."

"예, 별좌님."

"네게 남다른 재주가 있다는 건 알고 있다. 내 어머님이 어떻게 돌아가셨는지 그 진상을 밝혀낸 것도 보통 사람이라면 할 수 없는 일이었지."

"……."

서린은 긍정하지도 부정하지도 않았다. 둘 중 어느 쪽을 택하는 게 유리한지 알 수 없었기 때문이다. 장별좌가 사실을 알게 된다면, 요상한 재주를 부리는 무당이라며 얼음이 사라진 것도 네 책임이라고 억지 쓰진 않을까? 은근히 불안해하던 서린에게 장별좌는 전혀 예상치 못했던 한마디를 던졌다.

"네게 도움을 청하고 싶다."

"도움요?"

"빙고의 얼음을 누가, 언제, 어떻게 가져갔는지 알아내거라. 그리 해준다면, 내 무슨 방법을 써서라도 너희 부녀를 여기서 내보내주겠다."

67

군주의 덕목

“왼팔을 잠시 들어주시겠습니까?”

“음.”

연씨가 조심스레 부탁하자 범은 그녀의 눈높이에 맞게 팔을 올려주었다. 연씨는 그에게 철릭을 입혀주고 양팔에 토시를 끼워주었다. 붉은색과 금색으로 단장한 범은 젊은 왕처럼 보였다.

백로(白露)•가 코앞으로 다가온 오늘, 때는 바야흐로 가을이었다. 범은 더위가 물러난 것을 축하하고 신하들의 노고를 치하하기 위해 사냥 행사를 개최하기로 했다. 한때 사냥은 왕이 가장 즐기던 연례행사 중 하나였지만, 최근 십 년간은 열리지 않았다. 대군의 낙마 사고가 떠오른다는 이유에서였다. 그런데 범이 그걸 재개하기로 결정한 것이다.

침방상궁이나 조내관이 있음에도 일부러 옷시중을 들어달라고 연

• 양력으로 9월 8일 무렵

씨를 부른 건, 지난번에 있었던 일 때문이었다. 그는 빈궁과의 불화설이 나도는 걸 원치 않았다. 자신에게 몸을 맡기는 남편을 보며 연씨도 마음이 풀어졌다. 그날 범의 기분이 좋지 않았을 거라고, 자신이 너무 예민했던 거라고 합리화했다. 연씨는 범에게 좀더 살갑게 대하려고 화젯거리를 찾았다.

"아무리 연례행사라지만, 대군에게는 조금 힘들지 않겠습니까? 사냥이라니."

"사냥은 단순한 놀이가 아니오. 지난 십 년간 무분별하게 불어난 맹수의 수를 줄이고 신료들과의 결속력을 다지는 한편 조선 왕조의 무위(武威)를 널리 떨치기 위함이니, 대군이 참석하는 건 당연하지 않겠소."

범의 말이 연씨에게는 조금 냉정하게 들렸다. 헌이 몰라보게 건강해졌다고는 하지만, 어디까지나 예전에 비하면 그런 것이지 또래 장정들처럼 위험한 운동을 즐길 만큼은 아니었다. 염려 어린 낯빛으로 범의 허리띠를 묶던 연씨에게 돌연 질문이 날아왔다.

"그런데 빈궁, 동궁전 궁인들을 천수전에 보내주기로 한 건 어찌 되었소?"

"아, 그건, 부부인이 극구 사양하여……."

연씨는 소심하게 말끝을 흐렸다. 부부인이 몸져누워 천수전 일손이 부족할 거라는 구실로 범은 자신에게 맹목적으로 충성하는 수하 몇 명을 이참에 더 들여보내려고 했다. 세자의 제안이라고 하면 달가워하지 않을 터이니 빈궁을 시킨 것인데, 그마저도 단호하게 거절당한 것이다.

"그렇군."

만일 서씨였다면 교묘하게 구슬려 원하는 바를 달성했을 것이다. 아둔하고 순종적인 점이 맘에 들어 세자빈으로 맞아들였음에도 불구하고, 범은 새삼 그녀의 머리가 안 돌아가는 게 짜증스러웠다. 범의 눈빛에 차가운 금속 조각 같은 경멸이 묻어나는 순간, 연씨는 저도 모르게 움찔했다. 하지만 범의 눈빛은 언제 그랬냐는 듯 원래대로 돌아왔다. 성장(盛裝)을 마친 그는 수고했다는 의미로 아내의 어깨를 한 번 가볍게 어루만진 후, 동궁전 밖으로 나왔다.

"형님!"

앞뜰에서 기다리고 있던 헌이 손을 휘휘 저으며 반갑게 범을 맞이했다. 헌은 아무런 문양도 장식도 없는 새하얀 철릭 차림이었다. 중전 홍씨와 달리 부부인 서씨는 범에게 정갈하고 단순한 옷만을 골라 입혔다. 서씨의 안목은 옳았다. 눈처럼 깨끗한 흰옷은 헌의 해사하고 소년다운 외모를 눈부실 만큼 돋보이게 했다. 공작새처럼 뽐내며 나온 범이 무색해질 만큼. 헌이 금박 공복을 입고, 범이 흑색 곤룡포를 입었던 화승총 시연회 때와는 정반대였다. 범은 갈수록 여유가 없어지는 자신을 평온한 표정 아래 감추었다.

"부부인의 병세는 좀 어떠하냐?"

"걱정해주신 덕에 많이 좋아졌습니다."

싱글벙글 웃으며 답하는 헌의 얼굴은 티 없이 맑았다. 그냥 벌집이 아니라 말벌집을 심어놨어야 했다고, 범은 내심 안타까워했다.

"넌 어떠냐? 힘들 것 같으면, 같이 가지 않아도 된다."

"아니, 저도 갈 것입니다. 형님과 함께인데 뭐가 걱정이겠습니까?"

헌은 주먹을 쥐고 가슴을 탕탕 치면서 허세를 부렸다. 범은 미소

지으며 고개를 끄덕였다. 예상대로였다.

범과 헌은 사이좋은 형제처럼 나란히 사냥 길에 올랐다. 범은 건장한 갈색 말을 탄 채 선두에 섰고, 헌은 가마에 탄 채 그 뒤를 따랐다. 무복 차림의 신하들과 궁인들, 그들 모두를 호위하는 금위군까지 행렬은 끝없이 길었다. 무(武)와 관련된 행사를 준비하고 관장하는 금위대장이 그들을 사냥할 장소로 안내했다. 그런데 완만한 산길을 절반쯤 올랐을 때쯤, 범이 말을 우뚝 멈추더니 정색했다.

"금위대장은 앞으로 나오시오."

"예, 저하!"

"생각이 있는 거요, 없는 거요? 대군이 다쳤던 장소가 지척인, 이런 장소를 사냥터로 잡다니!"

"죄, 죄송합니다, 저하. 소신의 불찰입니다."

금위대장은 땀을 삘삘 흘리며 당혹스러워했지만, 사실 그의 탓은 아니었다. 범은 사냥터를 골라놓으라며 지형, 산세, 지질까지 까다롭게 들먹였는데, 그 모든 조건에 부합하는 곳은 단 한 군데뿐이었다. 선왕들이 오랫동안 왕실 사냥터로 삼아왔던 산 중턱의 박달나무 골짜기. 금위대장이 고른 곳은 그 골짜기가 바로 인접한 구릉이었다.

"바로 저기서 대군이 낙마하지 않았소? 그 일을 상기시켜서 대군에게 좋을 게 뭐가 있단 말이오? 그대는 대군이 몸져눕길 바라기라도 하는 거요?"

"처, 천부당만부당한 말씀이옵니다!"

졸지에 불충을 저지르게 된 금위대장은 경련하듯 광대뼈를 실룩거렸다. 가마에 앉아 있던 헌이 상황이 심상치 않음을 알고 고개를 내밀었다.

"형님, 전 괜찮습니다. 사냥터라는 게 다 거기서 거기 아니겠습니까."

사실 산이라는 게 잘 모르는 사람에게는 다 거기가 거기인 만큼, 다른 신하들은 물론이고 헌도 저곳이 낙마 사고가 일어났던 장소라는 걸 인식조차 못했다. 그런데 범이 유난 떨며 호통을 치니, 어쩔 수 없이 기억이 떠올랐다. 몸이 허공에 붕 뜨던 감각, 바닥에 곤두박질치던 감각, 단단한 바닥에 패대기쳐지는 순간 모든 신경을 장악하던 끔찍한 통증과 시야를 덮어버린 어둠도. 가마에 달린 조그만 창을 남들이 눈치채지 못하게 슬그머니 들어올리는 헌의 안색은 조금 파리해져 있었다.

범은 사냥터에 도착하고 나서야 화를 풀었다. 그리고 한 무리의 금위군에게 미리 준비한 물건을 가져오도록 지시했다. 영문을 모르는 신하들은 혹시 술과 안주인가 하고 기대를 품었다. 그러나 병사들이 낑낑대며 끌고 온 것은 검은 비단을 장막처럼 덮어놓은 거대한 우리였다. 이리저리 끌고 다닐 수 있도록 바퀴 달린 널빤지 바닥을 단단한 강철 기둥들이 빈틈없이 에워싸고 있었다. 헌은 검은 장막이 꿈틀대며 움직이는 것을 보고 두 눈이 휘둥그레졌다.

"형님, 저건……?"

움직임이 있다는 건 정물이 아닌 동물이란 얘기였다. 헌이 이국적인 물건보다 더 좋아하는 게 있다면, 그건 바로 이국적인 동물이었다. 헌을 가사(假死) 상태에 빠지게 했던 한혈마도 원래는 왕이 그를 기쁘게 해주려고 야심 차게 준비했던 것이 아닌가. 말에서 훌쩍 뛰어

내린 범은 동생을 향해 성큼성큼 걸어갔다. 그리고 가마 창문으로 손을 뻗어 헌의 손을 붙잡으며 간곡한 어조로 말했다.

"헌아. 영영 깨어나지 못할 것 같던 네가 거짓말처럼 일어나더니, 이젠 나와 함께 사냥 올 만큼 건강해졌구나. 참으로 기쁘고 감사한 일이다."

"형님……."

"여기까지 온 너의 용기를 칭찬하고 격려하고자, 내 약소한 선물을 하나 준비하였다."

"선물요? 그럼 저게 저를 위해 준비하신 겁니까?"

헌은 우리 쪽을 보면서 믿을 수 없다는 표정을 지었다. 역시, 부부인의 걱정은 기우였다. 범은 헌을 진심으로 애지중지했다. 헌이 깨어났을 때는 천수전을 개축해주었고, 공부를 시작했을 때는 각종 고서(古書)와 최고급 지필묵을 보내주었으며, 몸보신하라며 연회도 열어주었고, 혼인할 때는 귀한 패물을 아낌없이 내주었다. 그것으로도 모자라 이번에는 깜짝 선물이라니. 이런 형이 또 어디 있단 말인가. 헌이 감격하고 있는 사이 범은 금위군에게 눈짓을 보냈다. 그러자 병사 몇 명이 우리로 다가가 신중한 손길로 검은 비단을 걷어냈다. 이국의 동물이라기에 아름다운 빛깔의 고양이나 새, 우아한 송골매나 사슴을 생각했던 신하들은 화들짝 놀랐다. 호랑이만 한 몸집의 잿빛 개가 울타리 속에서 낮게 그르렁거리며 그들을 노려보고 있었다.

"몽골에서 공수해온 장오견이다. 웬만한 성인 남자보다 무게가 나가고, 그 힘은 어마어마해서 곰과도 싸운다고 하지. 신기한 동물을 좋아하는 네게 안성맞춤이라 생각했다. 어떠냐?"

개는 범의 말이 끝나기 무섭게 다시 한번 가래 끓는 소리를 냈다.

이목구비를 구분하기 어려울 만큼 덥수룩하게 자란 털은 뻣뻣하고 거칠어 보였다. 곰과 싸우는 개라기보다는 그냥 곰 그 자체로 보였다. 신하들은 그 사납고 추한 모습에 할 말을 잃었지만, 헌은 활짝 웃어 보였다.

"정말 근사하게 생긴 녀석이군요. 감사합니다, 형님!"

신하들과 궁인들은 물론이고 병사들까지 두려움에 질렸다는 걸 아는지 모르는지, 범은 개를 우리에서 풀어주라고 지시했다. 사냥개의 진면목을 보려면 함께 사냥해봐야 한다는 것이었다. 마침내 해방된 개는 기다란 가죽 끈을 목에 감은 채 제 세상을 만난 것처럼 활개치며 뛰어다녔다. 그러고는 순식간에 첫 사냥감을 발견해냈다. 구릉 위쪽에 일궈놓은 왕실 전용 텃밭을 신나게 파헤치던 새끼 살쾡이였다. 날것의 짐승 냄새를 맡은 개는 침을 흘리며 흥분하기 시작했다. 범은 개의 목줄을 잡은 금위대장에게 눈짓했다. 그런데 금위대장이 줄을 놓으려는 찰나, 어느새 가마에서 뛰어나온 헌이 다급히 그의 손목을 잡았다. 그리고 범에게 사정하듯 말했다.

"저렇게 어린 새끼인데, 봐줘도 되지 않겠습니까?"

"대군, 조선의 안위를 위협하는 적들에 대해서도 똑같이 말할 텐가? 아직 어리고 몸집이 작으니 봐주자고?"

헌은 순간 말문이 막혔다. 그 광경을 지켜보던 신하들 중 몇몇이 수긍하는 빛으로 고개를 끄덕였다. 그들은 헌이 지나치게 나약하다고 여겼다. 범은 작게 파헤친 구덩이 속에서 흙투성이가 된 채 행복해하는 살쾡이를 힐긋 보고는 말을 이어나갔다.

"내관들과 궁녀들이 바쁜 시간을 쪼개 열심히 가꾼 작물을 해치는 들짐승이다. 이대로 놔두면 온 텃밭을 엉망진창으로 만들어놓을 것이다. 그리고 더 많은 수가 몰려와 기승을 부리겠지."

"허나……."

"유쾌한 일만 할 수 없는 것, 때때로 제 손을 더럽히기도 해야 하는 것. 모름지기 군주란 그런 자리다. 명심하거라."

범이 다시 한번 눈짓하자, 금위대장은 지극히 공손한 동작으로 붙잡혔던 손목을 빼냈다. 그리고 주저 없이 목줄을 놓았다. 거대한 털뭉치가 날아가듯 개가 살쾡이를 향해 달려들었다. 개가 앞발로 살쾡이를 퍽 쳐서 넘어뜨리자, 몇몇 나인들이 꺅 소리를 내며 눈 가리는 시늉을 했다. 곧 펼쳐질 살육에 대한 야릇한 기대감이 섞인 비명이었다. 개가 싯누런 이를 드러내며 어린 살쾡이의 여린 목덜미를 잔인하게 물어뜯으려는 순간.

"이제 됐다."

느긋이 지켜보려는 줄 알았던 범이 나지막이 말하더니 돌연 활을 꺼내들었다. 그야말로 번개 같았다. 화살을 시위에 메겨 쏘는 데까지는 눈 깜박할 정도의 시간도 걸리지 않았다. 시위를 떠난 쇠 화살은 쉭 소리를 내며 날아가 개의 가죽 끈을 그대로 관통했다. 화살촉에 꿰인 목줄이 바윗돌에 고정되어버리자, 개는 더 이상 움직이지 못했다. 앞발과 뒷발을 버둥대며 험악하게 으르렁대는 개를 남겨두고 살쾡이는 쏜살같이 도망쳐버렸다. 뜻밖의 상황에 모두가 혼이 나가 있는데, 범이 아까와는 완전히 다르게 온화해진 투로 말했다.

"오늘은 대군과 함께 사냥하러 나온 기쁜 날이니 나도 조금은 관대해지고 싶구나. 아마 저 살쾡이도 충분히 교훈을 배웠을 것이다."

삼시 침묵이 흐르더니, 이내 신하들 사이에서 우레와 같은 박수가 터져 나왔다.

"역시 세자 저하!"

"성군과 패왕의 자질을 겸비하고 계십니다!"

앞다퉈 쏟아내는 찬탄은 평소보다 훨씬 열광적이었다. 그건 포악하게 군림하던 포식자가 갑자기 자비로운 모습을 보였을 때, 약자들이 그를 두려워하는 동시에 매혹되는 것과도 같았다. 범은 진화하고 있었다. 왕이 되려면 그저 상냥하고 인자하기만 해선 안 됐다. 신하들을 공포에 벌벌 떨게 만들다가, 한순간의 변덕으로 달콤한 평화를 선사해야 했다. 그렇게 그들의 마음을 쥐락펴락해야, 군주의 위대함을 제대로 각인시켜줄 수 있었다.

"……."

범은 고요하게 와 닿는 시선을 느끼고 옆을 돌아보았다. 어딘가 석연치 않은 눈빛으로 그를 바라보던 조내관이 범과 눈이 마주치자 스르르 시선을 거두는 게 보였다. 마치 못 볼 걸 봤다는 듯이.

68

대군 대 사냥개

"저하께서 잡으신 일곱 번째 멧돼지입니다!"

깃발이 나부끼고 환성이 터져 나왔다. 범의 활약은 눈부셨다. 그간 공식적인 사냥 행사를 개최하지 못했던 걸 벌충하듯, 짐승들을 무섭도록 정확하게 쓰러뜨려 나갔다. 그러자 용기를 얻은 젊은 무관들도 하나둘씩 앞으로 나서 활솜씨를 과시했고, 이따금 문관들도 참여했다. 그러나 사냥이 본격적으로 시작된 지 한참 되었는데도 헌은 아직 적응하지 못하고 있었다. 멋모르고 아버지 뒤만 졸졸 따라다니던 꼬마 시절과는 달랐다. 동물을 사랑하는 헌의 눈에는 이 모든 게 그저 무차별적인 학살로밖에 보이지 않았다.

"대군 마마, 오늘 천수전 사람들은 쫄쫄 굶겠습니다."

어느 무관의 호기로운 농담에 신하들은 물론이고 병사들과 궁인들까지 폭소했다. 원래 정전과 중궁전, 대비전에는 왕이 잡은 짐승을, 동궁전에는 세자가 잡은 짐승을 나눠주는 게 관례이니, 대군이 잡은 짐승은 천수전의 몫이었다. 야만성을 자극하는 사냥의 분위기에 취해 낄낄대는 이들을 범은 눈짓으로 쉽게 제압했다.

"궁인들이 허기지도록 내가 내버려둘 것 같소? 대군은 잘하고 있으니 그만 놀리시오."

범은 처음부터 알고 있었다. 헌이 사냥은커녕 활 한 번 제대로 당겨보지 못하리란 것을. 범은 텅 비어버린 화살통과 활을 옆에서 대기하던 조내관에게 넘겨주었다. 그리고 철릭에 훈장처럼 매달린 작은 핏방울들을 툭툭 털어내며 가마에 탄 헌에게 말했다.

"이제 사냥은 할 만큼 했으니 우리끼리 한숨 돌리자꾸나. 이 근방 풍광이 무척 아름답단다."

"예, 형님!"

헌은 반색하며 가마에서 내렸다. 그렇지 않아도 가만히 앉아만 있자니 답답하던 차였다. 한숨 돌린단 말을 들은 금위군들은 일제히 사냥감 물색을 중단했다. 그리고 일사불란하게 호위 대열을 갖추기 시작했다. 범은 이번에도 단호한 손짓 한 번으로 그들을 멈추게 했다. 따라올 필요 없다는 뜻이었다. 금위대장이 기겁했다.

"저하, 궐 밖에선 무슨 일이 일어날지 모릅니다. 대군 마마와 두 분만 가시는 건 위험합니다!"

바깥에서 기다리는 위협은 산짐승들만이 아니었다. 억울한 사연을 하소연하려는 백성, 승은을 입으려고 물불 안 가리는 양민 처녀, 누군가 고용했을지도 모르는 암살자까지. 물 한 방울 샐 틈 없는 궁을 빠져나온 왕의 아들들은 그들에게 싱싱한 먹잇감처럼 보일 터였다. 그러나 범은 가볍게 웃을 뿐이었다.

"금위대장, 내가 그리 못 미더우시오? 아우 한 명 제대로 못 지킬 것 같소?"

"그게 아니오라……."

"아니라면 물러나시오. 형제간의 오붓한 시간을 방해하지 말고."

왕이 자리를 비운 지금, 범의 명령은 곧 어명이었다. 금위대장은 아무 소리도 못 하고 물러났다.

훼방꾼을 쫓아버린 범은 헌과 함께 한적한 숲속으로 들어갔다. 범은 말을 탄 채 천천히 움직였고, 헌은 적당히 빠른 걸음으로 그 뒤를 따랐다. 매끈한 가죽 안장에 앉아 헌의 정수리를 내려다보면서 범은 흡족해했다. 이게 그들에게 딱 어울리는 구도였다.

범이 무슨 생각을 하는지 모르는 헌은 그저 눈앞에 펼쳐진 경치에 매료되어 있었다. 꽃들은 마지막을 각오한 듯 유독 선명한 색으로 빛나고, 따사로운 가을 햇살은 높고 쨍한 하늘을 가로지르며 금실처럼 아름답게 반짝였다. 청량한 공기를 마음껏 들이마신 헌은 한껏 들떠서 재잘거렸다.

"형님, 기억나십니까? 우리 둘이 동궁전에 살던 시절, 종종 수업을 빼먹고 함께 숲으로 놀러 나오곤 했었지요. 그러다 어마마마께 들켜 혼쭐나기도 하고 말입니다."

"음."

"형님이 절 업어 나무 위로 올려주시고, 개암 열매도 따게 해주셨지요. 사방치기도 하고 말입니다. 얼마나 재밌었는지 기억하시지요?"

유년 시절을 추억하는 헌의 눈은 구슬처럼 빛났다. 말고삐를 쥔 채 그런 헌을 물끄러미 내려다보던 범이 불쑥 한마디 던졌다.

"함께 놀러 갔던 게 아니다."

"예?"

"네가 놀러 가고, 난 끌려간 거였지. 내가 원해서 간 적은 단 한 번도 없었다."

그때의 헌보다 더 어린 나이일 때도 범은 흙을 묻히며 천둥벌거숭이처럼 산을 뛰어다니는 일엔 관심이 없었다. 그보다는 처소에서 조용히 책을 보거나 서예 배우는 걸 더 좋아했다.

'형님! 형님! 형님!'

귀에 못이 박이도록 불러대는 어린 헌의 목소리는 범에게 피곤함 그 자체였다. 가끔은 숨기도 했지만 헌은 귀신같이 그를 찾아내곤 했다. 그리고 날씨가 궂든 말든 상관없이 담을 넘어 숲으로 돌진했다. 나무 위를 보고 싶어 하는 헌을 위해 엎드려 발받침이 되어주고, 물수제비를 뜰 수 있게 평평하고 예쁜 돌을 골라 주워주고, 온갖 꽃과 풀의 이름을 수십 번 다시 알려주는 건 정말 지긋지긋한 일이었다. 사방치기도 공기놀이도 재미가 없었다. 철부지 아우는 자기가 이길 때까지 계속하자고 억지를 썼으니까. 그렇게 놀아주다가 녹초가 되어 궁으로 돌아오면, 이번에는 중전 홍씨의 화난 얼굴이 그를 기다리고 있었다.

'범성군, 어린 세자에게 모범이 되어야 하지 않겠습니까?'

억지로 끌려갔든 말든 혼나는 건 항상 범이었다. 세자를 꾸짖을 수 있는 건 왕뿐이었으니까. 그리고 왕은 세자가 뭘 하든 허허허 웃으며 귀여워할 뿐이었다. 자신이 세자의 부속품처럼 느껴지던 그 시절을 떠올리며, 범의 입가는 희미하게 굳어졌다. 평소와 다른 형의 반응에 헌은 조금 무안해졌지만, 그래도 웃으며 얼버무리려고 했다.

"하긴 저 같은 철부지 어린애와 놀아주는 게 쉬운 일은 아니셨겠지요. 왜 진작 그렇게 말씀하지 않으셨습니까?"

"어찌 말할 수 있었겠느냐. 넌 하늘보다 귀한 세자였고, 난 저 땅의 한 줌 흙보다 못한 군이었는데."

헌의 시선이 닿은 곳에는 더럽고 검은 진흙이 끈끈하게 뭉쳐 굳어 있었다. 두 남자 사이에 전에 없이 어색한 침묵이 맴돌았다. 헌을 보는 범의 눈빛은 확연히 서늘해져 있었다.

"넌 부당하다고 생각하지 않느냐?"

"뭐가 말입니까?"

헌은 떨떠름하게 되물었다. 형님은 왜 저런 표정을, 눈빛을 하시는 걸까. 탄탄한 근육이라고는 찾아볼 수 없는 헌의 호리호리한 어깨와 허리를, 범은 평가하듯 냉정하게 훑어보았다.

"외모도, 체격도, 학식도, 무예도, 예법도, 처세술도, 모든 면에서 너보다 뛰어난 내가 단지 어떤 여자의 배를 빌려 태어났다는 이유만으로 늘 너보다 못한 취급을 받았다는 것 말이다."

"형님……."

"십 년 전에도 그랬고, 지금도 그렇다. 네가 천하 태평하게 자는 동안 난 손금이 닳도록 책을 읽고, 팔 힘줄이 끊어질 때까지 활을 당겼다. 주상 전하가 쉬실 때도 그분 대신 조정 신료들의 대소사를 챙기고, 밀린 상소문을 읽고 하교를 적느라 밤을 지새웠다."

범에게는 감정이 없었다. 그렇다고 해서 피로와 고충을 느끼지 못하는 건 아니었다. 안정적인 지위를 차지하기 위해 스스로를 끝도 없이 채찍질하고 몰아붙이면서 그는 항상 기진맥진했다.

"그렇게 십 년을 노력해 누구도 흠잡을 수 없는 완벽한 세자가 되었는데, 네가 깨어나 모든 걸 수포로 만들었다. 넌 아무것도 한 게 없는데 모두가 널 떠받드는구나. 대비 마마도, 주상 전하도, 신하들도. 오직 네가 네 어머니의 자식이라는, 그 하잘것없는 사실 하나만으로."

"제가 원했던 게 아닙니다. 전 아바마마께……."

"보위를 원하지 않는다 말씀드렸다고? 그게 무슨 소용 있겠느냐? 네 의사가 아니라, 네 존재가 날 해치고 위협하는데. 그 흐지부지한 거절은, 네 추종자들에게 대군 마마가 겸양의 덕까지 갖추셨다며 찬양할 거리가 되었을 뿐이다."

사실 범으로서는 굳이 이렇게 따지고 들 이유가 없었다. 지금까지 그래왔던 것처럼 마냥 좋은 형인 척 연기하다가, 때가 되면 보위를 넘겨받고 헌을 멀리 보내버리면 그만이었다. 하지만 세자 범이 아닌 범성군에게는, 기억 저편으로 사라져버린 그 장대같이 키만 큰 소년에게는 뱉어낼 필요가 있었다. 가슴속 깊이 오래 고여 있다 썩어서 맹독이 되어버린 이 말들을.

"대답해보아라, 대군. 이 모든 게, 정말 정당하다고 생각하느냐?"

범이 헌을 똑바로 응시하며 묻는 순간이었다. 풀대들이 사락사락 흔들리는 소리가 나면서 검은 그림자가 나타났다. 범이 금위군에게 맡기고 온 장오견이었다. 질긴 가죽 끈에 매여 있어야 할 개는 구속 없이 자유로운 상태였다. 화들짝 놀란 헌이 뒤로 물러났다. 그리고 피를 좋아하는 사냥개는 자신을 두려워하는 존재를 민감한 본능으로 포착해냈다.

"그르르, 그르르르……."

개는 위협적으로 으르렁거리면서 헌을 향해 천천히 접근하기 시작했다. 조심스러워하는 게 아니었다. 사냥을 너무 빨리 끝내지 않고 충분히 즐기려는 의도였다. 헌은 머리로는 달아나야 한다고 생각했지만, 두 발에 못이 박힌 것처럼 제자리에서 옴짝달싹못했다. 헌은 방금 전까지 오갔던 대화를 까맣게 잊은 채 간절함이 담긴 목소리로 범을 불렀다.

"혀, 형님……."

"겁먹지 마라. 내가 시키는 대로만 하면, 네가 다칠 일은 절대 없다."

범은 말에서 내리지 않은 채 태연하게 답했다. 그의 검은 눈은 사냥개와 아우 사이의 거리를 냉철하게 주시하고 있었다. 개가 침을 뚝뚝 흘리는 게 선명히 보일 만큼 거리가 가까워졌는데도 범은 그 이상의 말을 하지 않았다. 기다리다 못한 헌이 애타게 외쳤다.

"어떻게 하면 됩니까, 형님! 알려주십시오!"

품위라고는 찾아볼 수 없는 다급한 음성. 범은 한바탕 웃고 싶은 걸 겨우 참았다. 원하는 걸 다 보려면 아직 멀었다. 범은 헌이 머리에 쓴 관을 턱짓으로 가리키며 진지하게 말했다.

"그걸 벗고 바닥에 납작 엎드리거라."

"예?"

"개는 서열을 중시한다. 자기보다 높은 이를 따르고, 하찮은 이는 건드리지 않지. 네가 녀석에게 완전히 복종한다는 걸 보여주면, 공격하지 않을 것이다."

곰을 만났을 때 그렇게 하면 살 수 있다는 얘길 들은 적이 있었다. 개도 마찬가지일지 어떨지 범은 몰랐다. 기세등등해진 개가 헌에게 달려들어 사지를 갈기갈기 찢어놓는다 해도 딱히 상관없었다. 그저 흙바닥에 비굴하게 고개를 처박은 헌을 구경하고 싶을 뿐. 그러나 헌은 바보같이 서 있기만 했다.

"뭘 하는 게냐? 어서 무릎 꿇지 않고!"

범이 다그쳤을 때, 헌과 개의 거리는 한 척 남짓으로 좁혀져 있었다. 헌은 범이 시키는 대로 할 것처럼 슬쩍 고개를 숙였다가, 곧장 다시 들어올렸다. 헌이 그런 표정을 지을 줄도 안다는 걸 범은 몰랐다. 헌이 형형한 눈빛으로 똑바로 쏘아보자, 놀랍게도 개가 주춤하는 모습을 보였다.

"크르르…… 그르……."

헌의 단단한 눈빛, 어설프게 움켜쥔 두 주먹은 그의 각오를 담고 있었다. 어디 한번 덤벼봐. 둘 중 하나가 죽을 때까지 싸워줄 테니. 꼭 인간이어야만 그걸 이해할 수 있는 건 아니었다. 기세가 꺾인 개는 딱딱거리던 입질을 스윽 멈췄다. 곧이어 기적 같은 일이 벌어졌다. 개가 주춤주춤 뒤로 물러나기 시작한 것이다. 저런 배은망덕한 개새끼를 보았나. 저 쓸모없는 목을 쳐버려야겠다고 생각한 범이 허리춤에 찬 칼로 손을 스윽 뻗는 찰나였다.

"대군 마마! 세자 저하!"

사방에서 수풀을 헤치면서 한 무리의 사람들이 나타났다. 대치하듯 마주 보고 선 헌과 개를 보고 금위군은 단번에 상황을 파악했다. 약삭빠른 병사 하나가 그물망을 던져 개를 옭아맸고, 다른 병사 하나는 날래게 달려가 헌을 구해냈다. 개를 감시하는 역할을 맡았던 병사는 겁에 질려 실금(失禁)•하기 일보 직전이었다.

"도대체 어찌 된 영문인지 모르겠습니다. 분명 목줄을 말뚝에 단단히 매어놓았는데……."

병사로서는 알 도리가 없었다. 범이 가죽 끈의 잠금쇠 부분에 작

• 대소변을 참지 못하고 쌈

은 칼집을 내어, 조금만 힘을 줘도 끊어지게 만들어놓았다는 것을. 금위대장이 병사를 호되게 질책하는 걸 모른 척하면서, 범은 말에서 내려 헌에게 다가갔다.

“헌아, 괜찮으냐? 이러려고 선물을 준 건 아니었는데, 미안하구나.”

“형님…….”

무슨 일이 있었냐는 듯 평소대로 돌아온 범의 분위기에 헌은 잠시 멈칫하다, 이내 대답했다.

“저야말로 죄송합니다. 형님이 시키신 대로 하지 못했습니다. 저도 이제 한 여인의 지아비인데, 아무리 무섭다 해도 개 앞에서 엎드리는 비굴한 짓은 할 수 없었습니다.”

자신의 위치를 역설하는 헌의 말투는 더 이상 열 살 아이의 그것이 아니었다. 얼추 제 나이에 맞게 성장한 느낌이었다. 범은 손을 뻗어 헌의 관 아래 드러난 이마를 부드럽게 쓰다듬었다.

“그래, 장하다. 과연 내 동생이구나.”

으레 해야 할 말을 주고받았지만, 둘 중 누구도 아까 나눈 대화를 잊지 않았다. 따뜻한 척하는 범의 동공은 텅 비어 있었고, 입꼬리를 끌어올려 웃는 헌의 눈빛은 흔들리고 있었다. 그들의 관계처럼.

69

동장군

"동장군한테 호되게 당했군. 한겨울도 아닌데, 뭘 하면 손이 이렇게까지 되나?"

백발 영감은 노안이 온 눈을 서린의 왼손에 가까이 들이대며 중얼거렸다. 마치 혹이 생긴 것처럼 팽팽하게 부풀어 오른 서린의 다섯 손가락은 벌겋다 못해 거무스름한 빛깔을 띠고 있었다. 빙고에 드나드는 유일한 의원은 비장한 표정을 지으며 고개를 주억거렸다.

"곧 괴사가 시작되겠군. 방법이 없네. 절단하는 수밖에."

오한을 이겨보려고 이불로 온몸을 꽁꽁 싸맨 채 고개만 빼꼼 내밀고 있던 서린은 경악했다. 당장이라도 손이 잘릴 것 같아 다시 이불 안으로 넣으려는데, 뒤에 있던 은조가 톡 튀어나와 의원을 홱 떠미는 시늉을 했다.

"내 그럴 줄 알았지. 솔직히 말해보세요, 어르신. 톱으로 자르는 거 말고는 할 줄 아는 게 아무것도 없죠?"

"무슨 소리! 내가 이래봬도 침술 명인……."

"아무도 구경 못 한 그 침 말이에요? 소산댁 아주머니가 그러시대요. 어르신이 침놓으면 멀쩡하던 장부도 반병신 될 거라고요."

실제로 적지 않은 수의 장부들을 반병신 만든 전력이 있는 의원은 반박하지 못했다. 은조는 마치 눈이 보이는 사람처럼 의원에게 흰 눈을 떠 보이면서 야무지게 을러댔다.

"내 친구의 하나뿐인 왼손을 쓱싹쓱싹 잘라가게 놔두진 않을 거예요. 썩 꺼져요!"

의원이 이럴 거면 왜 불렀냐고 구시렁대면서 떠난 후, 은조는 데운 물이 가득 담긴 대야를 가지고 들어왔다. 그리고 보드라운 면 수건을 물에 적셔 서린의 왼손을 정성껏 찜질해주었다.

"걱정하지 마. 빙부들에겐 빙부들만의 방식이 있어. 천초(川椒)* 달인 물로 환부를 잘 씻고, 황단(黃檀)** 을 돼지기름에 개어 붙여놓으면 말끔하게 나을 거야."

"고마워, 은조야."

서린은 은조가 고마웠다. 그녀의 상냥함뿐만 아니라, 이것저것 캐묻지 않는 차분함이. 왜 지난 며칠간 정신 나간 사람처럼 빙고 곳곳을 헤집고 다닌 건지, 왜 동장군이 올 때까지 맨손으로 얼어붙은 벽이며 바닥을 만지고 다닌 건지, 그렇게 해서 어떻게 얼음 도둑을 잡을 수 있는 건지도. 때가 되면 알아서 얘기해주겠지 하고 기다려주는 느낌이었다. 하지만 윤대감의 문초까지 피해 갈 순 없었다.

"서린이 너, 대체 무슨 짓을 하고 다니는 게냐?"

---

* 초피나무 열매의 껍질
** 단향목의 한 종류

부성이란 게 참으로 대단하긴 했다. 산송장이나 다름없던 윤대감은 서린이 앓아눕는 걸 보더니 초인적인 힘으로 자리를 털고 일어났다. 그러고는 쭉정이밖에 남지 않은 몸으로 딸을 위해 물을 끓이고, 이불을 펴고, 미음을 날랐다. 그런 아버지에게 서린은 만족스러운 설명을 해줄 수가 없었다.

"아무것도 아니에요, 아버지."

"아무것도 아닌데 밤마다 몰래 빠져나가서 동틀 무렵 돌아와?"

"제가 일하는 게 남들에 비해 느려서요. 밤에 보충 작업 하고 오는 거예요."

"밤새 혼자?"

"네."

"흠, 그 일이라는 건 왼손으로만 하는 모양이구나."

퉁퉁 부어오른 왼손을 유심히 관찰하는 아버지의 눈길에 서린은 뜨끔했다. 윤승현 대감이 누군가. 예조의 수장으로서 조선 팔도에 판치는 가짜 열녀, 가짜 효자, 가짜 효녀를 귀신같이 가려내던 사람이 아니던가. 서린은 아버지 앞에서는 꼬박꼬박 왼손을 봉인해놓고 눈속임하려 했지만, 그마저도 이젠 소용없게 되었다.

'말씀드려야 할까.'

서린은 마음이 흔들렸다. 어깨에 걸머진 짐이 너무 버거워 숨도 못 쉴 지경이었다. 제대로 요양하지 않으면 손이 불구가 될지도 모르는 상황이지만, 도저히 맘 편히 누워 있을 수가 없었다. 장별좌가 금언령(禁言令)을 내리긴 했지만, 떠들기 좋아하는 빙부들의 입을 일일이 막을 순 없었다. 발 없는 말은 어느 순간 쏜살같이 퍼져나가 왕의 귀에까지 들어갈 것이다. 장별좌는 서린이 그 대참사를 막아주길 바라지만, 정작 그녀는 갈피를 못 잡고 헤매는 중이었다.

'이대로 있다간 모두 죽을 거야.'

서린은 윤대감과 상의하고 싶었다. 언제나 뜻이 같았던 건 아니지만, 그래도 아버지는 늘 비바람으로부터 그녀를 지켜주는 든든한 지붕이었다. 어쩌면 유용한 조언을 해줄지도 모른다. 망설이는 서린의 마음을 훤히 들여다본 것처럼 윤대감은 자상하게 말했다.

"괜찮으니 말해보거라. 난 언제나 네 편이다. 너도 알지 않느냐?"

그래서 두려웠다. 아버지가 자신에게 분노하고 실망할까 봐. 이제 부녀는 서로를 의지할 수밖에 없었다. 장독을 깬 어린애처럼 혼나기 싫다고 마냥 숨기기엔 이 모든 일이 너무도 중대했다. 찰나의 시간 동안 수십 번씩 마음을 바꾸던 서린은 마침내 결단을 내렸다.

"아버지, 실은……."

서린은 그동안 아버지에게 숨겼던 일들을 꺼내놓기 시작했다. 아린이 익사체로 발견된 날부터 장별좌와 모종의 거래를 한 날까지의 일들을. 한번 물꼬를 트자 봇물 터지듯 말이 쏟아져 나왔다. 서린은 지알대사를 찾아가 능력을 발전시킨 것, 대군을 의심하다가 궁에서 쫓겨난 일까지 남김없이 털어놓았다. 서린의 이야기를 듣는 윤대감의 낯에는 다양한 표정이 나타났다가 사라졌다. 충격, 공포, 슬픔, 분노, 억울함. 가끔이지만 미소가 떠오르기도 했고, 씁쓸하거나 가슴 아픈 기색이 스치기도 했다. 그러다 빙고에서 정확히 무슨 일이 있었는지 알게 되자 만면이 딱딱하게 굳어졌다. 예사롭게 넘길 일이 아니었다. 창고 하나 분량의 얼음이 사라진 것도, 그걸 찾는 임무가 서린에게 주어진 것도.

"……저한테 화나셨어요?"

서린은 조심스럽게 윤대감의 눈치를 살폈다. 아버지의 평생소원이 무엇인지 알고 있었다. 그녀가 저주에서 벗어나 유복한 집안에 시집가서 남편의 사랑을 듬뿍 받고 아이들을 줄줄이 낳아 행복하게 사는 것. 그런데 서린은 그와 정반대의 길로 와버렸다. 회색 수염을 슬슬 쓰다듬으며 침묵을 지키던 윤대감은 한참 만에 입술을 떼더니 뜬금없는 질문을 던졌다.

"서린아, 내가 귀양지에서 가장 많이 한 일이 무엇인지 아느냐?"

"……."

"생각. 바로 생각하는 일이었다."

가장 가까운 인가조차 걸어서 한 시진 거리에 있는 바닷가의 외딴 오두막. 유배죄인인 윤대감은 사방에 얼기설기 쳐놓은 울타리를 벗어나서도, 찾아오는 사람을 만나서도 안 됐다. 책을 일생의 벗으로 삼았던 그지만 지필묵 한 점 허락되지 않았다. 하루는 아득한 수평선을 보고 하루는 텅 빈 벽을 보기를 반복하던 윤대감은 유배 갔던 사람들이 왜 미쳐버리거나 시름시름 앓다 죽는지 이해하게 됐다. 그래서 그는 자신의 기억들과 생각들을 가지고 단단한 요새를 만들어 그 안에서 시간을 보냈다. 광인이나 백치가 되지 않기 위해. 윤대감의 요새에서 가장 큰 지분을 차지한 건 당연히 사랑하는 가족이었다.

"사별한 아내도, 너무 일찍 떠나버린 막둥이도, 오래전에 돌아가신 부모님과 형님도 생각했지만 그 누구보다 가장 많이 생각한 건 바로 내 큰 딸, 서린이 너였다."

"아버지……."

서린은 가슴이 찡해졌다. 윤대감은 비교적 생각이 트인 사람이었지만, 기본적으로 유교 사상에 물든 사대부였다. 체통을 중시하고 감정을 솔직히 표현하는 걸 수치스럽게 여겼다. 서린은 아버지가 이렇게 직접적으로 애정을 표현하는 말을 어린 시절 이후로는 듣지 못했었다.

"넌 어려서부터 당차고 밝은 아이였지. 호기심이 많아 걸핏하면 사고치고, 한번 마음먹은 일은 끝까지 해내야만 직성이 풀리는, 열 아들 몫 하는 그런 딸이었다. 그런 널 아비인 내가 집 안에 가두어버렸지. 남들과 조금 다른 능력이 있다는 이유만으로."

"……."

"찾아오는 이 하나 없는 섬에서 생활하면서, 너의 지난 십 년이 얼마나 고통스러웠을지 조금이나마 헤아릴 수 있게 되었다. 외롭고, 권태롭고, 일각(一刻)이 일 년처럼 길게 느껴졌겠지."

사실 윤대감이 이해한 건 서린이 겪었던 고통의 절반도 채 되지 않았다. 서린은 죄인처럼 갇혀 있는 것도 괴로웠지만, 사람들로부터 손가락질과 따돌림을 받는 것도 그에 못지않게 고통스러웠으니까. 하지만 서린은 그 한 많은 세월을 일일이 호소하는 대신, 아버지의 말에 조용히 귀 기울였다. 긍지 높은 관료였던 아버지가 자신의 잘못된 판단을 인정한다는 게 얼마나 어려운 일인지 잘 알고 있었으므로. 윤대감은 이불 밖으로 빠져나온 서린의 오른손을 부여잡았다.

"미안하다, 서린아. 이 어리석은 아비가 널 믿지 못했구나. 이리도 용감하고 총명한 재원인데, 네가 바깥세상에서 이토록 혼자 잘 해내리라곤 상상도 못 했다. 그걸 알았다면 널 자유롭게 풀어주고, 숨기는 것도 거리끼는 것도 없이 살 수 있게 해줬을 터인데……."

서린은 그렁거리는 눈으로 그저 고개만 끄덕였다. 왈칵 목이 메어 입을 뗄 수가 없었다. 무휘가 죽은 이후 모든 걸 놓아버리고 싶었고,

무너져버리고 싶었지만 간신히 참으며 필사적으로 버텨왔는데. 이토록 따뜻한 위로와 격려를 들으니 그간 쌓인 설움이 복받쳤다. 윤대감은 그런 서린의 마음을 다 안다는 듯 부드럽게 손등을 쓸어주었다.

"그 능력을 지닌 채 살기로 했다면, 나도 네 결정을 믿고 응원해주마. 한번 끝까지 해보거라. 빙고 도둑을 잡는 것도, 네 동생과 의금부 부사를 죽인 살인범을 잡는 것도."

"하지만…… 위험할 거예요. 저뿐만 아니라 아버지도."

"내 걱정은 하지 마라. 이미 늙고 병든 몸, 어떻게 된들 크게 아까울 것 없으니. 언제 어디서나 넌 네 한 몸만 걱정하고 지키면 된다. 알겠느냐?"

"아버지……."

결국 서린은 눈물을 뚝뚝 흘리며 윤대감의 품에 몸을 내던졌다. 아버지는 여윈 두 팔과 어깨로 다 자란 딸을 보듬어 안았다. 영영 잃을지도 모른다고 생각했기에, 서로의 존재가 더욱 애틋하고 절실한 부녀였다. 어릴 때처럼 두 발을 동동 구르며 우는 대신 어른스럽게 흐느낌을 삼키는 서린을 보고, 윤대감은 새삼 감탄했다. 언제 이렇게 성숙해지고 단단해졌을까.

"이제야 알겠구나. 네가 특별한 능력을 가진 건, 네가 특별한 사람이기 때문이라는 걸. 넌 잘 해낼 거다."

"저도 그럴 줄 알았는데, 이젠 자신 없어요. 솔직히 말하면 어디서부터 시작해야 할지 모르겠어요."

서린은 빙고 벽에서 읽었던 기억을 윤대감에게 설명해주었다. 도무지 알아들을 수 없던 그들의 말과 온통 검게 썩은 이를 지닌 키 작은 남자, 그리고 그 짧은 기억 외에는 다른 어떤 기억도 찾아내지 못했다는 것도. 그 많은 얼음을 옮기려면, 아무리 많은 인원이 왔다 하더라도 최소 두 시진 이상이 걸렸을 것이다. 보통의 경우라면 수십 개도 넘는 사념이 여기저기 남아 있을 시간이었다. 그런데 어떻게 단 하나의 기억만 남기고 감쪽같이 빠져나갈 수 있었을까? 혹시 그들에게도 뭔가 기이한 능력이 있는 건 아닐까? 서린의 말을 듣고 곰곰이 생각하던 윤대감은 돌연 고개를 번쩍 들었다.

"잠깐, 그자들이 다녀갔던 빙고 벽과 바닥을 너도 계속 만지고 다녔었지?"

"네, 맞아요."

"넌 이렇게 심한 동상에 걸렸는데, 그자들은 어떻게 무사히 작업을 마칠 수 있었을까?"

서린은 멈칫했다. 그들이 사념을 어떻게 차단했는지에만 몰두하느라 거기까진 생각이 미치지 못했다. 윤대감은 크고 작은 물집이 잡힌 딸의 왼손을 보며 말을 이었다.

"아마 그자들은 손을 보호하는 장비를 갖추고 있었을 거다. 두꺼운 토시 같은 거. 한여름에 토시를 구하기가 쉽진 않을 테니, 분명 누군가 그들에게 도움을 주었겠지."

"손을 보호하는…… 장비……."

서린은 뭐에 홀린 사람처럼 중얼거렸다. 냉기가 뿜어 나오는 빙고에서 일할 때마다, 그런 게 있으면 좋겠다고 얼마나 바랐던가. 추운 곳에 있어도 손이 시리지 않게 해주는 신통한 물건이. 새로운 깨달음을 얻은 듯한 서린을 바라보며 윤대감은 미소 지었다.

"바로 거기서부터 조사를 시작하면 되겠구나."

70
학살

"부부인 마님, 세자 저하께서 위문 선물을 보내오셨습니다."

천수전에 있는 부부인 서씨의 처소. 문이 열리고 싸리 바구니를 안은 순애가 들어왔다. 바구니 안에는 탐스러운 배가 가득 들어 있었다. 허리를 바로 세우고 앉아 책을 읽고 있던 서씨는 그쪽을 거들떠보지도 않은 채 짧게 명령했다.

"치우거라."

"허나 마님……."

순애에게는 부부인에게 들어온 선물을 제대로 전달해야 할 임무가 있었다. 난색이 된 순애를 서씨는 알면서도 모른 척했다. 그때 순애의 등 뒤로 기다란 그림자가 드리워졌다.

"왜, 배에 독이라도 뿌렸을까 봐 그러나?"

"세자 저하!"

순애가 화들짝 놀라 옆으로 비켜서자, 범의 훤칠한 체격이 드러났다. 서씨는 지그시 눈살을 찌푸렸지만, 예를 갖추어 자리에서 일어나 허리를 숙였다. 범은 고개를 한 번 끄덕여 서씨의 인사를 받아준 후,

순애가 안고 있는 배 바구니를 턱짓으로 슬쩍 가리켰다. 서씨는 천연덕스럽게 말했다.

"아직 회복 중이어서요. 의녀로부터 찬 성질의 음식은 먹지 말라는 지시를 받았습니다."

"그런가? 내가 듣기로는 이제 다 나았으니 뭐든 먹어도 좋다고 하였다던데."

"저하께서는 천수전에서 오가는 대화를 다 알고 계신 모양입니다."

정중하게 말했지만 사실 비꼬는 말이었다. 네가 여기저기 첩자를 심어두었다는 걸 알고 있다는 암시였다. 서씨가 문간을 향해 손짓해 보이자, 머뭇거리던 순애는 바구니를 내려놓고 두 사람 모두에게 절을 한 다음 물러갔다. 그녀가 떠난 후 서씨가 범에게 말했다.

"벌집을 건드린 건 제 바보 같은 실수였습니다. 하지만 그 실수 덕에 깨닫게 되었지요. 사방에 절 지켜보는 눈과 귀가 있고, 제가 빈틈을 보이는 순간 칼이 날아온다는 것을요. 이젠 물 한 모금 마실 때조차 경계할 것이니, 저하께서도 무례하다 여기지 말아주십시오."

범은 서씨가 진짜 하고 싶은 말이 뭔지 곧바로 알아차렸다. 그는 곁눈질로 문가를 확인했다. 순애가 떠나고 나니, 그곳을 지키는 건 조내관과 꼬마 내관뿐이었다. 귀가 있어도 듣지 못하는 허수아비 같은 존재들. 그렇게 여긴 범은 단도직입적으로 말했다.

"그게 무슨 뜻인가, 부부인? 자네가 다친 게 사고가 아니라고 말하고 싶은 건가?"

"동산바치•에게 확인했습니다. 제가 건드렸던 그 나무는 원래 벌집이 생기지 않는 종이라 하더군요. 나뭇가지가 듬성듬성 나 있는 게 이상해 그것도 물어보니, 올여름엔 아직 가지치기하지 않았다 하더군요."

"동산바치라고 해서 벌에 대해 다 아는 건 아니지. 게다가 나뭇가지는 가지치기를 하지 않아도 비바람에 꺾이고 부러지는 일이 비일비재하다네."

"하오면 가만히 지나다니던 새끼 고양이 등에 칼자국이 생기는 것도 비바람 때문입니까?"

범이 금속처럼 날카로운 시선을 보내자, 서씨는 지지 않고 그 시선을 맞받았다. 말다툼에서도 눈싸움에서도 어느 한쪽도 밀려날 생각이 없는 팽팽한 대립이었다. 이런 발칙한 것을 보았나. 범은 서씨의 빰을 호되게 후려쳐 쓰러뜨리고, 머리카락을 붙잡아 질질 끌고 다니고 싶은 충동을 느꼈다. 그녀가 부부인만 아니었다면 정말 그리 했을지도 몰랐다.

"그러니까 그대는 내가 나뭇가지를 다 쳐내고, 벌집을 가져다 그 사이에 숨겨두고, 고양이 등에 상처를 내, 그대를 유인하기라도 했다는 말인가?"

"한 가지 가능성이지요."

"일국의 세자는 그토록 한가로운 자리가 아니네. 학문을 연마하고 정무를 처리하느라 몸이 열 개라도 부족한데, 내가 언제 그런 흉계까지 꾸민단 말인가?"

"시간은 만들면 생기는 법입니다. 워낙 영민하신 세자 저하이시기

• 원예사

에 상소문 열 개를 처리하는 데 반 시진도 걸리지 않는다고 들었습니다만."

한마디도 안 지겠다, 이거지. 범은 어이가 없어 실소하고 말았다. 그 물렁물렁한 대군이 어쩌다 이런 여자를 비로 맞이하게 된 건지. 범은 순애가 내려놓은 배 바구니를 들고 조금 전 서씨가 앉아 있던 비단 방석으로 가서 앉았다. 아직 서씨가 들어오시라 청하기도 전인데. 자신이 원한다면 언제든 들어갈 수 있고, 어디서든 상석에 앉는 게 지극히 당연하다는 태도였다. 서씨는 방석을 확 잡아당겨 범을 보기 좋게 자빠뜨리고 싶은 충동에 휩싸였다.

그러거나 말거나, 범은 유유자적하게 배를 하나 꺼내 껍질째 아삭 베어 물었다. 달콤하고 신선한 향이 방 안에 가득 퍼졌지만, 범은 마치 고무를 씹는 것처럼 무표정하게 와작와작 과육을 씹었다. 잠잘 때도 버선을 벗지 않는다고 소문난, 예의범절에 극도로 예민한 평소의 세자와는 다른 사람 같았다. 범은 배 조각을 꿀꺽 삼킨 후 다시 입을 열었다.

"날 의심한단 말이지. 반대로 그대가 내게 누명을 씌우려는 건 아닌가? 지아비를 왕으로 만들려고 말이야."

"대군 마마가 보위에 오르면 안 될 이유라도 있습니까?"

"그대라면 설명 안 해도 알 줄 알았는데."

범은 어깨를 으쓱하며 거만하게 말했다. 말하려는 바는 뻔했다. 무릇 왕은 사리에 밝고 학식이 뛰어나야 하는데, 헌은 무지 그 자체라고 조소하고 싶은 것이다. 서씨는 끄덕도 하지 않았다.

"아니라 하진 않겠습니다. 대군 마마는 세자 저하에 비하면 까막눈이나 다름없지요. 하지만 대군 마마는 자신의 무지함을 알고, 하나부터 열까지 부단히 배우고 익히기 위해 노력하십니다."

"노력이라……."

"자신이 완벽하다고 믿는 오만한 군주보다는, 스스로 부족함을 인정하고 문무백관의 충언에 귀 기울이는 군주가 낫지 않겠습니까. 앞으로 십 년만 지나면 대군 마마는 몰라보게 훌륭한 왕의 재목이 되어 있으실 겁니다."

서씨는 확신에 찬 눈빛으로 장담했다. 그녀의 아버지는 입버릇처럼 말했었다. 유능한 폭군보다 위험한 존재는 없다고. 그보다는 차라리 무능한 성군이 낫다고. 그리고 서씨가 곁을 지키는 한 헌은 언제까지고 무능하진 않을 것이다. 범은 그녀의 각오를 비웃듯 조롱조로 말했다.

"십 년이라, 그동안 난 놀고 있다던가?"

"그럴 리가 있습니까? 세자 저하는 뭐든 철저하게 계산하고 대비하는 분이 아닙니까. 남들보다 늘 몇 수 앞서서 생각하시지요."

범은 멈칫했다. 칭찬이라고 받아들이기엔 가시 돋친 말이었다.

"그게 무슨 뜻인가?"

"대군 마마를 떨어뜨렸던 말을 저하께서 마구간에 두고 키우신다지요. 내명부 재산 목록을 확인하러 돌아다니다 알게 됐습니다."

범은 가슴 한구석이 뜨끔했지만 내색하지 않았다.

"그게 어때서? 대군의 낙마는 불행한 사고였을 뿐이네. 말 못 하는 짐승에게 죄를 묻는 건 너무 가혹한 일이야. 부부인을 다치게 한 고양이도 헌이 그런 이유로 살려 보냈다 들었는데."

"아니, 그 두 가지는 확연히 다릅니다."

"뭐가 다르다는 거지?"

"대군 마마는 고양이를 용서한 것이고, 세자 저하는 말을 포상한 것이니까요. 남은 평생 마구간에서 좋은 여물을 먹으며 편히 지내라고 말입니다."

"……."

"저하께서 대군 마마를 진심으로 아끼셨다면, 그 말을 진작에 참수하셨을 겁니다. 아니면 최소한 눈에 띄지 않는 곳으로 쫓아 보내셨겠지요."

서씨는 차분한 어조를 유지했지만, 그녀의 눈빛은 잘 벼려진 장도(長刀)처럼 날카로운 비난을 담고 있었다. 범은 순간적으로 말문이 막혔다. 그래도 서씨는 공격의 끈을 늦추지 않았다.

"다 들었습니다. 저하께서 사냥터에 뭘 가지고 오셨는지, 대군 마마와 단둘이 계셨을 때 어떤 일이 있었는지."

"사냥터에선 이따금 예측할 수 없는 사고가 벌어지는 법이네."

"글쎄요, 전 왜 저하가 모든 걸 예측하신 것 같을까요?"

서씨는 범에게 빼앗긴 자신의 자리를 향해 다가갔다. 그리고 상위에 놓인 배 바구니를 들어 범에게 떠밀듯 안겨주었다. 아무리 시숙과 제수 관계지만 일국의 세자에게 하기엔 거침없는 동작이었다.

"배 따윈 보내지 않으셔도 됩니다. 앞으로 저와 제 남편을 내버려두십시오. 한 번만 더 건드린다면, 저도 가만있지 않을 겁니다."

잠시 후 배 바구니를 안은 채 천수전을 나오는 범의 표정은 싸늘했다. 주변의 온도를 내려가게 만드는 듯한 그 살벌함에 예성이 겁먹고 뒷걸음질할 정도였다. 눈치 빠른 조내관은 다른 궁인들을 전부 물러가게 한 후 재빨리 범의 뒤를 따랐다.

"저하, 어디 가십니까?"

범은 궁궐 외곽에 있는 마구간으로 향했다. 헌의 낙마 사고를 일으켰던 한혈마를 숨겨놓은 바로 그곳이었다. 범은 입을 일자로 다문 채 문을 부수듯 밀치며 안으로 들어갔고, 한가롭게 여물을 썰던 마구간지기는 소스라치게 놀랐다. 조내관은 마구간지기에게 황급히 지시했다.

"나가 있게."

"예, 예!"

마구간지기는 품에 안은 짚단을 바닥에 내동댕이치고는 줄행랑쳤다. 그만큼 분위기가 험악했다. 널찍한 마구간 안에 조내관과 둘만 남자마자, 범은 서슴없이 벽에 걸린 도끼를 집어 들었다. 그리고 형형한 눈빛으로 말구유를 향해 돌진했다. 찾아주는 이 없이 외롭게 지내던 한혈마가 범을 알아보고는 반기듯 히히힝 소리를 내며 앞발을 슬쩍 들어올렸다. 나이를 먹어 관절이 약해지기라도 한 것일까. 말의 앞발에는 옥색 천이 칭칭 감겨 있었다. 그 앞발이 다시 땅에 닿기도 전에, 범이 허공으로 쳐든 도끼날이 말의 복부를 잔인하게 내리찍었다.

치명타를 입은 말의 입에서 형용할 수 없는 기이한 비명이 흘러나오며 네 발이 힘없이 꺾였다. 범은 쓰러진 말의 몸뚱이를 장작 패듯 도끼로 마구 내려찍기 시작했다. 하나뿐인 동생을, 제수씨를, 아버지를, 할머니를, 양어머니를, 그리고 죽은 친어머니를 차례대로 생각하면서.

'사라져야 한다, 모두……!'

사방에 피와 살점이 튀었다. 도끼날에 잘려 날아간 말굽이 조내관의 주름진 얼굴을 때렸다. 조내관은 그 끔찍한 광경을 차마 볼 수 없어 두 눈을 질끈 감아버렸다. 그래도 범은 멈추지 않았다. 찍고, 또 찍었다. 미친 듯이 요동치던 말이 점점 기력을 잃고 마침내 미동도 하지 않을 때까지. 하얀 두 손이 온통 붉게 물들고 곤룡포가 피에 흠뻑 젖어 질척일 때까지.

피범벅이 된 범은 마침내 도끼를 내려놓았다. 그의 눈앞에는 한때 말이었던, 지금은 그저 토막 난 가죽과 살덩이에 불과한 흉물스러운 형체가 놓여 있었다. 범은 가벼운 심호흡으로 거칠어진 숨을 다스렸다. 그리고 손수건을 꺼내 얼굴을 닦으며 입술을 떼었다.

"뒷수습은……."

"알아서 하겠습니다."

조내관은 빠르게 대답했다. 이 광경을 누군가에게 들키기라도 하면 큰일이었다. 범은 고개를 끄덕이더니 마구간 바깥, 마구간지기의 숙소가 있는 곳으로 향했다. 아마 거기서 몸을 씻을 작정일 것이다.

어서 저 사체를 치우고, 범이 갈아입을 곤룡포를 구하러 동궁전에 다녀와야 한다. 조내관은 조급해졌다. 사체를 담을 큰 포대를 찾으려고 말구유로 다가가는데, 벽 뒤에서 고개를 빼꼼 내밀고 있는 누군가와 눈이 마주치고 말았다.

"빈궁 마마!"

조내관은 너무 놀라 저도 모르게 소리쳤다. 연씨는 벽 뒤에 숨은 채 사시나무처럼 떨고 있었다. 그녀는 실신하기 일보 직전이었다. 남편을 염탐하러 온 건 아니었다. 그저 그가 마구간으로 바쁘게 가는 모습을 우연히 보고, 자기도 말에 관심 있는 것처럼 해볼까 따라왔을 뿐이었다. 그런데 그녀가 꿈꾸었던 부부간의 단란한 대화가 이루어지기는커녕, 범이 벌이는 참혹한 학살극을 목격하게 되었다. 연씨는 두 다리를 휘청거리며 천천히 벽 뒤에서 걸어 나왔다. 그리고 피걸레로 변해버린 말을 향해 스르르 손을 뻗으며 망연자실하게 중얼거렸다.

"어, 어떻게 이런 짓을……."

"그만 보시는 게 좋겠습니다."

조내관이 참담한 어조로 말했다. 절대 봐서는 안 될 사람이 보고야 말았다. 그가 제대로 막지 못한 탓이었다. 저 가련한 여인은 이 광경을 보기 전으로 영영 돌아갈 수 없겠지. 연씨는 그녀의 앞을 가로막는 조내관에게 떨리는 목소리로 물었다.

"그대라면 알겠지. 세자 저하는…… 그러니까…… 언제나 저런 분이셨던 겐가?"

"그럴 리 있습니까. 오늘 심기가 극도로 불편하신 것뿐입니다."

그게 거짓이란 걸 연씨도 알고 조내관도 알았다. 저건 사람이 할 수 있는 짓이 아니었다. 연씨는 스르르 허리를 숙이더니 피 웅덩이 속에 둥둥 떠 있는 옥색 천을 주섬주섬 주워들었다. 말의 앞발에 매여 있던 바로 그 천이었다. 조내관은 의아한 표정을 지었다.

"마마, 그건 왜 챙기십니까?"

"방금 있었던 일을…… 잊지 않기 위함일세."

연씨는 피에 젖은 천을 하얀 손수건에 싸면서 나지막하게 말했다. 몸서리쳐질 만큼 끔찍하지만, 결코 잊어선 안 된다. 의식 너머에 숨어 있던 그녀의 생존 본능이 그렇게 외치고 있었다.

71
흑치黑齒를 가진 사람들

"ちょうど いただきました(정확히 받았습니다)."

"いかが なさいますか(어떻게 하시겠습니까)?"

서린은 귓등을 때리는 이국의 언어를 들으며 두 눈이 휘둥그레졌다. 이곳은 한강 하류에서 열리는 난전(亂廛)* 이었다. 서해에서부터 바닷길을 타고 한강까지 올라온 왜의 상인들이 조선인들로부터 이런저런 물건을 사들이기도 하고, 반대로 팔기도 했다. 평범한 청년처럼 남장하고 나타난 서린은 강가에 떠 있는 거대한 주인선(朱印船)** 을 눈여겨보았다. 저 배라면 수로를 따라 빙고까지 와서 아무도 모르게 얼음을 실어가는 게 가능했다.

"이 더운데 누가 토시를 사가? 한겨울이나 되어야 좀 팔릴까 말까 인데."

* 불법적으로 열리는 시장

** 막부에서 발급한 일종의 면허증인 '주인장'을 가지고 동남아 항구들과 무역하던 왜의 상선

요 며칠간 서린이 만난 포목전 주인들은 하나같이 그렇게 말하며 고개를 내저었다. 그 어디에도 올여름에 토시를 만들어 팔았다는 곳은 없었다. 마지막으로 찾아간 포목전에서도 아무 수확 없이 나오려는 순간, 벽에 걸린 처음 보는 물건이 그녀의 이목을 끌었다.

"어르신, 저건 뭐예요?"

"아, 이건 장갑이라는 물건인데. 본래 양인들이 쓰던 걸 요새는 왜인들도 쓴다지. 대량 주문이 들어와서 만들다 남은 거야. 희한하게 생겼지? 토목 작업할 때 손을 보호해준다는군."

서린은 포목전 주인의 허락을 받아 그 장갑이라는 걸 꼼꼼히 살펴볼 수 있었다. 손과 똑같이 생겨 손가락 열 개가 전부 쏙 들어가는 형태의 가죽 천 싸개인데, 안은 솜을 넣고 두툼하게 누볐다. 이 정도면 나무 거스러미뿐만 아니라, 얼음의 냉기도 충분히 막아낼 수 있을 터였다. 서린은 자신의 손과 크기가 비슷한 장갑을 보며, 손이 작은 사람은 키도 별로 크지 않을 거란 생각을 했다. 그리고 포목전 주인에게 조심스럽게 질문했다.

"어르신, 혹시…… 왜인 중에 이가 검은 사람도 있습니까?"

그때 포목전 주인에게 들은 대답이 서린을 여기로 이끌었던 것이다. 왜인들에게는 철을 녹인 염료를 치아 표면에 발라 검게 물들이는 풍습이 있다고 했다. 그들의 눈에는 그 색이 아름다워 보여서이기도 하고, 고르지 못한 치열을 가려주고 이가 썩는 걸 예방하는 효과도 있다고 했다. '오하구로(歯黒)'라고 부르는 이 희한한 몸치장을 하는 사람들은 주로 화족(華族)* 여인이지만, 남자들 중에도 가끔 하는 사람이 있다고 했다.

"はやく, はやく(빨리, 빨리)!"

키 작은 왜인 하나가 뱃머리에 우뚝 선 채, 갑판에서 물건을 나르는 다른 왜인들을 향해 소리치고 있었다. 꾸, 꾸, 하는 그 기묘한 말. 서린이 기억 속에서 들은 말이었다. 그 말을 들은 왜인들의 걸음이 빨라지는 걸 보니 서두르라는 뜻인 것 같았다. 서린은 뱃머리에서 지휘하는 왜인의 검은 앞니와 장갑 낀 손을 확인했다. 저자가 얼음을 훔치러 왔던 자일까? 그것까진 알 수 없었다. 하지만 돌파구를 찾아냈다는 것만큼은 확실했다.

"코레오, 우타이토, 오모이마스."

서린은 가판을 벌여놓은 어느 왜인 앞으로 다가가 포목전 주인에게 미리 배운 문장을 또박또박 읊었다. 송충이 눈썹을 한 왜인은 이건 뭐지 하는 표정으로 그녀를 쳐다보았다. 서린은 기죽지 않고 메고 있던 지게를 내려놓았다. 지게에는 작은 얼음 한 덩이가 실려 있었다. 얼음을 본 왜인의 안색이 달라졌다. 그가 왜말로 뭐라 지껄이자, 주변에 있던 다른 왜인들이 일제히 모여들었다. 그들은 서린과 얼음을 번갈아 보면서 자기들끼리 수군거렸다. 그중에는 조금 전 뱃머리에 서 있던 남자도 있었다. 그는 검게 칠한 덧니를 위협적으로 드러내며 서린을 노려보더니, 느닷없이 유창한 조선말로 물었다.

"넌 뭐야? 어떻게 얼음을 가지고 있지?"

억양이 조금 어색했지만 알아듣는 데는 전혀 문제가 없었다. 남자는 당황하는 서린의 얼굴을 노골적으로 뜯어보았다.

• 지체가 높은 사람이나 나라에 공훈이 있는 사람의 집안이나 자손들

"처음 보는 얼굴이군. 이 동네 상인들은 내가 다 알고 있는데. 어디서 온 누구냐? 얼음을 이런 식으로 거래하면 불법인 거 몰라?"

이런, 낭패다. 서린은 입술을 지그시 깨물었다. 묻지도 따지지도 않고 암시장에서 환영받는 물건이 얼음이라 자신만만하게 가져왔는데, 판매자의 신원이 불분명하면 오히려 역효과가 난다는 걸 몰랐다. 상거래에 대해 아무것도 모르는 서린이 조선 상인들을 다 꿰뚫고 있다는 저 왜인을 속이는 건 불가능에 가까웠다. 왜인은 당장이라도 서린의 손발을 묶어 강물에 처넣을 기세로 바짝 다가왔다. 왜인이 어설프게 틀어 올린 서린의 상투로 장갑 낀 손을 뻗으려는 순간, 민첩하게 나타난 누군가가 둘 사이에 끼어들었다.

"죄송합니다, 야마모토 어르신. 저희 점원이 결례를 범했습니다."

서린은 알아들을 수 없는 왜말. 하지만 그 목소리만큼은 익숙했다. 꿈에도 잊지 못할, 무휘의 목소리였다. 서린은 믿을 수 없다는 듯 눈을 크게 떴다. 넓고 단단한 등이 그녀 앞에 태산처럼 버티고 서 있었다. 무휘는 슬쩍 고개를 돌리더니, 서린을 향해 다소 장난스럽게 한쪽 눈을 찡긋해 보였다. 안심하라는 뜻이었다. 무휘를 알아본 건 서린만이 아니었다. 왜인 야마모토도 경계를 누그러뜨리며 무휘에게 물었다.

"다이콘! 네 꼬붕이냐?"

"예, 저희 상단에 새로 들어온 녀석입니다. 아직 모르는 것투성이지요. 저 얼음도 팔 물건이 아니라 단주(團主)님께서 개인적으로 쓰시려던 건데, 멍청하게 여기까지 들고 왔네요."

무휘는 어깨를 으쓱하며 너스레를 떨었다. 그러자 왜인들은 긴장을 풀고 껄껄 웃었다. 서린은 그들 사이에 오가는 대화를 이해하지 못했지만, 어차피 관심도 없었다. 그녀는 오직 무휘만을 바라보고 있었다. 자꾸만 눈물이 차올라 시야가 뿌옇게 흐려졌다. 무휘는 서린의 그런 모습을 왜인들에게 들키지 않도록 그녀의 어깨를 잡고 자기 쪽으로 돌려세우며 말했다.

"어쨌든 이놈은 제가 데리고 가서 따끔하게 혼내겠습니다. 사요나라, 미나상."

무휘가 왜인들에게 깍듯이 절하자, 그들은 어서 가보라고 손을 흔들었다. 무휘는 얼빠져 있는 서린의 손을 잡아끌었다.

강변에서 멀리 떨어진 공터에 이르러서야 서린은 정신을 차렸다.

"무휘야! 너 정말 무휘 맞아?"

"예, 아씨. 저 맞습니다."

무휘는 빙그레 웃으며 답했다. 서린은 아직도 믿기지 않았다. 물어볼 게 너무 많아 어디서부터 시작해야 할지 감이 안 왔다. 한참을 헤매다 겨우 꺼낸 질문이 이거였다.

"저 사람들은 왜 널 이상한 이름으로 불러? 다이콘? 그게 뭐야?"

"일본어로 '무'를 다이콘이라고 하는 모양입니다. 무휘라고 부르기가 어려우니, 그냥 자기들 멋대로 부르는 거지요."

"왜 남의 이름을 맘대로 바꿔? 아니, 이게 다 어떻게 된 거야? 왜말은 언제 배웠어?"

무휘는 침착하게 설명하기 시작했다. 물에 처박혔다가 정신을 차렸을 때 그는 서린과 멀리 떨어진 계곡 어귀까지 흘러가 있었다. 부러진 다리를 끌고 간신히 헤엄쳐 나와 기절해버린 그를, 왜인 상단에서 일하는 왜녀가 우연히 발견해 구해주었다. 그녀는 정신을 잃은 무휘를 꼬박 사흘간 정성껏 간호해주었고, 그가 회복한 후에는 일자리도 주선해주었다.

"어, 그 여자 분과는 아무 사이도 아닙니다. 정말이에요. 믿어주세요."

"알았어. 믿어줄 테니 계속 얘기해봐."

무휘는 서린이 죽지 않았다고 믿었다. 계곡 주변 인가를 돌아다니며 물었지만, 젊은 여인의 시신을 건져냈다는 사람이 없었기 때문이다. 만일 그가 거기서 조금 더 떨어진 빨래터까지 갔다면 서린이 빙고로 갔다는 걸 알았을지도 몰랐다. 그러나 서린을 찾아다니려면 돈이 필요했으므로 무휘는 왜 상단의 잡일꾼이 되었다. 명석한 그는 왜말을 금방 익혔고, 눈치가 빠른 데다 기운도 세서 왜인들에게 호감을 얻었다. 낮에는 상단 일을 하고 밤에는 열심히 서린을 찾아다녔다는 무휘의 말에 서린은 코끝이 찡해졌다.

"나 때문에 넌 번번이 일꾼 노릇만 하게 되는구나. 미안해."

"몸 쓰는 일이야 제 전문인걸요. 아, 그런데 아씨께 꼭 드릴 말씀이 있습니다."

"응?"

무휘는 서린에게 다리에서 떨어지던 순간의 일을 설명했다. 서린과 처음 만나던 날의 자신이 보였다고. 뜻밖의 얘기를 들은 서린은 고개를 갸웃거렸다.

"그건 그냥 옛 기억이 떠오른 거 아닐까?"

"아뇨, 제 기억은 아니었습니다. 제가 몰랐던 일들까지 다 보였거든요."

부엌에서 몰래 약밥을 훔쳐 먹는 서린의 모습이나, 그런 서린을 점잖게 훈계하던 윤대감의 모습은 무휘가 본 적 없는 것들이었다. 그건 분명 무휘가 아닌, 서린의 기억이었다.

"어쩌면 아씨의 능력은 확장될 수 있는 게 아닐까요? 다른 사람에게 기억을 전해준다든가."

서린의 입술이 놀라움에 스르르 벌어졌다. 내가 보는 걸 남들에게도 보여줄 수 있다면. 그렇게 생각한 순간이 얼마나 많았던가. 너무도 답답해 무휘나 채옥의 손을 잡고 전해져라, 전해져라 하고 빌었던 적도 있었다. 하지만 아무것도 전해지지 않았다. 의아해하는 서린의 마음을 읽은 듯 무휘가 말했다.

"아무 때나 되는 건 아닐 겁니다. 지알대사님도 못 하신 거니까요. 나름의 원리가 있겠지요."

"원리라고?"

"예, 제가 틈틈이 생각해보았는데요. 아씨는 물건이나 몸에 남아 있는 사념을 읽는 거라고 하셨잖습니까. 그 사념은 시간이 지나면 약해지거나 사라진다고 하셨지요. 일종의 기운처럼요."

"그렇지."

"보통 사람에게는 방어막이 있어서 그 기운이 침투할 수 없다고 가정한다면, 그게 해제되는 경우도 생기지 않을까요? 가령 죽음을 목전에 두고 마음이 무척 약해져 있다면 말입니다."

무휘가 세운 그 가설에 대해 두 사람은 한참 동안 대화를 나눴다. 그 가설이 맞는지 확인하려면, 서린이 죽음의 위기에 처한 사람과 맞닥뜨려야 했다. 정말 그렇게 된다면, 능력을 시험하는 대신 일단 그 사람을 구해주는 게 급선무가 아닐까? 열띠게 토론하는 동안 서린의 지게에 실려 있던 얼음은 다 녹아버렸다. 무휘는 물이 뚝뚝 흐르는 서린의 옷자락을 보고 흠칫 놀라더니 얼른 제 옷으로 닦아주었다. 이제 무휘가 질문할 차례였다.

"그런데 아가씨는 여기서 뭘 하고 계신 겁니까? 그 얼음은 뭐고요?"

서린은 빙부가 된 자신의 처지를 설명했다. 윤대감이 상경했다는 말을 들은 무휘는 반색했다가, 그의 건강이 좋지 않다는 말에 다시 표정이 어두워졌다. 왜인들이 빙고에서 얼음을 탈취한 것 같다는 서린의 추측에는 고개를 끄덕이며 동의를 표했다.

"그게 맞는 것 같습니다. 요 며칠 새 왜인 상단의 움직임이 심상치 않았거든요. 그전에는 아무 거리낌 없이 드나들게 하던 조선인들을 배 근처에도 못 오게 하고, 평소 팔던 물건의 반도 팔지 못했는데 벌써 떠날 준비를 한다는 소문도 들리더군요."

무휘는 일개미처럼 부지런히 갑판을 오가며 일하는 왜인들을 힐끗 건너다보았다. 그리고 한층 심각해진 어조로 말했다.

"정말 왜인들이 한 짓이라면, 아씨 혼자 움직이는 건 너무 위험합니다. 이쪽에서도 어느 정도 힘 있는 사람이 뒤를 받쳐줘야죠."

"그거라면 문제없어. 별좌님이 도와주실 거야. 너도 함께 가서 별좌님을 뵙도록 하자."

"물론입니다. 당장 가시지요."

지체할 수 없다고 생각한 무휘는 곧바로 움직이려 했다. 그런데 서린은 꼼짝도 하지 않은 채 무휘를 물끄러미 응시했다. 그러다가 그전에는 한 번도 한 적이 없던 말을 꺼냈다.

"그전에…… 한 번만 안아봐도 돼?"

서린의 말끝에 희미한 떨림이 배어났다. 무휘는 화들짝 놀라 그녀를 쳐다보았다. 그녀의 두 뺨이 사과 빛으로 물든 걸 보고, 그의 뺨에도 불그스름한 홍조가 떠올랐다. 무휘는 천천히 고개를 끄덕였다. 서린은 기다렸다는 듯 다가와 무휘를 부둥켜안았다. 간절함이 묻어나는 몸짓이었다.

"다신 못 보는 줄 알았어. 그렇게 끔찍한 느낌은 내 인생 처음이었어."

"……저도요."

서린이 사라졌다는 걸 알았을 때의 그 절망감을 어찌 말로 다 할 수 있을까. 가녀린 몸에 남자 옷을 걸치고 겁 없이 왜인과 흥정하고 있는 그녀를 발견했을 때의 안도감과 기쁨은 어떻고. 서린이 자기 인생에서 얼마나 절대적인 존재인지, 무휘는 그동안 뼈저리게 실감했다. 서린은 무휘의 넓은 가슴에 얼굴을 묻은 채 나지막하게 속삭였다.

"이젠 절대 내 곁에서 떠나면 안 돼. 알았지?"

"……예."

이러면 안 되는 걸 알면서도 무휘는 결국 끓어오르는 마음을 이기지 못했다. 난생처음으로 두 팔을 뻗어 서린을 마주 안은 것이다. 감히, 이 짧은 순간만이라도 용서받을 수 있다면. 몇 가닥 흘러내린 그녀의 머리카락을 쓰다듬는 그의 손끝이 파르르 떨리고 있었다. 그들은 하나로 태어난 두 개의 조각인 것처럼, 그렇게 오랫동안 서로를 끌어안은 채 온기를 나누었다.

72

얼음 탈취 작전

"綺麗だね(예쁜데)!"

승선로를 통해 배에 오르는 사람을 본 왜인이 거친 말투로 내뱉었다. 배꽃 무늬를 잔잔하게 수놓은 물색 기모노를 입고, 단순하게 쪽 찐 머리에 화장도 하지 않은 여인. 진하게 화장한 기녀들 사이에서 그 모습은 한 떨기 들꽃처럼 보였다. 여인은 보일 듯 말듯 미소를 머금으며 청아한 목소리로 인사했다.

"하지메마시떼(처음 뵙겠습니다)."

무휘에게 몇 마디 배워두길 잘했다. 아무 의심 없이 들여 보내주는 왜인을 보며 서린은 생각했다. 오늘의 연회는 왜인들이 내일 출항을 앞두고 벌이는 성대한 뒤풀이였다. 배에 얼음이 실려 있다면 그걸 되찾아올 기회는 이번뿐이었다. 부디 이 위험천만한 계획이 성공하기를, 서린은 갑판 바로 아래 칸에 마련된 연회장으로 들어가면서 간절히 빌었다.

"거기 너, 이쪽으로 와!"

서린이 문에서 가장 가까운 자리를 눈으로 찾고 있는데, 누군가 특이한 억양의 조선말로 그녀를 불렀다. 일전에 마주쳤던 왜상(倭商) 야마모토였다. 머리부터 발끝까지 진득하게 훑어 내리는 시선에, 서린은 혹시 정체가 들켰을까 봐 심장이 쪼그라들었다.

"넌 내 옆에 앉아라."

야마모토는 연회장 중앙에 마련된 가장 크고 풍성한 술상을 가리키며 말했다. 기녀 분장을 한 서린이 마음에 든 모양이었다. 자기들이 뭐라고 남의 나라 여인네를 접대부 취급 한단 말인가? 서린은 역겨움이 치밀어 올랐지만, 대의를 위해서 일단 참아야 했다.

"飲んだ, 飲んだ(마셔라, 마셔)!"

왜인들의 술자리라고 특별할 건 없었다. 진한 탁주 대신 투명한 사케가, 고기 대신 토막 낸 날생선이 안주로 놓여 있다는 게 다를 뿐이었다. 왁자지껄한 가운데, 서린은 술을 마시는 시늉만 하며 예리한 눈으로 주변을 살폈다. 탁주를 담아놓은 바구니 속에도, 날생선을 올려놓은 접시 아래에도 얼음이 놓여 있었다. 심지어 야마모토는 얼음 대야에 발을 담그고 있었다. 서린은 취기가 올라 눈이 풀린 야마모토에게 사근사근하게 말을 붙였다.

"배에서 얼음을 보관하다니 정말 신기하네요. 뭔가 대단한 기술이 있나 봐요."

"뭐? 기술?"

야마모토는 대단한 농담이라도 들은 것처럼 껄껄 웃음을 터뜨렸다.

"조선인들은 희한하게 생긴 곳에 얼음을 넣어두던데 말이야. 우린 그런 거 신경 쓰기 싫어서. 그냥 이끼만 얹어놨지. 그랬더니 순식간에 절반이 녹아버렸어!"

"절반이나요?"

"음, 본토로 돌아가서 한몫 잡으려고 했는데, 그냥 오늘 밤 다 써버리는 것도 나쁘지 않겠군!"

야마모토는 그 문장을 조선말로 하고, 다시 한번 왜말로 크게 소리쳤다. 그러자 주변에 앉아 있던 왜인들이 낄낄댔다. 왜인 하나가 사케 바구니 속에 담긴 얼음을 한 움큼 집어 바닥에 흩뿌리자, 웃음소리는 더욱 커졌다. 철부지 어린애들처럼 서로 얼음을 던지며 노는 왜인들도 있었다. 서린은 일사병과 탈수증으로 고통받는 노인과 환자들을 떠올리며 지그시 입술을 깨물었다. 그때 기모노를 입은 허벅지에 뭔가 두툼한 게 슬그머니 얹혔다. 야마모토의 손이었다.

"너, 손님 받는 게 오늘 처음이지? 이 몸이 머리 올려주랴?"

야마모토의 손이 서린의 허벅지를 음흉하게 주물럭거리더니, 급기야 치맛자락을 슬슬 건드리기 시작했다. 들추기만 해봐라. 팔꿈치로 면상을 쳐서 코를 깨버릴 테다. 서린은 준비운동 하듯 어깨를 휘휘 돌리며 별렀다. 야마모토의 검지가 치마의 갈라진 틈을 슬쩍 비집고 들어오는 순간, 돌연 그의 존마게(일본식 상투) 위로 소 혓바닥처럼 생긴 덩어리들이 우르르 쏟아졌다. 혼비백산한 야마모토는 외마디 비명을 지르며 제자리에서 벌떡 일어났다.

"아이고, 이거 죄송합니다. 손이 미끄러져서 그만."

반쯤 엎지른 명란젓 접시를 든 무휘가 야마모토를 향해 굽실거렸다. 야마모토는 낯이 붉으락푸르락해졌지만, 실수했다며 사과하는 사람의 멱살을 잡을 순 없는 노릇이었다. 비록 속은 시커메질지 몰라도 겉으로 보이는 예의범절에는 유독 집착하는 게 왜인들의 특성이니까. 무휘는 그걸 알고서 이 작은 연극을 꾸민 것이다. 무휘가 서린에게 몰래 눈짓하자, 그녀는 비린내 풍기는 옷자락을 일부러 흔들면서 자리에서 일어났다.

“저, 옷 갈아입고 오겠습니다. 흥을 깰 수는 없으니까요.”

“음?”

민머리에 붙은 명란젓 조각을 떼어내던 야마모토가 서린을 쳐다보았다. 붙잡으려는 듯한 동작이었다. 그걸 알아차린 무휘가 기민하게 끼어들면서 야마모토의 주의를 끌었다.

“야마모토 상, 이걸 드셔보시죠. 저희 단주님이 작별 선물로 드리는 조선 청주입니다.”

“오오! 조선에도 청주가 있나?”

무휘가 내미는 새하얀 백자 병을 본 야마모토는 서린의 존재를 잊어버렸다.

무휘가 조선식 주도(酒道)로 야마모토를 살살 녹이는 동안, 서린은 재빨리 연회장을 빠져나왔다. 연회장으로 사용 중인 대형 선실이 평소 왜인들이 생활하는 곳이라고 무휘에게 들었다. 그렇다면 그 아래층, 해수면 밑에 잠겨 있는 그 공간이 각종 물건을 보관하는 창고일 것이다. 계단을 따라 내려가던 서린은 아래에서 올라오던 왜인과 마주쳤다.

“どこに行くのか(어디로 갈 거야)?”

왜인은 기녀로 분장한 서린을 보며 의아해하는 투로 물었다. 어딜 가냐고 묻는 것 같았다. 여기서 둘러댈 말까지 미처 배우지 못한 서린은 임기응변으로 엉덩이 만지는 시늉을 했다.

"아아, 벤죠."

왜인은 알았다는 듯 고개를 끄덕이며 말하더니, 종종걸음으로 계단을 내려가는 서린을 노골적으로 쳐다보며 낄낄거렸다. 서린은 그가 연회장 문을 열고 들어갈 때까지 기다렸다. 그리고 문이 닫히자마자 방향을 틀었다. 계단 옆으로 난 복도를 따라 작은 방이 줄줄이 늘어서 있었다.

'일일이 따볼 시간은 없어.'

오랫동안 돌아가지 않으면 야마모토가 서린을 찾아 나설지도 몰랐다. 서린은 몸치장의 일부인 양 화사하게 자수 놓은 천으로 감아놓았던 왼손을 풀었다. 심호흡을 한 후 가장 가까이에 있는 문의 손잡이를 잡자, 낯선 잔상이 흐릿하게 떠오르기 시작했다.

머릿속으로 흘러들어오는 사물의 잔상.

'역시, 이번엔 통할 줄 알았어.'

자신들의 본거지로 돌아온 왜인들은 기껏 돈 주고 마련한 장갑을 훌훌 내던져버렸을 것이다. 십 년간 장삼으로 왼손을 싸매고 다녔던 서린은 잘 알았다. 그게 얼마나 갑갑한 건지.

"여긴 비단, 여긴 골동품이군. 별문제 없어 보여."

서린은 가장 최근에 출입한 사람의 기억을 통해 방 안에 있는 물건들을 알아냈다. 왜인들이 조선에서 흔히 사가는 품목이었다. 그런데 네 번째 방은 조금 달랐다.

'照準上手(조준 잘해)!'

'火力がいい(화력이 좋군)!'

짧게 스쳐간 기억 속에서 왜인들은 검은 쇳덩어리를 손에 든 채 감탄하고 있었다. 서린은 그 정체를 단번에 알아보았다. 화기도감 창고에 보관되어 있는 것과 같은 화승총이었다.

'조선에 몇 개 없는, 아주 귀한 물건이라 들었는데.'

그냥 지나칠 일이 아니라는 직감이 들었다. 서린은 주머니칼을 꺼내 자물통 구멍에 끼워 넣었다. 이제 문 따는 것도 요령이 생겼다. 무휘가 알면 기함하겠지. 서린은 피식 웃으면서 문을 열고 들어갔다. 방 안에는 쇠못으로 봉인한 나무 상자 수십 개가 쌓여 있었다. 다행히 맨 위에 놓인 상자는 개봉한 상태였다. 서린은 크기와 모양이 다른 화승총 중에서 가장 작은 것을 골라 기모노 오비(帶)• 안에 쑤셔 넣었다. 그리고 서둘러 나와 마지막 방으로 갔다. 얼음이 있다면 이곳뿐이겠지. 심증은 이미 굳어졌지만 확인할 필요가 있었다.

'여기다!'

기억이 밀려들어오는 첫 순간부터 알 수 있었다. 생생하게 느껴지는 냉기만으로도 충분했다. 이 안에 빙고에서 가져온 얼음이 있었다. 서린은 방문을 열어보는 대신 뒤로 물러났다. 그리고 왔던 길을 되짚어가기 시작했다. 목적지는 대형 선실 맞은편에 설치된 조타실이었다. 다들 노는 데 정신이 팔려 조타실은 텅 비어 있었다. 서린은 벽에 뚫린 둥근 창을 향해 숨죽여 살금살금 걸어갔다. 조심스럽게 창을 열고, 왼손에 묶어놓았던 비단 천을 밖으로 내밀어 살랑살랑 흔들었다. 가장 일 잘하는 빙부 여섯 명과 함께 나룻배에 타고 있던 장별좌가 잽싸게 노를 저어 다가왔다. 손 빠른 빙부 한 명이 주인선 기둥에 나

• 허리띠

룻배를 묶어 떠내려가지 않게 했다.

"찾았느냐?"

"지하 맨 오른쪽 방입니다."

서린이 보고하자, 장별좌는 입술을 움직여 소리 없는 욕설을 내뱉었다. 그걸 신호탄 삼아, 빙부들은 서린이 열어놓은 창을 통해 배 안으로 들어오기 시작했다. 그들의 행동은 그 어느 때보다 민첩하고 신중했다. 이 일에 모두의 목이 달려 있다는 걸 아는 까닭이었다. 마지막으로 장별좌까지 넘어오자, 일행은 미리 준비한 덧신을 신고 조타실을 나왔다. 지하창고 맨 마지막 방에 다다른 그들은 유독 크고 무거워 보이는 자물통과 맞닥뜨렸다.

"이건 제가 딸 수 있……."

서린의 말이 채 끝나기도 전에, 장별좌는 손에 든 검의 자루로 자물통을 내리쳐 반으로 쪼개버렸다. 응축된 분노가 느껴지는 동작이었다. 활짝 열린 문 사이로 장별좌와 서린, 그리고 빙부들이 우르르 몰려 들어갔다.

"하!"

빙부들은 누가 먼저라고 할 것도 없이 탄식 섞인 한숨을 내뱉었다. 겨우내 얼리고 잘라서 정성껏 보관해온 소중한 얼음이 군데군데 볼품없이 녹아내린 채 아무렇게나 방치되어 있었다. 열을 차단한답시고 처덕처덕 발라놓은 이끼는 푹 젖어 제 구실을 못 하고 있었다. 분노로 들끓는 빙부들 틈에서, 가장 먼저 이성을 되찾은 건 장별좌였다.

"시간 없다. 얼른 옮기자."

익숙한 명령이 빙부들의 주의를 일깨웠다. 그들은 빙고에서 하는 것처럼 역할을 나눠 일사불란하게 일하기 시작했다. 힘센 두 명이 얼음을 지게에 담고, 발 빠른 두 명이 지게를 조타실로 메고 가면, 손재주 좋은 두 명이 얼음을 볏짚으로 싸서 나룻배로 내려 보내는 작업을 했다.

거기에 장별좌와 서린, 뒤늦게 합류한 무휘가 소매를 걷어붙이고 돕자 속도는 더욱 빨라졌다.

"그런데 도둑맞은 물건을 왜 떳떳이 되찾아갈 수 없는 거죠?"

나룻배에 얼음이 차곡차곡 쌓이는 모습을 창을 통해 내다보던 서린이 문득 생각난 듯 장별좌에게 물었다. 얼음의 소재를 찾아냈는데 왜 관군이 달려오지 않는지 그녀로서는 이해하기 어려웠다. 장별좌는 세상일이 그렇게 단순하지 않다는 듯 고개를 도리도리 저었다.

"이 배는 막부(幕府)의 공식 승인을 받은 주인선이다. 왜의 사절이나 다름없어서 함부로 건드렸다간 외교 문제로 번질 수 있어."

그러니 다시 훔쳐간다. 자기들도 떳떳하지 못하니 대놓고 따지지 못하겠지. 장별좌는 그걸 노렸다. 거기에 저 괘씸한 왜인들을 길길이 날뛰게 할 수 있다면 더 좋고.

얼음이 거의 다 옮겨졌을 때였다. 천장이 가볍게 흔들리더니 술 취해 혀가 꼬부라진 왜인들의 목소리가 들려왔다.

"どんな音が覚めた(무슨 소리가 났는데)."

"どちらか(어느 쪽이야)?"

장정들이 무거운 지게를 메고 왔다 갔다 하는 기척을 완전히 감출 수는 없었다. 그걸 왜인들이 알아차린 것이다. 서린은 그들이 이쪽으로 올까 봐 가슴을 졸이며 장별좌를 쳐다보았다. 그러나 장별좌는 걱정하는 기색이 아니었다.

"이제 시간이 됐다."

그 말이 끝나기 무섭게 콰콰콰쾅 하는 폭음이 선체를 뒤흔들었다. 왜인들은 벼락이라도 맞은 것처럼 일제히 펄쩍 뛰어올랐다. 왜는 지진이 자주 일어나 사람들이 어마어마한 공포심을 가지고 있다고, 무휘가 말했었다.

"何が起こった(무슨 일이야)?"

"襲撃か(습격인가)? それとも(아니면), 地震(지진)?"

왜인들은 물결에 휩쓸린 개미 떼처럼 이성을 잃은 채 우왕좌왕했다. 배가 침몰하는 경우 무조건 빨리 밖으로 나가는 것이 상책이었다. 그걸 깨달은 왜인들의 일부는 갑판으로 뛰어갔고, 나머지는 승선로를 향해 달음박질쳤다.

무휘는 창고 천장을 쿵쿵 울리는 발소리를 들으며 조용한 미소를 지었다. 왜인들은 절대 저 진동의 근원을 찾지 못할 것이다. 강기슭에서 어느 장님 소녀와 주막집 여주인이 신나게 폭죽놀이를 하고 있으리라고는 상상도 못 할 테니까. 주인 없는 배에서 무사히 작업을 마친 빙부들은 창고를 나섰다. 그들을 뒤따르는 대신 창고 안에서 미적거리는 서린을 향해 무휘가 재촉했다.

"아씨, 어서요!"

"잠깐만."

서린은 느닷없이 품 안에서 주머니칼을 꺼내더니, 삼나무로 만든 바닥에 푹 내리꽂았다. 그리고 잠시 있다가 다시 뺐다. 육안으로는 알아보기 힘든 작은 구멍이 생겼다. 방금 뭘 한 거냐고 눈으로 묻는 장별좌에게 서린이 설명했다.

"삼나무는 물을 좋아한다고, 궁에 있을 때 배웠습니다. 그래서 삼나무 가구에는 물걸레를 쓰면 안 된다고요."

"아……."

"지금은 괜찮겠지만, 내일이면 구멍 주변이 물을 빨아들여 균열이 생기겠지요. 밑바닥이 갈라지기 시작하면, 그리 즐거운 항해가 되진 못할 것입니다."

"너…… 무서운 애로구나."

서린의 얼굴에 번지는 영악한 미소를 보며, 장별좌는 기막히다는 듯 혀를 쯧쯧 찼다. 일행이 단 한 명도 빠짐없이 나룻배에 오르자, 사방을 뒤흔들던 폭음도 때맞춰 그쳤다. 은조가 갖고 있던 폭죽이 바닥난 모양이었다. 얼음을 가득 실은 나룻배는 불어오기 시작한 바람을 타고 시원스럽게 나아갔다. 빙고를 향해서.

73

너에게 보여준 세상

"잘했다, 윤서린. 이번 일은 전적으로 네 공이다."

주인선에서 비밀 작전을 벌인 닷새 후. 장별좌는 빙부들을 모두 불러 모은 자리에서 서린을 칭찬했다. 한동안 서린을 살아 있는 귀신 취급하며 따돌리던 빙부들도 그녀를 보는 시선이 완전히 달라졌다.

"그동안 못되게 굴어서 미안하구먼. 우리가 참 영특한 처자를 몰라봤어."

"이조판서 따님이라더니, 역시 뭐가 달라도 달라."

"이조판서 아니고 예조판서여, 무식하긴."

"뭐? 무식? 똥 묻은 개가 겨 묻은 개 나무란다더니 딱 그 짝이구먼."

사과하다 말고 티격태격하는 빙부들을 보고 서린은 풋 웃음을 터뜨렸다. 빙고에 평화가 돌아온 것이 진심으로 반갑고 기뻤다.

"왜인들이 조선인으로 가장하고 지하 도박장에 드나들면서 빙고의 위치와 구조를 파악한 것으로 확인됐다. 지금 이 순간부터 불법 도박을 금지한다."

장별좌의 단호한 명령에 저만치서 어슬렁거리던 양노인의 얼굴이 흙빛으로 변했다. 서린은 조금 안됐다는 생각이 들었지만, 반드시 필요한 조치였다. 앞으로도 호시탐탐 얼음을 탐낼 사람들로부터 빙고를 지켜내기 위해서라도.

"왜인 중에는 조선말을 제 나라말처럼 능숙하게 하는 장사치들도 있다. 수상하게 접근하는 놈들은 다들 경계하도록."

절도 사건의 내막을 캐낼 수 있었던 데는 무휘의 활약이 컸다. 서린이 살짝 손봐둔 왜인들의 선박은 출항해서 얼마 가지도 못하고 되돌아왔다. 어디선가 물이 들어오면서 배 바닥이 뒤틀리고 쩍쩍 갈라지기 시작한 탓이었다. 그렇지 않아도 고주망태가 되어 연회를 벌이는 동안 창고를 털려 의기소침해 있던 왜인들은 울며 겨자 먹기로 한동안 조선에 체류하는 신세가 되었다. 무휘는 향수병에 걸린 그들을 각종 희귀한 물건과 명주로 슬슬 꼬여가며 비밀을 털어놓게 했다. 누가 어떻게, 무슨 목적으로 빙고를 털었는지까지.

"이번에 빙고에 침입한 왜인들은 처음부터 불법적인 목적을 가지고 조선에 들어온 것으로 보인다. 밀수에 손대다가, 더 큰 이익을 얻을 수 있겠다는 생각에 얼음을 노린 것이다."

장별좌는 무휘와 서린, 은조를 따로 불러 앉혀놓고 조용히 설명해 준 바 있었다. 서린이 지하 창고에서 찾아낸 화승총은 화기도감에서 왕을 위해 만든 것으로 밝혀졌다. 의금부부사의 죽음 이후 왕이 화기도감을 폐쇄하다시피 하는 동안, 일부 관원들과 궁인들이 작당해 대량의 무기를 빼돌린 것이다. 워낙 특이한 물건이라 국내에서는 유통하지 못하고 결국 왜인들의 손에 들어간 것이었다. 무기 밀매는 얼음

절도보다 더 중대한 범죄였다. 장별좌는 이를 빌미로 왜인들뿐만 아니라 그들과 내통한 무리도 엄벌할 수 있을 거라고 했다.

"이번 일로 다들 고생 많았다. 이제 여름은 끝났다. 부족한 얼음 양은 내 사비로 충당해볼 테니, 당분간 맘 편히 쉬도록."

장별좌의 종업(終業) 선언에 빙부들 사이에서는 열띤 환호성이 터져 나왔다. 수상한 새 빙부가 들어오고, 얼음 속에서 시신이 발견되고, 하룻밤에 얼음 더미가 송두리째 사라지는 등 다사다난한 여름이었지만, 그래도 죽거나 다친 빙부 없이 마무리되어 다행이었다. 빙부들이 휴일 계획을 신나게 떠들며 해산한 후, 장별좌는 남아 있는 서린에게 말했다.

"난 이번 일을 보고하기 위해 입궁할 예정이다. 너도 같이 가자. 주상 전하께 네가 세운 공적을 아뢰고, 면천해달라고 청할 것이다."

아버지와 함께 빙고를 떠나는 것은 서린의 절실한 소원이었다. 그렇기에 서린이 면천 소식을 들으면 뛸 듯이 기뻐할 줄 알았다. 그러나 서린은 그 제안을 단호히 거절했다.

"말씀은 감사하지만, 제가 원하는 건 그게 아닙니다."

"그러면?"

"전 다시 궁녀가 되고 싶습니다."

이게 웬 정신 나간 소리인가. 그런 표정을 짓고 있는 장별좌에게 서린은 차근차근 설명했다. 두 사람을 죽인 살인범이 궁 안에 있고 피해자 중 하나는 자신의 동생이라고. 상당히 지체 높고 재력도 든든할 것으로 추정되는 그 사람을 추적해 잡으려면 궁녀로 머무는 수밖에 없다고. 장별좌는 겨우 납득하면서도 안타까움을 감추지 못했다.

"굳이 위험한 길을 가려고 하는구나."

"제가 선택할 수 있는 유일한 길입니다."

서린은 굳은 결의를 담아 말했고, 장별좌는 잠시 침묵을 지키다가 조용히 고개를 끄덕였다. 승낙의 표시였다. 서린은 장별좌에게 허리를 깊이 숙여 인사한 후 물러났다. 한때는 죽음의 요새처럼 여겨졌던 빙고지만, 막상 떠난다고 생각하니 은근히 서운했다.

짐을 싸기 위해 방으로 돌아온 서린을 맞아준 건 윤대감이 아닌 은조였다. 앞이 안 보이지만 보이는 사람들보다 늘 감이 빠른 은조는 서린이 뭘 하고 왔는지도 이미 다 아는 듯했다.

"아버님은 걷는 연습 하러 가셨어."

은조는 서린이 묻기도 전에 먼저 말해주었다. 역시 윤대감은 시류를 읽는 게 빨랐다. 곧 서린과 함께 빙고를 떠나게 되리라 계산했을 것이다. 서린이 몸져누웠던 걸 계기로 그가 기력을 조금이나마 회복한 게 천만다행이었다. 도망 노비와 유배 죄인이 나란히 입궁하는 건 그야말로 미친 짓이었지만, 그들에게는 그 위험을 무릅써야 할 타당한 이유가 있었다.

"떠난다면서?"

"응, 그렇게 됐어."

은조의 담담한 질문에 서린은 작은 목소리로 대답했다. 미안했다. 그동안 은조에게 헤아릴 수 없는 은혜를 입었는데, 둘도 없는 친구 사이가 되었는데. 서린이 떠나면 은조는 이 쓸쓸하고 척박한 곳에 혼자 남겨질 터였다. 그렇다고 무슨 무지막지한 일이 벌어질지 모르는 궁에 같이 가자고 할 수도 없는 노릇이었다.

"……."

말없이 다가온 은조는 서린이 짐 싸는 걸 돕기 시작했다. 반닫이에서 꺼낸 옷을 각 맞춰 접는 은조의 솜씨는 서린보다 나으면 나았지 결코 못하지 않았다. 은조가 작게 접은 옷을 서린은 보자기에 하나씩 넣었다. 둘은 빙고에서 일할 때처럼 호흡을 척척 맞추며 짐을 챙겼다. 사실 세간이랄 것도 없었지만, 그래도 서린은 이 시간이 좀더 길었으면 했다. 친구와 함께하는 이 순간이 소중했기에. 그러나 보자기를 꼼꼼히 매듭짓는 은조의 손길을 마지막으로 여분의 시간은 끝나고 말았다. 은조는 서린과 마주 앉아 차분하게 말했다.

"처음이자 마지막으로 부탁할 게 있어."

"뭐든지 얘기해."

"네 얼굴을 한번 만져봐도 될까? 어떻게 생겼는지 알고 싶어."

그런 부탁일 거라곤 예상치 못했던 서린이 멈칫했다. 하지만 그것도 잠시뿐이었다. 서린은 은조의 손을 잡고 자신의 얼굴에 가만히 가져다 댔다. 은조는 서린의 이마부터 시작해 턱까지 천천히 내려오면서 구석구석 세밀하게 어루만졌다. 그녀가 만지는 방식은 다른 사람과는 분명 달랐다. 눈과 눈 사이의 간격을 재어보기도 하고, 콧등을 손가락 끝으로 쓸어내리며 각도를 가늠해보기도 하고, 엄지와 검지를 붙여 눈두덩에 갖다 대면서 그 크기를 어림짐작하기도 했다. 그러다가 이따금 고개를 갸웃하기도, 끄덕이기도 했다. 서린은 호기심이 생겼다.

"그렇게 만지면 생김새가 보여?"

"대강 짐작할 수는 있지. 하지만 평범한 사람들이 눈으로 보는 것처럼 그렇게 보이진 않아."

은조의 말투에는 아쉬움이 가득했다. 어른스러운 그녀는 평소에 장애에 대한 불만을 표출하는 일이 별로 없었다. 그렇다고 해서 아무렇지 않을 리는 없었다. 서린의 부드러운 뺨을 만지고 또 만지는 은조의 몸짓에는 말로 다 할 수 없는 회한이 배어 있었다. 보여줄 수만 있다면 얼마나 좋을까. 내가 보고 알고 기억하는 것들을. 안타까워하던 서린에게 한 가지 생각이 떠올랐다. 바로 무휘가 말했던, 기억을 전달하는 방법에 관한 거였다.

"은조야, 내가 지금부터 뭘 좀 하려고 하는데."

"뭘?"

"그게, 말로는 설명하기 어려워. ……낯설고 놀랍고, 또 무서울 거야. 그래도 날 믿고 끝까지 참아줄 수 있어? 꼭 해주고 싶은 게 있어서 그래."

은조는 조금 망설이는 듯했다. 아마 무서울 거라는 말이 맘에 걸렸을 터였다. 서린도 은조가 내키지 않아 한다면 억지로 하진 않을 작정이었다. 그런데 잠시 후 은조가 가볍게 고개를 끄덕거렸다. 작은 몸짓이었지만 분명 허락의 의미였다.

"그럼 시작할게."

서린은 긴장감에 침을 꿀꺽 삼키며 은조 앞으로 바짝 다가앉았다. 이런 종류의 일은 한 번도 해보지 않았고, 평생 하게 되리라곤 생각도 못 했다. 제대로 해낼 수 있을까. 그걸 알아내려면 직접 시도해보는 수밖에 없었다. 서린은 버선 모양으로 살짝 끝이 올라간 은조의 콧날에 오른손을 얹고 손바닥 전체로 지그시 눌렀다. 질식시키려는 듯한 동작에 은조는 흠칫 놀랐지만, 그러면서도 서린을 밀어내진 않았다. 친구를 신뢰하고 있기에 가능한 일이었다.

'미안해서라도 꼭 성공해야 하는데.'

서린은 자꾸만 약해지려는 마음을 다잡으며, 손바닥에 점점 힘을 주었다. 다섯 손가락이 은조의 콧등과 콧대 주변, 뺨과 입술까지 빈틈없이 덮었다. 은조가 공기를 들이마시지 않고 버틸 수 있는 시간은 그리 길지 않았다.

"읍…… 읍!"

가슴이 갑갑해진 은조는 양손을 허공에 휘휘 저으며 서린에게 신호를 보냈다. 손을 치워달라는 뜻이었다. 서린은 다 알면서도 그 요청을 들어주지 않았다. 오히려 왼쪽 무릎으로 은조의 양 허벅지를 찍어 누르면서 움직이지 못하게 제압했다. 이제 은조의 안색은 창백하게 변해 있었고, 사지는 서린에게 눌린 채 부질없이 요동치고 있었다. 숨 못 쉬는 고통에 압도당한 은조가 발을 동동 구르며 바닥을 차는 순간, 서린은 직감했다.

'바로 지금이야.'

은조의 의식에 무휘가 말한 '방어막'이란 게 있다면, 지금 이 순간 무너졌을 것이다. 서린은 경련을 일으키듯 떨고 있는 은조의 어깨에 왼손을 얹었다. 그리고 두 눈을 질끈 감은 채 필사적으로 떠올리기 시작했다. 은조에게 전해주고 싶은 것들, 보여주고 싶은 것들을.

시간이 얼마나 지났을까. 은조는 돌연 저항을 멈추었다. 어깨의 떨림은 여전했지만, 뭔가 조금 전과는 다른 느낌이었다. 고통과 공포 때문이 아니라, 감격에 겨워 나오는 반응 같았다. 서린은 자신의 기억들을 은조가 읽고 있다는 걸 알았다. 푸르고 싱싱한 잔디로 가득 덮인 빙고와 그 주변을 옹기종기 둘러싼 마을의 모습, 은조와 자주 마주치는 빙부들과 소산댁 그리고 장별좌의 모습, 서린 자신의 모습도. 서린은 제 눈으로 본 것 그대로 전해주기 위해 세세한 요소까지 남김없이 기억 속에서 재현해내려 애썼다. 그러다 보니 문득 이런 생각이 들었다.

'이 세상이 이토록 아름다운 곳이었나?'

조약돌을 던지면 쨍 하고 소리 내며 갈라질 것처럼 맑고 푸른 하늘. 그 아래로 아른아른 피어오르는 환상적인 아지랑이. 그 아래 가슴이 탁 트일 듯 시원하게 펼쳐진 언덕과 무성한 잎으로 무장한 채 녹음을 뽐내는 나무들. 그 그루터기 사이사이에 수줍게 자라난 솜털 보송보송한 버들가지. 밝은 총천연색으로 피어나 그보다 더 진한 향기를 뿜어내는 꽃까지. 그리고 마지막으로 얼음이 있었다. 얼굴이 비칠 만큼 투명하고 정결한 유백색의 결정(結晶). 한 줄기 따사로운 햇살을 받으면 마치 은사(銀絲)로 수놓은 것처럼 뭐라 말할 수 없이 정교한 무늬로 눈부시게 반짝이곤 했다. 서린은 은조에게 꼭 전해주고 싶었다. 네가 시린 손을 호호 불어가며 매일 힘겹게 나르고 자르는 그 물건이 실은 그토록 아름다운 거였다고.

"……."

서린이 은조의 어깨에서 왼손을 뗐을 때, 그녀는 숨 쉬는 것도 잊은 채 눈물을 주룩주룩 흘리고 있었다. 그대로 뒀다간 정말 질식사할지도 몰라서, 서린은 재빨리 은조의 콧등을 가린 오른손을 치웠다. 은조는 쌕쌕거리면서 그 후에도 한참이나 기억의 여운에 잠겨 있었다. 그러다가 서린이 옆에 있다는 걸 뒤늦게 깨달은 듯 숨을 몰아쉬었다.

"방금 그거…… 대체 뭐였어? 어떻게 한 거야?"

"마음에 들었어?"

서린은 일일이 설명하는 대신 그렇게만 물었다. 방법이 뭐가 중요하겠는가. 은조가 잠시 동안이나마 '볼 수' 있었는데. 은조는 정신없이 고개를 끄덕이며 또 한바탕 눈물을 흘렸다.

"정말로 아름다웠어. 평생 잊지 못할 만큼. 세상에서 가장 아름다운 풍경이었어."

은조는 조금 전 자신을 죽일 뻔했던 서린을 와락 끌어안았다. 허물어진 제방처럼 은조가 쏟아낸 눈물에 서린의 어깨가 흠뻑 젖을 정도였다. 은조는 울음 밴 목소리로 중얼거렸다.

"넌 아마 모를 거야. 네가 나한테 얼마나 대단한 선물을 주었는지."

서린은 빙긋 웃으며 은조의 어깨를 토닥거렸다. 능력을 쓰기 시작한 이후, 이렇게 보람 있고 행복했던 적은 처음이었다. 지금의 이 광경을 지알대사와 윤대감에게 꼭 보여주고 싶었다.

74

천주쟁이 대군

"전하, 십 년은 더 젊어지신 것 같습니다."

"허허, 그런가."

기나긴 피정을 마치고 돌아온 후 첫 어전회의. 왕은 포동포동하게 살이 오르고 혈색이 좋아져 있었다. 자리를 비운 동안 궁에 어떤 풍파가 몰아쳤는지도 모르는 왕은 훤칠하고 잘생긴 두 아들이 용상 양쪽을 든든하게 지키고 서 있는 모습을 바라보며 흐뭇한 미소를 지었다.

"그래, 어떤가? 세자와 대군이 과인의 빈자리를 메우는 데 부족함은 없던가?"

신하들은 기다렸다는 듯 범과 헌에 대한 칭찬을 쏟아냈고, 왕은 기분이 더욱 좋아졌다. 원래부터 완벽했던 세자야 그러려니 했지만, 마냥 어린애로 여겨 별 기대를 걸지 않았던 대군이 어전회의에서 제 몫을 잘 해냈다니 놀랍고 기쁜 소식이었다.

"경이롭구나, 대군. 짧은 시간 동안 눈부신 발전을 이루다니."

"……배운 대로 했을 뿐입니다."

헌은 갑작스레 쏟아지는 칭찬 세례가 얼떨떨한 듯 얼굴을 붉히며 아내에게로 공을 돌렸다. 체면을 중시하는 보통의 사대부라면 '한낱 아녀자에게' 도움 받은 걸 부끄러워하고 숨기려 하겠지만, 범은 그토록 현명한 아내를 둔 것이 오히려 자랑스러웠다.

"대군비가 스승 노릇을 하다니. 부부 금실에는 좋겠지만 아무래도 부족함이 있겠구나. 네가 원한다면 성균관에서 가장 뛰어난 학자를 불러주마. 필요한 책이 있다면 그것도……."

"안 그래도 보고 싶은 책이 있습니다, 아바마마."

"오호, 그러하더냐? 뭐든지 말만 하거라!"

헌이 어릴 때부터 이국의 문물이나 특이한 장난감을 사달라고 조른 적은 많았지만, 책을 원한다고 말한 건 처음이었다. 당장이라도 전국의 모든 세책가(貰冊家)*를 불러들일 태세인 왕의 면전에서 헌은 해맑은 표정으로 폭탄을 떨어뜨렸다.

"유씨 성을 가진 문장가의 책을 우연히 구해 읽었는데, 거기에 어떤 책의 소개가 실려 있더군요. 《천주실의(天主實義)》였는데. 무척 재밌어 보였습니다."

정전에는 소리 없는 폭탄이 터졌다. 왕은 용상 손잡이에 새겨진 용머리를 움켜쥔 채 딱딱하게 굳어버렸고, 신하들은 벌어진 입을 다물지 못했다. 어떤 일에도 놀라는 법 없는 범조차 눈썹을 지그시 추어올릴 정도였다.

《천주실의》는 서양인 신부가 저술한 서학 이론서였다. 몇 년 전부터 일부 양반들을 중심으로 유행하기 시작한 서학에서는 세상 만물

---

* 책을 빌려주는 사람

을 관장하는 절대신이 존재하고, 만민이 평등하다고 가르쳤다. 유학자들 사이에서는 '희대의 요물'로 여겨지는 그 사악한 책을, 그냥 사대부 집안 자제도 아닌 일국의 대군이 읽고 싶다고 말하다니. 상식을 벗어나도 한참 벗어난 이 상황에 모두 경악하고 있는데, 헌은 한 술 더 떴다.

"고리타분한 소리밖에 할 줄 모르는 성균관 영감들은 됐습니다. 대신 양인 선교사를 만나게 해주십시오. 물어보고 싶은 게 잔뜩 있습니다."

"흐억!"

왕은 숨넘어가는 소리를 내면서 용상 등받이에 기대었다. 금발에 푸른 눈의 괴인을 궁에 들이겠다니, 종묘에 모셔놓은 선왕들의 영혼이 통곡하며 맨발로 달려올 일이었다. 범은 예법 교과서의 표본처럼 흠잡을 데 없이 반듯한 자세를 유지한 채 헌을 곁눈질했다. 도대체 무슨 꿍꿍이인가 싶었다. 헌은 그 특유의 천진난만한 눈빛을 반짝이며 계속 재잘거렸다.

"아바마마께서 허락해주신다면, 시강 시간에 새로운 교리에 대해 배워보면 좋을 듯합니다. 얼마나 신선하고 흥미로운지 모릅니다. 지상 만물을 창조한 천주라는 존재가……."

"그만, 그마안!!"

용상에서 벌떡 일어난 왕은 두 팔을 휘휘 내저어 헌의 말을 가로막았다. 지치지도 않고 떠벌리는 저 소리를 계속 듣고 있다간 그동안 보충한 체력이 금세 바닥날 것 같았다.

"머리가 깨질 듯이 아프구나. 오늘 어전회의는 여기서 중단하겠다."

논의해야 할 정무가 밀려 있었지만, 어느 신하도 왕의 결정에 이의를 제기하지 않았다. 방금 일어난 사건이 그만큼 충격적이었다. 왕위 계승자 중 한 명이, 적통으로 태어났다는 강력한 이점을 등에 업고 급격히 치고 올라가는 듯하던 대군이 하루아침에 천주쟁이가 되어버렸다니 직접 보지 않았다면 믿지 못했을 일이다.

"부부인 마님도 다치시더니, 아무래도 나라에 망조가 들었나 보오……."

"어디 용한 무당을 불러다 액막이라도 해야 하나……."

신하들은 얼빠진 낯으로 삼삼오오 모여 수군거렸다. 왕은 상선내관의 도움을 받으며 비틀비틀 걸어 나갔고, 범은 아버지를 부축하기 위해 민첩하게 달려갔다. 그러나 그들에게 치명타를 가한 헌은 얄미우리만큼 멀쩡한 모습이었다. 그는 뒷덜미와 등에 화살처럼 꽂히는 무수한 시선들을 모르는 척 어전을 빠져나와 천수전으로 향했다.

헌이 대군 처소의 문을 열고 들어가자, 방 한가운데 동그마니 앉아 있던 서씨가 그를 맞이했다.

"어떻게 된 겁니까, 대군 마마?"

"뭐가 말이오?"

정말 모른다는 듯 천연덕스럽게 시치미 뚝 떼는 헌을 서씨는 밉지 않은 눈으로 흘겨보았다.

"정전에서 무슨 일이 있었는지 다 들었습니다. 갑자기 천주 타령은 무엇이고, 선교사는 또 웬말이란 말입니까!"

서씨가 알려준 새로운 접근법 덕분에 헌은 요즘 들어 책에 재미를 붙였고, 부부는 함께 책을 읽고 토론하며 하루 대부분의 시간을 보냈다. 헌이 어떤 책을 읽었고 그에 관해 어떤 견해를 갖고 있는지도 낱낱이 아는 서씨이기에, 헌이 서학에 쥐뿔만큼도 관심이 없다는 것을 누구보다 잘 알았다. 그렇기에 그의 이런 독단적인 행동이 더욱 당혹스럽고 또 실망스러웠다. 헌은 정색한 아내의 얼굴을 물끄러미 바라보다가, 조용히 무릎을 굽혀 그녀 앞에 앉았다.

"부인. 내가 형님을 처음 만났을 때, 무슨 생각을 했는지 아시오?"

헌은 서씨의 질문에 대답하는 대신 그렇게 뜬금없는 옛이야기를 꺼냈다. 긴 잠에서 깨어난 직후에 헌은 상대방의 의중을 파악하지 못하고 산만하게 화제를 바꿔대는 경향이 있었지만, 지금은 그렇지 않았다. 서씨는 헌이 저 이야기를 꺼내는 이유가 있을 거라고 짐작했다.

"난 아주 어렸을 적 기억은 거의 없소. 하지만 어찌 된 일인지 그 날만큼은 또렷이 기억하고 있지. 내가 다섯 살 된 것을 축하하는 탄일연이 열리던 날이었소."

헌이 오랜 기억을 넣어둔 서랍을 잡아당기자, 덜컥 하는 소리와 함께 지금의 범을 닮은 소년의 인영이 홀연히 떠올랐다.

키만 장대같이 큰 소년은 비쩍 마른 탓에 붉은 공복(公服) 소맷자락이 어색하게 펄럭거렸다. 햇볕을 못 쬐고 살았는지 얼굴이 백지장처럼 창백했고, 날카로운 턱 아래쪽에는 마른버짐까지 피어 있었다.

'뭐 하고 계십니까, 군 마마? 세자 저하께 선물을 바치셔야지요.'

옆에 서 있던 내관이 독촉하자, 소년은 머뭇거리며 헌 앞으로 다가왔다. 헌은 새로 지은 곤룡포 차림으로 봉황이 아로새겨진 의자에 앉아 낯선 소년을 내려다보았다. 이상하게 친숙한 느낌이 들었다. 소년은 시선을 바닥에 고정한 채 누런 무명 보자기에 싼 물건을 조심스럽게 내밀었다. 두께와 부피를 보아 하니 책인 것 같았다. 헌은 책이라면 질색했지만, 저 소년이 주는 거라면 뿌리치고 싶지 않았다. 헌은 고맙다는 말을 하려고 입술을 떼면서 손을 내밀었다. 그러나 헌이 선물을 받아들기도 전에, 중전 홍씨의 손이 불쑥 뻗어와 가로채갔다.

'고맙구나, 범성군. 앞으로도 학문에 정진하여, 장차 세자 저하를 보필할 인재가 되어주려무나.'

어머니의 말투는 상냥했지만 어딘지 쌀쌀함이 묻어났다. 헌은 소년이 가져온 선물을 풀어보지도 못했고, 무명 보자기는 형형색색의 비단과 보석으로 치장된 값비싼 선물들에 밀려나 저 한구석에 처박히게 되었다. 헌은 누군가에게 그걸 가져다달라고 말하고 싶었지만, 궁인들은 상다리가 휘어져라 푸짐하고 호화로운 생일상을 차리느라 바빴다. 널찍한 상의 끄트머리에 앉은 소년은 두 눈을 크게 뜬 채 먹음직스러운 음식들을 쳐다보고 있었다. 살짝 벌어진 입가에서는 금방이라도 군침이 흘러내릴 듯했다. 맛있는 음식을 한 번도 먹어보지 못한 것 같았다.

'이 궁 안에도 저렇게 불쌍한 사람이 있구나.'

헌은 연민 어린 눈길로 소년을 지켜보았다. 홍씨가 맘껏 먹으라고 친절하게 말하자, 소년은 젓가락에 손을 대는 대신 바짝 마른 입술을 소심하게 달싹였다.

'음식을 조금 가져가도 될까요? 제 어머님께 드리고 싶습니다.'

염치없는 부탁임을 안다는 듯, 소년의 움푹 파인 두 뺨이 붉게 물들었다. 자기도 저렇게 말랐으면서, 어머니를 먼저 생각하다니. 헌은 그 효심에 감탄했다. 홍씨가 구색을 갖추어 담아준 음식 바구니를 든 소년이 사라진 후, 헌은 나인들이 수군대는 말을 들었다. 그리고 그 소년이 '범성군'이고 자신의 이복형이라는 걸 알게 되었다. 물론 그 호칭의 의미와 복잡한 관계를 제대로 이해하게 된 건 그로부터 한참 후였지만. 그날 보았던, 초라하면서도 의연했던 범의 모습은 헌의 뇌리에 깊이 각인되어 아주 오랫동안 잊히지 않았다.

"형님은 원래 심성이 여리고 고운 분이오. 감정적으로 무뎌진 부분이 있다면, 그건 너무 오랫동안 고초를 겪은 탓일 거요. 남들에게 미움받는 게 힘든 나머지, 자신이 만든 벽 속으로 숨어버린 게 아닌지 모르겠소."

범에게서 간혹 엿보이는 얼음처럼 차가운 표정을, 생기 없는 눈빛을, 헌은 그렇게 해석했다.

"십 년 동안 세자 자리에 있었지만, 형님은 아직도 불안하고 초조하신 것 같소. 예전으로 다시 돌아가게 될까 봐 말이오. 내가 왕위 계승 후보에서 제외된다면, 그래서 형님의 위치가 공고해진다면, 형님도 예전의 모습으로 돌아오실 거요."

저 철옹성 같은 곤룡포 속에, 애정과 온기에 굶주렸던 그 어린아이가 숨어 있을 거라고, 그때는 못 했지만 지금이라도 할 수 있다면, 헌은 두 팔 벌려 그 아이를 감싸 안아주고 싶었다.

"내가 보위 계승 후보에서 제외된다면, 그래서 형님의 위치가 공고해진다면, 형님도 예전의 모습으로 돌아오실 거요. 난 그렇게 믿고 있소."

예상하지 못했던 말에 서씨는 맥이 탁 풀리는 느낌이었다. 온갖 최악의 경우를 상상했는데.

"고작 그런 이유로…… 주상 전하의 눈 밖에 나려고 일부러 천주쟁이 노릇을 하셨다고요?"

"그냥 왕이 되기 싫다고 하면, 아바마마도 어마마마도 포기하지 않으실 테니까."

헌은 당연하다는 듯 대답했다. 그의 흔들림 없는 눈빛을 본 서씨는 깨달았다. 헌이 사람들이 생각하는 것처럼 둔하지 않다는 것. 그리고 배다른 형을 진심으로 아끼고 사랑한다는 것. 서씨의 말이라면 양잿물을 마시라고 해도 따르는 헌이지만, 이번만큼은 설득할 수 없을 듯했다.

"알겠습니다. 마마가 그토록 원치 않으시는 일, 소첩도 강요하지 않겠습니다."

"고맙소."

서씨가 이토록 순순히 포기할 거라고는 기대하지 않았기에, 헌은 조금 놀란 기색이었다. 물론 서씨는 이대로 포기할 생각은 아니었다.

"다만 절 봐서라도, 딱 한 가지만 약속해주십시오."

"그게 무엇이오?"

"세자 이범이 무고한 사람을 해쳤거나 해치려고 하는 걸 대군 마마의 눈으로 직접 확인하게 된다면, 그때는 저와 함께 그가 보위에 오르는 걸 막으시겠다고요."

"그럴 일은 없소."

"만약 그런 일이 생긴다면 말입니다."

서씨는 이것만큼은 양보하지 않겠다는 듯 고집스럽게 반복했다. 헌은 검은 눈을 깜박이며 아내를 바라보았다. 그가 사랑하는 두 사람은 아무래도 영영 화해하지 못할 모양이었다. 형님이 다른 사람을 해치다니, 헌의 생각에 그런 일은 천지가 뒤집혀도 생길 수가 없었다.
"약속하겠소."

항상 경계 태세를 갖추던 서씨지만, 남편의 일탈에 충격받은 나머지 이번만큼은 간파하지 못했다. 문밖에 서서 그들의 대화를 엿듣고 있는 예성의 존재를. 예성은 그 대화를 조내관에게 전했고, 조내관은 범에게 전했다. 왕 대신 하교를 적고 있던 범은 무표정하게 끝까지 들은 후, 종이를 눌러놓은 문진을 들어 거칠게 내던졌다. 벽에 부딪혀 떨어진 문진은 산산조각이 났다. 범은 단정한 입술 사이로 나지막이 내뱉었다.

"네까짓 게, 날 불쌍히 여겨?"

헌이 자기보다 아래에 있다고 늘 믿어왔다. 실은 그 반대였을까. 어쩌면 자신이 헌을 깔봤던 건 열등감의 발로가 아니었을까. 그 가능성을 떠올리는 것만으로도 범은 평정심을 잃었다. 죽어 스러진 지 오래인 줄 알았던 감정이 잠시나마 깨어나 그를 지배했다. 범은 자신이 평소에 그토록 경멸하던 감정의 노예가 되었다는 것도 의식하지 못한 채 으르렁거렸다.

"반드시 짓밟아줄 것이다, 널. 감히 그런 말을 지껄인 걸, 피눈물 흘리며 후회하게 해주겠다."

헌에게 가야 할 옥새를 빼앗는 것만으로는 부족했다. 죽이는 걸로도 부족했다. 자신이 유년 시절 느꼈던 그 비참함을 평생 느끼며 살게 해주겠다고, 범은 아우의 말간 얼굴을 떠올리며 그 어느 때보다 강렬한 살의를 불태웠다.

75

살인 여각

"방 하나에 석 냥입니다."

아무렇지도 않게 말하는 여각(旅閣)* 점원을 보고 서린은 눈이 휘둥그레졌다. 무휘는 당치 않은 가격이라는 듯 고개를 저었다.

"전 바깥에서 자겠습니다."

"무슨 소리야? 밖에 잘 곳이 어디 있다고!"

"바가지 쓰는 것보단, 길바닥에서 거적 덮고 자는 게 낫습니다."

가을로 접어들면서 밤바람이 제법 차가워졌는데, 무휘는 제가 무슨 호랑이 통뼈라도 되는 줄 아는지 고집을 부렸다. 길어지려는 언쟁을 정리해준 건 장별좌의 한마디였다.

"그럼 자네는 내 방을 같이 쓰지."

뜻밖의 제안에 놀란 서린이 장별좌를 쳐다보았다. 서얼이긴 하지만 그래도 장별좌는 양반의 핏줄이었다. 잡일꾼인 무휘와 선뜻 한 방

* 거래 중개와 물품 운송, 숙박 제공을 업으로 하던 시설

을 쓰겠다고 나설 줄은 몰랐다. 서로 불편할 텐데. 무휘도 같은 생각을 했는지 무뚝뚝하게 사양했다.

"그렇게까지 하실 필요는 없습니다."

"아니, 내가 말동무가 필요해서 그래. 대감 댁 문지기였다가 왕실 가마꾼이었다가 왜인 상단에도 몸담았다던데, 그동안 어떻게 살아왔는지도 듣고 싶군."

장별좌는 한 팔을 무휘의 어깨에 걸치면서 친근하게 말했다. 근육이 두툼하게 붙은 그 팔을 본 무휘의 눈썹이 호선을 그리며 올라갔다.

그런 서린 일행을 누군가 유심히 지켜보고 있었다. 진보라색 소매 없는 두루마기에 은실로 짠 광다회(廣多繪)*를 두르고, 상투에 관도 없이 호박색 풍잠(風簪)을 단 장년 남자였다. 편한 옷차림을 보니 객은 아니고, 푹신한 자리에 편하게 앉아 있는 걸 보니 여각 주인인 듯했다. 주인의 시선을 가장 먼저 감지한 건 장별좌였다.

"뭘 그리 쳐다보는가?"

"희한한 조합이라 그렇습니다. 가족도 아니고, 동료도 아니고, 뭐랄까. 꼭 오합지졸로 구성된 민병대를 보는 것 같다고 할까요."

남자는 빙글빙글 웃으며 거친 목소리로 말했다. 정체 모를 건 네놈이라고, 장별좌는 받아치고 싶었지만 참았다. 보통 여각은 부유한 상인이나 그 가족이 경영하는데, 눈앞의 남자는 그 공식에 들어맞지 않았다. 번드르르한 옷을 걸치긴 했지만, 그것만으로는 그의 건장한

* 넓은 허리띠

체격과 손등 여기저기에 남은 칼자국, 그리고 기이하게 번들거리는 눈빛이 감춰지지 않았다. 엮이지 않는 게 좋겠다. 그렇게 판단한 장별좌는 서린과 무휘, 윤대감을 데리고 서둘러 안으로 들어갔다.

그들의 발소리가 복도 끝으로 점점 멀어지다가 완전히 사라지자, 점원이 남자에게 물었다.

"저들에게 왜 관심을 갖는 겁니까, 행수님?"

"초상화와 조금 달라 잠시 헷갈렸는데, 역시 틀림없다."

"예?"

"예전에 의뢰가 들어왔었어, 저 계집아이."

낮에는 서른 개의 점포와 여덟 개의 여각을 거느린 거대 상단의 주인으로, 밤에는 몇 푼 돈에 사람을 죽이기도 살리기도 하는 용병 조직의 수장으로 활동하는 남자, 염행수가 말했다. 염행수 밑에서 일하는 점원도 아무것도 모르는 순진한 사람은 결코 아니었다.

"예전 의뢰 건이라면, 이제 굳이 손쓸 필요는 없지 않습니까?"

"의뢰인이 보통 사람이 아니었거든. 얼굴은 못 봤지만, 풍기는 분위기만으로도 심상찮았지. 미리 잘 보여서 나쁠 건 없을 거야."

상단이나 용병이나 들어오는 의뢰만 처리해선 키울 수 없는 건 똑같았다. 염행수는 겁도 없이 쓰개치마를 벗은 채 돌아다니던 서린을 떠올리며 소름 끼치는 미소를 띠었다.

"어떨까? 그 아이의 목을 베어 향나무 함에 넣으면. 아주 좋은 선물이 될 것 같은데."

그 시각, 자신을 두고 어떤 대화가 오가는지 모르는 서린은 윤대감과 함께 안내받은 방으로 들어왔다. 그녀는 들어오자마자 빗장 사이에 쇠젓가락 두 개를 엇갈리게 끼워 문을 단단히 잠갔다. 여각은 치안이 안전한 곳이라 들었지만, 날파리처럼 끈덕지게 달라붙던 수상한 남자의 시선이 왠지 맘에 걸렸다.

'별것 아니겠지.'

그렇게 생각하면서도 서린은 외출을 자제하기로 했다. 다행히 여기 도착하기 전 간단히 요기는 한 상태였다. 윤대감을 침상에 눕혀 놓고, 옷을 갈아입히고, 세수를 시키고, 정성스럽게 손발까지 씻겨준 후, 서린은 바람이 새어들지 않도록 창문을 단속했다. 그때 곧바로 곯아떨어진 줄 알았던 윤대감이 훠이훠이 손짓하며 서린을 불렀다.

"왜 그러세요, 아버지? 어디가 불편하세요?"

서린이 서둘러 다가가자, 윤대감은 비척비척 몸을 일으켜 앉았다. 피곤해 보이지만, 특별히 아프거나 불편해 보이는 곳은 없었다. 의아해하는 서린에게 예상치 못했던 질문이 날아왔다.

"서린이 넌, 무휘를 어떻게 생각하느냐?"

"네?"

서린에게는 갑작스러운 화제였지만, 윤대감에게는 아니었다. 죽은 줄 알았던 무휘가 멀쩡하게 살아서 빙고에 나타난 그 기적 같은 순간부터, 윤대감의 머릿속을 지배하던 생각이 있었다.

"무휘는 내가 아는 그 누구보다 총명하고, 용감하고, 심성이 반듯한 아이다. 그 아이가 내 친아들이라면 좋겠다 싶었던 게 한두 번이 아니었지."

"네, 저도 알고 있었어요."

누가 가르쳐주지 않았는데도 검이 제 몸의 일부인 것처럼 처음부터 자연스럽게 휘두르던 무휘. 그런 무휘를 넋 놓고 바라보던 아버지. 그 시선에 담긴 미련을 볼 때마다 서린은 가슴 한구석이 욱신거리곤 했다. 자신이 아무리 아버지의 사랑을 받는 딸이어도, 그가 평생 염원했던 아들을 대체할 수는 없다는 게 절실히 느껴진 까닭이었다. 윤대감은 나지막하게 말했다.

"내가 그토록 아끼는 그 아이가, 오랫동안 한 사람을 마음에 품어 왔다. 그게 누군지 너도 알고 있겠지."

서린의 두 뺨에 연한 장밋빛 홍조가 떠올랐다. 참 이상한 일이었다. 여태껏 윤대감이 들이댔던 수십 번의 혼담에도 두근대기는커녕 지겹기만 했던 그녀였다.

"널 위해 그 아이가 제 목숨도 아낌없이 바칠 거란 걸 알면서도, 둘을 이어줘야겠다는 생각은 한 번도 한 적 없었다. 신분이 다르니, 결코 안 될 말이었지. 하지만 지금이라면……."

윤대감은 뒷말을 아꼈다. 하지만 서린도 알고 있었다. 무휘의 출신이 명확하진 않았지만, 천민은 아닐 확률이 높았다. 무휘가 종의 몸이었다면 윤대감이 그를 데려올 때 주인집에서 순순히 놔주지 않았을 것이기 때문이다. 가진 건 없지만 능력과 인물이 출중한 양민, 한때 대감 댁 규수였으나 역모죄 누명을 쓰고 집안이 몰락한 관노. 엄격한 유교 관념에 비추더라도 어울리는 짝이었다. 빙고에서의 공적을 내세우면 왕으로부터 혼인을 허락받는 건 어렵지 않을 테고, 둘은 도성에 집을 얻어 살 수 있을 것이다. 어쩌면 윤대감까지. 예전만큼은 아니겠지만 그럭저럭 행복하게. 하지만 지금의 서린은 그 작은 행복조차 꿈꿀 수 없었다.

"아직요, 아버지. 아직은 안 돼요."

"서린아."

"아린이를 죽인 사람. 의금부부사 나리를 죽인 사람. 그리고 절 모함해서 궁에서 쫓아낸 사람. 그 사람을 찾아내서 벌받게 하는 게 먼저예요. 제 장래는, 그 후에 생각할게요."

윤대감은 뭔가 더 말하고 싶어 했지만, 서린의 단호한 고갯짓에 막혀버리고 말았다. 고집스럽게 입을 다문 딸의 옆얼굴을 보며, 윤대감은 자신도 결국 자식 못 이기는 부모라는 사실을 깨달았다. 지난 십 년간 딸이 자신의 뜻에 따라 칩거 생활을 한 줄 알았는데, 어쩌면 그게 아니라 왼손의 봉인을 풀고 바깥세상으로 나갈 기회만을 기다리고 있었는지도.

늦둥이 막내딸의 억울함을 풀어주고 싶은 마음과, 하나 남은 큰딸만이라도 평범하고 행복하게 살길 바라는 마음. 엇갈리는 두 마음 사이에서 윤대감이 갈등하고 있을 때, 똑똑 문 두드리는 소리가 났다. 무휘나 장별좌라면 인사부터 할 텐데. 서린은 경계하면서 문으로 다가갔다.

"누구세요?"

"점원입니다. 침구 갈아놓는 걸 깜박해서요. 들어가도 되겠습니까?"

서린은 아버지가 누워 있는 침상을 재빨리 곁눈질했다. 담요도 베개도 얼룩 하나 없이 새것처럼 깨끗했다. 서린은 윤대감을 향해 조용히 있으라고 손짓한 후, 문살에 대고 태연한 어조로 말했다.

"아버지가 주무시고 계십니다. 침구는 그대로 쓰겠습니다."

"그랬다간 제가 각주(閣主)님께 혼쭐납니다. 갈아드리고 살게요."

"그러실 것 없어요."

"해드리고 싶어서 그래요. 일단 문부터 열어보세요."

서린이 연거푸 거절하자 점원의 말투는 확연히 다급하고 신경질적으로 변했다. 서린은 등골이 오싹해지는 기분이 들었다. 문고리에 쇠젓가락으로 채워둔 빗장은 임시방편에 불과했다. 힘 센 남자가 작정하고 문짝을 흔들면 맥없이 풀리고 말 터였다. 서린은 바깥에서 밀어도 열리지 않도록 문짝에 제 몸을 바짝 붙였다. 그리고 옆쪽 벽에 기대어 세워둔 빗자루를 향해 슬그머니 오른손을 뻗었다. 장별좌의 집을 살펴보러 몰래 들어갔을 때, 은조가 빗자루를 휘둘러 자신을 때렸던 게 생각났던 것이다. 서린은 떨리는 손으로 빗자루를 움켜쥐며 중얼거렸다.

"괜찮다는데 왜 자꾸……."

서린이 말을 끝내기도 전에, 쾅 하는 소리와 함께 문이 열렸다. 하지만 서린이 예측했던 그 문은 아니었다. 조금 전 꼭 닫아두었던 동창(東窓)이 부서지면서 그 사이로 시커먼 발이 쑥 들어온 것이다. 소스라치게 놀란 서린이 문짝에서 몸을 떼는 그 짧은 찰나, 머리부터 발끝까지 검은 천으로 두른 수상한 인영은 셋으로 늘어났다. 서린은 그들이 예전에 자신을 공격했던 괴한과 똑같은 모습이라는 사실을 눈치챘다.

문은 빗장으로 잠긴 채였고, 그 너머에는 괴한들과 한패인 점원이 버티고 서 있었다. 정말로 위험하다. 그렇게 판단한 서린은 필사적으로 빗자루를 움켜쥔 채 얼른 윤대감의 앞을 가로막고 섰다.

"뭐 하는 놈들이냐?"

위엄 있게 물었지만, 대답은 돌아오지 않았다. 서린도 대답을 기대하고 물은 것은 아니었다.

"무슨 문제인진 몰라도 내가 관련된 것일 테니, 내 아버님은 내버려두면 안 되겠느냐?"

죽일 테면 나만 죽여라. 서린의 부탁에는 그런 의미가 실려 있었다. 괴한들도 그걸 알아차린 듯, 두건에 뚫어놓은 눈구멍 사이로 재빨리 시선을 교환했다. 그들 중 제일 키 큰 괴한이 바람 새는 소리를 내며 서린을 비웃었다.

"꿈 깨, 아가씨."

쇠로 긁는 듯 둔탁한 음성을 듣는 순간, 서린은 그가 아까 만났던 여각 주인이라는 걸 깨달았다. 서린 일행은 제 발로 호랑이 굴에 들어온 셈이었다. 적들의 세력이 어디까지 뻗쳐 있는지 짐작조차 할 수 없기에 서린은 더욱 두려웠다. 하지만 그렇다고 해서 마냥 우두망찰하지만은 않았다.

'죽더라도 혼자 죽진 않아. 너희 중 한 명이라도 데려가겠다.'

서린은 투지를 되살리며 괴한들을 향해 빗자루를 겨누었다. 그들이 낮은 바람소리를 내며 어깨를 가늘게 떠는 모습이 보였다. 비웃는 것이었다. 하지만 서린은 알고 있었다. 종이 한 장 베지 못하는 빗자루지만, 급소를 제대로 겨냥해 내리치기만 하면 사람을 죽일 수 있다는 걸.

"노인네부터 끌어내."

방해물을 제거하라는 우두머리의 명령이 떨어지기 무섭게, 나머지 두 명의 괴한이 윤대감의 침상을 향해 달려들었다. 서린은 사나운 짐승처럼 으르렁거리며 그들의 뒤통수와 등짝에 빗자루 세례를 퍼부었다. 의외로 거센 반격에 괴한들은 멈칫했다. 그러나 그것도 잠시였다. 번개같이 날아든 우두머리의 검과 정면으로 부딪히자, 서린의 빗자루는 반으로 동강 나버렸다.

“자, 이제 어쩌지?”

우두머리는 재밌어 죽겠다는 듯 능글맞게 굴었다. 서린은 짧아진 자루를 목검처럼 비스듬하게 잡았다. 황천길에 동행해야 할 한 명이 누군지는 이걸로 정해졌다.

“이 살인자!!”

서린은 자루를 높이 쳐들고 정신없이 휘두르며 달려드는 시늉을 했다. 뭐 저런 미친년이 다 있나. 상대방이 그렇게 생각하면서 주춤거리도록. 그 한순간이면 충분했다. 서린은 왼발을 슬쩍 뻗어 침상 옆에 장식된 도자기를 가볍게 걷어찼다. 쓰러진 도자기는 데굴데굴 굴러갔고, 그걸 못 본 채 다가오던 우두머리는 미끄러운 물체를 밟고 우당탕 넘어지고 말았다. 서린이 자루를 수직으로 잡고 넘어진 우두머리의 머리를 그대로 내리찍으려는 순간.

“계집년이 겁도 없이!”

우두머리의 위기를 목격한 두 부하가 양쪽에서 서린을 에워쌌다. 수적인 열세는 어쩔 수 없었다. 저들의 검을 맞는 한이 있더라도, 이 일격을 성공시키고 말겠다. 혼신의 힘을 실은 자루가 우두머리의 정수리에 내리꽂히는 순간, 서린은 차가운 금속의 감촉이 목덜미에 와 닿는 걸 느꼈다.

76
진범의 목소리

"어딜!"

한 줄기 섬광처럼 날아든 검이 긴 호선을 그리며 괴한 둘의 허벅지와 위팔을 좌악 시원하게 그어버렸다. 한 명은 다친 부위를 감싼 채 휘청대며 주저앉았고, 다른 한 명은 검을 떨어뜨렸다. 그 바람에 서린의 몸도 함께 기우뚱하면서 타격하는 각도가 어긋났다. 자루는 우두머리의 뒤통수를 비껴가 관자놀이를 스치며 내리꽂혔다. 그래도 서린은 화가 나지 않았다. 그저 반갑기만 했다.

"무휘야!"

"늦어서 죄송합니다, 아씨. 대감마님."

무휘는 가슴에 손을 대고 서린과 윤대감을 향해 차례로 정중히 인사했다. 그러고 보니 무휘는 어디로 들어온 걸까? 서린은 조금 전까지만 해도 잠겨 있던 문 쪽을 돌아보았다. 건장한 체격의 장별좌가 기절한 점원을 어깨에 짐짝처럼 걸머진 채 부서진 문틈으로 위풍당당 걸어 들어오고 있었다. 물을 마시러 우물에 가던 장별좌가 서린 부녀의 방문 앞을 지키듯 서 있는 점원을 발견하고 수상쩍게 여겨,

방에서 쉬고 있던 무휘까지 데리고 온 것이었다.

"조정의 지원을 받는 여각에서 암살 시도라니, 미친놈들이구나."

장별좌는 몰골이 넝마처럼 너덜너덜해진 점원을 방구석에 패대기치고는 검을 뽑아들었다. 그의 형형한 시선은 아까부터 오로지 한 지점에 집중되어 있었다. 푸르뎅뎅하게 멍이 든 관자놀이를 문지르며 바닥을 짚고 일어나는 장신의 괴한에게 장별좌는 의미심장하게 읊조렸다.

"아니면, 여각도 한패인가?"

당연히 이번에도 대답은 돌아오지 않았다. 쨍, 쨍, 쨍. 칼과 칼이 부딪치는 날카로운 소리만이 한동안 방 안을 가득 메웠다. 이제 싸움은 호각(互角)이었다가, 점점 자객들의 열세로 돌아섰다. 무휘가 우두머리와 다른 한 명을 동시에 상대하는 동안, 장별좌는 나머지 한 명을 쓰러뜨렸다. 무휘의 검 등이 제 부하의 명치를 직격해 저항 불능 상태로 만드는 걸 보고, 우두머리는 뜨악한 눈빛을 했다. 설마 자신의 본거지에서 이렇게까지 불리한 상황에 몰릴 거라곤 상상도 못했을 것이다. 우두머리는 검을 쥐지 않은 손을 입가로 가져다 대더니 돌연 휘파람을 불려고 했다. 여각 안에 있는 패거리들을 불러 모으려는 계산이었다. 그걸 가장 먼저 본 건 서린이었다.

"닥쳐!"

서린은 바닥에서 나뒹굴던 도자기를 번쩍 들어올려 우두머리의 뒤통수에 세차게 내리쳤다. 아까부터 몸살 나게 하고 싶었던 일이었다. 와장창 깨지는 소리와 함께 단단한 도자기는 산산조각이 났고, 우두머리는 뭐가 자신을 덮쳤는지도 모른 채 스르르 눈을 감고 쓰러졌다. 상황은 순식간에 정리되었다. 여러 개의 얕은 흉터 사이로 피를 흥건히 흘리며 죽은 듯이 쓰러져 있는 우두머리를 보고, 검을 든 두 남자는 조금 어이없다는 표정을 지었다.

"너, 정말 무서운 여자를 주인으로 뒀구나."

"상상도 못 하실 겁니다."

장별좌가 중얼거리자 무휘가 맞받았다. 아직 손에 도자기 조각을 든 서린이 두 남자를 흘겨보자, 그들은 아무 소리도 안 한 척 얼른 입을 다물었다. 한 방에 몰아넣었던 효과가 있는 것일까. 여각에 들어올 때만 해도 데면데면한 사이였던 장별좌와 무휘는 제법 장단이 잘 맞았다. 그들은 미리 짜기라도 한 것처럼 허리띠를 풀어 쓰러진 괴한들의 손발을 꽁꽁 묶었다.

야무지게 포박당한 괴한들이 굴비 두름처럼 방구석에 차곡차곡 쌓이는 동안, 서린은 윤대감을 챙겼다. 비록 잠깐이긴 했지만, 딸이 생명의 위기에 처하는 모습을 본 윤대감은 넋이 나가 있었다. 서린은 그에게 물을 한 사발 마시게 한 후 야윈 어깨를 살살 쓸면서 다독였다. 푸르스름한 제비꽃 색깔이던 윤대감의 안색이 차츰 원래대로 돌아왔다. 그제야 무휘는 선반에 놓인 서린과 윤대감의 봇짐을 서둘러 챙겼다.

"여긴 자객 소굴인 것 같습니다. 떼로 몰려오기 전에 빨리 뜨는 게 좋겠습니다."

"잠깐만."

제동을 걸고 나선 건 장별좌였다. 그는 맥을 못 추고 널브러져 있는 우두머리의 두건을 벗겼다. 모두가 예상한 대로였다. 여각에 들어올 때 그들을 집요하게 훔쳐보던 교활한 인상의 남자였다. 장별좌는 그의 목깃을 잡아 홱 뒤로 젖혔다. 가무잡잡한 목덜미에 푸른 멍처럼 물든 몽고점이 보였다. 장별좌는 쯧쯧 소리 나게 혀를 찼다.

"역시, 말하는 본새가 보통은 아니다 싶었지. 그놈이었군."

"유명한 사람입니까?"

가마꾼 조직과 왜인 상단에 몸담으며 나름대로 세상 물정에 밝아졌다고 생각한 무휘지만, 이자의 정체를 짐작조차 할 수 없었다. 그러나 말만 관료일 뿐 실은 일꾼이나 다름없는 별좌직을 오랫동안 수행하며 도성 안팎 안 다녀본 데가 없고 안 만나본 사람이 없는 장별좌는 달랐다.

"염행수. 이름만 상단이지 깡패 집단을 꾸리는 악명 높은 범죄자다. 도덕도 양심도 없고. 오직 돈과 명령에 따라서만 움직이지. 네 주인 부녀를 죽이라고 사주한 자가 있을 거다."

그 말의 무게가 서린을 무겁게 짓눌렀다. 당장 방이 열 칸도 넘는 이 여각만 봐도, 염행수의 상단이 어마어마한 부와 인력을 갖고 있다는 걸 알 수 있었다. 그런데 그런 염행수를 꼭두각시처럼 부리는 배후가 있다니. 침묵에 빠진 서린을 대신해 무휘가 말을 꺼냈다.

"혹 중궁전에서 시킨 일은 아닐까요? 아씨가 이원익 장군을 통해 대군 마마를 의심하는 간언을 올려서 중전 마마의 진노를 산 적이 있습니다만."

"음, 그건 아닐 거다. 중궁전 쪽은 염행수의 상단과 사이가 좋지 않거든."

"왜 그렇습니까?"

현숙한 국모의 표본이라고 할 만한 중전 홍씨의 얼굴을 떠올리며 무휘는 고개를 갸웃거렸다. 중전이 신경 쓰는 건 오직 대군뿐이고, 염행수가 대군에게 뭔가 해로운 일을 했을 것 같진 않은데. 그 질문에 답한 건 장별좌가 아니라 윤대감이었다.

"중전 마마의 부친, 즉 부원군이 전(前) 호조판서 홍정식 대감인 건 알고 있지? 홍대감이 염행수의 상단 허가를 취소해버린 적이 있었다. 국가 재정의 근간을 장악하려 든다는 이유에서였지. 그 바람에 상단이 망할 뻔했고, 막대한 세금을 내는 대가로 다시 허가를 받았지. 상인이란 부류는 제게 손해를 입힌 자는 절대 잊지 않으니, 중전의 의뢰라면 얼마를 준대도 거절했을 거다."

한마디로 영원한 권력을 갈망하는 위정자들과 마르지 않는 돈줄을 틀어잡고 싶어 하는 상인들의 수 싸움이라는 것이었다. 어쩌다 이런 일에 휘말리게 됐을까. 서린이 얕은 한숨을 내쉬는 동안, 장별좌는 염행수의 옷 여기저기를 들추었다.

"이런 자들은 누구도 믿지 못해서, 값비싼 물건은 몸에 지니고 다녀야 직성이 풀리거든."

장별좌의 분석은 정확했다. 염행수의 저고리 안주머니에서, 바지춤에서, 심지어 버선 밑바닥에서도 반짝이는 작은 물건들이 툭툭 튀어나왔다. 옥가락지, 진주 귀고리, 은비녀. 그중에서 장별좌가 가장 관심을 보인 건 어린아이 주먹만 한 크기의 금붙이였다.

"이건……."

장별좌는 서얼 출신이라 승진도 못 하고 만년 별좌에 머무르는 중이었고, 덕분에 남들이 기피하는 온갖 관청을 떠돌아다녔다. 선박을 만들고 관리하는 전함사, 도성 건물의 수축과 개축을 담당하는 수성금화사, 궁중 건물과 물품의 수리와 청소를 담당하는 전연사(典涓司)까지 거치면서, 장별좌는 각종 토목과 공예 기술 쪽에도 조예가 깊었다. 그래서 한눈에 알아볼 수 있었다. 겉보기엔 단순한 금덩이지만 거치적거리는 데 하나 없이 부드럽게 세공된 표면과 얇은 실을 똘똘 뭉쳐놓은 것 같은 윗부분의 장식에 비밀이 숨겨져 있었다.

"세선세사(細線細絲)•로군. 일반 백성은 평생 구경도 못 해볼 고급품이야."

장별좌는 서린에게 문제의 금붙이를 건넸다. 오른손으로 금붙이를 전해 받은 서린은 반사적으로 윤대감의 눈치를 살폈다. 열두 살 이후로 아버지 앞에서 능력을 쓴 적은 한 번도 없었다. 윤대감은 서린이 걱정하는 바를 알아차린 듯 가만히 고개를 끄덕여 보였다. 서린은 흘러내린 소매에 가려져 있던 왼손으로 살며시 금붙이를 잡았다.

'여기 담긴 건 염행수의 기억일까? 아니면 날 죽이라고 사주한 사람의 기억?'

그 의문에 감응하듯, 금붙이에 담긴 기억이 물밀듯이 의식을 침투하기 시작했다. 언제나 그렇듯 완벽한 어둠이 주변을 장악했고, 그다음에 흐릿한 상들이 무질서하게 하나씩 떠오르기 시작했다. 서린은 처음에 뭔가 잘못된 줄 알았다. 아니면 이 기억을 가진 사람이 눈병에 걸렸거나. 그럴 만도 한 게, 정신 차려보니 어느새 바둑알처럼 검고 둥근 점들이 시야에 가득 맺혀 있었던 것이다. 당혹스러워하던 서린은 시간이 조금 지난 후에야, 벽 하나를 다 덮을 만큼 널찍한 주렴이 눈앞을 가리고 있다는 걸 깨달았다.

'죄송합니다. 아무래도 사람을 잘못 고른 것 같습니다.'

• 망치로 두드려 금실을 만들어내는 세공 방식

듣기 싫게 갈라지는 남자의 목소리가 주렴을 향해 울려 퍼졌다. 사과하고 있는 사람, 이 기억의 주인은 염행수였다. 잘못 골랐다는 사람이 누굴 말하는 걸까. 서린이 궁금해하는 순간 염행수의 의식 속에 숨어 있던 기억이 서랍을 연 것처럼 툭 튀어나왔다.

'만수놈 연락이 끊긴 지 벌써 사흘째입니다, 행수님. 이건 보나마나 튄 거지요.'

신나는 소식이라도 전하는 것처럼 촐싹대는 말총머리 남자. 그의 얼굴 위로 눈이 가늘게 찢어진 젊은 남자의 얼굴이 겹쳐졌다. 서린이 아는 얼굴이었다. 염전 노비 행렬을 따라가던 그녀를 죽이려 했던 바로 그 자객이었다. 일의 앞뒤를 짜 맞추는 건 어렵지 않았다. 염행수가 보낸 자객을 무휘가 죽였고, 다행히 그 사실을 아무도 모른 채 넘어갔다는 걸. 그러나 안도의 시간은 길지 않았다. 서린을 죽이라고 의뢰한 사람의 목소리가 주렴 너머에서 들려왔던 것이다.

'혹시 일을 방해하는 자가 있다면 죽여도 좋다. 목격자 하나, 증거 하나 남겨두지 말아야 할 것이다.'

염행수의, 아니 서린의 귀가 반응하기 전에 몸이 먼저 반응했다. 좁쌀 같은 소름이 목덜미를 타고 등 전체로 퍼졌다. 이런 느낌은 처음이었다. 분명 아는 목소리인데, 동시에 모르는 목소리였다. 비단결보다 부드럽고 동백기름보다 윤기 나는, 동굴에 들어온 것처럼 귓가를 낮게 울리는 남자의 완벽한 음성. 그러나 이렇게까지 시리고 삭막한 기운을 띠고 있는 음성을, 서린은 한 번도 들어본 적이 없었다. 이런 식으로 말할 수 있을 거라고 상상해본 적도 없었다.

'싸가지 없는 새끼. 부모 잘 만나 호강하는 게.'

서린의 의식 속에 떠오르는 그 문장은, 염행수가 속으로 내뱉은 것이었다. 그런 염행수의 불만을 달래기라도 하듯, 주렴의 아래쪽이 걷히며 '싸가지 없는 새끼'가 손을 쑥 내밀었다. 평생 찬물이라고는 닿은 적이 없을 것 같은, 상아처럼 하얗고 매끄러운 손. 그 손을 기억 속에서 보는 건 벌써 세 번째였다. 궁에는 고운 손을 가진 왕족이 워낙 많다 보니 그동안 헷갈렸지만, 이제는 확신할 수 있었다.

염행수는 하얀 손이 남겨두고 간 금덩이를 빛의 속도로 낚아채 제품에 쑤셔 넣었고, 그걸 준 사람의 정체에 대해선 일말의 호기심도 품지 않았다. 그는 인륜은 모를지언정 큰돈을 벌어다주는 고객에 대한 도리는 제대로 알고 있는 사람이었다.

사념의 물결이 다 지나간 후에도 서린은 한동안 꼼짝없이 제자리에 서 있었다. 눈을 뜬 것도 감은 것도 아닌 상태로. 서린의 상태를 본 일행은 심상치 않은 일이 벌어졌음을 직감했다.

"서린아, 왜 그러느냐?"

"아씨, 괜찮으십니까?"

윤대감과 무휘가 걱정스럽게 물었지만 서린은 대답하지 못했다. 살짝 벌어진 입술 사이에서는 가느다란 숨소리만 새어나올 뿐 완성된 말이 나오지 않았다. 방금 보고 들은 게 진실일까. 정말 그럴 수 있을까. 어떻게 모를 수 있었을까. 그토록 가까이 있었는데.

'저하였어.'

아린을 죽이고, 의금부부사를 죽이고, 그 단서를 대군에게 심어 서린이 의심하도록 만들고, 끝내 서린을 궁에서 내쫓아 죽이려던 사람. 한때는 서린이 존경하고 신뢰했던 사람. 조선의 만인이 사랑해 마지않는 세자 저하였다.

77
다시 궁으로

"정말 자기 아버지 배를 갈랐을까?"

약초 바구니를 머리에 이고 걸어가던 단금이 문득 발걸음을 멈추었다. 궁궐 서문 옆으로 난 개울가 빨래터에서 어린 나인들 서넛이 빨래 방망이를 두드리고 있었다. 그들은 단금이 근처를 지나가는 것도 모른 채, 천수전 의녀를 둘러싼 음습한 소문을 좋아라 떠들어댔다.

"에이, 말도 안 돼. 설마 그랬겠어."

"안 그러면 설명이 안 되잖아. 어떻게 사람 뱃속을 그렇게 속속들이 다 알 수 있냐고."

"너희 그거 알아? 일가붙이 없는 궁녀나 내관이 죽으면 말이야, 단금이가 시체닦이에게 돈을 주고 시신을 사간다더라. 살가죽을 벗기고 오장육부를 여기저기 헤집어보려고 말이야."

"으악! 끔찍해!"

어느 나인이 눈을 음산하게 치켜뜨며 들려준 괴담에 나인들은 한바탕 난리가 났다. 새된 비명을 지르고 자기들끼리 등짝을 찰싹찰싹 때리면서도 뭐가 그리 재밌는지 연신 킬킬거렸다. 누군가의 아버지,

그의 죽음에 관한 얘기가 그들에게는 따분한 일상을 달래주는 오락에 불과했다. 그때, 모이 먹는 닭처럼 호들갑 떨던 나인들의 머리 위로 넓은 그림자가 드리웠다.

"알지도 못하면서 함부로 떠드는구나."

일제히 고개를 쳐들었던 나인들은 검은 무복을 단정하게 차려입은 남자 무관을 보고 소스라치게 놀랐다. 숱 많은 눈썹, 굵고 진한 이목구비, 강철 뼈대를 가졌을 것 같은 체격. 남자답게 생긴 장별좌를 보고 저도 모르게 얼굴을 붉히는 나인도 있었다. 정작 장별좌의 눈빛에서는 빙고의 얼음을 얼리고도 남음직한 냉기가 뿜어져 나오고 있었지만.

"안 좋은 습관이니 고치거라. 그러다 명 짧아진다."

"누구……."

조금 전 시체닭이 괴담을 말했던 나인의 말이 채 끝나기도 전에 장별좌는 그녀의 빨랫감 바구니를 발로 휙 걷어차 버렸다. 손가락이 마디마디 저리도록 정성스레 주무르고 비비고 헹군 빨랫감이 물살에 휩쓸려가자 나인들은 그만 울상이 되었다. 남색 치마를 걷어 올린 채 물을 튀기며 개울가로 뛰어드는 그들을 보고도, 장별좌는 냉혈한처럼 눈 하나 깜짝하지 않았다.

"그렇게까지 하실 건 없잖아요."

장별좌의 등 뒤에서 빼꼼 나타난 서린이 입술을 삐죽 내밀고 항의했다. 나인들이 심하긴 했지만, 서린은 아무래도 그들을 편들고 싶었다. 장별좌는 뭐 어떠냐는 듯 뻔뻔스럽게 어깨를 으쓱해 보였다. 그러더니 불현듯 몸을 반쯤 돌려 서린이 서 있는 반대편을 바라보았다.

그곳에는 유백색 저고리의 목깃과 소매 끝동을 치마와 같은 고동색으로 물들인, 전형적인 의녀 복장을 한 단금이 서 있었다. 그녀와 눈이 마주치는 순간, 장별좌의 눈매가 부드럽게 풀어지면서 입가에 희미한 미소가 나타났다.

"오랜만이구려. 잘 지냈소?"

"예."

단금의 대답은 매정하리만큼 간단했다. 그러나 장별좌는 그런 태도에 익숙한지 기분 나빠하는 기색이 없었다. 오히려 고지식하리만큼 한결같은 모습을 반가워하는 것처럼 보였다. 단금은 나사 풀린 것처럼 히죽대는 장별좌를 내버려두고 서린에게 말을 걸어왔다.

"아씨는 여기서 뭘 하고 계신 겁니까?"

단금이 사용한 호칭에 서린은 물론이고 장별좌까지 놀랐다. 물론 서린이 한때 지체 높은 집안의 자식이긴 했지만 그 후에는 멸문을 피해 입궁했고, 심지어 지금은 도망 노비의 신세가 아니던가. 단금은 태생이 귀하진 않았지만, 달마다 녹봉을 받는 내의녀인 데다 중전의 절대적인 신임을 받고 있었다. 정삼품 당상관인 어의조차 함부로 대하지 못하는 상전 아닌 상전이라고 소문이 자자했다. 그런 단금이 서린에게 존칭을 써준 것이다.

"어…… 그러니까 저는……."

서린은 단금에게 어떻게 말해야 할지 몰라 버벅거렸다. 그러고 보니 궁 안에서 빈번하게 스치긴 했지만, 저 비밀스러운 의녀와 직접 대화하는 건 처음이었다. 혼란의 늪에 빠진 서린을 대신해 장별좌가 나섰다.

"내가 데리고 왔소. 빙고에서 일어난 절도 사건을 해결하는 데 이 아이가 지대한 공을 세웠기에, 그에 상응하는 포상을 주상 전하께 건의드릴 생각이오."

"포상이라고요?"

"그렇소. 주상 전하께서 윤허해주시기만 한다면, 윤서린은 다시 궁녀가 되고 싶다는구려."

장별좌는 이보다 더 단순한 건 없다는 듯 명쾌하게 설명했지만, 단금은 도무지 이해가 안 간다는 표정이었다. 관노는 국고에 귀속된 재산이었고, 그런 관노가 도망친다는 것은 왕권에 반기를 드는 것이나 다름없었다. 죽도록 곤장을 맞고 멍석말이를 당해 사대문 밖에 버려져도 할 말이 없는 참인데, 포상해달라면서 궁으로 찾아온다고? 단금의 의아함을 알아차린 장별좌가 덧붙여 해명했다.

"궁에는 이 아이가 염전에 가기 싫어 도망친 것으로 알려진 것 같던데, 실은 사정이 있었소. 행렬과 떨어져 소피보러 갔던 이 아이를 칼 쓰는 괴한들이 덮쳤고, 그들에게서 달아나다 보니 피치 못하게 돌아갈 수 없었던 거요. 위기에 처해 있던 걸 내가 구해 빙고로 데려왔고."

전반적인 사실은 맞지만 세부적으로 안 맞는 내용도 있었다. 그러나 서린은 굳이 바로잡지 않았다. 단금은 짙은 암갈색 눈으로 장별좌를 지그시 응시했다. 그러자 장별좌가 묘하게 광대뼈를 꿈틀대다가, 수줍은 소년처럼 시선을 떨어뜨리고 말았다. 비밀을 품은 듯 신비스러운 단금의 눈은 늘 남다른 효과를 발휘했지만, 장별좌에게는 그 힘이 유독 강력하게 작용하는 듯했다. 마치 영혼이라도 꿰뚫어볼 것처럼. 장별좌는 단금이 증거를 요구하지 않았는데도 뭐가 찔렸는지 주머니에 넣어둔 금붙이를 꺼내어 보였다.

"자, 이걸 보시오. 내가 이 아이를 데리고 오는 동안에도 그자들이 공격해왔소. 이건 그들의 우두머리인 염행수가 지니고 있던 물건이오. 이 정도면 증거가 되지 않겠소?"

"……그자와 그자가 거느리는 집단의 악명은 저도 들어본 적이 있습니다. 사실이라면 그냥 넘어갈 일은 아니겠지요."

"바로 그거요!"

"하지만 여전히 이해하긴 어렵네요. 아씨는 왜 다시 궁녀가 되고 싶어 하시는 겁니까? 환영해줄 이가 없다는 걸 모르시진 않을 텐데요."

단금은 핵심을 짚어냈다. 궁녀 아니면 참형(斬刑)밖에 없는 상황이 아니라면 모를까. 궁녀라는 건 사실 그렇게 매력적인 자리가 아니었다. 꼭두새벽부터 밤까지 물 긷고, 수라를 짓고, 나르고, 설거지하고, 빨래하고, 바느질하고, 왕족의 옷시중은 물론이고 화장실 시중까지 들어야 했다. 그렇게 고되게 일해도 누가 알아주기는커녕 말실수 한 번 했다는 이유로 끌려 나가 곤장을 맞는 일이 빈번했다. 승은을 입지 않는 한 평생 남자 손 한 번 못 잡아보고 수절하다 처녀귀신으로 늙어 죽는 건 말할 것도 없었다. 가끔 한 몸 바쳐 궐 밖에 사는 식구들을 부양하겠다는 각오로 들어오는 소녀들도 있었지만, 서린은 그 경우가 아니라는 걸 단금도 잘 알았다.

"대군 마마가 무르긴 하지만, 천치는 아니지요. 이제 천수전에 아씨의 자리는 없습니다. 동궁전에도 마찬가지고요. 따가운 시선들을 감내하면서 궁으로 돌아오려는 이유가 뭡니까?"

서린은 알고 있었다. 앞으로 이와 비슷한 질문을 수없이 받게 되리라는 것을. 왕이나 중전에게 아뢸 말은 이미 준비되어 있었다. 윤대감과 함께 문장 하나, 단어 하나 신중하게 고른 조선 왕실과 왕가에 대한 기나긴 찬사였다. 하지만 겉으로는 그럴듯하고 속은 텅 빈 그 말은 단금에게 통하지 않을 터였다. 고심하던 서린은 신중하게 말을 꺼냈다.

"……제 동생과 의금부부사 나리를 대군 마마가 해쳤다고 생각한 건, 제 오해였습니다."

"그걸 이제 안 건 아니실 텐데요."

"다른 용의자가 생겼습니다. 이전에는 상상도 못 했던, 정말 무서운 가능성이오."

관심받고 싶어 무서운 사건을 꾸며내며 이 사람 저 사람 짚어대는 허언증 환자처럼 보일까봐, 서린은 단금을 똑바로 쳐다보며 진지하게 말을 이었다.

"제 생각이 틀리지 않다면, 그 사람을 그냥 내버려둬서는 안 됩니다. 그랬다가는 이 궁 안에, 아니 나라 전체에 돌이킬 수 없는 재앙이 몰아닥칠 것입니다."

"……."

너무 극적으로 말했나 싶었지만, 단금은 서린을 비웃지 않았다. 대신 서린의 눈을 깊이 들여다보았다. 마치 그렇게 하면 서린이 말한 '그 사람'이 누군지 절로 알게 되기라도 할 것처럼.

"그래요, 어쩌면 이번엔 제대로 짚었을지도 모르겠군요."

혹시 저 의녀도 뭔가 알고 있는 걸까. 어딘가 의미심장한 말에 서린은 막연히 그런 짐작이 들었다. 좀더 자세히 얘기해보고 싶었지만, 웃음기라고는 흔적조차 보이지 않는 핏기 없는 얼굴이 서린의 호기심을 차단해버렸다.

"몸조심하십시오. 제가 드릴 수 있는 말은 그것뿐입니다."

신기하게도 그 말은 진심으로 들렸다. 하지만 서린에게는 자신의 안위보다 훨씬 걱정되는 게 따로 있었다. 서린은 몸을 돌려 그대로 떠나버리려는 단금의 옷자락을 조심스레 붙잡았다.

"저기, 잠깐만요. 의녀님."

단금은 자신의 옷자락을 붙잡은 서린의 오른손을 무슨 특이한 물건 보듯이 쳐다보았다. 이 궁 안에서 감히 단금의 몸에 손을 대는 나인이나 내관은 없었던 것이다. 서린은 빤히 쳐다보는 그 눈길에 조금 무안했지만, 지금은 한가롭게 자기 기분을 따질 때가 아니었다.

"사실 궁에 오고 싶었던 이유가 하나 더 있습니다. 제 아버님이 제주도에 계실 때 풍토병에 걸렸습니다. 아무리 해도 낫질 않는데, 의녀님이 한 번 진료해주시면 안 될까요?"

"……."

"대군 마마께 하는 것처럼 정성을 다해 치료해달라는 게 아닙니다. 그저 어떤 약초를 써야 할지, 어떤 방식으로 돌봐드리면 좋을지 그것만이라도 알려주십시오. 진료비는 당장 드릴 수 없지만, 무슨 수를 써서라도 다 치르겠습니다."

서린은 길게 땋은 머리채가 바닥에 닿도록 허리를 깊이 숙이며 간청했다. 예까지 오는 길에 용하다고 소문난 의원을 찾아가기도 했지만, '관 짝에 한 발 담근 사람은 어쩔 수 없다'는 심한 말과 함께 문전박대를 당했다. 이제 아버지를 구할 수 있는 사람은 단금뿐이었다. 아버지를 생각하는 딸의 간절한 마음에 단금도 잠시 흔들리는 듯했지만, 의례적인 거절의 말이 돌아왔다.

"전 한낱 의녀에 불과합니다. 대역죄를 쓴 이를 함부로 돌봤다가,

그 뒤탈을 감당할 자신이 없군요. 죄송합니다."

그런데 한 구절이 귀에 걸렸다. 단금은 윤대감을 대역죄인이라고 부르지 않았다. 대역죄를 썼다고 표현했지. 그저 서린의 심기를 달래주려고 한 말일까. 아니면 다른 뭐가 있는 걸까. 서린이 바쁘게 머리를 굴리는 사이 장별좌가 그녀를 돕기 위해 나섰다.

"그리 매정하게 굴 건 없잖소. 생명이 달린 일이니, 날 봐서라도 도와주면 안 되겠소?"

"……."

내가 왜 별좌님을 봐주냐고 단칼에 자를 줄 알았는데, 의외로 단금은 머뭇거렸다. 어쩌면 두 사람의 인연이 보기보다 깊은지도 몰랐다. 장별좌는 단금을 향해 한 걸음 다가가며 말했다.

"짓지도 않은 죄로 인해 평생 낙인찍혀 살아가는 심정을, 그대는 누구보다 잘 알지 않소."

"……."

장별좌가 던진 수수께끼 같은 말에, 단금의 눈빛이 복잡하고 미묘하게 뒤엉켰다. 그녀는 허리께까지 내렸던 약초 바구니를 다시 머리에 이었다. 그리고 그대로 가려는 듯하다가, 어쩔 수 없다는 듯 체념 섞인 한숨을 내쉬며 서린에게 말했다.

"아씨가 정말 궁녀로 돌아오시게 되면, 아버님과는 함께 지내실 수 없을 겁니다. 궁녀의 처소엔 남자가 들어올 수 없으니까요. 아버님이 계시는 곳으로 제가 한번 찾아가겠습니다."

"감사합니다! 정말 감사해요!"

서린은 빠른 속도로 걸어가는 단금의 등에 대고 연거푸 절하며 외쳤다. 순수한 기쁨의 감정이 목구멍까지 차올랐다. 장별좌는 서린 못지않게 흐뭇한 얼굴로 단금의 뒷모습을 지켜보았다.

"그럴 줄 알았지. 심성이 착한 여자다."

별것 아닌 그 칭찬에서 두터운 애정과 온기가 배어났다. 장별좌가 누군가에 대해 이런 식으로 말한 건 그의 어머니 이후로 처음이었다. 서린은 불현듯 궁금해졌다. 투명한 유리처럼 생각하는 게 고스란히 드러나는 장별좌와, 겹겹이 칠한 병풍처럼 속을 알 수 없는 저 의녀 사이에 어떤 인연이 있는 건지. 서린은 장별좌의 눈치를 살피며 넌지시 물어보았다.

"두 분은 그전부터 친분이 있으셨던 건가요?"

"음, 그런 편이지."

장별좌는 선선히 수긍했다. 그의 입가에 떠오른 미소는 잔잔하면서도 어딘가 씁쓸해 보였다.

"단금은 내가 혼인하고 싶다고 생각한 유일한 여자였다."

78
의녀의 남자

지금으로부터 팔 년 전.

"오른쪽 손목을 다치셨군요."

찻물을 우려내는 손길처럼 차분한 음성이 길상의 귀를 간질였다. 길상은 소리가 나는 쪽으로 고개를 돌렸다. 가을 하늘처럼 쨍한 옥색 저고리와 남빛 치마 위에 두루마기처럼 긴 삼베 앞치마를 두른 자그마한 여인이 거기에 서 있었다. 붓으로 그린 듯 얇게 뻗어나간 눈매가 인상적이었다. 여인은 미끄러지는 듯 조용한 걸음으로 다가오더니, 느닷없이 그의 손목을 붙잡아 그를 깜짝 놀라게 했다.

"부종이 있으십니다. 힘줄이 늘어났다는 뜻이지요. 당분간은 이 손을 쓰지 마십시오."

"말도 안 되는 소리! 오른손을 안 쓰고 일은 어찌한단 말이오?"

길상은 도성 안의 모든 관청을 신축하고 정비하는 수성금화사의 별좌였다. 거기에 불이 나면 달려가 진화하고, 훼손된 벽과 천장을 보수하는 일도 맡고 있었다. 무거운 목재를 손수 옮기다가 손목을 삐는 일은 비일비재했으니, 이번에도 조금만 참으면 알아서 나으려니 했다.

"그럼 평생 불구로 사시든가요."

가차 없는 한마디를 날린 여인은 총총걸음으로 사라져버렸다. 길상은 얼빠진 낯을 하고 있다가 저도 모르게 허 하고 실소를 터뜨렸다. 혜민서 천장이 다 내려앉아 빗물이 뚝뚝 샌다는 연락을 받고 보수 공사를 하러 다닌 지 벌써 열흘째. 의녀들을 숱하게 만났지만 다들 어지간히 낯을 가리는지 인사 한번 나눠보지 못했다. 그런데 저 당돌한 의녀는 대체 뭘까. 원래 저런 성격일까, 아니면 내가 맘에 안 드는 걸까. 길상의 궁금증이 풀린 건 그로부터 나흘 후였다.

"저기, 미안한데 약을 좀 줄 수 있겠소?"

손목이 퉁퉁 부어오른 채 길상이 혜민서를 찾아갔을 때, 여인은 여전히 무뚝뚝한 표정으로 그를 맞이했다. 그가 오늘 찾아올 줄 알고 있었다는 듯 그녀는 연고가 담긴 목갑을 꺼내들었다. 여인이 길상의 손목에 연고를 한 움큼 떠 바르고 깨끗한 무명천으로 단단하게 감자, 환부가 시원해지면서 거짓말처럼 통증이 사라졌다. 부기가 다 빠지는 데는 하루가 채 걸리지 않았다. 신묘한 의술에 감탄한 길상은 단금이라는 이름의 그 의녀에게 관심을 갖게 되었다.

"저 의녀 말이야. 단(段)이라는 성씨는 흔치 않은데, 어떤 집안이지?"

길상은 평소 허물없이 지내던 혜민서 주부(主簿)•에게 떠보듯 물었다. 아무리 어여쁜 의녀가 지나가도 본체만체하던 길상이 누구에

• 종육품 관원

게 눈도장을 찍었나 호기심에 쳐다봤던 주부는, 그게 단금이란 걸 알고는 안색이 싹 바뀌었다.

"생긴 게 반반하다고 혹하지 말게. 어디서 굴러들어왔는지도 모를, 근본 없는 종자야."

단금의 아버지 단홍원은 젊은 시절 남쪽 지방에서 이름을 날리던 명의였다고 한다. 그러나 침을 잘못 놓아 판서댁 삼대독자를 죽게 만들었다는 혐의를 썼고, 관아에 끌려가 한 달 넘게 문초를 당했다. 만신창이가 되어 풀려난 단홍원은 한쪽 다리를 저는 불구자가 되어 있었다. 정신이 이상해진 단홍원은 의원 노릇을 때려치우고 산골 움막에 처박혔다. 걸핏하면 주인 없는 버려진 묘지를 돌아다니는 그를 보고 사람들은 의문을 품었다.

"의원이 무슨 도사인 줄 아시오? 사람 속도 안 보고 무슨 병인지 어찌 안단 말이오!"

광인처럼 아무에게나 고함을 쳐대는 단홍원의 모습에, 마을에는 기괴한 소문이 퍼지기 시작했다. 단홍원이 밤마다 무덤을 파내 시체를 꺼내다 배를 가른다는 것이었다. 공포에 질린 사람들은 그 근방에 발길을 끊었고, 단홍원의 존재를 잊어버리려고 노력했다.

그로부터 몇 년이나 지났을까. 이번에는 새로운 소문이 돌았다. 단홍원의 움막에 어디서 왔는지 모를 아기가 나타났다는 거였다. 떠돌이 유녀(遊女)와 붙어먹다 생긴 씨라고도 했고, 남의 아이를 유괴해 왔다고도 했고, 침술을 시험해보려고 돈 주고 사온 고아라고도 했다. 진실은 아무도 몰랐다. 젖먹이였던 그 아기가 마을에 모습을 드러냈을 때는 열일곱의 어엿한 소녀가 되어 있었다. 아버지는 어떻게 되었는지 묻는 사람들에게 소녀는 남의 일처럼 태연하게 답했다.

"아버지는 돌아가셨어요. 전 도성에 가서 의녀가 될 겁니다."

저런 섬뜩한 걸 누가 의녀로 받아주겠냐는 쑥덕거림이 무색하게, 소녀는 역대 최고점으로 의녀 선발 시험에 합격했다. 심지어 주부(主簿)* 영감의 총애를 받으며 궁에 드나들기 시작했고, 내의원 어의조차 포기한 세자의 목숨을 붙여놓기까지 했다.

"의술이 보통 아닌 건 맞지. 허나 그래서 더 소름 끼친다네. 도대체 어디서 뭘 배운 건지."

주부는 가면을 쓴 것처럼 딱딱한 단금의 표정을 훔쳐보며 몸서리를 쳤다. 그러나 길상은 단금이 무섭지 않았다. 어디서 굴러들어왔는지 모를 근본 없는 종자인 건 자신도 마찬가지가 아니던가. 오히려 그동안 사람들의 편견 어린 시선에 시달렸을 단금이 안쓰럽게 느껴졌다.

"참한 처자야. 요즘 세상에 보기 드물게 속이 야물고."

길상의 어머니 양노파도 단금을 좋아했다. 양노파는 아들의 주선으로 무릎을 치료받으러 왔다가 단금과 친해졌다. 공손하면서도 거리감 있는 태도를 유지하던 단금도 광주리 가득 음식을 싸다주고, 찢어진 앞치마를 새것처럼 기워주는 양노파의 살뜰함에 마음이 기울기 시작했다. 단금이 혜민서 근무를 쉬는 날 양노파는 그녀를 집으로 불렀고, 마치 친어머니라도 된 것처럼 따뜻한 밥을 지어 먹였다.

---

* 혜민서에서 의녀를 훈육하는 종육품 의학교수

단금을 숙소로 데려다주는 길, 길상은 그녀가 어머니를 주책 맞은 오지랖쟁이 노인네로 여길까 걱정이 태산 같았다. 하지만 단금은 그렇게 말하지 않았다.

"별좌님은 정말 좋은 분을 어머니로 두셨습니다."

"……알아줘서 고맙소."

양노파가 백정의 과부라는 건 도성 안에서도 비밀이 아니었다. 심지어 길에서 양노파를 보면 더럽다고 침을 뱉고 지나가는 사람도 있었다. 길상은 단금이 신분이나 지위로 판단하고 차별하는 사람이 아니라는 사실이 기뻤다.

"소저(小姐)의 어머니는 어떤 분이오?"

"……모릅니다."

단금은 감정의 동요가 없는 담담한 어조로 말했다. 그녀가 기억하는 순간부터 어머니란 존재는 없었다. 그저 어둡고 냄새나는 축축한 움막에, 눈이 벌겋게 충혈되어 낡은 의서만 들여다보던 아버지가 있을 뿐이었다. 단홍원은 문자 그대로 아이가 죽지 않을 정도로만 보살폈다. 하루 두 끼 보리죽을 먹이고, 이틀에 한 번 씻기고 옷을 갈아입혔다. 아이에게 금(禽)이라는 이름을 붙인 것도 그래서였다. 날짐승처럼 알아서 크라는 의미였다. 단금의 이야기를 듣던 길상은 세상에 그런 인간이 다 있나 기가 막혔다.

"힘들었겠구려."

"글쎄요, 그리 쭉 자랐다면 차라리 나았을지도 모르지요."

아이를 방해물로만 여기던 단홍원의 태도가 바뀐 건, 단금이 글을 배울 나이에 이르면서부터였다. 단홍원은 딸이 생각했던 것 이상으로, 어쩌면 자기보다 더 총명하다는 걸 알게 되었다. 아이가 어려운 한자로 가득한 의서를 막힘없이 읽었을 때, 단홍원은 자신이 불치병에 걸렸음을 알았다. 시간이 많지 않았다. 단홍원은 자신이 알고 있는 모든 걸 딸에게 가르치기 시작했다. 자신은 이르지 못한 의학의 경지까지 그녀를 밀어 올리겠다는 일념으로. 성에 찰 만큼 딸이 따라오지 못할 땐 굶기고 매질하고 옷을 벗겨 밖으로 내쫓기까지 했다.

"가끔은 궁금했지요. 아버지가 날 딸로 보는 건지, 아니면 자기 분신(分身)으로 보는 건지."

"참으로 고생 많았구려. 그래도 다행이오."

"다행이라고요?"

"그 고생스러운 날들을 이겨냈기에, 이렇게 훌륭한 의녀가 되지 않았소."

길상은 방금 들은 무시무시한 얘기가 아무렇지도 않다는 듯 빙긋 웃으며 말했다. 어이없을 만큼 단순하고 명쾌한 정리에 단금은 잠시 멍한 표정이 되었다.

"그런가요. 그리 생각해본 적은 한번도 없는데."

길상의 말에 들어 있는 무엇인가가 단금의 마음을 움직인 걸까. 그날부터 두 사람은 급격히 가까워졌다. 별좌와 의녀가 눈이 맞았다는 염문설이 돌았지만 길상은 개의치 않았다. 단금과의 만남은 즐거웠다. 작업 속도를 슬쩍 늦춰 혜민서에 더 오래 머무르고 싶은 충동마저 들었다.

새 천장의 뼈대가 갖추어지던 날, 혜민서에는 위급 환자가 실려 왔다. 길상도 잘 아는, 수성금화사 관원의 일곱 살짜리 아들이었다. 며칠째 복통을 호소했다는 아이는 어찌나 고통에 시달렸는지 머리카락의 절반을 쥐어뜯어놓은 상태였다. 단금은 침착하게 아이의 옷고름을 풀고 배 여기저기를 짚었다. 단금의 손가락이 명치 가까운 곳을 짚자, 아이는 끔찍한 비명을 지르며 혼절하다시피 했다.

"비장(脾臟)이 완전히 딱딱해졌군요. 혹시 아이가 날것을 먹었습니까?"

"날것이오? 그러진 않았을 텐데……."

관원은 양팔로 아이의 두 다리를 부둥켜안은 채 필사적으로 기억을 더듬었다. 관원보다 먼저 해답을 찾아낸 건 버선발로 따라온 그의 아내였다.

"있습니다! 냇가에서 잡은 민물새우를 먹은 적이 있어요!"

"그게 언제죠?"

"아마 한 달 정도……."

아이 엄마의 대답을 들은 단금의 낯빛이 어두워졌다. 결코 좋은 징조는 아니었다.

"이미 늦었겠군요. 비장 절반 이상이 회충에 감염됐을 겁니다."

"그, 그럼 어쩌죠?"

관원과 그 아내가 절박하게 물었다. 비장이 뭐고 회충은 뭐고 감염은 뭔지 그들은 아무것도 몰랐지만, 의녀의 말투만으로도 심각하다는 것을 알 수 있었다. 단금은 주저 없이 단언했다.

"양귀비를 먹여 아이를 재워놓고, 그사이 감염된 부위를 도려내야만 합니다."

"도려낸다고요? 뱃속을요?"

아이 엄마는 금방이라도 혼절할 것처럼 보였다. 일반 백성의 상식으로, 배를 갈랐을 때 살 수 있는 사람은 없었다. 단금은 사시나무처럼 떨고 있는 여자에게 냉정하게 말했다.

"다른 방법이 없습니다. 그냥 내버려두면 저 아이는 사흘 안에 피를 토하며 죽을 것입니다."

가엾은 부모는 아이를 껴안은 채 울면서 돌아갔다. 그리고 이틀 후에 다시 돌아왔다. 그들의 품에는 몸부림치다 못해 축 늘어진 아이가 안겨 있었다. 단금은 그럴 줄 알았다는 듯 미리 끓여둔 양귀비 물을 아이에게 먹이고, 청주(淸酒)로 구석구석 깨끗하게 닦은 방에 눕혔다. 단단히 걸어 잠근 방 안에서 그녀가 무엇을 하는지 감히 들여다보려 하는 이는 없었다. 두 시진이 지난 후, 단금은 땀에 푹 젖은 얼굴로 방에서 나와 아이 부모에게 말했다.

"끝났습니다. 이제 괜찮아질 겁니다."

배를 실로 꿰맨 아이는 이틀 동안 까무러쳐 있다가 깨어났다. 그리고 놀랄 만큼 빠른 속도로 회복했다. 배에 붕대를 감고 혜민서 마당을 뛰어다니는 아이를 보고 있으면 언제 아팠나 싶을 정도였다. 그러나 그 누구도 단금을 치하하지 않았다. 오히려 귀신 본 것처럼 피했다. 심지어 같은 의녀들조차 단금과 겸상하는 걸 꺼려, 그녀는 식사 시간만 되면 홀로 조용히 사라지곤 했다. 그 사실을 알게 된 길상은 국밥 그릇을 들고 혜민서 이곳저곳을 돌아다녔다. 마침내 단금을 찾아냈을 때, 그녀는 천장 없는 창고에서 말린 약초를 빻고 있었다.

"먹고 하시오. 다 먹고 살자고 하는 짓 아니겠소."

길상은 단금에게 국밥 그릇을 내밀며 불쑥 그렇게 말했다. 그녀는 그릇을 받아드는 대신 물끄러미 그를 바라보았다. 그리고 바짝 마른 입술을 달싹이며 물었다.

"나리는…… 제가 꺼림칙하지 않으십니까?"

길상도 단금을 둘러싼 괴담을 알고 있었다. 의술에 미친 단홍원이 딸에게 자신의 배를 갈라 오장육부를 관찰하게 했고, 단금은 인륜과 천륜을 거스르고 금단(禁斷)의 지식을 배운 덕분에 의녀 선발 시험에 합격한 거라고. 길상이 아무 말도 하지 않자 단금은 거듭 물었다.

"부친을 죽이고 그 배를 제 손으로 가른 여자. 나리께서도 절 그리 보십니까?"

길상이 뭐라고 대답하든 단금은 그를 밀어낼 준비가 되어 있었다. 길상은 대답 대신 개다리소반을 가져와 국밥 그릇을 올려놓았다. 그리고 단금에게 상을 내밀며 엷은 미소를 지어 보였다.

"배를 갈랐든 안 갈랐든, 난 괘념치 않소."

"……."

"누가 무슨 행동을 했는지는 상관없소. 그 행동을 어떤 마음으로 했는지, 그게 중요할 뿐. 그대가 정말 부친의 육신을 향해 칼을 들었다면, 그럴 만한 이유가 있었을 거요."

그 말에는 오랫동안 비슷한 아픔을 겪은 사람만이 줄 수 있는 연민과 공감이 실려 있었다. 잠시 후 개다리소반 위에 이슬 같은 눈물이 툭툭 떨어졌다. 길상은 소리 없이 흐느끼는 단금을 다정하게 안아주었다. 남들이 무섭다고 욕하는 이 여인이 그에게는 세상에서 제일 대단하면서도 가련해 보였다. 흔히 말하는 콩깍지 씐다는 게 이런 건가 싶었다.

79

연판장

'벌써 그렇게 세월이 흘렀구나.'

회상에 잠겨 있던 장별좌는 저도 모르게 벌어진 양팔을 내려다보았다. 그 누구에게도 보여주지 않았던 여린 속내를 드러내며 흐느끼던 단금을 떨리고 벅찬 심정으로 보듬어 안았던 그 순간의 감촉이 아직도 남아 있는 듯했다.

"단금이 냉정한 척하는 건, 다른 이들로부터 상처받지 않기 위함이다. 실은 누구보다 속이 따뜻한 사람이란다."

혜민서 천장의 보수 공사가 끝나던 날, 장별좌는 단금에게 혼인을 청했다. 대감 댁 마나님으로 떵떵거리며 살게 해주진 못하지만, 부당한 돌팔매질로부터 그녀를 지키는 벽이 되겠노라고. 나름 일생일대의 용기를 낸 구혼이었지만, 단금은 서글픈 미소를 띠며 고개를 가로저었다.

"전 제 일이 천하다 여기지 않습니다. 하지만 사람들의 시선은 다르지요. 나리께서는 장래에 도움이 될 만한 혼인을 하셔야 합니다."

"내가 그런 건 상관 안 한다면……."

"제게는 상관있습니다. 연모하는 이의 앞길을 가로막고 싶지 않은 건, 사내나 여인이나 마찬가지 아니겠습니까."

단금은 자신의 마음을 명료하게 표현하는 데 아무 주저함이 없었다. 연모의 '연' 자만 나와도 불붙은 듯 얼굴이 빨개져 허둥지둥 화제를 돌리는 여인네들과는 달랐다. 느닷없는 고백을 받게 된 장별좌는 도리어 제가 더 부끄러워 어쩔 줄 몰랐다. 시선 둘 곳을 잃고 이리저리 눈을 돌리는 덩치 큰 남자를 애틋한 눈길로 바라보며, 단금은 나지막한 목소리로 덧붙였다.

"그리고 제가 나리를 따라 한양을 떠나게 되기라도 한다면, 가엾은 대군 마마는 누가 돌봐드린단 말입니까."

단금은 내의원으로 출세하기 위한 발판으로 대군을 돌보는 거라고, 다들 그렇게 여겼다. 가면처럼 무표정한 얼굴로 대군의 콧구멍으로 미음 반 그릇을 두 시진 동안 집어넣는 단금을 보고 있으면 그런 생각이 들 법도 했다. 하지만 장별좌는 알고 있었다. 단금은 그녀가 치료하는 모든 환자에게 애정과 책임감을 느낀다는 걸. 여자이기 전에 의녀이기를 택한 그녀였다.

"단금은 분명 네 아버지를 잘 돌봐줄 것이다. 걱정하지 마라."

"제가 궁에 남게 될지 어떨지도 모르는걸요."

"틀림없이 남게 될 것이다. 날 믿어라."

동문을 지나 걸어가던 서린과 장별좌의 눈에 저만치 조복(朝服) 자락을 휘날리며 바쁘게 걸어가는 한 무리의 문관들이 보였다. 어전회의가 시작될 시간이었다. 곧 운명이 판가름 나겠지. 장별좌도 똑같은 생각을 했는지, 우뚝 걸음을 멈추더니 서린을 마주 보았다.

"다시 궁녀가 되면 곧바로 내명부로 가게 될 테니, 인사는 미리 해두마, 그간 고마웠다."

"빙부의 한 사람으로서, 도둑맞은 얼음을 되찾는 건 제 임무이기도 했습니다."

"아니, 그거 말고. 우리 어머니 일 말이다."

"아……."

"네 얘길 듣고서 처음에는 혼란스럽고 화가 났지만, 이젠 확실히 알게 됐다. 우리 어머니는 이 세상 무엇과도 바꿀 수 없을 만큼 날 사랑하셨다는 걸. 그래서 참으로 슬프셨다는 것도."

"별좌님……."

"어머니는 돌아가셨지만 언제나 내 마음속에 살아 계실 거다."

장별좌는 주먹으로 제 가슴을 툭툭 건드리면서 말했다. 아직도 어머니라는 단어를 들으면 눈시울이 아리면서 미칠 것 같은 심정이 되지만, 결국 그는 극복해낼 것이다. 목숨을 바쳐서라도 그를 행복하게 해주려고 했던 한 사람이 있었으니까. 애통하면서도 귀한 이 삶을 단 한순간이라도 허비하며 살 수는 없었다.

"네 능력은 결코 저주가 아니다. 적어도 한 사람 이상이 그로 인해 구원받았으니까."

장별좌는 서린의 어깨를 가볍게 두드리며 격려해주었다. 이제는 누이 같은 이 아이를 궁에 홀로 두고 가는 게 내키지 않았다. 하지만 그게 그녀의 선택이라면 존중할 수밖에.

"언제든 내가 도울 일이 있으면 알리거라. 신속히 달려올 테니."

우려했던 것과 달리 어전회의는 순조롭게 진행되었다. 알고 보니 장별좌는 왕의 신임을 받는 인물이었다. 그가 수성금화사에서 일할 때, 걸핏하면 바뀌는 왕의 애첩들을 위해 아름다운 누각이며 별당을 지어 바치곤 했던 것이다. 장별좌의 보고를 들은 왕이 결정을 내리는 데는 그리 오랜 시간이 걸리지 않았다.

"지는 알고 있었당게요! 아씨가 요로코롬 무사히 돌아오실 줄 다 알아부렀구만요!"

어전을 나온 서린을 제일 먼저 맞아준 건 구수한 사투리였다. 도야는 여름내 뙤약볕을 쬐느라 더욱 까매진 얼굴로 능청스럽게 호들갑을 떨었다.

"이리 오시오, 아씨. 한번 안아봐야 쓰겄소!"

서린의 대답도 기다리지 않고 두 팔을 활짝 벌리며 다가가는 도야를 새초롬한 얼굴로 나타난 채옥이 야무진 손길로 밀어냈다.

"넌 저리 가! 안더라도 내가 안아야지."

서린은 거의 키가 비슷한 채옥의 품에 기분 좋게 안겼다. 오랫동안 못 보게 될지도 모른다고 각오했었는데. 예상보다 빠른 재회가 둘 모두를 기쁘게 했다.

"응? 뭐지? 윤서린에게서 낯선 여자의 향기가 느껴지는데."

채옥은 서린의 어깨에 대고 코를 킁킁거리는 시늉을 했다. 혹시 은조의 채취가 배기라도 한 걸까. 설마 그걸 맡을 만큼 개코라고? 서린은 깜짝 놀라 눈이 휘둥그레졌다. 그 모습을 본 채옥이 킁킁대던 걸 멈추고 까르르 웃음을 터뜨렸다.

"장난이야, 장난!"

"뭔 장난을 고따구로 친당가? 재미없는 게 죄라면 니는 최소 사약이여.”

“야! 내가 사약이면 넌!”

채옥과 도야는 서린을 덩그러니 내버려두고 옥신각신하기 시작했다. 그동안 심심하진 않았겠네. 서린은 슬그머니 웃음이 나왔다. 왕과 문무백관 앞에서 머리부터 발끝까지 바짝 긴장해 있느라 잠시 잊고 있었다. 궁도 사람 사는 곳이라는 걸.

‘돌아올 수 있어서 다행이야.’

오랜 피정을 마치고 돌아온 왕은 여유와 관대함이 넘치는 상태였다. 서린이 이원익 장군과 손잡고 대군의 방을 수색해달라고 청했던 것도 이제는 작은 소동에 지나지 않는 것으로 기억하게 되었기에, 그녀를 용서해주는 데도 별로 거리낄 게 없었다.

“아무리 그래도 대군이 불편해하는 사람을 궁에 들일 순 없으니, 그 입장을 들어봐야겠구나.”

그 한마디에 신료들은 일제히 웅성거림을 멈추고 용상 아래쪽으로 시선을 모았다. 서린 또한 잠시 숨을 멈추고 대군을 올려다보지 않을 수 없었다. 오랜만에 대면하는 대군은 상투를 높게 틀고 짙은 색깔의 관을 써서 그런지 전보다 훨씬 어른스러워 보였다. 헌은 장별좌와 나란히 엎드린 서린을 지그시 내려다보더니, 이윽고 입꼬리를 스윽 끌어올리며 장난스럽게 웃었다.

“윤나인이 절 두들겨 팬 것도 아닌데, 용서하고 말고 할 게 뭐 있겠습니까.”

헌은 그 한마디로 논쟁에 종지부를 찍었다. 대군을 향해 고마움 담긴 눈빛을 보내던 서린은 돌연 서늘한 냉기가 옆얼굴에 와 닿는 걸 느꼈다. 세자가 그녀를 보며 보일 듯 말듯 한 미소를 짓고 있었다.

그게 무슨 의미였을까. 서린은 지정받은 방에서 짐을 푸는 내내 불쑥불쑥 치밀어 오르는 불안감을 억누르느라 애썼다. 방 정리를 마친 그녀가 제일 먼저 한 일은 방자들의 숙소로 찾아가는 것이었다. 그곳에 윤대감의 임시 처소가 있었다. 원칙적으로 내관이 아닌 남성은 궁 안에 살 수 없지만, 윤대감이 딸의 간호 없이는 하루도 살기 힘든 병자라는 걸 고려해 왕이 특별히 편의를 봐준 것이다.

"딸 덕분에 내가 궁 안에서 다 살아보는구나. 주상 전하와 이웃사촌도 되어보고. 허허."

윤대감은 거미줄 쳐진 퀴퀴한 골방이 호화스러운 기와집이라도 되는 양 사람 좋은 너털웃음을 지었다. 어두운 낯빛을 지우지 못하는 딸의 마음을 가볍게 해주려는 노력이었다. 서린은 뺨이 움푹 들어가 해골처럼 보이는 아버지의 얼굴을 물끄러미 바라보다 입을 뗐다.

"아버지, 이제 저한테도 알려주세요."

"뭘 말이냐?"

"역모죄를 쓰시게 된 이유요."

서린은 알고 있었다. 역모죄로 귀양살이까지 한 사람에게 왕이 바퀴벌레도 살기 힘든 방 한 칸이라도 내준다는 건 무척 이례적인 일이라는 걸.

어전회의에서 윤대감이 함께 입궁했음을 아뢰고 그에게 알현의 기회를 줄 것을 간곡히 청하면서도, 서린은 승산 없는 도박을 하는 기분이었다. 진노한 왕이 다 뒤집어엎고 의금부 관원들을 불러 셋 다

포박할지도 모른다고 생각했다. 그런데 왕은 윤대감이 유배지에서 나왔다는 걸 알고 화나기보다 놀란 표정이었다.

"소자가 그리 조치하였습니다. 아무리 대역죄인이라도 어린 딸의 제사에는 참여할 수 있어야 하지 않겠습니까."

그때까지 한마디도 하지 않던 세자가 점잖게 끼어들자, 술렁대던 정전의 분위기도 금세 가라앉았다. 꼬장꼬장한 전(前) 우의정을 싫어하던 신하들도 비참하게 죽은 아기나인의 이야기가 나오자 토를 달지 못했다. 왕은 어전 입구에서 대기하던 상선 내관에게 명령했다.

"윤승현을 들라 하라."

윤대감이 비틀거리며 나타나자, 서린은 어전에서 지켜야 할 예법도 잊어버리고 재빨리 달려가 부축했다. 예전의 절반도 안 되는 몸피에 헐렁한 잿빛 무명옷을 걸친 윤대감을 보고 왕은 충격을 받은 얼굴이 되었다.

"많이 여위었구려. 어디 아픈 게요?"

조롱하거나 약 올리는 게 아니었다. 죄인의 몸이 된 늙은 신하의 주름진 얼굴을 바라보는 왕의 눈에는 적의가 없었다. 오로지 연민과 안타까움이 가득했다. 하나밖에 남지 않은 딸 곁에서 임종을 맞고 싶다는 윤대감의 소원도 흔쾌히 들어주었다. 그걸 본 서린에게 자연스럽게 떠오른 생각이 있었다. 어쩌면 왕은, 윤대감이 결백할지도 모른다고 생각하는 건 아닐까.

"네겐 말하지 않았지만, 사실 지난 몇 년간 조정에서 내 입지는 점점 줄어들고 있었다. 예조를 이끄는 수장으로서, 나중엔 우의정으로서 적자가 엄연히 살아 있는데 서자에게 왕위를 잇게 하는 건 예법에 어긋난다고 계속 주장했던 게 화근이었지."

윤대감은 간간이 마른기침을 해가며 지난 일을 풀어놓기 시작했다. 헌이 깨어나기 전에도 왕위 계승 문제를 둘러싼 잡음이 없었던 건 아니었다. '원래 세자'가 회복하지 못한다면 차라리 중전과의 사이에서 새 원자를 봐야 한다고 주장하는 윤대감 같은 부류도 있었다. 반면 현실적으로 보위에 오를 가능성이 가장 높은 범에게 과잉 충성하며 헌을 위협으로 여기는 부류도 있었다. 역모 논란을 일으킨 건 바로 그런 추종자들이었다.

'세자 저하의 출신이 뭐 어때서? 그분도 전하의 아드님 아니신가! 산송장이나 다름없는 대군에게 숨이 붙어 있는 한, 세자 저하를 끌어내리려는 음모는 끊이지 않을 것이야!'

혈기왕성한 젊은 무관 다섯 명이 의기투합해, 중궁전에 숨어들어 헌을 암살할 음모를 꾸몄다. 그러나 새벽부터 탕약을 끓이던 단금이 수상한 자들이 얼씬대는 걸 알아차리고 즉각 금위군을 불러왔고, 자객으로 위장한 무관들은 그 자리에서 전원 사살되었다. 그들은 자백할 수 없었지만, 그들의 품에서는 피로 적은 연판장이 나왔다. 그런데 연판장에 적힌 이름은 다섯 개가 아닌 여섯 개였다.

"서린이 너도 알지? 예함(禮咸). 예절을 다하라는 뜻으로, 성균관 시절 내 스승께서 직접 지어주셨던 별호 말이다."

윤대감은 한때 자신의 상징이었던 두 글자를 손가락으로 바닥에 쓰면서 씁쓸하게 중얼거렸다. 서린은 방금 귀로 듣고도 믿을 수가 없었다.

"고작 그 이유로 아버지의 관직을 박탈하고 재산을 몰수하고 유배를 보냈다고요? 고작 그런 빈약한 정황으로요?"

"그래서 역모죄가 무서운 거란다. 약간의 의심만으로도 끝장낼 수 있거든."

만일 그게 윤승현 아닌 다른 사람의 별호라면. 만일 누군가 윤승현을 모함하려고 그 별호를 끼워 넣은 거라면. 그 모든 '만일'들은 '만일 윤승현이 역모를 꾸몄다면'이라는 무시무시한 가정 앞에서 힘을 잃었다. 왕족에 대한 위협은 남김없이 뿌리 뽑아야 한다는 대신들의 부르짖음 속에서 왕은 윤대감의 관직을 박탈하고, 재산을 빼앗고, 귀양 보내고, 그의 딸들을 입궁시켰다.

"누군가 날 끌어내리려 흉계를 꾸민 거라 해도…… 이미 늦었지, 어쩌겠느냐."

"아니, 안 늦었어요. 아버지, 포기하지 마세요. 제가 어떻게 해서든 결백을 밝혀드릴게요!"

서린은 간절하게 외치며 윤대감의 손을 붙잡았다. 이건 아니다. 고작 그런 하잘것없는 이유로, 평생을 나라와 조정에 헌신해온 아버지의 지난날이 허상이 되도록 내버려둘 수는 없었다. 서로 어깨를 기댄 채 도란도란 앞날을 상의하는 부녀의 그림자가 문종이에 음화상(陰畫像)처럼 찍혔다. 푸른 옷깃을 길게 늘어뜨린 누군가가 문밖에서 그 그림자를 지그시 주시하고 있었다.

80

아궁이의 비밀

"아이, 이러지 말라니까."

"뭐가 걱정이야? 여긴 아무도 안 온다니까."

휘영청 보름달이 떠오른 밤, 폐궁(廢宮)에선 은밀한 속삭임이 새어나오고 있었다. 소리의 출처는 서까래와 기둥에 섬세한 연화(蓮花) 단청을 입힌 방이었다. 한때는 질투심에 미친 후궁의 감옥이었던 그곳에서 옷을 반쯤 벗은 나인과 방자가 한데 뒤엉켜 있었다.

"못 말려, 정말."

나인은 너덜거리는 빗장을 힐끔거리며 숨 가쁘게 중얼거렸다. 빈틈없이 막아둔 덕에 먼지도 쌓이지 않은 이 방은 가구라곤 하나도 없이 휑했다. 공기조차 싸늘해 소름 끼치게 을씨년스러웠지만 분명 아름다웠다. 이곳의 주인이자 죄인이었던 죽은 여자처럼. 세자의 생모에 얽힌 괴기스러운 사연과, 금기를 이중삼중으로 깬다는 흥분이 밀회의 짜릿함을 고조시켰다.

"흠흠."

방자의 두꺼운 손이 나인의 가슴골을 파고드는 순간, 문간에서 헛기침 소리가 났다. 남녀는 혼비백산하며 빛의 속도로 서로에게서 떨어졌다. 한없이 진중한 걸음걸이로 그들 앞에 나타난 사람은 푸른 옷깃을 늘어뜨린 반백의 내관이었다.

"조, 조내관 어르신!"

"어머!"

나인이 허겁지겁 옷깃을 여미는 동안, 조내관은 점잖게 시선을 돌려주었다. 방자는 벌게진 얼굴로 이 상황을 어떻게 수습하면 좋을지 몰라 당황하고 있었다. 국법상 나인은 왕의 여자. 그런 나인과 연정을 나누는 건 사통(私通)이라 하여 불륜과 같이 취급했다. 참형감이었다. 엎드려 빌어야 할지 도망가야 할지 갈팡질팡하던 방자의 귀에 사뭇 온화한 음성이 들려왔다.

"서문(西門) 앞에서 마흔 보(步) 남짓 가면, 점박이 개를 마당에 풀어놓은 주막이 있네."

"……."

"궁에서 스무 해 동안 물지게꾼을 했던 사람이 차린 주막이지. 그 어떤 손님이 찾아와도 묻거나 따지지 않고 방을 빌려주니, 그곳에서라면 조용히 함께 시간을 보낼 수 있을 걸세."

뒤늦게 말뜻을 알아차린 나인과 방자의 얼굴에 고마움이 번져나갔다. 그러나 조내관은 그들에게 감사 인사 따위를 받을 생각은 없었다.

"다신 여기 얼씬거리지 말게. 저주받고 싶지 않으면."

"히익!"

한껏 낮춘 조내관의 목소리는 때마침 드리워진 잿빛 달무리와 어우러져 극적인 효과를 자아냈고, 식겁한 남녀는 구르듯 방을 뛰쳐나갔다.

불청객들이 떠난 후, 조내관은 십삼 년 만에 들어온 방 안을 천천히 둘러보았다. 벽을 두드려보기도 하고, 구들장을 들춰보기도 했지만 별다른 점은 없었다. 방을 나온 조내관은 옛날에 범성군이 살았던 별채도 살펴보고, 자신과 다른 내관 한 명이 지냈던 곁방도 살펴보았다. 그러나 그중 어디에도 그가 찾는 건 없었다.

"혹시……."

조내관은 곁방 뒤편에 딸린 작은 부뚜막으로 갔다. 본래 정전, 중궁전, 동궁전을 제외한 부속 건물에는 부뚜막을 따로 만들지 않았다. 천수전도 그래서 개축한 경우였다. 그런데 설화당은 규모가 작음에도 불구하고 처음부터 부뚜막이 있었다. 자신의 미모를 시기하는 누군가가 독살을 시도할까 두렵다며 엄살을 있는 대로 떨었던 희빈 박씨 덕분이었다. 그런데 정작 나중엔 자신이 중전 홍씨와 그 아들을 독살하려 했으니. 그 역설을 떠올리며 부뚜막 여기저기를 뒤지던 조내관은 아궁이 속에서 재를 뒤집어쓴 나무 궤를 발견했다.

조내관은 떨리는 손으로 궤를 열었다. 안에 물건이 가득 차 있는지 뚜껑을 젖히는 순간 가벼운 반동이 느껴졌다. 그 안에서 가장 먼저 튀어나온 건 낡은 철주(綴珠) 비녀였다. 잠두(簪頭)에는 원앙 한 쌍이 조각되어 있고, 몸체에는 거무스름한 얼룩이 잔뜩 묻어 있었다. 조내관은 그게 뭔지 한눈에 알아보았다. 희빈 박씨가 죽는 순간 꽂고 있던 비녀였다. 조내관이 시신 치우는 방자들에게 뒷돈을 주고 슬쩍 빼내는 데 성공한 유일한 물건이기도 했다.

"이걸…… 간직하고 계셨던가."

조내관의 얼굴에 희망의 빛이 떠올랐다. 죽은 어머니를 남몰래 이토록 그리워하다니. 어쩌면 세자에 대한 염려가 기우(杞憂)인지도 몰랐다. 어디서 난 것인지 알 수 없는 녹슨 쇠못을 지나쳐, 조내관의 손은 그 아래 깔린 물건으로 향했다. 물에 젖어 색이 온통 번지고 바랜 꽃신 한 짝이었다. 성인 남자의 손바닥 안에 쏙 들어가는 작은 크기. 조내관의 가슴이 쿵 내려앉았다.

'죽은 아기나인이 신던 신입니다. 대군 마마의 서안 아래 숨겨져 있다는 제보를 받았습니다.'

어전에서 이원익 장군이 그렇게 말하는 걸 조내관도 두 귀로 똑똑히 들었었다. 더 있을 거다. 이 신의 정체를 설명할 수 있는 뭔가가. 궤 안을 이리저리 헤집어보던 조내관은 뒤늦게 알아차렸다. 물건들을 보호하기 위해 깔아놓은 줄 알았던 얇은 종이들에 깨알 같은 검은 글씨가 쓰여 있다는 것을. 일반적인 서신과 달리 최대한 눈에 띄지 않게 적어 내려간 그것은 흔히 말하는 밀서(密書)였다. 조내관은 가장 덜 구겨진 종이를 한 장 골라 넓게 폈다. 그리고 끄트머리에 적힌 이름을 발견하고 창백한 낯이 되었다.

심려하시는 바를 저희도 잘 알고 있습니다. 신들은 그저 수족(手足)과도 같은 존재, 하늘을 우러러 한 점 부끄러운 짓은 하지 않을 것입니다. 정의가 저희 편입니다.

자세히 밝힐 수는 없습니다만, 신들도 나름의 계획을 세우고 있습니다. 왕조의 진정한 계승자를 부정하고 위협하려는 자들을 근간부터 뿌리 뽑기 위한…….

보잘것없는 저희를 치하해주신 은혜, 뼛속까지 깊이 새겨 잊지 않겠사옵니다. 마음으로 함께해주신다는 말씀은 무궁한 영광이며, 그 표식으로 알려주신 별호도…….

조내관은 머리로 피가 쏠리는 걸 느끼면서 뒤섞인 밀서들을 읽어 나갔다. 밀서를 쓴 이들은 반년 전 벌어진 대군의 시해 음모를 주도했던 젊은 무관들이었다. 끊임없이 밀서를 받고 답장한 이의 이름은 적혀 있진 않았지만 파악하기 어렵지 않았다. 범은 그들을 만류하는 척하면서 은근히 자극하고 부추겼다. 그리고 죽음을 각오한 그들이 유서 대신 쓴 연판장에 특정한 이름이 들어가도록 유도했다. 아는 사람은 다 아는, 그러나 벼슬길에 오른 지 얼마 안 된 무관들은 몰랐던 우의정 별호를. 무관들은 목숨이 날아가는 그 순간에도 자신들을 믿고 의지하는 세자를 위해 희생한다는 생각에 가슴이 벅차올랐을 것이다.

'차라리 세자 자리를 비워둘지언정, 군과 세자가 바뀌치기되는 일은 있을 수 없습니다!'

조내관은 기억하고 있었다. 우의정 윤승현이 정전에서 그렇게 소리 높여 외칠 때마다, 전혀 동요하지 않은 채 담담하게 앉아 있던 세자를. 그릇이 넓은 거라고 칭찬하는 이들도 많았지만, 조내관은 알았다. 범은 어딘가 정상이 아니라는 것을. 오랫동안 직감하면서도 부인해왔던 그 사실에 대한 증거들이 여기 있었다. 조내관의 손에 저도 모르게 힘이 들어가 밀서를 와락 구기는 순간, 뒤뜰 쪽에서 저벅저벅 하는 작은 발소리가 들려왔다. 조내관은 거의 본능에 가까운 동작으로, 쥐고 있던 밀서를 재빨리 요대 안에 쑤셔 넣었다. 그와 동시에 발소리의 주인이 조내관의 등 뒤로 다가왔다.

"조내관."

조내관은 침을 꿀꺽 삼키며 뒤를 돌아보았다. 은가루처럼 흩어지는 하얀 달빛 아래, 신선처럼 한 점 티 없이 청수한 외모의 청년이 그림처럼 우아한 자태로 서 있었다.

"저하."

습관적으로 답하는 조내관의 왼손에 꽃신 한 짝이, 오른손에는 밀서 뭉치가 들려 있었다. 범은 그걸 똑똑히 보았음에도 불구하고 눈썹 한 올 꿈틀하지 않았다. 그저 빙그레 웃을 뿐.

"남의 물건을 함부로 뒤지는 건 안 좋은 버릇일세."

"말씀해주십시오. 이것들이 다 무엇입니까?"

묻는 건 윗사람의 몫이고, 답하는 건 아랫사람의 도리다. 평생 금과옥조(金科玉條)로 삼아왔던 신조였지만, 조내관은 이번만큼은 깰 수밖에 없었다. 그는 세자의 눈앞에 꽃신 한 짝을 들이밀며 추궁하듯이 따져 물었다.

"윤나인은 죽은 동생의 유품을 살인범이 갖고 있다 주장했었지요. 어찌하여 이것이 저하의 수중에 있는 것입니까?"

"원래부터 내가 갖고 있던 것은 아닐세. 헌이 방에서 발견한 것을 이리 가져와 숨긴 것이네."

"……천수전에서요?"

"그래선 안 된다는 건 나도 알고 있었네. 하지만 그 아이를 두고 꾀병이네 살인범이네 논란이 벌어지는 것을 두고 볼 순 없었어. 동생을 지나치게 아끼는 게 내 실책이라면 실책이겠지."

범의 매끄러운 미간에 굵은 주름이 잡혔다. 아우에 대한 애정과 세자로서의 책임 사이에서 고뇌에 빠진 사람이 지을 법한 표정이었다. 하지만 조내관은 이제 그 표정을 믿지 않았다.

"그렇다면 이 편지들은요? 처형당한 무관들이 '예함'이라는 별호를 연판장에 넣도록 저하가 부추기신 게 맞습니까?"

"무슨 소리를 하는지 모르겠군. 그건 그들이 일방적으로 보낸 것이고, 혹여 구설수에 휘말릴까 봐 남들 눈에 띄지 않게 숨겨둔 것이네."

범은 미리 준비한 것처럼 막힘없이 대답했다. 그리고 그 대답은 상황을 무리 없이 설명해냈다. 밀서의 내용은 막연하고 추상적이어서, 그것만으로는 세자가 역모 죄인들에게 어떤 지령을 내렸다고 입증할 증거가 되지 못했다. 하지만 여긴 법정이 아니었다. 조내관은 자신의 심증을 믿었다. 완고하게 다문 노인의 입술을 보며 범은 그를 속일 수 없다는 것을 알아차렸다. 솔직한 해명. 조내관이 요구하고 있는 건 오로지 그뿐이었다. 범은 가볍게 한숨을 내쉰 후, 고운 손으로 단아한 이마를 짚었다. 마치 떠올리는 것만으로도 괴로운 기억을 건드리는 것처럼.

"그대도 알다시피 그땐 헌이 깨어나기 전이었어. 내가 보위를 잇지 않는다면 왕조가 뿌리째 흔들리고, 사방에서 닥쳐오는 외세의 위협 앞에 조선은 풍랑 만난 배처럼 흔들릴 게 뻔했지. 난 최선의 방법을 찾아야만 했네."

"그래서 윤대감을 숙청하신 겁니까?"

범은 그렇다고 대답하지 않았다. 부인하지도 않았다. 괴로운 듯 구겨져 있던 범의 얼굴이 서서히 반듯하게 펴지더니 돌로 깎은 것처럼 무표정하게 변했다. 범이 조내관 아닌 다른 사람 앞에서는 절대 보이지 않는 바로 그 얼굴이었다. 더는 연기할 필요가 없다고 판단한 것이다. 범의 단정한 입술 끝에서 소름 끼치게 냉정한 미소가 안개처럼 피어났다.

"숙청이란 표현은 듣기 거북하군. 왕권의 초석과 기반을 다지는 과정이라고 해두면 어떨까."

조내관의 동공이 스르르 벌어졌다. 그가 늘 두려워했던, 그저 상상이길 간절히 바랐던 일이 눈앞에서 벌어지고 있었다. 장차 이 조선을 다스려야 할 세자가 선 아닌 악, 그것도 절대악에 가깝다는 사실과 직면하는 일. 조내관은 두 손을 파르르 떨며 입을 열었다.

"제가…… 제가 이 편지들을 들고 주상 전하께 간다면 저하는 어떻게 하실 겁니까? 전부 부인하실 겁니까?"

"그럴 필요는 없지. 그대는 결코 그리 하지 못할 테니까."

범은 자신만만하게 응수했다. 그의 얼굴에선 어느새 비틀린 미소가 사라지고, 다년간에 걸친 피나는 연습으로 구현해낸 온화한 미소가 그 자리를 채우고 있었다. 모두를 속게 만드는, 속아 넘어가고 싶게 만드는 그 매혹적인 표정. 범은 입꼬리를 부드럽게 올리며 말했다.

"다들 세자 이범의 껍데기만 보고, 또 그걸 사랑하는 척하지. 아바마마도, 어마마마도, 내 아내도 말이야. 아마 그대는 내 속을 알면서도 애정을 품고 있는 유일한 사람일 걸세."

"……."

"내 말이 틀리는가? 평생 갖지 못한 아들 같고 손자 같은 존재. 그대에게 내가 그렇지 않은가?"

조내관은 그의 눈앞에서 오만하게 턱을 쳐들고 있는 훤칠한 청년을 바라보았다. 한때 저 청년은 말도 제대로 못 하는 자그마한 핏덩이였다. 아비와 어미로부터 한꺼번에 외면당한 그 가여운 핏덩이를 밤마다 업어 재우고, 똥오줌을 치워주고, 말을 가르친 사람은 장가도 못 간 중년의 내관이었다.

"저하, 저는……."

지금도 눈을 감으면 그 사랑스럽고 가련한 어린것이 함박웃음을 짓는 모습이 선했다. 그 작고 말랑말랑한 몸을 품에 가득 안았을 때의 환희가 되살아났다. 어린 범성군과 함께했던 기나긴 시간들이 조내관의 의식을 가득 메웠다. 잠시나마 고개를 쳐들었던 용기는 그 시간의 위력에 압도당했다. 처음부터 그럴 줄 알았던 범은 여유롭게 팔짱을 낀 채 조내관의 늙은 얼굴에서 반격의 의지가 사라지는 모습을 유유히 지켜보고 있었다.

"이곳은 안전하다고 생각했는데, 아닌 것 같군. 다 없애버려야겠어."

범이 꽃신과 편지 뭉치와 궤를 차례대로 가져가는데도 조내관은 일말의 저항도 하지 않았다. 범은 정확한 손길로 부싯돌을 튕겨 불을 붙이고, 문제의 물건들을 아궁이에 집어넣었다. 조내관은 아무 말도 하지 못한 채, 백일홍처럼 새빨간 불꽃이 종잇장을 야금야금 삼켜가는 모습을 지켜보고 있었다. 그 잔인한 섬광의 잔상이 그의 동공에 화인(火印)처럼 아로새겨졌다.

81
소박맞은 세자

"빈궁 마마, 차 드실 시간입니다."

서린은 묵직한 찻상을 양손에 든 채 조심스럽게 문지방을 넘었다. 세자빈 연씨는 서린이 힘겹게 옮겨놓은 찻상을 쳐다보지도 않았다. 아니, 서린이 들어온 것조차 모르는 것처럼 굴었다. 서린은 공손하게 무릎 꿇은 자세로 연씨에게 말을 붙였다.

"외람되지만 제가 감히 한 말씀 올려도 될까요?"

"……."

"마마께서 절 싫어하시는 건 압니다만, 전 마마께 악감정이 없습니다. 정말입니다. 성심성의껏 마마를 보필할 테니, 마마께서도 절 편히 여겨주시면 좋겠습니다."

서린은 진심이었다. 불미스러운 전력을 지닌 몸으로 세자나 대군을 모실 수는 없어 임시방편으로 이곳에 배치되었지만, 거기에 불만은 없었다. 언제까지 이곳에 있게 될지는 모르지만, 적어도 그동안은 연씨에게 도움이 되고 싶었다. 그러나 연씨는 서린의 말을 제대로 듣는 것 같지도 않았다.

"그래, 알아서 하거라."

연씨는 넋 나간 듯 형식적으로 대답했다. 서린이 인사를 올리던 사흘 전부터 지금까지, 연씨는 세상만사에 관심을 잃은 듯 보였다. 문간 너머로 문상궁이 나타나 엄숙하게 고하기 전까지는 그랬다.

"마마, 저하께서 오늘 밤 오신다고 하십니다."

죽은 듯 초점을 잃었던 연씨의 눈동자에 급격한 파문이 일었다. 그녀는 벌떡 일어났다가, 다시 주저앉더니, 주위를 정신없이 휘휘 둘러보고, 급기야 두 손으로 얼굴을 감싸 쥐기까지 했다. 너무 반가워서 그런 건가. 연씨의 불같은 투기를 겪어본 바 있는 서린은 그렇게 생각했다. 하지만 경련을 일으키듯 실룩거리는 연씨의 두 뺨은 꼭 귀신을 본 사람 같았다.

"난, 나는…… 그러니까……!"

"마마께서 오늘 아침 달거리를 시작하셨습니다. 몸 상태가 좋지 않으셔서, 세자 저하를 잘 모시기가 어려우실 것 같습니다."

그럴듯한 변명을 찾지 못하고 버벅거리는 연씨를 대신해 서린이 말했다. 서린과 연씨의 관계를 아는 문상궁은 놀란 듯 눈을 치켜뜨며 연씨를 쳐다보았다. 연씨가 엉겁결에 고개를 끄덕이자, 문상궁은 입을 열고 뭔가 말하려다 도로 다물어버렸다. 말은 뱉는 것보다 삼키는 게 낫다고 여기는 전형적인 궁인다웠다.

문상궁이 물러간 후에도 연씨는 안절부절못했다. 혹시 범의 심기를 상하게 할까 봐 걱정하는 것이다. 그걸 간파한 서린이 차분한 어조로 타이르듯 말했다.

"마마, 저하께서 오신다고 매번 맞아주실 필요는 없습니다. 싫을 땐 싫다고 하셔도 됩니다."

"……."

"혹시 기분이 상하셨다면 죄송합니다. 그럼 이만 물러가겠습니다."

주제넘은 말을 한 건 아닌지 걱정하면서 서린은 뒷걸음질로 물러났다. 조용히 문을 닫으려는데, 오도카니 앉아 있던 연씨가 소리 없이 입술을 달싹이는 게 보였다. 고맙다고 말하는 것 같았다.

서린이 은근한 미소를 머금고 댓돌을 내려오는데, 기둥 뒤에서 누군가 불쑥 튀어나오며 그녀를 불렀다.

"아씨!"

"도야!"

도야는 주변에 사람이 있는지 연신 두리번거리며 잰걸음으로 다가왔다. 꼬질꼬질한 수건으로 꽁꽁 싸맨 작은 물건을 내미는 도야의 손이 부들부들 떨리고 있었다.

"부탁하신 대로 가져왔지라. 워메, 살 떨리는 거. 대군 마마께서 가마에서 내리실 때 슬쩍 했지라. 들키면 지는 죽은 목숨이구먼요."

"정말 잘했어. 이 은혜는 잊지 않을게."

"은혜고 나발이고, 보실 게 있으면 싸게싸게 보기나 하시랑께요!"

도야는 그답지 않게 조바심 내며 독촉했다. 헌이 목간(沐間)* 하러 간 틈에 도야는 커다란 목욕통 사이로 숨어들어가 서린이 부탁한 물건을 훔쳐왔다. 바로 대군의 두루마기 속에 숨겨진 옥패였다. 헌이 목간을 끝내고 나와 옷을 입을 때까지, 도야는 아무 일도 없었다는

• 목욕

듯 옥패를 다시 돌려놓아야 했다. 서린은 숨을 고르고 마음을 가라앉힌 후, 옥패를 감싼 수건을 벗겨냈다. 살며시 왼손을 얹자, 매끄러운 표면의 감촉이 느껴졌다.

'세자빈의 가문에서 내게 결혼 선물로 준 유리옥패다.'

상냥하기 이를 데 없는 남자의 목소리가 들렸다. 서린은 그 목소리를 평생 잊을 수 없을 거라 생각했다. 살인자의 어두운 기운과 구원자의 밝은 기운을 양면에 지닌 세자의 목소리였다. 곧이어 눈 끝이 살짝 휘어지도록 따스하게 웃는 잘생긴 얼굴이 나타났다.

'우애의 징표로 네게 주마. 늘 몸에 지니고 다니거라.'

그와 동시에 서린의 손바닥에 와 닿는 단단하고 반들반들한 물건의 촉감. 서린은 지금 헌의 기억 속에 들어와 있다는 걸 알면서도 큰 소리로 외치고 싶은 충동에 시달렸다. 그걸 받으면 안 된다고, 함정이라고. 그러나 눈앞에 펼쳐지는 건 과거의 일이었고, 서린이 동화된 헌의 의식에는 순수한 기쁨이 차오르고 있었다.

'다른 사람에게는 절대 말하지 말거라. 네 형수가 알면 질투할 테니까.'

세자가 이 정도로 미남이었나? 서린은 일종의 광채를 띤 범의 얼굴을 보며 조금 당혹스러웠다. 처음에는 그게 헌이 형에게 품고 있는 애정 때문인가 했는데, 그게 전부는 아니었다. 서린은 화기도감에 침투한 살인자, 그러니까 범의 기억에 들어갔을 때 주변의 모든 사물이 칙칙하고 죽어 있는 것처럼 보였던 걸 떠올렸다. 헌의 기억은 그 정반대였다. 시야에 들어오는 모든 것이 총천연색으로 선명하게 빛났다. 아마도 이게, 헌이 세상을 보는 시선이리라.

짧은 기억이 끝나고, 서린은 옥패에서 손을 뗐다. 역시 예상대로, 세자가 옥패의 주인이었다. 서린으로부터 옥패를 돌려받은 도야는 불안한 듯 눈알을 굴리며 거듭 물어왔다.

"다 보신 거지라? 나중에 다시 훔쳐 와라, 그란 거 없지라?"

"응, 이제 가져가도 돼."

서린의 허락이 떨어지자마자 도야는 왔던 방향으로 쏜살같이 달려갔다. 그리고 서린은 그 반대 방향으로 걷기 시작했다. 세자의 실체를 알기 위해 반드시 가봐야 하는 곳이 있었다.

"정전과 북문 사이, 샛길을 따라 쭉 가면 나온다고 했었지."

서린은 한참 전 채옥에게 들었던 말을 더듬으며 길을 찾았다. 궁의 지도에는 나와 있지도 않은 폐궁, 설화당에 직접 가는 건 처음이었다. 아린이 죽은 후 단서를 찾기 위해 가보려고 한 적은 있었지만, 더 이상의 사고를 막는다는 명분으로 입구를 지키던 의금부 관원들에게 번번이 가로막혔었다. 다행히 아린이 죽은 지 반년이 되어가는 이 시점에는 폐궁을 지키는 인원도 전부 철수한 상태였다. 동생이 숨을 거둔 곳. 그 아이의 눈이 마지막으로 담았던 곳. 서린은 각오를 다지며 설화당에 발을 들였다.

누가 이런 곳에 오고 싶어 할까. 설화당의 첫인상은 그랬다. 뜰 곳곳에 치우지 않은 낙엽이 수북이 쌓여 있고, 마모된 기와에서 돌가루가 떨어져 흩날리고 있었다. 창호지는 군데군데 쥐가 파먹은 것처럼 크고 작은 구멍이 뚫려 있었다. 서린은 가장 커 보이는 방문의 빗장이 풀려 있는 걸 발견하고 그 안으로 들어갔다. 값나가는 물건은 전부 압수당하거나 도둑맞아 남아 있는 가구는 거의 없었다. 서린은 문짝이 부서진 채 나뒹구는 반닫이 위에 왼손을 올려놓고 눈을 감았다.

'희빈 마마께서 군 마마를 잉태하셨을 때, 주상 전하께서 선물로 주신 자개 쌍합입니다. 가지고 가시겠습니까?'

점잖은 목소리를 가진 중년 남자가 반닫이에서 물건을 하나하나 꺼내며 말하고 있었다. 지금보다는 훨씬 젊게 들리지만, 틀림없다. 조내관이었다. 그의 시선은 저만치 떨어져 있는 사내아이를 향해 있었다. 바깥세상을 거부하는 것처럼 완강히 뒤돌아 앉은 작고 꼿꼿한 등.

'군 마마, 이거 기억하시지요?'

'이건 간직하고 싶지 않으십니까?'

조내관은 이런저런 물건을 들어 보이면서 유혹하듯 불렀지만, 어린 범성군은 돌아볼 줄 몰랐다. 어머니의 유품 따위는 그에게 아무 의미도 없는 듯했다. 그런 범성군을 보는 조내관의 가슴이 아릿하게 저려왔다. 조내관은 마지막으로 꺼낸 물건을 손에 꽉 쥐고 대군에게 다가갔다.

'이건 정말 귀한 물건입니다. 누구에게도 넘기지 말고 몰래 지니고 계십시오.'

서린은 마침내 범성군을 볼 수 있었다. 지금의 세자를 축소해놓은 듯한 단려(端麗)한 이목구비가 인형처럼 차갑게 굳어 있었다. 범성군은 무덤덤하게 손을 뻗어 조내관으로부터 옥패를 넘겨받았다. 이로써 유품 정리를 끝낸 조내관은 홀가분함과 공허함을 동시에 느끼며 고개를 들었다.

반쯤 열린 문 너머로, 이 기억으로부터 시간이 흘렀으나 지금보다 퇴락하기 전의 설화당 정경이 내다보였다. 알록달록한 새들이 울창하게 우거진 나무에 앉아서 지저귀거나, 뜰까지 내려와 바닥에 뿌려진 모이를 바쁘게 주워 먹고 있었다. 왕이 이른 아침 일어났을 때 새들의 노랫소리를 듣게 하고 싶다며, 희빈 박씨가 비싼 돈을 들여 사모은 새들이었다.

'저 녀석들은 어쩌면 좋을까요? 먹이를 받아먹는 데 길들여져서, 어디 가지도 못하고 여기서 맴돌며 똥만 잔뜩 싸댈 텐데요.'

'그럼 다 죽여버리면 되지 않느냐.'

마치 목마르면 물을 마시면 되지 않느냐는 것처럼 대수롭지 않게 말하는 범성군을 보는 조내관의 시야가 확 넓어졌다. 너무 놀라 동공이 커진 것이다. 서린은 급격히 빨라지는 조내관의 심장 박동 소리를 들을 수 있었다. 십삼 년의 시간을 건너온 소리였다. 괴물로 변해버린 사람을 대면한 충격에 휩싸인 소리였다. 지금도 조내관의 심장은 똑같이 뛰고 있을까. 아니면 오랜 세월을 지나며 세자의 기행(奇行)에도 무뎌져버렸을까. 서린은 문득 궁금해졌다.

혹시 또 다른 단서가 있을까 해서 벽과 바닥을 부지런히 만지고 다녔지만, 남아 있는 기억들은 전부 죽은 폐빈의 것이었다. 문무백관이 머리를 조아리는 가운데 눈부시게 휘황한 성장(盛粧)을 하고 중전으로서 대례식을 올리는 박씨 자신에 대한 망상들. 그 중간중간 지금보다 훨씬 젊어 보이는 왕과 홍씨와 범성군의 얼굴이 한데 뒤섞여 두서없이 튀어나왔다. 그 기억을 계속 엿보다간 정신이 이상해질 것 같아, 서린은 그쯤에서 그만두고 방을 나왔다.

서린이 건물 뒤로 돌아가려는데, 담장 쪽에서 바스락거리는 소리가 들렸다. 홱 고개를 돌린 서린은 담장 위로 쭉 미끄러지는 선홍색 치마를 보며 눈을 깜박였다. 치마 끄트머리에서 금박 자수가 반짝이고 있었다. 서린은 그 치맛자락을 붙잡으려는 것처럼 그쪽으로 손을 내밀었다가, 조용히 다시 내렸다. 도망치는 사람을 붙잡아봤자 겁만 줄 뿐이다.

"조금만 더 돌아다녀 볼까?"

서린은 안채와 별채 사이에 붙어 있는 부뚜막을 발견하고는 조심스럽게 안으로 들어갔다. 폐궁에 갇힌 사람에게는 더운 음식이 허용되지 않으니, 이 부뚜막은 사용한 지 십오 년도 훌쩍 넘었을 것이다. 그런데 이상했다. 아궁이에 불 피운 흔적이 남아 있었다. 서린은 쪼그려 앉아 잿더미를 유심히 들여다보았지만, 원래 무엇이었는지 알아낼 방법은 없었다. 왼손에 놓고 문질러도 아무 일도 일어나지 않았다.

'아, 혹시 저건……?'

아궁이 옆에 놓인 부싯돌을 발견한 서린이 그쪽으로 손을 뻗었다. 누군가 최근에 아궁이에 불을 붙였다면 틀림없이 부싯돌을 사용했을 것이고, 거기에 기억이 남아 있을 터였다. 그런데 서린의 왼손이 부싯돌 표면에 닿으려는 순간, 아궁이 위로 검은 그림자가 길게 드리워졌다.

"윤나인, 예서 뭘 하는 겐가?"

서린은 놀란 기색을 드러내지 않으려고 애쓰면서 몸을 일으켰다. 그리고 정중히 예를 올렸다.

"세자 저하를 뵙습니다."

"지금은 근무 시간일 텐데, 폐궁에서 뭘 하고 있는 건지 물었다."

수행원도 없이 홀로 나타난 범은 침착한 말투를 유지했지만, 평소보다 훨씬 예민해 보였다. 서린은 여기 와선 안 되는 이유라도 있느냐고 따져 묻고 싶은 충동을 억눌렀다. 아직 세자와 대립각을 세우긴 일렀다. 그는 손짓 한 번으로 그녀를 내칠 수 있는 사람이었다.

"자리를 지키지 못해 송구합니다, 저하. 실은……."

"실은?"

"이것을…… 붙여놓으려고……."

서린은 세자의 눈치를 보는 척하면서 품 안에서 뭔가를 부스럭부스럭 꺼냈다. 싯누런 종이에 붉은 글자를 그림처럼 휘갈겨 쓴 조악하기 짝이 없는 부적이었다. 서린은 세자가 부적을 자세히 보지 못하도록 슬쩍 말아 쥐면서 소심한 척 우물거렸다.

"궁에서 부적이나 푸닥거리가 금지된 건 알고 있사옵니다. 그렇지만 요즘 들어 동생이 자꾸 꿈에 나오는데, 혹 그 원혼이 구천을 떠돌고 있는 게 아닌가 싶어, 걱정스러운 마음에……."

서린은 슬픔을 이기지 못하는 것처럼 시선을 떨어뜨리며 말끝을 흐렸다. 자신의 연기가 상대를 속일 수 있길 바라면서. 범은 찌를 듯 날카롭게 서린의 정수리를 응시하고 있었다.

"무당이 그랬습니다. 조왕신*이 부녀자들을 돌보아주니, 동생이 죽은 곳에서 가까운 부뚜막에 이걸 붙이라고……. 제가 잠깐 미쳤었나 봅니다! 죽을죄를 지었습니다!"

서린은 눈물을 그렁그렁 머금은 채 범의 앞에 납작 엎드렸다. 그 모습을 본 범은 팽팽해졌던 눈매를 풀었다. 그리고 평소와 같이 온화

* 부엌을 관장하는 신

해진 얼굴로 부드럽게 말했다.

"그 마음을 내 어찌 모르겠는가."

"망극하옵니다."

서린은 자연스럽게 고개를 떨어뜨리면서 몰래 한숨을 내쉬었다. 그녀도 아무 생각 없이 여기 온 건 아니었다. 폐궁을 멋대로 돌아다니다간 세자 아닌 누구라도 마주쳤을 때 곤란해질 수 있다는 걸 잘 알았다. 그래서 미리 핑곗거리를 만들어왔다. 동생을 애도하는 언니에게는 아무도 꼬투리를 잡지 않을 테니까. 서낭당을 지나가다 본 기억을 떠올려 얼추 그럴듯하게 부적을 만들어낸 건, 이번에도 물론 도야의 솜씨였다.

'부적이란 말이지.'

한편, 범은 새어 나오려는 웃음을 참고 있었다. 뭔가 기이한 힘이 있는 궁녀, 서린이 설화당을 돌아다니는 걸 발견했을 때는 내심 긴장했었다. 그런데 그 이유가 고작 부적 따위였다니. 조금은 실망스러울 만큼 마음이 놓였다. 범은 지저분한 바닥에 이마를 붙이고 있는 서린을 부축해 일으키면서 다정하게 말했다.

"동생을 그리워하는 우애는 갸륵하나, 산 사람은 살아야지. 궁은 보는 눈이 많으니, 나인의 본분을 늘 잊지 말도록."

"명심하겠나이다, 저하."

서린은 송구한 척하면서 다시 한번 고개를 숙였다. 압도적으로 불리한 싸움. 하지만 포기할 생각은 없었다. 왕조의 번영을 위해 한 몸 바치는 게 나인의 본분이라면, 왕조의 멸망을 막는 것도 마찬가지일 테니까. 세자 이헌이 말에서 떨어지는 순간부터 시작되었던 이 잘못된 역사를, 서린은 제 손으로 바로잡을 작정이었다.

82

수상한 뱃놀이

"어제 먹은 갈비찜이 얹혔나 보다. 영 속이 좋지 않구나. 저하께는 송구하다고 전하거라."

연씨는 서린의 조언을 받아들였다. 그리고 세자가 함께 시간을 보내자고 할 때마다 그럴듯한 구실을 대며 거절하기 시작했다. 달리 할 일이 있는 건 아니었다. 그저 멍청하게 입을 벌린 채 벽을 보고 앉아 있기 일쑤였다. 그러다 문득 시장해진 듯 이런저런 음식을 가져오라 말하고, 막상 정성스레 차린 상이 올라오면 입맛이 없어졌다며 거절했다. 요즘 들어 매일 그런 식이었다. 서린은 무릎 꿇고 앉아 연씨의 방을 닦다가 그녀에게 슬쩍 말을 건넸다.

"마마, 바람이라도 쐬러 가시면 어떨까요?"

"……바람?"

연씨는 텅 빈 눈으로 서린을 쳐다보았다. 자기가 누구 말을 듣고 있는지도 모르는 것 같았다. 그녀를 별로 좋아하지 않는 서린에게도 연민이 생길 지경이었다.

"요 며칠간 문지방을 한 번도 넘지 않으셨습니다. 우울하고 처질 수밖에요."

"그런가."

"가을이라 하늘이 청명하고 바람도 맑습니다. 연못가에서 뱃놀이라도 하시면 어떨까요?"

바람이라는 단어에 연씨의 귀가 쫑긋 서는 게 서린의 눈에도 보였다. 바깥 공기를 쐬지 않은지 며칠이나 되었으니 솔깃할 만도 했다. 서린은 자석에 끌린 듯 옷궤로 향하는 연씨의 시선을 보고는 그녀가 속으로 입고 나갈 옷을 고르고 있다는 걸 알아차렸다.

"그럼, 제가 준비시키겠습니다."

수시로 바뀌는 왕족의 기분에 따라 수십 명의 궁인들이 일사불란하게 움직이는 건 볼 만한 일이었다. 빈궁 마마께서 뱃놀이 가길 원하신다고 서린이 전달한 지 반 시진도 지나지 않아, 궁에서 가장 큰 연못에 차양을 친 늘씬한 나룻배가 띄워졌다. 가을볕에 타지 않도록 쓰개치마를 쓰고 나타난 연씨는 노를 들고 대기 중인 예닐곱 명의 내관들을 보고 대번에 인상을 찡그렸다.

"여럿이 타는 건 싫다. 그랬다가 배가 기울어지기라도 하면 어떡하느냐?"

"허나 빈궁 마마……."

순조로운 뱃놀이를 위해 만반의 채비를 갖추어놓은 상궁은 난색을 표했다. 세자빈 혼자 배에 타겠다니 절대 안 될 말이었다. 연씨의 뒤에서 넌지시 눈치를 보고 있던 서린이 재빨리 나섰다.

"그럼 제가 노를 잡겠습니다. 빙부로 일한 적이 있어서 힘 하나는 자신이 있거든요. 저와 둘만 타면, 빈궁 마마도 안심하시겠지요?"

연씨는 싫다고 하지 않았다. 서린이 갑자기 이토록 살갑게 구는 이유를 의심할 법도 한데, 그런 걸 생각할 정신도 없는 듯했다. 내내 침울하던 연씨의 기분은 배에 오르자 한결 나아졌다. 속이 안 좋다더니 배를 타면서도 메슥거린다고 불평하기는커녕, 쓰개치마까지 벗어 놓고 선유(船遊)를 즐기는 연씨를 보고 서린은 다시금 확신했다.

'세자를 피하고 계신 거야.'

사실 서린이 연씨에게 뱃놀이를 권한 데는 다른 이유도 있었다. 빈궁 처소는 동궁전 한복판에 있고, 궁인 중 누가 범의 편일지 몰랐다. 어쩌면 전부일지도. 그래서 서린은 감시로부터 완전히 자유로운 곳에서 연씨와 대화하고 싶었다.

"엊그제 설화당에는 왜 오셨습니까, 마마?"

"……."

"담장 뒤에 숨어 있던 사람, 마마 맞으시지요?"

"무, 무슨 말을 하는지 도통 모르겠구나."

연씨는 당황해서 말까지 더듬으면서도 시치미를 뗐다. 예상했던 대로였다. 서린은 천천히 노를 저으면서 태연하게 응수했다.

"그런가요? 봉황문(鳳凰紋)이 들어간 스란치마를 입을 수 있는 분은 빈궁 마마뿐이실 텐데요."

연씨는 단번에 말문이 막혀버렸다. 금박 단을 넣은 스란치마는 왕족 여인만 입을 수 있었고, 그중에서도 봉황문 치마는 오직 세자빈에게만 허용되었다. 몰래 돌아다니려면 그 치마부터 어떻게 좀 할 것이지. 하지만 서린은 연씨를 무안하게 만들고 싶은 건 아니었다.

"전 마마께서 그날 저와 같은 목적으로 설화당에 가셨다고 생각합니다."

"난 모, 목적 같은 거 없……."

"마마가 혼인하신 이가 대체 어떤 사람인지, 그걸 알고 싶으셨던 거 아닌가요?"

서린은 과감하게 정곡을 찔렀다. 드넓게 펼쳐진 연못 한복판이긴 하지만 이곳도 결국 세자의 영역. 세자빈이 나인과 단둘이 뱃놀이를 나갔다는 소식을 들으면 세자가 달려올지도 몰랐다. 서린의 물음에 연씨는 뜨거운 기름이 튀기라도 한 것처럼 움찔했다.

"무슨 헛소리를 하는 게냐? 난 내 지아비가 누군지 잘 알고 있다."

"누군지 아시느냐고 묻지 않았습니다. 어떤 사람인지 아시느냐고 물었지요."

"……."

추운 날씨도 아닌데 두 손으로 제 어깨를 감싸며 가늘게 떠는 연씨를 보고 서린은 확신했다. 뭔가 사건이 있었던 것이다. 남편에게 맹목적이었던 그녀의 눈을 뜨게 해준 어떤 일이.

"세자 저하는 모두가 생각하는 것과는 다른 사람입니다. 마마도 그걸 알고 계신 거지요?"

"다, 다가오지 마라!"

연씨는 주춤주춤 물러났지만, 난간 너머는 푸른 물이었고 도망갈 곳은 없었다. 이 또한 서린이 노린 바였다. 서린은 연씨의 코앞까지 다가가 그녀의 면전에 불쑥 손을 뻗었다.

"용서하십시오, 마마. 잠시 결례를 범하겠습니다."

겁먹은 연씨는 양팔로 머리를 감싸며 주저앉았지만, 서린은 그녀를 해코지할 의도가 없었다. 허공으로 무방비하게 뻗은 연씨의 오른손과 서린의 왼손이 만나는 순간, 섬뜩한 붉은빛이 서린의 시야를 뒤

덮었다. 너무도 큰 충격을 받아서일까. 기억은 잔뜩 일그러지고 흐려져 있었다.

'히이이이익!'

사람의 것인지 짐승의 것인지 모를 기괴한 비명 소리가 사방에 튀는 핏물 속에서 메아리쳤다. 도끼 날이 푸른 섬광을 뿜으며 날아올 때, 서린은 그게 마치 저를 노리는 것 같아 몸서리쳤다. 시야를 비껴간 도끼는 바닥에 쓰러진 거대한 짐승을 난도질했다. 서린도 본 적 있는 말이었다. 마구간에서 범을 만났을 때, 그는 저 밤색 말을 꽤 아끼는 것처럼 보였었다. 그때 뭐라고 했더라. 그 말이 보고 기억한 걸 말할 수 있다면 궁이 발칵 뒤집힐 거라 했었지.

'그만 보시는 게 좋겠습니다.'

형체를 알 수 없게 된, 핏빛 곤죽에 가까운 사체의 모습 위로 조내관의 참담한 낯이 겹쳐졌다. 지켜보면서도 말리지 않았구나. 서린은 배신감에 가까운 그 감정이 자신의 것인지 연씨의 것인지 구분할 수가 없었다. 웅덩이처럼 고인 핏물 속에서 옥색 천을 조심스레 주워드는 두 손이 보였다. 세자의 것보다 더 가늘고 연약한 손가락들. 아마도 세자빈 연씨의 것이리라.

'방금 있었던 일을…… 잊지 않기 위함일세.'

악문 잇새로 말하는 듯 웅얼거리는 연씨의 음성이 들려왔지만, 서린의 주의는 다른 곳에 집중되어 있었다. 흙먼지와 말똥, 그리고 핏물로 얼룩져 이루 말할 수 없이 지저분해진 옥색 천. 연씨도 조내관도 몰랐지만 서린은 한눈에 알아봤다. 목깃과 끝동에 붉은 천을 덧댄 그것은 저고리였다. 말의 두꺼운 발목을 두 번 감으면 끝나는 자그마한 저고리는 아린의 것이었다. 서린은 기억이 아닌 제 가슴 깊은 곳에서 피 같은 분노와 슬픔이 뚝뚝 떨어져 흐르는 것을 느끼며 눈을 떴다. 그리고 여전히 정신을 못 차리고 있는 연씨에게 가만히 말을 건넸다.

"난도질당한 말이라니, 못 볼 걸 보셨군요. 많이 놀라셨겠습니다."

"그, 그걸 어떻게!"

연씨는 놀란 나머지 제자리에서 펄쩍 뛰었고, 그 바람에 나룻배가 기우뚱 흔들렸다. 서린이 민첩하게 반대편으로 건너가 균형을 잡으려는데, 돌연 연씨가 그녀에게 머리를 조아리고 빌기 시작했다.

"저하께는 알리지 말아다오. 난 제대로 보지 못하였다! 정말이야!"

서린은 연씨가 공포와 불안에 질린 나머지 제정신이 아니라는 걸 알아차렸다. 서린은 예전 같았으면 연씨에게 했을 거라고는 상상도 못 할 행동을 했다. 그녀를 껴안고 등을 살살 쓸어주기 시작한 것이다. 아린이 악몽을 꿀 때마다 달래주었던 것처럼. 사시나무처럼 떨던 연씨는 서린의 품 안에서 차츰 안정을 되찾기 시작했다. 그녀는 가장 싫어했던 나인의 어깨에 이마를 묻은 채 그동안 누구에게도 토로하지 못했던 속내를 꺼내놓기 시작했다.

"누가 뭐래도 난 저하께 진심이었다. 입학례 치르는 친정 오라버니를 축하해주러 성균관에 갔을 때, 축사(祝辭)하러 오신 저하를 처음 뵈었지. 그분의 나이 열아홉, 내 나이 열셋이었지."

서린은 연씨가 자신과 동갑이라는 사실에 놀랐다. 왜 당연히 연상일 거라고 생각했을까. 집채만 한 어여머리와 짙은 화장 아래에는 갓 스물이 된 앳된 여자가 있었다. 연씨는 열에 들뜬 사람처럼 남편에 대한 짝사랑을 횡설수설 늘어놓았다.

"간택되었을 때 얼마나 행복했는지 모른다. 꿈에 그리던 분의 아내가 된다는 생각에 너무도 설레어 잠도 못 잤지. 난 현숙한 국모가, 그분은 자애로운 국부가 되실 줄 알았는데……."

흔히 생각하는 것과 달리 연씨는 어리석지 않았다. 세자빈 간택이라는 어마어마한 경쟁을 뚫고 올라온 여자가 사리분별 못 하는 백치미인일 리는 없었다. 그저 자신이 만든 완벽한 부부의 틀에 갇혀 거기에 어긋나는 건 못 본 척했을 뿐이었다. 설화당 연못에 나인이 빠져 죽었다던 날, 오후 다과에 참석한 범의 곤룡포 끝자락이 살짝 젖어 있던 것도, 부부인 서씨가 다치기 이틀 전 벌에 쏘인 것처럼 손등이 부어올라 있던 것도. 하지만 남편이 광기 어린 망나니처럼 도끼를 휘둘러 말을 토막 내는 장면을 보고는 더 이상 흐린 눈을 할 수 없게 되었다.

"난…… 사랑에 눈이 멀었었다. 그런데 알고 보니, 내가 사랑했던 이는 이 세상에 존재하지도 않는 그런 사람이었구나."

연씨는 인정할 수밖에 없었다. 범이 눈물이란 걸 흘릴 줄 모르는 잔혹한 사람이고, 다른 사람이 다치고 불행해지는 걸 즐긴다는 사실을. 더 나쁜 건, 그 불행을 그저 지켜보는 데 그치지 않고 주변 사람들을 해쳤을지도 모른다는 것이었다. 멍한 눈에서 주룩주룩 눈물을 쏟는 연씨에게 서린이 다그치듯 말했다.

"마마, 용기를 내셔야 합니다. 이대로 계시면 안 됩니다. 마마가 변했다는 걸 세자도 눈치챘을 테니, 다음에는 마마가 다치실 수도 있습니다."

"그분이…… 날? 정말 그렇게까지 하실까?"

서린의 말을 믿지 못해 묻는 게 아니었다. 현실을 부인하고 싶은 것일 뿐. 자신의 존재가 범에게 아무런 가치도 없다는 건 연씨도 잘 알고 있었다. 그의 곁에서 장식품처럼 아름답게 웃어주고, 사람들로 하여금 찬탄을 자아내게 해줄 여자는 많았다. 서린이 연민에 찬 눈으로 가만히 고개를 끄덕이자, 연씨는 억장이 무너지는 듯 탄식했다.

"너무도 두렵구나. 어디가 끝인지 헤아릴 수 없는 그분의 실체가. 그분이 가진 막강한 힘도."

연씨는 짙푸른 물속에서 당장 범이 솟아나기라도 할 것처럼 부르르 떨며 쓰개치마를 뒤집어썼다. 그리고 맞은편 자리로 돌아가 다시 노를 잡는 서린을 보며 이해가 안 간다는 듯 물었다.

"넌 무섭지 않느냐?"

"저도 무섭습니다. 하지만……."

서린은 노를 양손에 쥔 채 뱃전에 간간이 맺히는 잔물결을 내려다보았다. 단추처럼 까맣고 영롱한 눈을 가진 그녀의 어린 동생은 저런 물에 잠겨 숨도 못 쉬고 고통스럽게 죽었다.

"아무리 무서워도 피할 수 없는 싸움이란 게 세상에는 있는 법이니까요."

서린은 통증에 가까운 격렬한 그리움을 참으면서 노를 젓기 시작했다. 한 무리의 궁인들이 연못 어귀에서 이 배를 지켜보고 있을 테고, 한군데 오래 멈춰 있으면 이상하게 여길 터였다.

"궁 안팎에서 절대적인 신임을 받는 세자를 치려면, 마마께서 저희 편에 서주셔야 합니다. 마마께서 아시는 걸 전하 앞에서 말씀해주시고, 숨겨둔 옷가지를 보여주실 수 있겠습니까?"

"어, 어찌 그럴 수 있겠느냐! 그랬다간 저하께서 날 가만두지 않으실 텐데!"

"무고한 사람들을 죽인 행적이 밝혀져 투옥되고 나면, 세자도 마마께 손댈 수 없겠지요. 그것만이 마마께서 살아남으실 수 있는 유일한 길입니다."

당치도 않다는 듯 손사래 치는 연씨를 서린은 차분하고 끈질기게 설득했다. 둘은 떠가는 배 위에서 소리 죽여 언쟁을 벌였고, 그 과정에서 연씨의 마음은 수십 번도 더 바뀌었다. 배가 연못을 한 바퀴 빙 돌아 처음 출발한 지점에 거의 다다랐을 때, 연씨는 마침내 결심했다.

"전세를 뒤집을 수 있다는 확실한 보장이 있기 전엔, 누구 편에도 가담하지 않겠다."

"보장이오?"

서린은 연씨가 무얼 원하는 건지 알 수 없었다. 세자와의 싸움은 달걀로 바위 치기나 다름없었다. 그런 싸움에서 승기를 잡게 해줄 결정적인 패라는 게 과연 있기나 할까.

"이 세상에서 그 누구보다 저하를 잘 아는 사람이 있다."

연씨는 서린의 어깨 너머 어딘가를 보고 있었다. 서린도 자연스럽게 그쪽으로 고개를 돌렸다. 연꽃이 소담하게 피어난 연못가에 우르르 몰려 서 있는 푸른 옷의 내관들이 보였다. 연씨는 그 무리를 뚫어지게 응시하면서 서린을 시험하듯 말했다.

"조내관을 끌어들여 보거라. 그걸 해낸다면 나도 네 편에 서겠다."

83

홍시 한 조각

"홍시 한 조각만 먹으면 소원이 없겠구나."

도성 밖 외진 마을의 버려진 헛간. 해골처럼 야윈 백발의 노인이 지저분한 멍석에 드러누운 채 신음하고 있었다. 며칠째 피죽도 입에 대지 못한 산송장에게서 죽음의 냄새를 맡은 것일까. 날파리떼가 윙윙대며 그의 발치를 맴돌고 있었다.

"극락에 가면 원 없이 먹을 수 있을 텐데, 난 못 가겠지."

노인은 자조적인 어조로 중얼거렸다. 오씨 성을 가진 그는 보름 전까지 대비전의 상급 내관이었다. 한때 대비의 총애를 받으며 상선의 지위를 노릴 정도였지만, 노화를 당해내진 못했다. 지병이 악화되어 쓰러진 그를 상선은 지체 없이 내쫓았다. 왕족만이 궁에서 죽을 수 있다는 원칙 때문이었다. 대비가 주상을 잉태했을 때 감을 따다 바치기 위해 감나무 꼭대기까지 기어 올라가기도 했던 그가 이제는 홍시 한 조각을 갈구하며 쓸쓸히 죽어가고 있었다. 그때, 삐걱 하고 헛간 문 열리는 소리가 들렸다.

"실례하네."

오내관은 저승사자가 온 줄 알았다. 그러나 문을 열고 들어와 지저분한 헛간 바닥에 서슴없이 앉는 옥색 두루마기의 남자는 산 사람이었다. 오내관은 믿기지 않는다는 듯 연신 눈을 깜박였고, 조내관은 그런 친우(親友)를 안쓰러운 눈길로 내려다보았다. 그리고 뒤따라온 예성을 향해 손짓했다. 예성이 지고 있던 봇짐을 풀자, 그 안에서 먹음직스러운 홍시 꾸러미가 나왔다.

"자네가 좋아했던 기억이 나서 사왔는데, 헛수고가 아니어서 다행이군."

오내관의 눈이 더욱 커지더니, 급기야 뿌연 눈물이 맺히기 시작했다. 조내관은 홍시 껍질을 벗겨내고는, 예성으로부터 건네받은 은수저로 떠주었다. 부들부들한 과육을 오내관의 입에 한 술 넣어주자, 쪼글쪼글한 입이 힘겹게 움직이며 그 맛을 음미했다. 뜻대로 움직이지 않는 목구멍으로 간신히 과즙을 삼키고 나자, 오내관의 입술 사이에서 만족스러운 한숨이 새어나왔다. 조내관은 그 모습을 바라보고 있다가 다시 한번 예성에게 손짓했다. 그러자 예성은 봇짐에서 한 가지 물건을 더 꺼냈다. 어린애들이 설날에 세배하러 돌아다닐 때 쓰는 비단 복주머니였다. 조내관은 그걸 오내관의 손에 쥐여주면서 말했다.

"자, 이젠 극락에 가서 홍시를 실컷 먹을 수 있을 걸세."

주머니 안에 뭔가 두툼한 게 들어 있었다. 그 정체를 알아차린 오내관은 흐느끼기 시작했다.

"고맙네, 이 은혜를 어찌 갚아야 할지……."

"은혜는 무슨."

"도자소 놈들이 바가지를 씌웠을 것인데……."

내관이 되려는 이는 누구나 도자소에 가서 양물을 잘라내야 했다. 조상으로부터 물려받은 신체를 훼손하는 건 용서받지 못할 죄였기 때문에, 내관들은 죽을 때 양물을 함께 매장하거나 화장하지 않으면 지옥에 떨어진다고 믿었다. 도자소에서는 그 믿음을 악용해 잘라낸 양물을 순순히 돌려주지 않고 비싼 값을 매겨 팔았다. 그러니 먹고살기 힘들어 입궁을 결심한 어린 내관들은 그걸 살 엄두를 못 냈고, 해마다 비싼 보관료를 내면서 자금을 마련해야 했다. 그러나 돈이 모이는 속도보다 이자 붙는 속도가 훨씬 빨랐다. 결국 죽을 때까지 제 양물을 다시 구경도 못 해보고 죽는 내관도 있었다. 오내관이 그렇게 되지 않도록 조내관이 손써준 것이다. 그건 한평생 왕실을 위해 몸 바쳐 일했던 동료 내관에 대한 조내관의 마지막 예우였다.

"동기 좋은 게 뭐겠는가. 맘 편히 떠나게. 그토록 그리워하던 누이도 만나봐야지."

조내관은 곧 나을 거라는 입 발린 소리는 하지 않았다. 오내관이 조내관보다 십 년은 더 늙어 보이지만 사실 그들은 동갑내기 친구 사이였다. 조내관은 오내관이 정신 오락가락하는 노인네로 취급받고 싶어 하지 않는다는 걸 잘 알았다. 그의 가슴에 피멍울처럼 맺힌 한이 무엇인지도.

"누우*…… 우리 누우는 왜 어린 날 버려서 평생 고생하게 만들었을꼬."

오내관은 땀 같은 눈물을 귀밑까지 주룩주룩 흘리며 한탄했다. 가

* '누이'의 강원도 방언

슴에 두 손을 모은 자세로 누워 있는 그의 손가락 사이에 누런 끈이 칭칭 동여매어져 있었다. 조내관은 그게 뭔지 알았다. 조실부모한 뒤 오내관을 돌봐주던 일곱 살 많은 누이는 아홉 살 된 그를 허허벌판의 서낭당 앞에 버렸다고 했다. 어린 오내관은 버림받지 않으려고 누이의 치마끈을 잡고 매달렸지만, 누이는 끊어진 치마끈을 오내관의 손에 버려둔 채 매정하게 떠났다.

"자네가 누이 찾느라 여기저기 쓴 돈만 아꼈어도 양물은 사고도 남았을 걸세. 이제 그만 잊어버려, 이 미련한 사람아."

"나도 그러고 싶지. 그런데 갈수록 기억이 흐려지기는커녕 더 생생해지는 걸 어쩌겠나. 이 치마끈을 뜯어내던 순간이, 마흔다섯 해 전이 아니라 마치 어제처럼 느껴진단 말일세."

오내관은 중간중간 숨을 헐떡이며 하소연을 늘어놓았다. 그는 애초에 내관 따위는 되고 싶지 않았다. 길에서 얼어 죽거나 굶어 죽지 않으려고 억지로 택한 길이었을 뿐. 만일 누이에게 버림받지 않았다면 어떻게 됐을까. 다른 사람들처럼 혼인도 하고 자식도 낳아 살았을까. 오내관은 일생의 절반 이상을 그 상념에 잠겨 보낸 사람이었다. 이것만큼은 조내관도 해결해줄 수 없는 문제라 그저 혀만 쯧쯧 차고 있을 때, 다시 한번 헛간 문이 열렸다.

"그 치마끈, 제가 한번 만져봐도 되겠습니까?"

쓰개치마를 벗으며 모습을 드러낸 사람은 서린이었다. 오내관이 여기 있는 걸 아는 궁인은 없었다. 의아해하는 조내관의 눈길이 예성에게 가 닿자, 예성은 괜히 헛기침하는 시늉을 하며 시선을 피했다. 조내관의 짐작대로 예성이 서린에게 알려준 것이었다. 오내관과 친분도 없는 서린의 등장에 조내관은 경계했지만, 오내관은 개의치 않았다. 임박한 죽음 앞에서 웬만한 일은 다 사소해지기 마련이니까. 오내관이 귀찮다는 듯 치마끈을 내밀자, 서린은 가볍게 고개를 숙인 후 신중한 손길로 그것을 받아들었다.

"……."

묵념이라도 하는 걸까. 느닷없이 눈을 감는 서린을 보며 조내관은 그렇게 생각했다. 잠시 후 눈꺼풀을 들어올렸을 때, 그 눈동자에는 슬픔이 고여 있었다. 조내관은 흠칫했다. 서린은 분명 그들과 함께 여기 있었는데, 어딘가 먼 곳의 풍경을 보고 온 사람처럼 보였기 때문이다. 서린은 왼손에 쥐고 있던 치마끈을 오내관에게 돌려주면서 나지막한 목소리로 물었다.

"누님이 나병(癩病)•을 앓으셨던 건 알고 계셨습니까?"

일순간 헛간 안의 공기가 사라지는 듯했다. 조내관과 예성은 눈을 부릅떴고, 오내관은 입을 벌린 채 침만 질질 흘리고 있었다. 서린은 그럴 줄 알았다는 듯 고개를 끄덕이며 말을 이었다.

"누님은 내관님을 버린 게 아니라, 구하신 겁니다. 계속 같이 있다간 병이 옮을 테니까요."

"날…… 구했다고?"

"잘 생각해보십시오. 누님이 평소와 달랐던 점이 있었을 겁니다."

서린은 이미 다 읽어낸 후였다. 소녀는 얼굴과 목에 병변이 퍼지고 한쪽 다리에 힘이 없어졌다. 그 증상을 알아본 마을 사람들은 몽둥이를 휘둘러 남매를 쫓아냈다. 옷가지 하나 챙기지 못한 소녀는 점

• 한센병

점 기력이 쇠하는 몸으로 동생을 데리고 떠돌아다녔다. 혹시 남에게 들킬까 봐 긴 머리카락으로 얼굴을 가리고, 혹여 병이 옮을까 봐 동생의 손도 잡아주지 못한 채.

"극심한 통증에 시달리면서도 누님은 내관님 걱정뿐이었습니다. 서낭당 앞에 내관님을 두고 가신 것도, 서낭신이 앞날을 굽어살펴 달라는 간절한 바람에서였습니다."

오내관은 물기가 축축이 밴 두 눈을 황소처럼 천천히 끔벅였다. 누이가 시집가고 싶어서 혹처럼 거치적거리는 자신을 떼어놓은 거라고, 지금까지 그렇게 믿어왔다. 그냥 굶어 죽으라고 인적도 없는 서낭당 앞에 버렸냐며 가슴 치며 원망한 적도 있었다. 어떻게든 목숨만은 부지해보려고 제 발로 도자장•을 찾아갔다. 독주에 취한 채 입에 수건을 물고 온몸을 쪼개는 듯한 고통을 참으며, 그는 오로지 누이만을 생각했다. 왜 날 버렸냐고. 어떻게 그럴 수 있었냐고. 그동안 그토록 열심히 찾은 것도 그걸 묻기 위해서인지도 몰랐다. 하지만 아무리 애써도 누이의 흔적조차 찾을 수 없었다. 오랫동안 풀 수 없던 수수께끼를 서린이 풀어주었다. 나병 환자에게 선택지는 많지 않았다. 나병 환자들이 모여 사는 외진 마을에 찾아가 그곳에서 살다가 죽거나, 아니면 그냥 아무도 없는 산골에 들어가 혼자 조용히 죽거나.

"이제 알겠다. 누우의 혼이 널 보냈구나. 떠나는 마당에 한 품지 말라고, 누우가 보내줬어."

• 도자소에서 일하는 사람

오내관은 여윈 몸을 가늘게 떨면서 오열했다. 그동안 누이를 찾던 그 한 많은 세월이 결국 그리움이었음을 깨달은 것이다. 조내관은 제 몸도 제대로 못 가누는 오내관이 어디 부딪히거나 혀를 깨물지 않도록 어깨를 잡아주면서 서린과 예성에게 지시했다.

"너희들은 나가 있거라."

"예."

서린과 예성은 고분고분 따랐다.

서린과 예성이 헛간 밖에 말없이 서 있는 동안, 간간이 새어나오던 흐느낌이 차츰 잦아들더니 이윽고 완전히 멈췄다. 잠시 후 밖으로 나온 조내관의 두루마기는 땀과 눈물로 흥건히 젖어 있었다. 조내관은 서린을 응시하면서 조용히 말했다.

"오내관은 떠났구나."

"……."

"괜찮다, 네 덕분에 마지막엔 웃으면서 갔으니."

시신을 수습하기 위해 허둥지둥 달려가는 예성의 자그마한 뒷모습을 보며, 서린은 문득 서글픔이 치밀어 올랐다. 수명을 다한 궁인의 죽음을 목격하는 건 처음이었다. 그 정도면 살 만큼 살았다고 볼 수도 있겠지만, 그렇다 해도 나아지는 건 없었다. 아무도 관심을 갖지 않는 초라하고 쓸쓸한 죽음. 조내관도 문상궁도 채옥이도 궁에서 계속 산다면 이런 죽음을 맞이하게 될까. 서린은 더없이 씁쓸해졌다. 그나마 오내관이 평화롭게 눈을 감았다는 게 위안이 되었다.

"그러니까 넌…… 무슨 무당 같은 것이냐? 물건을 통해 접신(接神)하는 게냐?"

"대충 비슷합니다."

조내관의 물음에 서린은 짤막하게 대답했다. 기억을 읽는 자신의 능력에 대해 굳이 세세히 설명해줄 필요는 없었다. 조내관은 세자 편이었고, 원래대로라면 그에게 아무런 정보도 주지 말아야 했다. 하지만 이제 상황이 바뀌었다. 서린은 조내관에게서 얻어낼 것이 있었고, 그러기 위해선 먼저 주어야 했다. 그리고 서린의 착각이 아니라면, 조내관도 그녀와 대화하고 싶어 하는 것 같았다. 그렇지 않았다면 여기 남아 있지도 않을 테니까. 서린은 자신의 감을 믿고 모험을 해보기로 했다.

"세자 저하는 타인에 대한 애정이나 감정이라는 걸 모르는 사람입니다. 맞습니까?"

조내관은 그 무슨 당돌하고 무례한 말이냐고 펄펄 뛰지 않았다. 그저 서린을 물끄러미 응시하다가 가만히 고개를 끄덕였을 뿐이다. 조내관이 이토록 순순히 인정할 줄 몰랐던 서린은 조금 놀랐다. 아무래도 그 역시 뭔가 심경의 변화를 느끼는 것 같았다. 서린은 한 걸음 더 나아가 보기로 했다.

"제 동생이 물에 빠져 죽던 날 오후, 그리고 화승총 시연회가 열리기 전날 밤, 세자 저하는 조내관님에게도 알리지 않고 어딘가 다녀오셨을 겁니다. 그것도 맞습니까?"

조내관은 또다시 고개를 끄덕였다. 왜 저러는 걸까. 이유는 모르겠지만 다시 오지 않을 기회라는 건 확실했다. 서린은 심호흡을 한 뒤 남은 용기를 모두 끌어 모아 내뱉었다.

"세자가 그들을 죽였을까요?"

조내관은 대답하지 않았다. 아기나인의 꽃신은 제 눈으로 보았지만, 세자가 이의종을 죽였다는 증거는 직접 본 게 없었다. 서린은 조내관의 침묵에도 조바심 내지 않았다. 어차피 몰라서 물은 건 아니었다.

"과거에 벌어진, 그리고 앞으로 일어날 살인을 방관하는 건 그에 동조하는 겁니다, 조내관님."

서린은 푸석해진 조내관의 얼굴에서 뿌리 깊은 죄책감을 느꼈다. 아마도 그 죄책감이 조내관을 이 자리에 서 있게 했으리라. 서린은 그를 설득할 수 있을 거라는 확신이 생겼다.

"진실을 알게 되셨다면, 올바른 선택을 하셔야 합니다. 아직 늦지 않았습니다. 무슨 수를 써서라도 세자가 보위에 오르는 걸 막고 그간의 범행을 밝혀야 합니다."

"……."

조내관의 눈빛에 묵직한 고뇌가 어렸다. 서린은 그가 세자와는 다른 부류의 선한 사람이라는 걸 알았다. 죽어가는 동료를 위해 어렵게 홍시를 구해올 정도로. 하지만 모질지 못한 그의 성정은 세자에게서 등을 돌리지 못하게 하는 걸림돌이기도 했다. 조내관에게는 시간이 필요했고, 서린도 그 점을 충분히 이해했다.

"제가 어디 있을지 알고 계시지요. 언제든 준비가 되면 찾아오십시오."

서린은 조내관을 향해 깊숙이 허리 숙여 인사한 뒤 쓰개치마를 다시 썼다. 그리고 왔던 길을 되짚어 천천히 걸어가기 시작했다. 그런 서린의 뒷모습을 조내관은 우두커니 선 채 하염없이 바라보고 있었다.

84
오줌싸개

"실례하네."

화기도감의 문이 열렸을 때, 늙은 관원은 꾸벅꾸벅 졸고 있지 않았다. 바짝 군기 잡힌 모습으로 화승총을 하나하나 꺼내 닦는 데 여념이 없었다. 왜선(倭船)의 총기 밀매 시도는 왕에게 적잖은 충격을 주었고, 화기도감을 이대로 방치하면 안 되겠다는 결단을 내리게 했다. 어명을 받은 화기도감 관원들은 모처럼 활기를 띠며 개청(開廳) 준비를 시작했다. 젊은 관원들이 새 총기를 주문하러 간 사이 창고 청소를 도맡은 늙은 관원은 나타난 사람을 보고 반가워했다.

"조내관님!"

궁인들에게 조내관은 존경의 대상이었다. 하지만 관원들에게까지 그런 건 아니었다. 세자의 분신처럼 붙어 다니니 앞에서는 공손하게 굴었지만, 뒤에서는 고자놈이 어쩌고 하면서 업신여기기 일쑤였다. 그래서 관원이 이토록 반겨주는 게 이상했는데, 이어지는 말이 있었다.

"저하께서 보내신 거지유? 안 그리도 기다리고 있었구먼유."

"음."

조내관은 긍정도 부정도 아닌 애매한 소리를 냈다. 관원은 그것만으로도 다 알아들었다는 듯 어깨를 으쓱대며 능청을 떨었다.

"아유, 걱정허실 것 하나 없으시구먼유. 지는 딱 저하께서 접때 시키신 대로만 했어유. 그날 밤 여서 저하를 뵈었다고, 지나가는 개미 새끼한테도 말 안 했슈."

'그날 밤'이 언제를 얘기하는 건지는 굳이 물어볼 필요도 없었다. 조내관은 관원을 향해 잘했다고 칭찬하듯 고개를 끄덕여 보였다.

"그래, 저하께서도 자네의 충심을 높이 사실 걸세."

"감사하구먼유. 그란디 저하께선 뭐 땜시 그런 명을 내리셨을까유? 조내관님은 알고 계슈?"

"궁인들이 어떤지 몰라서 그러는가? 끔찍한 인명 사고가 난 전날 밤 저하께서 다녀가신 게 알려지면, 부정 탔느니 어쩌느니 신나게 입방아를 찧어대지 않겠나."

"야, 맞구먼유. 지가 그걸 몰랐구먼유."

관원은 거기까지 생각하지 못한 자신을 탓하듯 익살맞게 머리를 쥐어박는 시늉을 했다. 그러다 불현듯 뭔가 떠오른 듯 헉 하고 거친 숨을 들이마셨다.

"그란디 큰일 났슈. 저하 말고, 대군 마마 봤던 일은 다른 사람헌티 말해버렸구먼유. 혹시 대군 마마에 대해 씨잘떼기 없는 소문이라도 퍼지면 워짠디유."

"자네가 말했다는 사람이 혹시 윤나인인가?"

"얼레, 맞구먼유! 워째 아셨슈? 안 그랴도 그 후에 윤나인이 쫓겨나는 바람에 워찌나 맴이 조마조마허던지……."

세자가 화기도감에 다녀갔던 밤 대군도 다녀갔다. 다음 날 시연회에서는 고장 난 화승총이 발사되었고 이의종이 죽었다. 세자에게 입단속을 당한 관원은 서린에게 대군의 이름만을 말했다. 그리고 서린은 대군을 의심했다. 조내관의 머릿속에서 흩어진 조각들이 한데 합쳐졌다.

"윤나인 외에 다른 이에게 말하지 않았다면 별문제 없을 걸세. 걱정 말게."

"야, 알겠구먼유."

"자네 혹시……."

"야?"

"아무것도 아닐세."

조내관은 그날 밤에 세자가 뭘 하는지 보았느냐고 물으려다 말았다. 고작 관원 따위에게 자신의 행동을 들킬 만큼 허술한 범이 아니었다. 왜 말을 하다 마는지 어리둥절해진 관원을 내버려두고 조내관은 창고를 나왔다. 등 뒤에서 관원이 중얼거리는 소리가 들려왔다.

"할간에 이상한 밤이었슈. 대군 마마야 원체 뻔질나게 놀러 오셨지만, 저하까지 오시고……."

그 밤이 어떤 밤이었는지 자네는 상상도 못 할 거라고 속으로만 중얼거리면서 조내관은 창고를 나왔다. 저만치 보이는 소주방에서 웬 볏짚더미 하나가 움직이는 게 보였다. 저게 뭔가 싶어 가는 눈을 뜨고 보니, 어린 무수리 하나가 키를 쓴 채 상궁에게 호통을 듣고 있었다.

"이 오줌싸개야! 아무리 얻을 곳이 없어도 그렇지 겁도 없이 소주방 소금을 훔치느냐!"

아직 부모 품에서 자라야 할 어린애들이었다. 밤에 이불을 적시고 징징대면서 소금을 얻으러 다니는 일은 흔했다. 그런데 오늘따라 조내관은 그 애처로운 광경에서 눈을 뗄 수 없었다. 아주 오래된 어떤 기억이 떠올랐다. 열두 살의 나이로 첫 몽정을 겪었던 밤, 범성군은 저 아이처럼 훌쩍이며 혼자 이불을 빨고 있었다. 불침번을 서다 난데없는 물소리를 듣고 달려온 조내관이 그 모습을 발견했다.

'마마, 여기서 뭘 하고 계십니까?'

'조내관!'

범성군의 얼굴이 홍시처럼 새빨갛게 달아올랐다. 그는 찬물에 담가놓았던 이불을 재빨리 등 뒤로 숨기며 필사적으로 간청했다.

'아무에게도 말하면 안 된다. 오줌싸개라고 놀림 받고 싶지 않아.'

조내관은 범성군이 빨던 이불을 곁눈질했다. 동그란 얼룩이 남아 있었지만, 누런 빛깔은 아니었다. 그게 뭔지 알아본 조내관의 입가가 희미하게 실룩거렸다. 자기 손으로 키운 아기가 벌써 이렇게 자라다니 대견하고 뿌듯했다. 조내관이 비웃는 줄 알고 범성군은 울상이 되었다.

'내 잘못이 아니다. 정말이야. 간밤에 수박을 너무 많이 먹었나 보다. 그래서 오줌보가…….'

그 전날, 가물에 콩 나듯 허락되는 간식이 설화당에 왔었다. 잘 익은 수박이었다. 범성군은 이렇게 맛있는 건 처음이라며 배터지게 먹어댔고. 이제 와 후회해봤자 수박은 소화가 다 끝난 후였다. 조내관은 눈물이 그렁그렁해지기 시작한 범성군의 눈을 보고 그만 놀리기로 했다.

'마마, 저건 오줌이 아닙니다.'

'응? 아니야?'

'마마께선 이제 남자가 되신 겁니다. 저건 그 증거고요.'

여자 손 한 번 제대로 잡아본 적 없는 조내관으로서는 그게 최선의 설명이었다. 범성군은 조내관이 무슨 말을 하는지 전혀 이해하지 못했다.

'내가…… 남자?'

범성군은 쪼그려 앉은 채로 자신의 몸을 내려다보았다. 멀뚱히 키만 커서 볼품없고, 손은 여자 손처럼 허여멀건 했다. 어머니를 쏙 빼닮아 선이 고운 얼굴도 범성군에게는 열등감을 불러일으키는 요소일 뿐이었다. 하지만 조내관은 그런 범성군에게서 가능성을 봤다. 언젠가 여기서 나가기만 하면, 그 어떤 왕손보다 훌륭하고 근사한 청년이 될 잠재력이 범성군에게는 있었다.

'제 말을 믿으십시오. 마마는 조만간 어질고 예쁜 부인을 만나 혼인하시고, 마마를 쏙 빼닮은 귀여운 아이들도 낳게 되실 겁니다.'

조내관은 범성군의 머리를 조심스럽게 쓰다듬으며 말했다. 그 말을 곰곰이 헤아려보는 듯하던 범은 이내 고개를 도리도리 저었다.

'난 싫다. 아내도 자식도 싫어. 아바마마와 어머니는 만나기만 하면 싸우시지 않느냐. 난 아바마마의 장자인데도 여기 이렇게 갇혀만 있고.'

조내관은 가슴 한구석이 무너지는 듯한 아픔에 잠시 숨을 참았다. 범성군은 그가 모시는 주인인 동시에 그가 사랑하는 아이였다. 그 아이의 가혹한 운명과 끝없는 역경은 조내관 자신의 불행이기도 했다. 조내관은 옷소매 안주머니에 숨겨두고 다니던 비장의 무기를 꺼내 들었다. 보초를 서는 의금부 관원에게 뒷돈을 주고 구한 사당(砂糖)

이었다. 조내관은 기름종이를 벗긴 사당을 범성군의 손에 쥐여주며 자상하게 위로해주었다.

'조금만 기다리십시오. 언젠가 주상 전하께서 마마의 진가를 알아보실 겁니다. 그러면 훌륭한 스승을 붙여 공부도 시켜주시고, 도성에 좋은 집을 지어 어머님과 함께 살게 해주실 겁니다. 물론 녹봉도 듬뿍 주실 거고요.'

'정말? 그럼 이렇게 맛있는 것도 매일매일 먹을 수 있어?'

범성군은 혀를 찌르듯 강렬한 단맛에 두 눈을 동그랗게 뜬 채 물었다. 조내관은 범성군이 바닥에 내려놓은 이불을 주워들면서 고개를 끄덕였다. 제법 능숙한 손놀림으로 이불을 빠는 조내관을 뚫어지게 보던 범성군이 결심한 듯 말했다.

'조내관. 내가 좋은 집으로 이사 가게 되면, 아바마마께 말씀드려서 조내관을 꼭 데려갈게.'

'감사합니다, 마마.'

'그리고 조내관도 예쁜 여자와 결혼하게 해줄게. 자식도 많이 낳고.'

'그건 어려울 겁니다, 마마.'

'왜? 조내관 이불에는 저런 게 없어?'

돌고 돌며 조내관을 난감하게 만들었던 그 대화가 얼마나 우스꽝스러웠던지. 조내관은 한 송이 들꽃처럼 해사했던 범성군의 얼굴을 회상하며 흐뭇한 미소를 머금었다. 그와 동시에 훤칠하게 자란 세자범이 그의 눈앞에 나타났다.

"도대체 어디 있는가 했더니 여기 있었군."

"찾으셨습니까?"

"스물여섯 해 동안 내 곁을 떠난 적 없는 사람이 말도 없이 사라졌는데 그럼 안 찾겠는가?"

"……."

"그대가 없으면 죄다 무능한 것들뿐이야. 버선 한 짝 찾질 못하는구나."

범은 불평했고, 조내관은 씁쓸하게 웃었다. 범이 저렇게 솔직한 말을 하는 건 오직 조내관 앞에서뿐이었다. 한때는 그게 애정의 증거라고 믿은 적도 있었다. 하지만 이제는 모르겠다. 범은 자신을 어떻게 생각하고 있을까. 그저 편리한 도구 정도로 여기는지도 몰랐다.

"저하, 왜 화기도감 관원에게 거짓말을 하게 하셨습니까?"

"내가?"

"의금부부사가 죽기 전날 밤, 대군 마마가 오시기 전에 저하가 도감에 들어갔던 일을 왜 은폐하셨습니까? 꼭 그래야 할 이유가 있었습니까?"

조내관은 예법을 무시한 채 범의 얼굴을 똑바로 쳐다보며 따져 물었다. 그러자 범의 얼굴에 서늘한 그림자가 드리워졌다. 범은 이제 조내관 앞에서 연기해야 할 필요성을 느끼지 못했다. 변명해야 할 필요성도 마찬가지였다. 조내관은 주름진 주먹을 움켜쥐며 완고하게 말했다.

"저하께서 그간 어떤 일을 벌이셨는지, 다 알진 못해도 대강 짐작하고 있습니다. 소인은 늙었지만 멍청하진 않으니까요."

"그래, 그대는 늙고 영악한 원숭이지."

범은 낮은 소리로 웃었다. 주상이나 중전 앞에서 보여주는 사람 좋은 웃음이 아니었다. 상대방의 존재를 가차 없이 깔아뭉개는 비열한 웃음이었다. 그래도 조내관은 완전히 저버리지 않았다. 범의 저 두꺼운 가면 뒤에, 범성군이 지녔던 그 순수한 인간성이 남아 있으리라는 믿음을.

"이제 멈추셔야 합니다. 윤나인이 저하를 의심하고 있습니다. 저하의 속을 훤히 들여다보고 있단 말입니다."

"윤서린?"

범은 어처구니없다는 듯 되물었다. 그 이름을 말하는 그의 입가에는 노골적인 멸시가 번져 있었다. 서린이 의심하고 뒤를 캐고 있다는 건 범에게 아무런 위협도 되지 않았다. 새로운 놀이의 시작일 뿐. 절박해진 조내관은 범 앞에 무릎을 털썩 꿇었다. 그리고 그의 두 손을 부여잡으며 바닥에 이마가 닿을 정도로 고개를 조아렸다. 감히 세자의 옥체를 허락도 없이 만지는 결례를 용서받기 위함이었다. 모든 걸 내려놓은 조내관은 범을 향해 진심으로 호소했다.

"전 다 이해합니다. 저하께서 이렇게 되신 것도. 어머님이 처참하게 돌아가시는 장면을 눈앞에서 보셨으니 머리가 이상해지시는 것이 당연하지요. 저하께는 도움이 필요합니다."

"……."

"보위를 잇는 게 중요한 게 아닙니다. 저하께서 건강하고 무탈하게 살아가시는 게 중요하지요. 일단 대군 마마께 양위하시고 어디 먼 곳으로 저와 함께 가셔서 요양을……."

조내관의 말이 점점 빨라지고 절박해졌다. 이 궁이 문제였다. 비정한 권력 다툼과 숨 막히는 법도로 멀쩡한 사람조차 피폐하게 만들어버리는 이 화려한 감옥이. 범이 이곳을 벗어나면, 곤룡포를 벗어버리기만 하면, 예전의 모습으로 돌아갈 수 있지 않을까. 조내관은 그렇게 기대하고 있었다. 서린이 말하는 그 무서운 일들을 범이 실제로 저질렀다 하더라도, 모르는 척 눈감고 지나갈 수 있었다. 앞으로 그런 일을 반복하지만 않는다면. 앞으로 몇 년만 있으면 상선의 지위를 손에 넣고 궁인들 위에서 군림하게 될 조내관이지만, 범을 위해서라면 그까짓것 주저 없이 포기할 수 있었다. 그런 조내관의 귓가에 범의 냉정한 음성이 도끼날처럼 박혔다.

"조내관."

범은 조내관에게 붙잡혔던 자신의 손을 빼냈다. 그리고 뭔가 더러운 것이 묻은 것처럼 제 손을 옷자락에 꼼꼼히 문질러 닦았다.

"머리가 이상해진 건 내가 아니라 그대인 것 같군. 어의를 불러줄 테니 진료를 받아보거라."

진료를 받아보라고 했지만 범에게서 걱정하는 기미는 조금도 찾아볼 수 없었다. 무거운 좌절감이 조내관을 내리눌렀다. 범은 가슴팍에 흙먼지가 묻은 조내관의 푸른 옷을 경멸스러운 눈으로 쳐다보았다. 오늘 밤, 저자는 자신이 조내관이라는 사실에 감사해야 할 것이다. 만일 다른 내관이었다면, 세자를 능멸한 대가를 어떤 형태로든 치르게 해주었을 테니까.

"난 이 나라의 세자다. 여태 그래왔고, 앞으로도 그럴 것이다. 어디에도 가지 않아."

그리고 왕이 될 것이다. 범은 저 멀리 보이는 정전의 높은 지붕을 바라보며 속으로 말했다.

85

한밤의 밀회

"지금 대감마님은 풍토병이 문제가 아닙니다. 영양 부족과 운동 부족으로 약해질 대로 약해진 데다 크나큰 충격까지 겹쳐, 몸도 정신도 싸울 의지를 완전히 잃었어요."

단금은 윤대감의 손목에서 손가락을 떼면서 쯧쯧 혀를 찼다. 윤대감은 축 늘어진 채 가는 숨소리를 내고 있었다. 단금은 핏기를 찾아볼 수 없는 그의 안색을 살펴보고는 말을 이었다.

"씹을 힘이 없어 음식을 잘 삼키지 못하고, 겨우 삼켜봤자 죽죽 다시 나올 겁니다. 탈진과 기갈이 심한 건 당연하고요. 여태 버틴 게 신기할 지경이지요."

윤대감의 발치에 앉아 있던 서린은 충격에 빠졌다. 돌봐주는 사람 없이 찬 방에 갇혀 있다시피 했던 탓일까. 아니면 죄인의 몸으로 궁에 머문다는 부담감 탓이었을까. 조금 나아졌나 싶었던 윤대감의 상태는 하루가 다르게 악화되고 있었다.

"그럼 어떻게 해야 하죠?"

"침향으로 온기를 보충해주고, 토사자(菟絲子)와 지황을 써서 탈수를 막고 뼈대를 강화해야 합니다. 그밖에도 필요한 약재와 처치가 수십 가지고요. 그런데 문제는……."

"문제는요?"

"지금은 약재를 쓸 수가 없다는 겁니다. 수해와 역병이 돌아 초토화된 황해도 지역에 보내야 한다는 이유로, 당분간 약재 사용을 금지하는 어명이 내려졌습니다."

"뭐라고요?"

서린은 황당했다. 약재 사용을 금한다니, 그 무슨 희한한 어명이란 말인가. 반년 넘게 궁 생활을 하다 보니 서린도 윗전의 성향을 어느 정도 파악하고 있었다. 그녀가 알기로 왕은 현상 유지를 좋아하고, 귀찮은 일이 벌어지는 걸 질색하는 성격이었다. 그런 왕이 갈등을 빚을 것이 분명한 조치를 취했으리라고는 믿기 어려웠다. 그렇다면 배후로 짐작되는 인물은 하나뿐이었다. 세자. 그가 윤대감을 해치려고 일부러 꾸민 짓이라면. 서린은 그 은밀한 비열함에 치가 떨릴 지경이었다. 단금은 그런 서린을 지켜보며 침착하게 덧붙였다.

"내의원에 공급되는 약재뿐만 아니라 어의와 의녀들이 캐온 약초도 주상 전하의 윤허를 받아야만 쓸 수 있습니다. 저 또한 대군 마마와 부부인의 약만 조제하도록 윤허받았고요."

"그럼, 대군 마마께 쓴다고 하고 저희 아버지께 주시면……."

서린은 말을 도중에 멈추고 말았다. 얇은 입술을 굳게 다문 단금의 표정이 사뭇 완고해 보인 까닭이었다. 단금은 생명을 살리기 위해 고리타분한 관습을 깨는 일은 서슴지 않았지만, 그렇다고 해서 자신의 신변을 위험하게 만들 짓을 감행하진 않았다. 나름대로의 신중함과 처세술이 있었기에 지난 십 년간 폭풍의 한가운데 있으면서도 살아남을 수 있었던 것이다.

“모든 치료에 약재가 필요한 건 아닙니다. 아버님은 반드시 안정하게 하시고, 삶은 밤 으깬 것과 부드럽게 간 무즙, 다래 달인 물을 매 끼니 드리십시오. 어느 정도 효과가 있을 겁니다.”

서린은 단금이 일러준 처방을 거듭 되뇌며 정확히 외우려고 애썼다. 단금은 그런 서린을 물끄러미 바라보다가 불쑥 내뱉듯이 말했다.

“너무 심려하진 마십시오. 이 사태가 오래가진 않을 것입니다.”

수수께끼 같은 예언을 남겨놓고 어둠 속으로 사라지는 의녀의 뒷모습을 보며 서린은 어리둥절해했다. 이 사태가 오래가지 않을 거란 말이 무슨 뜻인지 혼란스러웠다. 단금은 남들이 모르는 뭔가를 알고 있는 걸까. 혼자 고민해봤자 답이 나오진 않을 거라고 결론 내린 서린은 오랜만에 소주방에 가보기로 했다. 단금이 말한 재료들은 전부 소주방에 있는 것들이었고, 지금쯤이면 저녁 수라와 야참 준비까지 끝났을 테니 문상궁은 뭐든 나눠주는 데 인색하지 않을 터였다.

쌕쌕거리며 잠든 윤대감을 확인하고 서린이 문간을 나서는데, 댓돌 아래 서성대는 작달막한 인영이 보였다. 서린은 가는 눈을 뜨고서 그 정체를 확인했다.

“신내관님?”

분명 서린을 기다리고 있었을 텐데, 막상 그녀의 목소리가 들리자 예성은 괜히 움찔했다. 그리고 주변에 누가 없는지 몇 차례나 거듭 확인한 후에야 조심스럽게 다가왔다.

“말을 전하러 왔다, 윤나인.”

“세자 저하? 아니면 대군 마마의?”

"어느 쪽도 아니다. 조내관님이야."

올 것이 왔구나. 서린은 심장이 쿵 내려앉는 것 같았다. 조내관의 결심이 생각보다 빨랐다.

"오늘 밤 인정(人定)* 후 동궁전 서고로 오라셔."

"잠깐만, 그게 다야?"

일방적인 말만 남기고 가버리려는 예성을, 서린은 다급히 손을 뻗어 붙잡았다. 조내관은 서고에서 어떤 말을 하려는 건지, 혹시 이게 어떤 함정은 아닌지 알아내고 싶었다. 예성은 그런 서린을 경계심이 잔뜩 어린 눈으로 쳐다보았다. 그는 눈치가 빨랐다. 서린과 조내관이 엮인 이 일이 보통 심각한 게 아니란 걸 직감적으로 알았다. 거기에 대해 자신은 최대한 알거나 개입하지 않는 게 좋으리라는 것도. 예성은 서린의 손을 슥 밀어내며 비밀스럽게 속삭였다.

"준비가 됐다고 하셨어. 그 말씀만 하셨다."

"아……."

"난 틀림없이 전했다."

예성은 서린이 다시 붙잡을까 봐 두려운 듯 종종걸음으로 가버렸다. 뭐가 준비됐는지는 듣지 않아도 알 수 있었다. 서린은 소주방에 들르는 일을 미루고, 툇마루에 앉아 바깥 동향을 살폈다. 규칙적으로 움직이는 궁인들의 모습을 보면 시간의 흐름을 알 수 있었다. 방자들이 전각을 돌아다니며 요강을 비우고, 근무를 마친 나인들이 재잘재잘 떠들며 숙소로 돌아가고, 금위군 야간조가 밤새 순찰을 돌기 위해

• 밤 열 시경에 통행금지를 알리는 타종

출근했다. 인정이 울릴 시각이 점점 다가오고 있었다.

같은 시각, 조내관은 이미 서고에 와 있었다. 인정을 친 직후에 야금(夜禁)을 단속하는 순찰조가 돌아다니니 그전에 이동하는 게 낫겠다고 판단해서였다. 오늘은 역관이 잡아준 대(大)길일이라, 세자는 이른 저녁부터 빈궁의 처소에 있었다.

"……괜찮으시겠지."

세자를 배신하려 하면서 그와 아내 사이의 금실을 걱정하다니. 하지만 조내관은 그게 모순이라는 걸 깨닫지 못했다. 그는 범을 위해 여기에 온 것이었다. 자식이 어긋나려고 하면 매를 들어서라도 바로잡으려는 부모의 심경으로. 그러나 범의 손때가 반들반들하게 묻은 서고의 책들을 보고 있자니, 조내관은 힘겹게 다잡았던 마음이 다시 흔들리는 걸 느꼈다. 정말 이 방법뿐일까. 저하를 내 손으로 끌어내리는 게 맞는 걸까.

'이 아기는 자네가 맡아주어야겠네.'

희빈 박씨로부터 뜬금없는 통보를 받던 그날을, 조내관은 아직도 생생히 기억하고 있었다. 배냇머리가 듬성듬성한 갓난아기가 노인처럼 주름진 얼굴을 매끄러운 비단 강보 사이로 쏙 내밀고 있었다. 생후 열흘밖에 안 된 범성군이었다. 조내관은 안으면 부서질 듯 작고 연약한 아이를 보며 난처해했다.

'마마, 소인은 남자이옵니다. 아기씨는 유모상궁에게 맡기시는 것이…….'

'유모상궁? 누구 편일 줄 알고?'

해산의 후유증으로 아직도 하혈 중인 박씨가 속적삼 차림으로 침상에 앉은 채 빽 소리쳤다. 회임 사실을 알게 된 날부터 왕과 합방하지 못한 그녀는 더 젊고 아름다운 후궁에게 남편을 빼앗길까 신경이 잔뜩 곤두서 있었다. 지난 아홉 달간 왕의 침소로 불려갔던 상궁과 나인들이 누구누구인지 박씨는 훤히 꿰고 있었고, 그들이 자신과 아들을 제거할 기회만을 호시탐탐 노리고 있다고 여겼다.

'아무도 못 믿어. 그러니 자네가 직접 키우게. 열과 성을 다해서.'

세상사람 모두를 불신하는 희빈 박씨지만 조내관만큼은 믿었다. 조내관은 그녀가 직접 발탁한 사람이었기 때문이다. 조내관은 한양의 어느 유곽에서 기녀의 사생아로 태어났고 아버지가 누군지는 처음부터 몰랐다. 거액의 빚을 남긴 채 남사당패와 달아난 어머니 대신 기녀들이 취미 삼아 돌아가며 그를 키우다 머리가 제법 총명한 것을 보고 궁으로 들여보냈다. 조내관은 선발 시험은 물론이고 승진 시험에서도 매번 만점을 받았지만, 십 년이 지나도록 말단인 종구품 상원(尙苑)에 머물러 있었다. 기생의 아들이라는 소문이 쫙 퍼져서 어느 윗전도 그를 데려가려 하지 않았던 탓이었다. 매일 뙤약볕에 똑같은 자세로 쪼그려 앉아 온종일 뜰에 난 잡초를 뽑고 있던 그를, 당시 막 승은을 입어 품계를 받은 박씨가 눈여겨보았다.

'난 전하의 아들을 낳을 것이네. 자네가 죽을 때까지, 나와 내 아들에게 충성할 수 있겠나?'

유곽에서 자라며 사람 보는 안목이 생긴 조내관은 한눈에 박씨를 간파했다. 끝도 없는 야심과 욕망, 그게 언젠가 그녀를 잡아먹게 되리라는 것도. 박씨의 죽 끓듯 하는 변덕과 신경질적인 성격은 조내관을 한없이 고달프게 했지만, 그는 묵묵히 그녀를 섬겼다. 모두가 박씨를 싫어하거나 두려워했지만 조내관은 그녀를 남몰래 가엾게 여겼다. 비천한 출신을 어떻게든 극복해보려고 전전긍긍하는 게 자신의 처지와 비슷해서였다. 박씨가 희빈으로 승급됨에 따라 조내관의 품계도 정오품 상호(尙弧)까지 올라갔고, 설화당 궁인 전체를 다스리게 되었다. 하지만 아무리 유능한 조내관이라고 해도 도저히 할 수 없는 일이 있었다.

'으에엥! 으에에엥!'

귀청이 떨어지도록 울어대는 아기를 두고 조내관은 한동안 어쩔 줄 몰랐다. 희빈 박씨는 가슴이 처진다는 이유로 아기에게 젖을 물리려 하지 않았다. 비슷한 시기에 출산한 부녀자들을 궁으로 데려와 유모로 쓰는 방법도 있었지만 박씨는 그것조차 극구 거부했다. 왕의 귀한 아들을 근본 모를 천것의 품에 안기게 할 수는 없다는 이유에서였다. 배고프다고 빽빽 울어대는 아기는 결국 조내관의 몫이 되었다. 조내관은 어의와 신중히 상의한 끝에 쌀과 밤을 곱게 갈아 미지근한 물에 타서 아기에게 수저로 떠먹였다. 처음에는 싫다고 몸부림치며 울던 아기도 배고픔을 못 이겼는지 결국 조금씩 입을 벌리기 시작했다. 처음으로 암죽 반 종지를 다 비웠을 때, 먹느라 지친 아기는 조내관의 가슴 위에 엎드린 채 그대로 잠들었다. 쌔근쌔근 숨소리를 내며 자는 아기의 얼굴을 내려다보며, 조내관은 이토록 사랑스러운 존재는 없을 거라고 생각했다.

'바바…… 바……!'

아기 군이 처음으로 한 말은 '바바'였다. 조내관을 부르는 말이었다. 궁인들은 희빈 박씨가 왕으로부터 외면당하니 군이 내관을 아비로 알고 큰다며 비웃었다. 조내관은 쓰린 가슴을 꾹 누르며 아기의 인식을 바로잡아주려 애썼다. 품에 안아주지도 않는 쌀쌀맞은 여자를 어머니로, 열흘에 한 번 얼굴을 비출까 말까 한 낯선 남자를 아버지로 알아보도록. 범성군은 유달리 총명했을 뿐만 아니라 참으로 순하고 말 잘 듣는 아기였다. 떼를 쓰며 울다가도 조내관이 강아지풀로 뺨을 간질여주면 언제 그랬냐는 듯 까르르 웃었다. 조내관은 생애 처음으로 사랑에 푹 빠졌다. 그 작고 말랑말랑한 아기가 손짓 하나로 조내관의 심장을 들었다 놨다 했다.

'전하께서 날 내치고 여길 폐궁으로 만드신다는구나. 궁인도 둘만 남기고 다 내쫓을 거라고 하니, 그대 역시 도망가도 좋아. 다 늙어서 갇혀 살고 싶진 않을 테니.'

중전과 세자를 시해하려다 역풍을 맞은 박씨가 떠나라고 권했을 때도 조내관은 거절했다. 어차피 황혼기에 접어든 인생, 좀 갇혀 살아도 상관없었다. 목숨보다 소중한 아이와 함께할 수만 있다면. 그 아이가 훌륭한 청년으로 장성하는 모습을 곁에서 지켜볼 수만 있다면. 오로지 그 소망으로 조내관은 지금까지 살아온 것이나 다름없었다.

댕—. 댕—.

조내관이 갈등에 휩싸여 있는 사이, 맑은 종소리가 어둠을 깨뜨리며 온 궁 안에 울려 퍼지기 시작했다. 그 소리가 마치 제 운명을 뒤흔들어놓는 것 같아 조내관은 희미한 오한을 느꼈다. 스물여덟 번의 종소리가 다 끝나기 전에, 서고 문 쪽에서 달각달각하는 소리가 들려왔다. 조내관은 밖에서 세게 흔들면 빗장이 벗겨지도록 일부러 약하게 걸어놓은 상태였다. 철컥, 빗장 풀리는 소리와 함께 조내관 앞에 나타난 사람은 서린이 아니었다.

"요즘 그대는 농땡이가 늘었군."

86
부성애

“저하.”

조내관은 당혹스러운 기색을 감추지 못했다. 세자빈은 어떻게 하고 여기에 온 걸까. 분명 내외가 함께 수침에 드는 것을 확인하고 슬쩍 자리를 비웠는데. 범이 조내관을 찾아 이곳저곳 헤맸다면 틀림없이 야간 순찰조에게 발각되었을 것이다. 세자를 본 그들은 온갖 호들갑이란 호들갑은 다 떨어댔을 테고. 그런데도 이렇게 조용하다는 것은 세자가 처음부터 조내관의 행선지를 알고 곧바로 서고로 왔다는 뜻이었다.

‘혹시 그 녀석이…….’

조내관은 서린에게 말을 전하는 역할을 맡았던 예성의 얼굴을 떠올렸다. 입이 무거운 편이지만, 그만큼 겁도 많은 녀석이었다. 세자가 그 권위를 내세우며 하문했다면 예성은 감히 거짓말할 엄두를 내지 못하고 이실직고했을 것이다. 복잡해진 조내관의 표정을 느긋하게 바라보던 범의 입술 사이에서 뜻밖의 말이 튀어나왔다.

“내관인 그대가 꽃 같은 여인네와 밀회 약속을 하진 않았을 터이고, 얼마나 재미난 책이기에 통금까지 어겨가며 야심한 시각에 보러 왔는가?"

"예?"

무슨 꿍꿍이냐고 추궁당할 줄 알았던 조내관은 흠칫 놀랐다. 자신이 모시는 주인을 닮아 한때 소문난 애서가였던 조내관이지만, 최근에는 책을 펴는 일이 거의 없었다. 슬슬 노안이 오기 시작한 탓이었다. 그런데 범은 왜 느닷없이 책 얘기를 꺼내는 걸까. 부지런히 머리를 굴리던 조내관의 눈동자에 한 줄기 섬광이 스쳤다.

'그래, 저하도 날 등지고 싶진 않으신 게야.'

범이 정말 예성을 다그친 것이라면, 조내관이 서린을 만나려 한다는 사실도 알고 있을 터였다. 그런데도 저렇게 말한다는 건, 조내관에게 빠져나갈 기회를 주겠다는 거였다. 이번 일은 실수로 여기고 눈감아줄 테니 알아서 잘 처신하라는 뜻이었다. 조내관은 희색을 감추지 못하며 전면 책꽂이에서 눈에 띄는 책 한 권을 뽑아 들었다.

"바로 이겁니다.《용재총화(慵齋叢話)》. 저하께서 언젠가 소인에게 추천해주셨지요. 한시에 입문하기 가장 좋은 책이라고요. 소인도 나이를 먹은 모양인지, 풍류를 알고 싶어졌습니다."

"그렇군."

범은 정말 관심이 가는 것처럼 책 표지를 골똘히 들여다보다가, 팔랑팔랑 소리 나게 몇 장을 넘기기도 했다. 뭔가 재미있는 글귀라도 찾았는지 범의 얼굴에 잔잔한 미소가 번졌다. 그 웃음이 옮기라도 한 것처럼 조내관도 벙싯거렸다.

"조내관, 이 문장에 대해선 어찌 생각하는가?"

"어떤 문장 말씀이십니까?"

조내관은 완전히 안심한 채로 범의 곁으로 다가갔다. 그리고 범과 함께 책을 들여다보기 위해 그의 어깨에 바짝 몸을 붙이고 섰다. 범은 사냥할 때처럼 신속하고 간결하게, 그리고 군더더기 없이 움직였다. 전신이 얼어붙는 듯한 둔중한 고통이 느껴졌을 때, 조내관은 그제야 깨달았다. 세자가 오른손에 쥔 칼이 자신의 가슴을 파고들었다는 것을. 범이 사용한 건 서신을 개봉할 때 쓰는 단도였다. 칼끝은 조내관의 몸속으로 깊숙이 들어가 보이지 않았고, 푸른 옷깃은 선명한 붉은색으로 물들고 있었다.

"조금만 참아라. 금방 끝날 거다. 급소를 찔렀으니."

"저, 저하……."

자신이 칼에 찔렸다는 걸 깨달은 조내관은 탁한 신음을 뱉으며 쓰러졌다. 그의 몸뚱이가 뒤에 있던 책장을 짓누르면서 책장까지 함께 쓰러졌다. 빽빽이 꽂혀 있던 책들이 와르르 무너져 내렸고, 그중 몇 권이 범을 향해 날아오기도 했다. 그러나 범은 개의치 않았다. 그는 붉게 물든 칼을 움켜쥔 채 핏발 선 눈으로 조내관을 응시하고 있을 뿐이었다.

"난……그대를 좋아했다. 내 아비 어미를, 세상 만인을 다 경멸했어도, 그대만큼은……."

"으……흐어억……."

"왜 변심했느냐? 왜…… 왜 끝까지 눈감아주지 않았어?"

범의 목소리에 격한 감정이 깃들었다. 범은 처음 알았다. 살인의 쾌락 외에, 아직도 자신에게 남아 있는 인간성이 있었다는 걸. 전에 없이 자꾸 자리를 비우는 조내관을 볼 때부터 불길한 예감이 들었다. 어리석게도 양위를 권해왔을 때는 자신의 예감이 맞았다는 걸 알았고, 오늘, 누군가를 기다리는 것처럼 서고를 얼쩡거리는 모습을 봤을 땐 분노와 슬픔이 동시에 치밀어 올랐다. 그토록 아니길 바랐거늘. 계속 어리석게 있어주었으면, 죽을 일도 없었을 텐데.

"이건 내 탓이 아니다. 조내관 네 탓이야. 날 이렇게 만든 건……."

범의 목소리가 떨리더니, 급기야 검은 눈이 일렁이기 시작했다. 조내관은 의식을 혼곤하게 만드는 극심한 고통 속에서 느리게 눈을 끔벅이며 그 모습을 올려다보고 있었다. 서고 바닥에 널브러진 채, 노인은 범을 향해 힘없이 손을 뻗었다.

"저하…… 조, 조심하십시오."

지금 이 순간, 자신을 죽이는 게 세자라는 사실이 조내관에게는 그리 중요치 않았다. 그의 눈에는 범이 아직도 어린 소년으로 보였다. 적자 외에는 사람으로 취급하지도 않는 이 궁의 기이한 구조와 부당한 관습이 만들어낸, 가져선 안 될 권력을 손에 쥐어버린 작은 괴물. 조내관은 그 작은 괴물을 사랑했다. 자신의 목숨 따위 수백, 수천 번을 바쳐도 아깝지 않을 만큼.

"윤서린을……. 그 아이가…… 물건에 손을 대면……."

조내관이 원하는 건 범이 자발적으로 물러나 조용히 사는 것이었다. 살인자로 몰려 강제로 직위를 박탈당하고 유배나 참수를 당하는 건 원치 않았다. 그런데 이제 범을 지켜줄 수 없게 되었다. 조내관은 임박한 죽음보다 그게 더 두려웠다. 정체를 알 수 없는 서린의 능력이. 조내관이 필사적으로 입술을 뗄 때마다 그의 가슴께에서 울컥울컥 핏덩이가 쏟아져 나왔다.

"그만해라."

그걸 본 범이 달려와 조내관 옆에 주저앉았다. 그리고 큼직하게 난 상처를 제 손으로 틀어막았다. 조내관을 살리려는 의도는 아니었다. 그저, 그 순간에는 그러고 싶었다. 범은 쇳덩이가 달린 것처럼 무겁게 잠긴 목소리로 조내관의 귓가에 속삭였다.

"아무 말도 하지 말아라. 그냥 편히 가거라."

"저하…… 살아남으셔야 합니다……. 부디……."

그 당부를 마지막으로, 고통에 가득 차 있던 말이 끊겼다. 조내관은 스르르 두 눈을 감았다. 이건 범에게 있어 최초의 본격적인 살인이었다. 우연의 힘을 빌리는 게 아니라, 직접 손으로 남의 몸뚱이를 헤집고, 그 생명이 빠져나가는 걸 생생히 느껴보는 과정이었다. 하지만 범은 쾌락을 느끼지 못했다. 축 늘어진 늙은 몸뚱이를 붙잡은 채 그저 멍하니 있을 뿐. 그의 눈가에서 흘러내린 한 줄기 눈물이 귀밑을 따라 검은 곤룡포 위로 떨어졌다.

'죽은 건가…… 정말…… 이렇게?'

다른 사람을 죽였을 때는 주변의 모든 게 생생해지는 느낌이었는데, 이상하게 지금은 반대로 현실감이 없었다. 범은 자못 기계적으로 움직였다. 핏물이 뚝뚝 떨어지는 곤룡포를 벗고는 군데군데 붉게 물든 흰 적삼을 내려다보았다. 그 적삼마저 벗자, 더럽혀지지 않은 또 다른 곤룡포가 드러났다. 곤룡포란 옷이 워낙 안에 받쳐 입는 옷이 많고 범의 체격이 날렵하기에 가능한 일이었다. 범은 조내관의 몸을 조심스럽게 내려놓고, 흰 적삼의 깨끗한 부분으로 얼굴과 손을 꼼꼼히 닦았다. 피 묻은 곤룡포와 흰 적삼은 똘똘 말아 옷자락 아래 숨겼다. 단도는 조내관의 오른손 옆에 가지런히 놓아두었다. 그때였다. 범이 서고에 들어오면서 걸어두었던 빗장이 흔들리는 소리와 함께 다급한 음성이 들려왔다.

"내관님! 괜찮으세요? 내관님!"

그 목소리를 알아들은 범은 번쩍 정신이 들었다. 역시 조내관이 만나기로 한 사람은 서린이었다. 일부러 야간 순찰조를 불러 '자리를 이탈하는 궁인이 없게 하라'는 지시까지 내려두었는데, 미꾸라지같이 용케도 빠져나와 여기까지 온 모양이었다. 난장판이 된 서고를 보는 범의 이마에 가느다란 주름이 잡혔다. 안타깝게도 지금은 수습할 시간이 없었다. 범은 최대한 기척을 내지 않으려 애쓰면서 입구 반대편으로 이동했다. 그곳에는 책 수레가 드나드는 널찍한 뒷문이 달려 있었다. 서린이 앞문으로 들어오는 동시에 범은 뒷문을 통해 서고를 빠져나갔다.

"내관님!"

서린은 순찰조를 피해 살금살금 걸어오다가, 뭔가 와르르 무너지는 소리를 듣고 정신없이 달려온 참이었다. 서고 안으로 발을 들이는 순간, 그녀는 불길한 예감이 맞아떨어졌음을 깨달았다. 코를 찌르는 피비린내에 숨이 턱 막혔다. 금방이라도 주저앉을 듯 휘청거리는 다리로 서고 안쪽까지 걸어 들어갔을 때, 서린은 혈흔이 낭자한 책들과 조내관을 발견했다. 한밤의 악몽처럼 끔찍한 광경이었다.

"내관님!"

서린은 날카로운 비명을 지르며 조내관을 향해 달려갔다. 바닥에 무릎 꿇고 앉아 제일 먼저 조내관의 호흡부터 확인했다. 거의 들리지 않을 만큼 가늘지만, 아주 미약하게나마 숨이 이어지고 있었다. 서린은 치맛자락을 부욱 찢어내 당장 눈에 띄는 출혈 부위를 동여맸다. 지혈하는 와중에도 피가 계속 흘러나와 서린의 두 손을 흠뻑 적셨다.

왼손에 미리 천을 감아놓은 것이 천만다행이었다. 지금 이 시점에 서린이 기억 속으로 떠나버린다면, 조내관을 살릴 마지막 기회를 놓치게 될 테니까.

"정신 차리셔야 해요! 내관님!"

서린은 조내관의 어깨를 잡고 세게 흔들다가, 계속해서 그의 귓가에 대고 쩌렁쩌렁 울리도록 소리쳤다. 그 절박함이 전해진 것일까. 죽은 듯 눈을 감고 있던 조내관이 가래 끓는 것과 비슷한 신음 소리를 내면서 한쪽 눈꺼풀을 비스듬히 들어올렸다.

"유…… 윤나인?"

"맞습니다! 알아보시겠습니까?"

"그분은……."

조내관은 서린의 어깨 너머를 멀거니 건너다보며 혼잣말처럼 중얼거렸다. 그가 누굴 찾고 있는지 짐작하기는 어렵지 않았다.

"세자를 찾으시는 겁니까? 그가 내관님을 이렇게 만든 거지요?"

서린은 울분에 찬 목소리로 외쳤다. 터질 듯이 뛰는 심장 박동이 귓바퀴를 가득 메웠다. 살면서 누군가에 대해 이토록 분노해본 적이 없었다. 인간의 탈을 쓰고 어찌 이런 짓을 할 수 있을까. 그것도 반평생 애정과 헌신으로 자신을 보살펴준 사람에게. 자신이 더 억울하고 분통해서 눈물을 줄줄 흘리는 서린에게 조내관은 붉게 물든 입술을 달싹이며 힘겹게 말했다.

"……나가라."

"예?"

"어서 여길…… 나가."

간신히 말을 마친 조내관은 입구가 있는 방향으로 서린을 밀었다.

어린애가 장난치듯 약한 힘이었지만, 서린은 놀란 나머지 스르르 밀려났다. 서린에게서 벗어난 조내관은 가쁜 신음을 뱉으며 양 팔꿈치를 밀어 앞으로 기어가기 시작했다. 마지막 한 방울의 기운까지 짜낸 듯 필사적인 몸짓이었다. 그가 기어간 자리에 그림자처럼 길고 넓은 핏자국이 남았다. 아직 쓰러지지 않고 버티고 있는 책꽂이로 다가간 조내관은 맨 아래 칸을 향해 떨리는 손을 뻗었다. 그곳에는 노란 불빛을 뿜어내는 기름등잔이 있었다. 조내관의 손이 등잔을 넘어뜨리자 산처럼 쌓인 책 더미와 만난 불씨가 무서운 기세로 커져가기 시작했다.

조내관이 범을 위해 마지막으로 해줄 수 있는 일은 하나뿐이었다. 그가 살인범으로 지목되지 않도록 도와주는 것. 예정된 파멸을 최대한 늦추어주는 것.

'아닙니다. 저는…… 저하를 버린 게 아닙니다.'

자신의 수염을 잡아당기며 천진난만한 웃음을 터뜨리던 어린 범성군을 머릿속에 그리고 또 그리면서 조내관은 불붙은 책 더미 위로 몸을 던졌다. 삽시간에 번진 불길은 조내관의 몸뚱이를 집어삼켰다. 전혀 예상치 못했던 일에 서린은 경악해 소리쳤다.

"내관님!"

백일홍처럼 새빨간 화염이 조내관의 옷에, 백발에, 피부에 옮겨 붙었다. 몸뚱이가 커다란 횃불이 된 것처럼. 서린은 조내관을 향해 다가가려다가, 두 뺨이 익어버리는 듯한 무시무시한 열기에 반사적으로 뒷걸음질 쳤다.

"내관님! 내관님!"

서린은 목이 쉬도록 외치면서도 이미 늦었다는 걸 알았다. 이제 서고 안은 열기로 지글지글 끓고 있었다. 매캐한 회색 연기가 눈과 코를 통해 침투해왔다. 이러다간 조내관을 구하는 게 문제가 아니라 서린 자신이 타죽을 것 같았다. 서린이 콜록거리며 옷소매로 코와 입을 가리는데, 자욱한 안개를 뚫고 호리호리한 인영이 뛰어 들어왔다.

"물러나세요, 아씨! 위험합니다!"

정신이 혼미해지려던 서린은 무휘의 목소리를 듣고 깨어났다. 조내관과 여기서 만나기로 했다는 내용을 쪽지에 급하게 휘갈겨 적어 누각 기둥 위에 끼워두고 왔는데, 무휘가 그걸 보고 달려온 것이다. 무휘는 서린의 허리를 휘감아 불길 반대편으로 강하게 잡아당겼다.

"하지만 내관님이……."

"그분은 이미 늦었습니다."

무휘는 불길에 휩싸여 보이지 않게 된 조내관으로부터 고개를 돌리며 나지막이 말했다. 무휘에게 우격다짐으로 끌려나오는 동안 열기를 머금은 바람이 불어와 서린의 머리카락 끝을 태웠다. 무휘는 탁탁 튀는 소리를 내며 서린에게 달려드는 불똥을 제 손으로 막으면서 겨우겨우 입구까지 다다랐다. 천장까지 옮겨 붙은 불이 서까래를 무너뜨리기 직전, 무휘와 서린은 아슬아슬하게 서고를 빠져나왔다.

"내관님……."

무서운 기세로 활활 타오르는 서고 건물을 보자 서린은 제 가슴에서도 모락모락 연기가 피어오르는 것 같았다. 먹물을 칠한 듯 검은 하늘 아래 소란을 알아차리고 몰려온 궁인들이 있었다. 모든 게 어두웠다. 그들의 낯빛도, 재를 머금은 바람도, 숯으로 칠한 것처럼 검어진 서린의 손도. 그 암흑 속에서 서린의 희망도 파묻히듯 사그라지고 있었다.

87

추모

“그분의 존함은 조남호였다. 남녘 남(南)자에, 호수 호(湖)자. 내관의 이름 따위 역사의 어디에도 남지 않지만 적어도 우리만은 그 석 자를 기억하자.”

서고에 불이 난 지 이틀 후, 십여 명의 내관들과 비슷한 숫자의 궁녀들이 동궁전 뒤뜰에 서 있었다. 솜털이 보송보송한 견습내관부터 나이 지긋한 상궁까지. 남녀노소 불문하고 조내관을 추모하기 위해 모인 이들이었다. 그들의 공통점은 은혜를 입은 적이 있다는 것이었다.

“하나뿐인 누이가 시집갈 때, 혼수라도 해주라고 목돈을 빌려주셨습니다. 나중에 갚아드리려고 했지만, 기어코 받지 않으셨어요.”

“대비마마의 청자를 깨뜨렸을 때, 내관님께서 대신 물어주셨습니다. 덕분에 태형을 면했지요.”

“제가 치질로 고생할 때, 푹 쉬어야 낫는다며 불침번을 자청하셨습니다. 무려 네 번이나요.”

어차피 이 작은 모임 자체가 법도에 어긋나는 것이니, 형식 따윈 중요치 않았다. 궁인들은 돌아가면서 조내관이 그들을 위해 해준 일을 이야기했다. 몇십 년 전 조내관이 직접 심은 느티나무를 바라보면서. 다음으로 예성이 나무뿌리에 들국화 한 송이를 올려놓으며 울먹거렸다.

"혈육의 정을 모르던 제게…… 할아버지가 되어주셨습니다."

짧지만 많은 것들이 담긴 예성의 그 말에 모두가 일제히 숙연해졌다. 예성의 옆에는 서린과 채옥, 그리고 무휘와 도야가 서 있었다. 채옥과 무휘, 도야는 조내관과 몇 마디 해보지 못했을 테니, 추모사를 하는 건 서린의 몫이었다. 그녀도 솔직히 조내관을 잘 알지 못했다. 늘 범의 뒤에 그림자처럼 서 있는 모습만 봤을 뿐. 하지만 서린은 뭐라고 말해야 할지 알고 있었다.

"제가 아는 조내관, 아니, 조남호 어르신은 마지막까지 사랑하는 이를 지키려고 하셨습니다."

자신에게 남은 짧은 시간 동안 조내관은 어떻게든 살아보려고 발버둥치지 않았다. 대신 서고에 불을 지르고 분신하는 길을 택했다. 그가 왜 그런 짓을 했는지, 서린은 얼굴에 달라붙은 검댕을 지우고 또 지우면서 생각했다. 그리고 아프고 충격적인 결론을 내렸다.

'세자를 보호하려고 하신 거야. 그의 손에 살해당하셨으면서도.'

아기나인과 의금부부사의 죽음에 범이 개입되어 있는 게 밝혀지더라도 빠져나갈 구멍이 있었다. 악의 없는 장난을 쳤을 뿐, 그걸로 사람이 죽을 줄은 몰랐다고, 그 백면서생(白面書生) 같은 얼굴로 하소연하면 모두가 믿을 테니까. 하지만 조내관의 죽음은 달랐다. 내관은 봉직(奉職)을 받은 엄연한 관료였다. 그런 내관을 아무 명분 없이 잔인하게 찔러 죽였다는 건 세자 자격을 다시 논의하게 만들기에 충분하고도 남을 일이었다. 그리고 조내관은 서린이 특정한 물건을 통해 살인범을 밝혀낸다는 사실을 알고 있었다. 그렇다면 서고는 그 자체로 끝없는 증거물의 보고나 다름없었다. 서린은 세자가 조내관을 어떻게 죽였는지 금방 파악하게 될 테고, 이번에야말로 세자를 끌어내릴 방법을 찾아낼지도 몰랐다. 조내관은 그걸 막으려 한 것이다.

"여기서 뭣들 하는 게냐!"

상념에 잠겨 있던 서린의 귓가에 추상같은 고함이 울려 퍼졌다. 근엄하게 뒷짐 진 채 나타난 사람은 종이품 상선대감, 내관은 물론이고 모든 궁인을 통틀어 가장 높은 이였다. 누구도 선뜻 앞으로 나서지 못하는 가운데 서린이 용기를 내어 또렷한 목소리로 대답했다.

"저희는 조남호 어르신을 추모하는 중이었습니다."

상선의 눈길이 서린과 느티나무 그리고 느티나무 아래 가지런히 놓인 조내관의 공복과 관(冠)을 차례대로 훑어보았다. 올이 성긴 눈썹이 못마땅한 듯 꿈틀거렸다.

"몇십 년 동안 나랏돈을 훔쳐 제 배때기를 불린 도둑놈이야. 추모라니 당치도 않다!"

새카맣게 그을린 조내관의 시신이 잿더미 속에서 끌려나올 때쯤 그는 동궁전 재산을 빼돌려 제 배를 채운 파렴치한 횡령범이 되어 있었다. 조내관의 자필로 쓰인 비밀 장부가 그의 방에서 발견된 것이다. 그건 물론 범의 솜씨였다. 조내관이 함께 궁을 떠나자느니 뭐니 헛소리할 때부터, 언젠가 조내관을 제거해야 할 것이라는 생각에 미리 만들어놓은 물건이었다. 조내관의 필체를 흉내 내는 것쯤은 범에게 식은 죽 먹기였다. 실제 동궁전의 수입 지출 내역과 세밀한 부분까지 일치하는 그 장부를 왕을 비롯한 대부분이 믿었지만, 다 그런 건 아니었다.

"그건 조작된……."

"함부로 말하지……."

"닥쳐! 너희들도 그런 꼴이 되고 싶지 않으면 얼른 제자리로 돌아가라!"

상선은 서린과 예성의 말을 동시에 끊으며 호통쳤다. 전부터 조내관을 못마땅해하던 상선이었다. 직위는 자기가 훨씬 높은데도 모두가 조내관을 더 존경했으니까. 그런 조내관이 횡령 사실이 들킬 것이 두려워 자진하면서 그 분풀이로 서고에 불까지 질렀다니, 상선은 기세등등해졌다.

"……."

이제 상선이 권위를 내세우며 횡포를 부리더라도 그걸 막아줄 조내관은 없었다. 내관들은 서로 눈치를 보더니, 누가 먼저랄 것도 없이 하나둘씩 슬금슬금 자리를 뜨기 시작했다. 그러자 궁녀들도 더는 남아 있을 이유가 없었다. 잠시 후 느티나무 앞에는 서린과 채옥, 도야와 무휘 이렇게 넷만 덩그러니 남았다. 서린은 조내관의 옷가지를 끌어안은 채 망연히 서 있었다. 낮은 담장 너머로 이제는 폐허가 되어버린 서고의 형체가 보였다. 그런 서린을 향해 채옥이 조심스럽게 물었다.

"거기서도…… 별거 안 보여?"

서린은 고개를 끄덕였다. 조내관은 품위를 지키는 데 철저한 사람이라, 공복도 관도 매달 새것으로 짓고 헌옷은 걸인들에게 적선한다고 했다. 지금 남아 있는 옷가지와 관은 바꾼 지 사흘밖에 안 된 것이라, 깊이 남아 있는 사념이 없었다. 조내관의 방과 서고는 범죄 현장이라는 이유로 금줄이 쳐져 금위군이 출입자를 막고 있었다. 손 빠른 도야가 방자들이 수레에 실어 나르던 타다 남은 책 몇 권을 훔쳐다 주었지만, 서린은 아무것도 읽어내지 못했다. 그때 설화당 아궁이에서 찾아냈던 재와 비슷했다. 불은 사념조차 지워버리는 모양이었다.

"이제 우리도 돌아가자."

서린은 다소 기운 없는 투로 말했다. 주변 정리를 마친 일행이 각자의 일터로 돌아갈 준비를 하는데, 그들 앞에 금빛으로 반짝이는 풍성한 치맛자락이 나타났다.

"윤나인과 잠시 얘길 하고 싶은데."

"빈궁 마마!"

화들짝 놀란 채옥이 허리를 깊이 숙여 절을 올렸다. 무휘는 정중하게 예를 갖추었고, 도야는 떨떠름한 표정으로 고개를 꾸벅했다. 연씨는 그들을 본체만체하면서 거듭 힘주어 말했다.

"윤나인과 할 말이 있다 하였다."

떨거지들은 썩 물러가란 얘기였다. 무휘는 서린에게 가만히 눈짓했다. 괜찮겠냐고 묻는 것이었다. 서린이 고개를 끄덕이자, 무휘는 두말하지 않고 수풀 너머로 사라졌다. 채옥과 도야도 주섬주섬 자리를 피해주었다. 연씨와 둘만 남게 되자, 서린은 다소 다급한 어조로 말했다.

"마마도 눈치채고 계시지요? 세자가 조내관님을 해친 것입니다!"

"……"

"아직은 명확한 증거가 없지만, 곧 찾아내겠습니다! 동궁전 한복판에서 일어난 일이니 목격자도 있을지 모릅니다!"

서린은 확신에 가득 차 있었다. 범인을 모르는 상태와 아는 상태에서 시작하는 것은 전혀 달랐다. 지금은 서고 출입을 못 하지만, 며칠만 지나도 상황이 달라질 것이다. 경비가 조금만 느슨해지면 도야에게 서고 안의 물건을 훔쳐오게 해서, 정확히 무슨 일이 있었는지 파악할 수 있었다. 그러면 세자가 경황없는 사이 남기고 간 증거물을 찾아낼 수 있을지도 몰랐다. 어쩌면 조내관이 서린에게 주려고 했던 정보가 뭔지 알 수 있을지도. 하지만 연씨는 백지장처럼 하얗게 질린 얼굴로 서린의 말을 한 귀로 듣고 한 귀로 흘리고 있었다.

"난…… 그만두겠다."

"예?"

시작도 안 했는데 그만두겠다니. 청천벽력 같은 선언에 서린의 동공이 커졌다. 요 며칠 사이 부쩍 늙어버린 연씨는 눈가에 생긴 잔주름을 손끝으로 어루만지며 멍하니 중얼거렸다.

"어차피 이길 수도 없는, 이겨서도 안 되는 싸움. 역시 시작하지 않는 게 좋겠어. 조내관 일에 대해서라면 난 아무것도 모른다. 자진했다고 하니 그런 줄로 알아야지."

"무슨 말씀이십니까? 마마도 아시잖습니까, 조내관님이 얼마나 충직하고 청렴하셨는……."

흥분해서 말을 쏟아내던 서린의 입술이 문득 멈췄다. '이겨서도 안 되는 싸움'이라는 연씨의 표현이 마음에 걸렸던 것이다. 서린의 눈길이 연씨에게 가서 닿았다. 그녀는 두 손을 아랫배에 살짝 얹어놓고 있었다. 허리선을 강조하기 위해 늘 바짝 조이던 치마끈을 넉넉하게 맨 것도 눈에 띄었다. 예전에는 하지 않았던 자세와 느슨해진 옷차림. 무슨 의미일까. 깍지 낀 연씨의 손등은 마치 외부로부터 자신의 몸을 방어하려는 것처럼 보였다. 다음 순간, 벼락같은 깨달음이 오면서 서린은 뒤통수를 세게 얻어맞은 기분이 되었다.

"마마, 혹시…… 회임하셨습니까?"

연씨는 서글픈 낯빛으로 고개를 끄덕였다. 서린은 그동안 연씨가 제대로 먹지도 못하고 현기증을 호소하며 누워만 있으려고 했던 것을 떠올렸다. 남편의 일로 고민하느라 그런 줄로만 알았는데, 알고 보니 잉태의 증상이었다. 왜 하필 지금. 서린이 입술을 지그시 깨무는데, 연씨는 금방이라도 울음을 터뜨릴 것 같은 목소리를 냈다.

"이 아기, 세손이 될지도 모르는…… 내 소중한 첫아이다. 생기기를 그토록 원했었는데……."

울컥한 연씨는 뒷말을 차마 내뱉지 못하고 목구멍 너머로 삼켜버렸다. 범을 더는 사랑하지 않게, 아니 사랑할 수 없게 된 순간부터 임신에 대한 소망도 싹 사라졌다. 그런데 최악의 시기에 찾아온 아기의 존재를 자각하자마자, 그녀의 가슴속에서 뭔가 싹트기 시작했다. 아직 모성애라고 부르기엔 너무 이르지만, 이 가엾고 연약한 어린 씨앗을 지켜줘야겠다는 본능에 가까운 의식이었다. 범은 여전히 소름 끼쳤지만, 그 혐오가 아기를 향해 생겨나는 애정을 가로막진 못했다. 연씨의 마음속에서 둘은 완전히 분리되는 대상이었다. 이 아기는 연씨에게 새로운 삶의 구심점이 될 것이고, 그녀는 자식만을 보면서 평생 살아갈 수 있게 됐다.

"이 아이를 살인자의 자식으로 만들 순 없다. 세자 저하께는 후계가 절실히 필요한 상황이니, 거슬리는 구석이 있더라도 나와 아기를 해치진 않으실 거야."

"마마……."

연씨의 말이 너무 얼토당토않아서 서린은 어디부터 지적해야 할지 모를 지경이었다. 한 나라의 세자빈이라는 사람이 저렇게나 근시안적이라니. 자신과 아기만 무사하다면 수백 명의 궁인들은, 인정(人情)이라는 게 아예 없는 왕의 통치를 받게 될 수많은 조선 백성들은 어찌 되든 상관없다는 건가. 서린의 비난하는 눈빛을 읽은 연씨는 어물어물 변명을 늘어놓았다.

"이기적인 선택이라 욕해도 어쩔 수 없다. 세자 저하와 혼인한 이상, 난 이대로 살 수밖에 없어. 여인이란 원래 그런 것이다. 사내에게 종속되어 어디에도 갈 수 없는 존재란 말이다."

"그렇지 않습니다. 누구에게나 자기 뜻대로 살아갈 자유와 의지가 있습니다."

"그래서 넌 네 의지대로 선택한 결과가 이것이냐?"

연씨는 꼬질꼬질한 서린의 몰골을 응시하며 노골적으로 물었다. 불구덩이가 된 서고에서 빠져나오는 과정에서 서린의 옷은 만신창이가 되었고 얼굴 여기저기에 생채기가 생겼다. 채옥이 옷을 깨끗하게 빨아주었지만 올올이 묻은 그을음과 숭숭 뚫린 구멍까지 손보지는 못했다. 자신의 초라한 행색을 비꼬는 듯한 말투에 서린의 뺨이 달아올랐다. 겉으로 보이는 게 다가 아니라고 항변하려는데, 연씨가 선수 치고 나섰다.

"네게 희한한 재주가 있든 없든 그런 건 상관없고 알고 싶지도 않구나. 네가 보는 걸 궁 안의 모든 사람이 똑같이 보는 게 아니라면 결국 아무짝에도 쓸모없는 게 아니냐."

"그건……."

"넌 이제 겨우 견습을 벗어난 나인 나부랭이에 불과해. 게다가 대역죄인의 딸이고, 궁에서 한 번 쫓겨난 전력도 있지. 누가 네 말을 진지하게 받아들여주겠느냔 말이다."

나라에는 국법이 있고, 사건을 처리하는 절차가 있다. 문무백관이 지켜보는 가운데 객관적인 증거를 제시한다면 아무리 주상이라도, 세자라도 무시할 수 없다. 서린은 그렇게 설명하려다, 연씨의 두 눈을 보고 조용히 입을 다물었다. 감옥에 갇힌 죄수처럼 비참한 눈빛이었다. 연씨의 장광설은 서린이 들으라고 하는 게 아니었다. 자신의 패배와 비겁함, 포기를 합리화하려고 자신에게 하는 말이었다. 그러니 입이 닳도록 떠들어봤자 그녀에게 전해질 리 없었다.

"이제 더는…… 발버둥 치지 마라. 그래 봤자 그걸 지켜보는 사람이 더 즐거워질 뿐이야."

연씨는 의미심장한 말을 남긴 채 자리를 떴다. 그녀가 지칭한 사람은 아마도 세자겠지. 생명을 품은 몸으로 볼모가 되어야 하는 그녀가 안타까웠지만, 서린은 그녀를 붙잡지 않았다. 결국 이것도 그녀의 의지이고 선택이었다. 어머니로서 자식을 지켜내겠다는 그녀의 고집을, 서린은 존중해주어야만 했다. 그것이 파국으로 이어지는 지름길이라 할지라도.

88
적의 적은 친구

"정말이지 하나도 모르겠군."

헌은 읽고 있던 책을 덮어버리고는 뒤로 벌렁 드러누웠다. 그 옆에는 서학(西學)을 다룬 또 다른 책들이 한 무더기 쌓여 있었다. 헌은 뒤돌아 앉아 있는 아내의 등에 대고 투덜거렸다.

"이상하지 않소? 만물을 굽어 살피는 전지전능한 천주님이 계시면, 왜 아프고 배고픈 아이들을 도와주지 않는단 말이오? 왜 나쁜 사람이 착한 사람보다 잘 먹고 잘 사느냔 말이오?"

"끝까지 읽어보시지요. 그만한 인내심도 없으면서 무슨 천주쟁이 노릇을 한다고 그러십니까?"

이달의 지출 내역을 정리하던 서씨가 가볍게 핀잔을 주었다. 세자의 최측근이던 조내관의 죽음과 동궁전 서고의 화재로 궁이 발칵 뒤집힌 직후였지만, 그 여파가 천수전까지 미치진 않았다. 가짜 천주쟁이가 됨으로써 대신들로부터 외면당하게 된 대군 헌은 느긋하게 공부하면서 한가로운 시간을 보내고 있었다. 작게 궁얼대는 헌이 귀여워서 서씨의 입가에 미소가 번지는 찰나, 닫힌 문 너머로 날씬한 인영이 나타났다.

"마님, 분부하신 대로 감을 다 말려놨습니다."

"감?"

"그래, 어디 한번 보자꾸나."

느닷없는 감 이야기에 헌은 의아해했지만, 서씨는 기다렸다는 듯 일어났다. 문밖에서 그녀를 기다리고 있는 건 나인 순애였다. 서씨는 주저 없이 앞장섰고 순애는 조용히 그 뒤를 따랐다. 두 여인이 도착한 곳은 오가는 사람 없는 뒤뜰 담장이었다. 물론 그곳에 말린 감 같은 것은 없었다. 순애는 얼굴이 닿을락 말락 할 만큼 서씨에게 다가온 후 은밀히 속삭였다.

"조내관과 가깝게 지냈던 내관들, 궁녀들, 비자와 방자, 무수리들까지 샅샅이 알아내 하나하나 얘기를 나눠봤습니다."

"음."

첩자는 세자에게만 있는 것이 아니었다. 순애가 비록 궁에서 지낸 기간은 짧지만, 사람들과 친해지고 그들로부터 정보를 캐내는 데 천부적인 소질이 있었다. 그녀는 저잣거리를 누비며 이야기로 생계를 잇던 전기수(傳奇叟) 아버지의 입담을 물려받아 말재간이 뛰어난 데다, 능청맞게 어수룩한 척도 잘해서 궁인들의 철벽을 무너뜨리는 데 제격이었다. 순애는 그동안 몰래 조사한 내용을 서씨에게 보고했다.

"다들 조내관의 협의를 믿지 않는 분위기였습니다. 원리원칙을 지나치게 따져 오히려 항상 손해 보는 쪽이었고, 그나마 들어오는 녹봉도 남을 돕는 데 다 써버려서 정작 본인은 제대로 돌보지 못하는 일이 비일비재했답니다."

그런 사람이 횡령 같은 걸 할 리 없다. 서씨는 역시 그럴 줄 알았다는 듯 고개를 끄덕였다.

"조내관의 행적에 대해서는 알아보았느냐?"

"며칠 전부터 심상치 않았다 합니다. 조내관의 방을 청소하던 방자가 그러는데, 갖고 있던 패물을 팔기도 하고 안 쓰는 물건을 남에게 주기도 하고 이것저것 정리하는 것 같았다고요."

"그건 자진(自盡)의 징조가 아니냐?"

"꼭 그렇다고 볼 순 없을 것 같습니다. 조내관이 동궁전 꼬마 내관들에게 밤마다 《소학》을 가르쳐주고 있었는데, 낙향할까 생각 중이라고 그들에게 말했다더군요."

"낙향이라고?"

"네. 꼬마 내관들이 섭섭해하자, 자기가 원치 않아도 물러나야 할 것이라는 말도 했다고 합니다. 조만간 그렇게 될 것이라고요."

"원치 않아도 물러나야 할 것이다……."

서씨는 담장과 담장 사이에 울창하게 우거진 수풀을 지그시 응시하며 가만히 되뇌었다.

"뭔가 큰일이 닥칠 것을 예상하고 준비했지만, 그게 죽음일 줄은 몰랐다는 게로구나. 그날, 죽던 날 밤은 어땠지? 뭔가 보거나 들은 이가 있느냐?"

"평소와 다른 건 없었던 것 같습니다. 동궁전 근무를 마치고, 세자 저하를 빈궁 마마 침소로 모셔다드린 후 침방 상궁들에게 뒷일을 맡기고 떠났다 합니다."

"떠났다고? 세자가 나올 때까지 지키고 서 있는 게 아니라?"

"예."

궁궐 법도에 대해 잘 모르는 순애는 그게 얼마나 이상한 일인지 모르는 듯했다. 대군과 달리, 세자나 왕을 수행하는 내관들은 잠시라도 자리를 뜨면 안 됐다. 그래서 초보 내관들 중에는 용변을 참다가 속병에 걸리거나 심지어 바지에 실례하는 경우도 있었다. 도대체 얼마나 급하고 중요한 일이기에 조내관이 말도 없이 사라졌을까. 서씨는 의혹이 짙어져가는 것을 느꼈다.

"조내관이 어디로 가려고 한 건지 들은 사람은 없느냐?"

"빈궁전 방자가 처소로 곧장 갈 건지 물어봤다 했습니다. 멀리 갈 거면 등롱을 내주어야 하니까요. 조내관이 등롱은 필요 없다고 하면서, 만나러 갈 사람이 있다고 말했다고 합니다."

서씨의 머리가 바쁘게 돌아가기 시작했다. 등롱이 필요 없다는 건 가까운 곳으로 간다는 것이니, 동궁전 서고가 처음부터 목적지였다고 봐도 무방했다. 약속한 사람은 아마도 자신보다 신분이 낮은 사람이겠지. 조내관은 존칭이 입에 밴 궁인이었으니 왕족이나 고위 관료를 '만나러 갈 사람'이라고 표현했을 리는 없었다. 골똘히 생각하던 서씨에게 순애가 말을 걸었다.

"그런데 마님, 실은 중요한 소식이 또 있습니다."

"중요한 소식?"

"저기, 그게…… 아무래도 빈궁 마마가 회임하신 것 같습니다."

서씨는 저도 모르게 움찔했다. 하필이면 이때, 대군이 천주쟁이로 낙인찍혀 왕의 눈 밖에 난 지금 세자빈이 후사를 보게 되다니. 낙담에 빠져 있던 서씨는 어쩌면 세자빈도 자신처럼 착각한 것인지 모른다는 데 한 줄기 희망을 걸어보았다.

"확실한 것이냐?"

"그런 것 같습니다. 벌써 나흘째 빈궁 마마 처소에 어의가 들락거리고 있습니다. 빈궁 마마의 개짐•을 도맡아 빠는 나인이 두 달째 빨래터에 오지 않았고요. 수라는 들어가는 족족 그대로 나오는데, 방자들은 귤이며 포도 같은 귀한 과일을 연신 들여갑니다. 이 정도면 틀림없겠지요?"

"그래, 의금부에 취직해도 되겠구나."

주도면밀한 순애의 조사가 이번만큼은 달갑지 않은 서씨였다. 부인하고 싶지만 부인할 수 없게 됐다. 세자는 세손을 보게 될 것이고, 그의 지위는 누구도 뒤흔들 수 없을 만큼 굳건해질 터였다. 불이 난 서씨의 마음에 순애가 기름을 끼얹었다.

"마님, 이대로 둬도 괜찮을까요? 안 그래도 대군 마마는 점점 찬밥 신세가 되고 계시는데요."

"……."

"제가 아는 곳이 있는데요. 혹시 아기 지우는 약 같은 게 필요하시면……."

"아서라!"

은밀히 소곤대던 순애는 서씨의 매서운 호통에 깜짝 놀라 그만 제자리에서 펄쩍 뛰어올랐다.

"아직 태어나지도 않은 아기와 빈궁 마마에게 무슨 잘못이 있겠느냐! 끔찍한 소리 입에 담지도 말거라! 네 입이 죄로 더럽혀질까 두렵구나."

"죄, 죄송합니다. 전 그냥 마님 걱정이 돼서……."

• 광목천으로 만든 생리대

이렇게까지 화내는 서씨를 본 적 없는 순애는 잔뜩 겁먹고 풀이 죽었다. 두 눈에서 영악한 빛이 사라지면서 투명한 이슬이 고여 들었다. 그 모습을 본 서씨의 노기가 스르르 가라앉았다. 그저 제 주인에게 충심을 다하려던 순애의 마음을 그녀도 이해했다. 서씨는 정색했던 얼굴을 풀고 부드러운 말투로 순애를 달래주었다.

"네 마음을 내 어찌 모르겠느냐. 울지 마라."

"아씨……."

"이렇게 수고해주는데, 나도 뭔가 보답해주고 싶구나. 오라버니가 이번에 성균관에 들어갔다지? 곧 신방례(新榜禮)를 치러야 할 텐데, 내 이름으로 선물을 보내주어도 괜찮겠느냐?"

"마님께서요?"

서씨의 제안에 순애는 아까보다 더 놀랐다. 순애의 오라버니 또한 천민인 것은 마찬가지지만, 어릴 때부터 명석하고 인물 훤하다고 소문난 덕에 자식 없는 양반 댁에 양자로 들어갈 수 있었다. 남매는 서로 다른 호적에 오르게 됐지만 두터운 우애는 여전해 자주 왕래하며 지냈다. 오라비가 텃세 심한 성균관에서 어떻게 지낼지 걱정이 가득했던 순애는 좋아서 어쩔 줄 몰랐다.

"그렇게 해주신다면, 콧대 높은 성균관 유생들도 제 오라비를 무시하지 못할 것입니다! 정말 감사합니다, 아씨!!"

순애는 서씨를 향해 거듭 절을 올린 후 어딘가로 부리나케 달려갔다. 오라비에게 희소식을 전하러 가는 것일 터였다. 그 뒷모습을 보며 은은히 웃음 짓던 서씨는 순애의 발소리가 사라지자마자 미소를 거두며 수풀을 향해 말했다.

"들을 만큼 들었으면, 이제 그만 나오거라."

그 말에 응답하듯 나뭇가지가 사락사락 흔들렸다. 연갈색으로 물든 나뭇잎들 사이에서 선명한 옥색 저고리와 남색 치마가 모습을 드러냈다. 서린이었다. 서씨는 어처구니없다는 듯 말했다.

"나오란다고 해서 진짜 나오다니. 소문대로 맹랑하구나."

"제가 듣고 있다는 걸 아시면서도 계속 말씀하신 연유는 무엇입니까?"

서린은 엿듣고 있었던 걸 사죄하는 대신 당돌하게 물었다. 서씨는 어깨를 으쓱하며 응수했다.

"내가 한 말은 전부 사실이고 떳떳해서 누구에게도 숨길 게 없다."

"말은 왜곡되기 마련입니다. 조금 전의 대화도 악용하려면 얼마든지 할 수 있을 텐데요."

"누가? 세자가? 네가 그의 첩자가 아니란 건 알겠구나. 그의 첩자들은 그렇게 어설프게 숨지 않거든. 다들 낯짝을 높이 들고 백주대낮에 천연덕스럽게 돌아다니지."

서씨는 경멸 어린 투로 쏘아붙이듯 말했다. 서린은 그녀의 과감하고 냉철한 기질이 맘에 들었다. 연씨의 회임 소식에 좌절하던 서린에게 그녀만큼이나 세자의 몰락을 바라는 사람이 있다며 새로 들어온 대군 부인에 대해 이야기해준 사람은 채옥이었다. 적의 적은 친구라지만, 솔직히 서린은 별로 내키지 않았다. 세자와 대놓고 대립각을 형성했던 이보다는 그의 편에 서 있던 이가 훨씬 신빙성 있는 증인이 되리라 생각했기 때문이다. 그런데 부부인 서씨를 실제로 보고 나자 달라졌다. 당근과 채찍을 적절히 사용해 아랫사람을 부릴 뿐만 아니라 인간으로서의 도리를 중시하는 그녀는 서린의 마음에 쏙 들었다. 서린은 한 걸음 앞으로 나서며 말했다.

"누가 조내관을 죽였는지 제가 알고 있습니다. 그 사람을 잡아서 처벌할 수 있게 부부인 마님께서 도와주시면 좋겠습니다."

"설마 이번에도 내 남편을 범인으로 지목하려는 건 아니겠지?"

서씨는 서린이 대군을 의심했던 사실을 알고 있었다. 서린은 가만히 고개를 저으며, 턱 끝으로 가까이 보이는 높은 처마를 가리켰다. 동궁전이었다. 그 미세한 동작만으로도 서린이 하고자 하는 말이 서씨에게 전해졌다. 서씨는 어떻게 반응해야 할지 잠시 고민하는 듯했다.

"오늘 처음 본 널, 내가 어떻게 믿는단 말이냐?"

"마님의 손을 한 번만 잡아보게 허락해주십시오. 그러면 제가 어떤 도움을 드릴 수 있는지 보여드리겠습니다."

서린이 살며시 다가가자 서씨는 경계심을 드러내며 번개같이 뒤로 물러섰다. 그것만 봐도 물러터진 세자빈과 결이 다른 사람이었다. 서씨는 서린의 눈을 들여다보며 단호하게 말했다.

"난 네가 뭘 할 수 있는지에는 관심 없다."

"그러면요?"

"네가 무엇까지 할 수 있는지, 그걸 알고 싶구나."

일국의 세자와 맞서는 건 자살 행위였다. 세간에선 그걸 역모라고 불렀다. 목이 잘리고, 사지가 찢기고, 그 시체는 들판에 버려질 중한 죄였다. 모든 역모가 그렇듯 성공하면 영웅이 되겠지만, 실패하면 완전히 끝장이었다. 그걸 알면서도 감당할 각오가 되어 있는지 서씨는 그걸 묻고 있는 것이었다. 그런 점에서도 서씨는 지금까지 서린이 만났던 사람들과 달랐다. 문상궁도, 세자도, 이원익 장군도, 다들 서린의 능력을 시험하고 싶어 했다. 반면 서씨는 그녀의 각오를 시험하고 싶어 했다. 그리고 서린은 그 시험에 기꺼이 응할 준비가 되어 있었다.

서린이 품속에서 꺼낸 주머니칼을 목에 갖다 대는 모습을 서씨는 눈 하나 깜짝 안 하고 지켜보았다. 세심하게 갈아둔 칼날이 상아처럼 흰 목 위에서 섬뜩한 기운을 발산했다. 서린의 오른손에 지그시 힘이 들어가자 날 끝에 선홍색 핏방울이 송골송골 맺혔다. 서린은 희미한 신음소리 한 번 내지 않았다. 대신 무례하다 싶을 만큼 서씨를 똑바로 쳐다보며 당돌하게 물었다.

"이 정도면 대답이 되었을까요?"

그 기개는 서씨에게 그대로 전해졌다. 서씨는 그만해도 좋다고 손짓하면서 고개를 끄덕였다.

"똑똑히 기억해라. 언젠가 주상 전하 앞에 나설 때도 지금의 그 심정으로 해야 할 것이니."

"그럼 절 지지해주시는 겁니까?"

"말은 바로 해야지. 내가 널 지지하는 게 아니라 네가 날 따르는 것이다."

서씨는 뻔뻔하리만큼 당당하게 말했다. 서린은 그것도 마음에 들었다. 지금 그들에게는 만용에 가까운 그런 패기가 필요했다. 이 조선에서 두 번째로 높은 지위에 앉아 있는 사람을 끌어내려야 했으니까. 서씨는 깨끗한 비단 손수건을 꺼내 서린에게 내밀면서 빙긋 웃어 보였다.

"자, 그럼 어디서부터 시작해볼까?"

89
경로잔치

"입에서 살살 녹는구먼, 녹아!"

"아무래도 내가 죽어서 극락에 왔는가벼!"

정전 앞마당인 조정은 궁의 각종 의식과 행사가 벌어지는 신성한 공간이었다. 평소엔 절간처럼 고요하고 엄숙한 이곳이 오늘만큼은 저잣거리처럼 떠들썩했다. 돌바닥을 빼곡하게 메운 소반을 하나씩 차지하고 앉은 허름한 옷차림의 노인들. 그들은 문상궁의 야문 손끝에서 만들어진 진수성찬에 사뭇 감격스러워했다.

"그런데 무슨 양로연(養老宴)*이 이렇게 뜬금없이 열리나? 명절도 아닌데."

"그야 뻔한 거 아닌가. 이건 틀림없이……."

노인들의 대화는 둥둥 울리는 북소리에 묻혀버렸다. 붉은 옷을 입은 악공들이 장중한 음악을 연주하는 가운데 왕이 중전과 숙원을 거

* 조정에서 나라의 노인들을 위해 베푸는 잔치

느린 채 월대를 오르고 있었다. 그 뒤를 세자와 세자빈, 대군과 대군비, 그리고 특별히 초청받은 고관대작들이 차례대로 따랐다. 노인들은 그 행렬의 화려함과 위풍당당함에 넋을 잃었다. 단연 압도적으로 그들의 시선을 사로잡은 건, 흑색 곤룡포에 같은 색의 관을 단정하게 쓴 조각 같은 풍채의 세자였다.

"세상에나!"

"소문은 많이 들었지만 세자 저하는 정말 헌헌장부(軒軒丈夫)이시군!"

환호하는 노인들을 본 왕은 그들이 용안을 알현한 영광에 벅차서 그러는 것이라 착각하고 흐뭇해했다. 한편 범은 알뜰살뜰하게 제 아내를 챙기느라 바빴다.

"빈궁. 바람이 조금 센 것 같은데, 춥진 않으시오?"

"괜찮습니다, 저하."

예전 같았다면 남편이 자신을 신경 써준다는 것에 설렜을 연씨였다. 그러나 지금은 행여 그의 손이 제 살에 닿기라도 할까 봐 조마조마했다. 연씨가 범의 부축을 받으며 자리에 앉았을 때, 왕조의 번영과 왕의 만수무강을 기원하는 만세삼창이 우렁차게 퍼졌다. 어깨에 바짝 힘이 들어간 왕은 모두가 들을 수 있게 큰 소리로 말했다.

"궁감(宮監)*은 들거라! 오늘 온 객들이 한 명도 빠짐없이 소고기 두 근과 쌀 한 가마니 그리고 무명 세 필을 받아갈 수 있도록 하거라!"

• 궁궐 재산을 관리하는 내수사의 관리

"예, 전하!"

만세를 외치러 일어났던 노인들은 턱이 빠진 것처럼 입을 벌렸다. 소고기 두 근과 쌀 한 가마니, 무명 세 필이면 일 년을 먹고도 남는 엄청난 양이었다. 감격에 겨운 노인들이 다시 두 팔을 번쩍 쳐들려는데, 왕이 점잖게 한 손을 들어 그들을 잠시 제지했다.

"다시 한번 만세삼창을 할 거라면, 내가 아니라 세자와 곧 태어날 아기를 위해 해주거라."

그 한마디에 정전이 발칵 뒤집혔다. 왕이 양로연을 개최한 건 이 때문이었다. 태어날 세손이 최대한 많은 사람의 축복을 받게 해주기 위해서였다. 왕은 수줍은 듯 시선을 바닥에 고정하고 있는 며느리 대신 의젓하게 앉아 있는 첫째 아들에게 다가가 그의 어깨를 툭툭 두드렸다.

"이제 세자도 아버지 될 준비를 해야겠구나. 이제부터 정무는 세자가 전적으로 맡아 하거라. 과인은 뒷방 늙은이 될 준비를 할 테니."

"어머, 전하. 늙은이라뇨. 아직 한창이십니다."

간살스러운 태도로 끼어든 사람은 숙원 강씨였다. 뻔뻔하게 여기까지 동행한 그녀에게 궁인들의 따가운 눈총이 날아와 박혔지만 강씨의 탄력 있는 살결은 뽀얀 윤기를 발할 뿐이었다. 왕은 자신을 추켜세우는 애첩을 보고 어깨가 으쓱해졌다.

"내가 그런가?"

"그럼요. 그건 소첩이 제일 잘 압니다. 전하께서는 오래오래 건강하게 사셔서, 세손에게 말타기도 활쏘기도 전부 가르쳐주셔야지요."

새로 태어날 아기가 아들일 것이라는 은근한 암시에 왕의 기분은 더욱 좋아졌다. 왕이 자리를 비우거나 중병을 앓는 게 아닌 이상 세자가 대리청정을 하는 건 관례에 어긋나는 일이었다. 하지만 신하 중 누구도 끼어들 엄두를 내지 못했다. 세자빈의 회임 선언으로 보위 다툼은 끝난 것이나 다름없었고, 세자에게 미운털 박히는 건 누구도 원치 않았으니까. 범은 왕의 제안을 신중하게 고심하는 듯 잠시 침묵을 지키다가, 공손한 태도로 입을 열었다.

"전하께서 정무에 시달리시느라 건강마저 해치셨으니, 소자가 세자로서 그 짐을 덜어드리는 건 당연합니다."

"암, 암."

"아직 모르는 게 태산같이 많으니 현명한 이들에게 조언을 받아가면서, 빈궁과 함께 이 나라를 잘 다스려보겠습니다."

범은 준비된 모범 답안을 말하며 아내를 부드럽게 감싸 안았다. 따뜻하게 데운 물 주전자를 들고 서 있던 서린은 그 순간 연씨의 어깨가 사시나무처럼 파르르 떨리는 것을 보았다. 왕족들은 의식하지 못했지만, 옆에서 시중드는 궁인들에게는 그들의 미세한 표정과 동작 하나하나가 무척 잘 보였다. 중전 홍씨는 두 눈을 지그시 감은 채 끓어오르는 속을 다스리는 듯했고, 헌은 차라리 잘됐다는 듯 홀가분한 얼굴이었다. 부부인 서씨는 그의 곁에서 분함을 참지 못하고 입술을 잘근잘근 깨물고 있었다. 서린은 주전자를 슬그머니 내려놓고 서씨 곁으로 다가갔다. 그리고 그녀에게만 들릴 만큼 작은 목소리로 속삭였다.

"침착하십시오. 이 정도는 이미 예상하신 일 아닙니까. 아직 옥새가 넘어간 건 아닙니다."

맞는 말이었다. 왕이 느닷없이 양로연을 준비한다고 할 때부터 서린도 서씨도 그 의도를 알아차렸다. 그들은 계획을 세웠다. 영향력 있는 관료들뿐만 아니라 일반 백성들까지 모여드는 잔칫날을 이용할 계획을. 서씨는 슬쩍 얼굴을 돌려 서린과 눈을 마주쳤다. 서린은 조용히, 하지만 힘 있게 고개를 끄덕였다. 그러자 서씨는 다시 얼굴을 돌리고, 천천히 자리에서 일어났다.

"주상 전하, 이 자리를 빌려서 소첩이 간언드릴 것이 있사옵니다."

"간언?"

왕은 떨떠름한 표정으로 서씨를 쳐다보았다. 그는 그녀의 돌발 행동이 전혀 반갑지 않았다. 혹시 세자의 대리청정에 대해 불만이라도 토로하지 않을까 해서였다. 하지만 서씨의 입에서 나온 말은 전혀 다른 것이었다.

"세자 저하를 분신처럼 따라다니며 모시던 최측근, 조내관의 참혹한 죽음에 지울 수 없는 의문점이 있습니다. 그 사안에 대해 정식으로 진상 조사를 해주시길 청하옵니다."

뜬금없는 청에 왕은 노골적으로 눈살을 찌푸렸다. 세손의 잉태를 축하하는 자리에서 죽은 내관 따위를 들먹이다니, 불길했다. 그는 서씨를 향해 쯧쯧 혀를 차며 혼잣말처럼 중얼거렸다.

"넌 산통 깨는 데 아주 신통한 재주가 있구나."

누가 들어도 무안할 만한 말이지만 서씨는 굴하지 않았다. '세자를 분신처럼 모시던', '내관의 참혹한 죽음' 같은 자극적인 표현에 노인들은 숟가락질하는 것도 잊어버리고 이쪽을 뚫어지게 쳐다보고 있었다. 저들이 입을 놀리면 조선 팔도로 소문이 퍼져나가는 건 삽시간이니, 왕도 여기서 서씨의 말을 함부로 막거나 끊지는 못할 터였다. 서씨는 미리 품속에 넣어두었던 물건을 꺼내 왕의 눈앞에 들이밀었다.

"이걸 봐주십시오. 도성의 유접소(留接所)•에서 내명부로 보내온 것입니다. 아무래도 자세히 알아볼 필요가 있어 보입니다."

조내관이 녹봉의 절반을 유접소에 기부해왔다는 사실을 알아낸 건 서린이었다. 조내관이 외출할 때마다 착용한 패에 유접소 아이들과 함께 보낸 즐거운 기억들이 담겨 있었다. 서린의 부탁을 받은 무휘가 유접소에 가서 문제의 서신을 받아온 것이지만, 서씨는 그 과정을 숨겼다. 세자의 표적이 되는 건 자신으로 충분했기 때문이다. 힘들게 구한 증거물이지만 왕은 그 서신을 받아 읽는 것조차 귀찮은 듯했다.

"어떤 내용이기에 그러느냐?"

"조내관이 그동안 후원해온 아이들을 직접 만나보기 위해 유접소에 들르겠다는 내용입니다. 약속한 날짜는 동궁전 서고가 불탄 바로 다음 날입니다."

왕은 시큰둥하게 눈을 굴렸다. 그래서 뭐 어쩌라는 거냐고 말하는 듯했다. 서씨는 모두가 볼 수 있게 서신을 허공에서 높이 흔들어 보이며 또렷한 어조로 말했다.

"자진할 마음을 먹은 사람이 아이들을 만나러 가겠다는 약속은 왜 했을까요?"

"원래는 그럴 마음이 아니었던 게지. 들킬 것 같으니까 다급해진 것 아니겠느냐."

"내명부 기록이라면 제가 속속들이 꿰뚫고 있습니다. 외견상 수상

• 조정에서 운영하던 고아원

하게 여길 만한 점은 없었고, 누군가 조내관을 의심하고 추궁했다는 정황도 없었습니다."

서씨는 한 치의 막힘도 없이 술술 말했다. 이제 노인들은 물론이고 관료들까지 두 눈을 크게 뜬 채 그녀와 왕 사이에 오가는 대화를 듣고 있었다. 서씨의 똑 부러지는 주장에 왕은 반박하지 못했다. 서씨는 그 기세를 놓치지 않고 몰아치듯 말했다.

"수긍할 수 없는 점은 또 있습니다. 조정의 돈을 횡령할 만큼 탐욕스러운 사람이 과연 제 사비를 털어 고아들을 후원했을까요? 무려 마흔다섯 해를 조정에 바친 충복인데요. 대놓고 말을 못할 뿐, 조내관의 죽음이 이대로 묻히는 것에 궁인들이 분노하고 있습니다."

"흠……."

"부부인 말도 일리가 있습니다. 전하."

여태껏 관망하기만 하던 중전이 며느리를 거들고 나섰다. 평소 며느리를 달갑지 않게 여기던 그녀였지만, 세자의 보위 계승을 막고 싶어 한다는 점에선 이해관계가 일치했다. 왕의 성정을 잘 아는 홍씨는 강하게 그를 도발하는 대신 온화한 어조로 살살 달래듯 말했다.

"예전에 동궁도 말하지 않았습니까. 의혹이 제기된 이상, 결백을 명백히 밝히는 게 그 사람을 위해 좋다고요."

"의혹이라고?"

"동궁을 가장 가까이서 모시던 내관이 죽었으니, 그에 대한 의혹은 곧 동궁에 대한 의혹이 아니겠습니까."

부드러운 듯 단단한 뼈가 든 홍씨의 말에 왕의 낯빛도 짐짓 심각해졌다. 걱정과 호기심에 가득 찬 늙은 백성들의 시선이 그를 압박하고 있었다. 보위 계승이라는 국가의 가장 큰 중대사를 앞두고, 일말의 잡음이라도 내선 안 됐다. 왕은 이 문제를 진지하게 생각하기 시작했다. 다행히 중전이 나서줬으니, 왕이 부부인에게 이리저리 휘둘린다는 인상은 피할 수 있을 터였다.

"중전의 말은 충분히 알아들었소. 그렇다면 의금부에 조사를……."

"의금부는 안 됩니다. 궁 안의 조직이라, 이 일에 어떤 식으로든 연관되어 있을 가능성이 있으니까요. 완전히 중립적인 제삼자에게 맡겨야 합니다."

서씨는 무례하리만큼 단호하게 왕의 말을 가로막았다. 수장인 부사 이의종을 잃은 후 의금부는 별 볼일 없는 조직으로 전락했다. 그곳에는 적당히 일하고 아부하면서 세태에 맞춰 살아남으려는 기회주의자들밖에 없었다. 당연히 세자의 심기를 거스르지 않기 위해 조내관의 죽음을 무마하려 들 터였다. 제일 편하고 만만한 의금부를 불러내려다 실패한 왕은 당혹스러워했다.

"완전히 중립적인 제삼자라니…… 대체 누구를……."

"일반인은 모르는 궁 안의 내밀한 사정에 정통하면서, 복잡한 사건을 해결할 만한 능력과 경험이 있고, 정치적 중립성도 갖추고 있어 전하께서도 신뢰할 수 있는 그런 인물 말입니다."

서씨의 설명을 들은 왕은 반사적으로 좌중을 둘러보았다. 내로라하는 관료들이 있었지만, 모두들 정치색이 제 옷 색깔보다 더 뚜렷할 뿐만 아니라 시신을 맨눈으로 보지도 못하는 자들이었다. 난감해하는 왕을 보고 범은 속으로 웃었다. 한때 그의 권위를 의심하고 그에게 도전하려 했던 자들은, 지금 이 순간 납작 엎드려 눈에 띄지 않기만 바라고 있었다. 아무도 나서지 않은 채 얼마나 시간이 흘렀을까. 군중 속에서 건장한 인영이 불쑥 튀어나와 왕 앞에 무릎을 꿇었다.

"전하께서 윤허해주신다면, 소인이 한번 조사해보겠습니다."

모두가 놀랐지만, 가장 놀란 건 서린이었다. 조내관의 죽음을 파헤치겠다고 자청하고 나선 사람은 스무 날 전 빙고로 돌아갔던 장별좌였다. 왕 또한 어안이 벙벙해진 건 마찬가지였다.

"별좌 장길상. 그대는 빙고에 있는 줄 알았는데?"

"늙고 쇠약해 양로연에 참석하지 못하는 빙부들을 위해 하사품을 얻으러 왔다가, 조내관의 죽음과 그 논란에 대해 듣게 됐습니다. 내수사에서 궁 재정 관리를 맡았던 한 사람으로서, 횡령 의혹이 있다면 낱낱이 밝혀내고 싶습니다."

장별좌는 서린의 시선을 감지하고는 찡긋 눈짓을 보냈다. 원래는 서씨가 왕에게 이 사건을 조사할 특별 감찰관을 뽑아달라고 청할 예정이었다. 그 절차가 다소 복잡해질까 걱정이었는데, 장별좌가 나서준다면 한시름 덜 수 있었다. 왕 또한 같은 생각일 터였다. 얼음 절도 사건과 무기 밀매 사건을 해결한 것으로 장별좌의 실력은 이미 검증되었으니. 왕은 고개를 끄덕이며 흔쾌히 승낙했다.

"그대에게 필요한 자원을 지원해주겠다. 가을이라 빙고는 한산할 테니, 당분간 궁 안에 머물면서 조내관의 죽음을 조사하도록 해라. 어떠냐, 세자?"

왕이 결정한 일을 세자가 번복할 수는 없었다. 그러니 세자의 의견을 묻는 건 그저 구색을 갖추려는 것일 뿐이었다. 범은 뒤틀린 속을 숨긴 채, 겉으로는 신중하고 온화한 미소를 지어 보였다.

"좋습니다. 시시비비가 명백히 밝혀진다면, 조내관의 영혼도 편히 쉴 수 있을 것입니다."

90

돌아온 장별좌

"별좌님!"

양로연이 끝난 후, 서린은 나인의 본분도 잊어버리고 달음박질쳤다. 그녀의 예상대로, 장별좌가 정전 뒤편에서 기다리고 있었다. 펄쩍펄쩍 뛰어오는 서린을 본 장별조는 누이를 만난 것처럼 친근하게 웃었다. 그와 헤어진 지 얼마 안 됐지만 서린은 오랜만에 보는 것처럼 반가웠다.

"언제 입궁하신 겁니까? 정말 하사품을 얻으러 오신 건가요?"

"그럴 리가. 난 거지가 아니다."

장별좌는 씩 웃으며 장난스럽게 말했다. 그러더니 어깨에 지고 있던 봇짐을 풀어, 그 안에서 두툼한 종이 꾸러미를 꺼내 서린에게 내밀었다.

"단금이가 서신을 보내왔다. 약재가 없어서 고생한다고. 어의와 의녀들이 약재를 유용하는 건 금지됐지만, 별좌가 그리 하는 건 상관없겠지? 너도 알다시피 내가 좀 유능해서."

얼떨결에 꾸러미를 받아 열어본 서린은 벌어진 입을 다물지 못했다. 척 보기에도 귀해 보이는 온갖 약재가 정성스럽게 말린 상태로 가득 들어 있었다. 윤대감의 목숨을 구할 동아줄이었다.

"이걸 다…… 뭐라 말씀드려야 할지 모르겠습니다. 이 은혜를 어떻게 다 갚지요?"

"호들갑 떨 것 없다. 나도 네 덕분에 새 일자리를 얻지 않았느냐? 상부상조하는 거지."

장별좌는 시원시원하게 대답했다. 서린은 몰랐지만, 사실 그는 서씨가 간언을 시작할 때부터 가까운 곳에서 지켜보고 있었다. 궁까지 온 김에 서린과 무휘에게 인사나 하고 갈 참이었는데, 뜻밖의 장면을 목격하게 된 셈이었다. 서씨가 무슨 말을 할지 다 아는 것처럼 태연한 표정으로 그 뒤쪽에 서 있는 서린을 본 순간, 장별좌는 이 위험한 일에 끼어들기로 결심했다.

"대군비를 한편으로 끌어들이다니 제법 재주가 좋구나. 썩 괜찮은 아군을 골랐어."

"그것까지 눈치채셨습니까?"

장별좌는 고개를 주억거렸다. '드센 여자'로 소문이 무성한 부부인 서씨를 실제로 본 건 장별좌도 처음이었지만, 대신 그녀의 아버지를 잘 알았다. 인의(人義)를 엄격히 따지면서 융통성도 발휘할 줄 아는 능력과 수단이 좋은 인물이었다. 이번에는 장별좌가 서린에게 물었다.

"네 동생과 의금부부사를 해친 자, 염행수를 고용해 널 죽이려고 했던 그자가 조내관도 해쳤을 거라고 의심하는 것이냐?"

"그렇습니다."

'그자'가 누군지, 그들은 소리 내어 말하지 않아도 알고 있었다. 서린은 장별좌만 들을 수 있도록 목소리를 낮추어 그간 있었던 일들을 말해주었다. 세자빈을 포섭하려다 그녀의 갑작스러운 임신으로 실패한 것, 서린에게 세자에 관한 정보를 주려고 했던 조내관이 살해당한 것도.

"제가 알기로 조내관님은 좋은 사람이었습니다. 하지만 호락호락한 사람은 결코 아니었지요."

"흠."

"살벌한 암투가 벌어지는 이 궁에서 무려 마흔다섯 해를 살아남은 사람입니다. 문자 그대로 모든 일에 대비하는 성격이었고, 그 누구에게 공격을 당하더라도 배로 받아칠 수 있었을 겁니다. 오직 한 사람, 세자만 제외하고요."

"그래서 조내관을 마지막으로 만난 사람이 세자였을 거란 말이지."

장별좌는 방금 들은 얘기를 가만히 곱씹어보는 듯했다. 이제 조내관의 일은 그의 일이기도 했다. 단순히 서린에게 빚이 있어서만은 아니었다. 만년 별좌로 한직을 떠도는 자신의 능력을 왕에게 증명해 보이기 위해서라도 장별좌는 사건의 진상을 낱낱이 밝혀낼 작정이었다.

"조내관의 최근 행적을 조사해봤다고 했지. 뭔가 의미가 있어 보이는 만남은 없었느냐?"

"있었습니다. 서고에 불이 나기 사흘 전, 화기도감 관원을 만나셨더군요. 공교롭게도 화승총 시연회 전날 밤 화기도감 불침번을 섰던 바로 그 관원이었습니다."

그건 채옥이 알아낸 사실이었다. 그날 밤 소주방에 모여 몰래 야식을 만들어 먹던 몇몇 나인들이 조내관이 화기도감에 들어가는 걸 목격했다고 했다. 창고 벽에 걸려 있는 근무 순번 표를 보면 조내관이 만나고 간 사람이 누구인지 알아내는 건 어렵지 않았다. 화승총 시연회가 있기 전 대군이 몰래 다녀갔다는 말로 서린을 혼란에 빠뜨렸던 바로 그 늙은 관원이었다. 서린의 말을 들은 장별좌는 눈을 번쩍 빛내며 흥미로워했다.

"그 관원은? 지금 어디 있지?"

"제가 수소문해보니, 조내관이 죽은 다음 날 출궁했더군요. 지병 악화로 더는 근무할 수 없다는 이유를 대고서요."

"아픈 사람이었나?"

"천만에요. 나이는 있지만 건강한 사람이었습니다."

서린은 뇌물 삼아 가져갔던 술과 음식을 게 눈 감추듯 먹어치우던 관원을 떠올리며 말했다. 장별좌는 손끝으로 관자놀이 부근을 톡톡 두드리면서 생각을 정리했다.

"확실히 파볼 가치는 있겠군. 뭔가 중요한 걸 알고 있을 거야. 그 관원의 거처가 어딘지, 고향은 어딘지, 가족은 어디 사는지 알아보고 나한테……."

"제가 알아보고, 제가 말씀드리겠습니다."

말꼬리를 잡아챈 건 서린이 아니라 담장 너머에서 불쑥 튀어나온 무휘였다. 무휘가 둘 사이로 끼어드는 바람에 얼굴이 맞닿을 듯 바짝 붙어 있던 서린과 장별좌의 사이가 확 벌어졌다.

"의심을 피하려면, 아씨는 평소처럼 빈궁 마마를 모셔야 하니까요. 그것만으로도 바쁘실 겁니다. 별좌 어르신 수족 노릇은 제가 하겠습니다."

무휘는 흥분한 듯 빠르게 말을 쏟아냈다. 장별좌에게 안부 인사 건네는 것조차 잊어버렸다. 눈앞에서 사람이 죽는 걸 봐도 놀라지 않던 평소 모습은 온데간데없었다. 견제하듯 서린의 앞을 막아서는 무휘를 보고, 장별좌는 그 행동의 이유를 알아차렸다.

"아, 이거 내가 눈치 없이 청춘남녀 사이에 끼어든 건가?"

"별좌님!"

서린의 두 뺨이 사과 빛으로 물들었다. 그래도 무휘는 아니라고 말하지 않은 채 살벌하게 장별좌를 노려보고 있었다. 장별좌는 무휘의 눈가를 손바닥으로 가리는 시늉을 하면서 웃었다.

"이만 가봐야겠어. 이대로 서 있다간 한 대 맞을 것 같아서 말이야."

장별좌가 떠나는 와중에도 서린과 무휘는 아웅다웅하고 있었다. 너 왜 그러냐고 쫑알거리는 서린과, 아씨야말로 저 사람을 너무 믿는 거 아니냐고 불평하는 무휘. 서로에 대한 애정이 느껴졌다. 좋을 때다. 장별좌는 비어져 나오는 웃음을 숨기지 않은 채 궁 안쪽으로 걸어갔다. 아닌 척하면서도 그의 시선은 궁 여기저기를 세심히 살피고 있었다. 서신을 보냈던 그녀가 어딘가에서 홀연히 나타나지 않을까 하는 막연한 기대에. 등 뒤에서 저벅저벅 다가오는 발소리에 흠칫해서 몸을 돌렸지만, 눈앞에 나타난 건 비리비리해 보이는 젊은 내관이었다.

"장길상 별좌님이시지요?"

"음?"

"세자 저하께서 찾으십니다."

올 게 왔구나. 장별좌는 지그시 주먹을 쥐었다. 겁에 질리거나 기죽진 않았다. 세자가 그에게서 빼앗아갈 수 있는 건 별로 없었다. 보잘것없는 직책에, 재산도 없었으며, 유일한 가족은 세상을 떠났다. 장별좌는 잃을 것 많은 대감 영감들과 달리 맨몸으로 세자에게 맞설 수 있었다.

"저하께서 찾으신다면 가야지."

젊은 내관을 따라 동궁전으로 향한 장별좌는 곧바로 세자의 처소로 안내받았다. 세자는 서책과 상소문이 산더미처럼 쌓인 책상 앞에 반듯한 자세로 앉아 있었다. 장별좌가 문지방을 넘는 순간, 두 남자 사이에서 잠시 팽팽한 시선이 오갔다. 이건 탐색전이었다. 평온함을 가장한 세자의 눈빛 뒤에서 장별좌는 거대하고 차디찬 얼음벽을 맞닥뜨렸다. 수백 번, 수천 번 날카로운 정으로 내리쳐도 부서지지 않을 것처럼 단단한 벽으로 둘러싸인 세계가 그 안에 있었다. 장별좌는 목덜미에서 진땀이 나는 걸 느꼈지만, 아닌 척 태연하게 예를 갖추었다. 그러자 범도 희미하게 굳어졌던 눈매를 풀며 비단결처럼 부드러운 미소를 지어 보였다.

"만나게 되어 반갑소. 빙고에서 있었던 그대의 활약상은 익히 들었소. 정말 대단하구려."

"황송합니다."

장별좌는 전혀 황송해 보이지 않는 얼굴로 무뚝뚝하게 답했다. 세자가 단순히 칭찬해주려고 자신을 이곳에 불렀을 리 없다는 걸 그는 잘 알고 있었다.

"궁녀 윤서린을 복귀시키는 것 외에 개인적 포상은 일절 거부했다고 들었소. 괜찮다면 나라도 뭔가 해주고 싶은데, 정말 원하는 게 없소?"

"없습니다."

장별좌는 딱 잘라 말했다. 그의 소원은 서얼이라는 신분에 구애받지 않고 능력을 인정받는 것이었지만, 그 인정을 세자로부터 받고 싶진 않았다. 장별좌는 바늘 끝도 안 들어갈 듯 완고했지만, 범은 쉽게 포기하지 않았다. 범은 굳게 믿고 있었다. 자신을 제외한 모든 인간은 욕망과 감정에 휘둘리는 멍청한 존재들이라고. 특히 남자들은 그 특징이 두드러졌다.

"그대는 아직 미혼이라 들었소. 마침 좋은 혼처가 있어 내 주선할까 하는데."

"저하께서 중신을 서겠단 말씀이십니까? 전 중인이라 규수와는 혼인할 수 없습니다."

장별좌가 잘라 말했다. 그 무례한 말투에 문간을 지키고 서 있던 젊은 내관의 눈썹이 휘어졌다. 하지만 범은 장별좌를 꾸짖는 대신 다 안다는 듯 너그럽게 말했다.

"알고 있소. 내가 다리를 놓아주려는 이 또한 비슷한 처지요. 신분의 벽에 가로막혀 있지만, 매우 출중한 능력과 훌륭한 품성을 지닌 여인이오."

"그게 누굽니까?"

"천수전의 의녀 단금이오."

장별좌의 동공이 크게 벌어지는 광경을, 범은 같잖아 하는 심정으로 지켜보았다. 서얼 따위가 자기가 뭐라도 되는 줄 알고 설치더니, 고작 여자 따위에 흔들리는 게 웃겼다. 장별좌와 단금이 한때 사귀는 사이였던 건 비밀이 아니었다. 혜민국에 근무한 적이 있던 어의를 붙잡고 슬쩍 물어봤더니 신나는 얘기라도 되는 양 떠들어댔다. 장별좌가 아직도 미혼인 걸 보면 첫사랑에 대한 미련이 남아 있는지도 몰랐다. 범은 그런 그에게 단금을 미끼로 던질 셈이었다.

"중전 마마가 의녀를 매우 아껴서 놓아주지 않으려 하시지만, 내가 말씀드리면 가능할 거요. 출궁해서 혼인할 수 있게 해주겠소. 물론 가정을 꾸리도록 뒷받침도 해주고. 어떻소?"

범은 어느새 서랍에서 꺼낸 물건을 장별좌의 무릎 앞에 슬쩍 밀어놓았다. 장별좌는 그게 뭔지 한눈에 알아보았다. 염행수가 몸에 지니고 있던, 고도로 정교하게 세공된 값비싼 금붙이였다. 장별좌는 저도 모르게 새어 나오려는 실소를 참으려고 이를 악물어야 했다.

"저하."

장별좌는 낮은 목소리로 세자를 불렀다. 빙고로 발령받기 전 도성에서 근무할 때, 왕을 알현하러 올 때마다 가끔 보았던 세자의 모습을 떠올리면서. 그땐 그저 영특하고 예의 바른 소년인 줄로만 알았다. 빙고에서 사건들을 겪으며 서린을 완전히 신뢰하게 되지 않았다면, 그녀로부터 세자의 악행에 대해 들었을 때 믿지 않았을 것이다. 그러나 지금 장성한 세자를 눈앞에 보고 있자니, 서린이 여태껏 살아남은 게 다행이라는 생각이 들었다. 위험한 인간이었다. 어엿한 인격체를 가진 여인을 일종의 교환 수단으로밖에 여기지 않는, 역겹고 오만한 사고방식을 아무렇지도 않게 표출하고 있었다. 마치 자신은 너무도 완벽한 존재여서 그 어떤 언행도 흠집 낼 수 없다고 믿는 것처럼. 평생 유일하게 사랑했던 여인과 그 여인을 놓아줄 때 자신이 어떤 심정이었는지 떠올리며, 장별좌는 나직하지만 힘 있는 목소리로 말했다.

"그녀가 제게 오길 원한다면, 이 세상 무엇도 그 걸음을 방해할 수 없을 것입니다. 허나 그녀가 원치 않는다면, 저는 누가 목에 칼을 들이민다 해도 한 발짝도 움직이지 않을 것입니다."

남자가 여자를 원하는 마음은 육욕뿐이라고 생각하는 범으로서는 그 말을 이해할 수 없었다. 장별좌는 오물 묻은 더러운 물건이라도 되는 것처럼 금붙이를 멀찍이 밀어놓으며 덧붙였다.

"이런 식으로 절 회유하시려는 것도 아무 소용 없습니다."

"회유라니, 가당치 않소. 난 그대가 조내관의 사건을 전력을 다해 조사할 수 있도록 격려해주고 싶은 것뿐이오. 그는 내게 피붙이 같은 사람이었으니까."

제 가슴을 손바닥으로 지그시 누르며 절실한 어조로 말하는 범은 정말 깊은 슬픔에 잠긴 것처럼 보였다. 하마터면 장별좌조차 깜박 속아 넘어갈 뻔했다. 다행히 장별좌는 높으신 양반네들의 위선과 가식을 치가 떨리도록 겪어본 사람이었다.

"전하, 조내관의 생일을 알고 계십니까?"

장별좌가 불쑥 던진 기습 질문이 범의 허를 찔렀다. 장별좌는 대답하지 못하는 범을 보며 눈썹을 꿈틀거렸다. 그리고 몰아치듯 질문을 이어나갔다.

"조내관이 좋아하는 음식이 뭔지, 싫어하는 음식이 뭔지, 어릴 적에는 어떤 사람이 되길 꿈꾸었는지. 이 중 하나라도 아시는 게 있으십니까?"

"……."

"그럴 줄 알았습니다."

조내관은 범의 모든 걸 알았지만, 범은 그에 대해 아는 게 거의 없었다. 그토록 오랜 세월을 함께 지냈으면서도. 어쩌면 당연한 건지도 몰랐다. 범에게 조내관은 그곳에 있으면서도 있지 않은, 보지도 듣지도 말하지도 못하는 허상 같은 존재였으니까. 그래서 그를 죽여야겠다고 결정하는 것도 어렵지 않았다. 기대했던 것과 달리, 그 살인이 조금도 즐겁지는 않았지만.

"피붙이라면 그 정도는 아셔야 하지 않겠습니까."

대답을 기대하는 질문이 아니었다. 그보다는 통렬한 비난에 가까웠다. 흠잡을 데 없는 태도로 인사를 올린 후 물러나는 장별좌를, 범은 북풍처럼 싸늘한 눈길로 지켜보고 있었다. 조내관의 죽음은 그의 마음을 불안하게 만들었다. 가만히 있으면 수전증에 걸린 것처럼 손이 미세하게 떨릴 만큼. 그리고 범이 아는 한, 이 증상을 가라앉힐 방법은 하나뿐이었다. 또 다른 살인.

91

폐가의 시체

“어디로 갔는지 몰라요. 하늘로 솟았는지 땅으로 꺼졌는지. 솔직히 관심도 없고.”

아낙은 귀찮다는 듯 손을 내저으며 말했다. 서린은 조내관과 만났던 화기도감 관원을 찾아다니는 중이었다. 군적(軍籍)을 보고 그가 사는 집을 알아냈지만, 정작 그 집에는 아무 상관 없는 부부가 살고 있었다. 며칠 전 집을 거저나 다름없는 헐값에 사서 이사 왔다고 했다.

“싼 게 비지떡이라니까. 어쩜 이렇게 집을 지저분하게 썼는지 몰라.”

아낙은 허름한 초가 안을 둘러보며 쉴 새 없이 불평을 늘어놓았다. 서린은 난감해졌다. 군적에 따르면 늙은 관원은 혼인한 적도 없고 일가붙이도 없었다.

“그분이 여기 남겨두고 간 물건은 없을까요?”

“다 버렸지. 홀아비 냄새 나서.”

매정한 대답에 서린은 다시 한번 실망했다. 그때 마당 저편에서 힘없이 낑낑대는 짐승 소리가 들렸다. 아낙의 남편으로 보이는 농부가 늙은 개의 목덜미를 잡아당기고 있었다. 볼품없이 여윈 몸으로 어떻게든 끌려 나가지 않으려고 버티는 개의 모습이 처량하기 이를 데 없었다.

"쌍노무 개새끼, 더럽게 말 안 듣네. 정말."

농부가 욕설을 퍼붓자, 개도 지지 않겠다는 듯 으르렁거렸다. 농부가 개 주인이 아닌 건 누가 봐도 명확했다. 서린이 농부에게 다가가 말을 붙였다.

"저기요! 혹시 그 개, 원래 여기 살던 개인가요?"

"누구쇼?"

양반이라기엔 너무 소박하고 서민이라기엔 너무 번듯해 보이는 서린을 농부는 수상쩍게 쳐다보았다. 서린은 대답 대신 쯧쯧쯧 혀 차는 소리를 내면서 개를 향해 손을 내밀었다. 서린에게 나쁜 의도가 없다는 걸 알아차린 걸까. 개는 끼잉끼잉 구슬프게 울면서 서린을 올려다보았다. 서린은 개가 놀라지 않도록 느린 동작으로, 그 동글동글한 머리에 자신의 왼손을 얹었다.

눈을 감자 낯선 세상이 펼쳐졌다. 바닥에 앉아 보는 것처럼 시야가 낮았다. 게다가 모든 게 흑백이었고, 안개 서린 것처럼 뿌옇고 흐렸다. 개들은 색을 못 본다더니 정말이었구나. 서린은 종족을 초월한 경험까지 하게 해주는 이 능력이 새삼 경이로웠다. 그때 서린의 눈앞에, 아니 개의 눈앞에 거무튀튀한 뼈다귀 한 개가 쑥 나타났다.

'착하지, 누렁아. 이거 먹고 얌전히 있어라.'

살코기도 안 붙어 있는 뼈다귀를 본 서린은 자존심이 상했다. 아무리 말 못 하는 짐승이지만 이런 걸 먹으라고 주다니. 그러나 다음 순간 폭풍처럼 강렬한 냄새가 후각을 사로잡았다. 그 혐오스럽게 생긴 뼈다귀에서 생전 처음 맡아보는 맛있는 냄새가 풍기고 있었다. 개의 후각이 사람보다 예민하다는 건 알았지만 이 정도일 줄은 몰랐다. 미친 듯이 꼬리를 흔들고 싶은 괴상한 욕구 속에서, 서린은 기억 속에서 무슨 일이 벌어지는지 파악하려고 했다.

'꼭 일케까지 허야 혀유?'

뼈다귀를 준 사람, 그러니까 개의 주인은 서린의 짐작대로 그 관원이었다. 그는 영 내키지 않는 얼굴로 방을 드나들며 짐을 싸고 있었다. 마당에 뒷짐 지고 서서 그 광경을 지켜보고 있는 사람은 조내관이었다.

'자네의 안전을 위해서네. 여차하면 나조차 손쓸 수 없는 상황이 될 수도 있어.'

'아따, 우리 조내관님 뭣이 그리 무서버서 그러신댜.'

관원은 말꼬리를 길게 빼면서 능청을 떨었다. 그로부터 사흘도 지나지 않아 조내관이 불에 탄 주검으로 발견되었다는 사실을 생각하면, 그냥 웃으며 넘길 수 없는 장면이었다.

'좀 외지다는 것만 빼면, 여기보다 나으면 나았지 못하진 않을 걸세. 야트막한 언덕을 살구나무 숲이 둘러싸고 있어 풍광도 제법 좋다네.'

멀리 시선을 둔 채 자분자분 말하는 조내관을 보고 서린은 깨달았다. 그가 일이 잘못될 가능성에 대비해 관원을 미리 빼돌려두었다는 걸. 조내관의 비보를 들은 관원은 식겁해서 달아났을 것이다. 아무도 모를 은신처로.

'지는 그런 거 필요 없어유. 저 누렁이 놈만 데려갈 수 있음 되는디…….'

측은한 눈길로 이쪽을 쳐다보는 관원의 주름진 얼굴을 마지막으로 기억은 끊어졌다. 서린이 약간의 어지럼증과 함께 눈을 뜨자 어안이 벙벙해진 농부 내외가 보였다. 서서 잠든 것처럼 아무리 불러도 듣지 못하는 낯선 처녀의 모습에 황당했을 터였다. 서린은 그들에게 구구절절 변명하는 대신 대뜸 질문을 던졌다.

"이 근방에 살구나무가 많은 언덕이 있나요? 사람들이 잘 다니지 않는 곳요."

"살구나무 언덕? 어…… 한 군데 있긴 한데……."

농부는 자다가 웬 봉창 두들기는 소린가 하는 표정이었지만, 그래도 성의 있게 설명해주었다. 고개 숙여 인사하고 초가를 나오는 서린의 뒤를, 늙은 개가 쫄랑쫄랑 쫓아 나왔다. 서린을 따라가면 주인을 만날 수 있다고 생각한 모양이었다.

서린은 반 시진 넘게 걸어간 후에야 조내관이 말했던 것과 일치하는 장소를 찾아낼 수 있었다. 울긋불긋 물든 살구나무들이 그녀를 반기듯 가지를 흔들었다. 서린은 언덕 텃밭에서 마늘을 심고 있는 아낙들로부터 며칠 전 홀아비 한 명이 나타났다는 소식도 들을 수 있었다.

"맞아요, 바로 그 사람이에요! 지금 어딨는지 아세요?"

"즈 집에 처박혀 있겠지. 이사 온 후로 코빼기도 못 봤어."

머릿수건으로 땀을 닦던 아낙 하나가 살구나무 너머로 얼핏 보이는 오두막을 가리키며 말했다. 설마, 별일 없겠지. 서린은 꺼림칙한 기분을 무시하려 애쓰면서 나무와 나무 사이에 난 작은 길로 들어섰다. 먼 길을 오느라 지친 개는 헉헉거리면서도 끝까지 따라왔다.

"저기구나."

얼기설기 엮어놓은 지붕이 금방이라도 무너질 듯 아슬아슬했다. 서린은 오두막 안쪽에서 인기척이 들려오길 바라며 가볍게 문을 두드렸다. 개도 그 옆에서 마른 소리로 컹컹 짖어댔다.

"계세요?"

대답은 돌아오지 않았다. 어쩌면 관원은 겁을 먹고 꼭꼭 숨어 있는지도 몰랐다. 조내관이 어떻게 되는지 봤으니 충분히 그럴 만도 했다. 만일 그런 것이라면 서린이 직접 대면해서 해칠 의사가 없음을 확인시켜주어야만 했다. 서린은 가만히 문을 밀어보았다. 아무 저항 없이 삐걱 열리는 걸 보니 안에서 잠근 건 아니었다. 상황은 갈수록 이상해져갔다.

"어르……."

한 발짝 떼면서 부르려던 서린은 입을 벌린 채 그대로 굳어버렸다. 코끝을 확 찌르는 퀴퀴한 악취 때문이었다. 서린은 이 악취의 정체를 알고 있었다. 능력을 넓히기 위해 갓 죽은 시신과 하룻밤을 보내던 날, 이 냄새는 평생 잊을 수 없게 후각에 각인되었다.

'안 돼.'

머리부터 발끝까지 전율 같은 오한이 훑고 지나갔다. 서린은 침착함을 유지하려고 애쓰면서 느릿느릿 걸음을 옮겼다. 빨리 움직이고 싶었지만, 몸이 마음대로 움직여주지 않았다.

'제발, 아니어야 해.'

안으로 들어갈수록 냄새는 더욱 짙어졌다. 서린의 본능은 지금이라도 뒤돌아보지 말고 도망치라고 명령했다. 서린은 그 명령에 굴복하고 싶은 충동을 간신히 억눌렀다. 이제 와 도망치려 해봤자 더 깊은 수렁에 빠질 뿐이었다.

서까래에 대롱대롱 매달린 몸뚱이를 올려다보며 서린은 꿈속으로, 아니면 기억 속으로 걸어들어 온 듯한 비현실감에 빠졌다. 그건 일종의 자기방어였다. 거무스름하게 변색해 구더기가 들끓기 시작한 시신은 맨 정신으로 관찰하기엔 너무도 끔찍했으니까. 서린은 부릅뜬 두 눈이 아려오도록 뚫어지게 시신을 응시했다. 의식이 아닌 눈에, 남의 기억이 아닌 자신의 기억 속에 똑똑히 새겨두고 반드시 복수해주리라 다짐하면서. 바람이 새어 들어올 때마다 허수아비처럼 맥없이 흔들리는 시신의 두 다리 사이로, 잿빛 흙벽에 손으로 써놓은 글씨가 보였다.

'重罪今日慘悔(중죄금일참회).'

그동안 지은 중죄를 오늘 모두 참회한다는 뜻이었다. 서린은 뭔가에 홀린 사람처럼 그쪽으로 걸음을 옮겼다. 글씨가 적힌 아래 무명으로 싼 꾸러미가 놓여 있었다. 보란 듯이 친절하게 열린 꾸러미 안에 엽전이 가득 들어 있는 게 보였다. 어두컴컴한 오두막에서 섬뜩하게 반짝이는 새 엽전들은 불길하고 또 추악해 보였다. 이건 완벽한 현장이었다. 더러운 돈을 받아 챙기고 그 죄책감을 이기지 못해 자살한 사람의 말로를 보여주는 한 폭의 그림. 하지만 서린은 그 완벽함에서 부자연스러움을 느꼈다. 누군가 일부러 꾸며놓은 듯 인위적이었다.

'만져보면 알 수 있겠지.'

서린이 벽을 향해 왼손을 뻗는 찰나였다. 거친 발길질에 오두막 문짝이 우당탕 부서져 나가면서 검은 무복을 입은 관원들이 우르르 몰려 들어왔다. 저 정도 인원이 오는 걸 알아차리지 못할 리가 없는데. 일부러 발소리를 죽이고 접근한 모양이었다. 혹시 미행당한 걸까. 서린은 아버지의 병구완 핑계를 대고 휴가를 낸 후 예성이 알려준 개구멍으로 몰래 궁을 빠져나온 상태였다. 세자의 의심을 피하기 위해서였다. 외출 허가증도 받지 않았으니 세자가 그녀의 부재를 알아차리고 뒤를 밟게 했을 리는 없었다. 그보다는 서린과 똑같은 경로로 여기까지 추적해온 거라고 보는 게 합리적이었다.

"멈추어라!"

금부도사가 허리에 찬 곤봉을 위협적으로 빼들자 그걸 신호탄 삼아 관원들이 서린에게 달려들었다. 그들에게 어깨와 팔을 붙잡힌 서린은 옴짝달싹하지 못하는 상태가 됐다.

"왜 이러시는 겁니까?"

"아무것도 손대지 마라. 여긴 범죄 현장이고, 저것들은 전부 증거물이다!"

구름 떼처럼 여기저기 흩어진 관원들은 일사불란하게 움직였다. 일부는 오두막에 있는 물건들을 마대 자루에 쓸어 담았고, 일부는 시신을 끌어내려 거적에 쌌다. 서린은 의금부가 저렇게 신속하게 움직이는 걸 처음 봤다. 황망해하는 서린에게 금부도사가 추궁하듯 물었다.

"여기서 뭐 하고 있었지? 너도 한패냐?"

"전 궁에서 저분과 알고 지냈던 나인으로, 갑자기 지병으로 출궁하셨다기에 걱정되어 찾아와봤던 것뿐입니다. 근데 한패라니요? 그건 또 무슨 말입니까?"

"횡령 말이다. 죽은 내관의 장부를 확인한 결과, 죽은 저자도 가담한 것으로 밝혀졌다."

금부도사는 젊은 관원 둘이 달라붙어 엽전 꾸러미를 마대 자루에 옮겨 담는 모습을 경멸스러운 눈길로 쳐다보았다.

"많이도 해먹었군. 조내관이 죽으니 자기도 찔렸던 게지."

그렇게 하면 모든 상황이 들어맞는다. 아니, 그보다는 미리 짜놓은 얘기에 상황을 끼워 맞춘 것이겠지만. 서린은 또 다른 사람이 억울한 누명을 쓰는 걸 가만히 두고 볼 순 없었다.

"그럴 리 없습니다! 그 장부에 다른 사람 이름은 없었다고 했어요!"

"당연히 이름으로 적어두진 않지. 누가 그렇게 멍청한 짓을 하겠느냐?"

"그러면요?"

"매달 서른 냥씩 어느 여각 앞으로 빠져나간 돈이 적혀 있었다. 그 여각을 찾아가 추궁하니 실토하더군. 조내관이 주는 돈을 변씨 성을 가진 화기도감 관원에게 전달했다고 말이다."

금부도사는 자신의 뛰어난 수사 능력이 자랑스러운 듯 어깨를 쫙 펴고 얘기했다. 서린은 그 '여각'이라는 곳이 어딘지 묻지 않아도 알 것 같았다. 염행수의 지배하에 있는 곳이겠지. 무휘는 염행수를 끝장내고 싶어 했지만, 장별좌는 섣불리 건드리지 않는 게 좋겠다고 결정했다. 세자는 지금도 그들의 소중한 고객일 테고, 살인도 서슴없이 하는데 거짓 증인 정도야 얼마든지 내세울 수 있다. 그나마 다행인 건, 저 금부도사는 수사기밀을 지켜야 한다는 개념이 없어 묻는 대로 줄줄이 다 말해준다는 것이었다. 서린은 순전히 호기심에서 묻는 척했다

"그럼 이제 이 집과 저분의 유품들은 어떻게 됩니까?"

"국고(國庫)에 환수시킬 만한 게 있는지 철저히 조사한 후 집도 물

건도 전부 시신과 함께 불태우라는 세자 저하의 명이 있으셨다. 만인의 본보기로 삼아야 하니 말이다."

서린은 끈을 맨 자국만 남은 대들보를 올려다보며 생각했다. 이쯤 되면 확실하다. 범은 서린이 망자의 물건을 만짐으로써 그에 관한 정보를 알아낸다는 걸 간파하고, 자신의 재력과 권력을 동원해 철저히 방해하고 있었다. 자살로 가장해 저 관원을 죽인 사람은 누구일까. 세자가 직접 손을 더럽히지는 않았을 테니, 염행수가 보낸 그 검은 옷의 남자들이었겠지.

"지금부터 이 집은 의금부 관원들이 봉쇄하고, 아무도 들어오지 못하게 할 것이다. 골치 아픈 일에 휘말리고 싶지 않으면, 너도 썩 나가거라."

금부도사는 선심 쓰는 듯 우쭐거렸다. 서린은 반발하지 않고 순순히 오두막을 나왔다. 골치 아픈 일에 이미 휘말렸다고 생각하면서. 썩은 등걸 아래 기운 없이 엎드려 있는 개를 보자 안쓰러움이 밀려왔다. 늙은 관원은 왜 개를 데려오지 않았던 걸까. 짖는 소리가 새어나가면 위험하다고 판단한 조내관이 만류했을까. 결과적으로는 잘됐다. 덕분에 개는 목숨을 건졌으니. 아니, 잘된 게 아닐지도 모른다. 홀로 남겨진 개는 삶의 의욕을 잃어버린 것처럼 보였다.

"같이 갈래?"

서린이 물었지만 개는 꼼짝하지 않았다. 서린은 잠시 기다리다가 포기했다. 개는 주인이 최후를 맞은 그 자리에서 여생을 다하고 싶은 건지도 몰랐다. 가끔은 개가 사람보다 낫다. 오두막 주변에 빈틈없이 금줄을 치는 검은 옷의 관원들을 보며 서린은 씁쓸하게 생각했다.

92
개구리 소리 들려오면

"철통같이 지키고 있어. 나도 어쩔 도리가 없구나."

윤대감의 처소로 서린을 만나러 온 장별좌는 울분에 찬 모습이었다. 서린의 부탁을 받고 하루 종일 의금부에 드나들었지만, 죽은 관원의 시신이나 유품을 손에 넣는 데 실패한 까닭이었다.

'별좌님 임무는 조내관의 죽음을 조사하는 것이지, 화기도감 관원의 죽음을 조사하는 건 아닐 텐데요? 그건 우리 의금부 소관입니다. 횡령요? 그건 장부로 다 입증된 거 아닙니까?'

풋내기 금부도사가 깐죽거리던 모습이 떠오르자 장별좌는 새삼 약 올랐다. 별좌는 종오품, 의금부도사는 종육품이지만 장래 출세할 가능성을 따지면 후자가 단연 앞섰다. 아무리 어명을 받았다지만 얼음 창고지기 따위가 궁에 와서 설치고 다니는 걸 의금부 사람들은 같잖게 여겼다.

"오두막 전체에 금줄을 둘러놓고 관원 대여섯 명이 번갈아 가며 보초를 서는 모양이다. 오늘 오후, 늦어도 내일 아침에는 시신 검시를 끝내고 모조리 불살라버릴 거라는구나."

"그렇게 빨리요?"

"……미안하다."

서린의 말이 책망으로 들렸는지, 장별좌는 시무룩한 낯이 되었다. 서린은 평상에 비스듬하게 앉아 종아리에 약쑥을 붙이고 있었다. 무단외출이 들통 나는 바람에 문상궁으로부터 회초리 세례를 받고, 제조상궁으로부터는 이틀간 근신 처분을 받았다. 보람 없이 상처만 얻은 격이 됐지만 서린은 장별좌를 탓할 마음이 없었다. 의금부 뒤에 세자가 버티고 있으니 손쓸 수 없는 건 당연했다. 서고도, 오두막도, 당분간 탐색을 포기해야 했다. 그래도 크게 문제 될 건 없었다. 기존 사건들과 달리 이번 사건들은 범인이 누구인지 명확했으니까. 서린과 장별좌가 공통으로 염려하는 건 다른 부분이었다.

"세자는 네 능력이 정확히 어떤 건지는 몰라도 어떻게 막을 수 있는지는 아는 것 같다. 앞으로도 계속 이렇게 방어막을 쳐가면서 살인 행각을 저지를까 봐 그게 걱정스럽구나."

"……그전에 막아야지요. 반드시, 어떻게든."

두 사람은 결의에 찬 얼굴로 서로를 바라보았다. 서린은 동생을 억울하게 잃었고, 장별좌는 어머니를 원통하게 잃었다. 그 상실의 경험이 그들을 하나로 묶어주고 있었다. 인명 귀한 줄 모르는 세자가 보위에 오르는 일만큼은 막아야 했다.

"아, 그러고 보니 좋은 소식이 하나 있다."

"좋은 소식요?"

장별좌의 말에 서린의 눈이 반짝 빛났다. 지금은 정말 희망이 필요한 시점이었다. 장별좌는 주변을 둘러보고 아무도 없다는 걸 다시 한번 확인한 후 한층 목소리를 낮추어 속삭였다.

"단금이한테 조내관의 시신, 아니 유골을 살펴봐달라고 부탁했다. 혹시 무슨 흔적이 있는지. 오작사령이 이미 살펴보긴 했지만, 그들은 의녀만큼 인체에 대해 통달하진 않았으니까."

"의녀님이 뭔가 발견하신 겁니까?"

피부가 검게 그을려 숯덩이처럼 변해버린 조내관의 시신은 참혹했다. 경험 많은 의금부 오작사령이 보자마자 고개를 설레설레 내저으며 말을 잇지 못했을 정도였다. 그래서 장별좌는, 산 자가 아닌 죽은 자를 의녀에게 맡겨보자는 발상을 떠올렸다. 오작사령은 죽은 자를 숱하게 보지만, 의녀는 산 사람이 죽기까지의 과정을 생생히 지켜본다. 어느 쪽이 더 유능한 검시인일지는 말할 필요도 없었다. 단금은 이번에도 역시 장별좌의 기대를 저버리지 않았다.

"크게 세 가지 정도. 첫째, 시신의 겉은 새까맣게 탔지만, 속은 의외로 깨끗하다는 것. 특히 콧구멍과 목구멍 안쪽, 폐에 그을음이 거의 없었다는군. 보통 불에 타죽은 시신과는 다르게."

"그게 무슨 뜻이지요?"

"뜨거운 연기를 들이마시지 않았다는 거지. 즉 불이 번졌을 땐 이미 죽어 있었다는 거야."

서린이 발견했을 때 조내관은 피를 철철 흘리고 있었다. 책 더미에 불을 붙이고 그 위에 몸을 던지는 순간 그의 목숨도 끊어졌던 것이다. 서린은 차라리 다행이다 싶었다. 그의 고통이 더 연장되진 않았다는 사실에. 장별좌는 참담한 낯으로 말을 이어나갔다.

"또 한 가지. 유골에 칼이 스치고 간 날카로운 자국이 남아 있다는구나. 갈비뼈에 말이야."

"……."

"잘 벼려진 날카로운 칼로 강하고 깊게 찌른 거다. 살가죽을 뚫고 뼈를 부술 만큼. 그런 힘은, 웬만한 사람은 낼 수도 없는 거지."

상상 이상인 세자의 비정함에 서린은 몸서리쳤다. 그러나 마냥 충격에 빠져 있을 수는 없었다. 방금 얻은 정보들을 어떻게 활용해야 할지 생각해야 했다. 이 정보가 드러났을 때 상대방 쪽에서 어떻게 반박해올지도.

"조내관이 스스로 찌르고 자살한 거다, 세자는 그렇게 말하지 않을까요?"

"아마 그렇겠지. 허나 뼈에 남은 칼자국이 그와 반대라는 것을 보여줄 거다."

장별좌는 허리에 찬 검을 풀더니, 검집에 든 그대로 허공을 찌르는 시늉을 해 보였다.

"보거라. 내가 내 가슴을 찌른다 치면, 이렇게 칼자국이 평행으로 남지. 손으로 검을 들었을 때 칼날이 평평하게 눕게 되니 말이다. 반면 나보다 키가 큰 사람에게 찔리면……."

장별좌는 검을 높이 들어 하늘에서부터 비스듬하게 내리꽂는 모양을 재현해 보였다.

"이렇게. 칼날이 사선으로 들어오면서 산비탈 비슷한 자국을 남기지. 세자는 상당히 키가 큰 편이지? 장담하는데, 조내관의 뼈에 남은 상흔은 산비탈 모양일 거다."

조내관의 죽음이 타살이라는 사실을 확실히 입증할 방법이 있다는 건 다행이었다. 하지만 이 사실을 공개적으로 밝힐 수 있을까? 의녀가 조내관의 유해를 가져다 오장육부를 헤집어봤다는 걸 알면 궁이 발칵 뒤집힐 텐데. 서린의 그런 우려를 장별좌는 이미 알고 있었다.

"방금 한 얘기는 비밀이 아니다. 단금이 검안서로 다 정리해놓았으니, 내가 그대로 주상 전하께도 보고할 것이다."

"정말입니까? 그랬다가는 의녀님도 세자의 적이 될 텐데요."

대군을 살려내 후계자 구도를 뒤집어놓았기에, 단금은 그렇지 않아도 세자에게 눈엣가시 같은 존재였다. 세자가 쥐도 새도 모르게 의녀를 해칠까 봐 서린은 진심으로 걱정스러웠다.

"세자는 그 사람의 털끝 하나 건드릴 수 없을 거다. 그건 내가 약속하지."

장별좌의 목소리는 담담하지만 무시할 수 없는 힘이 실려 있었다. 바위처럼 단단한 장별좌의 눈빛을 보며, 서린은 그가 아직도 단금에게 애틋한 감정을 품고 있음을 알아차렸다. 어쩌면 일방적인 게 아닐지도 몰랐다. 궁 안의 일에 개입하기 꺼려하는 단금이 위험을 무릅쓰고 나서준 것도 다른 사람 아닌 장별좌의 부탁이었기 때문인지도.

"우리 편에 서려는 사람이 하나 더 있는 것 같은데."

장별좌의 말을 들은 서린이 고개를 돌리자 저만치 잡초 밭에서 하릴없이 서성이는 예성이 보였다. 복잡한 궁 안을 제 손바닥 들여다보듯 하는 예성이었다. 실수로 여기 왔을 리는 없었다. 서린은 장별좌를 향해 고개를 꾸벅 숙인 후 잡초 밭으로 달려갔다.

서슴없이 직진해오는 서린을 본 예성은 화들짝 놀라더니 급기야 달아나기 시작했다. 그 와중에도 궁인의 법도를 지키느라 뜀박질은 못 하고 뒤뚱뒤뚱 빠르게 걷기만 했다. 그러니 서린이 따라잡는 건 순식간이었다.

"뭐, 뭐야! 왜 쫓아와?"

"신내관님. 나한테 하고 싶은 말 있는 거 아니었어?"

서린이 단도직입적으로 묻자, 예성은 기가 질린 듯 슬슬 뒷걸음질 쳤다. 밤새 잠도 못 잔 듯 초췌해진 얼굴을 보니, 여기까지 오는 데 얼마나 고민했을지 짐작되었다.

"저, 그러니까……."

"시간 없어. 빨리 말하지 않으면 그냥 갈 거야."

서린은 갈 마음이 조금도 없었지만 일부러 냉정하게 말했다. 말할까 말까 망설이는 사람에게는 그게 특효약이었다. 그 계산이 정확히 맞아떨어졌는지, 예성은 더욱 초조한 낯빛이 되었다.

"윤나인, 넌 저분하고 친한 거지? 조내관님 일을 조사하는 장별좌라는 분 말이야. 아까도 한참 심각하던데. 조내관님 얘길 한 거야? 무슨 얘기?"

"내가 그걸 왜 말해줘야 하는데?"

서린의 쌀쌀맞은 말투에 예성의 뺨이 확 붉어졌다. 서린은 내심 미안했지만, 어쩔 수 없었다. 이렇게 세게 나가지 않으면 예성은 달팽이처럼 제 껍데기 안으로 숨어버릴 테니까.

"나도 알아. 저 별좌님도 그렇고 너도 그렇고, 모든 게…… 그분 소행이라고 의심하는 거지?"

눈칫밥이나 다름없는 궁궐 밥을 먹고 자라온 예성이었다. 지금까지 보고 들은 것만으로도 결론 내리기엔 충분했다. 예성은 '그분'이라는 단어를 내뱉은 것만으로도 곧 고꾸라져 죽기라도 할 듯 온몸을 벌벌 떨었다. 그래도 한 방울 남은 용기까지 쥐어짜 필사적으로 말을 이어갔다.

"서고에 불이 난 밤에…… 내가 말씀드렸어. 그분께……, 조내관님이 거기 계시다고."

가느다란 목소리에서 울음기가 배어났다. 그는 친할아버지 같았던 분을 자기가 죽게 했을지도 모른다는 죄책감에 괴로워하고 있었다. 참아왔던 울음이 결국 터지고 말았다. 고사리 같은 손으로 입을 틀어막으며 꺽꺽대는 예성을 지켜보던 서린이 한결 누그러진 투로 말했다.

"네 잘못 아니야. 그렇게 생각하지 마."

"내관은 입이 천근만근 무거워야 한다고, 그렇게 가르쳐주셨는데…… 흑……."

그동안 그래야 하는 이유도 모른 채 세자의 첩자 노릇을 해온 예성이었다. 상전의 지시에 무조건 복종하는 것만이 그가 배운 유일한 삶의 방식이었으니까. 조내관이 뭔가 위험한 일을 꾸미고 있다는 걸 알면서도 세자에게 그의 행방을 곧이곧대로 고할 수밖에 없었던 것도 그래서였다. 하지만 그 결과도 도저히 받아들일 수 없는 부당한 것이라면? 그동안 믿어왔던 예성의 신념 체계는 완전히 무너져버렸다.

"나 말이야, 결심했어. 이제 천수전 동향을 세자 저하께 낱낱이 일러바치는 건 그만둘 거야."

"일러바치고 있었어?"

"어, 그게, 그러니까……."

당황하며 말을 더듬는 예성을 본 서린은 헛웃음이 나왔다. 첩자가 대놓고 돌아다닌다는 부부인의 말이 허풍이 아니었다. 하지만 지금은 누구를 탓하기보다 모두의 안전을 생각하는 게 우선이었다.

"넌 지금까지 해오던 대로 해. 갑자기 그만두면 의심받을 거야."

"그, 그럴까?"

"대신 부부인과 미리 상의해서 동궁전에 들어가도 되는 정보들만 골라서 보고해. 일종의 이중첩자가 되는 거지."

"이중첩자……."

예성은 그 묵직한 어감에 현혹당한 듯 중얼거렸다. 어수룩한 외양에 비해 잔머리가 잘 돌아가는 녀석이니, 뭘 어떻게 해야 할지 일일이 일러줄 필요는 없을 것이다. 그렇게 판단한 서린이 발걸음을 옮기려는 순간, 예성이 그녀를 불렀다.

"잠깐, 윤나인. 할 말이 있어. 그것 때문에 찾아온 건데."

"응?"

예성은 촉촉하게 젖은 눈가를 소맷부리로 쓱쓱 닦아냈다. 그러자 눈물자국이 사라지고, 사뭇 의연하고 비장한 표정이 드러났다.

"실은 돌아가신 날 아침, 조내관님이 너한테 전하라고 한 말이 있어. '때가 되었을 때'라고만 하셔서, 대체 언제 전해야 하는 건지 헷갈리긴 했는데. 아무래도 지금이 그때인 것 같아."

조내관이 자신에게 유언을 남겼다니. 생각지도 못한 일이었다. 서린이 바짝 긴장해 자세를 바로하자 예성은 헛기침으로 목을 가다듬은 후 엄숙하게 말했다.

"이렇게 전하라고 하셨어. 푸른 연못에서 개구리 소리가 들려오면 감나무 아래서 만나자고."

"……."

"내가 꾸며낸 거 아냐! 정말 이렇게 말씀하셨다니까!"

허튼소리라고 호통 들을까 두려웠는지 예성은 다급하게 말했다. 서린도 예성이 이런 분위기에서 장난을 칠 거라곤 생각하지 않았다. 아무래도 조내관이 일종의 암호를 사용한 것 같았다.

'푸른 연못, 개구리…….'

조내관이라면, 예성을 비롯한 다른 궁인들은 들어도 알 수 없고 서린만 알 수 있는 형태로 전언(傳言)하려 했을 것이다. 그게 어떤 것일까. 기억을 읽는 신묘한 능력만 제외하면, 그녀가 남다른 점은 출신 정도였다. 그래봤자 일에는 형편없고 글깨나 읽었다는 의미일 뿐이지만.

'아!'

아버지와 함께 읽었던 책들에 생각이 미치는 동시에 서린의 머릿속에 어떤 시구 하나가 스쳐갔다.

'푸른 풀의 연못에는 곳곳에 개구리 소리. 약속한 사람은 오지 않고 밤은 깊어가는데(青草池塘處處蛙, 有約不來過夜半 閑敲棋子落燈花).'

조내관도 그 시구를 알고 있었다면, 그가 하고 싶었던 말이 뭔지 알 것 같았다.

"가봐야겠어."

서린은 그 말만 남기고 홱 뒤돌아 달려가기 시작했다. 지체할 시간이 없었다. 이번에는 세자에게 따라잡히면 안 되니까. 근신 따위는 개나 주라지.

"윤나인, 어디 가? 나도 같이 가!"

이번에는 예성도 함께 달렸다. 연륜 있는 내관으로서 지켜야 할 체통 따위는 내던져버리고.

93
두 얼굴의 남편

"이쪽이 진짜 장부입니다, 전하."

용상 앞에 두툼한 두루마기가 펼쳐지자 왕은 물론이고 콧대 높은 신료들도 눈이 휘둥그레졌다. 의금부가 협조해주지 않는 상황에서 장별좌가 이토록 빨리 성과를 거두리라고는 누구도 예측하지 못했다. 사실 장별좌에게는 서린이라는 든든한 조력자가 있었다.

'감나무 아래서 만나자는 말이 사전적인 의미 그대로일 거라고는 생각지 않았습니다.'

서린은 장부를 장별좌에게 건네주면서 그걸 찾아낸 경위도 설명해주었다. 서린과 조내관 사이에 '감'이라고 하면 연상되는 일은 하나뿐이었다. 임종을 맞으려는 오내관을 위해 조내관이 홍시를 사왔던 것. 서린은 허가증 없이 외출하면 안 된다고 죽는 소리를 하는 예성을 우격다짐으로 끌고 담을 넘었다. 기억을 되짚어 찾아간 헛간은 텅 비어 있었지만, 서린은 낙담하지 않았다. 조내관이 그곳을 마지막으로 찾아왔을 때의 기억이 헛간 문고리에 남아 있었으니까. 대들보와 기둥이 겹쳐지는 틈새에서 서린은 조내관이 숨겨둔 서신과 보통이를 찾아냈다.

'만일 내가 죽거나 크게 다치게 된다면, 날 죄인으로 만들 가장 쉬운 방법은 도둑으로 모는 것일 터. 그때를 대비해 이 물건들을 남겨둔다.'

서신은 그렇게 시작하고 있었다. 조내관의 보퉁이에서 가장 먼저 나온 건 바로 이 장부였다. 서린은 이 장부를 왕이 꼭 보아야 한다고 했다.

"이건……."

장부를 들여다본 왕은 말문이 막혀버렸다. 궁 생활을 하면서 조내관의 수중에 들어온 모든 돈의 출처와 지출 내역이 푼 단위까지 세세히 적혀 있었다. 돈 아닌 현물, 심지어 초 한 자루와 실 한 꾸러미까지 작은 글씨로 적어놓았다. 자필임을 입증하기 위한 지장도 항목마다 찍혀 있었다. 그 압도적인 세밀함에서 이 장부가 진실하다는 걸 인정할 수밖에 없었다. 반들반들하게 손때 묻은 장부를 통해 죽은 조내관이 자신의 청렴을 필사적으로 주장하고 있었다.

"저게 진짜 장부라고?"

"그럼 서고에서 발견된 장부는 뭐지?"

새로운 증거의 출현에 혼란에 빠진 관료들이 쑥덕거리자 장별좌는 다시 한번 못을 박았다.

"서고에서 발견된 장부가 가짜라는 건 확인했습니다. 장부에 적힌 상인들을 일일이 추적했는데, 절반은 장사를 접거나 타지로 떠난 이들이었고 나머지는 조내관의 이름조차 모르더군요."

"흠."

"횡령을 저지른 적이 없다면 조내관이 자진할 이유도 없습니다.

의녀가 행한 검안 결과도 자진 아닌 타살을 가리키고 있습니다. 궁에 있는 누군가가 내관을 잔인하게 살해한 것입니다."

장별좌는 또박또박 말하면서 용상 옆을 슬쩍 곁눈질했다. 세자는 깎아놓은 듯 수려한 얼굴을 똑바로 든 채 오가는 대화를 듣고 있었다. 그 어떤 감정적 동요도 보이지 않았다. 왕은 머리가 지끈지끈 아파오는지 관자놀이를 꾹 누르며 중얼거렸다.

"그럼, 어찌하면 좋겠는가?"

"비록 왕족이 아닌 궁인의 죽음이지만, 허투루 넘겨서는 아니 될 것입니다. 궁 안에서 사람을 죽인다는 건 왕조에 대한 능멸이자 도전이나 다름없습니다."

장별좌는 극적인 태도로 과장스러운 말들을 늘어놓았다. 이렇게 해놓아야 귀찮은 걸 싫어하는 왕도 신하들도 얼렁뚱땅 넘기지 못하리란 계산에서였다.

"이 사건의 진상을 철저히 규명해야 합니다. 그리고 세자 저하께서 정무를 맡으시는 일은 당분간 보류하심이 좋겠습니다."

"그건 왜지?"

"조내관이 저하를 가장 가까이에서 모시던 내관이었기 때문입니다. 누가 저하를 해칠 음모를 꾸미고, 연습 삼아 조내관을 해쳤을 가능성을 배제할 수 없습니다."

장별좌는 슬그머니 변죽을 울렸다. 그는 일부러 밝히지 않았다. 조내관이 남긴 물건이 장부만이 아니라는 사실을. 서린이 찾아낸 봇짐 속에는 한 가지 물건이 더 있었다.

'내 일평생 세자 저하를 정성으로 모시며 아주 사소한 것도 소홀함이 없었다. 내 충심은 하늘이 아시고 땅이 아실 것이다.'

조내관이 서신에 적은 것처럼, 그는 세자를 받드는 데 제 일생을 바쳤다. 지난 삼 년간 세자의 일거수일투족을 시간 순으로 적어놓은 일지가 그 사실을 입증했다. 서린과 장별좌는 신중한 논의 끝에 그 일지를 일단 숨겨두기로 했다. 세자가 용의선상에 본격적으로 오르기 전에는 공개해봐야 별 의미가 없었다. 장별좌는 서신 말미에 적혀 있던 말을 떠올렸다.

내게 남은 유일한 회한은 아무도 모를 땅속 깊이 묻어두었다. 그 지도를 윤나인에게 맡기려 한다. 언젠가 결정적인 순간이 오면 주상 전하께 그곳을 보여드려라. 서두르지 말고.

결정적인 순간. 지금 벌이는 이 작은 연극은 오직 그것을 위한 포석이었다. 세자를 잠재적 피해자로 규정함으로써, 그를 보호하는 척 수사에서 멀리 떨어뜨려놓을 작정이었다.

"저하는 장차 보위를 이으실 이 조선의 대들보가 아니십니까. 만에 하나라도 저하께 위협이 될 수 있는 요소는 철저히 제거함이 마땅합니다. 통촉하여주십시오, 전하!"

장별좌는 머리를 바닥까지 닿도록 조아리며 호소했다. 그 말에 일리가 있었기에 친세자파 대신들 사이에서도 그렇지, 그렇지 찬동하는 사람들이 보였다.

"음."

왕은 낮은 소리를 내며 가만히 고개를 끄덕였다. 승낙의 표시였고, 세자에게는 작은 패배였다. 장별좌는 엎드린 채 주먹을 불끈 쥐었다. 평생의 회한을 한 자 한 자 꾹꾹 눌러 쓴 서신을, 언젠가 발견되길 바라며 대들보 안에 숨겼던 늙은 내관을 떠올리면서.

"그대가 내 안위를 이토록 염려해주다니 고맙구려."

범은 안온하게 웃는 얼굴로 한마디 했다. 그러나 그의 속은 희미한 분노로 달구어지고 있었다. 장별좌와 서린, 부부인, 어쩌면 중전까지 한패일 것으로 그는 짐작하고 있었다.

'천한 것들이.'

정전을 나오는 범의 기분은 서늘하게 가라앉아 있었다. 어전회의가 열리는 동안 능숙하게 감추긴 했지만 슬슬 한계가 오고 있었다. 설탕 덩어리에 달라붙는 개미들처럼 졸졸 따라오는 궁인들도 꼴 보기 싫었다. 범은 행렬의 맨 앞에 있는 이를 턱짓으로 가리키며 무심코 말했다.

"머리가 복잡해서 산책해야겠다. 조내관만 남기고 다들 물러가거라."

어색한 침묵이 흘렀다. 궁인들은 누가 먼저 나설지 서로 눈치만 보았다. 범이 뭣들 하냐는 눈초리로 다시 한번 쳐다본 후에야 풋내기 내관이 머뭇거리며 나서서 고했다.

"저하, 조내관은 이제 없습니다."

"아……."

범은 차가운 바늘로 뒤통수를 찔린 기분이었다. 조내관의 부재를 머리로는 알고 있었지만, 가슴으로 실감한 건 처음이었다. 무척 이상했다. 제 손으로 조내관을 죽였는데, 그것과는 별개로 조내관이 없는 현실이 싫었다. 평소 조내관이 잠시 자리에 없을 때 느끼던 불편함과는 조금 달랐다. 뭐랄까. 뭔가가 텅 비어버린 것 같았다. 처음부터 단한 번도 온전히 채워진 적 없는 인간이었음에도 불구하고 그랬다.

"통촉하여주시옵소서, 저하. 전하께서 상선내관을 통해 엄명을 내리셨습니다. 저하를 해치려는 간악한 무리가 있으니, 무슨 일이 있어도 저하가 혼자 다니시게 하지 말라 하셨습니다."

"통촉하여주시옵소서!"

풋내기 내관이 납작 엎드리며 선창하자 나머지 내관들과 궁녀들도 입을 맞춘 것처럼 복창했다. 범의 청수한 이마에 가느다란 주름이 잡혔다. 이젠 홀가분하게 돌아다니지도 못하게 생겼다. 산책을 포기하고 동궁전으로 돌아온 범은 곧장 침소로 향했다. 일단 편한 옷으로 갈아입고 조금이라도 피로를 풀고 싶었다. 그런데 침소 앞을 지키던 침방상궁들이 범을 보자마자 뜨악한 표정을 짓더니 마구 허둥댔다. 마치 기습당한 사람들처럼.

"저하, 지금은……."

범은 감히 자신을 만류하려 드는 늙은 상궁을 본 척도 안 한 채 거침없이 문을 열어젖혔다. 가지런히 개켜져 있어야 할 이부자리가 흐트러져 있었고, 연씨가 그 한가운데 서 있었다.

"빈궁?"

"저, 저하……."

겁에 질려 돌아보는 연씨의 왼손에는 검붉은 천 꾸러미가 들려 있었다. 그게 뭔지 알아본 범의 얼굴이 험악하게 일그러졌다. 조내관을 찌를 때 걸쳤던, 온통 피가 말라붙어 못 쓰게 되어버린 곤룡포였다. 원래는 동궁전으로 가져와 몰래 버릴 작정이었지만, 설화당의 비밀 장소도 못 쓰게 되자 안전하게 버릴 만한 장소가 없었다. 그래서 범은 베개 속을 깨끗이 비우고 곤룡포를 그 안에 말아 넣는 방법을 썼던 것이다. 등잔 밑이 어둡다는 말처럼, 누구도 알아차리지 못할 것이라고 생각하면서. 그런데 그가 아는 이 중 가장 아둔한 연씨가 그걸 발견한 것이다.

"남의 베개는 왜 뒤집고 있는 거요?"

목소리가 퉁명스럽게 나왔다. 이제 아내와 단둘이 있으면 연기하는 순간보다 그렇지 않은 순간이 더 많아졌다. 연씨는 더운 물도 얼릴 듯한 범의 기세에 어쩔 줄 몰라 했다. 그녀는 입술을 파르르 떨면서 오른손을 축 늘어뜨렸다. 그녀의 손가락 사이에는 곱게 수놓은 비단 주머니가 쥐어져 있었다.

"구, 국화잎입니다. 베개에 이걸 넣으면, 머리가 맑아지고 마음이 부드러워진다 하여……."

범이 코웃음 치는 동시에 연씨의 말은 허공에서 부질없이 흩어졌다. 마음이 부드러워진다고? 한낱 꽃잎 따위로 뭔가 바꿀 수 있다면, 진작 그렇게 했을 터였다. 연씨도 그걸 알고 있었지만, 어리석다 생각하면서도 할 수 있는 모든 걸 해보고 싶었다. 뱃속에 있는 아기를 위해서라도. 그러나 결과적으로 연씨는 예전보다 더욱 참혹한 현실을 대면하고야 말았다.

"헌데 저하, 이 옷은 대체……."

"사냥하다 짐승의 피를 뒤집어썼소. 곤룡포는 상의원에 맡겨 수선해야 하는데 그전까지 잠시 숨겨두려 했소. 어린 나인들이 보기라도 하면 놀랄 테니 말이오. 지금 빈궁이 그런 것처럼."

침착하게 해명하는 범에게 당황한 기색은 조금도 없었다. 예전의 연씨였다면 그 말을 곧이곧대로 믿었을 것이다. 아니, 믿으려 했을 것이다. 하지만 지금은 범의 말 속에 숨겨진 크고 작은 모순들이 그녀의 신경을 건드렸다. 가령, 세자가 사냥할 때 거추장스러운 곤룡포를 입는 일은 절대 없다든가, 상의원이 사흘 전에 이미 동궁전을 다녀갔다든가 하는 것들. 그러고 보니 조내관이 죽던 날 세자는 어디에 있었던가. 격무로 피곤하다며 벗었던 옷을 도로 입고 나갔던 그 밤. 거기에 생각이 미치자 연씨는 무서워 미칠 것 같았다. 범은 그런 아내를 가면처럼 무표정한 얼굴로 지그시 바라보다, 돌연 언제 그랬냐는 듯 상냥하게 웃어 보였다.

"화났소, 빈궁? 아까 퉁명스럽게 말한 건 미안하오. 홑몸도 아닌 그대가 피 묻은 물건을 들고 있는 게 보기 좋지 않아 그랬소."

"……."

연씨는 차라리 안도감이 들었다. 듣고 싶지 않은 진실을 범이 말해주지 않아서. 그가 이제 와 본색을 드러낸다면 그녀는 감당할 자신이 없었다. 차라리 지금처럼 눈먼 척, 귀 먼 척 버티는 게 나을 것 같았다. 아홉 달 후 아기가 태어나면, 그때부터는 오로지 그 아기만 바라보며 살아갈 수 있을 테니까. 어느새 옆으로 다가온 범이 연씨의 얼굴을 향해 천천히 손을 들어올렸다. 연씨는 움찔해서 눈을 감았지만, 다음 순간 범의 손길이 뺨을 살며시 어루만졌다.

"앞으로는 내게 말만 하시오. 난 미신을 믿지 않지만 빈궁이 원한다면 부적이든 뭐든 지니고 다니리다. 그대는 내 소중한 반려이고, 장차 조선을 이끌 세손을 낳을 몸이 아니오."

아직 나오지 않은 연씨의 배를 내려다보는 범의 눈길은 온화했다. 물론 그 안에 진실한 애정 따윈 없었다. 아내의 뱃속에서 자라나는 저 생명체는 범에게 하나의 의미만을 가졌다. 자신을 보위까지 이끌어줄 도구. 일단 왕위계승권이 공고해지고 나면 유산하든 사산하든 상관없다. 어쩌면 그 편이 나을지도 몰랐다. 자신과 같은 괴물이 또 세상에 나올 필요는 없으니까. 범은 그 어두운 생각들을 내면에 숨긴 채 연씨의 턱까지 부드럽게 손을 미끄러뜨렸다. 연씨는 그런 남편을 공포와 경애가 섞인 눈으로 바라보았다. 한때 목숨처럼 사랑했던 남자의 미소. 얼마나 믿고 싶은지 몰랐다. 범은 반쯤 넋이 나간 연씨의 손에서 곤룡포를 슬그머니 가져갔다.

"이건 내가 가져가겠소."

"네? 어쩌시려고요?"

"다시 생각해보니 굳이 수선할 필요는 없을 것 같소. 그냥 태워버리고 새로 짓는 게 낫겠어. 옷 짓는 거라면 빈궁의 전문 분야 아니오?"

범은 빈정대는 건지 진심인지 알 수 없는 말을 하면서, 걸치고 있던 곤룡포를 벗었다. 멀쩡한 곤룡포로 피 묻은 곤룡포를 둘둘 감아 보이지 않게 한 범은 문간을 쳐다보았다. 마침 상을 들고 지나가는 나인의 그림자가 비쳐 보였다.

"여봐라, 이걸 들고 가서 싹 태워버리거라. 땀 냄새가 배어 불쾌하구나."

범의 명령을 들은 나인은 고개를 푹 수그린 채 종종걸음으로 들어왔다. 그리고 범의 손에서 공손히 옷 뭉치를 받아들더니 뒷걸음질 쳐서 나갔다. 그 광경을 지켜보는 연씨의 동공은 죽은 사람의 것처럼 공허했다. 범은 미처 알지 못했다. 그가 조내관을 죽이는 순간 아내의 마음도 함께 죽어버렸다는 걸.

94

피투성이 기억

“마마, 의녀를 데리고 왔습니다.”

연씨는 서린의 목소리를 듣고도 고개를 돌리지 않았다. 입덧이 도진다며 사흘째 아무것도 먹지 않더니, 결국 어지럼증을 호소하며 쓰러지고 만 것이다. 서린은 연씨를 생각해 단금을 데려왔지만, 연씨는 단금을 보자마자 반대편으로 홱 돌아누워 버렸다. 노골적인 냉대에 서린은 흠칫했지만 단금은 아무렇지 않은 듯 연씨의 머리맡에 가서 앉았다.

“제가 천수전 사람이라 진료받길 꺼리신다는 걸 알고 있습니다.”

“…….”

“대군 마마의 주치의인 건 맞지만, 그전에 전 의녀입니다. 빈궁 마마와 뱃속의 아기씨를 해롭게 하는 일은 결단코 없을 것입니다. 그러니 지금은 제게 손을 맡기십시오.”

단조롭고 차분한 난금의 음성은 마음을 가라앉히는 효과가 있었다. 연씨는 한동안 입을 다물고 있다가, 돌아누운 채 왼손을 스르륵 반대편으로 뻗었다. 단금은 신중하게 맥을 짚어본 후 심각한 낯빛이 되었다.

"영양 부족, 수면 부족이시군요. 극심한 불안감에 시달리고 계시고요. 정말 좋지 않습니다."

"어의는…… 좀 적게 먹어도 아기가 어떻게 되진 않는다 하던데."

연씨는 모기만 한 목소리로 중얼거렸다. 입덧 때문인지 괴로움 때문인지 아니면 둘 다인지, 목구멍으로 뭔가를 넘기는 게 죽기보다 힘든 그녀였다. 단금은 단호하게 고개를 저었다.

"아기씨는 탯줄의 양분을 먹고 사니, 당장 위험해지지 않는 건 맞습니다. 허나 마마의 몸이 더 버틸 수 없게 되겠지요. 회임을 유지하는 데는 건강한 몸이 필요합니다."

"……."

"마마는 이제 한 생명을 품으셨으니, 마음 내키는 대로만 하실 수는 없습니다. 아기씨를 위해서 먹고, 자고, 안정을 취하십시오."

연씨는 더는 거부하는 몸짓을 보이지 않았다. 대신 치마 속에 감춰진 배를 가만히 쓸어볼 뿐. 단금은 옆을 지키고 앉아 있던 서린을 향해 나지막하게 지시했다.

"윤나인, 소주방에 일러 석창포(石菖蒲)와 원지(遠志)를 우려낸 물에 미음을 끓여오게 해주십시오. 빈궁 마마의 마음을 진정시키고 속을 편하게 풀어주는 데 도움이 될 것입니다."

"예, 의녀님."

서린은 식은 물이 담긴 대야와 수건을 챙겨들고 방을 나왔다. 소주방으로 가려고 댓돌을 내려오는데, 저만치서 한 떼의 수행원을 거느린 범이 마당을 지나오는 게 보였다. 서린은 세차게 뛰는 가슴을 손바닥으로 지그시 눌렀다. 동궁전에서 일하면서 세자와 마주치는 건 피할 수 없는 일이었다. 서린은 짐짓 태연한 척 세자를 향해 예를 갖추었다.

"세자 저하를 뵙습니다."

"늘 수고가 많구나, 윤나인."

범은 언제나 그렇듯 자상하게 격려해주었다. 그 태도가 하도 천연덕스러워 서린은 이 모든 게 자신의 착각이나 오해가 아닌가 하는 생각마저 들 정도였다. 지금까지 저 얼굴에 속아 몇 명이 희생되었는지를 되새기며 서린은 정신을 바짝 차렸다. 범은 은은한 미소를 띤 채 다가왔다.

"조금 걱정했는데, 빈궁과 잘 지내는 것 같아 참 다행이구나."

"염려해주신 덕분입니다."

"빈궁에겐 앞으로도 많은 도움이 필요할 거다. 아기도 태어날 테고. 윤나인이 유모 노릇을 해주면 어떨까 하는데?"

"전 아기에 대해 아무것도 아는 게 없습니다. 경험 많은 유모상궁님이 오시면, 그 옆에서 성심성의껏 보필하겠습니다."

서린은 세자가 평소에 하는 것과 똑같이 응대했다. 그 어떤 감정도 실리지 않은, 예법에 맞는 완벽한 대답으로 철벽을 치는 것이었다. 다시 한번 공손히 절한 후 서둘러 걸음을 옮기던 서린은 그만 들고 있던 수건을 떨어뜨리고 말았다. 서린은 다급히 몸을 숙여 수건을 주우려 했다. 그런데 그전에 범이 먼저 다가왔고, 대신 수건을 주워 서린에게 건네주었다. 서린이 두 손으로 공손히 받아드는 자세를 취하려는데, 범이 그녀의 귓가에 대고 재빨리 속삭였다.

"벌레로 태어난 주제에 뭐 그리 기를 쓰면서 사느냐?"

찰나의 순간이었다. 서린은 확 커진 눈동자로 범을 쳐다보았다. 그는 언제 그런 말을 했냐는 듯 유순하게 웃고 있었다. 서린은 깨달았다. 자신이 의심하고 추적하고 있다는 걸 세자는 알고 있지만 다른 사람들 앞에서는 결코 내색하지 않으리라는 것을. 서린은 세자의 손에서 빼앗듯 수건을 받아들었다. 그러면서 그에게만 들릴 만큼 작은 목소리로 맞받아쳤다.

"때로는 벌레 한 마리가 산사태를 일으키기도 하는 법이지요, 저하."

소주방에 전갈을 전하고 방으로 돌아올 때까지, 서린의 가슴은 두근거림을 멈추지 않았다. 각오했다고 생각했는데, 세자에게 직접 맞선다는 건 예상보다 훨씬 엄청난 일이었다. 그저 한마디 하는 것도 이런데, 만인 앞에서 그를 고발할 수 있을까. 서린은 새삼 두려워졌다.

"표정이 왜 그래, 귀신이라도 봤어?"

"채옥아!"

채옥은 빈방에 혼자 앉아 서린을 기다리고 있었다. 서린은 방금 있었던 일을 그녀에게 털어놓았다. 채옥은 평소처럼 조급하게 굴면서 중간중간 끼어드는 대신 끝까지 말을 들었다.

"난 솔직히 네가 세자 저하를 의심한다는 말을 들었을 때는 드디어 미쳤다고 생각했어. 궁 안에서 흉악한 짓을 벌이고 있는 자가 있는 건 맞지만, 그게 저하는 아닐 거라고 말이야."

채옥을 비롯한 동궁전 궁인들에게 세자가 어떤 존재인지 서린도 모르지 않았다. 영원히 지지 않는 태양, 그것이었다. 한때는 서린에게도 그랬다. 서린은 채옥이 더는 못 도와주겠다고, 미안하다고 할 줄 알았다. 그런데 채옥의 입술 사이에서 나온 건 전혀 다른 말이었다.

"그런데 어제 본 뭔가가…… 내 생각을 바꿔놨어."

채옥은 등 뒤에 숨겼던 남색 보자기를 꺼내 서린 앞에 밀어놓았다. 풀어보라는 뜻이었다. 서린이 조심스럽게 매듭을 풀자 금빛 자수가 온통 검붉은색으로 물든 흑색 곤룡포가 나타났다. 서린이 경악에 물든 눈으로 쳐다보자, 채옥은 떨리는 음성으로 설명했다.

"저하의 베개 속에 둘둘 말아 숨겨져 있었어. 이거, 피에 젖은 곤룡포가."

"……."

"빈궁 마마가 베개에 국화잎을 넣으려다 그걸 발견하셨지. 저하께서는 사냥하다 옷이 더럽혀진 거라고 했지만 어느 바보천치가 그걸 믿겠냔 말이야."

세자 부부가 나눈 내밀한 대화 내용을 어떻게 아는지 서린은 굳이 캐묻지 않았다. 윗전의 속사정을 엿듣고 캐내는 건 궁녀들의 취미이자 주특기였다. 채옥은 보자기 끄트머리를 움켜쥐며 흥분한 어조로 말했다.

"저하께서는, 아니 세자는 나한테 그 옷을 가져가 태워버리라고 했어. 남의 눈에 띄지 않게 하려고 말이야. 난 그 명을 거역하기로 했어. 바보천치가 아니니까."

채옥은 더는 세자에게 존칭을 사용하지 않았다. 그녀도 세자의 실체를 직시하기 시작했다는 뜻이었다. 일개 나인으로서 그게 얼마나 큰 용기를 필요로 하는지 알기에, 서린은 더없이 고마웠다. 채옥은 뭐하고 있냐는 듯 서린을 쳐다보았다. 곤룡포를 만져보란 뜻이었다. 과연 무엇을 보게 될지 기대와 두려움이 반반 섞인 심정으로 서린은 곤룡포를 향해 왼손을 뻗었다.

'변심했느냐? 왜…… 왜 끝까지…….'

흐릿한 시야 속에서 간간이 끊어져 들려오는 목소리. 저번에는 온 세상이 검은색과 하얀색으로 물들더니, 이번에는 석류를 으깬 것처럼 붉은 점이 사방에 드문드문 찍혀 있었다. 마치 두 눈의 실핏줄이 터진 것처럼. 불분명한 감각 속에서도 서린은 말하고 있는 사람이 세자라는 것을 알아차렸다. 그리고 이건 조내관의 기억이었다. 살해당할 당시 조내관의 손끝이 세자의 곤룡포에 닿으면서 깃든 사념이었다.

'조내관 네 탓이야. 날…….'

형언할 수 없는 고통에 기억이 뭉개지고 있었다. 표지를 읽을 수 없는 일그러진 책들이 시야에 둥둥 떠다녔다. 시야가 왈칵 흔들리면서 몸뚱이가 단단한 책장에 부딪히는 느낌이 났다. 수백 권은 될 법한 책들이 산사태가 난 것처럼 와르르 한꺼번에 쏟아져 내렸다. 세자는 그걸 막기 위해 반사적으로 두 손을 들어올리는 시늉을 했다. 그 와중에 날아온 책 한 권이 단도를 쥔 손을 세게 때렸다. 그 바람에 단도가 옆으로 비껴가면서 범의 왼쪽 팔꿈치를 좌악 그었다. 조내관의 피로 젖어 있던 단도에 세자의 핏방울이 흩뿌려지듯 튀었다.

'윤서린을…… 그 아이가…….'

이번에는 조내관이 뭔가 말하고 있었다. 하지만 서린은 제대로 알아들을 수 없었다. 그녀는 영영 끝나지 않을 것 같은 고통과, 조내관의 내면에서 몰아치는 폭풍우 같은 비애(悲哀)에 잠식당해버렸다. 뭐가 그리도 원통하고 슬프고 절망스러웠을까. 몸도 마음도 너무나 아팠다. 차라리 죽는 게 낫겠다. 그렇게 간절히 되뇌기 시작했을 때, 마침내 지옥 같던 시간이 끝나고 두 눈이 번쩍 떠졌다.

"흐윽…… 흑흑……."

어디선가 젊은 여자가 흐느끼고 있었다. 서린은 얼빠진 상태에서 멍하니 생각했다. 도대체 누가 저렇게 서럽게 우는 걸까 하고. 한참이 지난 후에야 그게 자신이라는 사실을 깨달았다. 채옥이 서린의 어깨를 붙잡고 앞뒤로 거칠게 흔들고 있었다.

"윤서린! 정신 차려! 얘가 왜 이래?"

"흑…… 흐읍!"

서린은 간신히 울음을 멈췄다. 온몸이 발작하듯 파르르 떨렸다. 금방이라도 기절할 것 같았다. 기억을 읽는 건 힘들지 않았지만, 그 감정의 폭풍을 견뎌내기가 벅찼다. 채옥은 서린이 벽에 등을 기댈 수 있도록 도와주었다. 서린은 편안한 자세로 숨을 고르며 칼도 세자도 없는 현실 세계로 돌아오려고 애썼다.

"자, 이거 마셔."

채옥이 가져다준 물을 두 그릇 연거푸 들이켜고 난 후에야 어깨의 들먹임이 비로소 잦아들었다. 서린은 물그릇을 바닥에 내려놓으며 흩어진 정신을 가다듬었다. 얻어맞은 어린애처럼 마냥 웅크리고 있을 시간이 없었다. 조내관이 남긴 기억 속에서 얻은 단서와 정보들을 정리하고, 그걸 세자에게 대항할 무기로 삼을 방법을 고안해야 했다. 서린은 방구석 저만치로 밀려난 피투성이 곤룡포를 노려보며 골똘히 생각했다. 그리고 한 가지 계획을 떠올렸다.

"채옥아, 도야는 지금 어딨어?"

"그걸 왜 나한테 물어?"

"너라면 알 것 같아서."

"흥, 어디서 뭘 하고 자빠져 있던 내가 알 게 뭐야."

채옥은 입술을 비죽 내밀며 종알거렸다. 도야와 친하게 지낸다는 걸 인정하기 싫은 모양이었다. 서린은 별말 하지 않고 조용히 채옥을 응시하기만 했다. 새침 떨고 있을 시간이 없다는 의미였다. 그러자 채옥은 괜히 헛기침을 하면서 무안한 티를 털어냈다.

"……지금 시간대면, 남문 밖에 있는 느티나무 동산에서 낮잠 자고 있을 거야. 오전에 가마 메고 나면 체력을 회복해야 한다나 뭐라나. 근데 그건 왜?"

남문 밖, 느티나무 동산. 허가증 없는 외출을 다시 한번 감행해야 했다. 서린은 벽에 뒤통수를 대고 잠시 눈을 감았다. 방금 세운 계획을 실천하려면 기력이 필요했다. 서린은 세자가 쓰고 있는 가면을 왕이 보는 앞에서 벗겨낼 작정이었다. 저잣거리에서 소매치기를 하던 가마꾼 청년의 도움을 받아서. 이 피투성이 기억을 지니고도 살아갈 수 있는 방법은 그것뿐이었다.

95

재연되는 역사

"양식은 백성의 하늘이 되므로, 백곡을 이루게 하셨습니다."

제문이 암송되는 가운데 소매를 손목까지 말아 올린 왕이 쟁기를 내리찍었다. 미리 평평하게 정비해둔 땅을 쟁기 날이 매끄럽게 파고 들어 가자, 기다렸다는 듯 갈채가 울려 퍼졌다. 오늘은 한 해의 수확을 감사하고 내년의 풍년을 기원하는 친경(親耕) 행사가 열리는 날이었다. 왕이 다섯 번의 쟁기질을 끝내고 나자, 이번에는 세자가 쟁기를 이어받았다.

"신이여, 굽어 살피소서. 서직(黍稷)이 오직 향기롭습니다."

범은 탄탄하게 다져진 두 팔로 기운차게 밭을 갈았다. 그 뒤에 대군도 대기하고 있었지만, 상대적으로 존재감이 미약했다. 공공연히 천주쟁이라는 별명으로 불리기 시작한 헌이었다.

"옷이 더러워지는 것도 개의치 않으시는군."

"저분이야말로 진정한 성군의 재목이시지."

흙덩이가 튀는 것도 아랑곳하지 않고 땀을 뻘뻘 흘리며 쟁기질에 열중하는 세자의 모습을, 모두가 흐뭇한 눈길로 지켜보았다. 다만 세

사람은 예외였다. 병상에서 겨우 일어난 세자빈 연씨와 그녀를 시중 들고 있는 서린, 그 옆에 자리 잡은 부부인 서씨. 서씨는 평소 취향과는 다르게 화려한 삼단 스란치마를 입고 있었다. 전속 나인인 순애는 어디 갔는지 오늘따라 보이지 않고 혼자였다. 보다 못한 서린이 슬쩍 다가가 스란치마 밑단에 묻은 흙먼지를 털어주었다. 서씨는 무릎 꿇고 앉은 서린에게만 들리게 소곤거렸다.

"세자의 맨살을 드러내는 게 정말로 가능하겠느냐?"

"귀신도 울고 갈 솜씨입니다. 한번 믿어보시지요."

서린은 밭으로 들어오는 어귀에 줄줄이 서 있는 가마 행렬을 힐끗 보며 말했다. 머리를 끈으로 질끈 동여매고 가마꾼 복장을 한 무휘와 도야가 가마를 한 채씩 맡아 서 있었다. 흔들림 없는 서린의 눈빛을 들여다본 서씨는 힘주어 고개를 끄덕였다.

"그래, 알았다. 난 내 역할에 충실하마."

서씨는 애초에 자신의 남편을 왕위에 올리기 위해 서린과 손을 잡았다. 그런데 만인의 찬탄을 받으며 위풍당당하게 서 있는 세자를 보자 문득 그런 생각이 들었다. 누가 왕이 되는지보다, 누가 왕이 되지 못하는지 그게 더 중요한 문제라는.

"우리 백성의 양식을 풍성하게 하시고, 가없는 풍년이 되게 해주소서!"

맑은 악기 소리가 청량한 가을바람에 실려 울려 퍼졌다. 세자와 대군에 이어 고관대작들도 한 명씩 차례대로 나서서 쟁기를 잡았다. 그 후엔 왕 아닌 세자가 제주가 되어 하늘에 올리는 선농제(先農祭)를 지낼 예정이었다. 제사는 몸과 마음이 정결한 상태로 치르는 경건한 의식이므로, 쟁기를 내려놓은 범은 흙 묻은 두루마기를 벗어 한쪽 팔에 걸쳤다. 눈부시게 하얗고 깨끗한 바지저고리 차림으로 서 있는 범은 하늘에서 내려온 젊은 신선 같았다.

"저하께 옷을 가져다 드리거라."

도제조의 명령이 떨어지자 동궁전 나인 중 채옥이 제일 먼저 움직였다. 그녀는 왕의 가마 바로 뒤에 서 있는 세자의 가마로 가서 옆쪽에 달린 문을 열었다. 제사 지낼 때 입는 흑단빛 곤복(袞服)과 옥구슬 달린 면류관이 함 위에 가지런히 준비되어 있었다. 채옥은 곤복 위에 면류관을 얹어 조심스럽게 옮기기 시작했다.

"에취!"

채옥이 도야 옆을 지나가는 순간 서씨가 사레들린 척 요란하게 기침을 했다. 일순간 모두의 시선이 서씨에게 쏠렸고, 그 틈을 타서 도야의 손이 번개같이 움직였다. 그의 손가락 사이에 끼워진 얇은 칼날이 곤복 팔 부분에 작은 흠집을 내놓는 걸 본 사람은 없었다. 심지어 서린조차 일이 계획대로 된 건지 어떤지 모를 정도였다. 채옥은 긴장한 기색이 역력한 얼굴로 곤복을 가져와 세자에게 바쳤다. 침방나인 둘이 동시에 달려들어 옷 수발을 들어주려는데, 범이 점잖게 손을 흔들며 제지했다.

"잠깐."

나인들은 자신이 뭘 잘못했나 싶어 슬금슬금 눈치를 살폈다. 그러나 범은 얇고 붉은 입술을 휘면서 미소를 머금었다. 그리고 서너 발치 떨어져 있는 연씨를 돌아보며 부드럽게 불렀다.

"빈궁, 그대가 해주겠소?"

연씨는 군말 없이 고분고분하게 남편의 명을 따랐다. 죽은 사람처럼 파리한 얼굴로 휘적휘적 움직이는 그녀는 생명 없는 허깨비 같았다. 보기 좋게 균형 잡힌 범의 몸에 곤복을 입힌 연씨는 옷 위를 가볍게 두드리며 옷 주름을 펴주려고 했다. 그런데 연씨의 손이 범의 어깨를 툭 건드리는 순간, 소매 한쪽이 통째로 떨어져 나갔다. 당혹감이 물결처럼 군중 사이로 번졌다.

"이런……."

범은 아무렇지 않은 듯 태연히 소매를 덮으려 했지만 이미 늦어버렸다. 세자의 팔꿈치를 가로지르는 찢어진 상처를 왕이 보고야 만 것이다.

"동궁, 그 상처는 무엇이냐? 어디서 생긴 것이냐?"

"별것 아닙니다. 책을 읽다 종이에 베었습니다."

범은 그 정도는 늘 일어나는 일인 것처럼 태연히 답했다. 그러나 한번 시작된 술렁거림은 쉬이 잠잠해지지 않았다. 세자의 옥체에 흠집이 나다니 보통 일이 아니었다. 세자를 가까이서 모시는 지밀상궁과 내관은 그 사실을 모르고 지나간 것만으로 문책당하고도 남았다.

"어떻게 책장을 넘기면서 팔꿈치를 베일 수 있단 말입니까? 그것 참 신기한 노릇이군요."

모두가 우왕좌왕하는 가운데 천연덕스럽게 나선 사람은 서씨였다. 그녀는 범을 향해 한 걸음 성큼 다가가면서 손바닥으로 미처 가려지지 않은 길쭉한 상처를 뚫어지게 응시했다. 심상찮은 분위기를 알아차린 헌이 아내를 붙잡으려 했지만 그녀는 거침없이 쏘아붙였다.

"정말 종이에 베신 게 맞습니까, 저하? 제가 보기엔……."

"부인, 그만하시오."

"칼로 그은 자국처럼 보이는데요."

헌의 만류에도 서씨는 기어이 내뱉고 말았다. 그와 동시에 화기애

애하던 친경 분위기가 얼음장처럼 싸늘해졌다. 세자의 옥체에 보기 흉한 흉터가 남은 것도 문제지만, 만일 그게 타인의 소행이라면 정말 궁 자체가 발칵 뒤집힐 터였다. 국가의 계승자인 세자의 안위가 걸린 일. 이번만큼은 왕도 진상을 소상하게 규명하지 않고는 넘어가지 않을 게 분명했다. 그렇다면 당연히 범도 언제, 어디서, 어떻게 상처 입었는지 제대로 설명해야 할 테고. 범은 검은빛이 한층 짙어진 눈으로 서씨를 노려보았다.

"내가 남몰래 칼싸움이라도 하고 다닌다고 말하고 싶은 건가, 부부인?"

"그럴 리가요, 저하. 다만 저하의 내관이 괴한의 칼에 습격당해 숨을 거둔 사실이 확인되었으니, 혹 저하께서도 그 일에 휘말리셨던 건 아닌지 걱정스러울 뿐입니다."

세자를 상대하다 보니 서씨도 연기가 절로 늘었다. 조곤조곤 말하는 모습이 정말로 세자를 걱정하는 것처럼 보였다. 그 말을 듣고 가장 놀란 사람은 물론 왕이었다.

"정말이냐, 세자? 너도 습격당했던 것이냐? 왜 밝히지 않았느냐?"

"그게 아닙니다, 아바마마……."

"아니라면 말씀해보시지요, 저하."

서씨는 미리 쳐놓은 덫으로 세자를 슬슬 몰아가고 있었다. 관료들과 궁인들의 시선이 모조리 세자에게 집중되었음을 확인한 후 서씨는 벼르고 벼르던 회심의 일격을 날렸다.

"조내관이 습격당하던 그 시각, 저하는 어디서 뭘 하고 계셨습니까?"

세자의 옷을 잘라내고 상처를 드러낸 건 바로 이 질문을 위한 포석이었다. 서씨의 풍성한 치맛자락 안에는 피에 젖은 곤룡포가 숨겨져 있었다. 범이 답하지 못하고 머뭇거리면, 서씨는 그걸 꺼내 들이밀면서 추궁할 작정이었다. 이 옷은 누구 것이냐고. 혹시 조내관의 습격과 연관 있는 건 아니냐고. 그러면 세자는 낭패에 빠지겠지.

"……."

곤룡포를 숨겨놓은 치맛자락으로 서씨가 손을 뻗으려는 순간, 범의 안색이 싹 변했다. 붓으로 그은 것처럼 단정한 입매가 귓가를 향해 스윽 올라갔다. 마치 웃는 것처럼. 그 표정을 포착한 순간 서린은 머리끝이 쭈뼛 서는 느낌이었다.

"잡아라!!"

우렁찬 호령과 함께 익숙한 무리가 우르르 몰려왔다. 서린이 얼마 전 화기도감 관원의 오두막에서 마주쳤던 이들, 바로 금부도사와 의금부 관원들이었다. 저들이 여긴 왜 온 걸까. 서린이 의문을 품는 순간, 오라를 든 관원들이 질풍처럼 뛰어와 서씨를 에워쌌다.

"무엄하다, 감히 어디 손을 대는 게냐!"

얼굴이 파랗게 질린 서씨는 자신을 향해 뻗어오는 관원들의 손을 뿌리치며 소리쳤다. 대군은 두 팔을 활짝 벌린 채 관원들 앞을 가로막고 서서 아내를 보호하려 애썼다.

"물러서지 못할까! 이 무슨 짓들이냐?"

"물러서야 하실 분은 대군 마마십니다."

권력을 찍어 누르는 자는 자신이 더 강력한 권력을 손에 쥔 듯한 기분에 취하기 마련이었다. 젊은 금부도사는 턱을 빳빳하게 치켜든 채 오만하게 말했다.

"부부인 마님이 빈궁 마마와 뱃속의 아기씨를 저주해 아프게 만들었다는 고발이 들어왔습니다. 그래서 저희 의금부 관원들이 천수전을 수색해 증거를 찾아냈습니다."

금부도사가 손짓하자 관원 서너 명이 수레를 끌면서 나타났다. 금부도사는 수레에 실린 물건들을 하나씩 꺼내 공중으로 들어올렸다. 붉은색으로 칠갑한 연씨의 초상화와 반으로 부러진 비녀, 갈기갈기 찢어진 비단 치마. 그중 가장 끔찍한 물건은 배가 갈라진 새의 시체였다. 눈을 까뒤집은 채 죽은 새의 모습에 신하들은 얼른 고개를 돌렸고 궁녀들은 외마디 비명을 질렀다. 금부도사는 경멸에 찬 눈으로 서씨를 노려보면서 따졌다.

"천수전 뒷마당에 묻혀 있던 물건들입니다. 이래도 부인하시겠습니까?"

"당연하지! 내가 그걸 묻었는지, 다른 사람이 날 음해하려고 묻었는지 누가 안단 말이냐?"

서씨는 두 주먹을 불끈 쥔 채 거세게 항의했다. 헌은 그녀로부터 관원들을 떼어내기 위해 치열한 몸싸움을 벌이고 있었다. 왕이 보고 있는 만큼, 의금부 관원들도 차마 대군에게 강경한 태세를 취하진 못했다. 그렇게 서로 밀고 당기는 와중에 서씨의 치마 속에서 뭔가가 폭 소리를 내며 떨어졌다. 바로 피투성이 곤룡포였다.

겨울바람처럼 오싹하고 찬 기운이 좌중을 휘감았다. 기세등등했던 금부도사조차 너무 놀라 말문이 막혀버렸다. 왕의 얼굴은 창백하게 질렸다가, 이내 붉으락푸르락해졌다.

"네, 네 치마에서 나온, 그 흉측한 물건이 무엇이냐?"

용감한 의금부 관원 하나가 쪼르르 달려가 곤룡포를 주워들었다. 사뭇 극적인 동작으로 곤룡포를 허공에다 쫙 펼치자 검붉은 피로 물든 끝동과 황금 자수가 적나라하게 드러났다. 모두가 경악에 차 술렁였고, 기가 약한 견습나인 하나는 그만 기절하고 말았다. 금부도사는 고개를 끄덕이며 비장하게 말했다.

"이제 보니 빈궁 마마와 아기씨뿐만 아니라 세자 저하까지 저주하려 하셨군요."

오해를 살 수밖에 없는 상황이었다. 대역죄인으로 몰릴 위기에 처했다는 걸 깨달은 서씨의 얼굴에서 핏기가 싹 빠져나갔다. 그녀는 왕을 향해 몸을 돌리며 필사적으로 외쳤다.

"아닙니다! 정말 그런 게 아닙니다, 주상 전하! 해명할 기회를 주십시오!"

"소용없습니다, 부부인 마님. 진상을 아는 사람의 증언을 이미 받았으니까요."

"뭐라고?"

금부도사가 손가락을 까닥하는 시늉을 하자, 또 다른 관원들이 출현했다. 이번에는 수레가 아니라 오라에 꽁꽁 묶인 나인을 끌고 왔다. 심하게 매질당해 만신창이가 된 나인의 얼굴을 알아본 서씨가 헉 숨을 내뱉었다. 금부도사는 나인의 무릎을 세게 걷어차 왕 앞에 무릎 꿇렸다.

"부부인 마님을 수족처럼 모셨던 이 나인이 이실직고했습니다. 마님의 명을 받아 저 몹쓸 물건들을 아무도 안 보는 한밤중에 파묻었다고요."

"순애야!"

서씨가 친동생처럼 아끼던 나인에게 달려가려고 했지만 관원들이 가로막았다. 왕은 긴 머리를 처녀귀신처럼 산발한 순애를 향해 근엄하게 물었다.

"그 말이 사실이냐? 부부인이 정말 네게 그런 지시를 내렸느냐?"

"……예."

순애는 고개를 푹 떨군 채 기어들어가는 목소리로 중얼거렸다. 얼굴을 못 드는 이유가 서씨에 대한 미안함 때문인지, 추국(推鞫)의 후유증 때문인지는 알 수 없었다. 새로운 사건의 등장으로 세자의 팔에 남은 흉터는 모두의 뇌리에서 잊혀버렸다. 왕은 격분해서 부르르 떨었다.

"저 일에 가담한 이들이 또 있느냐?"

"가마꾼 무휘와 도야, 동궁전 나인 채옥, 그리고 별좌 장길상입니다. 그들이 저주에 필요한 물건을 구하는 걸 도와주었습니다."

서린의 다리가 휘청 흔들렸다. 두 손으로 입을 가리며 제자리에 털썩 주저앉는 채옥과 가마를 뛰어넘어 달아나려다 관원들에게 붙잡히는 도야의 모습이 느리게 시야로 흘러들어왔다.

"어딜 잡는 거야! 이 변태들아!"

"워매! 워어매애!!"

그리고 그 모든 걸 여유롭게 지켜보고 있는 사람, 세자가 있었다. 서린은 자신의 고발조차 그의 계획 중 일부였음을 깨달았다. 그녀는 결국 그의 손바닥 안에서 놀고 있었던 것이다.

'윤서린을…… 그 아이가…….'

기억 속에서 조내관이 했던 말이 문득 뇌리를 스치고 지나갔다. 그때는 조내관이 '윤서린이 곧 올 것이다. 그러니 멈추시라'고 세자에게 경고하는 말인 줄 알았다. 그런데 이제 보니 아니었다. 조내관은 죽기 직전 세자에게 말한 것이다. 서린이 물건을 통해 사람의 기억을 본다는 사실을. 그리고 세자는 서린이 그 능력을 이용해 어떤 계략을 펼칠지 예상했을 것이다.

'한 발 앞서 나가려 한 거야.'

서린이 절망에 빠져 있는 동안 그녀의 동료들은 도살장으로 향하는 개들처럼 혹독하게 끌려갔다. 언젠가 범의 어머니가 그랬던 것처럼. 이십여 년 전 냉궁의 비정한 역사가 재연되려 하고 있었다.

96

세자의 승리

"마님! 가시면 안 됩니다! 마님!!"

마른하늘에 천둥이 내리치는 날이었다. 상궁이고 나인이고 할 것 없이 모두 한데 뭉쳐 서씨를 붙잡고 울고 있었다. 이대로 설화당에 끌려가면 죽을지도 모른다는 생각에 다들 결사적이었다.

"날 놓아주거라."

상을 맞은 아낙네처럼 머리를 내리고, 흰 적삼에 흰 치마를 입은 서씨가 조용히 말했다. 그녀는 멍한 눈으로 궁녀들 사이를 훑었다. 없을 걸 알면서도 자꾸 순애의 모습을 찾게 됐다. 순애의 오라버니가 소과 시험에서 부정행위를 했다는 혐의를 쓰고 하옥됐다는 소식을 들은 게 어젯밤이었다. 오라버니를 무척 자랑스러워했던 순애의 모습이 자꾸만 떠올라 서씨는 한숨도 잠을 이루지 못했다.

'엣헴, 엣헴. 저희 오라버니는요, 아씨만큼이나 똑똑하다고요. 정말이에요!'

그건 아마도 순애가 할 수 있는 최대한의 찬사였을 것이다. 오직 명석한 머리 하나만으로 양반 가문에 입양된 청년이었으니, 거벽(巨

擘)•을 고용했을 리는 없었다. 거벽을 해주었다는 거짓 자백을 추적하다 보면 세자의 수족처럼 움직인다는 그 상단이 나올 거라고 서씨는 거의 확신하고 있었다.

'마님, 절 용서하지 마세요.'

다시 투옥된 순애는 식음을 전폐하고 울면서 그 말만을 반복한다고 전해 들었다. 서씨는 그녀를 원망하지 않았다. 지켜주지 못한 게 후회스러울 뿐. 남의 뒤통수를 치려면 제 뒤통수부터 잘 막았어야 했다. 천수전을 떠나 설화당으로 가는 건 그 대가라고, 서씨는 그렇게 생각했다.

"헌아! 어딜 가느냐!!"

참담한 심경으로 며느리를 지켜보던 홍씨는 큼지막한 봇짐을 메고 나오는 아들을 발견하고는 혼비백산했다. 평소 대군이라 부르며 존칭을 쓰던 것도 잊어버릴 정도였다. 침착한 걸음으로 댓돌을 내려온 헌은 어머니 앞에 섰다.

"부부는 생사고락을 같이하는 것이라 배웠습니다. 저는 아내와 함께 가겠습니다."

"어딜 갈 줄 알고!"

"어디든 상관없습니다. 이 사람 혼자 보낼 순 없습니다."

관도 쓰지 않은 맨 상투에, 서씨와 똑같이 흰 적삼 차림을 한 헌의 모습에 홍씨는 억장이 무너졌다. 며느리를 잃는 것도 큰일이지만, 아들을 잃는 건 세상이 끝나는 것과 다름없었다. 금방이라도 뒤로 넘어

• 과거시험을 대신 쳐주는 사람

갈 것처럼 거친 숨을 몰아쉬던 홍씨는 마지막 수단을 동원해보았다.

"전하가, 주상 전하께서 허락하지 않으실 것이다!"

"제 아내와 함께하는 데는 누구의 허락도 필요치 않습니다."

단호하게 잘라 말하는 헌은 예전과 다른 사람이었다. 어머니의 아들이 아니라 한 여인의 지아비이자 천수전의 주인이었다. 자신을 사랑해주는 여인과 믿고 따라주는 궁인들에 대한 책임감이 만년 소년에 머물러 있을 것 같던 그를 성장시켰다.

"대군 마……."

서씨를 압송하러 왔던 금부도사도 차마 대군을 가로막진 못했다. 서글픈 정적이 맴도는 가운데 헌은 서씨에게 다가가 다정하게 손을 잡았다. 그녀의 뺨을 타고 눈물이 또르르 흘러내렸다. 남편을 이 조선에서 가장 존귀한 몸으로 만들어주고 싶었는데, 반대로 사지에 몰아넣게 된 셈이었다. 이제 그들의 운명은 잔인한 숙적, 바로 세자의 손에 달려 있었다. 통곡하며 매달리는 궁인들 때문에 대군 내외가 설화당까지 가는 데는 반 시진 넘는 시간이 걸렸고, 예성은 그 광경을 낱낱이 관찰하고 있다가 동궁전으로 달려가 세자에게 보고했다.

"대군 마마와 부부인이 함께 유폐되었습니다. 나인 한 사람만 남겨놓고 그 누구도 왕래하지 못하게 막는다 합니다. 음식은 하루 두 번, 물과 보리죽만 넣어준다 합니다."

천수전 궁인들이 뿔뿔이 흩어지는 바람에 예성도 다시 동궁전으로 배속되었다. 이걸로 첩자 노릇도 마지막이라는 생각이 예성에겐 그나마 위안이었다. 헌이 제 발로 폐궁에 들어갔다는 소식을 들은 범의 입가에는 비틀린 미소가 떠올랐지만 옆에 앉아 있던 연씨는 달랐다.

"세상에, 대군 마마까지 같이……."

말라붙은 입술 사이에서 탄식인지 경탄인지 알 수 없는 한숨이 흘러나왔다. 이 와중에도 대군 부부의 두터운 애정이 부러운 연씨였다. 범은 서툰 바느질 솜씨로 부지런히 손을 놀리며 배냇저고리를 만들고 있는 연씨를 힐끔 쳐다보았다.

"그런 건 침방상궁에게 맡겨도 되지 않소, 빈궁?"

"제 손으로 짓고 싶습니다, 저하."

"그럴 시간이 있으면 내명부 기록을 들여다보고 공부하는 게 좋을 텐데."

정중하지만 차가운 말투였다. 겁먹은 연씨는 슬그머니 옷감을 치웠다. 친경 행사가 중단되고 서씨가 끌려가는 걸 본 후 그녀는 걸핏하면 범의 눈치를 보게 되었다. 자기 동생과 제수씨를 서슴없이 제거하는데 아내라고 해서 건드리지 못할 이유가 어디 있겠는가. 귀찮아진 범이 나가보라고 성의 없이 손짓하자 연씨는 찍 소리도 내지 않고 뒷걸음질로 물러갔다. 그녀의 등 뒤에서 문이 닫히는 순간, 바깥에서 철판을 두들기는 듯한 쾅쾅 소리가 들려왔다. 또다시 벼락이 치고 있었다.

예성은 범의 심기를 거스르지 않으려 애쓰면서 조심스럽게 말했다.

"저하, 궁 안팎에서 좋지 않은 말들이 들려옵니다."

"그게 무슨 말이냐?"

"천신이 노하셨다고, 그래서 재앙을 내리시는 거라고요. 민심이 술렁이고 있습니다."

천주쟁이 논란으로 조금 시들해지긴 했지만 백성의 사랑을 듬뿍 받던 대군 부부였다. 유폐 소식을 달가워하는 사람보다는 천인공노할 일이라며 길길이 날뛰는 사람의 수가 훨씬 많았다. 예성이 완곡하게 말한 의미를 범도 알아들었지만 눈 하나 깜짝하지 않았다. 하늘 따위를 두려워할 거라면 진작에 두려워했겠지. 범은 무릎 위에서 손가락을 까닥거리며 뻔뻔스럽게 맞받았다.

“그래, 부부인의 천인공노할 만행에 하늘이라고 무심하시겠느냐.”

“…….”

예성은 그게 아니라고 말하지 못했다. 세자에게 대적하겠다고 마음먹었지만, 혼자서 뭔가 해보기에 그는 너무 작고 무력했다. 세자는 그런 예성의 속을 거울 보듯 훤히 들여다보았다.

“신내관.”

“예, 옛!”

“그리 놀랄 것 없다. 잡아먹지 않으니. 가서 나인 윤서린을 데려와라.”

“윤나인을요?”

범은 말없이 고개를 끄덕였다. 바닥을 짚은 예성의 손등에 까칠한 소름이 돋아났다. 굴비 두름처럼 줄줄이 엮여 투옥된 이들에 서린은 빠져 있었지만 예성은 그게 더 무서웠다. 세자는 서린을 남겨두고서 어떻게 하려는 것인지 묻고 싶지만 감히 물어볼 수는 없었다. 예성은 주춤거리며 물러갔다가 잠시 후 서린과 함께 돌아왔다.

“세자 저하를 뵙습니다.”

머리를 조아리고 엎드린 서린을 범은 거만하게 내려다보았다. 예성은 서린을 남겨두고 나오면서 복도에 궁인들의 그림자조차 보이지 않는 것에 놀랐다. 요즘 동궁전은 항상 이런 상태였다. 범은 극도로 예민해졌고 사방의 눈과 귀를 경계했다.

유일한 예외는 채옥이 연씨와의 대화를 엿듣는 걸 알면서도 내버려두었던 것인데, 그건 처음부터 범이 의도했던 바였다. 서린은 제가 은밀하게 움직인 줄 알았겠지만 까마득히 높은 옥좌에 앉아 있는 범은 개미집 속의 개미 새끼들을 보는 것처럼 속속들이 간파하고 있었다. 채옥이 곤룡포를 가져다가 서린에게 주리라는 것도, 서린이 그걸 폭로하는 데 서씨를 이용하리라는 것도 전부 내다보았다. 판을 벌일 멍석을 깔아주려고 친경 행사를 계획한 것도 범이었다.

범은 높낮이 없는 목소리로 서린에게 말했다.

"이름 하나. 하나만 더 말하면 되는 거였다."

"……."

"널 저 무리에 엮어 넣는 건 그토록 간단했다. 그리 하지 않은 이유가 뭔지 아느냐?"

"……절 이용하고 싶으신 거겠지요."

서린은 냉기 어린 어조로 대답했다. 범은 한쪽 입꼬리를 올리며 빙그레 웃었다. 이래서 네가 맘에 든다고 말하는 듯했다.

"네가 정확히 뭘 할 수 있는 건지 알고 싶어, 시험을 하나 해보았다. 그 오두막에서 말이다."

화기도감 관원을 죽이고 그 죽음을 은폐한 일을, 범은 시험이라고 불렀다. 별것도 아닌 것처럼. 그에겐 정말 그렇긴 했다. 그저 궁궐이란 거대한 장치 속에서 사소한 부속품 하나가 없어진 것일 뿐. 잠시 불편하긴 하겠지만 대체품을 찾아서 끼워 넣으면 그만이었다. 범은 오두막을 지키던 관원들에게 서린의 행동을 면밀히 주시하라 일렀고, 그들로부터 들은 얘기와 조내관으로부터 들은 얘기를 종합해 가장 합리적인 결론을 도출해냈다.

"넌 죽은 자가 지녔던 물건이나 몸을 만져보고 그들에게 무슨 일이 일어났는지 알 수 있지. 가끔은 그 능력이 산 자에게도 통하고 말이야."

"……."

"하지만 그게 절대적인 건 아냐. 불에 타버린 물건으로는 아무것도 못 하지. 그리고 네가 알아내는 것들은 구체적이거나 정확하진 않은 것 같더군. 가장 중요한 부분이 빠지기도 하고."

범은 무섭도록 정확하게 짚어냈다. 그 실체가 '기억'이라는 것까진 파악하지 못했지만, 어차피 꼭 알아야 할 부분은 아니었다. 적어도 범이 세우고 있는 계획에 따르면 그랬다.

"전부터 생각했던 거지만, 꽤 재미난 재주야. 유용하기도 하고. 그러니 냄새 나는 시체들은 그만 주물럭거려라. 날 위해서 일하란 거다."

"제가 왜 그래야 합니까?"

서린이 고개를 똑바로 쳐들며 당돌하게 묻자 범은 여유만만한 태도로 응수했다.

"내게 복종하기만 한다면, 네가 원하는 모든 것을 내가 줄 테니까."

서린은 잠시 침묵을 지켰다. 범의 제안을 고려해보고 있는 게 아니었다. 어떻게 하면 최대한의 모욕감을 주어 그를 거절할 수 있을지, 그걸 고민하느라 시간이 걸렸다.

"저하는 제가 원하는 그 무엇도 갖고 있지 못하십니다."

짧고 간결하지만 핵심을 담은 말이었다. 자신이 다 가진 줄 아는 세자에 대한 정면 도전이기도 했다. 부귀영화와 권세를 전부 거머쥐어 봐야 뭘 하겠는가. 기쁨이라는 감정조차 느끼지 못하는데. 불쌍하고 모자란 인간이다. 서린은 세자에 대한 자신의 그런 생각들을 경멸어린 눈빛 속에 담았다. 한낱 나인 따위에게 무시당한 범의 자존심이 쩍 소리를 내면서 갈라졌다.

"그 난리를 겪고도 아직 깨닫지 못했구나. 너는 절대 날 이길 수 없다는 걸."

범은 서안 위에 올려놓은 작은 금종을 턱짓으로 가리켰다. 손가락을 튕겨 그 종을 울리기만 하면 동궁전을 빙 둘러싸고 호위 중인 의금부 관원들이 즉시 출동하게 되어 있었다.

"지금 당장 금부도사에게 널 끌고 가라고 할 수도 있다. 역모 일당과 절친한 사이니 널 추문(推問)해서 하옥시키는 건 일도 아니겠지. 적당한 명목을 붙여 단근형(斷筋刑)에 처하는 건 어떨까? 손목 힘줄을 자르는 형벌 말이다. 두렵지 않으냐?"

"손을 못 쓰게 되는 건 두려운 일이지만 그보다 제 의지가 사라지는 것이 훨씬 두렵습니다."

사람이 의지를 완전히 꺾는다는 건 마음이 송두리째 죽어버리는 것이라고, 서린은 아버지에게 그렇게 배웠다. 범은 서린의 대답에 감명되기라도 한 것처럼 그녀를 지그시 쳐다보았다. 그러고는 비릿한 미소를 머금으며 종을 향해 천천히 손을 뻗었다. 종이 다섯 번 울리기 전에 금부도사와 그의 정예 관원들이 처소 문밖에 무릎을 꿇고 대열해 있었다.

"여봐라, 금부도사."

"예, 저하."

"유배죄인인 전(前) 우의정 윤승현이 궁에 머물고 있다. 이번 역모에도 가담했을 가능성이 크니, 당장 끌어다 하옥시켜라."

서린의 얼굴에서 핏기가 가셨다. 입술을 깨물며 바닥을 움켜쥐자 손마디가 하얗게 튀어나왔다. 아버지는 견뎌내지 못할 것이다. 금방이라도 무너질 것 같은 서린을 범은 즐거운 기분으로 구경했다.

"네 아비의 상태가 어떤지는 이미 알고 있다. 밤새 문초당한다면 아마 버티지 못하겠지?"

서린은 혀가 얼어버린 것처럼 아무 말도 못했다. 가슴 깊은 곳에서부터 시작한 불같은 분노가 등뼈를 타고 목까지 올라오는 게 느껴졌다. 진정한 살의가 무엇인지 깨닫게 되는 순간이었다. 지금 이 순간, 서린은 무엇보다 세자를 죽이고 싶었다. 동생의 시신을 맞닥뜨렸을 때부터 차곡차곡 응축해온 감정이 폭발 직전에 와 있었다. 하지만 서린은 죽도록 당기고 싶은 그 도화선을 끝내 당기지 못했다.

"저하가 이기셨습니다."

그 말을 뱉어내는 서린의 입술은 바싹 메말라 있었다. 두 눈에는 가느다란 핏발이 서 있었다. 서린은 이마가 바닥에 부딪히도록 깊숙이 고개 숙여 절하면서 범에게 애원했다.

"제 아비와 동료들의 목숨만 살려주십시오. 저하께서 시키시는 대로 뭐든 하겠습니다."

선택의 여지는 없었다. 그녀는 아린의 언니이기도 했지만, 그전에 윤대감의 딸이었다. 지금 가는 이 길이 정답이 아닐지도 모른다. 그걸 알면서도 서린은 아버지와 동료들의 목숨을 대가로 한 위험한 거래를 받아들였다.

"지금 이 순간부터, 제 능력은 저하의 것입니다."

97

망조

"나라에 망조가 들었구나."

늙은 상궁이 흠뻑 젖은 빨래를 걷으며 한탄했다. 오전 내내 쨍하니 맑다가 정오 무렵 기습적으로 쏟아진 폭우에 궁궐 전체가 물바다가 되었다. 대군 부부가 내쳐진 지 열흘째, 여전히 괴이한 기상 현상이 계속되고 있었다. 뜬금없이 우박이 내리기도 하고, 진눈깨비 사이에 메뚜기 떼가 섞여 떨어지기도 했다. 민가뿐만 아니라 궁 안에서도 다들 멸망의 징조라고 수군거렸다.

"그 얘기 들었어? 중전 마마께서 어제부터 곡기를 끊으셨다는군."

"대비 마마는 어떻고. 벌써 일주일째 자리에서 일어나지도 못하신다잖아."

"주상 전하도 속이 말이 아니실 거야."

궁에 드리운 짙은 어둠 속에서도 동궁전은 별일 없다는 듯 평화로웠다. 조내관에 대한 수사는 장별좌가 잡혀 들어가면서 자연스럽게 중단되었다. 범은 눈에 띄지 않게 조용히, 그러면서도 착실하게 권력을 잡아나갔다. 충격과 실의에 빠진 부왕의 자리를 메우며 대리청정을 시작한 것이다. 서씨에 대한 조사를 확실하게 해달라거나 대군을 풀어달라는 등 갖은 상소가 수백 건씩 쌓여 용상 근처에 발도 디디지 못할 정도였지만 범이 감당 못 할 수준은 아니었다.

"저하의 업무 능력은 정말 탁월하시군. 가끔 보면 사람이 아닌 것 같아."

그런 말이 돌 정도로, 범은 이른 새벽부터 정전에 나가 신속하고 공명정대하게 상소문들을 처리했다. 범이 생각하는 '공명정대'는 잡음이 나지 않게 적당히 무마한다는 뜻이었다. 그리고 오후에는 궁인들을 모두 물린 후 서린을 불러다놓고 둘만의 은밀한 시간을 가졌다.

"이건 영의정의 자필 상소문이다. 그 왼편에 있는 건 우의정이 빈궁의 순산을 빌며 바친 송이버섯이고. 오른편에 있는 건 좌의정이 깔고 앉았던 방석이다. 하나씩 만져보아라."

범은 신하들이 만진 물건이나 진상품을 서린에게 내놓고 거기에 깃든 사념을 읽으라고 강요했다. 이렇게 번거로운 일을 하는 이유는 오직 하나, 그들의 진짜 충성심이 향하는 곳을 파악하기 위해서였다. 첫날은 동궁전 궁인들이었고, 둘째 날은 범을 호위하는 의금부 관원들이었다. 범은 그 범위를 점점 확대해서 결국 궁 안에 있는 모두의 머릿속을 들여다볼 작정이었다. 쉬지도 못하고 혹사당한 서린은 눈이 퀭해졌지만, 세자 앞에서는 지친 내색도 못 했다. 그녀는 얕은 한숨을 내쉬며 송이버섯 바구니에 왼손을 얹었다.

'대감, 이건 아니지요. 우리 가문은 대대로 적통을 중시해왔습니다. 대감께서 직접 중전마마께 약조하지 않으셨습니까. 그런데 이제 와서 세자 저하께 송이버섯을 보낸다고요?'

곱고 품위 있게 늙은 부인이 점잖게 항의하는 모습이 보였다. 송이버섯을 바쳤다는 우의정의 안사람이겠지. 무슨 약조를 했다는 것일까. 좌의정은 친중전파 핵심 인물이었으니 대군을 지지하겠다는 약조를 했던 것이리라. 정치에 대해 잘 모르는 서린도 짐작하기 어렵지 않았다.

'그럼 어쩌겠소. 대군 마마는 꼼짝없이 냉궁에 갇힌 신세이신데. 중전 마마도 넋이 나가셨고.'

우의정은 근심 어린 얼굴로 송이버섯 바구니를 끌어당겼다. 평생 책장만 넘기며 살아온 부드러운 손이 바구니 바닥에 반짝이는 은덩어리들을 채워 넣는 모습이 보였다. 그 위에 송이버섯을 차곡차곡 채워 넣는 우의정의 눈에는 체념하는 기색이 어려 있었다. 하지만 절망은 아니었다.

'지금으로서는 일단 세자를 지지하는 척하면서 후일을 도모하는 게 살아남을 길이오.'

바구니 위에 천을 덮는 손의 모습과 함께 기억이 끊겼다. 생과 사를 오가는 절실한 감정이 없는 이런 종류의 기억은 보통 길게 지속되지 않았다. 머리가 핑 도는 느낌과 함께 서린이 두 눈을 뜨자, 범이 호기심 가득한 눈으로 그녀를 쳐다보고 있었다.

"무엇을 보았느냐? 우의정이 날 두고 뭐라 말하지?"

"……우의정은 시류를 따르는 사람입니다. 자신의 지위를 유지할 수만 있다면, 얼마든지 대군 마마를 버리고 저하께 갈 것입니다."

서린은 적당히 얼버무려 말했다. 범은 왼손으로 턱을 괸 채 비스듬한 각도로 그녀를 주시했다. 방금 들은 말이 진실인지 아닌지 가늠해보려는 것처럼. 범은 의심스러운 듯 눈썹 끄트머리를 슬그머니 추켜올렸다.

"정말이냐?"

"예, 그렇습니다. 우의정의 충심을 확인하고 싶으시면, 바구니 안을 들여다보시지요."

서린은 손의 미세한 떨림이 들키지 않길 바라면서 아까 받았던 바구니를 다시 범의 앞으로 밀어놓았다. 흠 소리를 내면서 몸을 일으킨 범은 바구니 안, 송이버섯 아래쪽으로 손을 집어넣었다. 손가락 사이에 걸려 올라오는 묵직한 은덩어리들을 본 범은 풋 하고 웃음을 터뜨렸다. 범이 소리 내어 웃기 시작한 건 대군이 설화당에 유폐된 날부터였다. 그전에는 항상 그림으로 그린 듯 완벽한 미소만 지을 뿐이었는데. 지금의 범은 명실공히 악한으로 보였다. 오직 약자 앞에서만 그 실체를 드러내는 비열한 악당. 지극히 비인간적이고 잔인무도했다.

"제 말이 맞다는 걸 아셨으니, 우의정은 그냥 넘어가시지요."

지금까지 서린은 범을 못미더워하고 의심하고, 심지어 깔보거나 싫어하는 여러 사람의 기억을 읽어왔다. 그리고 부디 그들이 능숙한 연기로 궁 안에서 살아남기를 빌면서 거짓을 꾸며 말했다. 앞으로 끝도 없이 생겨날 세자의 희생자를 이런 식으로 단 한 명이라도 줄일 수 있길 바랐다. 그러나 범은 지금까지 단 한 번도 그녀의 희망대로 행동한 적이 없었다.

"윤나인, 항상 좋은 얘기만 하는구나."

짙고 검은 두 눈이 날카로운 빛을 머금었다. 서린이 늘어놓는 비슷비슷한 얘기들이 점점 범의 심기를 거스르기 시작했다. 범은 바보가 아니었다. 이 궁에서 가장 명석한 사람이라고 자부하고 있었다. 적통인 대군을 그 아내의 죄상에 엮어 유폐시킨 것도, 피폐해진 민심을 달래는 대신 옥좌에 앉아 부왕의 모든 권한을 행사하기 시작한 것도 못마땅해하는 이가 많다는 걸 잘 알았다. 그 불만 세력을 신속 정확하게 솎아내 자신의 입지를 단단하게 다지는 게 범의 목표였다. 만사가 잘 풀려 태평성대를 누리실 거라는 사탕발림을 듣고 싶다면 굳이 서린을 여기 앉혀놓을 필요가 없었다. 그런 말만 해대는 앵무새들은 조정에 수두룩하게 있었으니까.

"윤나인, 내게 거짓을 고했다가 들키면 네 아비와 떨거지들이 어떻게 되는지 알고 있느냐?"

뜨거운 기름이 튄 것처럼 서린은 어깨를 움찔했다. 범은 송이버섯 바구니를 서안 위에 엎어놓았다. 알싸한 숲 향기를 풍기는 연갈색 버섯이 그의 하얀 손가락 사이에서 뚝뚝 끊어졌다.

"채옥이라고 했나? 너와 붙어 다니던 그 나인은 오늘 실신했다고 들었다."

"……."

"의자에 묶어놓고 찬물을 좀 끼얹었더니 그리되었다더군. 너무 나약한 게 아닌가 싶어. 너처럼 빙고에 한번 다녀오면 좀 나아질까 싶은데."

명백한 협박이었다. 곧 다가올 추운 겨울, 사슬에 꽁꽁 묶여 빙고로 끌려가는 채옥을 상상하며 서린은 몸서리쳤다. 채옥이 궂은일에 익숙하다지만 그래봤자 부엌일이었다. 앙칼진 척하지만 속은 여린 채옥은, 은조처럼 적응하는 요령도 모르는 채옥은 빙고에서 크게 다치거나 죽고 말 것이다. 서린은 부르르 몸서리치면서 양손을 잃고 울면서 자신을 부르는 친구의 모습을 떨쳐내려고 했다. 바들바들 떨리는 왼손이 잡히는 대로 아무 물건이나 집어 들었다.

"그래, 그래야지."

범의 태도는 흡사 재롱떠는 강아지를 칭찬하는 주인 같았다. 서린이 집어 든 건 미역 궤짝이었다. 바다를 끼고 있는 어느 고장을 다스리는 지방직 관료가 세손의 잉태를 축하하기 위해 보낸 선물이었다. 윤기가 좔좔 흐르는 최상급 미역이었지만, 범은 탐탁찮게 여겼다. 그 관료가 현 양천현령, 그러니까 부부인 서씨의 친정아버지와 먼 친척지간이었기 때문이다. 범은 그의 충심을 확신할 수 없었고, 여차하면 적당한 빌미를 붙여 좌천시키거나 제거할 작정이었다. 서린은 자신의 왼손에 지워진 생명의 무게를 절감하면서 천천히 궤짝을 어루만졌다.

'윽!'

소금기 머금은 신선한 바다 향기 대신, 시큼하고 지독한 냄새가 코를 찔러왔다. 서린은 잠시 시간이 흐른 뒤에야 그게 현실이 아닌 기억 속에서 풍겨오는 냄새란 걸 깨달았다.

'나흘 묵은 돼지 오줌일세. 냄새는 물론이고 독성까지 있지.'

누군가 신나게 떠들고 있었다. 목소리를 들으니 어느 정도 나이가 있는 인물이었다. 어슴푸레하던 시야가 밝아지면서 그릇에 담긴 노란 액체를 미역 줄기 위에 콸콸 붓고 있는 중년 남자가 보였다. 수수하면서도 야무진 눈매가 서씨를 연상시키는 구석이 있었다.

'여기 푹 담갔던 미역을 진상할 걸세. 오줌으로 끓인 미역국 어디 한번 맛보라지!'

호쾌하게 디뜨리는 웃음에서는 적개심과 증오가 고스란히 묻어났다. 그런 남자의 뒤에 수북이 쌓여 있는 흙산을 발견한 것을 마지막으로 기억 읽기가 끝났다. 짙은 갈색을 띤 그 흙산은 무엇이었을까.

오줌에 절이는 것만으로는 부족한 모양이었다. 살며시 눈꺼풀을 들어올리던 서린은 눈앞까지 바짝 다가와 있는 수려한 얼굴에 흠칫 놀랐다. 범은 이제 이 과정을 완전히 즐기게 되었다. 마치 전지전능한 신령이 된 것처럼, 사람들의 속내까지 들여다보는 걸.

"어떻지?"

"이 사람은……."

재빨리 머리를 굴리느라 서린의 말끝이 조금 흐려졌다. 고작 그것만으로도 범은 다 알아차렸다. 더 들을 필요도 없었다. 범은 미역 궤짝을 발로 슥 밀어 저만치 방구석에 처박아버렸다.

"됐다. 네 표정만 봐도 알겠구나. 이놈은 조만간 귀양 보내야겠다. 처자식은 종으로 삼고."

한 집안을 풍비박산 내는 일을, 범은 귓가에서 앵앵대는 모기를 잡아 죽이는 것마냥 간단하게 말했다. 선량한 사람을 모함하면 안 된다는 인식조차 없는 것 같았다. 그뿐만이 아니었다. 타인의 감정과 상황을 파악하고 자신의 감정을 거기에 맞추는 일을 범은 전혀 하지 못했고, 그렇게 하려는 의지도 없었다. 몰살을 이야기하며 해맑게 웃는 범이 서린의 눈에는 머리가 넷 달리고 삐죽삐죽 뿔이 솟아난 괴물의 형상으로 비쳤다.

"저하는 항상 그런 식이셨습니까?"

"뭐?"

"저하께 반발하는 신료들…… 제 아버지도 그렇게 모함해서 내쫓으셨습니까?"

서린이 정곡을 찔렀지만 범은 놀라는 대신 재미있다는 듯 웃었다. 굼벵이도 열심히 기고 또 기면 언젠가 목적지에 도달할 수 있다는 걸 확인하게 되니 제법 즐거웠다.

"어떨 것 같으냐?"

"……."

"머리가 딸리는 네 아비의 잘못이지. 누가 그렇게 흔해빠진 별호를 지으라고 하였더냐."

범은 어깨를 으쓱하며 비웃음을 내뱉었다. 잘못. 서린의 아버지가 무슨 잘못을 했던가. 평생 제 입신을 생각지 않고, 뒷돈을 챙기지 않고, 남들보다 더 깐깐하게, 꼬장꼬장하게 일했던 게 유일한 잘못이라면 잘못이었다. 으슥한 폐궁에서 제 어미의 한을 양분처럼 갉아먹으며 자라난 악귀를 알아보지 못한 게 잘못이었다. 그로 인해 서린의 가족은 하루아침에 나락으로 떨어졌다. 꽃 같던 어린 동생은 피어보지도 못하고 홀로 어머니의 뒤를 따라갔다.

"욱!"

위장에서부터 신물이 확 올라와서 서린은 반사적으로 입을 틀어막았다. 세자에게 물러가도 좋다는 허락도 받지 못하고, 무작정 방안을 뛰쳐나왔다. 범은 그녀를 제지하지 않았다.

"우웩! 우웨에엑!"

서린은 뒷간까지 가지도 못했다. 동궁전 뒤뜰의 낮은 담장을 잡고 선 채 들끓는 속을 비워냈다. 대의를 위해서라지만, 이 모든 게 미치지 않고 견뎌내기엔 너무 벅찼다. 식구처럼 의지하던 친구들의 부재가 그걸 더욱 힘들게 만들었다. 그만두고 싶었다. 포기하고 싶었다. 달아나고 싶었다. 어쩌면 왼손의 봉인을 풀지 않는 게 나았을지도. 세자의 실체를 모른 채 평범한 동궁전 나인으로 그럭저럭 만족하며 사는 게 나았을지도. 눈물 콧물에 뒤범벅된 얼굴을 소맷부리로 문지르며 서린이 그렇게 생각할 때, 누군가 뒤에서 그녀의 등을 톡톡 건드렸다.

서린은 고개를 홱 돌렸다. 서린보다 키가 작은 예성이 까치발로 선 채 그녀의 등을 열심히 두드려주고 있었다. 둘의 시선이 허공에서 마주쳤다. 예성은 소리 내어 말하지는 못하고, 그저 눈빛으로, 다정한 손길로 서린을 위로했다.

'힘들지?'

'이렇게 힘들 줄 몰랐어. 끝까지 할 수 있을지 모르겠어.'

'죽어라 버텨. 다들 그러고 있으니까.'

이번만큼은 왼손을 대보지 않아도 알 수 있었다. 예성의 마음과 의지를. 겁먹은 듯 동그래진 두 눈은 얼핏 보기엔 체념한 것 같았지만, 그렇다고 절망에 빠져 있진 않았다. 서린은 가만히 고개를 끄덕이며 예성이 내미는 수건을 받아들었다. 그리고 신중한 손길로 꼼꼼히 입가를 닦았다. 이제 다시 세자 곁으로 돌아가야 할 때였다.

98

버림받은 아들

"자리를 비워 죄송합니다, 저하."

방으로 들어오는 서린의 얼굴은 퉁퉁 부어 있었고, 충혈된 눈 아래 입가는 살짝 젖어 있었다. 상태가 안 좋은 게 분명했지만 범은 무슨 일이냐고 묻지도 않았다. 상냥한 척, 자애로운 척 연기하는 걸 그만두니 그렇게 편할 수가 없었다. 정식으로 왕위에 오르면 이 짓거리를 완전히 때려치워야겠다고, 범은 마음먹었다.

"자."

범은 길게 접은 종잇조각을 서린의 앞에 놓았다. 정신 나가지 않고서 그걸 진상품이랍시고 올리는 이는 없을 터였다. 서린이 오른손으로 조심스럽게 종이를 열어보자, 얇고 올이 고운 머리카락이 한 움큼 들어 있었다.

"어젯밤 주상 전하께서 설화당에 다녀가셨다. 서씨가 참회의 의미로 머리채를 살랐는데, 대군이 그걸 전하께 드렸다더군."

"전하께서 그걸 다시 저하께 주신 겁니까?"

"그럴 리 있나. 내가 조용히 손을 썼지."

범은 정전에 소속된 궁인들을 하나하나 포섭해나가고 있었다. 그전에는 감히 시도할 수 없었던 일이었다. 하지만 대군이 갇히고 세자의 대리청정이 공식화된 시점부터 궁의 민심도 빠르게 변하기 시작했다. 치열한 권력 다툼 속에서 수십 년을 살아온 궁녀들과 내관들이었다. 권력을 쥔 자가 누군지 간파하고 그에게 충성하는 건 누구보다 약삭빠르게 잘했다. 그들 중 한 명이 왕이 곤히 잠들어 있는 방에 들어가, 서안 위에 놓아둔 머리카락을 다른 머리카락으로 바꿔치기하는 건 일도 아니었다.

"이 물건을 전해준 사람에 따르면 전하께서 설화당에 다녀오신 후 이걸 쥐고 한 시진도 넘게 우셨다 했다."

"설화당에는 저하의 첩자가 없는 모양이군요."

"거긴 의금부가 아니라 전하께서 손수 꾸리신 금위군이 지키고 있다. 전하께서 들르신 동안은 아무도 드나들지 못하게 철저히 단속하지."

이토록 중요한 정보를 술술 알려주는 이유는 뭘까. 함정일까. 서린은 잠시 생각해보다가 아닐 거라고 결론 내렸다. 범은 그저 그녀를 무시하는 것뿐이었다. 잘 벼려진 칼을 손에 쥐여주더라도 인질로 잡혀 있는 아버지 때문에 휘둘러보지도 못할 거라고.

"난 설화당에서 전하와 대군 사이에 무슨 말이 오갔는지 알고 싶다. 할 수 있겠느냐?"

왕이 어전회의에 아예 나오지 않는 지금, 범은 사실상 왕권을 행사하고 있지만 이게 오래갈 수 없다는 걸 알고 있었다. 대리청정 기간이 길어질수록 신하들, 특히 왕을 두고 세자가 용상에 앉으면 하늘이 무너지는 줄 아는 꼬장꼬장한 노신(老臣)들의 불만이 커질 터였다. 그래서 범은 왕이 자신에게 양위해주길 은근히 기대하고 있었다. 양위가 거론되면 중전과 대비, 신하들은 물론이고 전국 팔도의 선비들도 우르르 일어나 아우성칠 게 뻔하니, 그게 성사되려면 부왕의 강력한 의지가 필요했다. 그래서 범은 알아야만 했다. 두 아들에 대한 부왕의 진심이 무엇인지. 그러나 서린은 머리카락을 바라보기만 할 뿐 쉽게 손대지 못하고 머뭇거렸다.

"이래도 되는지 모르겠습니다. 다른 분도 아니고 주상 전하를 염탐하다니……."

"여태껏 잘만 해놓고 뭘 그러느냐."

범은 별 시답잖은 소리를 다 듣겠다는 듯 피식 웃었다. 그래도 여전히 서린이 머리카락을 집어 들지 않자, 범의 입가에 나타났던 웃음기가 일순간 흔적도 없이 사라졌다.

"네 아비에게는 매일 두 그릇의 미음과 탕약을 주고 있다. 그걸 끊어버리면 어떻게 될지 궁금하지 않으냐?"

윤대감은 적어도 이번 역모 사건에서는 죄인이 아니었지만, 사실상 죄인이나 다름없는 취급을 받고 있었다. 한때 역모에 가담했던 자이고 그런 그가 궁에 머물고 있을 때 또 다른 음모가 꾸며졌다는 막연한 연관성만으로도 그의 처소에 의금부 관원들을 배치해놓기엔 충분했다. 윤대감이 연루되었던 건 대군 시해 시도였고, 이번은 세자와 세자빈을 저주한 것이어서 이해관계가 상반된다는 점은 누구도 지적하고 나서지 않았다.

서린은 벌써 열흘째 아버지 얼굴을 보지 못했고, 이따금 들려오는 소식을 통해 아직 숨이 붙어 있으려니 짐작할 따름이었다. 아버지와 무휘, 채옥, 도야, 장별좌를 모두 제 손아귀에 넣음으로써 범은 서린의 목줄을 꽉 틀어잡았다. 그녀로서는 그의 부탁이 무엇이든 거부할 방도가 없었다.

"한번 해보겠습니다."

서린은 왼쪽 손바닥을 펼쳐놓고 그 위에 머리카락을 흩어놓았다. 그리고 가만히 두 눈을 감았다.

시야에 짙은 어둠이 내리고 주변을 채웠던 소음들이 일제히 사라지면서 적막이 찾아왔다. 제일 먼저 돌아온 건 빛이었다. 새어 들어오는 바람 속에서 위태롭게 가물거리는 등잔불이 발하는 미약한 빛이었다. 그다음으로 돌아온 건 감촉이었다. 물에 흠뻑 젖은 것처럼 축축해진 손이 느껴졌다. 아래를 내려다보자 이 계절에는 지나치게 얇은 흰 적삼 소매가 손목을 덮고 있는 게 보였다. 여자라고 보기에는 손등과 손목의 뼈대가 굵고 컸다. 범이 바랐던 대로, 이 기억은 대군의 것이었다. 마지막으로 돌아온 건 청각이었다. 목구멍에 걸린 덩어리를 토해내는 듯 통렬한 울음소리. 이 나라 조선의 왕이 아들의 손을 붙잡고 오열하고 있었다.

'헌아, 내 사랑하는 아들아. 과인이 이렇게 부탁하마. 이 아비 말을 좀 들어다오.'

왕은 고통에 일그러진 얼굴을 헌의 목덜미에 파묻었다. 용상에 앉아 있을 때는 그토록 거대하고 까마득히 높아 보였는데, 헌의 시점에서 본 왕의 어깨는 그냥 평범한 사람의 그것이었다. 왕도 소리 내어 울 줄 아는구나. 서린은 너무도 당연한 그 사실이 새삼스럽게 실감났다. 잔주름이 자글자글 잡힌 눈가에 물기를 가득 머금은 왕은 정말로 서글퍼 보였다.

'어떻게 되찾은 너인데, 이리 허망하게 다시 잃을 순 없구나. 네 어머니는 식음을 전폐하고 초주검이 되어가고 있고, 할머님도 마찬가지다. 헌아, 우리를 좀 살려다오.'

군주로서는 그럭저럭 선정을 베풀어왔다는 평을 듣지만, 한 인간으로서는 그만큼 좋은 평을 듣지 못하는 왕이었다. 물에 물 탄 듯, 술에 술 탄 듯. 쓸데없는 고집은 부리지 않았고 자기만의 신념도 없었다. 지금까지 왕으로 있으면서 별 오점을 남기지 않았던 것도, 골치 아프고 복잡해지는 것을 싫어해 적당히 남들 말에 따랐기 때문이다. 효심이 대단한 것도 아니고, 자식에게 극진한 것도 아니었으며, 여색을 밝히고, 신하들에게도 뜨뜻미지근했다.

그러나 그런 왕에게도 정말 소중한 사람이 있었다. 바로 헌이었다. 아름다움과 현숙함을 겸비한 중전에게서 태어난, 자신을 그대로 빼닮은 아들. 엄청나게 총명하진 않지만, 그 해맑고 사랑스러운 미소를 보면 근심이 스르르 녹아 사라지곤 했다. 헌이 죽는 것만 못한 신세가 되고서 중궁전에 서서히 발길을 끊은 건, 비통한 현실로부터 달아나려는 그만의 대처 방식이었다.

기적적으로 되살아난 아들을 다시 잃을 위기에 처한 지금, 그의 가슴속에서는 그 어느 때보다 강한 애정이 솟아나고 있었다. 대비, 중전, 왕. 이 셋을 묶어주고 가족으로 만들어주는 구심점이 헌이었다. 기대보다 훨씬 훌륭하게 장성한 아들을, 이제 와 포기할 수는 없었다.

'죄송합니다, 아바마마.'

피죽도 못 얻어먹은 듯 가냘파진 헌의 목소리가 들려왔다. 보통 서린이 읽는 기억은 이렇게까지 생생하고 구체적이지 않았다. 아마도 대군이 이 머리카락을 손에 든 채 왕과 이야기했고, 그 후 어전으로 돌아온 왕이 다시 머리카락을 움켜쥐며 그 기억을 되살리고, 또 되살렸기에 이토록 깊은 사념이 새겨진 것일 터. 서린은 마치 연극을 보는 기분으로 그 정경을 지켜보았다. 언제나 쾌활하고 낙천적이던 헌도 냉궁에서는 힘없이 시들어가고 있었다. 왕은 답답한 듯 주먹으로 제 가슴을 쳤다.

'죄송하다 하지 말고, 네가 살아날 길을 찾거라. 부부인을 버려. 그러면 넌 원래 자리로 돌아갈 수 있다.'

'아바마마!'

헌이 정색하면서 몸을 떼어냈는지, 왕의 얼굴로부터 시야가 확 멀어졌다. 하지만 왕은 헌이 뿌리친 손을 더욱 세게 붙잡으며 다가왔다.

'그리 간악한 여자인 줄 몰랐다 하고, 네가 먼저 내치겠다 하거라. 서학 어쩌고저쩌고했던 것도 전부 그 여자의 영향이었다고 해. 사실 넌 서학에 아무 관심도 없고 알지도 못한다고.'

'모두에게 거짓말을 하라고요?'

헌은 왕족 특유의 격식 있는 말투를 버리고 한순간 예전의 말투로 돌아왔다. 지금의 그는 대군이 아니었다. 그저 사랑하는 여인과 존경하는 아버지 사이에서 선택을 강요당하는 가여운 청년일 뿐이었다. 왕은 헌의 어깨를 조용히 다독이면서 달랬다.

'그렇게 어려운 게 아니다. 세상에 널린 게 여자야. 잊어버리고 그냥 네 갈 길 가면 된다.'

말투는 부드러웠지만, 그 내용은 한없이 냉혹했다. 지금껏 수많은 여자를 울리고, 버리고, 심지어 죽음으로 몰고 갔던 사람다웠다. 헌의 심장이 아까보다 훨씬 거칠게 뛰기 시작했다. 그런 헌을 두고 왕은 아예 노골적인 계획을 세우기 시작했다.

'최종 간택에 남았던 좌의정 김동윤의 딸을 기억하느냐? 그 처자에게 동생이 있다 들었다. 앞으로 일이 년만 있으면 혼인할 만한 나이가 될 테니, 조금만 기다렸다 아내로 맞이하거라.'

'아버지!'

서린은 헌의 가슴속에서 온갖 감정이 격류처럼 휘몰아치는 걸 느꼈다. 그럴 만도 했다. 오랜 잠에서 깨어났을 때, 헌의 기억 속에 남아 있는 아버지는 열한 살 때 봤던 아버지였다. 손가락 하나만으로 하늘을 지탱할 수도 있을 것 같은 전지전능하고 완전무결한 존재. 그러나 스물한 살의 헌에게 보이는 아버지는 달랐다. 낯부끄러운 줄도 모르고 며느리가 될 뻔했던 여인을 첩으로 들이고, 부부의 연을 헌신짝 버리듯 쉽게 버리는 지조 없는 사람이었다. 헌의 속내를 모르는 왕은 그가 대놓고 반박하지 않는 걸 좋은 징조로 받아들이고 더 열성적으로 말했다.

'사람들은 금방 잊어버릴 거다. 첫 번째 대군비에 대해서도, 네가 유폐되었던 것에 대해서도. 넌 홀가분하게 털어버리고 새 아내와 새롭게 시작하면 된다.'

지금의 아내가 바로 옆방에 있는데. 머리카락이 잘려나간 곳을 움켜쥐고 시아버지가 따뜻한 목소리로 불러주기만을 학수고대하고 있는데. 헌은 이런 말을 가만히 앉아 듣고 있어야 하는 상황이 믿기지 않을 지경이었다. 왕은 목소리를 슬쩍 낮추더니 한 술 더 뜨고 나섰다.

'빈궁이 이번에 낳을 아기가 아들이라는 보장은 없어. 네가 먼저 아들을 낳으면, 탄탄한 후계자가 생기면, 그때라도 다시 보위를 노려

볼 수 있다.'

'지금 그 얘기가 왜 나와요!'

'옥새를 물려받을 이는 너뿐이다. 범은 진짜 내 아들이라고 생각해 본 적 없어. 그 애는 어딘가 섬뜩한 구석이 있어. 정이 안 간단 말이다.'

진저리치면서 말하는 왕을 보고 서린은 깨달았다. 그는 모두가 생각하는 것처럼 둔하지 않았다. 게으르고 천하 태평한 면모가 전부는 아니었다. 그도 몇십 년 전 피 튀는 암투 끝에 자신의 두 형제를 제거하고 보위에 올랐고, 그 후에도 무수히 많은 음모와 암살 시도를 극복하며 살아남았다. 적을 가려내고 생존하는 데 특화한 왕족만의 그 육감이 세자를 멀리해야 한다고, 그의 무의식에 경고해주고 있는 것이었다. 그럴듯한 후계자가 필요하기에 범을 받아들였고, 자랑스러운 후계자가 되어주었기에 총애했지만, 끝내 진심으로 사랑할 수는 없었다.

'그만, 그만하십시오!'

헌은 더 듣고 싶지 않은 듯 양손으로 두 귀를 막아버렸다. 왕의 입술이 부지런히 움직이는 게 보였지만, 뭐라고 하는지 알아들을 수는 없었다. 뚝뚝 끊어지고 뭉개지는 자음과 모음 속에서 설화당 풍경도 바람처럼 흩어지기 시작했다. 기억이 사라지고 있었다.

잠시 후, 현실로 돌아온 서린은 범에게 방금 본 것을 그대로 전했다. 그 이야기를 들은 범은 몰라보게 표정이 굳어졌다. 금방이라도 사람을 죽일 것처럼 살얼음 낀 얼굴이었다.

"방금 그 얘기, 네가 꾸며낸 것이냐?"

"아닙니다, 저하."

범을 비참하게 만들 수만 있다면, 서린은 얼마든지 거짓말쟁이가 될 용의가 있었다. 그러나 헌의 기억은 꾸며낼 필요조차 없었다. 누구도 범을 원치 않는다는 것. 그가 누구에게도 사랑받지 못할 저주받은 존재라는 것이 너무도 명백히 드러났으니까. 서린은 침착하게 덧붙였다.

"대군 마마의 목깃 아래 왼쪽 뒷덜미에 물사마귀 자국이 있습니다."

"……."

"주상 전하께서 대군 마마를 껴안으실 때, 목깃이 젖혀지면서 그게 보였습니다. 제가 방금 그 얘기를 전부 꾸며낸 거라면, 이런 것까지 다 알 수는 없겠지요."

옷을 벗어야만 볼 수 있는 부위에 있는 대군의 물사마귀 자국. 그걸 떠올린 순간, 범은 벼락같은 깨달음을 얻었다. 이 궁에서 자신의 위치를 영원히 안정시킬 방법은 단 하나, 유일무이한 권력자가 되는 것뿐이었다.

'왕을 죽여야겠다.'

서린은 범의 눈빛이 변해가는 걸, 그가 패륜아가 되어가는 걸 잠자코 지켜보고 있었다. 범이 또 다른 살인을 결심한 순간, 서린도 알아차렸다. 그건 정확히 그녀가 노렸던 바였다.

99
액막이 기도

"전하, 상을 그만 물리라 할까요?"

손대지 않은 수라상을 보며 숙원 강씨가 조심스레 물었다. 왕은 듣는 듯 마는 듯 성의 없이 고개를 끄덕였다. 강씨가 바깥을 향해 손짓하자 나인들이 들어와 수라상을 내갔다. 그동안에도 왕은 넋 나간 사람처럼 멍하니 앉아 있기만 했다. 찬바람이 목덜미를 파고드는 늦가을, 온기 한 점 없는 냉궁에서 나날이 여위어가는 대군을 직접 보고 온 후부터, 왕은 가시방석에 앉은 기분이었다. 물도 시원하게 넘기지 못하는 왕을 강씨가 측은한 눈길로 바라보았다.

"가엾은 우리 전하. 얼마나 괴로우실까."

강씨가 왕의 목에 두 팔을 감아 제 쪽으로 끌어당기자 그는 아무 저항 없이 그녀의 품에 머리를 묻었다. 꽃 덤불을 통째로 옮겨놓은 것 같은 진한 향기가 후각을 마비시킬 듯 강한 자극을 선사했다. 왕은 그 매혹적인 향취에 취해 잠시나마 고통을 잊었다. 강씨는 왕의 뒤통수를 지그시 눌러 자신의 가슴에 그의 뺨이 눌리도록 하면서 은근한 목소리로 속삭였다.

"아무래도 궁에 액운이 깃든 게 틀림없습니다. 그게 아니고서야, 나쁜 일이 이렇게 줄줄이 이어지는 걸 설명할 수가 없지요."

"그런가."

왕은 심드렁하게 중얼거렸지만 강씨의 말투는 왠지 모르게 열의를 띠기 시작했다.

"전하, 소첩이 영험한 스님 한 분을 알고 있습니다. 불가에선 정평이 난 큰 사찰의 주지승이지요. 어떨까요? 전하께서도 그곳에 가셔서 액막이 기도를 드리시면?"

"액막이 기도라고?"

유교 경전을 달달 외우며 자란 선비들이 대개 그렇듯, 왕도 불심이 없었다. 불가에서 하는 이야기는 다 양반들의 돈을 뜯어먹으려는 것이라 여겼다. 하지만 강씨는 포기하지 않았다.

"말만 그럴듯하게 하는 가짜가 아닙니다. 정말 귀신같이 용해요. 실은 제가 궁에 한번 불러 얘기를 들어봤는데, 깜짝 놀랄 만한 이야기를 했습니다."

"무슨 얘길 했기에 그러느냐?"

강씨의 극적인 태도는 무관심하던 왕조차 솔깃하게 만들기에 충분했다. 강씨는 뭔가 대단한 비밀이라도 말하는 것처럼 왕의 귓가에 제 입술을 가져다 댄 채 은밀하게 속삭였다.

"대군 마마가 크게 다치셨던 것, 덕망 없는 여자와 결혼하신 것, 그리고 이번 역모 논란에 휘말리신 것도 그 근원은 전부 같다고 했습니다. 바로 중전 마마의 원한이지요."

"중전이? 자기 아들에게 해를 끼친다고?"

"아니요, 그 중전 마마 말고요. 돌아가신 중전 마마 말입니다."

강씨는 왕의 첫 번째 부인, 작고한 중전 김씨에 대해 말하고 있었다. 왕보다 한 살 많은 나이로 가례를 치렀던 김씨는 두 차례의 유산을 겪었고, 그 일이 반복될까 두려웠던 왕은 점차 합방을 꺼리게 되었다. 그리고 훨씬 어리고 아리따운 그녀의 몸종에게 눈독을 들였다. 훗날 범의 생모가 된 희빈 박씨였다. 지금의 강씨보다 더 화려한 미모와 앙칼진 매력을 가진 박씨에게 왕은 정신없이 빠져들었고, 조강지처는 저 멀리 밀려났다. 허약하던 김씨가 유산을 겪으면서 지병이 악화해 시름시름 앓다 세상을 떠났다. 그게 공식적인 기록이지만 궁인들 사이에선 남편의 외도를 견디다 못한 김씨가 화병으로 죽었다는 게 공공연한 사실이었다. 첫 사별 후 새 중전을 찾는 데 바빠 한번도 전처를 생각해본 적 없던 왕의 얼굴이 스치듯 굳어졌다.

"……그러고 보니, 그 후로 궁에 바람 잘 날이 없었군."

총애하던 희빈 박씨는 성질 괴팍한 신경병 환자로 변해 어리석기 짝이 없는 음모를 꾸미다 죽었다. 그토록 고대하던 적통 계승자가 홍씨에게서 태어났지만 죽음의 고비를 몇 번이나 넘긴 끝에 결국 죄인만도 못한 신세가 되었다. 사실 그 정도 역경은 어느 왕조에서나 일어나는 것이고 흉한 일 못지않게 길한 일도 많았지만, '저주'라는 단어에 꽂힌 왕의 생각은 거기까지 미치지 못했다. 귀신에 홀린 듯한 표정이 된 왕을 강씨는 열성적으로 부추겼다.

"전하께서 지금의 중전 마마와 초야를 치르실 때, 마마의 비녀가 부러졌지요? 바로 그게 증거입니다. 돌아가신 마마의 원한이 깊게 사무쳐 이 왕조를 뒤흔들고 있는 것입니다."

"아니, 그걸 네가 어떻게!"

왕은 그야말로 혼비백산했다. 홍씨의 머리를 풀어줄 때 멀쩡했던 비녀가 부러진 건 세상에서 단 두 사람만 아는 일이었다. 엄격한 유교 사회에서 가뜩이나 환영받지 못한 재혼(再婚)에, 불길한 징조라며 쿵덕쿵덕 입방아 찧을 빌미를 남겨두고 싶지 않았기 때문이었다. 홍씨는 침방상궁에게도 비밀로 하겠다며 시집올 때 가져온 자개함에 토막 난 비녀를 넣어두었다.

'그러고 보니 중전이 그 함을 이 아이에게 선물로 보냈지.'

중전은 내명부의 주인으로서 새로 들어오는 후궁에게 의례적인 선물을 보내야 했다. 강씨가 첩지를 받았을 때 홍씨가 자개함을 보낸 것이 떠올랐지만, 그래도 왕의 의문은 풀리지 않았다. 강씨가 비녀 토막을 찾아냈다고 해서 그에 얽힌 사연까지 알아내진 못할 테니까. 뭔가 초월적인 힘이 개입한 게 틀림없다. 어쩌면 그 스님이라는 작자가 영 사기꾼은 아닌지도 모르겠다. 왕은 턱 끝을 슬슬 문지르며 그렇게 생각했다.

"정말, 액막이 기도를 해줄 수 있다고 하던가? 나와 대군, 그리고 중전을 위해서?"

"물론입니다. 승려도 다 전하를 섬기는, 이 조선의 백성이 아닙니까."

강씨는 은근한 아첨을 덧붙여 왕을 우쭐하게 만드는 것도 잊지 않았다. 왕은 이제 거의 넘어갔다. 강씨의 소개라면, 기도 비용으로 거액을 뜯기는 일도 없을 테니 손해 볼 건 없었다.

"낯선 사찰에 혼자 있고 싶진 않구나. 너도 나와 함께 가줄 테냐?"

왕은 매끄러운 비단으로 감싼 강씨의 어깨에 코를 비비며 물었다. 강씨는 보채는 어린애 달래듯 왕의 머리카락을 슬슬 쓰다듬으면서 말했다.

“소첩도 전하와 함께하고 싶은 마음이 굴뚝같습니다. 허나 기도는 정결한 몸으로 하셔야지요.”

부드럽지만 단호한 거절에 왕은 아쉬워하는 기색이 역력했다. 강씨는 그의 귓가에 대고 설탕이 녹는 것 같은 달콤한 목소리로 속닥였다.

“무사히 기도를 마치고 돌아오십시오. 그동안 아껴둔 사랑을 마음껏 퍼부어드릴 테니까요.”

왕의 마음을 움직이는 일은 이토록 간단했다. 평소보다 훨씬 열정적인 애정 표현으로 왕의 혼을 쏙 빼놓은 후, 강씨는 바람 쐰다는 핑계를 대고 밖으로 나왔다.

강씨가 흐트러진 옷매무새를 다듬으며 툇마루에 서자 댓돌 옆에 쥐 죽은 듯 서서 기다리고 있는 꼬마 내관이 보였다.

“저하께 전해라. 주상 전하는 사찰로 기도하러 가실 예정이니 채비해달라고.”

“예, 숙원 마마.”

예성은 그대로 가서 고했고, 범은 고개를 끄덕였다. 역시 강씨는 쓸 만했다. 왕에게 한껏 교태를 부려주는 조건으로 도성 안에 있는 다섯 칸짜리 기와집 한 채를 내주기로 했지만, 그만한 가치는 충분히 있었다. 옷 시중드는 사람, 물 시중드는 사람, 식사 시중드는 사람, 심지어 요강 시중드는 사람까지. 항상 열 명 이상의 궁인들에게 둘러싸여 있는 왕이 자연스럽게 혼자 있게 만드는 것은 결코 쉽지 않은 일이었다.

‘이제 날 위한 안전장치만 만들면 되겠군.’

왕을 시해하는 건 지금까지 해왔던 살인들과는 차원이 달랐다. 대군이나 부부인에 대한 음모를 꾸미는 것과도 달랐다. 발각되면 아무리 세자라 해도 그 자리에서 즉결 참형이었다. 뭐라고 변명해볼 여지조차 주어지지 않을 터였다. 당연히 범으로서도 상당한 위험을 무릅써야 하는 일이었다. 그러나 범은 두렵지 않았다. 오히려 그 어느 때보다 강한 확신에 차 있었다. 그동안 동물적인 충동에 이끌려 무작위로 벌여왔던 일들이 궁극적으로는 이 하나의 방향을 향해 가는 과정이었다는 생각마저 들었다.

'이 과업이야말로, 내가 언제나 기다려왔던 유일한 숙명이다.'

범이 이 세상에 태어나 첫 울음을 터뜨리는 순간, 그의 숙적은 이미 그곳에 존재하고 있었다. 그 정체는, 별 위협도 안 되는 이복동생이 아니었다. 바로 부왕이었다. 희빈 박씨를 중전으로 들이길 거부해 범을 세자가 아닌 군으로 만든 것도, 새 중전을 들여 대군을 낳게 한 것도 왕이었다. 범과 그 어머니를 냉궁으로 내쫓아 찬밥 신세로 전락시킨 것도, 범의 눈앞에서 어머니의 사지를 찢어 죽인 것도 왕이었다. 왕만 제거하면 모든 불안 요소가 일거에 해소된다.

'왜 진작 생각하지 못했지?'

대군이 깨어나기 전에는 이렇게 불안해할 필요가 없었다. 만인에게 칭송받는 세자였던 그를 대체할 사람이 없었기 때문이다. 대군만 사라지면 될 줄 알고 공들여 계략을 꾸몄지만, 그 결과는 만족스럽지 않았다. 서린으로부터 냉궁에서 있었던 일을 전해 듣는 순간 범은 깨달았다. 자신의 지위가 위태로워진 건 헌이 깨어나서가 아니라 왕의 마음이 변했기 때문이라는 것을. 아니, 처음부터 아버지는 범을 사랑한 적 없으니 변했다는 말은 어울리지 않을지도 몰랐다.

'왕을 제거하고 보위에 오른 후, 적당한 시기가 왔을 때 대군 내외도 없앤다.'

젊고 영명한 대군 부부의 갑작스러운 죽음은 비극이겠지만, 누구도 겁 없이 입을 놀리지는 못할 것이다. 범은 반대 세력을 단계적으로 숙청하고서 절대적인 권력을 쥔 왕으로 군림하고 있을 테니까. 범의 계획은 완벽했다. 그 계획 속에서 자신이 범인으로 지목당하는 일은 없었다.

'누구도 날 의심하지 못하게 해야 한다. 적당한 구실을 만들어서.'

왕만큼이나 세자가 궁을 비우는 것도 예사로운 일이 아니었다. 더구나 밖에서 하룻밤을 자고 온다면 더욱 그랬다. 출궁이라는 단어만 꺼내도 집채만 한 세간살이를 지고 따라 나올 동궁전 궁인들을 떠올리며 범은 지그시 관자놀이를 눌렀다. 모두의 시선으로부터 자연스럽게 멀어질 수 있는 방법이 필요했다. 그때 문 밖에서 예성이 조심스레 고하는 소리가 들려왔다.

"저하, 빈궁 마마께서 오셨습니다."

"들라 하라."

범은 선선히 말하면서도 속으로는 웬일인가 싶었다. 남편이 자신의 환상과 다른 사람인 걸 깨달은 후부터, 연씨는 제 발로 찾아오는 일이 거의 없었다. 문이 열리자 눈두덩이 거무스름하게 물든 연씨가 휘청휘청하는 걸음으로 들어왔다. 저렇게 비리비리해서야. 범은 속으로 혀를 찼다. 있으나 마나 한 종이 인형 같은 여자를 빈으로 맞아들인 게 실수였다. 분수를 모르고 설치긴 했어도 서씨나 윤나인 같은 성격이라면 훨씬 나았을지도. 그런 속내를 아는지 모르는지, 연씨는 조용히 고개 숙여 절을 올렸다. 범은 상냥한 남편의 가면을 쓰고 물었다.

"여기까지 무슨 일이오, 빈궁? 전갈을 넣었다면 내가 갔을 터인데."

"저하……."

연씨는 범의 눈치를 슬금슬금 살피며 머뭇거렸다. 범은 짜증이 확 치밀어 오르는 걸 숨기고 잠시 기다려주었다. 연씨는 메마른 입술을 몇 번이나 달싹이더니 간신히 말을 꺼냈다.

"저, 실은…… 계속 몸이 좋지 않습니다. 대군 마마 일로 맘도 편치 않고요. 이러다 뱃속 아기에게 해를 끼칠까 너무도 걱정됩니다. 저하께서 허락해주신다면, 며칠만이라도 친정에 가서 쉬다 오고 싶습니다."

범이 연씨를 물끄러미 쳐다보자, 그녀는 고개를 돌려 시선을 피했다. 그래, 이제 너도 날 원치 않는구나. 범은 묘한 쾌감과 무딘 분노가 동시에 엇갈리는 기이한 느낌을 받았다. 어차피 그녀는 그의 외모와 지위를 보고 좋아했을 뿐이고, 그는 그녀가 고분고분하니 다루기 쉬워서 곁에 두었을 뿐, 애정이 없다 해서 서로 아쉬울 건 없었다. 그런데 가슴 한구석에 작은 구멍이 뚫리는 것 같은 이 느낌은 뭘까. 범은 자신을 나약하게 만드는 쓸데없는 잔해들은 떨쳐버리고자 했다. 이건 기회였다. 하늘이란 게 정말 존재한다면, 범의 편인 게 틀림없었다.

"빈궁."

자리에서 일어난 범이 연씨에게 다가가자, 그녀는 흠칫하면서 뒤로 물러났다. 그러다가 자신의 행동이 무례했음을 깨달았는지 안색이 파리해졌다. 범은 그런 것은 개의치 않는다는 듯 아내의 손을 잡으며 다정하게 말했다.

"그토록 힘들어하는 걸 눈치채지 못해 정말 미안하오. 그대가 원하는 만큼 오랫동안 친정에 머물다 와도 좋소."

"감사합니다, 저하!"

광대뼈가 불룩 튀어나올 만큼 수척해진 연씨의 얼굴에 미소가 번졌다. 오랜만에 지어보는 진짜 기쁨의 미소였다. 그러나 다음에 들려온 말에 그 미소는 흔적도 없이 사라지고 말았다.

"다만, 홑몸도 아닌 그대를 혼자 보내는 건 마음이 놓이지 않는구려."

"예?"

범은 혼란에 빠진 아내의 눈동자를 들여다보며 빙긋이 미소 지었다. 사랑이라는 얄팍한 명분으로 감히 자신을 소유하려 들었던 이 건방진 여자에겐 벌을 주어야 했다. 범은 그녀를 쉽게 놓아주지 않고 평생 곁에 두면서 끝까지 철저히 이용해줄 작정이었다.

"나도 함께 가겠소. 부부란 바늘과 실처럼 붙어 다니는 것이니까."

100

땡중과 왕

"공(空)!"

뒤통수를 요란하게 때리는 대나무 소리에 왕은 눈알이 튀어나올 만큼 놀랐다. 정말 이상한 일이었다. 자신은 분명 왕인데, 조선 백성의 아버지로 군림하는 사람인데, 이 암자에서는 그게 아무런 의미도 갖지 못하는 듯했다.

"머리를 비워, 머리를!"

민숭민숭한 머리를 한 승려가 뒤를 지키고 서 있다가, 왕이 잠깐이라도 딴생각을 하는가 싶으면 가차 없이 죽비를 휘둘렀다. 본래 죽비란 물건은 아프지 않다 들었는데, 이 죽비는 어떻게 생겨 먹었는지 눈알이 홱 돌아갈 만큼 아팠다. 아니, 이 암자 자체가 처음부터 수상했다. 유명한 절이라더니 인적 끊긴 야산, 그것도 보기만 해도 아찔한 낭떠러지 앞에 지어진 다 쓰러져가는 흉가에 불과했다. 내관 두 명과 금위군 세 명을 거느리고 그곳을 찾아온 왕을, 저 광폭한 주지승은 욕부터 퍼부으며 쫓아내려고 했다. 왕은 내관과 금위군을 전부 돌려보낸 후에야 겨우 흙바닥에 엉덩이를 대볼 수 있었다.

"빌어먹을 땡중 같으니."

왕은 승려 귀에 들리지 않을 만큼 작게 구시렁거렸다. 들리게 했다간 또 죽비가 날아올지도 모르니까. 뭔 놈의 주지승이 따르는 승려 하나 없이 덜렁 혼자인 꼴도 웃겼다. 못 미더운 것투성이지만, 왕은 다 집어치우겠단 소린 하지 않았다. 욱하는 기색을 내비칠 때마다, 승려의 입에서 왕을 움찔하게 만드는 수치스러운 비밀들이 하나씩 튀어나왔기 때문이다.

"여덟 살 때까지 이불이나 적신 주제에!"

"아들의 효를 바란다고? 선왕이 서거했을 때 어깨춤 추던 건 벌써 잊었나 보지?"

"더 정성껏 기도해! 네놈이 속으로 '석녀(石女)'라고 욕하던 마누라가 다 듣고 있으니까!"

도대체 저걸 다 어떻게 알았단 말인가. 저 괴짜 승려가 진짜 영험한 힘이 있는 건지 반신반의하면서 왕은 일단 독경을 끝냈다. 기나긴 경전이 다 끝났을 때는 뒤통수가 얼얼해져 감각이 없을 지경이었다. 왕은 튀어나오는 욕설을 삼키면서 불전 뒤에 붙은 비좁은 골방으로 들어갔다.

김이 모락모락 피어오르는 엷은 차 한 잔이 삶은 감자 두 알과 함께 투박하게 깎은 나무 접시 위에 놓여 있었다.

"온종일 굶었는데, 고작 이런 거나 먹으라고?"

왕의 입은 불평을 내뱉었지만, 정작 그의 손은 허겁지겁 접시를 붙잡고 있었다. 온갖 산해진미로 만든 열두 첩 수라상도 지겨워하던 왕이 소금도 치지 않은 감자를 허겁지겁 먹어치웠다. 다 먹고 나자 나무 접시에 눌려 있던 얇은 종이가 보였다. 종이를 빼곡하게 채운 글자 모양이 어딘가 낯익었다. 그게 중전 홍씨의 서체라는 걸 깨달은 왕의 미간에 깊은 주름이 팼다.

'글월 비자도 여기까지 다녀가느라 고생했겠군.'

자신이 기도하러 온 것을 홍씨도 알고 있는데, 정말 중요한 일이 아니라면 굳이 서찰을 보내지 않았을 터였다. 왕은 어슴푸레한 등잔 불빛 아래 앉아 서신을 읽어내려 가기 시작했다.

통촉해주십시오, 전하. 천지 어디에도 이러한 법도는 없습니다. 궁녀 하나의 말만 믿고 왕의 아들과 그 처를 함께 내치다니요. 후세 사람들이 두고두고 비웃을 것입니다.

선이 가늘고 우아한 필체를 보는 것만으로도, 자분자분하게 호소하는 홍씨의 목소리가 귓가에 울리는 듯했다. 왕의 가슴 한구석이 아려왔다. 애첩을 들이긴 했지만, 그렇다고 왕이 홍씨를 사랑하지 않는 건 아니었다. 자신의 반려이자 조선의 국모로서 그녀를 아끼고 존중했다.

부디 이성을 되찾으시고, 이 사건을 처음부터 다시 조사해주십시오. 이상한 점이 너무 많습니다. 부부인이 뭐가 부족해 가마꾼과 나인, 별좌 나부랭이와 손을 잡겠습니까?

사실 두 가마꾼이 동궁전과 천수전을 많이 드나들었다는 건 확인되었지만 그 외엔 딱히 수상한 게 없었다. 도야라는 이름의 가마꾼은 전직 도둑이라 태생이 글렀다 쳐도 무휘라는 이름의 가마꾼은 까다로운 궁인들 사이에서도 평판이 좋았다. 그 둘은 대군이나 대군비와는 아무 접점이 없었고, 그건 장별좌도 마찬가지였다. 저 셋이 천수전에 드나드는 걸 봤다는 사람조차 없었다. 있는 것이라고는 애매한 정황과 막연한 심증뿐이었지만, '역모'라는 단어가 갖는 무게가 그 빈틈을 상쇄했다. 조선 왕조 역사상 언제나 그래왔던 것처럼.

아뢰옵기 황송하오나, 저는 부부인이 입궁한 날부터 그 아이의 처소를 드나드는 이들을 감시하고 기록하였습니다. 행여 헌에게 나쁜 영향을 끼칠 만한 자들이 있을까 염려되었습니다.

서신을 들여다보던 왕의 동공이 커졌다. 봄바람처럼 마냥 따뜻하고 부드러운 여자인 줄 알았던 중전이 누군가를 감시하다니. 전혀 몰랐던 사실이었다.

헌데 그중에 무속인은 없었습니다. 부부인은 명문가에서 자란 규수인데, 무속인의 도움 없이 어찌 저주 같은 것을 행한단 말입니까?

그다음으로는 헌에 대한 이야기가 줄줄이 이어졌다. 얼마나 착하고 유순한 아이였는지. 피도 섞이지 않은 형과 형수를 얼마나 좋아하고 공경했는지. 혹세무민(惑世誣民)하는 책에 잠깐 빠져 삐끗했지만, 그래도 왕의 기대에 걸맞은 아들이 되려고 노력했다는 것도.

피눈물로 애원하옵니다, 전하. 부디 두 눈을 똑바로 뜨고 보옵소서. 진실과 거짓을 명백히 가려내 억울한 이가 없게 하옵소서. 전하와 저의 소중한 아들을 구해주옵소서.

마지막 글자는 동그랗게 떨어진 눈물 자국으로 인해 번져 있었다. 왕은 침통한 낯빛으로 지그시 눈을 감았다. 가장 믿고 아끼는 신하였던 전 우의정 윤승현이 역모를 썼을 때도 이런 느낌이었다. 그때는 석연찮은 구석이 있어도 그냥 넘어갈 수 있었지만, 지금은 아니었다. 제 핏줄을 이어받은 아들이 걸린 문제였으니까.

"답신을…… 기다리겠지."

왕은 주변을 둘러보았다. 잠자리랍시고 깔아놓은 거적 더미 옆에 한쪽 다리가 부러진 앉은뱅이 상이 있었고, 그 위에 싸구려 종이와 지필묵이 놓여 있었다. 언제 마지막으로 쓴 건지 붓은 다 말라 비틀어졌고, 벼루는 쩍쩍 금이 가 있었다. 왕은 마시다 남은 찻물을 벼루에 붓고, 반 토막 난 먹을 갈아 만든 먹물에 붓을 적셨다. 그리고 한 글자 한 글자 신중하게 쓰기 시작했다.

친애하는 중전. 그대가 지적한 것들을 과인도 모르는 바 아니오. 다만 종묘사직의 안위가 걸린 중대한 사안이다 보니 지엄한 국법에 따라 처리해야 했고, 그 과정에서 원치 않는 희생이 생기고 말았구려.

거기까지 적은 왕은 문득 손을 멈추었다. 아들을 두 번 잃은 어머니의 통한을 이렇게 딱딱한 말들로 달래줄 순 없을 것 같았다. 붓을 든 채 한동안 고민하다가, 다시 적어 내려갔다.

자애로운 어머니인 그대가 대군을 얼마나 아끼고 사랑하는지 잘 알고 있소. 나 또한 그렇다오. 헌을 위해서라면 목숨을 내주어도 아깝지 않소. 부끄럽게도 그 애를 포기하거나, 그 애에게 소홀했던 때도 있었지만, 이제는 확실히 깨달았소. 내 뒤를 이을 사람은…….

매일같이 쌓이는 비슷비슷한 상소문에 틀에 박힌 형식으로 답하는 교지 말고, 이렇게 진심을 담은 글을 마지막으로 써본 것이 언제였던가. 왕은 절반 넘게 쓴 종이를 와락 구겨버리고, 새 종이를 가져다 다시 쓰기 시작했다.

그렇게 쓰고 또 쓰고, 다시 고쳐 쓰다 밤이 깊었다. 가까스로 편지를 완성한 왕은 그대로 옆으로 쓰러져 잠들고 말았다.

어디선가 한 줄기 찬바람이 새어 들어왔다. 바르르 어깨를 떨던 왕은 부스럭부스럭하는 인기척에 슬며시 눈을 떴다. 이 방에 그 말고 한 사람이 더 있었다. 아래에서 위로 올려다보니 유독 등이 넓어 보이는 누군가가 앉은뱅이 상 앞에 앉아 있었다. 왕은 이게 꿈인지 생시인지 헷갈려 눈을 깜박였다.

"헌을 위해서라면 목숨을 내주어도 아깝지 않소."

침입자는 태연한 태도로 왕이 써놓은 편지의 한 구절을 소리 내어 읽었다. 왕은 그게 아들의 목소리라는 걸 알아차렸다. 폐궁에 갇힌 둘째 아들이 아니라 처가에 있어야 할 첫째 아들.

"세, 세자! 여긴 어쩐 일이냐? 혹 처가에 무슨 일이 생긴 것이냐? 아니면 궁에……."

그 질문에 대답하는 대신 범은 편지를 계속 낭독했다. 그건 아버지가 아들에게 품은 극진한 애정을 절절히 늘어놓은 눈물겨운 한 편의 연가였다. 무미건조하기 짝이 없는 목소리로 편지를 다 읽은 범은 그걸 제자리에 내려놓더니, 느닷없이 웃음을 터뜨렸다.

"하하핫! 으하하핫!"

범의 눈에는 왕이 너무도 멍청해 보였다. 저 남자는 천하의 애처가인 척하면서 젊은 여자 앞에서는 사족을 못 쓴다. 제 아내의 친필조차 알아보지 못한다. 글월 비자가 이 산골까지 와서 편지를 놓고 갔을 거라고 금방 믿어버린다. 가짜 편지에 감쪽같이 속아 넘어가 빨래터 아낙네처럼 제 감정을 청승맞게 털어놓는 것도 우스웠다. 길게 이어지는 범의 웃음소리는 광기를 띠고 있었고, 뭐가 그렇게 웃긴지 왕은 도무지 알 수가 없었다.

"대군이 설화당에서 지내는 게, 어지간히도 마음 아프신가 봅니다."

범의 말투는 평소와 다르게 싸늘하게 식어 있었다.

"그야 아비로서 당연한 게 아니냐. 이 추운 겨울에 불도 때지 않는 방에서 지내는데."

그 말을 들은 범은 어처구니가 없다는 듯 왕을 빤히 쳐다보았다. 그래도 왕은 자신이 뭘 잘못 말했는지 짐작도 못 하는 표정이었다. 범은 아주 오랫동안 묵혀두었던 질문을 불쑥 던졌다.

"그럼 제가 설화당에서 자랄 때는 왜 그리 걱정해주지 않으셨습니까?"

"……."

"대군은 고작 보름 있었지만, 전 꼬박 십삼 년을 그곳에서 살았습니다. 그중 감금된 기간은 삼 년이었지요."

"동궁……."

왕은 세자의 불우했던 유년 시절을 어떻게든 지우는 데 급급했을 뿐, 그 심정을 헤아려본 적은 없었다. 범이 그에 관한 언급을 하지 않기에, 어릴 때 일이라 다 잊었으려니 지레짐작했을 뿐. 범은 상아처럼 매끄럽게 빛나는 하얀 손가락을 꼽는 시늉을 했다.

"날 수로 환산하면, 천 일이 조금 넘겠군요. 얼음장같이 찬 방에서 주상 전하가 오시기만을 기다리는 미친 어머니와 함께 천 번의 밤을 보냈습니다."

왕이 오기를 기다린 건 희빈 박씨만이 아니었다. 범도 기다렸다. 조선에서 가장 강하고 고귀한 사람이라는 아버지가 나타나 이 지옥도에서 자신을 꺼내주기를 필사적으로 빌었다. 하지만 하늘은 범의 소원을 들어주지 않았고, 왕은 철저하게 그를 외면했다.

"전하께서 끝내 나타나지 않으시는 날에는 화풀이 대상이 되어 흠씬 두들겨 맞기도 했지요. 그러다 머리가 터진 적도 있고요. 단 한 번이라도 그걸 막아주신 적이 있던가요?"

범은 답을 알면서도 모르는 척 물었다. 묘하게 들뜬 목소리와 웃는 듯 일그러진 표정이 괴이한 분위기를 자아냈다. 왕의 목덜미에 오스스 닭살이 돋아났다. 사태가 이상하게 돌아가고 있었다. 왕은 일단 아들을 추스르고 진정시켜야겠다는 생각에 다급해졌다.

"그건 오해다, 동궁. 내가 널 얼마나 애지중지하는지 잘 알지 않느냐?"

"제가 안다고요? 그렇습니까?"

범이 알고 있는 사실은 그런 것들이었다. 왕은 대군을 헌이라고 부르면서 자신은 동궁이라고 부른다는 것. 헌이 잠들어 있는 와중에도 매년 생일마다 축하연을 열고 선물을 사들였지만, 정작 자신의 탄 일은 신하들이 챙겨주기 전에는 번번이 잊었다는 것. 헌의 어머니는 중전이라는 거창한 칭호를 달고 중궁전에서 편히 지내지만, 범 자신의 어머니는 허허벌판에 버려져 까마귀들에게 뜯어 먹히는 신세가 되었다는 것.

범이 냉궁 얘기를 했을 때도, 가슴속 깊이 사무친 핏덩이 같은 원한을 꺼냈을 때도 왕은 미안하다고 하지 않았다. 그저 어쭙잖은 변명으로 일관할 뿐. 차라리 자기 마음을 자기도 어쩔 수 없다고, 미안하다고 싹싹 비는 편이 나았을 것이다. 범은 왕이 자신을 사랑하지 않는다는 사실보다 이토록 무능한 남자가 자신의 아버지라는 사실에 더 화가 났다.

"노망난 늙은이를 용상에 앉혀놨었군."

"바, 방금 뭐라 하였느냐?"

왕은 자신의 귀를 의심하며 입을 쩍 벌렸다. 범은 자리에서 일어나 그런 왕을 향해 다가갔다. 사실 가짜 서신은 왕에게 준 마지막 기회였다. 범이 쓴 저 가짜 편지를 읽고 왕이 중전에게 '마음을 추슬러라. 대군비는 죄인이고 대군은 그 남편이다. 세자를 믿고 따라라', 그런 답신을 썼더라면 범은 이 계획을 거두어들였을지도 몰랐다. 하지만 왕은 제 발로 그 기회를 차버렸다.

"친애하는 주상 전하."

범은 품속에서 누런 물체를 꺼냈다. 무슨 수를 써도 절대 끊을 수 없을 것 같은 단단한 노끈이었다. 범은 그에게 모든 것을 주었고, 또 앗아간 장본인을 향해 예의 바르게 고했다.

"이제 내려오실 시간입니다, 그 과분한 자리에서."

101
기억의 전달자

"읍…… 으읍……."

가늘고 단단한 노끈이 왕의 목을 파고들었다. 범은 힘줄이 팽팽해진 팔로 끈의 양쪽 끝을 붙잡고 있었다. 숨구멍을 아예 막아버린 건 아니었기에, 왕은 마치 딸꾹질하듯 짧게 코로 숨을 들이마시고 한참 있다가 간신히 내쉬면서 위태로운 호흡을 이어나갔다.

'끈을 아래에서부터 위로 향하도록 비스듬하게 감아서, 오랫동안 천천히 힘을 주는 겁니다. 끈이 처지지 않도록 주의하면서요. 그러면 목매달아 죽었을 때와 똑같은 자국이 남게 됩니다.'

타살을 자살로 위장하는 법을 가르쳐준 사람은, 바로 염행수 상단의 자객이었다. 늙은 살쾡이처럼 약삭빠르게 달아났던 화기도감 관원을 그런 방식으로 처리했다고 했다.

'왕도 그렇게 처리되어야 한다.'

액막이 기도를 한다며 외딴 암자로 떠난 왕이 목을 매단 상태로 발견된다면, 중전과 대군에게 미안하다고 구구절절 용서를 구하는 서신을 남기고서라면, 그 정도면 충분히 자연스러웠다. 혹 의심하는 사람이 있더라도 세자를 걸고넘어질 순 없을 것이다. 다들 세자가 처가에 가 있었다고 알고 있고, 남편이 한밤중에 사라졌다가 동틀 무렵에야 돌아왔다는 말을 세자빈은 절대 하지 않을 테니까. 범은 끈이 아래로 처지지 않도록 주의하면서 공들여 힘을 가했다. 백지장처럼 창백해졌던 왕의 얼굴이 입가에서부터 푸르스름한 제비꽃 색깔로 물들기 시작했다.

"도…… 도……!"

왕은 어떻게 해서든 목 가까이 손을 올리려고 했다. 하지만 범이 그의 상체를 바닥에 엎어뜨리고 등을 무릎으로 짓누르고 있었다. 젊고 건강한 아들의 힘을 이기지 못한 왕의 오른손은 허공에서 허우적거렸고, 왼손은 헛되이 바닥을 긁었다. 왕은 쉽게 포기하지 않았고, 범은 거머리처럼 끈질긴 그 생명력이 짜증스러웠다.

아래 깔린 사람이 계속 버둥거리자, 위에서 누르고 있는 범도 점점 힘이 들었다. 완력으로 따지면 비교가 안 되지만, 저쪽은 목숨 걸고 덤비는 중이었고 이쪽은 아니었다. 이마에 송알송알 맺히던 땀이 손등에도 맺히기 시작해 자칫하면 노끈이 미끄러질 뻔했다. 이러다 왕의 목에 여러 겹으로 끈 자국이 남기라도 하면 낭패였다. 안 되겠다고 판단한 범은 문 쪽에다 대고 불렀다.

"들어와라."

푸른 천으로 코와 입을 가린 나인이 들어왔다. 눈만 간신히 보였지만 왕은 그녀가 낯익었다. 하지만 누군지 자세히 들여다보고 있을 여유는 없었다

"이쪽으로 와."

범은 나인을 향해 무뚝뚝하게 명령했다. 일을 가장 확실하고 깔끔

하게 처리하려면, 염행수가 골라준 자객을 동원하면 그만이었다. 하지만 범은 존속살인의 공범으로 저 연약한 궁녀를 택했다. 얼굴 가린 수상한 남자와 함께 다니다가 처가댁 식구들 눈에 띄면 골치 아픈 것도 있지만, 그게 전부는 아니었다. 범은 저 여인을 왕 시해 공모자로 만듦으로써, 영원히 자신에게서 벗어나지 못하게 만들 작정이었다.

"팔다리를 잡아라."

서린은 말없이 세자의 명령을 따랐다. 어떻게 해야 할지는 사전에 다 계획되어 있었다. 그녀는 준비해온 부드러운 천을 왕의 손목과 발목에 감았다. 손자국이 안 남게 하려는 것이었다. 그 상태로 서린이 왕의 허벅지에 올라타 앉아 양팔을 힘 있게 누르자 왕은 옴짝달싹하지 못하는 신세가 되었고, 범은 마음 놓고 그의 목을 조르는 데 집중할 수 있었다.

'아무것도, 아무것도 못 하겠다…….'

왕은 머리에 있는 피가 아래로 내려오지 못하고 묵중하게 고이는 것을 느꼈다. 의식을 잃진 않았지만, 점점 몽롱해졌다. 누군가 귓가에서 북을 치는 것처럼 머리가 둥둥 울려왔다.

'이제 정말 끝이구나. 이렇게 허망하게 죽는구나.'

그때였다. 왕의 손목을 누르고 있던 나인의 손이 손등을 타고 아래쪽으로 슬그머니 내려오는 게 느껴졌다. 왕은 흠칫 놀라 고개를 돌리려 했지만 불가능했다. 범은 왕의 목 뒤쪽에 생긴 붉은 울혈 모양을 관찰하느라 달라진 점을 알아차리지 못했다. 힘없이 축 늘어져 있던 왕의 손가락을 나인의 손가락이 부드럽게 건드리는 순간, 이상한 일이 일어났다. 어디선가 스산한 바람이 불어와 왕의 몸을 감쌌다. 아니, 그건 바람이 아니라 어둠이었다. 누군가 얼굴에 장막을 덮은 것처럼 시야가 온통 어두컴컴해졌다. 그러다 돌연 하얀빛이 번졌다.

왕은 갑작스럽게 눈앞에 펼쳐진 낯선 정경에 화들짝 놀랐다. 이건 뭘까. 죽기 직전에 보는 환상일까. 환상 속에서 그는 냉기가 감도는 휑뎅그렁한 방 안에 앉아 있었다. 벽감(壁龕)에 아로새겨진 아름다운 연꽃무늬를 보고 나서야, 이곳이 설화당이라는 걸 깨달았다.

'저 녀석들은 어쩌면 좋을까요? 먹이를 받아먹는 데 길들여져서, 어디 가지도 못하고 여기서 맴돌며 똥만 잔뜩 싸댈 텐데요.'

왕은 입을 열지도 않았는데 자신의 머릿속에서 말이 울리는 신기한 체험을 했다. 다른 사람의 몸에 들어간다면 꼭 이런 기분일 것 같았다.

'그럼 다 죽여버리면 되지 않느냐.'

그 말을 한 사람은 저만치 떨어져 앉은 소년이었다. 흑청색 도포에 같은 색 복건을 쓰고, 이쪽에서 옆얼굴만 보이도록 비스듬하게 몸을 돌리고 있었다. 어린 시절의 범성군. 그래, 그때는 항상 저렇게 침울한 낯빛이었지. 장차 살인범으로 자라날 징조라도 찾아보려는 듯 그 얼굴을 찬찬히 더듬어보려는데, 누군가 불을 끈 것처럼 또다시 사방이 어두워졌다. 다시 사방이 밝아졌을 때, 왕의 의식은 또 다른 장소에 와 있었다.

'세자 저하는 타인에 대한 애정이나 감정이라는 걸 모르는 사람입니다. 그것도 맞습니까?'

수수한 회백색 저고리에 푸른 치마를 입은 여자가 잡초 무성한 공터에 서서 말하고 있었다. 역모죄로 유배당했다가 최근 상경한 전 우의정 윤승현의 여식이었다. 동궁전 나인인 그녀가 누구와 저런 얘기를 나누고 있는 걸까. 이번에도 왕의 의사와는 상관없이 고개가 위아래로 움직였다.

'제 동생이 물에 빠져 죽던 날 오후, 그리고 화승총 시연회가 열리기 전날 밤. 세자 저하는 조내관님에게도 알리지 않고 어딘가 다녀오셨을 겁니다.'

'……'

'세자가 그들을 죽였을까요?'

그제야 왕은 어떻게 된 것인지 파악할 수 있었다. 자신은 죽은 조내관의 몸속에 들어와, 과거에 일어난 일을 엿보고 있었다. 그게 어떻게 가능한지 모르겠지만 지금 상황은 분명 그랬다.

'과거에 벌어진, 그리고 앞으로 일어날 살인을 방관하는 건 그에 동조하는 겁니다, 조내관님.'

윤승현의 여식은 왕을, 아니 조내관을 똑바로 쳐다보며 또렷한 목소리로 경고했다. 아아, 그랬구나. 왕은 어렴풋이 직감했다. 조내관은 살해당한 것이다. 저 경고를 무시하다가. 어쩌면 이 모든 걸 보여주는 건 조내관의 억울한 영혼인지도 모른다는 생각이 들었다.

'조내관, 날 저승에 데려가려고 왔는가.'

다음 순간, 딛고 있던 바닥이 푹 꺼지면서 끝도 없이 아래로 추락하는 느낌이 밀려들었다. 왕은 소리 없는 비명을 질렀다. 추락의 공포가 사라지자, 이번에는 무시무시한 고통이 그 빈자리를 메웠다. 거대한 얼음 칼이 뼈와 살 사이를 파고드는 듯한 소름 끼치는 통각과 함께, 지금은 불에 타서 사라져버린 동궁전 서고가 가물거리는 시야에 나타났다. 값비싼 책들이 가지런히 꽂힌 책꽂이를 배경으로, 잔혹한 칼부림이 벌어지고 있었다.

'조금만 참아라. 금방 끝날 거다. 급소를 찔렀으니.'

찌르는 사람은 세자였고, 찔리는 사람은 조내관이었다. 범은 평생 자신을 수발해준 노인을 한 치의 망설임도 없이 죽여버렸다. 왕은 조내관의 기억과 한 몸이 되어 그 고통과 슬픔을 고스란히 체험했다. 의식이 혼곤해지는 와중에 얼핏 보았던 것 같기도 했다. 책꽂이에서 튀어나온 책들 중 한 권이 범을 내리치고, 그 바람에 칼날이 그의 팔꿈치를 베는 광경을.

그게 조내관의 영혼이든 무엇이든, 왕은 저 초월적인 존재가 자신에게 보여주고자 하는 기억이 끝났기를 간절히 바랐다. 하지만 이건 시작에 불과했다. 쟁강쟁강 유리옥패 소리가 울리는 가운데 아기나인이 물에 빠지는 장면도, 의금부부사 이의종이 한쪽 머리가 날아간 채 죽어가는 장면도, 왕은 자신이 살해당하는 것처럼 생생하게 체험해야만 했다. 조내관이 유리옥패를 어린 범성군에게 주는 장면, 누군가 대군의 몸에서 그 옥패를 발견하는 장면, 화기도감 관원이 화승총 시연회 전날 대군이 다녀갔다고 말하는 장면, 문제의 그 관원이 움막 천장에 목매단 시체로 변해 있는 장면을 봤을 때, 왕은 이 모든 일이 하나로 연결되어 있다는 걸 깨달았다. 흑막 뒤에서 사람들을 제 꼭두각시 부리듯 갖고 놀았던 사악한 살인범, 바로 세자였다.

세자의 악행은 네 건의 살인에서 끝나지 않았다. 왕은 끝없이 튀어나오는 환상 속에서 그동안 큰아들이 은밀하게 남겨온 악인으로서의 족적을 엿볼 수 있었다. 주렴 뒤에 앉아 수상한 자에게 금붙이를 건네며 암살을 의뢰하는 범의 모습. 범에게 금붙이를 받았던 자가 윤승현 부녀를 죽이려다 실패하고 몸수색을 당하는 모습. 부부인 서씨가 자신은 십 년 전 사건에 대해 의혹을 품고 있다고 말하는 모습. 헛물인 것으로 밝혀졌던 서씨의 회임 소식을 범이 굳은 표정으로 듣는 모습. 가느다란 나뭇가지 사이를 건너다니는 새끼 고양이를 유심히 살펴보는 모습. 대군을 낙마시킨 말을 마구간에 두고 키운다며 서씨에게 비난받는 범의 모습. 살아 있는 줄도 몰랐던 늙은 한혈마를 범이 무참하게 난도질해 죽이는 모습까지.

진상품을 쌓아놓고 숙청 대상을 고르는 범의 서늘한 얼굴을 보고, 왕은 심장이 송두리째 녹아내리는 것 같았다. 윤승현의 역모 사건을 두고 '머리가 나쁜 게 잘못'이라며 차갑게 비웃는 말을 들었을 땐 움직이지 않는 손으로 제 가슴을 마구 치고 싶었다. 이럴 수는 없다. 저 피도 눈물도 없는 세자의 손에 조선을 맡기고 떠날 수는 없었다.

저승길에 올라선 후에야 진실을 알아버린 스스로가 원망스러웠다. 모든 단서가 눈앞에 드러나 있었건만, 완벽한 후계자라는 허상에 갇혀 보지 못했고 보려 하지도 않았다. 지금이라도 돌이킬 수만 있다면. 단 한 번이라도 기회가 주어진다면. 그렇게 절실히 소망하는 순간, 꽁꽁 묶여 있던 사지가 거짓말처럼 스르륵 풀려나가는 느낌이 들었다.

왕은 환상에서 현실로 돌아왔다. 눈동자를 굴려 아래쪽을 보자, 범과 한패였던 나인이 작은 주머니칼을 사용해 천의 매듭을 잘라내는 게 보였다. 범이 미처 알아차리기도 전에, 그녀의 빠른 손이 왕의 목에 걸린 노끈도 끊어버렸다. 머릿속에 끼어 있던 자욱한 안개가 걷힌 순간, 왕은 젖 먹던 힘까지 짜내어 범의 손길을 떨쳐냈다. 옆으로 데굴데굴 굴러가 가쁜 숨을 토해내는 왕을 본 나인은 입가를 가렸던 천을 벗으며 고개 숙여 예를 갖췄다.

"윤승현의 장녀 윤서린, 전하께 인사 올립니다."

왕의 착각일까. 그녀의 얼굴은 어딘가 지치고 서글퍼 보였다. 가늘게 떨고 있는 목소리도.

“기억 속으로 다녀온 여행은…… 즐거우셨습니까?”

왕은 조금 전 지나갔던 것들이 환상이 아니라 다른 사람들의 기억이며, 그걸 보여준 사람이 서린이라는 걸 깨달았다. 도대체 어떻게 한 것인지 방법은 알 수 없었지만, 그게 진실이라는 것도 본능적으로 알았다. 이 아이는 골칫덩이가 아니었다. 무자비한 살인자가 왕위에 오르는 것을 막고 조선 왕조를 구하려는 구원자였다.

반으로 끊어진 노끈을 믿어지지 않는 듯 쳐다보던 범이 사납게 서린의 어깨를 떠밀었기 때문이다.

“무슨 짓이냐? 네 아비와 동료들의 목숨이 내게 달렸다는 걸 잊은 게냐!”

서린은 순순히 떠밀려 바닥에 쓰러지면서도 싸늘한 눈으로 범을 노려보았다. 그녀가 방금 무슨 수작을 부린 건지 범은 몰랐다. 하지만 그 형형한 눈빛을 보는 순간 한 가지는 확실히 알 수 있었다. 무슨 협박을 하더라도 윤서린을 완전히 굴복시킬 수 없다는 것. 그녀를 살려뒀봤자 화근이 될 뿐이었다. 범은 허리에 차고 있던 장검을 빼들었다. 칼집에서 빠져나온 칼날이 섬뜩한 푸른빛을 발하며 서린과 왕이 있는 쪽을 겨누었다.

“저 영감과 널 함께 죽여야겠다. 산적 떼가 습격한 것처럼 위장하면 아무도 모르겠지. 거지같은 암자 따위 털리든 말든 누구도 관심 없을 테니.”

102

밝혀지는 전모

"거지같은 암자라니, 말 좀 골라서 하지? 맞기 싫으면."

검을 쥔 세자가 서린을 향해 한 발짝 다가오는 것과 동시에 방문이 벌컥 열리며 건장한 인영이 나타났다. 범이 흠칫하며 몸을 돌린 순간 큼직한 죽비가 그의 손을 무자비하게 후려쳤다. 깜짝 놀란 범의 손에서 미끄러진 검이 바닥으로 굴러떨어졌다. 범은 곧장 손을 뻗어 검을 주우려 했지만 이번에도 죽비가 좀더 빨랐다. 커다란 덩치에 어울리지 않는 재빠른 동작으로 검을 문지방 너머로 밀어버린 사람은 건달처럼 험악한 인상을 한 승려였다. 서린은 쓰러진 왕을 부축해 일으키면서 승려를 향해 공손히 고개 숙여 인사했다.

"오랜만에 뵙습니다, 스승님."

"낯간지러운 소리는 집어치우거라. 은퇴한 사람 잡아다가 귀찮은 일이나 시켜놓고."

지알대사는 호랑이 눈썹을 추켜올리며 짜증스럽게 말했다. '귀찮은 일'이라고 말할 때 그의 시선이 범이 아닌 왕을 향하는 듯해서 왕은 지레 뜨끔했다. 어차피 세상을 저버린 사람의 눈에는 왕이든 세자

든 노비든 다 똑같았다. 그렇기에 서린은 지알을 전적으로 신뢰했다. 지알은 자신이 감쪽같이 은둔한 줄 알았겠지만 실은 무휘가 그의 소재를 계속 파악하고 있었다. 서린의 능력과 관련해 도움을 청할 일이 생길지도 모른다는 생각에서였다. 무휘가 속한 가마꾼 조직은 전국에 거미줄처럼 퍼져 있었기에, 십 리 밖에서도 알아볼 만한 거구의 외팔이 승려를 찾아내는 건 그리 어려운 일이 아니었다. 세자가 왕을 암살할 만한 환경을 만들어달라는 서린의 어처구니없는 요구에 지알은 미쳤다고 궁얼거리면서도 거절하진 않았다.

"너도 참 겁대가리가 없구나. 저 왕이란 작자가 바로 뒈져버렸으면 그 뒷감당은 어쩌려고?"

서린은 빙그레 웃었다. 그녀는 세자가 서두르지 않으리란 것도 알았다. 왕을 죽이는 건 그가 가장 열망하던 일이었기에, 최대한 여유를 갖고 천천히 즐기면서 할 거라고.

"저는 세자를 잘 압니다, 스승님. 문자 그대로 그 속에 들어갔다 나왔으니까요."

범은 자신이 쳐놓은 덫에 서린이 걸려들었다고 믿었을 것이다. 하지만 그 반대였다. 그는 서린과 부부인 서씨가 깔아놓은 넓은 그물망 안에서 움직이고 있었다. 애초에 두 여자의 목표는 친경 행사에서 범의 실체를 폭로하는 게 아니었다. 팔꿈치에 남은 칼자국과 피 묻은 곤룡포만으로는 그 목적을 달성할 수 없다는 걸 그들은 처음부터 예상하고 있었다.

'핑계 댈 건 많아. 조내관이 습격당했을 때 함께 있었다고 해도 되고, 습격을 막아보려다 실패했다고 할 수도 있지.'

'세자가 조내관을 죽인 게 밝혀진다 하더라도 그것만으로는 몰락하지 않겠지요. 비리를 응징한 거라고 둘러댈 수도 있고요. 내관 한 명 죽인 건 왕족에게 대단한 죄가 아니니까요.'

서린과 서씨는 좀더 멀리 내다보고 함정을 파기로 했다. 오만하고 신경질적인 세자를 자극해서 또다시 살인을 저지르게 유도하고 그 현장을 포착하려 한 것이다. 곤룡포를 역이용해 범이 서씨에게 누명을 씌우리란 건 예측하지 못한 부분이었다. 포박당하는 서씨를 본 서린은 발끈해서 달려들려고도 했다. 그런데 서씨는 관원에게 떠밀려 넘어지는 척하면서 서린의 귓가에 대고 재빠르게 속삭였다.

'차라리 잘됐다. 세자를 방심시킬 절호의 기회다.'

그렇게 대군 부부는 설화당에 갇혔다. 서씨는 자신을 따라오겠다는 남편을 말릴 수도 있었지만 그러지 않았다. 대군이 천수전에 있는 것보다는 금위군에 둘러싸인 설화당에서 계속 감시받는 게 오히려 안전할 거라고 판단했을 것이다.

'세자의 다음 목표는 누구일까?'

서린은 범의 기억을 통해 그의 가장 내밀한 욕망까지 들여다보았다. 그가 원하는 건 이 궁 안에서 영속적이고 견고한 지위를 차지하는 것이었고, 그걸 제지할 수 있는 사람은 왕뿐이었다. 서씨의 머리카락을 만져보고 그 안에 깃든 대군의 기억을 범에게 말해주었던 날, 서린은 재차 확신했다. 다음은 왕의 차례라고.

'도와주십시오, 상궁마마. 이대로 있다간 동궁전뿐만 아니라 왕조 전체가 무너집니다.'

서린의 조력자들은 모두 갇혀 있지만 그렇다고 언로가 완전히 막힌 건 아니었다. 아무리 죄수라고 해도 밥은 먹어야 했으니까. 서린은 문상궁을 찾아가 무릎 꿇고 애원했다. 단칼에 거절당할지도 모른다 생각했지만 문상궁은 의외로 선뜻 돕겠다고 나섰다. 연륜 있는 궁인인 그녀는 비명횡사한 조내관이 횡령범으로 몰릴 때부터 뭔가 잘못되고 있음을 직감했다고 했다.

'세자가 왕을 죽이려 한다면, 차라리 우리가 그 기회를 마련해주면 어떨까요?'

서린은 깨알만 한 글씨로 쓴 쪽지를 문상궁에게 건넸고 문상궁은 쪽지 겉면에 기름을 발라 말린 후 보리죽 그릇 안에 숨겼다. 비밀을 담은 죽그릇은 장별좌와 무휘, 도야, 채옥이 있는 옥으로, 서씨가 있는 설화당으로, 심지어 윤대감이 갇힌 방으로까지 드나들었다. 지알대사를 활용하자는 생각을 떠올린 건 무휘였고, 숙원 강씨를 징검다리 삼자고 제안한 건 서씨였다.

'후궁들은 미신을 좋아하지. 언제 왕의 총애를 빼앗기게 될지 몰라 불안감에 떨면서 살거든.'

서린의 부탁을 받은 지알은 영험한 주지승 흉내를 내며 숙원 강씨에게 접근했다. 강씨는 범상치 않은 인상의 지알에게 겁먹기는커녕 강한 흥미를 보였다. 지알은 축원해준다는 구실로 강씨의 방에 있는 물건들을 받아와 서린에게 주었고, 서린은 그 안에서 온갖 기억을 읽어냈다.

지알은 음모를 꾸미는 데 상당한 소질을 보였다. 서린이 알아낸 정보들로 강씨의 맹목적인 신임을 얻어내고, 아들 잉태하는 주술을 부려준다며 왕의 물건들까지 몰래 훔쳐오도록 부추겼다. 서린은 그 물건들에서 왕이 숨기고 싶어 하는 옛 기억들을 읽어냈고, 왕마저도 지알에게 꼼짝 못 하게 되었다. 서린이 정교하게 파놓은 구덩이에,

범은 올가미를 쥐고 제 발로 걸어들어 온 셈이었다. 하지만 그는 전혀 당황한 기색이 아니었다.

"노인네 둘에, 계집애 하나로군. 너희들끼리 뭘 할 수 있다는 거지?"

범은 방 안을 둘러보며 피식 웃었지만 그렇게 말하는 그도 맨손이었다. 훤칠하고 탄탄한 체격도 지알 옆에 서 있으니 왜소해 보였다. 범의 자신감이 어디서 오는지 서린은 알았다.

"저하께서 휘파람 한 번만 불면 이 근처에 숨어 있던 염행수의 잔당들이 달려올 거라 믿고 계시겠지요?"

"……."

"그들은 전부 체포됐습니다. 돈에 움직이는 자들이니, 이젠 저하께 불리한 증인이 되겠군요."

범의 단정한 입술이 소리 없이 벌어졌다. 그건 그가 처음으로 보인, 진심으로 놀란 표정이었다. 아마도 그의 눈에 서린은 머리를 장식으로 달고 다니는 벌레 같은 존재로 비쳤을 것이다. 하지만 서린은 진작 계산하고 있었다. 왕을 시해하는 일이 어디서 어떻게 잘못될지 모르고, 유일한 조력자인 서린이 배신할지도 모르는 상황에서 범은 반드시 무력을 동원할 거라는 사실을. 서씨의 표현대로 그는 모든 상황에 철저히 대비하는 성품이었으니 말이다. 그래서 서린은 왕의 칙서를 위조하기로 했다. 내용은 간단명료하게. 쓸데없이 길면 탄로 나기 쉬우니까.

세자 이범이 대군 내외에게 누명을 씌우고 왕위를 찬탈할 음모를 꾸민다는 제보가 들어왔다. 금위군은 사찰 주변에 잠복해 있다가, 세자의 사병이 눈에 띄는 대로 전원 처단하라.

물론 칙서를 위조한다는 게 말처럼 쉬운 일은 결코 아니었다. 서린이 알기로 그 일을 해낼 수 있는 건 조선에 한 사람뿐이었다. 도야가 필요했다. 서린의 요청을 받은 장별좌는 탈옥 계획을 세웠다. 사실 장별좌는 맘만 먹으면 언제든 빠져나올 수 있는 몸이었다. 지금 갇혀 있는 감옥이, 수성금화사 별좌로 재직하던 시절 그의 손으로 직접 지은 것이었으니까. 벽과 천장의 강도, 배수로와 환풍구의 방향과 모양, 심지어 보초들의 동선까지 훤히 꿰뚫고 있었었다.

'별좌님 주도하에 옥을 빠져나오고 나면 그다음부터는 무휘 네 차례야. 주상 전하의 교지를 도야에게 보여주고 필체를 베끼도록 해봐. 최대한 그럴듯하게.'

세자를 곁에서 지켜본 서린은 그가 왕의 필체를 똑같이 흉내 내어 교지를 적는다는 걸 알고 있었다. 그 교지들은 어전회의에서 낭독된 후 내관들에 의해 춘추관으로 이동했다. 춘추관 구석에 산더미같이 쌓인 교지들은 사관들도 정리할 엄두를 못 낼 지경이어서 그중 두루마리 몇 개를 슬쩍 빼내오는 건 일도 아니었다. 예성처럼 덩치가 작고 약삭빠른 내관이라면 더욱 그랬다. 서린은 낮에는 세자에게 시달리고 밤에는 교지를 살펴보며 칙서 위조에 필요한 글자들을 찾아내 동그라미를 쳤다. 까막눈인 도야를 위한 배려였다.

'도야가 잘 해낼 수 있을까? 별좌님은, 무휘는, 예성이는……?'

동궁선에 보관 중인 옥새를 훔쳐내 칙서에 찍는 일은 예성이 맡았다. 이 모든 게 동시에, 순식간에, 차질 없이 이루어져야 했다. 어떤 변수가 생길지 몰랐다. 지나가는 나인 한 사람, 내관 한 사람에게 들키기라도 하면 그 즉시 모두가 끝장이었다. 그래서 서린은 성공 여부를 확신하지 못했다. 바로 지금, 문을 부수듯 열어젖히고 우르르 몰려드는 금위군 병사들을 보기 전까지는. 의심하면 안 되는 거였다. 모두가 함께 만들어낸 이 기적을.

"주상 전하!"

"괜찮으십니까!!"

단단한 철갑과 투구로 몸을 감싸고 날카로운 창을 든 금위군에게서는 의금부와는 비교할 수 없는 위용과 박력이 느껴졌다. 그들에게는 지금이 전투 상황이었다. 장검과 방패로 무장한 채 입구를 막고 서 있는 금위대장은 흡사 저승사자처럼 보였다. 왕은 금위군이 어떻게 알고 여기까지 왔는지 모르지만, 그렇다고 이 절호의 기회를 날려버릴 만큼 어리석진 않았다.

"뭣들 하고 서 있느냐?"

서린의 부축을 사양한 왕은 허리를 꼿꼿이 세우며 호령했다. 목에는 피멍이 들어 있었고 저고리는 반쯤 벗겨져 있었지만, 목소리만큼은 그 어느 때보다 위엄에 차 있었다. 왕은 서린의 동그란 어깨 너머로 천륜을 저버린 아들, 세자를 지그시 노려보면서 입을 열었다.

"죄인 이범을 잡아라."

어명은 묵직하고 간결했다. 그러나 병사들은 곧바로 움직이지 못하고 서로 눈치를 보며 미적거렸다. 세자의 몸에 손댄다는 게 어떤 의미인지 그들도 모르지 않았다. 그러자 이번에는 금위대장이 나섰다. 툇마루에서 굴러다니는 세자의 보검과 왕의 목에 남은 노끈 자국, 왕의 발치에 떨어진 노끈 토막을 본 그는 시해 정황이 사실임을 확인했다.

"금위군 전원, 어명을 받들라!"

고도로 훈련된 병사들은 직속상관의 명령에 즉각적으로 반응했다. 병사들은 범을 둥글게 에워싼 채 성큼성큼 다가가기 시작했다. 마치 사냥할 때 짐승을 모는 것처럼. 범은 물샐 틈도 없어 보이는 포위망을 곁눈질하며 고민했다. 자신이 죄인이 아니라고 금위대장을 설득하거나, 그와 그 부하들을 왕이 아닌 자신의 편으로 끌어들일 방법이 있을지. 그게 아니면 이 상황을 극적으로 역전시킬 수 있는 뭔가가 있을지. 아마도 생전 처음으로, 해답이 보이지 않았다.

"순순히 오라를 받으시지요. 저하를 다치게 하고 싶진 않습니다."

금위대장의 위엄 있는 음성을 듣는 순간 범은 세월이 거꾸로 흐른 듯한 착각이 들었다. 십삼 년 전, 설화당으로 어머니를 잡으러 온 금부도사 이의종을 대면하던 그 순간으로 돌아간 것 같았다. 그때 그놈이 뭐라고 했더라. 비키지 않으면 나도 다칠 거라고 했던가.

'난 이미 오래전부터 망가져 있었다.'

하늘의 계시를 받듯 범은 깨달았다. 이제 남은 기회가 없음을. 그때부터는 이성 아닌 본능이 주도권을 차지했다. 범은 바로 옆에 서 있는 병사를 양손으로 힘껏 떠민 후 찰나에 생긴 틈을 파고들어 재빨리 빠져나왔다. 그리고 그대로 문간을 향해 구르듯 달음박질쳤다.

"잡아라!"

"죄인이 달아난다!"

버선발로 마당을 가로질러 뛰어간 범은 암자로 들어오는 길목에 세워진 검은 말들을 발견했다. 금위군이 타고 온 말들이었다. 범은 손에 잡히는 대로 고삐를 잡아채고 능숙한 솜씨로 몸을 날려 말 등에 올라탔다. 고삐를 거칠게 당기며 말 옆구리를 세게 걷어차자 화들짝 놀란 말이 제자리에서 뛰어올랐다가 달려가기 시작했다.

"게 섰거라!"

질세라 뛰쳐나온 병사들이 하나둘씩 말에 올라탔다. 병사 세 명이 왕을 지키고 있었기에, 말도 세 필이 남았다. 지알과 함께 달려 나왔던 서린은 선봉에 선 금위대장을 향해 외쳤다.

"저희도 같이 가겠습니다! 이 근방 지리를 알고 있으니, 도움이 될 겁니다!"

"말 탈 줄 아느냐?"

서린은 대답 대신 고삐를 휘어잡고, 발 디딤대 없이 훌쩍 말에 올라탔다. 완벽한 승마 자세였다. 몸이 무거운 지알은 돌절구를 밟고 꾸물꾸물 말에 기어올랐다. 그걸 본 금위대장은 슬쩍 고개를 끄덕인 후 이랴 소리와 함께 출발했다.

최후의 추격전, 그 막이 오르고 있었다.

103

왕세자의 최후

"이랴!"

우렁찬 구령과 함께 말들이 바람을 가르며 달려 나갔다. 금위군은 고도로 훈련받은 정예군이지만 세자도 만만한 상대는 아니었다. 혹독한 훈련으로 체력과 마술(馬術)을 다졌고, 여기저기 사냥 다니면서 산길을 달리는 데도 익숙했다. 서로의 조건이 비등한 상황에서는 조금이라도 일찍 출발하는 게 결정적인 차이였다. 금위군은 범의 말이 달려가는 소리를 들을 정도로 바짝 따라붙었지만, 그 뒷모습이 보일 정도는 아니었다. 상대방은 잡힐 듯 아슬아슬하게 잡히지 않았다.

"저쪽에는 길이 없습니다! 이쪽으로 가셔야 해요!"

"여기서부턴 온통 자갈밭이야! 다들 정신 똑바로 차려!"

갈림길이 나오거나 지형이 바뀔 때마다 서린과 지알이 길잡이 노릇을 했다. 덕분에 처음 와보는 험한 산속에서도 금위군은 누구 하나 낙미하거나 뒤처지는 사람 없이 추격을 계속할 수 있었다. 그러나 세 갈래로 갈라진 길에 다다랐을 때는 서린과 지알도 난감해질 수밖에 없었다. 금위대장이 먼저 말을 멈추자 나머지 사람들도 일제히 말을 멈췄다. 모두가 혼란에 빠졌다.

"어느 쪽이지?"

말발굽 자국이 남아 있으면 세자가 어디로 갔는지 금방 알아낼 수 있을 텐데. 하필이면 밤이슬을 맞아 축축해진 낙엽이 온 길바닥을 덮고 있었다. 저 낙엽을 한 장 한 장 만지다 보면 어딘가에서 세자의 기억을 찾을 수 있진 않을까. 서린은 그런 생각을 떠올렸다가 곧장 지워버렸다. 여태껏 그녀의 경험상, 사물에 사념이 깃들려면 일정 시간 이상의 접촉이 필요했다. 그렇다고 셋으로 갈라지기엔 인원이 부족했다. 세자와 무력충돌이 벌어질 경우를 대비하려면 적어도 한 무리에 병사 둘 이상이 있어야 했다. 고민하는 와중에도 세자와의 간격은 점점 벌어지고 있었다. 서린이 초조함에 입술을 달싹이는 찰나, 등 뒤에서 스슥 수풀 움직이는 소리가 났다.

"왼쪽 길은 저희가 가보겠습니다. 금위군은 나머지를 맡아주시지요."

서린이 가장 좋아하는 목소리, 언제나 그녀를 안심하게 해주는 나지막한 목소리가 어둠에 실려 날아왔다. 다급히 뒤를 돌아보는 서린의 눈동자에 잔물결 같은 떨림이 일렁이고 있었다.

"무휘야!"

수풀을 헤치고 나온 무휘가 어느새 성큼 다가와 서린의 바로 뒤에 서 있었다. 그동안 비밀 쪽지로 연락을 취해오긴 했지만 얼굴을 보는 건 무휘가 끌려간 이후 처음이었다. 고된 옥살이를 하느라 반쪽이 된 얼굴 여기저기에 크고 작은 생채기가 난 것을 보고 서린은 제 살이 까진 것처럼 쓰라렸다. 그 상처들을 어루만져주려는 것처럼 저도 모르게 스르르 손이 올라갔다.

"오매, 섭한 거! 아씨 눈에는 무휘 놈밖에 안 보인당가? 우덜은 뭐 구신이다요?"

서린의 손끝이 무휘의 얼굴에 닿기 직전, 새까만 인영이 톡 튀어나와 구성진 사투리를 쏟아냈다. 마찬가지로 초췌해진 안색에 옷은 누더기가 됐지만 입만은 살아 있는 도야였다.

"그러게, 목숨 걸고 탈옥한 보람이 없네."

도야의 어깨 옆으로 고개를 쏙 내밀며 거든 사람은 채옥이었다. 항상 공들여 단장하던 쪽머리는 온데간데없고, 삐죽삐죽 튀어나와 산발한 머리를 높이 틀어 묶고 있었다. 다 해지고 찢어진 저고리 위에 검은 무복을 걸친 모습이 꼭 설화 속에 나오는 여장군처럼 보였다. 그녀에게 옷을 빌려준 장본인인 장별좌는 홑저고리만 걸친 차림으로 말고삐 세 개를 한 손에 쥐고 서 있었다. 서린과 눈이 마주치는 순간 그는 그녀가 물어보기도 전에 먼저 말해줬다.

"걱정 마라. 아버님은 안전한 곳에 모셔두고 왔으니."

서린은 고마움이 섞인 눈빛을 보냈다. 이제 그들은 눈짓만 주고받아도 서로를 이해하는 사이가 되어 있었다. 탈옥을 감행한 일행이 그대로 궁에 머물러 있을 수는 없었을 것이다. 안전한 피신처로 갈 수도 있었을 텐데 굳이 이곳으로 온 이유는 아마 세자를 직접 붙잡고 싶어서일 거라고, 서린은 그렇게 생각했다.

"지체할 시간이 없습니다. 저희가 왼쪽 길을 맡을 테니, 금위군이 두 갈래로 갈라져 가운뎃길과 오른쪽 길을 맡아주시지요."

장별좌는 금위대장을 보며 정중하지만 단호하게 말했다. 품계로 따지면 금위대장이 장별좌에게 명령을 내려야 했지만, 지금은 그런 걸 따질 때가 아니었다. 금위대장이 병사들을 두 개 조로 나누는 사이 서린 일행은 앞장서서 출발했다. 말을 탈 줄 모르는 도야는 무휘의 등 뒤에, 채옥은 장별좌의 등 뒤에 탔다. 너무 바짝 붙지 말라고, 채옥에게 잔소리하는 도야의 목소릴 들으며, 서린은 입술을 지그시 깨물었다.

'삼분지일(三分之一)…… 이 길 끝에 그자가 있을까?'

서린은 내심 자신들이 가는 길에 범이 있기를 바랐다. 지난 반년 동안 오직 동생의 살인범을 잡겠다는 일념으로 살아왔는데, 이제 와서 다른 사람의 손에 넘겨주고 싶지 않았다. 그에게 반드시 물어봐야 할 것도 있었다. 그동안 서린의 소망을 외면해왔던 것에 대한 사죄의 표시일까. 한없이 가혹하기만 했던 하늘이 마지막에 이르러서는 그녀의 말을 들어주었다.

"저기 있다!"

남다른 눈썰미를 자랑하는 도야가 길 끄트머리를 가리키며 버럭 고함쳤다. 과연 그 말대로 안장에 앉은 채 가볍게 흔들리는 희끄무레한 인영이 보였다. 목표물이 눈에 들어오자 말들의 속도는 더욱 빨라졌고 범과의 간격은 점차 줄어들기 시작했다. 이 악물고 박차를 가하던 서린은 어느 순간 범의 말이 확 느려졌다는 걸 깨달았다. 이대로 가다간 충돌할 것 같았다.

'왜 저러지?'

서린이 말고삐를 슬슬 늦추자, 무휘와 지알, 장별좌도 똑같이 했다. 경계 태세를 갖추며 다가가던 그들은 뜻밖의 장면과 맞닥뜨렸다. 나아가기를 거부하며 몸부림치는 말과 그런 말의 허리를 피멍 들도록 걷어차는 세자. 그제야 서린은 저 앞이 까마득한 낭떠러지라는 사실을 떠올렸다. 앞은 절벽, 뒤는 추격자들. 범에게는 이제 달아날 곳이 없었다.

"어딜 가십니까, 세자 저하?"

무휘의 나지막한 목소리가 차분하게 울려 퍼졌다. 그가 세자에게 직접 말을 거는 것은 처음이었다. 평소 같으면 상상 못 할 일이겠지만, 지금 이 순간 무휘는 왕족이 된 것처럼 당당했다.

"비겁하게 도망가지 말고 끝까지 죗값을 치르셔야죠. 그게 저하의 손에 희생당한 이들에 대한 최소한의 예의가 아닙니까?"

범은 들은 척도 하지 않았다. 완벽하게 우아한 자세로 말에서 내린 그는 난동 부리는 말의 고삐를 별 힘도 들이지 않고 감아쥔 채 끌고 갔다. 그러다 낭떠러지 바로 앞에 이르러 아슬아슬하게 걸음을 멈췄다. 조용히 돌아서는 범에게는 표정이 없었다. 공포도 불안도 수치심도 없었다. 오직 공허함만 있는 얼굴로 범은 혼잣말처럼 중얼거렸다.

"나더러 짐승처럼 꽁꽁 묶인 채 궁인들 앞에 나서란 말이냐? 재판을 받고 저자에 끌려 나가 백성들이 던지는 돌을 맞으라고? 버러지처럼?"

"마땅히 그리 하셔야지요. 그게 국법이고 인륜입니다."

이번에는 무휘 대신 서린이 나섰다. 그 말을 들은 범은 한층 짙어진 눈으로 서린을 응시했다. 마치 서린이 오늘 밤 처음 만나는 사람인 것처럼, 예전과는 전혀 다른 시선이었다.

"제법이구나. 이렇게까지 날 쫓아올 줄은 정말 몰랐는데."

"그러셨겠지요."

서린은 그간의 원한을 꾹꾹 눌러 담아 한마디 한마디 씹듯이 내뱉었다.

"나인이라고, 관노라고, 여자라고 깔보셨을 테니까요. 다른 사람도 아닌 제가 세자 저하를 끌어내리게 될 줄은 상상도 못 하셨을 겁니다."

사실 범은 서린만 깔본 게 아니었다. 그에게는 세상 모든 사람이 자기보다 열등했으니까. 감정 따위 있어봤자 방해만 될 뿐이라고, 그런 하찮은 것에 휘말리는 인간들이 무슨 위업을 달성하겠느냐고 속으로 비웃었다. 그런데 지금 이 상황은 무엇인가. 감정에 사무친 인간들이 서로 손잡고는 철저히 이성적이고 합리적이었던 그를 궁지로 몰아붙였다. 감정을 지닌 사람들에게는 연대하는 능력이 있었다. 그리고 그들이 한데 똘똘 뭉쳤을 때 그 힘은 계산할 수 없을 만큼 막강해진다. 범은 그 사실을 몰랐다. 누군가와 교감하고 협력해본 경험이 없는 탓이었다. 어쩌면 처음부터 이길 수 없는 싸움이었는지도 모른다. 범에게는 지극히 불공평하게 느껴졌지만, 돌이켜보면 그의 인생은 항상 그런 식이었다. 범은 씁쓸한 기분으로 자신의 패배를 인정했다.

"나한테 마지막으로 묻고 싶은 게 있겠지?"

다 안다는 듯 묻는 세자를 보며 서린은 울컥 치밀어 오르는 눈물을 삼켰다. 세자 앞에서 눈물을 보일 순 없다. 의연해져야 했다. 오로지 이 순간을 위해 기억을 읽고 또 읽으며 치열하게 달려오지 않았던가. 어떤 시련에도 굴하지 않고 일어나게 해줬던 단 하나의 질문 때문에.

"제 동생, 아린이, 왜 죽이셨습니까?"

서린은 핏덩어리를 토하는 심정으로 물었다. 그러자 범이 서린을 바라보았고 두 사람의 시선이 허공에서 얽혀들었다. 서린은 역설적이지만 범의 눈동자가 참 아름답다는 생각을 했다. 값비싼 흑진주처럼 매끄러운 광택을 발하지만 정작 그 검은빛에 가려 속이 보이지 않았다. 범은 그 흑진주 같은 눈을 한 번 감았다 뜨면서 태연하게 대답했다.

"이유 따윈 없다."

굳이 이유를 찾자면 재미있을 것 같아서 정도일까. 하지만 범은 서린에게 그렇게 말해줄 의향이 없었다. 서린이 평생 해답을 찾으며 괴로워하게 하는 것. 그게 그의 마지막 악행이었다.

말고삐를 움켜쥔 채 등부터 서서히 떨어지는 세자의 모습을, 서린은 경악에 차 바라보았다. 미처 제지할 틈도 없었다. 도야가 어어어 소리를 지르며 뛰어가는 게 보였지만, 이미 늦었다. 허공으로 낙하하는 범의 입술에서 흘러나온 말이 밤바람을 타고 귓가로 흘러들어왔다.

"버러지로 살 바엔 왕세자로 죽겠다."

범은 말과 함께 지상으로 추락했다. 한순간 몸이 둥실 뜨는 듯하다가 자갈 박힌 맨땅에 처박히는 순간, 허리가 돌아가면서 온몸의 뼈가 부러지는 느낌이 들었다. 벼락같은 고통이 머리부터 발끝까지 강렬하게 내리꽂혔다. 범은 차갑고 축축한 흙에 뺨을 대고 누운 채 신음했다.

"크으…… 흐으……."

자기가 들어도 인간 같지 않은 소리였다. 추하다. 단번에 죽고 싶었는데, 그와 동시에 혹시 살아날 수 있을까 하는 생각이 들었다. 우기고 이상한 일이었다. 그토록 지겹고 권태로운 삶이었는데, 막상 놓는다고 생각하니 아쉬워졌다.

'여기가 동궁전이라면 좋을 텐데.'

범은 내관들이 달려와 그를 일으켜 세워주고 나인들이 몸을 닦아 주는 장면을 환영처럼 떠올렸다. 아니, 이젠 동궁전에서도 환영받지 못할 것이다. 사실 그곳은 처음부터 그의 집이 아니었다. 남으로부터 빼앗은 집이었을 뿐.

'아프다, 아프구나.'

압도적인 고통이 모든 사고와 감각을 지배했다. 범은 그게 마음에 들었다. 어머니의 죽음을 본 그 순간부터 죽은 사람이나 다름없이 살아왔는데, 이렇게 강렬한 감각에 사로잡히니 그 어느 때보다 살아 있는 것 같았다. 살아 있을 시간이 얼마 안 남은 지금, 범은 자기 나름의 비뚤어진 방식으로 삶에 애착을 가져왔다는 걸 깨달았다.

"……저하! 저하!"

현실일까, 환상일까. 가물거리는 시야에 불쑥 나타난 꼬마 내관의 얼굴을 보며 범은 멍하니 생각했다. 꼬마 내관은 기이하게 뒤틀린 범의 몸뚱이를 보더니 그만 울음을 터뜨렸다.

"너……."

범은 꼬마 내관의 이름을 부르고 싶었지만 기억나지 않았다. 알려고 한 적도 없었다. 범은 핏물이 배어 나오는 입술을 간신히 떼었다.

"여긴…… 어떻게……."

"저하 혼자 임종을 맞으시게 할 순 없었습니다! 그래서 따라왔습니다!"

꼬마 내관 예성은 어깨를 바들바들 떨면서 흐느꼈다. 예성은 교지와 옥새를 훔쳐내긴 했지만 누구에게도 발각되지 않았으므로 도망칠 필요는 없었다. 그래도 굳이 고집 부려 장별좌를 따라왔다. 세자를 생포하겠다는 말을 듣고 도저히 가만히 있을 수가 없었다.

'저하는 영영 동궁전으로 돌아오지 못하시겠구나.'

오랫동안 왕족들을 보아온 예성은 잘 알았다. 그들은 차라리 목숨을 버릴지언정 체면과 자존심을 버리진 못한다는 것을. 아마도 세자는 잡히기 전에 자진할 것이다. 그렇게 생각한 순간 조내관의 자애로운 얼굴이 떠올랐다. 그라면 어땠을까. 악인 중의 악인인 세자지만, 그래도 외롭고 쓸쓸하게 혼자 죽도록 내버려둬선 안 된다며 달려가지 않았을까. 하필이면 추격전에 가담하는 대신 홀로 산 밑을 서성이던 자신의 발치에 세자가 떨어진 것을 보고, 예성은 죽은 조내관의 영혼이 도와줬다는 생각을 떨쳐버릴 수가 없었다.

"너도…… 날……."

범은 가빠지는 호흡 속에서 띄엄띄엄 내뱉었다. 여기 있는 걸 보니 너도 날 배신한 게로구나. 그 말을 하려 한다는 걸 눈치챈 예성은 울먹이며 변명했다.

"윤나인은 제 친구입니다, 저하! 곤경에 처했는데 돕지 않을 수 없었습니다. 그리고……."

예성은 또 하나의 이름을 차마 꺼내지 못하고 목구멍으로 삼켰다. 범이 조내관을 죽였다는 것만 알게 되지 않았더라도 예성은 세자의 심복으로 쭉 남아 있었을지도 몰랐다. 범은 입안을 가득 메운 비릿한 피 맛을 느끼며 중얼거렸다.

"친구…… 친구라……."

범이 서린에게 절대 말해주지 않은 게 있었다. 고된 옥살이와 문초를 겪으면서도 그녀의 동료들이 단 한마디도 그녀에게 해가 될 만한 말이나 원망하는 말을 하지 않았다는 것이다. 범은 이해할 수 없었다. 왜 남을 위해 고통과 고초를 감내한단 말인가? 단순히 돈이나 권력이 아닌, 그들을 묶어주는 뭔가의 정체가, 범은 궁금하지 않을 수 없었다.

"내게도…… 그랬다면……."

내게도 그런 친구가 있었다면, 나 자신을 있는 그대로 사랑해주고 지지해주는 사람이 있었다면 뭔가 달라졌을까. 생의 끝자락에서 범은 그런 생각을 하고 있었다. 눈치 빠른 예성은 이번에도 범이 하고 싶은 말이 뭔지 곧장 알아차렸다. 예성의 흐느낌이 더욱 거세어졌다.

"저하께도 있었습니다……. 정말 좋은 친구가…… 세상에서 제일 충직한 친구가요……!"

그 말을 듣는 순간 선홍빛으로 얼룩졌던 범의 시야가 환해지며 누군가의 모습이 떠올랐다. 주름진 얼굴에 우묵한 두 눈이 나귀를 연상시키던 늙은 내관이었다. 범의 손에 죽어가면서도 마지막까지 그를 지켜주려고 했던 선량한 이였다. 인간다워질 유일한 기회를 스스로 내팽개쳤다는 걸, 범은 너무 늦게 깨달았다. 눈꺼풀에 아로새겨진 조내관의 초상이 사라지는 것과 동시에 삶을 붙잡고 있던 범의 미련도 함께 사라졌다. 범은 희미하게 미소 지으며 눈을 감았다.

'죽음이란 뭘까. 이제 난 어떻게 되는 걸까.'

예전에 헌이 죽음에 대해 한 말이 있었지. 컴컴한 어둠 속에 영영 혼자 남겨지는 그런 것이라고 했던가. 그동안의 삶에 비하면 그리 나쁘지 않겠다는 생각이 들었다. 어차피 범이 기억하는 한 그는 언제나 혼자였으니까. 그것이 세자 이범의 뇌리를 스쳐간 마지막 생각이었다.

104

망자 재판

"지금부터 대역죄인 이범에 대한 재판을 시작하겠다."

조선의 세자가 훙서(薨逝)•한 지 일주일 후 의금부에서는 죄인 없는 재판이 열렸다. 아직 공석으로 남아 있는 의금부부사 대신 왕은 청렴 공정하기로 정평이 난 양천현령을 불러들여 정국(庭鞫)••을 맡겼다. 현령은 의금부 대청 한가운데 자리 잡았고, 그 왼쪽과 오른쪽에는 각각 용과 봉황을 아로새긴 긴 의자가 놓였다. 용이 그려진 의자에는 왕이, 봉황이 그려진 의자에는 대군과 부부인이 앉아 있었다.

"별좌 장길상, 나인 윤서린, 나인 함채옥, 내관 신예성, 가마꾼 무휘와 도야는 들라."

현령이 명령하자 서린과 그 동료들이 오라에 묶인 채 줄줄이 걸어 들어왔다. 비록 죄인의 신분이었지만 그들의 얼굴은 하나같이 자랑스럽게 빛나고 있었다. 서린은 의금부 앞마당에 무릎 꿇은 채 그동안

• 왕족의 사망
•• 사헌부나 의금부가 아닌 외부 관리가 추국을 주관하는 것

있었던 일들을 소상히 고했다. 예성이 일러준 궁의 비밀 장소 중 한 곳에 숨겨두었던, 조내관이 죽으면서 남긴 일지도 제출했다. 그동안 궁인들이 죽거나 다친 장소와 시각이 세자 이범의 동선과 정확히 일치한다는 사실이 드러났다. 부부인 서씨의 역모죄 증거로 보관되어 있던 피 묻은 곤룡포와 세자빈 연씨가 남몰래 간직하고 있던 아기나인의 저고리는 이미 만천하에 드러난 후였다. 서린의 기나긴 이야기가 끝난 후 현령은 입을 열었다.

"그대들은 그 사실들을 밝혀내는 과정에서 숙원 강씨 마마의 물건을 훔치고, 탈옥을 주도하거나 그에 가담하고, 옥새와 교지를 훔쳐 주상 전하의 칙서를 위조하는 등 수많은 죄를 저질렀다. 이를 인정하는가?"

"예, 인정합니다."

서린은 담담히 대답했다. 이제 여한이 없었다. 처벌이 내려진다 해도 달게 받을 작정이었다. 또다시 궁에 피바람이 불어닥치는 건 누구도 원치 않을 테니, 사형은 면할 가능성이 컸다. 어쩌면 어딘가 먼 곳으로 귀양 가게 될지도. 서린은 그것도 괜찮을 것 같았다. 살인마 세자가 다스리는 동궁전을 겪어보고 나니 무서울 게 없었다.

"인정합니다."

"저도 인정합니다."

"뭐, 그라지라."

무휘와 장별좌, 예성과 채옥, 도야까지 고분고분 죄상을 인정하자 현령은 엄숙하게 고개를 끄덕였다. 추국은 여기서 끝이 아니었다. 현령은 활짝 열려 있는 의금부 문 쪽에 대고 외쳤다.

"나인 최순애는 들라."

기다리고 있었다는 듯 곧바로 순애가 걸어 들어왔다. 그녀는 포박된 몸이 아니었다. 얼굴 여기저기에 멍과 흉터가 남아 있었지만 비교적 멀끔한 몰골을 하고 있었다. 대군과 함께 설화당에서 나온 부부인 서씨가 제일 먼저 한 일이 바로 순애를 옥에서 꺼내온 것이었다. 의녀 단금의 진료와 동료 나인들의 극진한 돌봄을 받으며 순애는 빠르고 원만하게 회복되고 있었다.

"알고 있는 그대로 낱낱이 고하라."

한때 주인어른으로 모셨던 현령의 명령이 떨어지자 순애는 미리 준비한 듯 침착한 태도로 자신에게 있었던 일들을 털어놓았다. 처음부터 세자를 의심했던 부부인 서씨는 궁에서 가장 신뢰하는 사람인 순애에게 세자에 대한 뒷조사를 맡겼다고 했다. 그러다 조내관이 죽자 조사 범위 또한 확대하도록 했다. 부지런히 궁인들을 만나고 다니던 순애는 친경이 열리던 날 새벽, 침소 문을 열고 쳐들어온 방자들에게 붙잡혀 동궁전으로 끌려갔다. 오라버니가 옥에 갇혔다는 청천벽력 같은 소식과 함께, 세자는 그녀에게 결코 거부할 수 없는 거래를 제안했다.

"부부인 마님이 세자빈 마마를 저주했고 제가 그걸 도왔다는 걸 다 알고 있다고 했습니다. 증거도 있다고요. 순순히 자백하고 협조하면 저와 제 오라버니의 목숨만은 살려주겠다며, 가담한 다른 사람들의 이름도 실토하라고 했습니다."

하지도 않은 일에 연루된 사람들을 지목할 순 없는 노릇이었다. 순애는 누구누구가 아니냐며 세자가 은근히 일러주는 대로 연신 고개를 끄덕였고, 그 이름들을 외워두었다가 왕 앞에 끌려갔을 때 읊었다. 그 후로 벌어진 일은 모두가 아는 대로였다. 현령은 자신의 딸을 배신한 몸종을 질책 어린 눈으로 내려다보며 추궁했다.

"비록 협박을 당했다 하나, 일국의 대군비에게 역모에 준하는 누명을 씌운 건 용서받을 수 없는 중죄다. 이를 알고 있느냐?"

순애는 체념한 듯 고개를 끄덕였다. 비스듬히 비낀 그녀의 시선은 현령이 아니라 그 오른쪽에 앉아 있는 서씨를 향해 있었다. 순애는 투명한 이슬이 고인 눈으로 중얼거렸다.

"……제 마음은, 평생 모셨던 아씨를 배신했을 때 이미 죽은 거나 다름없습니다. 어떤 벌이든 달게 받겠습니다."

이미 죽은 죄인은 할 말이 없었기에, 추국은 신속하게 끝났다. 본래 재판권을 가진 건 의금부고 이 재판을 주도한 건 현령이지만, 왕이 참석한 이상 최종 결정은 그의 몫이었다. 왕은 턱을 괸 채 고개를 갸우뚱 옆으로 기울이며 고심하기 시작했다. 국법에 따르면 죄인이 공적을 세웠더라도 죄가 사라지는 건 아니어서 본래 참수형에 처할 죄라면 종신형이나 유배형으로 낮춰주는 게 고작이었다. 모여든 궁인들 사이에, 긴장감에 가득 찬 적막이 오랫동안 흘렀다.

"주상 전하, 소첩이 한 말씀 올려도 되겠습니까?"

태산 같은 침묵을 깨뜨리고 일어난 사람은 서씨였다. 머리카락을 자른 그녀는 무거운 어여머리를 던져버리고 단순하게 올림머리를 했는데, 이목구비가 잘 드러나면서 제 나이에 맞게 젊고 우아해 보였다. 유폐당하는 경험을 통해 그녀도 한층 성숙해졌다. 왕을 향해 깊이 고개 숙이는 그녀의 태도는 예전보다 훨씬 온건하고 차분해 보였다.

"그래, 편하게 말해보거라."

왕 또한 둘째 며느리를 대하는 태도가 완전히 달라져 있었다. 어쩌면 대군이 설화당에 갇혀 있을 때 아내를 버리라고 강요한 것이 미안해서인지도 몰랐다. 그 사실을 모르는지, 아니면 알면서도 신경 안 쓰는 건지는 알 수 없지만 서씨는 공손하고 예의 바른 투로 말을 꺼냈다.

"윤나인이 아니었다면 성인군자의 탈을 쓰고 있던 세자 이범의 실체를 누구도 알아차리지 못했을 것입니다. 조선 왕조는 인륜과 도덕을 모르는 역대 최악의 왕을 맞이했을 것이고, 셀 수 없이 많은 목숨이 드러나지 않는 음지에서 스러졌을 것입니다."

서씨는 거기서 잠시 숨을 골랐다. 의금부 앞마당을 넘어 문간까지 빽빽이 메운 백여 명의 시선이 오로지 그녀의 입에 집중되어 있었다. 서씨는 그들을 천천히 둘러보며 말을 이었다.

"윤나인과 그 동료들은 억울하게 희생당한 이들의 원(怨)을 풀어주었고, 이 왕조와 나라를 구했습니다. 그 치적은 가히 장대하니, 사소한 과오는 묻어두는 게 어떨까 합니다. 그게 이 조선의 백성들, 그리고 이 궁을 지키는 궁인들의 뜻이라 생각합니다."

말을 마친 서씨는 다시 대군의 옆자리에 앉았다. 몇몇 나인과 내관들이 저도 모르게 손뼉을 치려다 의금부 관원들의 눈짓에 제지당하는 게 보였다. 서씨의 제안을 들은 왕은 뭔가 생각하는 듯 뜸을 들였다. 턱을 받치고 있던 그의 손이 스르륵 아래로 내려가 목을 어루만졌다. 붉은 곤룡포의 흰 목깃 안쪽에는 아직도 푸르스름한 피멍과 불긋한 울혈이 남아 있었다. 왕은 목 졸린 자국을 가리려는 것처럼 손바닥을 펼쳐 지그시 누르면서 천천히 입술을 뗐다.

"부부인 말에는 어폐가 있구나. 짐을 참칭하고, 금위군을 멋대로 움직인 건 결코 사소한 과오라 할 수 없다. 따라서 그들의 치적과 관계없이 무겁게 벌해야 할 터."

왕이 눈을 부릅뜨자 마당에 흐르던 공기가 서늘하게 식었다. 상궁들 사이에 섞여 재판을 지켜보던 문상궁은 현기증이 일어난 듯 비틀거렸다. 문상궁의 손이 기둥을 짚는 순간 왕이 곤룡포 자락을 떨치며 용상에서 일어났다. 그는 심각한 표정으로 서린과 채옥을 내려다보았다.

"우선 나인 윤서린과 나인 함채옥은 부제조상궁으로 임명해 내전 창고를 관리하면서 국가 재산의 소중함을 뼈저리게 배우도록 하겠다."

"네?"

바짝 엎드려 있던 채옥이 저도 모르게 그만 몸을 일으키며 소리쳤다. 상궁이 되기 위해선 궁궐에서 삼십 년을 살아야 했다. 월봉이 엄청나게 오르고, 궐내에 숙소를 따로 마련할 수 있으며, 여러 명의 방자와 나인을 나랏돈으로 부릴 수 있어서 나인 때와는 비교할 수 없을 만큼 안락하게 살 수 있었다. 이건 처벌을 빙자한, 조선 왕조 역사상 가장 파격적인 승진이었다. 어마어마한 포상에 놀란 두 여자가 입을 다물지 못하는 와중에 왕은 판결을 계속해나갔다.

"가마꾼 무휘, 도야. 이 천하에 건방지고 괘씸한 놈들. 저런 놈들은 궁에서 가마를 멜 자격도 없다. 퇴직금 조로 삼백 냥씩 주고 내쫓아 버려라."

삼백 냥이면 번듯한 기와집 한 채를 살 수 있는 큰돈이었다. 도야의 입은 떡하니 벌어져 나방 몇 마리가 들어가서 돌아다녀도 모를 지경이었다. 무휘 또한 눈이 휘둥그레진 건 마찬가지였다. 왕은 그런 그들을 보고 통쾌한 듯 코웃음을 치면서 몸을 돌리려다가 문득 동작을 멈췄다. 그리고 무휘와 도야를 손끝으로 차례대로 가리키며 용상 옆에 선 상선내관에게 지시했다.

"듣자 하니 저놈은 칼을 잘 쓰고, 저놈은 손재주가 좋다지? 훈련원(訓鍊院)•과 별례방(別例房)••에 집어넣어 한 수 배우게 하여라. 그럼 더는 그 어쭙잖은 재주를 믿고 설치지 못하겠지."

훈련원은 무과에 합격한 양민만, 별례방은 잡과에 합격한 양민만 들어갈 수 있는 곳이었다. 신분이 불분명한 무휘와 도야로서는 꿈도 꿔볼 수 없는 기회였다. 지옥에 갈 각오를 하고 있다가 느닷없이 극락으로 끌려온 도야는 뭐라 대답도 못 하고 어버버 하다가, 벌어진 입을 손으로 가리며 제가 할 수 있는 최대한의 표현을 했다.

"워매! 워어매애!"

왕은 슬그머니 올라가려던 입꼬리를 얼른 감추었다. 이게 포상의 현장이라는 걸 다들 알고 있었지만, 그래도 외견상으로는 꾸짖고 벌주는 것처럼 보여야 했다. 왕은 다음 사람을 호명했다.

"별좌 장길상."

"예, 전하."

황송하다는 듯 고개를 조아린 장별좌를 왕은 흥미 어린 눈길로 내려다보았다. 감옥을 지을 수 있는 사람은 많지만 거기서 빠져나올 수 있는 사람은 거의 없다. 얼음을 훔칠 수 있는 사람 또한 많겠지만 그걸 감쪽같이 되찾아올 만한 사람은 이 조정에 없었다. 이런 인재를 가까이 두고도 몰랐다니. 지금이라도 알아서 다행이다 싶은 게 왕의

• 무관 조직 및 무예 교육을 담당하는 기관
•• 궁중 건물과 물품의 보수 및 제작을 담당하는 기관

솔직한 심정이었다.

"지난해부터 이어진 수해와 흉년, 풍토병, 그리고 이번 세자의 일까지 겹쳐 조선 곳곳이 혼란과 도탄에 빠져 있네. 과인을 대신해 전국을 사찰하며 부패한 탐관오리들을 척결할 사람이 필요한데, 알다시피 워낙 고되고 험한 일이라 누구도 선뜻 나서려 하지 않는군."

왕은 일부러 고되다, 험하다고 강조했지만 장별좌는 이미 그 말뜻을 알아들었다. 더러운 흙먼지가 묻은 얼굴에 은근한 미소가 번져나갔다. 잘나신 양반님네들처럼 온갖 추태 부려가며 권세를 잡고 싶은 욕심은 없었지만 그렇다고 자신의 능력을 발휘할 기회를 포기하고 싶진 않았다.

"그대의 죗값은 공무를 수행하는 것으로 치르도록 하겠다. 요리조리 신출귀몰하는 재주가 있는 듯하니, 어디 한번 조선팔도를 떠돌며 실컷 고생해보거라."

왕의 손짓에 맞춰 현령이 금으로 장식한 궤를 가져오는 것을 보고 군중은 이게 미리 짜놓은 판이라는 걸 깨달았다. 그래도 누구 한 사람 이의를 제기하지 않았다. 왕이 직접 궤를 열자 두 마리의 말이 조각된 금빛 마패가 눈부신 자태를 드러냈다. 내게 저 마패를 받을 자격이 있을까. 없다면 지금부터 만들어나가면 된다. 시원하게 결론 내린 장별좌는 고개를 조아린 채 왕이 하사한 마패를 받아들었다.

"이 한 몸 바쳐 어명을 수행하겠나이다."

서씨는 이 모든 것에 무척이나 흡족해하는 표정이었다. 대군도 마찬가지였다. 왕은 순애에 대해서는 아무런 처분도 내리지 않았다. 그녀의 죄를 따로 묻지 않고 조용히 넘어가겠다는 암묵적인 용서의 표시였다. 재판이 끝났다고 판단한 현령이 폐정(閉廷)을 선언하려는 순간이었다.

"잠시만 기다려주십시오, 전하! 마지막으로 아뢸 말씀이 있사옵니다!"

무엄함을 무릅쓰고 왕 앞까지 달려 나간 사람은 서린이었다. 그녀는 속적삼 안에서 꾸깃꾸깃 접은 종잇장을 꺼내놓았다. 왕은 서린에게 이게 뭐냐고 눈으로 물었고 그녀는 대답했다.

"조내관이 유품으로 남긴 지도입니다. 이곳에 자신의 마지막 회한을 묻어놨다고 하면서 때가 됐을 때 전하께 보여드리라 당부하였습니다."

조내관이 말한 그때란 언제였을까. 세자의 죄상이 밝혀질 때일까. 그가 죽었을 때일까. 그도 아니면 영원히 오지 않을 언제일까. 서린은 알지 못했다. 하지만 한 가지는 확실했다. 여기 모인 모든 사람의 어깨에는 조내관이 알리려고 했던 진실의 마지막 한 조각까지 들여다보아야 할 책임이 지워져 있다는 것. 왕도 같은 생각을 한 모양이었다. 그는 서린이 상선내관에게 건네준 지저분한 종잇장을 물끄러미 바라보다가, 천천히 힘주어 고개를 끄덕였다.

"열어보라."

105

뼈의 기억

"깊이, 더 깊이 파라!"

잡초와 풀뿌리가 나뒹구는 공터에서 덩치 큰 장정들이 호령에 맞춰 곡괭이질을 하고 있었다. 얼마 전까지만 해도 왕실 텃밭이었던 곳. 산짐승이 몰려와 자꾸 파헤치는 바람에 결국 갈아엎어버린 곳. 범과 헌이 새끼 살쾡이를 사냥할지 말지를 두고 언성을 높였던 바로 그곳이 조내관이 비밀 지도로 남겨놓은 장소였다. 일부러 그런 건지 엉성하게 만들어놓은 지도를 해독하지 못해 다들 갈팡질팡하던 중 서린이 불러온 동산바치가 텃밭 주변에 그려진 희귀한 산꽃들을 알아보았다. 왕도, 부부인도, 심지어 서린도 여기가 정말 조내관의 비밀이 숨겨진 곳인지 반신반의했다. 힘센 방자들을 이끌고 올라와, 버려진 땅 변두리에 꽂힌 깃발을 발견하기 전까지는. 내관의 푸른 옷소매를 잘라 기다란 장대에 묶어놓은 사람, 그건 조내관일 터였다.

"저, 전하!"

장대 가장 가까운 곳에서 곡괭이질 하던 방자 하나가 저도 모르게 소리쳤다. 그가 바닥에 내리꽂은 곡괭이 날이 부드러운 흙이 아닌 뭔가 단단한 물체를 찍은 것이다. 아들 내외와 함께 그쪽으로 다가가는 왕의 얼굴에 긴장한 기색이 역력했다. 방자의 손에 들린 것은 흙투성이가 된 작은 목함이었다.

"열어보라."

어명을 받은 상선내관이 조심스럽게 함을 열어 왕의 목전에 내밀었다. 뭔가 대단한 것이 들어 있을 줄 알았건만 달랑 종이 한 장이 구겨져 있는 것을 보고 왕은 의아한 표정이 되었다. 그러나 그것도 잠시뿐, 종이에 쓰인 글을 빠르게 읽어나가는 왕의 눈매는 딱딱하게 굳어졌다.

보잘것없는 저희를 치하해주신 은혜, 뼛속까지 깊이 새겨 잊지 않겠사옵니다. 마음으로 함께해주신다는 말씀은 무궁한 영광이며, 그 표식으로 알려주신 별호도…….

그건 바로 범이 역모를 꾸몄던 젊은 무관들과 주고받았던 서신 중 한 장이었다. 앞뒤 맥락을 정확히 알 수는 없었지만 거기 적힌 내용만으로도 윤대감의 별호를 범이 그들에게 알려주었음을 짐작할 수 있었다. 조내관은 범이 설화당 부뚜막에 들어오던 그 찰나의 순간을 이용해 이 결정적인 한 장을 숨기는 데 성공한 것이다.

"오래전부터 우려했던 것이 현실로 드러났구나."

왕이 내쉬는 깊은 한숨에서 회한이 느껴졌다. 이것으로 명백해졌다. 살인 사건들이 일어나기 훨씬 전부터 세자는 막돼먹은 인간이었고, 부왕과 신하들을 제 꼭두각시처럼 갖고 놀았다는 사실이. 종이를 곱게 접어 가슴 안주머니에 넣은 왕은 미안함이 담긴 눈으로 서린을 보았다.

"이것으로 윤승현의 결백이 밝혀졌으니, 그의 신원이 최대한 빨리 이루어지도록 하겠다. 너희 부녀의 신분과 재산도 돌려줄 것이다. 윤승현이 원한다면 벼슬도 내리겠다."

"……성은이 망극하옵니다."

서린은 가볍게 절하며 공손하게 말했다. 돌이킬 수 없을 만큼 쇠약해진 아버지는 살벌한 전쟁터나 다름없는 벼슬길에 다시 오를 맘이 추호도 없을 것이다. 그렇지만 왕이 이런 말을 했다는 것만으로도 아버지에게는 충분한 위안이 될 터였다. 천천히 몸을 일으키는 서린의 시야에, 삽을 들고서 궤가 발견된 자리를 메우려고 하는 방자들의 모습이 보였다.

"전하, 땅을 더 파보게 하시지요."

"음?"

"조내관이 숨기려고 했던 비밀이 아무래도 저게 전부가 아닌 것 같습니다."

방자들이 땅을 파는 동안 서린도 놀고 있던 건 아니었다. 그녀는 여기저기 흩어져 있는 마른 나뭇가지와 잎들을 만져보며 뭐라도 좀 더 알아내려고 했다. 한 해 살고 죽었다 다시 피어나는 식물의 특성 때문일까. 기대했던 것만큼 선명한 사념은 남아 있지 않았다. 하지만 텃밭 어귀에 있는 썩은 등걸에서 서린은 어느 무더운 여름날 그곳에 앉아 땀을 식히던 한 남자의 어렴풋한 기억을 읽어냈다. 푸른 옷에 검은 반장화를 신고 있던 남자. 서린은 그가 조내관일 거라고 생각했다. 하지만 기억 속에 보이는 그의 손등은 주름 없이 팽팽했다. 어쩌면, 조내관은 아주 오래전부터 이 밭에 드나들었던 건 아닐까. 친분도 없던 관료 한 명이 누명을 썼다는 걸 알고도 밝히지 못한 것을 '마지막 회한'이라 표현하진 않았을 거라고 서린은 생각했다. 왕은 서린을 지그시 응시하더니, 획 고개를 돌려 삽을 든 방자들에게 명령했다.

"멈추지 말고 계속 파보아라! 저곳 말고 다른 곳도!"

어명은 곧 천명(天命). 반 시진 동안 땀을 뻘뻘 흘리며 일한 방자들은 불평 한마디 없이 삽을 내려놓고 곡괭이를 잡았다. 처음에는 왕의 변덕이려니 했다. 그러나 사람이 들어갈 만큼 깊어진 구덩이에서 희끄무레한 물체가 튀어나왔을 때, 맥 빠지던 분위기는 일순간 돌변했다.

"저, 전하!"

자그마한 머리뼈를 양손에 받쳐 든 방자가 벌벌 떨며 왕을 불렀다. 방자를 돌아본 왕은 두 눈을 부릅떴다. 왕실 텃밭에 묻힌 뼈라니. 이건 결코 좋은 징조일 수가 없었다. 왕보다 한 발 앞서 그쪽으로 성큼성큼 걸어간 장별좌가 뼈를 받아들고 유심히 살펴보더니 왕에게 고했다.

"뼈의 크기나 모양을 보아하니 사람의 것은 아닙니다. 어린 짐승의 유골인 듯합니다."

그나마 다행이라고 왕이 안도의 한숨을 내쉬려는 찰나, 텃밭 반대편에서 어엇 하는 고함이 들려왔다. 그리고 그 맞은편에서도, 건너편에서도. 동시에 판 여러 개의 구덩이 속에서 비슷비슷하게 생긴 뼈들이 번갈아 튀어나오고 있었다. 사람 손목만 한 길이의 다리뼈도 있었고, 손가락만 한 꼬리뼈, 주먹보다 조금 큰 머리뼈도 있었다. 그중 일부는 둔탁한 흉기에 맞은 것처럼 함몰되어 있거나, 도끼날에 내리찍힌 자국이 나 있었다. 끝도 없이 나오는 뼈와 그 뼈들에 남은 잔혹한 흔적에 모두가 경악을 금치 못했다.

"이게 다 무엇이란 말인가!"

"살다 살다 이렇게 끔찍한 광경은 처음 보는군."

서린은 이제야 비로소 알 수 있었다. 세자의 살인 욕구는 어제오늘 생긴 게 아니었다. 어린 시절부터 지금까지, 그에게는 그 어두운 욕망을 해소할 배출구가 필요했을 것이다. 사냥터에서는 지켜야 할 법도라는 게 있었다. 화살을 쏘아 여우 몇 마리를 단번에 죽이는 정도로는 세자의 목마름을 해결하기에 턱없이 부족했으리라. 그래서 세자는 궁 안팎에서 기회가 있을 때마다 눈에 띄는 동물을 잡아 죽였고, 그 뒤처리는 전부 조내관이 떠맡게 된 것이다.

'십 년이 넘는 세월을, 밤마다 이곳에 올라와 시체를 파묻는 데 흘려보내셨구나.'

혹시라도 세자의 이런 기행이 들키기라도 할까 봐 저토록 깊게 땅을 팠던 조내관의 심정을 그려보자 서린은 참담해졌다. 공복 소매를 걷어붙이고 비 오듯 땀을 쏟아가면서 조내관은 무슨 생각을 했을까. 그게 진정 세자를 위한 길이라 믿었을까. 단도를 쥐고 자신을 향해 한 걸음 한 걸음 다가오는 세자를 봤을 때는 어땠을까. 아마도 그 순간 조내관은 자문했을 것이다. 세자의 살인 욕구를 무작정 은폐하지 않고 널리 알렸더라면, 그래서 남들을 해칠 수 있는 권력과 재력을 그의 손에서 빼앗았더라면, 고장 난 마음을 치료받을 수 있도록 도와주었더라면 이 모든 게 달라졌을까 하고. 이제 그 해답은 영영 알 수 없게 되었다.

"여기서 발견한 유골들은 모두 증거물이다. 하나도 남김없이 자루에 넣어라."

장별좌는 어느새 능숙한 솜씨로 방자들을 지휘하고 있었다. 반 시진으로 끝날 줄 알았던 노동은 반나절, 그리고 다시 한나절로 연장되었다. 작업이 다 끝났을 때 커다란 마대 자루 세 개가 전부 뼈로 가득 차 있었다. 아들의 손에 희생된 작고 가련한 영혼들이 지켜보는 가운데 왕은 세자가 아닌 죄인 이범에 대한 최종 판결을 내렸다.

"이범을 왕세자에서 폐하라. 시신의 목을 베어 저자에 내걸고, 사지는 사대문 밖에 한 짝씩 내버려 들개들이 뜯어 먹게 하라."

죽은 세자의 영혼이 어디선가 이 장면을 지켜보고 있을까. 어명 앞에 줄줄이 무릎 꿇는 사람들을 보며 서린은 기묘한 기분에 사로잡혔다. 악독한 세자를 처단하면 십 년 묵은 체증이 싹 내려간 것처럼 시원할 줄 알았는데, 다시 행복해질 수 있을 줄 알았는데, 그렇지가 않았다. 처음부터 줄곧 불가능해 보이던 복수였다. 끝없이 밀려드는 역경을 딛고 그 누구도 이룬 적 없던 복수의 과업을 달성한 지금, 서린의 가슴을 가득 메우는 건 허망함이었다.

'복수란 게 이런 거였구나.'

가해자와 희생자의 핏물로 상처를 씻어내면 아무 일도 없었다는 듯 일상으로 돌아갈 수 있다고, 모두가 그렇게 믿는 듯했다. 하지만 서린은 아니었다. 그녀는 죽어버린 이 황량한 땅에 서서 멍하니 궁금해할 뿐이었다. 정말 정의가 실현된 것이라면 자신의 동생과, 채옥이 연모했던 남자와, 조선 역사상 가장 충직했던 내관과, 가여운 누렁이의 주인은 왜 돌아오지 않는지.

"수고 많았다, 윤나인. 아니, 윤상궁이라고 해야 하나?"

왕은 가마에 오를 준비를 하며 서린에게 넌지시 인사를 건넸다. 반쯤 넋이 나가 있던 서린은 윤상궁이라는 낯설기 그지없는 칭호에 번쩍 정신이 들었다. 이곳에 함께 오지 않은 채옥에게 문득 생각이 미쳤다. 채옥은 이제 곧 상궁마마가 된다는 경사를 알리기 위해 도성에 사는 가족들과 일가친척 모두에게 서신을 보낼 거라고 했다. 녹봉이 올라가면 사고 싶은 것들, 하고 싶은 일들을 하나하나 손꼽아보는 채옥은 정말 행복해 보였다. 하지만 서린은 아니었다. 상궁 승급 소식을 들었을 때도 놀랍긴 했지만 기쁘진 않았다. 마음을 굳힌 서린은 왕을 향해 조용히 고개를 숙이며 말했다.

"아뢰옵기 황공하오나 전하, 저는 상궁 승급을 받아들이지 않겠습니다."

"받아들이지 않겠다고? 난 그대가 궁에 남고 싶어 하는 줄 알았는데……."

궁녀 중에는 관노나 양민이 많지만 가끔 반가(班家)의 여식도 있었다. 어차피 여자는 벼슬길에 오를 수 없으니 상궁이 된다면 결코 손해 보는 일은 아니었다. 왕도 그것을 알기에, 서린에게 상궁 자리를 제안한 것이었다. 서린은 가장 존경하는 상궁의 모습을 머릿속으로 그려보았다. 음식 솜씨는 가히 신묘하고, 윗사람을 공경하고 아랫사람을 살필 줄 알며, 어른스럽고 따뜻한 마음씨를 가진 문상궁. 서린은 그녀를 존경했지만 결코 그녀처럼 될 수는 없었다. 그녀처럼 한평생 낮은 담 안에 펼쳐진 세상에 만족하며 살아갈 자신도 없었다.

"……."

서린은 홀연히 자신의 왼손을 내려다보았다. 처음에는 동생의 살인범만 찾고 나면 이 능력도 다시 봉인하려 했었다. 그런데 세자가 죽은 현재 시점에도 그녀는 몸에 밴 것처럼 자연스럽게 다른 사람의 기억을 읽어내고 있었다. 서린은 더 이상 그 능력의 힘에 종속되지 않았다. 사물과 접촉하는 시간과 강도를 조절해 굳이 천으로 싸매지 않더라도 원하는 때만 능력을 발동시킬 수 있게 되었고, 그 후폭풍도 적당히 계산해서 감당할 수 있었으며, 특수한 조건에서만 가능한 일이긴 하지만 자신이 본 기억들을 남에게 전달해줄 수도 있었다. 이제 서린은 이 기이한 힘의 온전한 주인이었다. 이 힘을 활용하면 얼마나 많은 사람들을 도울 수 있을까. 그걸 생각하면 서린은 벌써부터 가슴이 두근거렸다. 이제 확실해졌다. 자신이 하고 싶은 게 무엇인지. 서린은 왕을 향해 절을 올리며 정중하게 요청했다.

"이곳에서 제가 할 일은 끝났습니다. 윤허하신다면, 이제 그만 떠나고 싶습니다."

106

미래를 읽는 여인

‘여기 올 때는 아린이와 단둘이었는데.’

동궁전 앞에 선 서린은 일 년 전, 입궁하던 날을 떠올리며 서글픈 미소를 머금었다. 사람 일이란 게 한 치 앞도 내다볼 수 없다는 말이 맞았다. 서린이 출궁하는 오늘, 수십 명이 줄지어 서서 그녀를 배웅해주고 있었으니까.

“부디 건강히 지내거라, 윤나인.”

며칠 새 신수가 훤해진 헌이 웃으면서 인사했다. 더 이상 키가 클 나이는 아니지만 서린의 눈에는 그가 훌쩍 자란 것처럼 보였다. 그만큼 어른스러워져 있었다. 그래도 못 말리는 애처가인 것은 변함없어서 어깨를 맞대고 나란히 선 서씨의 손을 꼭 잡고 있었다.

“대군 마마는 진정한 성군이 되실 수 있을 겁니다.”

서린은 눈부시다는 듯 헌을 올려다보며 말했다. 범은 헌을 온실 속의 화초 취급하며 무시했지만 헌이야말로 강인한 생명력을 지닌 사람이었다. 그 진가는 아내와 함께 냉궁에 갇혀 있으면서 드러났다. 조강지처를 버리면 유폐를 풀어주겠다는 왕의 제안을 대군이 거절했다는 소문이 어딘가에서부터 퍼져나가자 백성들은 인정과 신의를 아는 사람이라며 그를 칭송했다.

설화당에서 나오는 순간에도 헌은 희희낙락하는 모습을 보이지 않았다. 그토록 경애했던 형의 죽음도 덤덤하고 차분하게 받아들였다. 십 년간 오직 의지만으로 아들을 살려낸 어머니의 면모가 그의 내면에서도 자라나고 있었다. 헌은 서린을 응시하면서 낮은 목소리로 말했다.

"오로지 최선을 다하겠다. 날 믿어준 사람들에게 부끄럽지 않도록."

"예, 그것이면 충분합니다."

서린은 빙긋이 웃으며 고개를 끄덕였다. 왕과 중전, 대비는 주인을 잃어버린 동궁전에 대군 내외를 들어앉히는 것으로 뜻을 모았다. 그러나 헌은 이를 단호하게 거부하고 천수전의 처소로 돌아가 지내고 있었다. 책을 읽고, 아내와 함께 산책하고, 가끔 좋아하는 장난감과 신문물을 들여다보기도 하면서. 언제까지고 소박하게 살 것 같은 대군이지만 서린은 알았다. 다시 한번 세자 자리를 제안받는다면 헌이 거절하지 않으리라는 것을. 그는 아내와 한 약속만큼은 반드시 지키는 사람이니까.

"마마께서 정진하지 않고 게으름을 피우시거든, 언제든 달려와 혼쭐내주거라."

서씨는 헌의 등을 다정하게 두드리며 웃음기 어린 투로 말했다. 서씨와 눈이 마주친 서린의 입기에도 미소가 번졌다. 서린은 과거를 들여다볼 뿐이지만 한 가지는 예언할 수 있었다. 헌이 어진 군주가 된다면 저 여인은 왕조 역사에 길이길이 남을 유능한 왕비가 될 것이라고.

"상궁 마마."

대군 내외의 뒤에 서 있는 사람은 문상궁이었다. 허리에 양손을 짚은 채 꼬장꼬장한 자세로 서 있는 문상궁을 보자 서린은 괜히 코끝이 찡해졌다. 문상궁은 그런 서린을 빤히 쳐다보다가 무심하게 툭 던졌다.

"영영 나간다니 잘되었구나. 네 요리 솜씨는 정말이지 형편없었다."

서린은 그만 풋 소리 내어 웃고 말았다. 그런 말을 들어도 하나도 서운하지 않았다. 문상궁의 마음이 얼마나 따뜻한지 잘 알고 있으니까. 그녀가 궁인들에게 먹여주는 갓 지은 밥처럼.

"건강하십시오, 마마님. 마마님의 음식이 앞으로도 많은 사람을 행복하게 해줄 겁니다."

서린의 말이 채 끝나기도 전에 누군가 그녀의 어깨를 홱 잡아당겼다. 영문도 모르고 끌려간 서린은 짙푸른 옷 속에 푹 파묻혔다. 상궁만 입을 수 있는 녹의 원삼을 걸친 채옥이 불쑥 나타나 서린을 끌어안은 것이었다. 큼직한 첩지머리에 옥비녀를 꽂은 채옥은 성숙하고 아름다워 보였지만, 밤새 펑펑 울었는지 얼굴이 눈물 콧물 범벅이었다.

"이 나쁜 것! 매정한 것! 기어이 혼자 나간다 이거지?"

가만히 채옥을 다독여주던 서린은 눈가에 고인 눈물을 얼른 훔쳤다. 친자매와 헤어지는 기분이었다. 다른 관노들과 함께 염전으로 끌려가던 날에 이어 이게 두 번째 이별이지만 그렇다고 익숙해지거나 덤덤해진 건 아니었다. 그래도 서린은 의연해지려고 애썼다. 첫 번째 이별 후에 다시 만났던 것처럼, 이번에도 반드시 재회가 있을 거라고 믿기에.

"오매애, 거시기 겁나 슬퍼부러요."

두 여자가 꼭 부둥켜안고 있는데, 어디선가 나타난 도야가 힝힝 코 푸는 소리를 내며 그들 사이에 은근슬쩍 끼어들려고 했다. 그 시도가 성공하기 직전, 재빨리 쫓아온 무휘가 도야의 목덜미를 잡고 서린과 채옥에게서 떼어냈다. 무휘는 도야를 저만치 밀어내며 핀잔을 주었다.

"상놈 자식이 어딜!"

"아따, 니 시방 누구헌티 상놈이라냐!"

도야는 섭섭하다는 듯 받아쳤다. 아닌 게 아니라 말끔한 무명옷을 차려입고 도포까지 걸친 도야는 완전히 다른 사람처럼 보였다. 별례방에 들어간 도야가 별제(別提)*로부터 극찬을 받고 그의 수제자가 되었단 소식은 서린도 들었다. 이대로라면 도야는 조만간 정식 관원이 될지도 몰랐다. 도야를 볼 때마다 그 재주가 도둑질에 쓰이긴 아깝다고 생각해 안타까워했기에, 서린은 그의 출세가 제 일처럼 반가웠다.

"도야, 네 재주는 드물고 귀한 것이니 부지런히 갈고닦도록 해. 장차 등극하실 주상 전하는 어진 분이니, 간곡히 청하면 궁녀와의 혼인도 허락해주실 거야."

서린이 그렇게 말하면서 헌을 쳐다보자 헌은 능청스럽게 턱을 까

---

* 별례방을 관장하는 종육품 관원

닥거렸다. 도야의 일방적인 치근덕거림으로 보이던 채옥과의 관계는 투옥 사건을 기점으로 상당히 달라졌다. 채옥이 기절한 이후 그녀가 받아야 할 모든 문초를 도야가 자청해서 대신 받았다는 사실이 알려진 것이다. 문초받은 이후 평생 불구가 되어 사는 사람들도 있는데, 도야 덕분에 채옥은 긴 투옥 기간에 비해 무척 빨리 회복할 수 있었다. 도야는 한쪽 다리를 살짝 절게 되었지만 천덕꾸러기 가마꾼에서 이 시대의 낭만 남으로 궁궐 내에서의 지위가 일약 급부상했다.

"얘, 미친 거 아냐? 뭔 소릴 하는 거야!"

서린을 홱 떠밀면서 앙칼지게 소리치는 채옥의 뺨이 붉게 물들어 있었다. 궁녀가 아닌 여인으로서의 평범한 행복을 남몰래 꿈꾸었던 그녀. 이의종처럼 번듯한 양반은 아니지만 도야라면 채옥에게 단란하고 소소한 행복을 선사해줄 거라고, 서린은 진심으로 믿었다.

"아따, 걱정 마쇼잉. 우리 채옥이는 나가 신주 단지처럼 모실팅게."

도야가 구수한 어조로 말하며 채옥의 어깨에 팔을 두르자 그녀는 새초롬한 표정을 지으며 그 팔을 뿌리쳤다. 상궁으로서의 신분을 의식한 행동이었다. 그래놓고서 혹시 도야의 상처가 덧났을까 봐 걱정스럽게 곁눈질하는 걸, 서린은 놓치지 않고 지켜보았다. 어처구니없을 만큼 안 어울리던 저 한 쌍의 티격태격을 앞으로는 자주 못 보게 될 거라 생각하니 조금 서운했다.

'이 자리에 있어야 할 사람이 또 있는데.'

서린은 장별좌와 마지막 인사를 나눌 수 없는 것도 서운했다. 암행어사가 된 그는 왕으로부터 밀지를 받자마자 임무를 수행하러 떠났다. 장별좌가 없는 빙고가 무법천지가 되지 않을까 서린은 잠시 염려했지만 은조에게 대직(代職)을 맡긴다는 말에 걱정이 싹 씻겨 내려갔다.

'빙고에서 일생을 보낸 아이다. 앞은 보이지 않지만 누구보다 훌륭하게 해낼 거다.'

조선의 국법상 여자는 벼슬을 할 수 없었다. 하지만 빙부는 될 수 있었고 수석 빙부는 별좌가 자리를 비웠을 때 그 일을 대신할 수 있었다. 장별좌는 국법을 교묘히 이용한 셈이었다. 기센 빙부들에게 조곤조곤 따져가며 일을 시키는 은조의 모습을 그려보며 서린은 웃음을 참지 못했다. 장별좌가 빙고를 얼마나 비울지는 모르지만, 꽤 오랜 시간이 걸릴 터였다.

'어디로 가느냐고? 글쎄다, 그건 나도 모르겠구나.'

암행어사의 행선지는 극비이기에, 장별좌는 서린에게도 알려주지 않았다. 그의 사명은 전국을 돌아다니면서 비리를 저지르는 관리들을 단속해 벌하고, 곤궁에 빠진 백성들을 구하는 것이었다. 험난한 길이지만 외롭지는 않을 것이다. 함께하는 사람이 있을 테니까.

'인생은 짧고 배움은 길다 하였습니다. 전국에는 제가 모르는 약재와 약초가 많으니, 직접 발로 돌아다니며 살펴보고 싶습니다.'

중전 홍씨는 의녀 단금에게 미련이 많았지만, 의술을 갈고닦아 돌아오겠다는 데 잡을 방도가 없었다. 현이 그 추운 냉궁에서 지내면서도 고뿔 한 번 안 걸릴 정도로 건강해졌기에 더욱 그러했다.

장돌뱅이로 변장한 장별좌와 떠돌이 아낙처럼 차려입은 단금은 아무도 모르게 떠났다. 서린은 그들의 가슴속에 남은 옛 사랑의 불씨가 다시 깨어나 일렁이기를 남몰래 빌었다

"주상 전하께서 윤승현 대감 부녀에게 내리신 물건들입니다."

동궁전 앞에는 두 대의 가마와 함께 쌀, 비단, 엽전 꾸러미를 실은 수레가 기다리고 있었다. 서린은 깜짝 놀랐지만 거부하진 않았다. 그녀가 원하는 대로 남들을 도우면서 살기 위해선, 생활의 기반이 되어줄 재물이 필요했다.

"아버지, 조심해서 타세요."

그동안 단금의 집중적인 치료를 받고 혈색이 좋아진 윤대감은 서린의 부축을 받아 첫 번째 가마에 탔다. 가마꾼들이 두 번째 가마로 서린을 인도하려 했지만 그녀는 고개를 저었다.

"저는 걷는 게 편합니다."

서린은 이제 관노의 몸이 아니었지만 그렇다고 해서 가마꾼들을 하대하진 않았다. 앞으로도 그럴 작정이었다. 대궐 같은 기와집에 숨어 살던 양갓집 규수 윤서린은 이제 없다. 서린은 가늘지만 튼튼한 두 다리로 가마 뒤를 따라 걸어갔다. 얼마나 걸었을까. 작은 보퉁이를 품에 안은 여인 하나가 홀연히 다가와 서린의 앞을 가로막았다. 얼굴을 가리기 위해 뒤집어쓴 쓰개치마 안쪽에서 모기만 한 목소리가 새어나왔다.

"날…… 성문 밖까지 태워다줄 수 없겠는가?"

이제는 폐빈이 된 연씨였다. 신하들의 반대가 있었지만 왕은 그녀가 궐을 나가 살도록 허락했다. 세자가 저지른 범죄들과 그녀는 아무 관련이 없다는 게 밝혀졌기 때문이다. 거절당할까 봐 무서운 듯 바들바들 떠는 연씨를 향해 서린은 정중히 말했다.

"누추하지만, 정성껏 모시겠습니다."

한때 서린은 연씨를 원망했었다. 자신과 아기의 사회적 지위와 재산을 포기하지 않으려고 억울한 사람들이 희생당하는 걸 방관하려

했으니까. 하지만 비겁하고 나약한 여자인 줄로만 알았던 연씨에게도 의외의 면모가 있다는 게 드러났다.

'단 한 푼도 받지 않겠습니다. 그 사람이 남긴 재산은. 제 아이는 깨끗한 손으로 키우겠어요.'

폐빈이 되던 날, 연씨는 그동안 세자빈으로서 받았던 녹봉과 각종 현물, 동궁전 재산을 모두 처분해서 조내관이 후원하던 유접소에 보냈다. 그렇게나마 남편의 죄상을 방관했던 것을 속죄하고, 훗날 아기에게 돌아올지도 모를 비난의 화살을 무뎌지게 해보려고 했다.

"정말, 정말 고맙네."

연씨는 평범한 여염집 아낙처럼 고개 숙여 인사한 후 빈 가마에 조심스럽게 올라탔다. 서린은 살짝 부풀어 있는 연씨의 치마폭을 바라보며 돌연 호기심을 품었다.

'죽은 세자의 아이는 어떤 사람으로 자라날까?'

친정에서는 도성 밖에 단출한 기와집 하나와 노비 둘, 네 사람이 간신히 먹고살 만한 소작 논 몇 마지기를 그녀에게 주었다. 범의 자식은, 아들이든 딸이든 자신이 한때 세손이 될지도 모를 지위에 있었다는 걸 까맣게 모른 채 살아갈 것이다. 어쩌면 아버지를 닮아 빼어난 외모에 총명한 머리, 탁월한 운동신경을 타고날지도 모른다. 홀어머니 아래서라도 따뜻한 사랑을 듬뿍 받으며 자라나면 거짓이 아니라 진실로 어진 성품을 가지게 될지도 모른다.

"아씨, 이제 어디로 갈까요?"

생각에 잠겼던 서린을 깨운 건 친숙한 음성이었다. 무휘가 어느새 자연스럽게 합류해 함께 걷고 있었다. 서린은 도성 안에 있는, 왕이 돌려준 예전 집을 떠올리며 대답했다.

"일단 집으로 가자. 아버님께는 그곳이 가장 편하실 테니까."

"그다음은요?"

무휘가 굳이 그렇게 묻는 이유를, 서린은 모르지 않았다. 쪽빛 도포 차림의 무휘는 훤칠한 양반 자제처럼 보였다. 어쩌면 진짜 양반이, 무관이 될 수 있을지도 모를 기회를 무휘는 서슴없이 포기했다. 서린이 궁에 남는 걸 거부했기 때문이었다.

원한다면 여기 남아서 훈련원에 다녀도 좋아. 서린은 무휘에게 그렇게 말하지 않았다. 그게 얼마나 이기적인 행동인지 잘 알면서도. 그와 떨어지고 싶지 않았기 때문에 끝내 입을 다물었다. 외나무다리에서 추락하는 무휘를 본 그 순간부터, 서린은 제 마음을 확실하게 알았다.

"난 말이야, 무휘야. 앞으로도 이 능력을 쓰면서 살고 싶어. 살인범을 잡기 위해서가 아니라 어려운 사람들을 돕기 위해서."

"……."

"쉬운 길은 결코 아닐 거야. 스승님이 겪으셨던 것처럼 온갖 위협과 고초를 겪게 되겠지. 가끔은 외롭고 힘들어 견디기 어려울지도 몰라. 그래서 말인데……."

서린은 낡은 장삼 천으로 묶어놓은 왼손을 허공으로 들어올렸다. 그리고 천 끄트머리를 붙잡아 스르륵 풀어버렸다. 이제 봉인은 필요 없었다. 그녀에게 이 능력을 준 게 어떤 존재이든, 이것으로 더 많은 일을 하라고 그녀를 응원해주고 있었으니까. 하지만 혼자선 해낼 수 없었다. 세상에 그 무엇도 오롯이 혼자서만 할 수 있는 일은 없다. 서린은 하얗고 깨끗한 왼손을 무휘를 향해 내밀면서 햇살처럼 밝은 목소리로 말했다.

"앞으로 우리에게 얼마나 많은 시간이 주어질지 모르지만, 계속 이렇게 내 곁에 있어줄래?"

무휘의 걸음이 멈추자 서린의 걸음도 따라서 멈추었다. 누가 먼저랄 것도 없이 마주 본 두 사람의 눈빛이 맞닿으며 따스한 온기를 발했다. 둘 사이에는 여전히 신분의 차이가 존재하지만, 둘 중 누구도 그런 걸 신경 쓰지 않았다. 생과 사의 갈림길 앞에서 인위적으로 만들어놓은 그런 구분은 전혀 중요치 않다는 걸, 그들은 온몸을 통해 배웠으니까.

"물론입니다."

무휘는 망설임 없이 서린의 손을 잡았다. 그의 커다란 손이 그녀의 손을 덮듯이 감쌌다. 이대로 계속 있으면 무휘의 기억이 서린에게 흘러들어 가겠지만, 상관없었다. 서로에게 비밀이 없는, 모든 것을 공유하는 둘이었으니까. 서린과 무휘는 어깨를 살며시 맞댄 채 기운차게 걸어가기 시작했다. 아직은 읽을 수 없는, 새로운 기억들로 채워질 내일을 향해서.

_끝

왕세자의 살인법 2

초판 1쇄 발행 2021년 9월 15일

지은이 서아람

발행인 이진수
펴낸이 황현수
기획 이수현 황예인
출판신고 2010년 8월 16일 제2015-000037호

펴낸곳 ㈜타인의취향
기획실장 최지연
마케팅 이유리 홍윤정 김현지
교정 윤정숙
디자인 수오
표지일러스트 맥시멈
제작 어진
주소 서울시 마포구 큰우물로75 성지빌딩 1406호
전화 02-6949-6014 **팩스** 02-6919-9058
youtube.com/c/타인의취향

ISBN 979-11-385-0107-1 04810
979-11-385-0105-7 (세트)